Zu diesem Buch

«Constance» ist nach «Monsieur» und «Livia» der dritte Band in Durrells letztem Roman-Quintett. Ob der Leser aber nun zum erstenmal in diese teppichbunte phantastische Welt eintaucht – denn dieser Roman läßt sich ganz ohne Kenntnis der beiden vorangegangenen genießen – oder sich im Kreis ihm schon vertrauter Gestalten bewegt, er wird fasziniert von einem «ungeheuren orientalischen Gewebe voller Träume und Sehnsüchte»
(«Welt am Sonntag»).

«Durrells Phantasie ist voller Kraft und Originalität, seine Sprache die eines Poeten. Kaum ein Leser wird sich der Zaubermacht dieses Romans entziehen können.» («Daily Telegraph»)

Lawrence Durrell, geboren am 27. Februar 1912 als Sohn irischer Eltern am Südhang des Himalaja, besuchte die St. Edmund's School in Canterbury, verbrachte aber im ganzen nur vierzehn Jahre in England. In Paris lernte er Henry Miller kennen; später lebte er in Athen, auf Korfu, in Ägypten und wurde schließlich Presseattaché in Londons Auswärtigem Dienst auf Zypern, Rhodos, in Argentinien und Belgrad. Lawrence Durrell, der während der letzten Jahrzehnte in der Provence gelebt hatte, starb am 7. November 1990 in seinem Landhaus in Sommières.

Von Lawrence Durrell liegen vor das Alexandria-Quartett, mit dem er Weltruhm errang: «Justine» (rororo Nr. 737), «Balthasar» (rororo Nr. 724), «Mountolive» (rororo Nr. 737) und «Clea» (rororo Nr. 746); der Doppeldekker-Roman «Tunc» (1969) und «Nunquam» (1970); seine faszinierenden Reisebücher («Er kann Stimmungen und Atmosphäre einfangen wie kaum ein anderer», «FAZ») «Bittere Limonen. Erlebtes Cypern» (rororo Nr. 993), «Leuchtende Orangen. Rhodos, Insel des Helios» (rororo Nr. 1045), «Schwarze Oliven. Korfu, Insel der Phäaken» (rororo Nr. 1102), «Blühender Mandelbaum. Sizilianisches Karussell» (rororo Nr. 5690); sowie das Avignon-Quintett «Monsieur oder Der Fürst der Finsternis» (rororo Nr. 12909), «Livia oder Lebendig begraben» (rororo Nr. 13061), «Sebastian oder Die Gewalt der Leidenschaft» (1986) und «Fünfauge oder Was der Frauenmörder erzählt» (1989).

LAWRENCE DURRELL

CONSTANCE
oder
Private Praktiken

Roman

Deutsch von
Susanne Lepsius

rororo
ROWOHLT

Die englische Originalausgabe erschien 1982
unter dem Titel «Constance or Solitary Practices»
bei Faber and Faber, London
Umschlaggestaltung Britta Lembke

Veröffentlicht im Rowohlt Taschenbuch Verlag GmbH,
Reinbek bei Hamburg, Juli 1992

Gesamtherstellung Clausen & Bosse, Leck
Printed in Germany
1490-ISBN 3 499 13129 3

Für Anaïs, Henry, Joey

Pour Faire Face au Prince des Ténèbres qui a un royaume formé de cinq éléments le Père de la Grandeur évoque la Mère de la Vie qui, à son tour, évoque l'Homme Primordial qui a cinq fils: l'Air, le Vent, la Lumière, l'Eau et le Feu.

Cahiers d'Etudes Cathares,
Narbonne

VORBEMERKUNG DES AUTORS

Dieses Buch ist ein Roman und keine historische Darstellung, aber es basiert auf unzähligen Unterhaltungen und auf einem fünfzehnjährigen Aufenthalt in der Provence. Wenn ich mir auch hier und da mit der Chronologie einer verabscheuungswürdigen Periode gewisse Freiheiten genommen haben mag, so ist doch das Ganze als ein Bild des französischen *Midi* während des letzten Krieges von großer impressionistischer Genauigkeit. Außerdem habe ich auch gewissenhafte Historiker wie Kenward studiert, aber schließlich verdanke ich das meiste französischen Quellen wie den Werken von M. Aimé Vielzeuf aus Nîmes.

Ursprünglich hatte ich vor, in den Anhang zwei Texte aufzunehmen, nämlich «Die Protokolle der Weisen von Zion» und das «Testament Peters des Großen». Erstere jedoch sind langatmig und schwerfällig und außerdem in kritischen Ausgaben andernorts greifbar, so daß ich diesen Gedanken aufgegeben habe. Aber das Testament Peters des Großen ist ein so einzigartiges Dokument und paßt so gut zu unserer Zeit und zu diesem Buch, daß ich beschlossen habe, es hier abzudrucken.

Zum Schluß möchte ich meine Dankbarkeit Mrs. Helen Dore aussprechen, die meinen Text luchsäugig überwacht und mich vor vielen Irrtümern bewahrt hat.

Lawrence Durrell

INHALT

EINS

IN AVIGNON

Die beiden hohen Wachttürme des mittelalterlichen Avignon, der Gog und der Magog des bürgerlichen Lebens, hießen anfangs: Quiquenparle und Quiquengrogne. Durch sie gingen die Bürger dieses zweiten Roms bei Tag und Nacht hindurch, so wie Erinnerungen, Fragen oder Empfindungen durch den Kopf eines schlafenden Papstes gehen könnten. Die Klöppel der großen Glockentürme boten mit ihrem dröhnenden Geläut den bösen Geistern Trotz. Die nachzitternden Vibrationen fächerten sich unter ihnen aus und verdünnten das Blut von jenen in der Straße zu Taubheit. Noch anders war es, wenn die Sturmglocke erscholl – sie steigerte sich zu einem ohrenbetäubenden Dröhnen, das an einen Waldbrand erinnerte, oder sie klang wie kampflustige Bienen in einer erhitzten Retorte. Er hatte so lange mit diesen Glockentürmen als Teil der Geschichte gelebt, daß ihm nun, halb verhungert wie er war, die Fliegeralarmsirenen ähnlich zu klingen schienen. Nach der grausamen Auspeitschung (an einem gewissen Punkt hatte er das Bewußtsein verloren) hatten sie ihn in eine feuchte Zelle der Festung geworfen und mit einer so raffinierten Niedertracht an der Wand befestigt, daß er sich nicht hinlegen konnte, da sie seinen Hals an einen in der Wand eingelassenen Ring gebunden und gleichzeitig seine Ellbogen gefesselt hatten. Quatrefages hatte jetzt das Stadium einer erlösenden Amnesie erreicht; alle seine verschiedenen Schmerzen und Qualen flossen in eine große überwältigende Trübsal zusammen, die ihrerseits wie ein

Betäubungsmittel wirkte. Er war zerstört zu Boden gesunken und hatte versucht, seinen Kopf gegen die Wand zu lehnen, aber dazu war das Seil zu kurz, absichtlich natürlich. Doch paradoxerweise verhinderte der Druck auf seine Halsschlagader, daß er ohnmächtig wurde. Er hörte gedämpft das Rumpeln der Militärfahrzeuge, wenn sie die kopfsteingepflasterte Anhöhe hinauffuhren und zum Garnisonsplatz hinunterrollten, die Gummiräder schlitterten, und die Motoren heulten beim Gängewechseln auf. Für ihn war es, als ritte eine lange Reihe von Rittern beim Fackelschein einem heroischen Templer-Abenteuer entgegen, das Stampfen der Pferdehufe auf der kopfsteingepflasterten Zugbrücke entbot ihnen einen letzten Gruß. Eine Art Vision, geboren aus Mattigkeit und Schmerz, ermöglichte ihm, sich dem Hauptthema seines Lebens zuzuwenden: der Tempelritter-Häresie, die er in der Hoffnung dokumentierte, irgendwelche Hinweise zu finden auf den Ort eines etwaigen mythischen Schatzes. Doch nun war er in die Hände der neuen Inquisition gefallen, obwohl die heutigen Priester Feldgrau und Hakenkreuz als Amtszeichen und Amulett trugen. Mit ihnen war der Tod großjährig geworden. Dies war also das Ende seiner langjährigen Forschungsarbeit – gefoltert zu werden, um Geheimnisse preiszugeben, die er nicht kannte! Als er in verzweifelter Hysterie aufgelacht hatte, hatten sie ihn auf den Mund gehauen und ihm die Zähne in den Rachen geschlagen. Doch all dies geschah viel später …

Was Constance und Sam anbelangte, so bildeten sie keine Ausnahme, die gesamte Welt schien voneinander Abschied zu nehmen. Dennoch war die Gegenwart wie eine kleine Insel der absoluten Zufriedenheit, des Friedens inmitten von Weinbergen. Der Höhepunkt des provenzalischen Sommers würde bald überschritten sein und in einer Rekordernte enden, die unweigerlich verrotten würde, denn schon jetzt waren fast alle Erntearbeiter eingezogen worden, übriggeblieben waren nur die Frauen, die Kinder und die Alten, um mit dieser anderen Armee, der Armee der friedlichen Reben, irgendwie fertig zu werden. Dort standen sie, diese Pflanzen in ihrer ganzen Stämmigkeit, und starrten einen blau-gläsernen Himmel an mit ihrem Gefieder aus dichten Blättern und den staubigen Früchten, so weit ausgebreitet wie zu einer Umarmung.

Die Liebenden waren noch sehr unerfahren, sie wußten beide nicht, was Krieg bedeutete noch, wie man mit ihm umgehen sollte. Dies brachte eine Unsicherheit mit sich, die durch die Tatsache, daß ihr Liebesleben gerade erst begonnen hatte, etwas zusätzlich Quälendes bekam. Sie hatten mehr als einen Monat mit jugendlichen Wortgeplänkeln vergeudet, bevor sie sich zusammengefunden hatten. Die schwindelerregenden Umarmungen konnten die offensichtlichen Lücken in ihrem körperlichen Wissen um den Liebesakt nicht überdecken. Und zu alldem kam noch hinzu, daß sie in einen ungewollten Krieg hereingezogen würden, den ein verrückter deutscher Anstreicher ihnen aufgezwungen hatte. Nein, es war unmöglich, an diesen Krieg zu glauben!

Aber Sams Uniform war angekommen, es war, als hätte der Krieg einen weiteren unerbittlichen Schritt auf sie zu gemacht. Sie mußte geändert werden, diese Uniform, und auch die Mütze war ein wenig zu groß. Sam kam sich gleichzeitig prächtig und lächerlich vor, als er sie vor dem Spiegel im Parterre des alten Hauses anprobierte. Sie sagte nichts, als sie demütig nackt auf der goldenen und blauen Bettdecke lag, das Kinn in die Hände gestützt. Er sah so traurig, so niedergeschlagen, so nobel aus – ein nackter Mann in einem Militärrock und mit einer Mütze – bislang ohne Abzeichen! Sam starrte und starrte sich an und hatte das Gefühl, im Begriff zu sein, seine Persönlichkeit zu verändern. «Was für eine Farce!» sagte er schließlich, wandte sich um und nahm sie spontan in einer Aufwallung verzweifelter Traurigkeit in die Arme. Sie fühlte die kalten Knöpfe auf ihrer Brust, als er sich an sie preßte mit der ganzen Leidenschaft seiner Unsicherheit. In dem allgemeinen Welten-Wahnsinn hatten sie beschlossen, auch ihrerseits etwas Wahnsinniges zu tun, nämlich zu heiraten! Total verrückt! Beide sagten es, und beide meinten es ehrlich. Aber sie wollten sich näherkommen, bevor sie sich trennten – vielleicht für immer. Aber erst mal hatte diese blöde Uniform einen Streit ausgelöst, den ersten zwischen den vier jungen Männern während dieses beglückenden Sommers.

Er wurde schnell beigelegt. Es geschah bei einem Kartenglücksspiel im Mondlicht auf einer rosenbewachsenen Veranda, wo Eidechsen den ganzen Tag lang auf zerborstenen Mauern dösten oder spielten. Es war hauptsächlich Blanfords Fehler gewesen. Es fing damit an, daß er sich überheblich und aufgeblasen über Kriegsdienstverweigerer ausließ, zusätzlich peitschte er die schon hochschlagenden Wogen der Erregung auf, indem er sich abfällig über die Männer in Uniform äußerte, die ihre Identität dem ‹Herdentrieb› geopfert hätten. In literarischen Kreisen waren derartige Thesen gerade in Mode. Der Mond schien so hell, daß sie die alte, wacklige Petroleumlaterne, die vor ihnen auf dem Tisch stand, eigentlich nicht brauchten. «Schweig schon, Aubrey», rief Hilary, und seine Schwester Constance unterstützte ihn: «Ja, Aubrey, bitte.» Aber dann konnte sie es sich nicht verkneifen (weil Sam wirklich fabelhaft in seiner neuen Uniform aussah), von sich aus eine Bemerkung beizusteuern. «Sie sagen das ja nur, weil Livia Sie den ganzen Sommer über mit nie eingehaltenen Versprechen zur Verzweiflung getrieben hat.» Blanford erbleichte bis zu den Ohren, als dieser Giftpfeil ihn traf. Er hatte wirklich eine ekelhafte Zeit mit Constances Schwester durchgemacht. Sie hatte in ihm eine selbstzerstörerische infantile Schwärmerei erweckt, sie aber nur halb befriedigt; gleichzeitig hatte sie eine fast ebenso große

Vorliebe für seinen jungen Freund, den Konsul Felix Chatto, bekundet, der nunmehr wütend auf die Karten in seiner Hand starrte und sagte: «Du hältst die Bank, glaub ich.»

Livia hatte aus beiden Narren gemacht. Nein, nicht aus reiner Kaprice, das war es ja, was so faszinierend an ihr war – es war einfach so, daß bei ihr nichts von Dauer war, sie war sprunghaft und folgte nur ihren Impulsen und gab sich nicht die Mühe, darüber nachzudenken, ob sie dadurch womöglich jemanden kränkte. Sie war entweder herzlos, oder ihr Herz war niemals berührt worden. Es irritierte ihn, sie nach diesen Kriterien zu beurteilen, aber es gab keine anderen. Beide, Aubrey und Felix, hatten kurz davorgestanden, ihr einen definitiven Antrag zu machen, als sie sich plötzlich auf und davon machte, wie sie es schon früher öfters getan hatte; als Adresse hinterließ sie den Namen eines Pariser Cafés und eine andere irgendwo in München. Der arme Blanford war sogar so weit gegangen, ihr einen Ring zu kaufen – sie hatte es bis zu diesem Punkt kommen lassen. Kein Wunder, daß er so sauer reagierte, belastet mit dem Wissen seiner eigenen Fehleinschätzung, aber auch mit der schweren Bürde seiner Liebe zu Livia. Und zu alldem auch noch dieser verfluchte Krieg!

Es gab Constance plötzlich einen Stich, als sie vom oberen Fenster ihres Zimmers diese rosigen, jugendlichen Gesichter beobachtete, die so voller Vertrauen und dabei so unerfahren, so unreif und unsicher waren. Ihr Bruder Hilary hatte wie üblich ein Bein über das andere geschlagen und hielt seine Karten lose in den gebräunten Fingern. Wie gut er aussah mit seinem blonden Haar, seinen feinen, scharfen Zügen und blauen Augen! Seine Haltung drückte eine Art aristokratischer Verachtung aus, die so völlig verschieden war von der Einfachheit und Wärme, die von Sam ausgingen. Blanford und Felix waren weniger auffallend, man hätte erraten können, daß sie gerade aus Oxford kamen und junge Büchernarren waren. Hilary dagegen wirkte wie ein Musiker, selbstsicher und gefestigt in seinen Ansichten und Meinungen. Zuweilen machte er sogar den Eindruck eines reichlich hochmütigen jungen Mannes, fast ein wenig zu gekünstelt und zu hochgezüchtet. Ihm fehlte das Strahlende und die Warmherzigkeit seiner Schwester. Seine Kühle schirmte ihn ab, während sie immer verletzbar blieb. Es tat ihr jetzt leid, daß sie Blanford gekränkt hatte, und sie versuchte, dies nach besten Kräften wiedergutzumachen, während Sam aus dem Reichtum seiner Gefühle (er schließlich wurde geliebt) seinen Freund großmütig mit Sympathiebeweisen überschüttete, die er überdies auch noch ehrlich meinte, denn er tat ihm aufrichtig leid. Früher an diesem Abend hatten sie alle unten an der Fischwehr ein kühles Bad genommen, und Sam hatte gesagt: «Constance fragt mich immer wieder, wieso Sie sich von Livia unterkriegen lassen, ihr Benehmen wird sich nie ändern und ist auch leicht voraussagbar.» Blanford stöhnte, denn er wußte genau, was nun folgen würde: eine weitere Dosis dieser benebelnden Wiener Lehre, die sie ihnen vom Frühstück bis zur Schlafenszeit in den Rachen stopfte – all diesen Freud, den sie sich im Verlauf ihrer Studien in Genf einverleibt hatte. «Livia ist eine Frau, die den Mann in sich bekämpft, folglich ist sie eine Kastriererin», sagte Sam. Sein Ausdruck, als er die Worte aussprach, war ausgesprochen komisch. Er selbst verstand keinen dieser Aussprüche, er hatte sie von seiner Geliebten, die in intellektuellen Dingen eher schulmeisterlich war, gehört und auswendig gelernt. «Constance kann sich ihre Theorien über infantile Sexualität und all den Unsinn an den Hut stecken», sagte Aubrey mannhaft.

Im Grunde faszinierte ihn die ganze Theorie, aber sie stieß ihn auch gleichzeitig ab; er hatte voller Ekel das Bündel deutscher Broschüren beäugt, das sie den ganzen Sommer lang mit sich herumgetragen hatte. «Freud!» Er wußte, daß man sich verliebte, o ja, aber aus ganz anderen Gründen. Livia hatte eines seiner Notizbücher entdeckt und es, ohne zu fragen, durchgeblättert. Sie lag auf ihrem Bett, aber als er hereinkam, blickte sie auf wie eine Eidechse, wie eine Schlange, als sähe sie ihn zum erstenmal. «Ich sehe», sagte sie und zog erstaunt die Luft ein, «daß du ein Poet bist.» Es war ein unvergeßlicher Augenblick, sie fuhr fort, ihn anzustarren. Sie starrte durch ihn hindurch, als sähe sie mit Hilfe eines optischen Tricks direkt in seine Zukunft. Es war, als hätte sie ihn plötzlich neu erfunden, seine Karriere, die ganze zukünftige Form seines Innenlebens durch die Zauberformel dieses einen Satzes. Man kann nicht umhin, jemanden zu lieben, der einen so klar erkennt, der das ganze dunkle Schicksal so klar beleuchtet. Was mochte sie von seinem sporadischen Geschreibsel gelesen haben? Gedankenansätze, die eines Tages zu Poesie oder Prosa oder zu beidem werden könnten? «Mein Tod geht weit zurück in eine Zeit, wo Frauen geziert oder überspannt oder beides, oder keins von beiden oder einfach URSCHLAMM waren – die ausgestreckten Beine des Urschlamms, in die ich mein üppiges und lebendiges Blut tröpfeln lasse, das Versprechen meiner Bedürfnisse, während meine Harfe, deren Saiten alle Zeit widerhallen, auf dem Schweigen vibriert, wo sie es fand.» Sie brauchte nicht hinzuzufügen, daß sie es schön fand, ihre Augen sagten es für sie. Er fühlte sich durchschaut, was ihn froh und gleichzeitig ängstlich stimmte.

Hilary verteilte aufs neue die Karten und machte bissige und überhebliche Bemerkungen über Blanfords Entschluß, sich mit dem Prinzen nach Ägypten zurückzuziehen. «Es sieht nach Reißausnehmen aus», sagte er, und Blanford erwiderte verärgert: «Aber das tu ich, genau das tu ich. Ich fühle keinerlei moralische Verpflichtung, in diesem lächerlichen Wagnerschen Holocaust Partei zu ergreifen.» Constance machte ihrem Bruder sofort Vorwürfe. «Oh, verdirb doch nicht diesen herrlichen Sommer, den wir hatten ...» und sogleich stiegen in ihnen allen in wollüstiger Überfülle die Bilder der Provence, der Stadt Avignon und der lieblichen sie umgebenden Kalksteinhügel auf. Was für ein Erlebnis das alles gewesen war – die gesamte Mittelmeerwelt hatte sich wie eine Schriftrolle vor ihnen entrollt.

«Es tut mir leid», sagte Hilary, und Blanford erwiderte: «Mir auch.» Sie hatten in dem riesigen, widerhallenden, häßlichen alten Haus in enger Freundschaft und Zuneigung seit nunmehr Wochen zusammen gewohnt, und diese kleinen Streitereien hinterließen einen bitteren Nachgeschmack. Tu Duc – so hieß das Haus, das Constance geerbt hatte. Der Name vibrierte in ihren Köpfen wie ein Trommelwirbel, er bedeutete alles, was sie erlebt und genossen hatten, während dieses langen, gemächlichen Aufenthalts oberhalb eines Dorfes, das nur einen Steinwurf entfernt von dem berühmten, romantischen Avignon lag, der Stadt der Päpste!

Später in der Nacht wurden einige dieser Reuegefühle in Constances Träumen hochgespült, aber nicht so heftig, daß sie der Freude am Mondlicht auf dem Fensterbrett, dem Geruch von Geißblatt und der ausstrahlenden Wärme des männlichen Körpers neben ihr etwas anhaben konnten. Es war wunderbar, eine ganze Nacht mit einem Mann zu verbringen, zu fühlen, wie sich sein Brustkasten unter ihren Fingern hob und senkte, während er schlief. Ihr Liebesspiel wurde mit der Zeit immer raffinierter. Zuweilen schien es ihnen, als seien sie auf einem Schlitten und sausten mit zunehmender Geschwindigkeit eine schwindelerregende spiralförmige Schneepiste hinunter. Ein Schlitten, der oft außer Kontrolle geriet. «Sam, um Himmels willen, ich habe Angst, du machst mir ein Kind.» Sie hatte diese Liebesaffäre nicht vorausgesehen, und obwohl sie eine emanzipierte junge Frau war, die mit der gesamten Wissenschaft auf du und du stand, hatte sie, was sie respektlos ihren «Werkzeugkasten» nannte, in

Genf zurückgelassen. Aber Sam konnte sich nicht bremsen. «Ich kann mich nicht bremsen», stöhnte er und steuerte ungestüm auf den langen, spannungsgeladenen Höhepunkt hin, der sie schließlich beide fortschwemmte. Sie keuchten erschöpft wie nach einem Wettrennen. Sam, der gern Limericks aufsagte, deren Anfang oder Ende er nie kannte, zitierte jetzt: «Erst füllte er sie mit Sperm, dann machte er Lärm, der tückische alte Mann aus Bulgarien.» Das war im wachen Zustand, aber es war, wenn er schlief, daß sie Stunden, den Kopf auf den Ellbogen gestützt, damit verbrachte, ihn zu betrachten, fasziniert von dem Geheimnis seines trägen Gladiatorenkörpers, der Hitze aufzuspeichern schien wie eine Thermosflasche. Sie liebte, die weiche Tulpe seines Geschlechts zu befühlen, das, wenn er schlief, weich ihre Seite berührte, aber auf ihr Kommando hin sofort erwachte – ein Wink mit dem Zauberstab genügte, und schon richtete sie sich auf, diese schlafende Kobra ihrer jugendlichen Lüste. Sie fröstelte, wenn sie daran zurückdachte, daß er für länger als einen Monat nicht mit ihr gesprochen hatte, kalt und fern gewesen war wie ein Stern, während sie alles versucht hatte, seine Zuneigung zu erwecken. Wie eine Närrin hatte sie vorgegeben, eine Liebesaffäre mit einem älteren Mann, einem Psychiater, zu haben, eine törichte Angeberei, auf die Sam mit Eiseskälte reagiert hatte. Gott, hatte es lange gedauert, diesen Irrtum klarzustellen! Tatsächlich hatte sie im vergangenen Jahr mit einem Arzt geschlafen, aber nur aus Neugierde, und sie hatte nicht die geringste Absicht, es zu wiederholen, so fade war es gewesen. Aber nun Sam! Gerade ihm, dem am wenigst intelligenten, dem einfältigsten Mann, den man sich vorstellen kann, gerade ihm war sie verfallen. Aber jetzt war sie leidenschaftlich verliebt in ihn. Sie fühlte sich wie eine Wildkatze und hatte beschlossen, seinen Mangel an Verstand, Einfühlungsgabe und Sensibilität auszugleichen – oh, sie hielt viele Schätze für ihn bereit. Er würde durch sie all das verwirklichen, was sie bislang in ihm nur erahnte, was verborgen lag unter seiner Unreife, seiner Schüchternheit, seiner Sprödigkeit. Sie würde seinen frivolen Panzer durchlöchern, ihm zeigen, wie schal und albern seine Idole waren wie zum Beispiel der alte Wodehouse, sie würde Funken aus seiner innersten Seele schlagen! Wie er zittern würde, der arme Junge, wenn sie diese Absichten in Worte kleidete. Es war schon jetzt für ihn schlimm genug – sein Gefühl völliger Unzulänglichkeit! Aber so ein Programm würde ihn in ehrliche Panik versetzen.

In der Mitte der Nacht weckte er sie, nahm ihr Gesicht in seine Hände und fragte in einem heiseren Flüsterton: «Sag mir, Liebling, hältst du mich für einen Feigling, weil ich mich zum Militär gemeldet habe?» Ganz offensichtlich hatte Blanfords gedankenloses Geschwätz ihn doch schwer verletzt, aber auch ihre leidenschaftliche, verständnisvolle Umarmung schien ihn nicht zu befriedigen, obwohl so viel tiefempfundene Sympathie in ihr mitschwang. «Antworte», sagte er störrisch, so wie man etwas Schriftliches verlangt. «Natürlich bist du kein Feigling! Vergiß diese blöde Abstimmung im Universitäts-Debattierclub – so typisch Oxford! Natürlich bist du es nicht!» sagte sie erregt und umarmte ihn, bis sie fast außer Atem war.

«Es ist ganz in Ordnung, daß England für Aubrey nichts bedeutet – warum sollte es auch? Sogar mir würde es schwerfallen zu erklären, warum es mir etwas bedeutet.»

Er schloß die Augen bei diesen Worten, und vor seinem Geist setzte sich eine Art buntes Puzzle aus grauen Häusern, niedrigen Hügeln und gewundenen Flüssen zusammen vor dem romantischen Hintergrund der goldenen Landschaft von Kent zur Erntezeit, die sich wie ein goldenes Schild dem Himmel entgegenhob. Dazu gehörte auch die Erinnerung an eine kurze und linkische Liebesaffäre mit einer Hopfenpflückerin. Die Eltern eines Freundes hatten ihm eines dieser kleinen, komischen Trockenhäuser geliehen in der Annahme, er wolle dort studieren. Die Affäre war unbeholfen und kläglich verlaufen, obwohl die Hopfenpflückerin unerschrocken und schön und so blond wie Constance gewesen war. Aber wie quälend war diese Unwissenheit für sie gewesen: Sie hatte gefürchtet, schwanger zu werden, und er hatte gefürchtet, sich eine von jenen Geschlechtskrankheiten zu holen, über die er so gut wie nichts wußte! Auf der Toilette eines in der Nähe liegenden Pubs stand ein – wie man auf den ersten Blick annehmen konnte – Fruchtbonbon- oder Zigarettenautomat, tatsächlich jedoch verkaufte er Präservative. Die Gebrauchsanleitung lautete: «Stecken Sie zwei Shilling in den Schlitz und ziehen Sie kräftig am Verteiler.» Was für ein wunderbares Wort: Verteiler. Was für eine trostlose Affäre. Was für ein schönes Mädchen. Sie hätte, weiß Gott, einen erfahreneren und gelösteren Liebhaber verdient. Was für ein Narr war er gewesen, daß er nicht mehr Nettigkeit und Geschick bewiesen hatte! Und trotz allem war die schimmernde Landschaft Kents eingegraben in sein Bewußtsein, mit ihrem leuchtenden Korn, das sich unter einer strahlenden Sonne zum Himmel reckte! In gewissem Sinne war auch Constance ein Teil dieses Bildes geworden, war in ihm aufgegangen. (Alle diese Dinge würden sich klären, sobald der Krieg vorbei war – wenn er überhaupt je ausbrach!) Beim Mittagessen hatte er gesagt: «Ich wünschte, dieser verdammte Krieg würde endlich ausbrechen!» Woraufhin Blanford erwidert hatte: «Ich wünschte, ich könnte es wünschen!»

Nun lagen sie sich in den Armen, dunkelgold gebräunt von der Sonne und schlafend, taub gegen das Rascheln der Mäuse in dem alten Haus und dem entfernten Schnarchen eines ihrer Freunde im Dachgeschoß. Es rührt einen seltsam an, daß sie sich nicht hilfloser fühlten, aber sie waren so erfüllt von dieser trügerischen Hochstimmung, die Liebe mit sich bringt. Gedanken trippelten im Dachgestühl ihrer Gehirne – Mäusepfötchen zwischen faulenden Äpfeln, die Gegenwart von gespenstigen Frauen, deren Stimmen der Wind hereintrug, tuschelnd, klagend und jammernd. Das Haus war wie ein alter Schoner, der bei jedem Windstoß knarrte und stöhnte. Und dennoch, in ihre Träume drang Trauer ein, Trauer holte sie ein, als sie an Trennung, Verlust und Tod dachten – ja, sogar der Tod war zuweilen da; und die Tränen der Verzweiflung über ihre Abschiede tröpfelten dämpfend auf das Tuten der lauten, abschiednehmenden Überseedampfer. Was für eine verwirrende Angelegenheit! In ihren Träumen empfanden sie Schmerzen, die sie im Wachsein nicht wahrhaben wollten.

Lord Galens bizarres Herrenhaus auf dem Hügel wurde so wie Tu Duc für den Winter dichtgemacht, und seine letzten Diners waren daher ein wenig improvisiert und informell. Seine Reise nach Deutschland und das finanzielle Fiasko, das er mit den Nazis erlitten hatte, hatten ihn in eine tiefe Depression gestürzt. Aber es freute ihn, die jugendliche Clique von Tu Duc bei sich zu sehen. Er hatte eine spontane Zuneigung zu Constance gefaßt und fand Sam, trotz seines nicht vorhandenen Vermögens, einen durchaus akzeptablen Freier. Auch der Prinz beehrte öfters den gastfreien Tisch Lord Galens, und so ergab es sich, daß er während eines dieser Diners Blanford das Angebot machte, ihn in seinen Haushalt als Privatsekretär aufzunehmen, was allerdings bedeuten würde, daß er sich innerhalb der nächsten zwei Wochen nach Ägypten einschiffen müßte. Ursprünglich war es wohl in diesem Zusammenhang, daß das Wort ‹Gewissen› zum erstenmal fiel; es war immerhin ein sehr wesentliches Problem, aber irgendwie stach es den Prinzen wie eine Stechfliege. «Gewissen?» rief er laut aus. «Niemand kommt nach Ägypten, um sich mit seinem Gewissen herumzuschlagen!» Er blickte unter gerunzelten Augenbrauen lebhaft in die Runde. «Ägypten ist ein *glückliches* Land», fuhr er fort.

«Wenn man bedenkt, daß es hinsichtlich der ungleichen Verteilung irdischer Güter, der kriminellen Mißwirtschaft und der behördlichen Verschwendungssucht an erster Stelle unter allen Nationen der Welt steht, fragt man sich, wie das möglich ist. Die Armen sind so arm, daß sie schon verhungert und gestorben sind und daher jenseits aller Leiden und nur noch brüllend lachen. Die Reichen sind bis zu einem unglaublichen Grad nachlässig und gefühllos. Und dennoch, was ist das Resultat? Ein *glückliches* Volk! Ja, das Volk lüftet, wo immer Sie hingehen, die Gewänder und zeigt die Geschlechtsteile und schüttelt sich dabei vor Lachen. Es versetzt alle in gute Laune.» Lord Galen sah reichlich entnervt aus. «Um Himmels willen», rief er leise aus, «was für eine Unverfrorenheit!» Blanford fand, es klang entzückend. «Und wie reagiert man darauf?» fragte er inmitten des Gelächters, aber der Prinz gab keine direkte Antwort. «Man reagiert wohlgelaunt», sagte er ausweichend.

Max, der violettfarbene Neger, der Galens Chauffeur und allgemeines Faktotum war, verbrachte seit einiger Zeit einen Teil des Morgens damit, Staubüberzüge über die Möbel zu ziehen. Er hatte in den oberen Stockwerken angefangen und sich allmählich nach unten vorgearbeitet, um die bewohnten Räume möglichst lange wohnlich zu lassen. Trotzdem war es wie ein Schwimmbassin, das sich langsam entleerte, so daß bei der letzten Zusammenkunft nur noch der große Salon und das Eßzimmer bewohnbar waren. Ein riesiger Haufen von wartenden Staubüberzügen stapelte sich in der Halle. Galen seufzte. Es war traurig, den Sommer verfrüht beenden zu müssen und nicht einmal *sicher* zu sein, daß das ganze Kriegsphantom sich nicht womöglich noch in letzter Minute in einem Friedensvertrag auflösen würde. Was würden sie dann tun? Könnten sie ihr altes Leben wiederaufnehmen, so als ob nichts geschehen sei? Nein, irgend etwas Tiefes im Herzen der Dinge schien eine große Wandlung durchgemacht zu haben. Das Schlagen der deutschen Trommel hatte etwas angekündigt – irgendeine neue Orientierung. Dennoch war die Zukunft noch immer dunkel, verschwommen und voll von schlimmen Vorzeichen. (Mit ihr zu schlafen, dachte Sam, ist, als mache man einen Doppelsalto zusammen mit einem Schwertschlucker.) Blanford rollte Brotkügelchen und dachte nach. Es gab noch einen anderen, privateren Grund, warum er Livia liebte, aber ihn zu nennen, hätte einfältig geklungen. Sie hatte ihm den neuesten Huxley hinterlassen, seinen Lieblingsautor, der den ersten Essay über das Wesen des Zen-Buddhismus enthielt, die allererste Erwähnung von Suzuki, die in das Dunkel seines Schädels wie ein Lichtstrahl gefallen war. Es hatte ihn wieder träumen lassen von fernen Völkern, die zur Harmlosigkeit erzogen werden an Orten wie Lhasa, durch das Lesen von goldenen Sutras, aufgeschrieben in goldener Tinte ... dies und die Entdeckung seines Talents zum Poeten waren Geschenke an ihn gewesen, Geschenke, die keine andere Frau je übertreffen könnte. Wer sollte das alles verstehen?

Dennoch war der Mangel an Kommunikation zwischen ihnen als sexuelle und affektive Geschöpfe im höchsten Grade verhängnisvoll gewesen, zuweilen hatte ihn dies so erbost, daß er sie am liebsten hochgerissen und wie eine Ratte geschüttelt hätte, bis sie zur Besinnung käme – oder sie verlöre. Und wo war sie jetzt? Er konnte es nur erraten, denn viel hing davon ab, ob sie genug Geld hatte, um in solch einem Hotel zu wohnen, obwohl es nur mittelmäßig teuer war: das *Fanechon*, auf dem geschäftigen, verkommenen, schmutzigen Boulevard Montmartre mit seinen *couscous*-Buden und schäbigen arabischen Kinos. Sie liebte dieses kleine exklusive Hotel, weil die Seitentür der Halle direkt ins Musée Grevin führte. Sie schlüpfte oft durch diese Tür und verbrachte einen großen Teil ihrer Zeit damit, zwischen den Wachsfiguren herumzuschlendern, um die Pfade der französischen Geschichte (bzw.

deren blutigeren Teil) mittels dieser Darstellungen zurückzuverfolgen, wobei ihr Gesicht durch die sanfte Abstraktion, in die diese schattenhaften Szenen sie versetzten, eine neue Schönheit annahm. Das Leiden Marie Antoinettes, der Tod Marats (die authentische Badewanne war die hier ausgestellte!) und die einfältige Reinheit des Ausdrucks, mit dem Johanna von Orléans zum Scheiterhaufen schritt – Stunden vergingen, und noch immer war sie dort, in Gedanken versunken, vor diesen wächsernen Wiedergaben einer verschwundenen und dennoch lebendigen Vergangenheit. Aber auch das Fest auf dem Grand Canal mit dem aufregend blauen Nachthimmel und den schimmernden Wasserszenen faszinierte sie, oder die eindrucksvolle *soirée* in Malmaison, mit allen Figuren aus Stendhals Romanen als Gästen! Die modernen Ausstellungsstücke erweckten nur geringes Interesse bei ihr, aber in dem muffigen kleinen Saal mit den Zerrspiegeln blieb sie eine gute Weile, probierte verschiedene Körperstellungen aus und betrachtete die Verzerrungen aufmerksam, aber niemals amüsiert. Danach kaufte sie öfters Kaugummi und verzog sich in irgendein Kino, um über die Länge der wächsernen Nase Descartes' oder über den verschlagenen Ausdruck eines Fouquier nachzusinnen. Blanford dachte jetzt mit einem dumpfen Schmerz an sie und sagte zu sich selbst: «Armes Mädchen, ihre Vergangenheit ist wie eine mit Dornen gespickte Pfote.»

Ägypten würde es also sein. «In Ägypten», versicherte er Felix Chatto, «haben die Mädchen Einzelradaufhängungen, es ist der letzte Schrei.» Es war der neueste Schick an modernen Autos wie an dem Morris, in den sich Chatto mit Lord Galens Angestelltem Quatrefages teilte und in dem er, wie er versprochen hatte, Constance nach Genf fahren würde, denn ihr Studium wollte sie – komme, was wolle – wie vorgesehen zu einem ordentlichen Abschluß bringen. Sam hatte darauf bestanden. Später, wenn er aus dem Krieg heimkehrte, natürlich mit der legendären, in seiner Brusttaschen-Bibel steckengebliebenen Kugel, würde sie ihn dort erwarten mit der ganzen Last ihrer gewichtigen Wissenschaft auf ihren Schultern! «Und dann», rief sie protestierend aus, «wirst du begreifen, wie dumm ich bin, und wirst beschließen, mich zu verlassen.» Tatsächlich war es so, daß ihre Studien ihr dazu verhalfen, das Wesen ihrer Liebe zu Sam zu verstehen. Er war ein Einzelkind, und seine Mutter hatte ihn mit Zärtlichkeit überschüttet, hatte aber klugerweise seinem Tätigkeitsdrang, seinem Verlangen nach Freiheit nie im Wege gestanden. Sie hatte sich im richtigen Moment von ihm gelöst. Sie hatte, in dem neuen Jargon, den Constance lernte, im fruchtbaren Moment die Übertragung abgebrochen und ihn in die Freiheit entlassen. Keine ‹*Söhne und Liebhaber*› würden je über *ihn* geschrieben werden, dachte sie. Er hatte in der mütterlichen Flut gebadet, sein Fleisch war gesättigt und befriedigt – daher stammte die sexuelle Anziehungskraft, die diese entspannten, gebräunten Glieder auf sie ausübten. Er hatte eine samtene Haut, weil er in der Kindheit auf richtige Art sinnlich geliebt worden war, so wie übrigens auch sie auf eine wundersame Weise. Sie waren füreinander geschaffen, ihre Empfindungen flossen ineinander wie Farbstoffe! «Oh! Hör auf zu *glotzen*!» sagte sie zu ihrem Bild im großen Wandspiegel – sie war neuerdings auf ihre Schönheit bedacht und schminkte sich jeden Morgen und Abend sorgfältig, damit er nicht anderswohin blickte! Als sie jedoch Aubrey fragte, ob ihr Geliebter nicht aussähe wie Donatellos David, hatte dieser sie irritiert, weil er auf seine müde, wegwerfende Oxforder Art ihr geantwortet hatte: «Jeder sieht sich, ob Frau oder Mann, anders, als er oder sie wirklich ist. Daher all diese Mißverständnisse, weil jeder eine Rolle spielt. Er sieht Sie als Isolde, während Sie eigentlich Katharina von Rußland sind. Sie sehen ihn als David, während ich in ihm nur den ewigen britischen verliebten Schuljungen sehe, der in Trance ist, weil er seine Mutter entkleidet.» Sie war wütend. «Hol Sie der Teufel!» sagte sie und fuhr stur fort, sich zurechtzumachen, während er ebenso stur versuchte, sich in einer Ecke des großen Spiegels zu rasieren.

Die königliche Dampf-Jacht, von Faruk geschickt, kündigte ihre Ankunft in Marseille an und ihre Bereitschaft, den Prinzen nach Alexandria mitzunehmen. Blanford ging zum Prinzen in sein Hotel in Avignon, um herauszufinden, was für Reisepläne dieser gemacht hatte. Er fand den kleinen Mann eifrig beim Einwickeln seiner Schätze vor; er verteilte sie auf seine zahlreichen Kabinenkoffer, die mit glitzernden, türkisch inspirierten Geflechten aus Goldfäden überzogen waren – vermutlich Erbstücke eines Khediven-Ahnen. Vor der Tür stand der riesige Möbelwagen, in dem die größeren Umzugsgüter des Prinzen untergebracht waren: seine Stühle und Klapptische (er gab zahlreiche Bridgeparties), zwei Palmen in Töpfen, prächtige Vasen, sein goldenes Tafelgeschirr und seine zwei exotischen Falken. Er zeigte Blanford all diese Dinge mit unverhohlenem Stolz, doch ließ er ihn wissen, daß er vorhatte, sich erst in ein oder zwei Tagen auf den Weg zu machen. Als Blanford fragte, ob irgendwelche Kleidungsstücke für seinen neuen Posten *de rigueur* seien, sagte der Prinz beiläufig: «Die Prinzessin wird Sie ausstatten. Erscheinen Sie einfach in einer *tenue de ville* und einer Krawatte, so daß Sie repräsentabel aussehen, wenn ich Sie vorstelle. Späterhin werden Sie wohl irgendeine helle, leichte Smokingjacke brauchen, aber ich weiß, wo ich die in Alex billig für Sie bekomme. Hier, sehen Sie sich das an.» Er holte eine große, purpurrote, samtene Hutschachtel hervor, von der Art, wie Zauberkünstler oder Schauspieler sie mit sich herumtragen könnten. Tatsächlich war sie eine orientalische Perückenschachtel, nur daß in ihr ein eingeschrumpfter menschlicher Kopf lag, ein männlicher Kopf, mit einer dicken Harzschicht überzogen, aber mit offenen Augen. Blanford war bestürzt. «Gott im Himmel», sagte er, und der Prinz kicherte zufrieden über diese

Reaktion. «Es ist der Kopf eines Tempelritters, er kommt von der Commanderie in Zypern – ich habe seinen Ursprung zurückverfolgen lassen, nachdem ich ihn im Souk von Kairo gekauft hatte. Das Museum wollte ihn unbedingt haben, aber ich dachte, er würde ein so hübsches Geschenk für Lord Galen abgeben, daß ich ihn hierher mitgebracht habe, um ihm mit dieser Gabe eine Freude zu machen …» Er hielt inne und setzte bedrückt hinzu: «Aber, wissen Sie, er ist so abergläubisch, daß er ihn ablehnte; er hat Angst, daß er Unheil über ihn bringt, besonders da er nach dem Schatz dieses Ordens sucht – oder genauer gesagt: Quatrefages sucht ihn für ihn. Also nehme ich den Kopf wieder mit zurück. Wenn ich den Ägyptern sage, es sei ein wahrsagender Kopf, werden alle meine Feinde erbleichen. Die Ägypter sind ebenso abergläubisch wie die Engländer, mehr noch sogar.»

Er schloß den Deckel der seidengefütterten Hutschachtel mit ihrem grausigen Inhalt und befahl seinem Diener Hassan, sie vorsichtig in Seidenpapier zu wickeln und sie zu seinen anderen Habseligkeiten in den Möbelwagen zu stellen. «Uff! Es ist heiß», sagte er und fächelte sich mit einem grell-bunt gefärbten Schilfrohrfächer. «Ägypten wird noch wie ein Hochofen sein, aber das ist nicht zu ändern. Setzen Sie sich, lieber junger Freund, und ich werde Ihnen eine komische Geschichte erzählen. Lachen kühlt einen ab, und Hassan wird uns Jasmintee und kandierte Früchte bringen. Sie lachten, erinnern Sie sich, als ich Ihnen erzählte, daß die Ägypter zur Begrüßung ihre Gewänder lüften und ihre Geschlechtsteile zeigen, *n'est-ce pas?*» Blanford sagte: «Gewiß. Es klingt reizend.» Der Prinz, dessen Gedanken von Zweig zu Zweig, von Ast zu Ast wie Vögel hüpften, wurde durch ein plötzliches rheumatisches Zwicken in einem seiner Finger abgelenkt. «Diese verdammte Arthritis deformans», rief er aus und zog an seinen Fingergelenken, bis sie laut knackten. Nachdem er dies getan hatte, nahm er sein Thema wieder auf.

«Über die Begrüßung kann ich Ihnen eine komische Geschichte erzählen, die alle Ägypter zum Lachen bringt – sie zeigt, daß wir nicht ohne Sinn für Humor sind. Sie betrifft Sir Charles Polk, den letzten britischen Botschafter. Diese Art der Begrüßung beschäftigte derartig seinen Geist und seine Phantasie, daß er an Schlaflosigkeit litt. Ich habe das vom Botschaftsarzt, Hassim Nahd, erfahren. Der arme Mann, wenn er schlief, träumte er immer, daß die Bauern ihn auf diese Art begrüßten, woraufhin er den unwiderstehlichen Wunsch empfand, seinerseits die Hose herunterzulassen, um die Begrüßung zu erwidern! Es versetzte ihn in fieberhafte Angst, so daß Hassim ihm unentwegt Beruhigungsmittel verschreiben mußte. Aber sie halfen nichts. Dann eines Tages schlug das Schicksal zu. London ließ ihn wissen, daß der König beschlossen habe, Ägypten einen Staatsbesuch abzustatten, und vorhatte, den Nil hinunterzufahren. Sir Charles begann, alle notwendigen Vorkehrungen zu treffen. Selbstverständlich stellte ihm die ägyptische Regierung den ehrwürdigen alten Dampfer *Memphis* zur Verfügung, der für Staatsbesuche dieser Art seit Menschengedenken benutzt wird. Die Probleme waren nicht unlösbar – außer dem einen, das allerdings herausragte, wenn ich das Wort ohne anzüglich zu werden, benutzen darf. Und das war das Problem der traditionellen Begrüßung. Die Fahrt nilaufwärts ist lang, und es gibt Tausende und aber Tausende von bäuerlichen Felachen, die zweifellos bei solch einem Ereignis dicht gedrängt an beiden Uferseiten stehen würden. Der arme Sir Charles erbleichte bei dem Gedanken, was geschehen könnte. Er versuchte, Whitehall den Besuch auszureden, aber nein, man erachtete ihn aus politischen Gründen für richtig und notwendig. Der Prinz stieß ein kleines Grunzen und Kichern aus, schlug sich sanft auf die Knie und fuhr fort: «Man kann sich das Dilemma des armen Sir Charles vorstellen. Was sollte er tun? Nun, man kann über die britischen Beamten sagen, was man will, aber niemand kommt ihnen gleich, was Redlichkeit und unerschütterliches Pflichtbewußtsein anbetrifft. Sir Charles stellte seinen Standpunkt klar und bot seinen Rücktritt an. Der Gedanke, seinen Monarchen in eine so peinliche Lage zu bringen, war ihm unerträglich. Das Foreign Office war so beeindruckt von dieser Würde und Charakterstärke, daß sie ihn sofort beförderten und nach Moskau versetzten. Der ägyptische Besuch fand, wie geplant, statt, aber unter der Ägide eines Chargé d'Affaires, der danach für zehn Jahre kaltgestellt, das heißt *en disponibilité* gehalten wurde, bis die Sache vergessen war. Ich sehe den alten Charles zuweilen in London, und wir sprechen von alten Zeiten, aber ich habe ihn nie gefragt, ob es eine ähnlich unübliche Begrüßung bei den Bauern in Rußland gibt!»

Unter solchem angenehmen Geplauder verging der Morgen, bis der Bürgermeister zu seinem üblichen Vor-Lunch-Glas *pastis* bat, was ihm die Gelegenheit verschaffte, dem Prinzen eine kurze Zusammenfassung der Weltlage zu geben. Er, der Bürgermeister, stand ständig mit Paris in Verbindung, und mit jeder neuen offiziellen Bekanntmachung und jedem Gerücht schienen sich die Dinge zu verschlechtern. Es mußte in Krieg enden und dennoch … *«Drôle de guerre»*, sagte der Bürgermeister, den aktuellen Tagesslogan zitierend, «aber sie werden uns nicht angreifen, denn sie wissen, daß die französische Armee die beste der Welt ist. Es wäre Wahnsinn. Und dann die Linie, die Maginotlinie!» Auf solchen ephemeren Selbsttäuschungen basierten ihre Hoffnung auf Frieden. «Man hat uns einige Luftschutzsirenen zugeteilt», fuhr der Bürgermeister stolz fort, «und heute üben die *pompiers* um drei Uhr einen Probealarm. Erschrecken Sie also nicht, wenn die Dinger losgehen, es dauert nur ein paar Minuten. Aber mit diesen modernen Flugzeugen muß man auf alles gefaßt sein.» Die Sonne war so hell auf der Terrasse und es lag so viel Trägheit in der Luft, daß es ihnen schwerfiel, diese Art von Themen mit dem Ernst zu behandeln, den sie verdienten. Blanford aß mit dem Prinzen im Hotel zu Mittag, anschließend schlenderten sie durch die gleißende Stadt und kletterten auf den Rocher de Doms, von dessen spitz hervorspringender Plattform aus man die noch spitzere Nase des Mont St. Victoire sehen konnte, der seinen wetterfesten Gipfel emporreckte – kahl und vom Mistral malträtiert. Es lag natürlich kein Schnee, aber der kalte, nachmittägliche Mistral hatte die grüne Rhône aufgewühlt und die Büsche und die Zypressen auf der trockenen *garrigues* verbogen. Sie sahen eine Weile lang auf die Stadt mit ihren braunen Pastetenkrusten-Dächern und mit ihren gewundenen dunklen Straßen hinunter. Plötzlich fingen die Sirenen zu heulen an, und unwillkürlich erschraken beide – besonders da über der Stadt tatsächlich ein Flugzeug langsam kreiste. «Eines von den unsrigen, hoffe ich!»

Lägen die Dinge anders, dachte Blanford, wie vergnüglich wäre es, so einen Abend in der sonnigen Stadt zu vertrödeln, die Tauben zu beobachten, die sich zwischen den hohen Glockentürmen tummelten, und über Nichtigkeiten zu plaudern oder einfach nur Träume und Gedanken aus dem trägen Geist zu räumen ... Aber man hatte ein schlechtes Gewissen, sich einen solchen Luxus zu erlauben, wenn die Welt aus allen Nähten zu platzen schien.

Hilary gesellte sich ihnen unerwartet auf dem Hauptplatz hinzu, und gemeinsam tranken sie eine *tisane de vervaine*, die der Prinz ihnen aufgedrängt hatte. Hilary war den ganzen Tag über nicht in Tu Duc gewesen, da er in die Stadt gefahren war, um der Frühmesse der Grauen Büßer beizuwohnen. Er war völlig verzweifelt, obwohl er versuchte, dies zu verbergen – seine gedrückte Stimmung war auf ein langes Gespräch mit dem Priester zurückzuführen, der ihm gesagt hatte, daß Frankreich keinen Finger rühren würde, um sich zu verteidigen, und daß es von den Deutschen überrannt werden würde, wann immer es denen gefiel. Es sei alles die Schuld der Juden, hatte er hinzugefügt, mit ihrem teuflischen Radikalismus. Hitler habe ganz recht, Frankreich sei *pourrie jusqu'à la moelle* – bis aufs Mark verrottet. Hilary seufzte und zündete sich die nächste Zigarette an. «Ein junges jüdisches Ehepaar hat gestern nacht im *Princess Hotel* Selbstmord begangen, erzählte mir der Zigarettenverkäufer. Sie waren Flüchtlinge aus Berlin. Sehr jung noch. Er hat die Schüsse gehört.»

Sie verabschiedeten sich vom Prinzen, der Blanford versprach, ihn zu benachrichtigen, sobald er den Entschluß gefaßt habe, wann er – wenn überhaupt je – abreisen würde. Blanford ging an der hohen Eingangstür des Museums vorbei und linste in den Innenhof, und sofort spürte er einen Schlag (fast einen körperlichen) in seiner Herzgegend, so lebendig war seine Erinnerung an Livia, die hier gestanden hatte. Im schwachen Licht der Dämmerung hatte sie einen Vers von Goethe zitiert mit ihrer ‹lächelnden Stimme›. Er beschleunigte jetzt seinen Schritt, um Hilary einzuholen, und dachte: Was für schöne, wind-verwehte Tage haben wir in diesem Sommer erlebt. Ich fühle mich wie ein alter König, dessen Lieblings-Mundschenk starb. Denn er wußte, ihre Abreise war endgültig, zwar bestand die Möglichkeit, daß sie sich wiederträfen, aber niemals würden sie wieder zusammen leben. Der Gedanke war nicht frei von Dankbarkeit, denn Livias Anziehungskraft war von der Art, die Männer reifen ließ. Er schloß seine Augen eine Sekunde lang und sah sie vor ihm um die Ecke verschwinden. Sie hatte gelernt, wie eine römische Sklavin zu gehen – so drückte er es bei sich aus –, und wenn sie eine Ecke nahm, neigte sie sich auf eine Seite und zögerte wie ein Falke, der im Begriff ist niederzustoßen. Hilary fing an, eine Weise aus *‹Bitter Sweet›* zu summen, und da die Melodie Blanford gefiel, summte auch er sie mit, um seine Gefühle zu verbergen. Und so schlenderten sie über die berühmte Brücke auf die Hügel und den gewundenen Weg zu, der in die Domäne Constances führte, die im Moment damit beschäftigt war, Sam zu helfen, die

Paprikaschoten, die es zum Abendbrot geben sollte, mit Hackfleisch und Knoblauch zu füllen.

Als sie fast das Tor des alten Herrenhauses erreicht hatten, brach Hilary ihr freundschaftliches Schweigen und sagte, indem er seine Hand auf Aubreys Handgelenk legte: «Ich will nicht in Sie dringen, Aubrey, aber was zum Teufel haben Sie gestern nacht zerrissen? Es hat endlos gedauert wie bei Tschechow.»

«Gut formuliert», erwiderte sein Freund mit sardonisch heruntergezogenen Mundwinkeln. «Es waren alte Notizbücher, Zettel und sonstiges, ich wollte reinen Tisch machen, bevor ich abreise.» Er hielt inne, dann fuhr er ein wenig abwehrend fort: «Sogar den Teil eines Romans. Ich habe einen Mann erdacht, den ich Sutcliffe genannt habe – mangels etwas Besserem –, und er wurde mir allzu wirklich. Er fing an, mich zu belasten wie die Schwerkraft und ritt auf meinem Rücken wie der alte Mann vom Meer. Ich mußte Schluß machen!» Hilary lachte. «Ich verstehe», sagte er. «Sie hätten sie dem Museum vermachen sollen, die Papiere, meine ich.»

Sie bogen um die letzte Ecke und erblickten Blaise, den Fuhrmann, der stolz vor dem Haus auf den Balkonstufen stand und mit Constance und Sam plauderte, er war vom Bahnhof heraufkutschiert, um das alte Ledersofa abzuliefern, das Pia ihnen zur Aufbewahrung geschickt hatte. *Es war angekommen!* Es war mit einem unförmigen Überzug aus dickem braunem Papier bedeckt. Constance starrte Aubrey mit halb zugekniffenen Augen an und sagte anklagend: «Ich dachte, Sie hätten mir gesagt, Sutcliffe sei erdacht.» Sie hielt ihm den unteren Teil der Rechnung hin, auf dem der Name des Absenders stand. «Wir werden das später klären», sagte Blanford ausweichend. Gemeinsam ergriffen sie den schäbigen Gegenstand und stellten ihn in den Wintergarten unter die Palmen, wo er gar nicht so fehl am Platz aussah. Blaise nahm an all diesem nicht teil, sondern stand und hustete auf dem Balkon, bis das Mädchen zurückkam mit einem Tablett, auf dem bis zum Rand gefüllte *pastis*-Gläser standen. Dieser Husten von ihm war keine Angeberei, er war im Ersten Weltkrieg in einen Gasangriff geraten. Constance war es gelungen, seine Frau nicht nur als Putzfrau, sondern auch als Wäscherin in Dienst zu nehmen, was für sie alle eine große Hilfe war.

Und so unterhielten sie sich eine Weile, wobei unvermeidlich das Thema Krieg wieder zur Sprache kam. «Der Präsident hat letzte Woche eine Rede gehalten – *quel con!*» sagte Blaise ohne übertriebene Feindseligkeit. «Er hat nie gesehen, was ein Krieg ist. Er sprach von Freiheit!» Er hatte offensichtlich eine der üblichen intellektuellen Reden gehalten, ohne jegliche Überzeugungskraft – aber woher sollte sie auch kommen in einem Land, wo sogar die Führer verwirrt und kleinmütig waren? Und was die Freiheit betraf ... Der Prinz selbst hatte bei Lord Galen während eines Diners gesagt: «Freiheit ist eine schwer greifbare Angelegenheit, man bemerkt sie nur durch ihre Abwesenheit, aber definieren kann man sie nicht. Darum weigern sich auch die Engländer, uns Ägypter mit unserem Wunsch nach Freiheit zu verstehen. Natürlich würden wir viel Mist machen, aber es wäre ägyptischer Mist, unser eigener, persönlicher Mist – und was für einen Mist wir bauen würden! Aber ägyptischen Mist!» Er hatte seinen Kopf stolz hochgereckt und liebevoll um sich geblickt.

Sam schickte sich an, die Strippe aufzuknüpfen und das braune Papier abzureißen, in die das alte Sofa verpackt war. «Es ist Emily Brontës Sofa», sagte er. «Nein», sagte Hilary, «rat noch einmal.» Constance sagte: «Keine weiteren Pietätlosigkeiten, bitte. Es ist das Sofa der Prophezeiungen, das Sofa der Weissagungen; ich werde den Nachmittag damit verbringen, auf ihm meine Psycho-Dingsbums-Broschüren zu lesen und um Erleuchtung zu bitten.»

Blanford hatte einen postlagernden Brief von einem

Schulfreund abgeholt, so kontemplativ wie er selbst, der eine verblüffende Beschreibung von einem Paris lieferte, das nicht etwa leichtfertig über den Krieg sprach, sondern die Möglichkeit eines solchen völlig ausschloß. «Wenn man im *Dôme* sitzt, hat man das Gefühl, er *kann* einfach nicht stattfinden, zumindest nicht in unserem Jahrhundert, nach alldem, was wir erlebt haben. Dennoch verleiht die Gefahr den Dingen eine seltsame Unwirklichkeit – ähnlich wie bei einem Gedächtnisverlust. Handlungen werden automatisch. Schau, ich sitze hier auf einer Terrasse und beobachte die Bemühungen einiger behaarter Arbeiter, eine scheußliche Balzac-Statue von Rodin auf einen Sockel hochzuziehen. Nach einiger Zeit haben sie es tatsächlich geschafft, das Ding wackelnd wie ein Pinguin auf einer Eisscholle auf das Pedestal zu hieven, wo es bald wegen des Laubes fast nicht mehr zu sehen sein wird. Diese Woche ist Georges Sand an der Reihe, deren Büste im Luxembourg aufgestellt werden soll, begleitet von Reden, daß man eine Gänsehaut kriegt. Diese Rhetorik! Und doch so passend für ein Volk, das feierlich ein Schild mit *Défense d'uriner* am Gitter außerhalb der Chambre des Députés anbringen kann. Sie sind die wahren Erben der altgriechischen Idee der bürgerlichen Anarchie ... Und dennoch bricht zuweilen die Wirklichkeit wie eine kalte Dusche über uns herein, zum Beispiel mit einem *fait divers* wie: ‹René Crével begeht Selbstmord.› (Er war ein Dichter und Freund von mir, den du nicht kennst.) Ich beklagte dieses traurige Ereignis im *Dôme*, aber mein Gesprächspartner, ein Maler, unterbrach mich brüsk: ‹*Ce que je lui reproche* ... was ich ihm dabei vorwerfe, ist, daß er gute *Gründe* hatte, sich umzubringen. *C'est pas ça le suicide! C'est pas sérieux!* Er hat den Selbstmord in Verruf gebracht!›»

Blaise, der Fuhrmann, rosig wie die untergehende Sonne, verabschiedete sich, und sein Karren fuhr knirschend zurück in die Stadt. Sam putzte die Petroleumlampen für den Abend und öffnete einige Schachteln mit Kerzen, die später auf alten Untertassen auf den Terrassentisch gestellt werden würden. Diese Woche waren Constance und Sam an der Reihe, alle jene Aufgaben zu übernehmen, die unter dem Titel ‹Strafdienst› rangierten – einige dieser Strafdienste wie das Reinigen der verstopften Toiletten waren ausgesprochen lästig. Sam stöhnte und fluchte, andererseits war es sein höchstes Glück, mit ihr allein zu sein. «Und wenn sie nicht gestorben sind, dann leben sie heute noch in makelloser, häuslicher Harmonie, die andere Leute vor Neid erblassen läßt», sagte er, während sie arbeiteten.

Sie aßen früh an diesem Abend – *entre chien et loup* wie die Franzosen die Dämmerung nennen –, anschließend beschlossen die noch unternehmungslustigen jungen Männer, ein Bad in dem kühlen Wasser des Wehrs zu nehmen und überließen Constance den Abwasch. Was ihr durchaus recht war, sie wollte eine Weile allein sein, und die mechanische Tätigkeit beruhigte sie und erlaubte ihr, an andere Dinge zu denken, wie zum Beispiel an die verlockenden Broschüren, viele von ihnen mit noch unaufgeschnittenen Seiten, die neben ihrem Bett lagen. Die Liebe hatte sie von ihrem Studium abgelenkt, was ihr ein schlechtes Gewissen verursachte. Und so ging sie, nachdem sie die Küche aufgeräumt hatte, nach oben und ergriff zwei der Broschüren, die sie unverzüglich zu lesen vorhatte, und zwar an einem höchst geeigneten Ort: in dem glasüberdachten Wintergarten. Dies verlangte einiges Jonglieren mit Kerzen, um genügend Licht zu haben, aber nachdem auch das geschafft war, legte sie sich aufseufzend nieder und vertiefte sich in das Labyrinth von Erwägungen und Vermutungen, die ihre Sicht auf die Dinge so total verändert hatten – die ihr eine neue, unerwartete Einstellung zu Menschen, Individuen, Zivilisationen, zur Philosophie und zu Religionen vermittelt hatten. Es war, als wäre ihr Geist aus dem Kokon der akzeptierten Wahrheiten befreit worden, als hätte er Flügel bekommen, um sich in dieses außergewöhnliche Abenteuer zu stürzen, in die Welt der infantilen Beziehungen, der Dämonen und der Götter der menschlichen Kinderstube und des Bestiariums. Mein Gott, sie konnte wütend werden, wenn sie bedachte, wie lauwarm die Leute auf diese Dinge reagierten – der unerträgliche Hochmut des männlichen Geistes! Der konventionelle alte Aubrey, der durch seine hochmütige Oxford-Nase mal heiß, mal kalt blies, der bigotte Hilary, der dämliche Felix …

Sie las eine Stunde lang und lauschte abwesend mit halbem Ohr dem lärmenden Gelächter und dem Aufklatschen der Körper aufs Wasser. Dann, einem plötzlichen Impuls folgend, stand sie auf, nahm ihre Broschüren und Kerzenleuchter und ging die Treppen hinauf in ihr Zimmer, das nunmehr voll von rosigen Schatten war, die von dem langen Spiegel in dem riesigen, altmodischen Schrank reflektiert wurden. Sie setzte sich auf den Bettrand und verteilte die Kerzen auf dem Boden, und zwar so, daß ihr Schein von unten direkt auf sie fiel. Dann entledigte sie sich ihrer Kleidungsstücke und setzte sich wieder auf den Bettrand, spreizte ihre Beine so weit sie konnte und starrte fasziniert auf den Schlitz zwischen ihren Schenkeln, der von dem hohen Spiegel zurückgeworfen wurde. Mit ihren Händen zog sie die zwei roten Flügel ihrer Vulva weit auseinander, blieb so sitzen und starrte auf diese schrecklich klaffende rote Wunde zwischen ihren weißen Schenkeln – eine gräßliche Wunde, als hätte ein unbeholfener Säbelhieb sie verursacht. Ihre Vagina, ihre Vulva – wie ekelerregend, ein so primitives und scheußliches Organ zu betrachten! Wenn ein Mann es sehen würde, er könnte vor Abscheu nur verrückt werden! Sie stieß einen kleinen Schluchzer aus, so wie ein Vogel, wenn ein Schuß ihn mitten im Flug in die Brust trifft. «Meine Fotze», sagte sie mit leiser Stimme immer noch hinstarrend. «O Gott, wer hat sich so was ausgedacht?» Sie wurde von wilder Panik ergriffen, während sie die rote Wunde anstarrte. Er würde niemals bei ihr bleiben, sollte er je einen Blick auf diesen schrecklichen roten Sinus erhaschen zwischen ihren schönen, wohlgeformten Beinen. Sie beugte sich zurück und dehnte den roten, kretinhaften Mund so weit aus, daß er eine ovale Form annahm, darüber lag noch ein Teil des hochzeitlichen Netzes – er glotzte wie ein Walfisch auf einem Breughel-Bild. Armer Sam! Armer Jonas! Sie fühlte sich vor Verzweiflung und Abscheu ganz schwach. In ihrer Vorstellung ergriff sie ihn bei den Schultern und preßte ihn an sich, während ihr Herz ihm zurief: «Halte mich fest, ersticke mich, durchbohre mich! Ich sterbe vor Verzweiflung. Was Gutes kann aus den armen Frauen kommen mit diesem entsetzlichen Handikap?» Sie sprang so impulsiv auf – eine Bewegung von Verzweiflung beflügelt –, daß sie die Kerzen umwarf und nach ihnen hastig greifen mußte, um sie wieder aufzustellen. Sie hätte vor Ärger weinen können, aber befand, daß sie sich besser nicht so weit gehen lassen sollte, bevor er kam, um sie zu trösten. Nichtsdestoweniger weinte sie ein wenig, so daß er, sollte er sehr spät kommen, Tränenspuren auf ihren Wangen sehen und begreifen würde, daß sie unter seiner Abwesenheit gelitten hatte. Er würde sehr zerknirscht sein, und sie würde ihm vergeben ... Sie zog einen Schleier über die Versöhnungsszene.

Im gleichen Moment wurde auch Sam von einer plötzlichen Verzweiflung von ungefähr gleichen Ausmaßen gepackt. Eine zufällige Bemerkung hatte sie wie ein Feuerwerk entfacht. Aubrey hatte in seinem düstersten Tonfall gesagt: «Die Fähigkeit, die Frauen besitzen, Männern Niederlagen beizubringen, ist wirklich entmannend, wirklich furchtbar, mit einem einzigen Blick können sie uns zu geistig minderbemittelten Kindern degradieren, können sie uns zeigen, wie seicht unsere männlichen Prätentionen sind. Mit ihrer Intuition können sie direkt in unser Inneres blicken und sehen, wie schwach, infantil und eitel wir sind. Mein Gott, sie sind angsteinflößend.» Sam, der diesen Weisheiten eines Zwanzigjährigen mitfühlend lauschte, fühlte, wie auch ihn Panik ergriff, als er daran dachte, wie weit überlegen ihm Constance auf allen Gebieten war. Ja, zu was waren Männer nütze? Die Rolle von Caliban war noch die beste, die sie anstreben konnten! Er haßte sich selbst, wenn er an ihre Vollkommenheit dachte – eine ganze Petrarkische Galaxie von Tugenden, die sie wie Laura überragend in der Liebe machte. Und nun würden sie bald getrennt werden. Er sprang auf die Füße. Was tat er hier? Er verlor kostbare Minuten im Gespräch mit diesen Idioten, anstatt bei ihr zu sein. Wie typisch Mann! Was für Narren Männer doch waren. Er sprang noch einmal ins Wasser und tauchte japsend wie ein Schwertfisch mit ausgebreiteten Armen wieder auf. Wie köstlich das Wasser doch war, trotz des hoffnungslosen Schicksals, das der Menschheit bevorstand! Wie sehr er sich danach sehnte, wieder in ihren Armen zu liegen! Er mußte versuchen, ihrer würdig zu sein! Er war so benommen von diesem Gedanken, daß er über einen Baumstumpf stolperte und sich das Fußgelenk ziemlich schlimm verstauchte.

Und als er endlich zur Schlafzimmertür kam, fand er sie schlafend vor mit Tränenspuren auf den Wangen. Wie stumpf, wie gedankenlos Männer doch waren! Sie waren einfach Scheusale mit einem sexuellen Hunger, aber sonst absolut gefühllos, brutal, beschränkt! Er kroch ins Bett und kuschelte sich an ihren warmen Körper, der sich sogleich im Schlaf regte.

Trotz dieser emotionalen Polaritäten war er sofort von ihrer körperlichen Wärme besänftigt, und wie ein Schwimmer tauchte er wieder ein in die erfrischenden, unschuldigen Träume seiner frühen Pubertät, die immer – wie eine mystische Mandala-Form – die Umrisse eines saftig-grünen Kricketfelds annahmen, auf dem weißgekleidete Spieler, wie Druiden, ihre langsamen beschaulichen Bewegungen ausführten, bis die Abendglocke im Pavillon vier Uhr schlug. Und im hohen Gras, das das Kricketfeld umsäumte, lagen die Schuljungen mit ihren Büchern und Kirschen und schauten zu. Und eine fast gleich große Anzahl von Kaninchen wagte sich ebenfalls bis zum Rand des Feldes vor, um zuzuschauen. (Die gleichen Kaninchen hoppelten jetzt bis an die Ränder der gemähten Landebahnen der vielen geheimen Flugplätze, um den Spitfires zuzuschauen, die Starten und Landen probten.)

Er stieß von Zeit zu Zeit kleine Seufzer im Schlaf aus, und sie schloß ihn automatisch in die Arme, ohne selbst aufzuwachen.

Zwei Stockwerke tiefer vollendete ein griesgrämiger und mißmutiger Blanford die Zerstörung seiner losen Notizblätter, deren ausschweifende Volltönigkeit ihm plötzlich unerträglich banal und fadenscheinig vorkam: «Ein Würfelwurf muß entscheiden, ob die Partner sich magnetisch anziehen oder nicht, ob sie zusammenpassen und ob das, was sie hervorbringen eine klarsichtige Liebe oder ein Schlamassel ist – ein Schlamassel, der sich auf ihre Kinder überträgt.» Er seufzte und sah zu, wie dies mit anderen Blättern verbrannte, denn er benutzte den Kamin für sein *auto-da-fé*. Später würden sie ihn beschimpfen und ihn zwingen, sein Zimmer zu säubern. Er hatte so wenig wie er nur konnte über Livia gesagt, es war zu qualvoll, über sie zu sprechen, und was die Nachrichten von ihr, die Vermutungen über sie und so weiter anbetraf, das überließ er verachtungsvoll Felix Chatto.

«Das Verhalten Europas entsprach der Mentalität jener, die sonntags symbolisch das Blut tranken und die Anatomie ihres Erlösers mampften.» So dachte Blanfords alter Mann vom Meer über die anglikanische Kirche. Es war eine unappetitliche Vorstellung – war er selbst genauso pessimistisch? Er dachte nach, rauchte, und dachte wieder nach, und kam zu dem Schluß, daß er es war und daß er wohl daran getan hatte, seine Brust von solchen vergifteten Vorstellungen zu reinigen.

In welcher Schmach wir uns befinden,
Ein krankes Paar und voller Sünden!

Dann, ein wenig später, eine andere Notiz, die dazu bestimmt war, ein längeres Leben in seinen Überlegungen zu haben. «Wenn wirkliche Menschen den Kreaturen ihrer Phantasie beiwohnen könnten – sagen wir in einem Roman –, was für eine Art Kinder wären die Früchte ihrer Vereinigung: Wechselbälger?» Er lachte so hilflos wie Sutcliffe lachen würde und ging auf der Terrasse auf und ab. Die Nacht war schön wie blaue Seide, und die Sterne waren geschlossen angetreten und blitzten wie verrückt vor diesem opernhaften Dunkelblau.

Er ging zu Bett und sehnte sich nach seinem unruhigen Schlaf, den Kopf unter dem Kissen vergraben; es roch nach frisch gebügeltem Leinen, das im Regen gehangen hatte. Der Regen! Er war nicht wach um vier Uhr früh – in der gerade nur angedeuteten Dämmerung –, um das Plätschern eines leichten Schauers auf den Bäumen und den Steinplatten der Veranda vor seinem Zimmer zu hören. Die Sommerhitze, die von dem braunen, ausgedörrten, trommelfellartigen Boden aufstieg, hatte diesen typischen Temperatursturz hervorgerufen – kleine Sommerfieber, die plötzlich große, zerrissene, frei segelnde Wolken produzierten, so niedrig, daß man sie fast berühren konnte. Sie hingen völlig isoliert in dem sie umgebenden sommerlichen Blau, und sie führten kleine Regenschauer, zuweilen sogar Hagel mit sich, der dann auf die Rebstöcke einpeitschte und auf den Grasboden trommelte.

Päng! Der Schuß war so laut, daß die Liebenden hochfuhren, desgleichen Hilary und Felix Chatto, der auf einem Feldbett in der Küche schlief. «Was zum Teufel!» rief Sam aus. Beschossen sie etwa die Stadt? Aber wer? Päng! Diesmal waren sie wach genug, um die Richtung des Schusses auszumachen, er schien von dem dichtbewaldeten Hügel oberhalb Tu Ducs zu kommen, wo sie vor einiger Zeit Trüffel auf einer Steineichenlichtung gesucht hatten. Aber wer könnte auf diesem steilen Hügel ein Gewehr mit sich tragen und aus welchem Grund? *Certes*, die ganze Stadt Avignon lag unter dem Hügel jenseits des Flusses mit Villeneuve auf der einen Seite, die die griesgrämige Wange ihrer Burg nach links wandte. Es hatte wie ein leichter Mörser geklungen, aber keine Gegenschüsse waren abgefeuert worden, und kein Flugzeug war zu hören. Und so machten sie beunruhigt und erstaunt Kaffee. «Wir müssen hinaufgehen und sehen, was los ist», sagte Hilary aufgeregt. Die graufeuchte Dämmerung stieg über dem Wald auf. «Natürlich», sagte Sam, und so tranken sie hastig ihren Kaffee, während die unsichtbare Artillerie zwei weitere Schüsse abfeuerte. Sie ließen Getränke und Essen stehen und liefen den kurzen, aber steilen Weg zur Hügelkuppe hinauf. Sie brauchten eine Viertelstunde, aber als sie endlich die grüne Plattform erreichten, stellten sie fest, daß die Waffe nur ein alter *paragrêle* war – eine Hagelschutzkanone, die mit Salzkristallen gefüllte Kartuschen auf die schwarzen unbeweglichen Wolken abfeuerte. Zwei alte Männer luden und feuerten den kleinen Mörser ab, die Ladung zischte himmelwärts in die Wolken, die so prall wie Geldbeutel waren, nur daß sie in diesem Fall Regen enthielten. Nach einer halben Stunde gelang der Trick, und ein leichter Regen fiel wie Rauch auf die Hügel. Einer der alten Bauern entkorkte eine Flasche *eau de vie* und reichte sie nach dem Erfolg des letzten Schusses für einen Schluck herum. Eine bleiche Sonne kämpfte sich durch und färbte ihre Gesichter grau, dann gelb. Sie prosteten sich mit einem Eviva zu, und dann bemerkte einer der beiden alten Männer beiläufig: «Sie sind in Polen einmarschiert. *L'après-midi, c'est la guerre*.»

Die Wolke war zerborsten – endlich.

ZWEI

DIE NAZIS

Die Ländereien der von Esslins lagen in einem verlorenen Winkel Frieslands in der Nähe der Küste, reichten aber nirgends an sie heran. Sie wurden von den gleichen Stürmen und dem gleichen unfreundlichen Wetter wie die Küste heimgesucht, ohne jedoch an ihrem malerischen Reiz, der erfrischenden Gischt und der grauen Wolkenlandschaft teilzuhaben. Der Boden war brackig und unfruchtbar, und die Hügelkette, die diese Ländereien umgab, war eine trostlose Kulisse, die nur zu deutlich zeigte, wie mühevoll und karg das Leben derer war, die diesen Boden bestellten. Hügel, geschwungen wie nachdenkliche Augenbrauen, schwerer, kalkarmer Lehmboden, der unter dem Pflug klumpte und für edlere Getreidesorten zu tonhaltig war. Der Winter war hier fast eine Wohltat, das Land sank zurück in seine verschwiegene Ruhe unter den zugefrorenen Deichen und Teichen, wo das vereiste, lanzettförmige Gras an eine Armee von Schwertträgern erinnerte. Die Bäume tröpfelten laut im nächtlichen Tauwetter und ließen ihre Eiszapfen fallen.

Die Ländereien gehörten den von Esslins seit dem Anfang des 17. Jahrhunderts, als der erste von Esslin – auch ein Egon – Karriere in der Armee gemacht hatte und durch eine vorteilhafte Heirat in den Besitz eines kleinen Vermögens gekommen war. Das große, häßliche Herrenhaus hatte aus irgendeinem Grund zwei nicht zueinanderpassende Türme geerbt und einen schmalen Burggraben, der jetzt als Ententeich diente. Es war ein ungemütliches Haus und völlig unheizbar. Überdies, wie die meisten Offiziersfamilien, die fast, aber doch nicht ganz, zum Schwertadel gehörten, waren sie in ständigen finanziellen Schwierigkeiten. Der Besitz versah sie mit einem Einkommen aus zwei Kiesgruben und aus einer Schicht feinsten weißen Tons, den sie an Töpfer in der Tschechoslowakei verkauften. Der alte General bezog eine durchaus anständige Pension, während Egon mit seinem Offizierssold knapp das Leben, das er führte, bezahlen konnte, das heißt, solange er sich keine Spielschulden, Pferde oder Schauspielerinnen leistete wie so viele seiner reicheren Kameraden aus der gleichen Gesellschaftsschicht. Er bedauerte diese Tatsache nicht, da er ernst, ja fast frömmlerisch veranlagt war, wie es sich für einen Katholiken geziemt, der mütterlicherseits aus Bayern stammt. Aber als Familie wurden sie zu den Junkern gerechnet, und sie hatten sich teilweise die massive Verstocktheit und den Bildungshaß dieser Klasse angeeignet – allerdings hatten sie sich eine Schwäche, eine saisonbedingte Schwäche könnte man sagen, für Musik erhalten, die sie jedes Jahr in Richtung Wien entführte, eine Hauptstadt, die sie seit jeher liebten und wo sie eine anständige Wohnung unterhielten mit einem herrlichen Ausblick auf den berühmten Wiener-Wald. Aber Gartner, das Familienhaus in dem gleichnamigen Dorf, war ein düsteres Gebäude, ein Gebäude, das schwer zu lieben war, und nun, wo seine Mutter fast das ganze Jahr dort verbrachte, fing von Esslin an, unter dem Haus zu leiden. Trotzdem schämte er sich ein wenig, daß er fast froh war, als die Armee ihn zu den Fahnen rief und er eine Ausrede hatte, woanders zu wohnen.

Dies waren die halb formulierten Gedanken und Empfindungen, die dem Soldaten durch den Kopf gingen, indes der solide Dienstwagen mal nördlich, mal östlich die Dünen entlangfuhr, wo das Meer während der sommerlichen Windstillen seufzte und die Sandlilien ihre hübschen Blüten zeigten. Er hatte sich unter fadenscheinigen

Vorwänden eine schwer erhältliche Sondergenehmigung verschafft – einen vierundzwanzigstündigen Urlaub – und das zu einem Zeitpunkt, wo alle verfügbaren Waffen und Männer an den Grenzen Polens zusammengezogen wurden. Aber wegen der Ereignisse, die sich am Horizont abzeichneten, hatte er das Bedürfnis gehabt, sich von seiner Mutter zu verabschieden – denn wer konnte wissen, wohin der Führer sich entschließen würde, sie zu schicken? Das Telefon war schon seit einigen Tagen gesperrt außer für militärische Übermittlungen, aber es war ihm gelungen, ihr Bescheid zu geben, indem er einen Kameraden in einer nördlichen Einheit gebeten hatte, einen Meldefahrer auf einem Motorrad zu ihr zu schicken. Sie würde also zu Hause sein und wie immer im grünen Salon auf ihn warten, lächelnd mit der Hand auf einem Buch. Sie nahm stets diese Pose ein, wenn er zu einem seiner Besuche kam – sie versuchte damit auszudrücken, daß alles zum Besten stünde, daß das Leben normal und alles, was den Besitz betraf, in Ordnung sei. Das polnische Dienstmädchen, das nie sprach, würde ihm die Tür aufmachen und schweigend mit ihrem scheuen, zurückhaltenden Lächeln auf dem dunklen Gesicht vor ihm knicksen. Ja, so würde es sein, aber ... sie hatten so viel miteinander zu bereden. Die Dinge entwickelten sich so schnell, daß sich niemand mehr auskannte. Diese Schnelligkeit, mit der alles geschah, hatte alle in Erstaunen versetzt. Der Frieden hatte noch nicht den Todesstoß erhalten, aber er war wie ein Patient, der bewußtlos auf einem Tisch lag und verblutete.

Der Sommer war außergewöhnlich heiß gewesen, warmer Regen im August, man stelle sich das vor! Alles dampfte, und das Wetter konnte nicht besser sein für die Ernte. Es war windstill und blau mit der dazugehörigen Sonne. (Ideal für einen Feldzug auf den polnischen Schlachtfeldern.) Von Esslin runzelte die Stirn und berührte die Spitzen seines kurzen Schnurrbarts, während er das Haus betrachtete, das allmählich am Ende einer langen, gewundenen Straße, gesäumt von anmutigen Linden, in Sicht kam. Das war sein Zuhause – er wiederholte im Geist diesen Satz, aber er erweckte keine jähe Freude in ihm, sondern nur Besorgnis und jene ehrerbietige Zuneigung, die er sich für seine Mutter erhalten hatte. Sie standen sich in gewisser Weise sehr nah, und dennoch überschattete eine seelenabtötende Scheu ihre Beziehung. Wenn man dem leb- und glanzlosen Ton lauschte, mit dem sie miteinander sprachen, hätte man meinen können, daß sie nur flüchtig miteinander bekannt waren. Und diese Scheu, sie hatte sich noch verstärkt nach dem Tod seiner Zwillingsschwester Constanza und seines Vaters, des Generals. Der alte Mann hatte Constanza angebetet und hatte ihren Tod nie ganz verwunden, er hatte sich abgehärmt wie eine alte Bulldogge und die Salons mit Fotos von ihr als junge Frau gefüllt, bevor sich die schleichende M. S. – Multiple Sklerose – bei ihr bemerkbar gemacht hatte. Wie schön sie gewesen war. Auch Egon war über dieses grausame Schicksal erschüttert gewesen. Sie sprachen nie darüber oder nur selten und dann nur in einem mürrischen Tonfall.

Es war anders, wenn sie getrennt waren, denn dann erlaubte er sich, seiner kindlichen Anhänglichkeit Ausdruck zu verleihen; in seinen Briefen nannte er sie Katzenmutter, und wenn er die Worte hinschrieb, spürte er, wie in seinem Herzen das Bild einer gutartigen Katzenmutter aufstieg, immer mit einem großen, geschmeidigen Siamesen neben sich. Sie waren noch immer da, diese Katzen, sie waren eine Leidenschaft von ihr.

Endlich erreichte der Dienstwagen den überwachsenen Burggraben, überquerte behutsam die Bohlenbrücke und hielt vor der hohen Eichentür, hinter der das polnische Mädchen bereits stand und auf sein Klingeln wartete. Sie hörte, wie der Fahrer die Wagentür öffnete und die Hakken zusammenschlug und dann die Stimme des Generalmajors, der ihn anwies, sein Reisenecessaire hineinzutragen und in der Früh beim ersten Licht zur Abfahrt bereitzustehen. Auf diese kurzen, barschen Befehle folgte der schrille Ton des Klingelzugs. Das polnische Mädchen öffnete und murmelte wie immer etwas Gutturales, neigte den Kopf und machte einen angedeuteten Knicks. Von Esslin brummte irgend etwas, das vage einer Begrüßung glich, ging an ihr vorbei, legte seine Mütze auf den Marmortisch und machte ein paar Schritte seitwärts auf die von dem Mädchen bereits geöffnete Tür zu, die in den grünen Salon führte, wo seine Mutter sich erhob, um ihn mit einem kleinen Freudenschrei zu begrüßen. «Ich konnte es fast nicht glauben», sagte sie und nahm ihn kurz in ihre nach keinem Parfum riechenden Arme. «Aber wie wunderbar.» Er trat einen Schritt zurück, nahm ihre Hände und küßte sie mit einem Anflug zärtlicher Ehrerbietung. «Ich habe nicht viel Zeit», sagte er, räusperte sich rauh und fügte hinzu: «Wir stehen kurz vor einem Krieg.» Sie nickte flink, ein vogelartiges Nicken. «Wie sonnengebräunt du bist», sagte sie. «Dadurch wirkt deine Narbe noch weißer als sonst.» Er lächelte, es war ein oft wiederholter Scherz. Vor langer Zeit war ein Pferd im Wald mit ihm durchgegangen, und er hatte sich an einer Stacheldrahtrolle, die aus einem unerfindlichen Grund an einem Baum festgemacht war, die Wangen aufgerissen. Die Wunden waren sauber, und er hatte es nicht für nötig gehalten, sie verbinden oder nähen zu lassen; das Resultat war, daß sie Duellnarben täuschend ähnlich sahen. Trotz seiner häufig wiederholten Erklärungen waren seine Mitoffiziere der festen Überzeugung, daß er an einem dieser samuraiartigen Duelle teilgenommen hatte, die zwar schon seit vielen Jahren in der Armee verboten waren, die aber trotzdem hin und wieder von jungen Offizieren heimlich ausgetragen wurden. Je mehr er es verneinte, desto weniger glaubte man ihm. War er nicht ein Preuße? Zugegeben, solche Fälle kamen nur selten vor, aber gelegentlich wurde doch schon mal ein Duellant vors Kriegsgericht gestellt. Die Narben blieben und wirkten weißer, wenn die Sonne seine Haut gebräunt hatte.

Manchmal war er auf diese Unterstellungen kindlich stolz, manchmal schämte er sich ihrer. Die Narben waren wie Stigmata, die einem nicht zustanden, die man aber andererseits nicht entfernen konnte. Sie lachten zusammen über diesen Widersinn.

«Komm und setz dich neben mich», sagte sie, «und erzähl mir, was vor sich geht. Hier wissen wir von nichts. Das Radio ist kaputt.»

Er gehorchte ihr und setzte sich seufzend aufs Sofa. «Die Dinge passieren so schnell», sagte er, «daß ich vielleicht schon nicht mehr auf dem laufenden bin. Deshalb muß ich morgen zu meinem Standort zurück. Der Führer trifft seine Entscheidungen blitzschnell.»

Das polnische Mädchen kam mit einem Tablett mit Getränken herein, und ein bleiernes Schweigen trat ein, als sie den Raum durchquerte. Gewöhnlich sprachen Mutter und Sohn ein hölzernes Französisch in ihrer Gegenwart, um den vertraulichen Charakter der Unterhaltung zu wahren. Seine Mutter sagte daher jetzt: «Die tschechischen Verträge für Tonerde sind aufgekündigt, aber ich glaube, wir haben einen Käufer mehr in unserer Nähe gefunden. Ich warte auf seine Antwort.» Er nickte und erwiderte stirnrunzelnd: «Das war vorauszusehen, so wie die Dinge nun einmal liegen.» Als sich die Tür geräuschlos hinter dem Dienstmädchen schloß, sagte seine Mutter: «Sie hatte um Urlaub gebeten, um ihre Eltern zu besuchen. Ich dachte, sie würde nicht zurückkommen, und war erstaunt, daß sie es tat.» Er rief aus: «Ach, warum das? Sie ist doch schon ewig bei uns, und selbst wenn sie kein Wort Deutsch gelernt hat, fühlt sie sich bestimmt wohler hier als in irgendeiner elenden polnischen Hütte – ihre Eltern sind Landarbeiter, nicht wahr?»

Das Schicksal Polens warf einen momentanen Schatten über ihr Gespräch, und so begruben beide eiligst das Thema zusammen mit ihrem Gefühl des Bedauerns – es Schamgefühl zu nennen wäre zu weit gegangen. Er sagte plötzlich in einem herzhaften, aber leicht sentimentalen Tonfall: «Es tut einem gut zu sehen, daß das Vaterland endlich den Stier bei den Hörnern packt und seinen Verleumdern die Stirn bietet. Deutschland war zu lange zu geduldig, viel zu lange. In diesem Punkt hat der Führer recht.»

Um ihre Zustimmung anzudeuten, nahm sie einen strengen Ausdruck an, neigte ein wenig ihren schönen herzförmigen Kopf, und ihr Mund bekam wieder etwas Katzenhaftes, er war gerade und hart – sie sah jetzt aus wie eine Soldatenfrau, die daran gewöhnt ist, Trauer und einen plötzlichen Verlust mit Mut oder zumindest mit resigniertem Gleichmut zu tragen. Er mochte das an ihr, diesen Ausdruck von Unbezähmbarkeit. Vieles blieb ungesagt hinter dieser Fassade der Normalität, vieles, was sie als Deutsche nicht sagen konnten. Es gab Widersprüchlichkeiten – zum Beispiel wegen der deutschen Vereinnahmung Österreichs waren die Musik-Festspiele, die ihr so viel bedeuteten, zeitweilig aus ihrer Reichweite gerückt. Die Festspiele wurden fortgesetzt, natürlich, aber ihr geliebtes Salzburg und Wien als Mitglied der Herrenrasse zu besuchen, widerstrebte ihr ... es war ihr peinlich. Zum Glück hatte der Führer keine derartigen Hemmungen. Er hatte einen vollen Tag den Konvulsionen der Wagnerschen Musik gewidmet und sich zur Freude der Presse feierlich mit den Wagnerkindern fotografieren lassen. Er wollte ganz offensichtlich klarstellen, daß die intellektuellen und emotionalen Fundamente der neuen deutschen Einstellung und Handlungsweise auf diesen Künstler zurückgingen. Die geistige Rechtfertigung des neuen Glaubens war in seinem Werk zu finden.

Aber dann gab es auch noch andere Dinge, auf die man keine selbstrechtfertigenden Gespräche wie eine Heilsalbe streichen konnte, Dinge, die zu undurchsichtig, zu vieldeutig verschwommen waren, um klare Konturen zu gewinnen, über die man dann ohne Umschweife hätte reden können. «Verstehst du, Mutter, wir müssen jetzt *positiv* sein.» Er sprach dieses Wort immer eigenartig explosiv aus und begleitete es mit einer abgehackten Handbewegung, wie ein Mann, der einen Nagel in eine Tür einschlägt. Positiv. Seine Gedanken wandten sich mit schuljungenartiger Begeisterung seinen dunklen Panzern zu, die jetzt so friedlich auf Feldern und Weiden rasteten, auf dem hügeligen Land, das zur Grenze führte. Manche mochten sie für obszöne Stahlkäfer halten, die von Männern bemannt wurden, die Helme wie häßliche Rüben aus dem gleichen Stahl geformt trugen. Aber nicht er, für ihn waren sie und ihre Besatzung ein Anblick der reinsten, durch keine Vorbehalte beeinträchtigten Freude. Die zehnte Brigade des siebten Panzerregiments – die riesige Massierung von Stahl war atemberaubend mit seiner Schlachtgewalt, seiner Käfergewalt. Das Schlittern der Gleisketten, wenn die Raupenfahrzeuge über den Asphalt der Hauptverkehrsstraßen rasselten, das Aufheulen und Dröhnen der Motoren, das alles war ein Wagnerscher Päon feindseliger Mächte, die bald entfesselt würden. Sein Herz schlug höher bei dem Gedanken, dennoch fühlte er sich irgendwie traurig in seinem Innersten. Er wiederholte das Wort ‹positiv› mit einem Anflug von grimmigem Vergnügen. Und so saßen sie da und starrten unglücklich in ihre Gläser.

Als er in sein Zimmer kam, um sich zum Abendessen umzuziehen, sah er, daß das Mädchen seine Paradeuniform bereits auf dem Bett ausgebreitet und seine mit Litzen besetzte Hose gebügelt hatte. Diese formelle Kleidung schien ihm am ersten Abend im Hause seiner Mutter durchaus angebracht. Er hatte es immer so gehalten. Die Bürsten mit ihren silbernen Rücken und die Eau de Cologne-Fläschchen waren aus ihrem ledernen Reisenecessaire genommen und im Badezimmer aufgestellt worden, da er sich bei solchen Anlässen abends noch einmal zu rasieren pflegte. Wie vertraut war doch dieses dürre polnische Mädchen mit seinen Gewohnheiten. Es war merkwürdig, sich vorzustellen, daß sie bald offiziell zur Sklavin erklärt werden würde. Er dachte stirnrunzelnd darüber nach, während er im heißen Bad lag. Dann zog er sich an und ging wieder hinunter in die Bildergalerie, wo er auf das Erscheinen seiner Mutter wartete. Die hohen Fenster und das kleine Erkerfenster am anderen Ende, wo gerade ein Sofa und der Flügel Platz hatten, verliehen dem Raum etwas Intimes. Die Ahnenbilder waren von keiner großen Qualität, aber der eine Klimt war beachtlich, und die verschiedenen Familienandenken in den Glaskästen waren auch wert, ausgestellt zu werden. Väterlicherseits waren sie durch Heirat mit den Kleists entfernt verwandt, und auf irgendwelchen geheimnisvollen Umwegen hatten sie einige seiner Liebesbriefe und das Manuskript eines seiner Stücke geerbt. Diese waren vermutlich die wichtigsten Ausstellungsstücke, abgesehen von zwei Briefen Hindenburgs an seinen Vater, die von militärischen Belangen handelten. Das Kleist-Archiv war eine etwas problematische Trophäe, trotz des allgemein anerkannten Genies des Dichters ... Er hatte leider Goethe aufs übelste beschimpft, und sein Selbstmord (schließlich stammte er aus einer *Offiziersfamilie*) war auch irgendwie peinlich. Von Esslin sah lebhaft vor sich, wie sich das gutaussehende Paar mit einem Korb voller Kuchen und Früchte, unter denen wie Kleopatras Natter eine Pistole versteckt war, auf den Weg zu dem schicksalshaften Picknick machte. Er schloß die Augen, um sich die sonnenbeleuchtete Szene am Teich mit seinen dahintreibenden Schwänen besser vorstellen zu können; er hörte den scharfen Knall des Schusses im sonnenbeschienenen Schweigen, er sah sie seitwärts auf die Bank fallen und in die ausgebreiteten Arme des Dichters sinken ... Nein, man konnte nicht umhin, Abscheu zu empfinden.

Beim Anziehen hatte er den begehrten Verdienstorden *Pour le mérite* hervorgeholt und ihn neben seinem eigenen Eisernen Kreuz und den anderen Auszeichnungen, die von seinen Offizierskameraden als ‹Konfetti› bezeichnet wurden, befestigt. Der *Pour le mérite* war seinem Vater am Ende des Ersten Weltkriegs verliehen worden. Natürlicherweise hielt er diesen Orden hoch in Ehren, und da er ihn in der Öffentlichkeit nicht tragen durfte, hatte er ihn auf die Innenseite an seine Brusttasche geheftet, die Außenseite blieb seinen eigenen bescheideneren Auszeichnungen vorbehalten. Er machte ihm Freude und gab ihm ein gewisses Selbstvertrauen – er war eine Art Glücksbringer. Er wußte, auch sie würde den Orden bemerken und sich über ihn freuen, obwohl sie ihn nicht erwähnen würde. Er goß sich einen Schnaps ein, setzte sich an den Flügel und zwang seine Finger, einige Melodien von Strauß zu spielen. Wie steif sie geworden waren! Er hatte sich immer danach gesehnt, stets ein Klavier in der Nähe zu haben, aber es war ewig her, seit er die Gelegenheit zu spielen gehabt hatte. Als seine Mutter erschien, nahm er ihren Arm und führte sie schnurstracks ins Speisezimmer. Er wollte nicht zu lange aufbleiben, denn der morgige Tag versprach, äußerst anstrengend zu werden. Sie aßen bei Kerzenlicht und sprachen gedämpft, um jede Möglichkeit, daß ihr Gespräch belauscht wurde, auszuschalten. (Obwohl sie von dem Analphabetentum der Polin fest überzeugt waren.) Seine Mutter berichtete von dem Besuch eines jungen Abwehroffiziers einer lokalen Einheit, der gefragt hatte, ob er ein Mikrofon in der Küche installieren dürfe. Von Esslin war zuerst sprachlos, dann brach er in schallendes Gelächter über einen so verblödeten Dienstauftrag aus. Sie waren endlos weit von der polnischen Grenze entfernt ... «Genau das habe ich ihm auch gesagt, und bald darauf ging er auch. Übrigens hatte ihn niemand informiert, wer du bist.»

«Ah, so!»

Sie unterhielten sich, bis die Uhr zehn schlug, dann bat sie ihn aufzustehen und schickte sich an, zu Bett zu gehen. Sie nahmen Abschied, denn sie würde morgen früh, wenn er abfuhr, noch nicht wach sein. Sie umarmten sich. «Paß auf dich auf», sagte sie, und er versprach es ihr, als er sie zur Tür geleitete. Dann löschte er die Lichter aus und ging hinter ihr die altmodische Treppe hinauf. Er blickte um sich, ein wenig traurig. In seinem Zimmer brannte die Nachttischlampe, und die Bettdecke war zurückgeschlagen.

Er zog sich aus und legte sich zu Bett mit der Absicht, einige Seiten in dem Kriminalroman zu lesen, den er mitgebracht hatte. Statt dessen jedoch wanderten seine Gedanken zurück zu den Männern und Maschinen und zu all den Aufregungen, die eine total neue Art der Kriegführung mit sich brachte: die Verwendung von Flugzeugen als Artillerie, die konzentrierte Ansammlung von Waffen. Die Durchschlagwirkung solcher geballten Kräfte mußte einfach den Feind auseinandersprengen. Wie war es möglich, daß die Demokratien es nicht vorausgesehen hatten? Denn offensichtlich hatten sie nicht die geringste taktische Reorganisation vorgenommen, um dieser Drohung zu begegnen? Es war Rugby gegen Tennis, ein mächtiger Toboggan gegen einen *fiacre* ... Er seufzte, legte sein Buch hin und starrte die Tapete an ... Und dann diese totale Geheimhaltung aller ihrer Truppenbewegungen, die durch die erstaunliche Code-Verschlüsselungs-Maschine, genannt ‹Enigma›, ermöglicht wurde. Nein, nichts konnte schiefgehen, trotz der warnenden Bemerkung seines Vaters, daß auf dem Schlachtfeld der Zufall regiert. Der Zufall!

Er lag ruhig atmend da, und seine Gedanken schweiften ab, allmählich ließen sie an Intensität nach und verblaßten, er fiel in einen leichten Schlaf, hatte aber noch genügend Geistesgegenwart, das Licht zu löschen.

Als er aufwachte, war es ein Uhr nachts, ihm war, als hätte sich eine Hand auf seine Schulter gelegt mit einer sanften, zutraulichen Geste. Die Hand einer Frau. Er erhob sich sofort, man könnte fast sagen gehorsam, denn er folgte einem wortlosen Anruf, wie von einem Tier oder irgendeinem Vogel. Die Geste war völlig unbestimmbar gewesen. Er ging wie ein Schlafwandler den Korridor entlang und stieg die innere Treppe hinauf, die zu den Dienstmädchenzimmern führte. Seit Jahren war es immer das gleiche, ungefähr seit seinem vierzigsten Geburtstag. Kein Wort wurde gewechselt. Sie lag da mit dem Gesicht zur Wand, aber mit offenen Augen, sie gab nicht einmal vor zu schlafen. Er zog sich nackt aus und glitt leise neben sie ins Bett, berührte ihre Schenkel leicht mit der Hand, ein Signal, das durch die Wiederholung zur Gewohnheit geworden war. Langsam drehte sie sich um und wölbte geräuschlos, aber gierig ihren mageren Körper, um sich seiner robusteren Größe anzupassen. Sie umschlangen sich in einem schweigenden Kampf wie zwei erfahrene Ringer, und als die spinnenartigen, dünnen Schenkel und Arme ihn umklammerten, fühlte er sich seltsam hilflos, unterjocht, sexuell mißbraucht. Sie unterwarf sich ihm, als wünsche sie sich nur das eine: von ihm mit Füßen getreten, verschmäht zu werden. Aber es war nur eine Finte, denn sie spürte seine wachsende Erregung, während er mit zunehmender Brutalität in sie stieß, mit einer wilden, entschlossenen Leidenschaft, die sich bis zum Höhepunkt steigern, sie beide atemlos in diese köstliche Amnesie ihrer doppelten Lust davontragen würde. Und das ohne ein Wort, ohne eine liebevolle Geste weder von ihm noch von ihr. Sie waren wie Insekten, die auf einen Rhythmus reagierten, auf eine Licht- oder Lautwellenlänge. Ihre Augen waren geschlossen, ihr kleines, dunkles Gesicht wirkte wie eine Totenmaske unter dem Helm ihrer Haare, die fast so schwarz waren wie die Haare einer japanischen Puppe. Die Art von Zöpfen, die bei fernöstlichen Leichen noch nach dem Tod wachsen. Sie hatte ein hübsches, aber entsetzlich ausgemergeltes, schmales Gesicht. Das Gesicht einer Natter, obwohl die einzelnen Züge, die es menschlich machten, sehr anziehend waren: hübsche Augen und

Zähne. In ihrer Jugend hätte sie gut den Eindruck einer *petit rat de l'Opéra* machen können. Sie war die Seine, sie gab sich ihm hin, und der Gedanke erhöhte seine Begierde, er übermannte sie, so wie seine Armee bald ihr Land und ihr Volk übermannen, vergewaltigen, mit Blut besudeln würde. Schließlich kam der Höhepunkt, und in seiner dumpfen Erschöpfung schlief er auf ihrer Brust ein und träumte von seinen großen verspielten Panzern, die wie Schäferhunde in dem Staub und den Ruinen der Bauernhöfe, die sie zerstört hatten, herumschnüffelten und ihre platten Nasen durch Mauern und Hecken stießen, während sie zum Angriff ausschwärmten. Sie lag wie tot da, obwohl sich wie immer in diesen Momenten ihre Lippen bewegten. Aber was sie so zärtlich vor sich hin murmelte, während sie seinen Kopf im Arm hielt, hatte er nie mitbekommen. Es war nicht auf deutsch gesagt.

Zwei Stockwerke über ihnen starrte seine Mutter mit offenen Augen nachdenklich in die Dunkelheit, während sie mit gespannter Aufmerksamkeit der Stille lauschte, die zuweilen unterbrochen wurde von den gedämpften Lauten, die die beiden von sich gaben. Ein Schornsteinzug trug diese gelegentlichen Laute zu ihr herauf, aber sie besagten nicht viel, so daß sie ihre Phantasie zu Hilfe nehmen mußte, um sich klar das vorzustellen, was sie sich schon so oft während der letzten Lebensjahre seines Vaters vorgestellt hatte. Dann herrschte wieder Stille.

Es war kurz vor Tagesanbruch, als das Mädchen ihn mit einer zarten Berührung weckte und er aus seiner schlafenden Umarmung in einen Morgenrock schlüpfte. Er sagte kein Wort des Abschieds, sondern erhob sich bedrückt schweigend und ging in sein Zimmer zurück. Er stellte sich unter die heiße Dusche und zog sich mit großer Sorgfalt an. Dann ergriff er seine abgeschlossene Aktentasche und ging nach unten ins Eßzimmer, wo auf einem Abstelltisch eine Kaffeekanne über einem Alkoholflämmchen dampfte und braune Hafermehlbrötchen in einer Wärmpfanne lagen. Er bediente sich und setzte sich an den Tisch, wissend, daß das Dienstmädchen inzwischen seine Kleider in seine zwei Koffer packen und diese abholbereit für den Chauffeur in die Halle stellen würde. Danach würde sie sich nicht mehr blicken lassen, es sei denn, sie würde gebraucht. (Aber sie würde hinter der grünen Küchentür ausharren, bis die Haustür hinter ihm zuschlug. Es war eine etablierte Routine.)

Während er seinen Kaffee trank, schloß er seine Aktenmappe auf und durchblätterte die Dokumente, die sie enthielt, um sich die unerledigten Sachen ins Gedächtnis zurückzurufen, die Dinge, die, sobald er zu seiner Einheit zurückkehrte, erledigt werden mußten. Zum größten Teil waren es unverschlüsselte Stabsbefehle und mit Anmerkungen versehene Geländekarten. Nachdem die Ereignisse sich dermaßen überstürzten, konnte man sich nicht erlauben, Funkmeldungen lange zu chiffrieren. Unternehmen Weiß – der Fall Weiß – war seit langem ausgearbeitet, und der Generalstab hatte genug Zeit gehabt, sich mit ihm vertraut zu machen – die Nazis, muß man sagen, waren gründlich.

Dann gab es noch den Aktendeckel aus Kunststoff, der vorgab, aus elegantem Schweinsleder zu sein, aber so auffallend und billig aussah, daß er niemanden irreführte. Er enthielt die zwei Broschüren, die Dr. Goebbels, nach den letzten Lagebesprechungen des Führers mit seinem Generalstab, verteilt hatte. Sie lagen zusammen in der Tasche, die eine rot die andere blau. Als was hatte der kleine verkrüppelte Doktor sie noch bezeichnet? Als einen Kultur- und Intelligenz-Rechtfertigungsapparat! Ein Satz, bei dem man leicht ins Stottern geriet, und gestottert hatte er, der kleine Doktor mit seinem leichten Sprachfehler. Aber was für ein überwältigendes Erlebnis war es doch gewesen, dort in der neuerstandenen Reichskanzlei, die der Führer für sich hatte bauen lassen, mit ungefähr zweihundert anderen Offizieren zu sitzen.

Sie hatten sich eine gute Stunde die Beine in den Bauch gestanden, bis er kam, der Kleinmann, er hatte sich fast scheu durch die große Tür geschoben mit einem besorgten, fast vagen Ausdruck. Bewundernswert gleichzeitig waren sie alle aufgesprungen, hatten einmal mit dem Fuß aufgestampft und die Hacken zusammengeschlagen – das knallende Echo von Lederstiefeln hatte geklungen, als hätte ein Riese mit den Lippen geschnalzt. Gemeinsam begrüßten sie ihn mit einem heiseren, rauhbeinig gebrüllten: «Heil!» und mit ausgestrecktem rechten Arm. Er hatte darauf mit einer vagen Geste und einem noch vageren, fast verlegenen Blick reagiert, aber dann hatte er ihnen alle Befangenheit genommen, indem er sagte: «Setzen Sie sich, meine Herren.»

Sie ließen sich wieder nieder wie ein Taubenschwarm und beugten sich aufmerksam vor, um den ureigensten, den innersten Sinn der Worte, die von seinen Lippen flossen, genau aufzunehmen. Anfangs hatten sie einige Schwierigkeiten, doch allmählich beschleunigten sich ihre Gedanken, angefeuert von seinen Ideen, seinen Zwangsvorstellungen, die er so lange schweigend im Exil genährt hatte. Aber er sah müde aus, verständlicherweise, mit soviel Verantwortung auf seinen Schultern, soviel Unrecht, das beseitigt, so vielen Rechnungen, die beglichen werden mußten. Und er war bleich und zuweilen nahe einer Aphasie, so als käme er aus einer epileptischen ‹Aura›. Sie hörten seiner langen, endlosen Schmährede gleichzeitig bedrückt und erregt zu.

Und während sie zuhörten, blickten sie sich in dem riesigen Raum um und versuchten, so gut sie konnten, sich alle Einzelheiten dieses schicksalsschwangeren Zusammentreffens einzuprägen mit diesem Mann-Gott der Zukunft, der ihnen die geistigen Grenzen ihres neuen Zustands skizzierte. Die Aussicht auf die Freiheit, die diese Ideen ihnen eröffneten, versetzte sie in Hochstimmung, sie fühlten sich von allen Sünden losgesprochen, denn für alles, was sie in nächster Zeit tun würden, hatte ihnen der Führer im vorhinein Absolution erteilt. Glaube – mehr wurde von ihnen nicht verlangt, der Rest folgte automatisch. Solche Rhetorik konnte einen berauschen. Viele von ihnen rutschten auf ihren Stühlen hin und her, ihre Wangen röteten sich, ihr Atem ging schneller. Und er sprach weiter, bis er plötzlich innehielt, wie ein Motor, dem das Benzin ausgegangen ist. Es war zu Ende, und das Schweigen überflutete sie alle.

Es hatte nur neun Monate gebraucht, um diese riesige Reichskanzlei mit ihren neunhundert Räumen plus der großen Befehlszentrale zu errichten, ganz zu schweigen von dem unterirdischen Büro, in dem der Führer schlafen und arbeiten würde, um sein großes Schlachtschiff in ein neues Jahrtausend zu lenken. Er hatte lange und hingebungsvoll an den Plänen von Speer, dem Architekten, mitgearbeitet. Das Gebäude war massiv, unaufdringlich, theatralisch, aber klassisch theatralisch, dem Zeitgeist angepaßt. Und die Höhle des Löwen? Nun, sie hatte alle kleinbürgerlichen Aspekte eines Klassizismus, der dem Standard eines Architekten entsprach, der üblicherweise Kantinen baute. Aber das Ganze war beeindruckend, weil der kleine Mann mit seinem Schnurrbärtchen und dem seitlich gescheitelten Haar beeindruckend war. Man fragte sich unwillkürlich, wie er diese Position erreicht hatte. Dann bemerkte man seine Augen ...

Von Esslin – von Natur aus kein Speichellecker – lehnte sich vor und tat so, als mache er Notizen, ein Vorwand, um seine Angst zu verbergen, denn die Augen beunruhigten ihn. Zuweilen blickte er prüfend um sich. Die Akustik war wirklich hervorragend.

Der riesige Raum war siebenundzwanzig Meter lang, fünfzehn Meter breit und zehn Meter hoch. Die lauwarme Luft waberte trotz des ausgeklügelten Lüftungssystems. Die Fenster waren sechs Meter hoch und von schweren grauen Samtvorhängen eingerahmt. Und alles war mit speziell importiertem griechischem Marmor verkleidet; die Arbeiter, die in Pentelikos die Platten für ihren zukünftigen Monarchen behauen hatten, waren für ihre Überstunden großzügig entlohnt worden. Grauer, rosa, korallenfarbiger Marmor, und zusätzlich, um die zarten Tönungen voll zur Geltung zu bringen, hatte man prachtvolle Gobelins aufgehängt. Die zweihundertundzwölf eingelassenen Flächen der geschnitzten Kassettendecke wurden von streng geometrischen Zierleisten eingerahmt. Ein reliefartiger Fries, der sich endlos wiederholte und dazu die Säulen, auf denen die Initialen A. H. in einem dorisch anmutenden Stil eingemeißelt waren, über denen sechs doppelte, bronzene Fackelhalter hingen. Auf dem kühlen Boden lagen Orientteppiche edelster Herkunft. Drei hohe bronzene Stehlampen überragten den massiven, auf Hochglanz polierten Nußbaumholzschreibtisch und die vier davor stehenden hochlehnigen Stühle. Es war mehr als eindrucksvoll, es war atemberaubend.

Das Gefühl einer Antiklimax überkam sie, als der Führer jäh seine Rede abbrach und den Raum verließ. Sie schlugen wiederum die Hacken zusammen und stießen ihr rauhes «Heil» aus. Und dann war er fort. Statt seiner kam der Krüppel herein und nahm des Führers Platz ein, während uniformierte Ordonnanzen jedem eine der kleinen Kunststofftaschen mit den zwei Broschüren überreichten. Goebbels wartete, bis alle verteilt waren und die große Tür sich hinter den Ordonnanzen geschlossen hatte, dann räusperte er sich und begann in einem leidenschaftslosen Tonfall mit seinen Ausführungen. Ihre betonte Nüchternheit stand vielleicht absichtlich in einem krassen Gegensatz zu der vorangegangenen Tirade. Jetzt fühlten sie sich wesentlich wohler, denn das meiste, was er sagte, war konventionell und barg keine Überraschungen. Das gleiche konnte man jeden Tag in den deutschen Zeitungen lesen: das Unrecht, das Deutschland zugefügt worden war, was man aber bald wiedergutmachen würde; die unerträglichen Provokationen von minderwertigen Rassen ... Doch das alles war in einem erklärenden, vernünftigen Tonfall vorgetragen. Deutschland hätte endlich zu sich selbst gefunden und würde eine neue Welt, eine neue Ordnung errichten, die sich mehr im Einklang mit der Natur befände. *Ordnung* – fast sang er das Wort, es hielt das gesamte Gebäude seiner Gedanken zusammen. Es war der Metallbolzen in der Wand dieses riesigen stählernen Schlachtschiffs, das bald über Land und Meer rollen und ein neues Goldenes Zeitalter verkünden würde. Aber hier hielt der Redner inne und warnte sie mit erhobenem Zeigefinger vor den zwei Hauptgegnern, die sie nie aus dem Auge verlieren dürften, vor den zwei Mächten des Bösen, die sie vernichten müßten, um ihre Ziele zu verwirklichen. Sie würden die entsprechenden Dokumente in der Tasche finden, und er würde ihnen empfehlen, sie sorgfältig durchzulesen, denn sie enthielten die volle Wahrheit über die deutsche Mission. Jeder Truppenführer müßte sich genau informieren, denn nur diese zwei feindlichen Mächte stünden zwischen ihnen und der neuen arischen Ordnung. Das war der Kern seiner Rede.

Man hätte vermuten können, daß diese Dokumente eine ganze Reihe von Nietzsche-Zitaten enthielten, die sich auf den wilden Antisemitismus des Philosophen bezogen (und sich übrigens vierzig Jahre später als falsch erwiesen, sie waren von der Schwester des Philosophen und deren Mann eingefügt worden). Aber nein! Das erste Dokument in der kleinen Tasche betraf die berühmten Protokolle der Weisen von Zion – eine jüdische Verschwörung mit dem Ziel, die Welt zu erobern. Das zweite Dokument war das außergewöhnliche Testament Peters des Großen*, ebenfalls eine Verschwörung mit dem Ziel, die Welt durch Pan-Slavismus von allem Übel zu erlösen.

Das Schlimme an der Sache war, daß man über diese

* Siehe Anhang.

Dokumente mit niemandem diskutieren konnte (zumindest nicht aufrichtig), denn Zweifel über solch einen offensichtlichen Unsinn zu äußern kam in jener Epoche Hochverrat gleich. Ein jeder war eingesperrt in seiner privaten Zelle von Zweifeln und Ängsten, ohne Hoffnung, einen Weg zu finden, der *nicht* zum Krieg führte. Die Situation war unerträglich für Männer, die sich noch immer für Ehrenmänner hielten. Von Esslin saß in einer Ecke seiner Dienststelle mit den Dokumenten auf den Knien und starrte nachdenklich auf die sonnenbeschienenen Bäume. Armeeangehörige waren so bar jeglichen politischen Verständnisses. Es war am besten, nicht zu grübeln, nichts zu sagen, sondern sich blindlings hineinzuwerfen in die erlösende, befreiende Tat, ein Teil des riesigen Stahlmolochs zu werden, der Polen zu verschlingen drohte; das Denken anderen zu überlassen, die mehr wußten als er. Die Aussicht auf Ruhm, die Befriedigung seiner beruflichen Neugierde, was die Panzer anbetraf – dies alles stimmte ihn euphorisch. Könnten die Panzer vom Divisionshauptquartier aus dirigiert werden, oder müßten die Generalstabsoffiziere sozusagen auf ihrem Rücken reiten, um den Pulsschlag des Schlachtablaufs zu kontrollieren? Bald würde er dies alles erfahren, es sei denn, daß in letzter Minute der Zufall eingriff, das Blatt sich wendete und die Engländer und Franzosen einen anderen politischen Kurs einschlügen. Aber sogar dann …

Er konnte es kaum abwarten, auf seinen Befehlsstand zurückzukehren, zu seiner Truppeneinheit und zu seinen Kameraden, die genauso hochgespannt waren wie er! Er war erpicht darauf, persönlich das letzte Signal zur Schlacht, die ‹letzten Briefe nach Hause› zu genehmigen, die den Truppen klarmachen würden, sollten sie es nicht bereits wissen, daß der Würfel gefallen, der Angriff befohlen war. Als diese Gedanken durch seinen Kopf gingen, wurde er von einer Art Schwindel erfaßt – von einem Wunsch, wild um sich zu schlagen. Dies waren Augenblicke, wo er sich nach einem Klavier sehnte, um den Aufruhr in seinem Geist und seiner Seele zu besänftigen.

Wie langsam die Geschichte sich doch entfaltet! Jeder Tropfen des Eiszapfens braucht ein Zeitalter, um sich zu formen und herunterzufallen – oder so schien es jenen, die wie er selbst auf das endgültige Signal warteten. Er fuhr durch die Nacht, durch Wälder und Marschland, wo jetzt die Vegetation hauptsächlich aus Stahl zu bestehen schien. Als er bei einer Brücke in die Hauptstraße einbog, stieß er auf grelles Scheinwerferlicht und sah die Silhouetten von Gestalten, die sich emsig um zwei Lastwagen bemühten, die umgekippt waren und nun im Graben lagen mit den Rädern in der Luft wie auf den Rücken gedrehte Insekten. «Ein Unfall», sagte sein Fahrer. Bei dem regen Verkehr und so vielen langen Wagenkolonnen, die nachts über die Straßen rollten, war dies nicht weiter verwunderlich. Aber kein ranghoher Offizier schien da zu sein, um die nötigen Maßnahmen zu treffen, um die Durchfahrt wieder freizumachen. Von Esslin sprang aus dem Wagen und begab sich zur Unfallstelle. Dann sah er, daß die Lastwagen Kreuze geladen hatten, Tausende von Holzkreuzen, die sich im Graben türmten und auf den anschließenden Feldern lagen, sie glitzerten weiß im sterilen Licht der Autos, die angehalten hatten. Kreuze! Aus irgendeinem unerfindlichen Grund versetzte der Anblick ihn in schäumende Wut. Er gab Befehle mit einer hysterischen Heftigkeit, die ihn selbst überraschte. Einige zufällig anwesende Soldaten waren so erschreckt über den hitzigen Wutausbruch eines so hohen Offiziers, daß sie ihrerseits herumschwirrten wie Hornissen, deren Nest man umgestülpt hatte. Von Esslin befahl mit fast kreischender Stimme die Fahrer zu sich und donnerte sie an. Alle drei wurden auf sein Geheiß hin unter Anklage gestellt. Danach, noch immer wutschnaufend und fast ohnmächtig vor geballtem Zorn, ging er zu seinem Wagen zurück und setzte seine Fahrt fort.

Er vergaß den Zwischenfall schnell, denn der mächtige

Rhythmus, den die große dahinrollende Armee erzeugte, war unwiderstehlich, überwältigend. Diese gewaltige Bewegung ließ sie als Einzelwesen schrumpfen, enthob sie der persönlichen Verantwortung. Bänder aus Stahl hielten sie fest, während die ständig anwachsende Schwungkraft sie unweigerlich mitriß, so als wären sie auf einem reißenden Strom, der dem Ozean entgegeneilte. Aber ein Strom aus Eisen, gewebt wie ein Panzerhemd aus stählernen Maschen. Von Esslin, kaum daß er wieder im vertrauten, geselligen Kreis seiner erregten Mitabenteurer saß, hatte plötzlich das Gefühl, er stünde auf dem Ausguck eines großen Floßes, das mit ständig zunehmender Geschwindigkeit auf die lockenden Tiefen zuschlingerte, auf die neue menschliche Ordnung, die zu errichten und durch ihre Anwesenheit zu inspirieren ihnen aufgetragen war. Er blickte im Kommandostand in die Runde, in die braungebrannten, angespannten, fleischigen Gesichter und auf die großen roten Hände, und Ergriffenheit und Zuneigung zu ihnen allen ließen sein Herz höherschlagen. Aus den Tiefen der Nacht machten sie sich auf, einer neuen Dämmerung entgegen – sobald die Sonne am Himmel stand, würde sich das Bild der Geschichte verändert haben!

Die Ränder der Dunkelheit zitterten hier und da, am Horizont flackerten Lichter wie Flächenblitze eines fernen Gewitters. Aber sie wußten, es waren die ersten Anzeichen eines Gefechts, die Panzereinheiten in ihren Gräben hatten ihre erste Feindberührung mit der gegnerischen Vorhut. Die ganze Sinfonie hatte zwei Stunden nach der Dämmerung eingesetzt, das riesige Tier richtete sich auf, zuerst behutsam, dann mit zunehmender Selbstsicherheit und Schnelligkeit, es durchstach die Dunkelheit mit wenigen, aber notwendigen Lichtern, als es sich in Gang setzte, und nur das gedämpfte Rauschen eines Ozeans, der den Sandkies zermahlte, kündigte sein Vordringen auf dem Flachland an.

Beim ersten Tageslicht sollten die Bombenangriffe beginnen – eine neue Taktik, die riesige, schartige Löcher in die Front sprengte. Man hätte es ihnen vielleicht noch abkaufen können, daß sie glaubten, an einem großen historischen Ereignis teilzunehmen, wenn nicht die ihnen angegliederten sich abscheulich aufführenden Spezialeinheiten gewesen wären. Die Gefängnisse waren geleert worden, um ihre Reihen aufzufüllen. Sie würden der kämpfenden Truppe auf den Fuß folgen, um wie befohlen zu plündern, zu vergewaltigen und zu liquidieren. Dies alles war genauestens in den offiziellen Anweisungen vermerkt, die von der paramilitärischen Schutzstaffel auf dem von ihr bevorzugten feldgrauen Papier herausgegeben wurden. «Das Reich muß, koste es was es wolle, Furcht und Schrecken verbreiten. Keine Mühe darf gescheut werden.» Sie waren eine Rasse für sich, diese Männer, hinterhältig, einsilbig, in sich gekehrt. Die Offiziere lächelten mit zusammengebissenen Zähnen, sie wirkten schuldbewußt und beklommen wie alle Menschen, die anderen mit Genuß Schmerzen zufügen wie Gefängniswärter, Inquisitoren, Gewerkschaftsvertreter, Henker. Den fähigsten Zuchtmeistern der Konzentrationslager wurde die Gelegenheit geboten, sich in den gefürchteten und verhaßten Totenkopfkompanien (dieses moderne Gegenstück zur römischen Zenturie) Ruhm und Ehre zu erwerben. Der einfache Soldat wußte, daß sie Kriecher waren, die man mit der Vollmacht zum Morden versehen hatte. Ihre Schmach fiel auf ihn zurück, denn er wußte, daß es ihre Aufgabe war, ganz Europa in eine rauchende Abdeckerei zu verwandeln.

Sie bewegten sich jetzt von Dunkelheit ins Licht, und bald erreichten sie die endlosen, gelben, erntereifen Weizenfelder, überwölbt von einem tiefblauen Himmel, der jedoch bald voll von schwarzen Fleckchen sein würde, unruhig flatternd und schwatzend wie hochfliegende Elstern. Dann folgten die Explosionen in großen Mengen, in allen Lautstärken, die sich erdbebenartig zu einem konkaven Druck auf das schmerzende Trommelfell verdichteten. Sie konnten nicht hören, was sie sagten, sie sahen nur die sich bewegenden Lippen. Und dann, langsam, fing an zwei Enden am Horizont die Welt zu brennen an, der Weizen fing zu brennen an mit erschreckender Schnelle, als käme der Brand ihnen entgegengerast.

Das siebte und zehnte Panzerregiment wurde wie Jagdhunde von der Leine gelassen und rücksichtslos über die lodernden Felder gejagt, um Kontakt mit dem unsichtbaren Feind aufzunehmen. Sie hatten gedacht, daß, wenn sie schnell führen, sie unbeschadet davonkämen, hatten aber nicht mit einem plötzlichen Überfall gerechnet, das Feuer breitete sich aus, entfachte sich vor ihnen, während sie vorwärts rasten, und dann sahen sie sich von Flammen eingekreist. Von Esslin mußte zusehen, wie seine geliebten Panzer wie Kastanien aufknackten, ihre Benzintanks barsten in der Hitze. Sein Dienstwagen machte kehrt, der Fahrer zögerte, von Esslin fluchte und befahl ihm, den Panzern zu folgen, aber mittlerweile hatten sie den Rand des brennenden Gebiets erreicht und waren sogar noch gefährdeter als die hochgehenden Panzer. Es war nur ein unbedeutender Zwischenfall in der ununterbrochenen Kette ihrer Erfolge – sie waren fast gelangweilt, von den sich monoton wiederholenden Meldungen: Ziel erreicht, Widerstand gebrochen, Feind umgangen und eingekreist. Ein unbedeutender Rückschlag, aber von Esslin war in seiner *amour-propre* getroffen, er fühlte sich schuldig, aber auch um irgend etwas betrogen – um was, konnte er nicht sagen. Er war erleichtert, als er sah, daß er in einer Blutlache saß – aus einer tiefen Wunde an seinem Arm tropfte Blut. In seiner Aufregung hatte er keinen Schmerz verspürt, aber jetzt fing die Wunde an, weh zu tun. Er rief eine Ordonnanz herbei und zog seine Jacke aus, um ihm das Verbinden der Wunde zu erleichtern. Dichter Qualm war dem Flammenpanorama gefolgt. Verschiedene Einheiten suchten in den niedergebrannten Stoppeln nach ihren kastaniengleich geplatzten Panzern. In seinem Ärmel steckte ein Schrapnellsplitter, die Ordonnanz zog ihn heraus und übergab ihn von Esslin mit den Worten: «Ein Andenken!» Dieses kleine Sühneopfer versetzte von Esslin sofort in bessere Laune. Wenn alles so weiterging, würden sie bald in Warschau sein.

DREI

NACH ÄGYPTEN

Die Einschiffung ging in der Mitte der Nacht ohne Zwischenfälle vonstatten, und in der Früh war die königliche Jacht bereits auf hoher See mit Kurs auf Ägypten.

Blanford schrieb in sein Notizbuch:

So ungefähr muß ein Dichter die Unsterblichkeit empfinden. Angenommen, ich würde Ihnen erzählen, daß wir hier in vollkommenem Frieden ostwärts segeln unter einem wolkenlosen Himmel auf einem windstillen tiefblauen Meer ohne eine einzige noch so kleine homerische Welle ... Die *Khedive* ist die königliche Jacht, die uns nach Ägypten und in Sicherheit bringt. Nein, es ist nicht völlig unwirklich, daß ich hier unter einem buntgestreiften Segeltuch-Sonnendach neben dem entspannten Prinzen liege und ernst und beschaulich einen Whisky und Soda genieße, während ich Betrachtungen über den Abgrund, der sich vor uns aufgetan hat, anstelle. Ich meine den Krieg. Der Prinz hat sich höchst eindrucksvoll in einen Seefahrer verwandelt, denn er hat seine Jacht-*tenue* angelegt und mit allem, was dazugehört: Weißen Hosen aus einem magnolienweichen Stoff, einem Blazer und einer alten Seglermütze mit den Emblemen des königlichen Hauses und dem Jachtclub von Alexandria. Der Blazer ist original Balliol, Oxford.

Die Luft ist so rein und so angstfrei, daß wir von Zeit zu Zeit minutenlang eindösen, dann erwachen wir wieder und setzen die arabischen Stunden fort, die aus mir einen Linguisten machen sollen, wenn Welt genug ist und Zeit.

(Meine Liebe, diese Zeilen sind zu meinem eigenen Erstaunen an Sie und nicht an Livia gerichtet. Ich schreibe sie, weil ich mich durch die Wahrscheinlichkeit, nein durch die Gewißheit, weder Sie noch Sam in diesem Leben wiederzusehen, von allem Zwang befreit fühle! Ich schreibe sie mit dem Teil meines Selbst, das sich langsam und heimlich Ihnen zugewandt hat. Typischerweise habe ich die Situation zuerst nicht begriffen. Livvie dagegen ja. Mir fiel ihre Eifersucht auf, aber ich erkannte nicht den Grund. Mir wurde die Wahrheit erst klar, als ich mich anschickte, Ihnen einen Abschiedskuß zu geben. Aber Livvie kannte ihre Schwester, und folglich haßte sie Sie – so weit man sich Haß auf die eigene Schwester erlaubt. Ich hatte es einfach nicht gemerkt oder nicht realisiert, bis der Zug Sie davontrug.)

Und jetzt bin ich hier, die jüngere Version von Tibull, ohne die Seekrankheit. Meine Poesie läßt sich gut an. Meine Mutter ist tot, meine Freunde in alle Winde zerstreut, meine Zukunft unsicher, meine Einsamkeit ein köstliches Gewicht. Man hat den Eindruck, dies alles ist eine Art Bestätigung eines früheren, von einer guten Fee gegebenen Versprechens. Sie muß gesagt haben: «Dieser Mensch wird introspektiv, abgeschnitten vom alltäglichen Leben und oft einsam sein, aber seine Feinfühligkeit wird ihm beglükkende Augenblicke verschaffen.»

Die alte Jacht ist höchst einfallsreich proviantiert worden: Kaviar, Champagner, Whisky. Nichts fehlt. Unsere mit Gongschlägen angekündigten Mahlzeiten könnten nicht französischer sein, wir werden bedient von großen bronzenen Dienern, mit gongtiefen Stimmen, die in blendendes Weiß gekleidet sind und blitzsaubere, bis zum Unterarm reichende Handschuhe tragen. Sie sind so würdevoll und selbstsicher und daher so gelassen wie große Aristokraten, sie sind gefällig, ohne je servil zu sein. Sie geben mir einen Vorgeschmack von Ägypten, diese wunderbaren, hieratischen Bedienten des Prinzen, die uns das Essen auf kostbaren Tellern servieren. Es beunruhigt den

Prinzen gelegentlich. «Wenn wir von irgendeinem plebejischen Torpedo getroffen werden sollten, verlangt man vermutlich von mir, daß ich den Verlust von all diesem Zeug bedauern soll, obwohl es nicht mir gehört. Faruk würde natürlich wütend sein, aber ich nehme an, er ist versichert.» Es war eine Überlegung, die ich nie angestellt hatte. Könige bekommen doch sowieso alles geschenkt, brauchen sie da noch eine Versicherung? Ich gähnte und streckte mich wie Kleopatras Lieblingskatze.

Die Schiffsbibliothek ist voll von viktorianischen Romanen, die Faruks englische Kinderschwester dort aufgestapelt hatte. Doch in der kleinen, aber hervorragenden arabischen Abteilung befindet sich ein Theaterstück, das der Prinz für eine ausgezeichnete Einführung in sein Land hält. «Es ist von einem Freund von mir», sagt er, «und der Titel heißt: *‹Der Tod Kleopatras›* (*masra kaliûpâtrâ*), sehr passend für Sie – o ja.»

Es ist angenehm zu wissen, daß Kleo von ihren Untertanen ‹Kaliûpâtrâ› genannt wurde. Die einstürzende Welt, die sie kannte, kann nicht so verschieden gewesen sein von dieser, in der wir leben – ein Unterschied im Maßstab, mehr nicht. Katastrophen bleiben Katastrophen, was immer ihre Größenordnung ist.

Rings um uns herum – dem krächzenden Schiffsradio-Orakel zufolge – tobt der Krieg. Die französischen und englischen Flotten drohen, die Schwerter zu kreuzen. Irgendwo liegt eine italienische Flotte auf der Lauer, doch sehr diskret – ein Glück! Währenddessen (wie in dem berühmten windstillen Zentrum eines Wirbelwinds, in dem legendären Auge, um das der Hurrikan sich formt) treiben wir dahin, heiter, in ungestörter Stille, ausgenommen von dem leisen Schnurren des Motors und den trägen Rauchwolken, die aus unserem großen Schornstein quellen, in Richtung auf die weißen Klippen Kretas und dann auf Evnostos zu, den Heimathafen in der Bucht von Alexandria. Es ist zu gut, um wahr zu sein.

«Mr. Blanford, ich möchte Sie in meinem und der Prinzessin Namen um einen Gefallen bitten.»

«Gewiß, Hoheit.»

«Dürfen wir Sie Aubrey nennen? Es würde alles leichter machen.»

«Aber natürlich.»

«Vielen Dank, Aubrey.»

«Aber bitte sehr, Hoheit.»

Der arabische Unterricht geht langsam, aber stetig voran, oft unterbrochen von hundert und einer Bemerkung oder Einschiebung des Prinzen. Unter anderem empfiehlt er mir, ein Buch über Ägypten zu lesen, das seine englische Kinderfrau (eine gewisse Mrs. Macleod) geschrieben hat, mit dem Titel: *‹Eine Engländerin auf dem Nil›*. Er sagt, es sei voll von erstaunlichen Erkenntnissen und berichte über viele seltsame Aspekte des ägyptischen Lebens. Ich öffnete das Buch, während er sprach, und sah, daß der Anfangssatz wirklich bemerkenswert war: «In Ägypten handelt man impulsiv, da es keinen Regen gibt, der einen zum Nachdenken veranlaßt.»

Eingehüllt in dieses schöne warme Wetter kommt es einem wie eine Sünde vor, in die Kabinen zu gehen, deshalb lassen wir uns die Mahlzeiten auf einem Tablett an Deck servieren. Von Zeit zu Zeit schickt uns der Funker mit untertänigsten Grüßen die neuesten Nachrichten, aber sie klingen total verrückt und unglaubwürdig und stehen in einem so krassen Gegensatz zu dieser prächtig untergehenden Sonne und dem stillen Meer. Wir haben Kontakt mit Alexandria aufgenommen und erwarten die Ankunft einer Eskorte, die uns sicher in den Hafen geleiten soll. Der große Hafen mit den dort ankernden französischen und englischen Schlachtschiffen und Kreuzern wäre sicher ein eindrucksvoller Anblick gewesen, aber wir sollten ihn nicht zu sehen bekommen, denn nach dem Diner wurde der Prinz auf die Kommandobrücke gebeten, von wo aus er mit jemandem auf dem Festland telefonieren konnte, der seine recht extravagante Bitte, vor dem Mantaza-Palast statt im großen Hafen anlegen zu dürfen, direkt an die zuständige Behörde weiterleiten würde. Der Prinz erklärte mir, daß dies unsere Reise verkürzen und es uns möglich machen würde, ohne wichtigtuerische Zoll- und Sicherheitsbeamte an Land zu gehen. «Den Engländern wird das gar nicht passen, und sie werden sich wie immer als nicht kulant erweisen, aber wenn Faruk eingreift, und das wird er tun, müssen sie klein beigeben.»

Wir zogen uns früh zurück, um uns auszuruhen und überließen alles übrige diesen ernsten, braunen, feierlichen Dienern, die so aufregend tiefe Stimmen hatten und wie Klaviertastaturen lächelten, sobald sie unter sich waren. Ich schlief tief, bis eine braune Hand, die mit größter Ehrfurcht meine Schulter schüttelte, mich aufweckte, während eine braune Stimme sagte: «Der Herr, er sagt, Sie hochgehen Treppe jetzt. Er wartet.» Ich zog mich an und machte mich verschlafen auf den Weg zum Deck, wo ich den Prinzen in bester Laune inmitten unserer Gepäckstücke vorfand. «Ich habe recht behalten», sagte er fröhlich, «die Engländer sind wütend auf mich.»

Wir fuhren in der Dunkelheit auf einer großen Barkasse, die der ägyptischen Marine gehörte, an Land und hielten vor dem Schleusentor eines total finsteren Palastes an, doch nach vielem Hin und Her wurde irgendwo ein Schalter angeknipst, und eine Art Kombination von Taj Mahal und Eiffelturm erstrahlte in der Nacht.

Es war meine erste Begegnung mit dem ägyptischen ‹Barock›, aber der Vergleich ist überraschend zutreffend. Dieses schreiende Gleißen, das viele Licht in zu vielen, zu bunten Spiegeln – die Wirkung war polymorph pervers, sozusagen … ich ahnte schon, daß ich mich in diesen Palast verlieben würde – ich sah, daß er ein riesiger Tempel der Inkonsequenz war. Schweigend ging ich über die einmalig schönen Shiraz-Teppiche, die die Böden der großen Salons bedeckten, und meine Sinne waren wie berauscht von dem roten Leder, den goldenen Beschlägen, von dem Lapislazuli und den Katzenaugen. Und überall gab es Spiegel, die Licht versprühten wie einsame Fontänen, denn die Empfangsräume waren leer, keine Seele war zu sehen. Die Prunktoiletten waren so groß wie der Euston-Bahnhof, aber die Ketten klirrten über leere Becken. Wir zögerten unentschlossen.

Dann erschien die Prinzessin, sie kam halb im Schlaf die große Treppe herunter, sie war in einen weißen Kimono aus weichen Federn gehüllt und wirkte wie ein gähnender kleiner Schwan. Sie und der Prinz sahen sich mit einem Ausdruck so voller Begehren und Entzücken an, daß der Zuschauer zutiefst gerührt war. Die Etikette verbot es ihnen, sich in der Öffentlichkeit auf die plebejische Art, die das Kino vulgarisiert hat, zu umarmen. Sie verhielten sich vogelartig, wie Vögel, die keine Arme zum Greifen haben, sie breiteten sozusagen ihre Flügel aus und flüsterten in demütiger Verzückung den Namen des anderen. Der Prinz küßte ihre Fingerspitzen, dann lief sie mit einem Schluchzer wie ein aufgeregtes Kind davon, um sich für die Reise anzukleiden. Während wir warteten, forderte ein verschlafener Palastdiener uns auf, das riesige Eßzimmer zu betreten, wo Kandelaber einen gedeckten Frühstückstisch mit Kaffee, Schokolade, frischen Croissants und Sahne erleuchteten. Es war herzerquickend, zwei Menschen zu sehen, die sich so hingebungsvoll liebten, es war so verschieden von Europa, wo ernsthaftes Nachdenken über Leidenschaft zum Stillstand gekommen ist.

Wir stiegen in zwei dunkle Limousinen ein und überließen es der Dienerschaft, das Gepäck des Prinzen von der Jacht zu holen. Eine gewisse Besorgnis war spürbar, denn eine frische Brise hatte sich erhoben, und das Schiff war nicht sehr fest verankert. Wie auch immer, unsere Koffer kamen und wurden in der zweiten Limousine, in der ich saß, bis zum Dach aufgestapelt. Ein vager Eindruck von der Grande Corniche mit einem aufgewühlten Meer und windzerzausten Palmen. Dann die Straßen, die wie dunkle Bänder die Wüste durchzogen. Ich fiel in einen unruhigen Schlummer, eingelullt von dem Surren des Motors und dem Gefühl, daß die Zeit kein Bindeglied hat.

Ich schreibe diese Worte einige Tage später, auf einem schattigen Balkon sitzend, der auf den Nil sieht, der am Ende des Gartens so glatt wie ein Rasiermesser dahinfließt. Es ist höllisch heiß, und der Schweiß rinnt an mir herunter, während ich schreibe. Mein Handgelenk ist so feucht, daß es am Papier klebt, und ich muß es auf ein Löschpapier pressen, um nicht alles zu verschmieren. Doch ich bin glücklich. Eine neue Welt tut sich vor mir auf. Ich bin auf die Füße gefallen. Ich hatte ziemliche Angst vor der Prinzessin, ich war sicher, sie würde intuitiv meine Unzulänglichkeit erkennen. Aber sie nahm meine Hand und hielt sie lange fest, während sie mir ernsthaft und nachdenklich in die Augen sah mit einer so gespannten Aufmerksamkeit, als höre sie Kirchenmusik zu. Dann seufzte sie erleichtert auf, ließ meine Hand fallen und sagte: «Er ist in Ordnung!» Woraufhin der Prinz kichernd sagte: «Sie traut mir nie.»

Ich bin in Ordnung! Was will man mehr über sich selbst hören? Selbstvertrauen stieg plötzlich in mir auf, es würde mir schon gelingen, die etwas vage Aufgabe, der englische Sekretär eines Prinzen zu sein, zu bewältigen. Auch ist es ein angenehmes Gefühl zu spüren, daß man allmählich in die Familie aufgenommen wird – meine Erziehung hat mich auf solche Herzlichkeit nicht vorbereitet. Auch sind meine Pflichten nicht sehr beschwerlich, die Korrespondenz des Prinzen ist zwar ziemlich ausgedehnt, aber ich kann sie an einem langen Vormittag erledigen. Dazu kommen natürlich die gesellschaftlichen Verpflichtungen, vor denen ich mich etwas gefürchtet hatte, aber ich werde hier mit größter Rücksicht behandelt. Niemand verlangt von mir, daß ich das Gebäck bei den englischen Tee-Einladungen der Prinzessin herumreiche. Aber ich tue es dennoch –

freiwillig. Der hundertjährige Schneider des Hauses ist damit beauftragt worden, mir eine komplette neue Garderobe anzufertigen aus minzfarbener Sommerseide. Der Schnitt ist tadellos.

Das Stadthaus des Prinzen (anscheinend besitzt er noch einen unbewohnten Palast in Rosetta und eine Sommervilla in Helwan) ist nicht eigentlich ein Schloß, es ähnelt mehr dem Jagdhaus eines mittelalterlichen Fürsten mit zahlreichen Nebengebäuden, eine Art Landhaus eines Nabobs. Einige der brüchigen Mauern sind mit Streben abgestützt, andere Teile überläßt man dem Verfall. Eines Tages werden sie klaglos in den urzeitlichen Schlamm Ägyptens zurücksinken, in diese schwarze, zähflüssige Masse, aus der hier alles gebaut zu sein scheint. In einem Flügel sind alle Korridore vorsichtshalber mit Brettern vernagelt, weil die Termiten die Fußböden zerstört haben. Die Möbel nehmen sich im Vergleich zu dem Palast unserer Ankunft eher bescheiden aus, und alles ist staubig: die Ornamente, die Einrichtungsgegenstände, die Spiegel – nun alles –, aber nur leicht staubig so wie Puder auf einer Perücke. Die Zeit, die Vernachlässigung und die Feuchtigkeit des Flusses haben die klaren Umrisse der Gegenstände verwischt. Andererseits sind die Bilder, die *bibelots* und die Gips-Stukkaturen von erlesener Qualität. Das alles hat sich hier bestimmt nicht zufällig angesammelt, sondern man hat den Eindruck, als sei jedes Stück mit Liebe ausgesucht worden und würde hauptsächlich seines ästhetischen Wertes halber geliebt und geschätzt. Obwohl all diese Dinge sehr verschiedenartig sind und gar nicht zusammenpassen, leben sie doch in einer harmonischen, einträchtigen Nichtübereinstimmung miteinander. Das ganze Haus ist angenehm, riecht angenehm. Und seltsame Katzen gibt es hier im Überfluß. Das mißtönende Gekreische der Pfauen läßt einen zusammenfahren. Der Nil riecht alt und traurig und hat die grüne Farbe von oxydierendem Kupfer, dennoch ist er unvergänglich er selbst, so wie kein anderer Fluß. In der Morgendämmerung sah ich einen Fischer ruhig und erwartungsvoll am Flußufer stehen, so als harre er auf das Aufgehen der Sonne, bald darauf tat sie es auch, und die gesamte Insektenwelt fing in den warmen Strahlen, die die letzten Nebelschleier auf der Wasseroberfläche verbrannten, zu summen und brummen an. Der Fischer füllte den Mund mit Wasser und spie es fächerartig sprühend wieder ins Sonnenlicht aus, entzückt über die regenbogenfarbigen Tropfen.

In der Früh hörte ich Stöhnen aus einem Nebengebäude, und das Geräusch von Schlägen und lautes Fluchen. Ich erkundigte mich bei der Prinzessin, was es gewesen sein könnte, und sie erwiderte ernst, daß Said, der junge *major-domo*, einige, wie sie sich ausdrückte «derbe Schläge» bekommen habe wegen eines häuslichen Vergehens. «Ah», fügte ihr Mann hinzu, «Sie erinnern sich sicher, daß das königliche Zepter Ägyptens seit jeher die Rute war. Und was unsere Diener betrifft, so gibt es keine andere Möglichkeit, ihnen ihre progressive Amnesie auszutreiben, die sie zuweilen befällt und sich bis zur totalen Verblödung steigert, so daß sie nichts mehr im Gedächtnis behalten, sie fangen an, Dinge zu vergessen, Dinge zu zerbrechen, und dann ist es an der Zeit, sie freundlich zu ermahnen. Ich würde sagen, so alle sechs Monate. Sie werden morgen sehen, wie verändert Said ist. Heute wird er schmollen, weil er in seiner Ehre gekränkt ist, aber morgen …»

«Und Ihre Sekretäre – werden die auch geschlagen?»

Die Prinzessin klatschte in die Hände und erwiderte fröhlich: «Ich habe dir doch gesagt, daß er in Ordnung ist.» Doch der Prinz zog die eine Braue hoch und sagte: «Für die Sekretäre sparen wir uns etwas weit Schlimmeres auf!»

Ich bin nicht der einzige Sekretär, es gibt noch verschiedene andere mit anderen Tätigkeitsbereichen, aber sie alle verschwinden am Ende des Tages, während ich *en famille* esse oder allein in der luxuriösen Wohnung, die man mir zugewiesen hat. All das ist für mich so neu und interessant, daß ich im Moment dieses abgeschirmte Leben eines ehrenamtlichen Attachés noch sehr angenehm finde. Aber ich war immer gern allein und genieße es sehr, einige Abende in der Woche frei zu sein, um meinen Neigungen nachgehen zu können, um Briefe zu schreiben und mir Notizen zu machen, wie meine sporadischen Anmerkungen über die Randgeschehnisse der Geschichte. Im Augenblick fühle ich mich von der Welt, ja fast von der menschlichen Rasse, wie abgeschnitten. Ägypten ist wie ein leuchtend bemalter Fries, vor dem wir uns ungezwungen und völlig normal bewegen. Das Land hat sich als neutral erklärt und seine Städte sind ‹offene Städte› – schimmernde Inseln kristallener Lichter in der Nacht, und am Tag voll von Basaren, beleuchteten Läden, bunten Moscheen und mit von Fahrzeugen verstopften Straßen – eine Parodie des wahren Moslem-Paradieses. Wir lasen über Verdunklungen in anderen Ländern, in der Stadt der Toten kann man eine Zeitung mehr oder weniger bei Vollmond lesen. Ich fühle mich gleichzeitig hochgestimmt und verloren, euphorisch und verzweifelt. Die Welt ist ferngerückt, zusammengeschrumpft auf diese erleuchtete Stadt zwischen Wüsten, wo Bequemlichkeit und Reichtum herrschen. Aber für wie lange? Darüber wagt niemand nachzudenken.

Die Verzögerung im Postverkehr hat eine Neuigkeit hervorgebracht: die Luftpostbriefe. Ich habe mich mit einem Packen von ihnen verproviantiert, aber eigentlich warum? Wird England noch existieren, wenn sie ankommen? Eine tiefe Mutlosigkeit beherrscht diese Unterwelt der düsteren Vorahnungen und verborgenen Ängste – und das gilt für mich selbst genauso wie für meinen Gastgeber. Er und seinesgleichen verstehen allmählich, wie eng sie verbunden sind mit dieser nebligen Insel, wo sie trotz ihres Hasses auf die Engländer so viele glückliche Sommer verbracht haben. Aber auch Frankreich. *«France, halas!»* Auf arabisch klingt es irgendwie trauriger und endgültiger, wie eine umgestürzte Statue. Irgendwie erinnert es vage an die klagenden Aman-Aman-(Alas-Alas-)Lieder, gesungen von Oum Kalsoum, der Nachtigall aus Tanta, mit denen das Radio ständig jedes schweigende Café berieselt ... vermutlich ist kaputt eine Übersetzung von *halas*?

Der Prinz hat mich meinen Sekretär-Kollegen offiziell vorgestellt. Professor Baladi ist groß und schlank und spricht fließend Englisch. Er hat blaue Augen und eine frische Gesichtsfarbe, und er trug einen keck aufgesetzten roten Fez. Er war sehr rührend bemüht, sich als Weltmann zu präsentieren, und deutete an, daß er mich gern in die Geheimnisse der Stadt einweihen würde – ein höchst nützliches Angebot. Er trägt behutsam wie einen unendlich kostbaren Zepter einen Spazierstock mit einem Ebenholzknopf mit sich herum. Es klappte sofort mit uns. Desgleichen mit einem langsameren und undurchsichtigeren Herrn, Khanna, ein Kopte, der zuerst ein wenig schüchtern und düster wirkte. Nachdem er mehrfach die Pocken hatte, sieht seine Haut wie ein Sieb aus; er spricht am liebsten Französisch, und eine eigene Meinung zu vertreten kostet ihn die größte Anstrengung. Er war ein brillanter Geist, doch verbarg er es gut. Er traute niemandem. Er war zurückhaltend, aber in keiner Weise feindlich, was ich befürchtet hatte.

Aber die graue Eminenz, sozusagen, ist ein junger und eher entwaffnender Syrier namens Affad. Er ist, soweit ich es richtig verstanden habe, ein Millionär von Haus aus und unterstützt den Prinzen in verschiedenen Aufsichtsräten aus reiner Freundschaft. Er hat menschlich etwas unglaublich Anziehendes mit seinen etwas verschleierten grünblauen Augen und seinem eher scheuen Benehmen, er ist schlank und groß, und bei der ersten Begegnung machte er einen merkwürdig zwitterhaften Eindruck. Ich hielt ihn zunächst für einen dieser brillanten Homosexuellen der antiken Art, denn so wie Alkibiades lispelte auch er ein wenig. Seine Unterhaltung war höchst amüsant, satirisch, selbstkritisch, es war nur zu offensichtlich, daß niemand sich für lange seines gefährlichen Charmes erwehren konnte. Seine Kleidung war von einer so lässigen Eleganz, daß man an Modefotografien erinnert wurde. Sein Englisch war fehlerlos, er beherrschte die Sprache völlig. Und seine scheinbare Unlogik und übertriebene Milde waren natürlich Tricks, um Sympathien zu erwecken. Wenn es ihm in den Kram paßte, machte er brillante und sehr zutreffende Bemerkungen. Zum Beispiel sagte er zu meiner größten Überraschung: «Ah, hier sind Sie endlich. Der Prinz sucht schon eine Ewigkeit nach einem passenden Sekretär, aber kaum hatte er Sie kennengelernt, telegrafierte er mir, daß Sie für den Posten ideal wären und daß er Ihnen eine Offerte machen würde.» Ich fragte mich, was ich wohl bei meinem ersten Zusammentreffen mit dem Prinzen damals in der Provence gesagt haben könnte, um diesen günstigen Eindruck hervorzurufen. Affad lächelte, als hätte er meine Gedanken erraten, und beantwortete die nicht gestellte Frage. Ich hätte nicht erstaunter sein können. «Der Prinz hat gehört, wie Sie irgend etwas höchst Interessantes über Apollonius von Tyana sagten, was ihm zeigte, daß Sie sich in Ägypten wohl fühlen würden.» Was hatte ich bloß von mir gegeben? Ich forschte in meinem Gedächtnis nach. Ja, vielleicht hatte ich entweder zu Quatrefages oder zu Felix irgend etwas über den Gnostizismus in Ägypten im Zusammenhang mit der Häresie der Tempelritter gesagt. Aber selbst dann war es verblüffend, denn der Prinz war alles andere als gebildet oder intellektuell, wie konnte daher eine solche Bemerkung ...? Mir fiel völlig zusammenhanglos der eingetrocknete, verharzte Kopf in der roten Hutschachtel wieder ein, und ich fragte mich, was wohl mit ihm geschehen war.

Mittlerweile hatte mir Affad einen Drink eingegossen

und versicherte mir jetzt, daß ich meinen Posten aus den verschiedensten Gründen sehr zufriedenstellend finden würde. Ich glaubte es ihm gern. Niemals zuvor hatte ich so liebenswürdige und freundliche Menschen getroffen. Mit ihnen und für sie zu arbeiten, wäre sicherlich leicht und angenehm.

Blieben noch meine Landsleute. Wir verbrachten einen Morgen und einen Nachmittag mit ihnen, da die Höflichkeit es gebot, daß ich mich zumindest auf dem Konsulat melden und eine Verfügbarkeits-Bescheinigung unterschreiben mußte, falls ich doch noch eingezogen würde. Mein Paß wurde von einem unangenehmen anmaßenden kleinen Kolonialwarenhändler (oder so zumindest wirkte er) namens Telford überprüft – *Mister* Telford und Sir. Man stelle sich das vor! Jedenfalls wurde er so von einem kriecherischen Prokonsul angeredet. «Halten Sie sich auf Abruf bereit, ich kann nichts garantieren.»

Der Prinz ärgerte sich über den Tonfall und sagte mit eisiger Stimme: «Aber ich glaube, ich kann es. Wir sehen seine Exzellenz heute nachmittag, und er weiß, daß Mr. Blanford mein Sekretär ist.» Telford zuckte die Achseln und gab mir verächtlich meinen Paß zurück. «Nun gut», sagte er und schickte uns mit einer Handbewegung hinaus auf die laute Straße, wo der Wagen des Prinzen wartete.

Am Nachmittag gingen wir aufs Konsulat, um uns ins Gästebuch einzutragen und dem Gesandten unsere Aufwartung zu machen. Er saß fast am Ende des staubigen Rasens in einem Liegestuhl, ein großer schlanker und auf seine scheue Art recht anziehender Mann. Er hatte sich einen äußerst günstigen Platz ausgesucht genau zwischen zwei Rasensprengern, die sich abrackerten, um das knochentrockene Gras bei der Hitze am Leben zu erhalten. Das Wasser setzte warme Luftmassen in Bewegung, die um seinen Stuhl herumwirbelten und somit die Illusion von Frische und Kühle hervorriefen. Wir traten vorsichtig zwischen die beiden Fontänen, um zu vermeiden, daß unsere Hosen besprengt wurden, und der Gesandte begrüßte uns durchaus liebenswürdig, während seine Diener mit zwei weiteren Liegestühlen angerannt kamen, die ebenfalls an strategisch günstigen Stellen aufgestellt wurden. Dann folgte ein Tisch, auf dem uns nach einiger Zeit ein typisch englischer Tee mit Plätzchen, Ingwerkeks und Teeküchlein serviert wurde. Es war irgendwie ein seltsamer Anblick in Ägypten! Ich machte eine diesbezügliche Bemerkung, und unser Gastgeber lächelte und sagte: «Gibt es Ihnen nicht ein gewisses Gefühl der Sicherheit? Es sollte es eigentlich. In unserer jetzigen Situation brauchen wir solche Moral aufrichtenden Teezeremonien.» Dann fuhr er, während er seinen Tee umrührte, fort: «Ich habe Sie für ein Jahr ‹zurückgestellt›, wie man offiziell sagt. Das bedeutet, daß seine Majestät Ihre Arbeit für vordringlich und kriegswichtig hält.» Ich verstand nicht ganz warum und war im Begriff, um eine Erklärung zu bitten, als der Prinz sich mir zuwandte und sie von sich aus gab. «Der Grund ist der, daß ich Oberst bei der Military Mission, aber auch der Chef des ägyptischen Roten Kreuzes bin, daher will Seine Exzellenz, daß Sie mich nicht aus den Augen lassen und aufpassen, daß ich keine Dummheiten mache, wie zum Beispiel Mehar Pascha zum Mittagessen einzuladen. Ist es nicht so, Exzellenz?»

Aber der Gesandte ging auf den Scherz nicht ein, im Gegenteil, er schien ihm etwas peinlich zu sein. «Sie werden bald erfahren», sagte er zu mir gewandt, «was für eine große Hilfe es für uns ist, jemand wie den Prinzen als politischen Ratgeber zu haben. Die politische Situation in Ägypten war schon immer heikel, aber jetzt ist sie noch heikler, weil sich dem Land so viele Möglichkeiten anbieten.»

Das Gespräch wurde allgemeiner, man sprach über die Kriegslage, die trotz einiger Glückstreffer unsererseits noch immer erschreckend unsicher war, alle Befehle und

Anordnungen hatten daher zwangsläufig einen höchst provisorischen Charakter, und es war offensichtlich, daß der Gesandte sich große Sorgen machte über unsere Isolierung. Wir lagen zwischen zwei Wüsten eingeklemmt und hatten zu wenige und ungenügend ausgerüstete Truppen, um dem Schlimmsten, was der Gegner sich ausdenken mochte, die Stirn bieten zu können. Er sprach nichts von dem aus, aber er ließ es durchblicken – abgesehen davon berichtete die Presse so ausführlich über alle Einzelheiten der generellen Lage, daß es nichts gab, was nicht jeder Zeitungsleser auch wußte. Unsere Teeparty endete freundschaftlich, aber etwas bedrückt. «Ich weiß, Sie werden oft in der Kanzlei zu tun haben», sagte der Gesandte, als wir uns erhoben und uns die Hände schüttelten. «Ich werde meinen Sekretär anweisen, dafür zu sorgen, daß Sie alle offiziellen Einladungen erhalten, aber sollten Sie mich persönlich sehen wollen, zögern Sie nicht, mich anzurufen und vorbeizukommen.»

Wir dankten ihm für den herzlichen Empfang. Eine Umdrehung des Rasensprengers schickte eine kleine Bö kühler Luft zu uns herüber und wirbelte einen Bogen von einem Bündel Depeschen hoch, das auf dem niedrigen Korbtisch lag. Ich hob ihn auf, als er zu Boden fiel, und gab ihn zurück. Zuerst dachte ich, es wäre eine chiffrierte Nachricht, aber dann sah ich, daß es die Beschreibung einer Schachpartie in Telegrammstil war. Er dankte mir, als er das Papier entgegennahm, und sagte: «Ich sehe, Sie haben einen Blick auf die Positionen geworfen. Spielen Sie Schach?» Aber ich mußte ihn enttäuschen. «Nur Canasta, Bridge und Vingt-et-un ... das ist alles.» Wir verabschiedeten uns.

Allmählich gewann ich einen Überblick über meine täglichen Pflichten, sie waren neuartig und abwechslungsreich. Der Prinz hatte sehr vielfältige Interessen. Als Chef des Roten Kreuzes stand ihm eine elegante Büroflucht in der Innenstadt zur Verfügung, wo mir ein kleines Zimmer neben dem Fernschreiber zugewiesen wurde, von dem ich einen Haufen Nachrichten einheimste. Dann gab es das staubige, gemütliche Konsulat, wo er oft zu tun hatte, aber dort besaß er kein eigenes Arbeitszimmer. Wir konnten unbehelligt in der Kanzlei ein und aus gehen, aber mein Hauptbüro war im Palast selbst, es war sozusagen mein Angelpunkt. Zusätzlich stand dem Prinzen in seiner Eigenschaft als ehrenamtlichem Oberst des ägyptischen Feldartillerieregiments auch noch ein sehr eindrucksvolles Büro im Hauptquartier zu, das er mit Vorliebe in seiner Uniform aufsuchte ... Die Uniform eines britischen Colonel ergänzt durch den traditionellen Fez. Auf der Brust trug er eine Ordensspange, auf die er offensichtlich sehr stolz war, denn er befingerte sie unerträglich oft während der formellen Gespräche, die er mit den unterwürfigen jungen Offizieren des Regiments führte.

Ja, diese neue Welt ist voller Farbe und Sensationen, auch kann man die Schönheit dieser großartigen, staubigen Stadt mit ihren Zwiebelkuppeln gekrönt von einem Halbmond, ihren lärmerfüllten Souks, ihren hellerleuchteten, am Nil gelegenen Vororten und überquellenden Läden nicht hoch genug preisen. Ganz Europa ist verdunkelt, während hier Nacht für Nacht die Lichter brennen, was nur in den Städten erlaubt ist, die als ‹offen› erklärt worden sind. Kein Bomber brummt in dem samtblauen Himmel, vom Krieg merkt man nichts, außer den Soldaten auf Urlaub. Gelegentlich, kurz vor Tagesanbruch, verlassen verstohlen Panzer und Lastwagen die Kasernen und fahren knirschend durch die leeren Straßen, sozusagen auf Zehenspitzen, in Richtung der Wüste, aber so behutsam, daß sie weniger Lärm als das Stampfen der Kamelhufe auf dem Asphalt machen – denn ebenfalls vor Tagesanbruch bringen lange Kolonnen von Kamelen frische Gemüse auf die Märkte zusammen mit anderen Waren wie Baumwolle, Schilfrohr und *bercim* (Kleefutter für die Tiere).

«Die Prinzessin mokiert sich über meine Uniform»,

sagte der Prinz, «aber ich behalte sie, denn sie ermöglicht mir, wann immer ich will, in der westlichen Wüste zu picknicken, ohne sie wäre ich ein einfacher Zivilist, und die westliche Wüste ist für Zivilisten gesperrt. Dabei fällt mir ein, ich muß amtlich bekanntgeben, daß Sie der ägyptischen Armee freiwillig als Lieutenant beigetreten sind, dann können Sie mich als mein Adjutant begleiten.» Eine verlockende Aussicht, die britische Uniform mit einem roten Blumentopf auf dem Kopf zu tragen. Seltsamerweise waren der Prinz und die Prinzessin zu Tränen gerührt, als ich mich ihnen im vollen Wichs samt Tarbusch präsentierte. «Jetzt sind Sie wirklich einer von uns», sagte sie mit verschleiertem Blick. Ich sehe völlig idiotisch aus mit diesem Blumentopf.

England gab mir zuweilen einen Stich ins Herz, ein Gefühl der Gewissenlosigkeit; das neue Leben in seiner Buntheit nahm mich ganz und gar in Anspruch, während die Informationen, die mir so zahlreich zuflossen, mich davon überzeugten, daß dieses alte Land durchaus noch nicht von der Geschichte erschöpft war und nur noch von seinen Ruinen zehrte, sondern daß es aufregend modern und noch immer voll höllischer Geheimnisse und voller Zauber war. Natürlich verdankte ich das meiste davon Affad, obwohl ich anfangs, während ich mich einarbeitete, wenig mit ihm zu tun hatte. Es waren vielmehr die anderen Sekretäre, die in den Vordergrund rückten, wie zum Beispiel Professor Baladi, dessen verschrobenes viktorianisches Roman-Englisch ihm ohne weiteres zu Varieté-Ruhm verholfen hätte, wäre ihm daran gelegen gewesen. «Mr. Blanford, meines Erachtens gibt es in der Natur nichts Erhabeneres als den Anblick des Busens einer englischen Dame.» Er neigte den Kopf seitlich und wartete auf meine Reaktion. «Wirklich, Professor, Sie treiben mir die Schamröte in die Wangen.» Er lachte affektiert und sagte leicht schelmisch: «Ich habe es doch nur gesagt, um Ihnen ein frohlockendes Lachen zu entlocken.» Ihm zu

Gefallen lachte ich frohlockend, oder zumindest gab ich einen Laut von mir, den ich dafür hielt – eine Art von piepsendem Kichern.

«Ich habe gehört, daß die Ägypter ganz verrückt auf rosa Fleisch sind, daher der Zuhälter in Port Said, der seine kleine Tochter mit den Worten anpries: ‹Innen ganz rosa so wie englische Dame.›» Es war ein uralter Witz, aber er hatte ihn noch nicht gehört und krümmte sich lautlos-dezent vor Lachen, Tränen schossen ihm aus den Augen, er wischte sie mit dem Jackenärmel ab. Aber wir waren ins Fettnäpfchen getreten, wir merkten es erst, als wir einen Blick auf unseren Kollegen warfen. Das Gesicht des armen Khanna – ein Kopte – war vor *gêne* knallrot angelaufen, er war offensichtlich zutiefst schockiert. Baladi gab sehr überzeugend vor, sich verschluckt zu haben, als er dies sah, sein Lachen flaute ab und ging in reumütige Seufzer über, obwohl sein Zwerchfell von Zeit zu Zeit von einem erdbebenartigen Krampf befallen wurde und er bei dem Gedanken an den Witz sekundenlang sein Gesicht hinter seinem Ärmel verbarg. Ich dachte, die beste Art, Reue zu zeigen, wäre, mich in Schweigen zu hüllen und mich zumindest für eine Viertelstunde, bis der Sturm sich gelegt hatte, wortlos meiner Arbeit zu widmen. Draußen schien die Sonne auf den grünen Rasen, die Rasensprenger drehten und drehten sich, ihre schlanken Hälse erinnerten an Sonnenblumen. Irgendwo im Palast summten die Telefone, ihr Läutwerk war mit Stoff umwickelt worden, weil ihr lautes Klingeln als unschicklich empfunden wurde. Ich grübelte über die Kriegsnachrichten in der *Egyptian Gazette* nach und dachte kurz, ein wenig wehmütig und sehnsuchtsvoll an England, aber im geheimen wandte sich mein Herz dem Leitstern der Provence zu – einer Provence, die nunmehr für immer bevölkert war mit Constance, Felix, Hilary, den entschwundenen Freunden des letzten Friedens-Sommers. Wo mochten sie alle jetzt sein? Tot vielleicht, wer weiß? Aber die schmerzlichste all dieser Geisterbeschwörungen war die von Livia, zuletzt gesichtet in Deutschland. Livia, das Mädchen, das ich unbedingt hatte heiraten wollen. Ich Narr.

Als Khanna sich zurückzog, um sich von seiner Empörung zu erholen und sich auf der reichverzierten Toilette neben der Eingangshalle zu erleichtern, wies Baladi mit dem Daumen auf seinen sich entfernenden Rücken und flüsterte: «Ich glaube, wir haben ihn gekränkt.» Ich stimmte ernsthaft zu.

«Sollten Sie Samstagabend frei sein», sagte Baladi mit einem Ausdruck, als wolle er mich für meine spritzige Unterhaltung belohnen, «dann würde ich Sie bitten, mich auf einen kleinen Bummel in ein Freudenhaus zu begleiten.» Ich sagte zu, aber nur mit halbem Herzen, denn ich war in eine Affäre geschlittert mit einem jungen weiblichen Offizier des Field Transport Corps, eine freiwillige Einheit von reichlich überzüchteten Mädchen, die die Armee mit Fahrerinnen, Sekretärinnen und Melderinnen belieferte. Eine von ihnen, Anne Farnol, eine Slade-Studentin, hatte an mir Gefallen gefunden und mich zum Abendessen in ihre Offiziersmesse eingeladen. Sie war ungefähr achtundzwanzig Jahre alt mit blitzenden, blauen, intelligenten Augen, die bei dem geringsten Anlaß vor Sympathie sprühten. Sie unterschied sich von den anderen eher frigiden Puppen ihrer Einheit, denn sie strahlte Wärme und Weiblichkeit aus, was schlecht zu ihrer kriegerischen Aufmachung paßte. Aber wenn sie vor meinem Schreibtisch Haltung annahm und salutierte, hatten diese Gesten einen großen Charme. Sie brachte die Depeschentasche der Botschaft, welche Rot-Kreuz-Memoranden enthielt, die ich im Namen meines Lehnsherrn des Prinzen in Empfang nahm. Während ich die Papiere durchsah, leistete sie meiner Aufforderung, sich hinzusetzen und eine halbe Zigarette zu rauchen, die ich mit der Büroschere für sie durchschnitt, für kurze Zeit Folge. Dieses erfreuliche kleine Ritual und unser freundschaftliches Geplauder an jedem

Dienstag und Freitag waren zu einem Bestandteil meines Alltags geworden. Ich taute auf unter den lächelnden Blikken dieser militärischen jungen Frau, die eine Schiffchenkappe trug (die, wie ich später herausfand, von den Mädchen selbst Fotzen-Kappe genannt wurden) und ihre Tabaksration rauchte. Kaffee allerdings lehnte sie immer ab.

Die Einladung zum Abendessen kam mir daher völlig natürlich vor. Und so betrat ich eines Abends ein elegantes Etagenhaus in der Sharia El Nil und fuhr mit dem Fahrstuhl in den vierten Stock, wo sie eine kleine Wohnung hatte. Die Tür stand offen und an ihr hing ein Zettel, auf dem stand, daß sie nur schnell noch etwas zu erledigen hätte und daß ich es mir bequem machen und auf sie warten solle. Was ich auch tat. In ihrer Abwesenheit schnüffelte ich ein bißchen herum, betrachtete ihre wenigen, bescheidenen Schätze, mit denen sie ihre Nomadenexistenz umgab: eine Postkarte aus Hastings, eine Familiengruppe, Vater und Mutter und ein gutaussehender Mann mit wehmütigen Augen in einem Malerkittel. Er hielt einen Holzhammer in der Hand. Vermutlich ihr Ehemann, denn sie trug einen Ehering. Eine plötzliche, völlig unerklärliche Traurigkeit überkam mich. Ich blätterte in ihren Skizzenbüchern. Das Zimmer war von Blumenduft erfüllt – wo anders als in Ägypten riechen Blumen, als wären sie zuerst mit der Unterwelt und dann mit den Schwaden eines Bratofens in Berührung gekommen?

Ich saß eine Weile lang nachdenklich rauchend auf ihrem Balkon, der auf die belebte Durchfahrtsstraße blickte. Sie war schön und selbstsicher, und ich begehrte sie, gewiß, aber meine verdammte englische Erziehung lähmte jegliche Initiative in mir, die diese Zufallsbegegnung zweier verbannter Bewohner der fernliegenden belagerten Insel zu einem zufriedenstellenden Abschluß bringen würde. Endlich kam sie, ein wenig bleich aussehend, fand ich, sie war in der Offiziersmesse gewesen, um mir zu Ehren ihre Whisky-Ration abzuholen. Ich war beschämt, denn von dem Gehalt, das mir der Prinz zahlte, hätte ich mir ohne weiteres leisten können, ihr eine ganze Kiste Whisky zu bringen. Ich nahm mir im stillen vor, ihr eine zu schicken. Sie war nicht nur schön, sondern auch verständnisvoll, und dank ihrer überwand ich meine alberne Schüchternheit, die so oft den Eindruck von Mürrischkeit erweckt, und fing an, ihr ein wenig von meinem Leben zu erzählen, und erkundigte mich nach dem ihren. Da sie verheiratet war, stand ihr eine eigene Wohnung zu, während die anderen Mädchen der Einheit oder solche, die keinen Offiziersrang bekleideten, sich mit einer Art Christlichem-Verein-junger-Mädchen-Unterkunft zufriedengeben mußten, mit beschränkter Ausgeherlaubnis und strengen Besuchsvorschriften. Es war schon reichlich spät, als ich mich linkisch und bedrückt und quasi abschiednehmend erhob. Ich ging auf den kühlen Balkon, die uns umgebende Nacht war undurchdringlich schwarz und pelzig, während direkt unter uns die Straße im Lichterglanz erstrahlte. Wir standen in der Finsternis und blickten hinunter wie die Wasserspeier auf den Mauervorsprüngen mittelalterlicher Kirchen – nur zwei Köpfe aus der Dunkelheit herausgemeißelt. Endlich faßte ich Mut und sagte: «Ich würde gern bei Ihnen bleiben.» Sie legte ihre Hand auf meinen Arm und sagte: «Das habe ich gehofft – ich habe solches Heimweh. Ich schlafe schlecht, diese Stadt macht mich ganz krank.»

Als sie das Licht ausknipste, verwandelte sich die Wohnung in einen dunklen Kaninchenbau, dessen eine Seite das bühnenhaft wirkende Licht der Straße erhellte. Wir liebten uns ungestüm und überstürzt, mit einer Art unwillkürlicher Verzweiflung. Sie trug noch Uniform, und ich spürte die kalten Knöpfe ihrer Jacke auf meinem Fleisch. Es war ungemein aufregend, so aufregend, daß sie anfing, ein bißchen zu weinen, was meine Begierde für sie steigerte. Hinterher lagen wir in der Dunkelheit nebeneinander auf dem Bett, und ich konnte das Pochen ihres Herzens und die langsam verebbenden Schauer ihrer Lust fühlen. Ich zündete ein Streichholz an, um tief in diese ruhigen blauen Augen zu blicken, die mich durch den Schleier ihrer unnötigen Tränen anstarrten. Ich sagte: «Es ist das erste Mal, daß ich mit einem Offizier im aktiven Dienst schlafe, es mit jemand in Uniform zu treiben, finde ich irrsinnig aufregend. Laß es uns wiederholen.» Doch sie hatte sich schon entkleidet und lag jetzt nackt in meinen Armen und roch himmlisch nach irgendeinem Kairoer Parfum und nach unseren gemeinsamen, betörend scharfen Ausdünstungen. Unsere Küsse waren nicht mehr so hektisch, es waren harmonische, mit Liebe gegebene, auf den anderen bezogene und nicht mehr zufällige Küsse. Die ganze Nacht über lagen wir uns in den Armen, zu aufgeregt, um länger als für ein paar unruhige Minuten zu schlafen. Wir sprachen im Flüsterton und schlummerten zuweilen mitten im Satz ein.

In der Früh betrachtete ich den Anbruch der Dämmerung über der Wüste von ihrem Balkon aus, während sie, vergraben unter verkrumpeltem Bettzeug, in tiefem Schlaf lag. Die Nacht hatte uns beiden ein großes animalisches Glück beschert und neue Gelassenheit. Mir war nach Singen zumute, als ich den Kessel in der winzigen Küche aufsetzte und den Tisch für ein zeitiges Frühstück deckte, denn wir mußten beide in unsere Büros, bevor die unvermeidliche Hitze sich ankündigte. Sie erwachte gähnend mit zerzausten Haaren und sah hinreißend schön und sehr verletzbar aus. Schlaftrunken kam sie in die Küche und erlaubte mir, ihr Kaffee einzuschenken. «Seltsam, dieses Gefühl der Zufriedenheit», sagte sie kopfschüttelnd. «Und dabei hat alles, was wir tun, keine Zukunft, keinen Sinn. Alles ist irgendwie so ephemer, so unbeständig neuerdings. Ich meine, schon nächste Woche kann ich versetzt werden oder tot sein. Das gleiche gilt für dich – nein, ich vergaß, du bist ja noch nicht wirklich am Krieg beteiligt, daher kannst du nicht dieses seltsame postume Gefühl nachempfinden. Ist das, was man tut, von irgendeiner Wichtigkeit? Es ist alles vergebens und ohne Wert.»

«Wenn du mir so früh morgens mit Philosophie kommst, werde ich dir Valéry zitieren.»

«Und was hat er gesagt?»

«Elle pense, donc je fuis.»

«Du diskriminierst mein Geschlecht.»

«Verzeih.»

Ein köstliches Gefühl körperlichen Wohlbehagens durchrieselte mich; mir war bislang, trotz meiner gegenwärtigen abwechslungsreichen und anregenden Tätigkeit, nicht klargeworden, daß ich mich ein wenig verloren fühlte, einfach weil mir der Umgang, den ich bevorzuge, fehlte. Ich hoffte, diese Bindung würde fortdauern und sich vertiefen, trotz der ständigen Bedrohung einer Abkommandierung an eine andere Front, zum Beispiel der syrischen. Optimistisch, wie ich war, hatte ich sogar gewagt, für unsere Freizeit Pläne zu machen. Ich wußte, daß meine Gastgeber (es widerstrebte mir, sie als Arbeitgeber zu betrachten, dazu waren sie zu nett und herzlich zu mir) entzückt sein würden zu erfahren, daß ich ein vorzeigbares englisches Mädchen gefunden hatte, mit der ich Museen besuchen oder Picknicks in der Wüste veranstalten konnte ... Mir schien, das Schicksal war mir ausnahmsweise wohlgesonnen, vielleicht wollte es mich für die bitteren Erfahrungen mit Livia, für die herzbrechenden Erinnerungen an diesen Sommer in der Provence kompensieren – für diesen Sommer, den sie mir mit ihrem Verhalten, einer *allumeuse*, um es deutlich auszudrücken, faktisch verdorben hatte. Jetzt war ihre Wichtigkeit geschrumpft sozusagen, aber nicht die Pein, die sie mir verursacht hatte, doch diese neue Bindung könnte sie vielleicht lindern. Vielleicht war ich zu voreilig gewesen, denn meine neue Freundin ging auf meine begeisterten Vorschläge nur sehr zurückhaltend ein, um präzise zu sein, reagierte sie eher lahm, obwohl sie im Prinzip einverstanden schien und mir sogar nicht widersprach, als ich vorschlug, Eintrittskarten für ein Konzert mit ägyptischer Musik zu kaufen.

Zwei Tage später erwartete ich hinter meinem Schreibtisch ihren morgendlichen Besuch. Ich hatte bereits die büroeigene Zigarette, die sie immer gnädig entgegennahm, halbiert. Aber keine Anne! Nach einiger Zeit erschien eine andere junge Frau – Annes Vorgesetzte, wie sich herausstellte, die selbst die Depeschentasche brachte. Sie stellte sie vor mich auf den Schreibtisch hin und sagte: «Sie haben vermutlich gehört, daß Anne ...?» Ich sah sie verständnislos an wie jemand, der aus allen Wolken fällt, und schüttelte den Kopf. Die junge Frau zog einen Stuhl heran und setzte sich mir gegenüber an den Schreibtisch. «Wir sind alle wie vor den Kopf geschlagen. Sie ist tot. Man hat sie Donnerstag morgens gefunden.»

«Aber ich habe mit ihr am Abend zuvor gegessen.»

«Das weiß ich, sie hat mir gesagt, wo sie notfalls zu erreichen ist.»

«War es ein Unfall?»

«Nein, Selbstmord.»

Sie hatte den großen Kombiwagen, der der Einheit gehörte, genommen, ihn vollgetankt und dann vor der Garage geparkt, als erwarte sie einen Einsatzbefehl. Ein Verhalten, das keinerlei Argwohn erregte, die Frauen arbeiten zu allen Tages- und Nachtstunden, schließlich gehören sie zur kämpfenden Truppe. Aber nach dem Abendessen, als die Mechaniker nach Hause gegangen waren und der arabische Wächter alles abgeschlossen hatte, ließ sie sich die Schlüssel vom Nachtportier geben und schickte ihn fort. Dann fuhr sie den Wagen in die Werkstatt und in den Schuppen, wo die Autos gewaschen werden; er war so gut wie hermetisch geschlossen, wenn die Schiebetüren zu waren. Und wenn das so war, konnte niemand wissen, ob sich dort ein Auto befand. Sie schloß den Schuppen von innen ab, schaltete alle Lichter aus und ließ den Motor des großen Kombiwagens laufen. In der Früh wurde sie natürlich tot im Fahrersitz aufgefunden – Todesursache: Vergiftung durch Kohlenmonoxyd.

«Sie hat keinen Brief hinterlassen, und ich habe die schwierige Aufgabe, ihre Mutter zu benachrichtigen, die in Hampshire wohnt.»

«Aber zum Teufel, warum tat sie es?» rief ich empört und traurig aus. Es war eine törichte Reaktion, ich weiß, aber so etwas unterläuft einem, wenn man sich persönlich gekränkt fühlt. «Sie machte so einen gesunden, fröhlichen Eindruck.» Annes Vorgesetzte blickte mich kurz an, dann sagte sie: «Sie hat Ihnen also nichts gesagt? Als sie in die Offiziersmesse kam, um eine Flasche Whisky zu holen, lag eine interne Nachricht für sie vor, die besagte, daß ihr Mann auf See vermißt wird. Er war, soviel ich weiß, bei den Minenräumern. Sie hat die Nachricht wortlos in ihre Handtasche gestopft und ist fortgegangen, um Sie zu treffen. Niemand hat dieses Warnsignal bemerkt außer mir. Meiner Meinung nach ist das die Erklärung für diesen unerwarteten Selbstmord. Was denken Sie?»

Ich konnte nicht denken, ich war sprachlos, betäubt.

In Erscheinung zu treten und zu verschwinden mit einer so bestürzenden Plötzlichkeit ... ich fühlte mich verwaist, beraubt. Nicht nur ihrer warmen körperlichen Nähe beraubt, sondern auch der Zusammenkünfte, die die Zukunft uns vermutlich vergönnt hätte. Es war, als hätte sie den Schreibtisch umgeworfen, an dem ich arbeite. Falls meine Kollegen bemerkt haben, daß ich an diesem Tag nachdenklich und unaufmerksam war, dann haben sie keine diesbezügliche Bemerkung gemacht. Ich war wie vom Donner gerührt, und ich konnte nur mit äußerster Willensanstrengung meinen alltäglichen Geschäften in der City nachgehen. Zum Glück gab es viel zu tun, ja fast alle halbe Minute wurde ich am Ärmel gezupft, so daß ich zumindest den Vorwand meiner Pflichten hatte, um meinen Gedanken zu entfliehen. Ich dachte, das Bild des Mädchens würde schnell verblassen, denn ich wußte so wenig von ihr, aber im Gegenteil, sie lebte klar umrissen und überdeutlich in meiner Erinnerung weiter. Sie war wie eine Statue in einer Nische, mit nichts vergleichbar, losgelöst von Raum und Zeit und dennoch völlig abgerundet und ganz sie selber, Anne Farnol! Ihr bescheidener Name geisterte noch monatelang nach ihrem Verschwinden von der Bühne des Lebens, vom Kriegsschauplatz, aus dem Zeitgeschehen durch meine Erinnerung.

Der Krieg! Der Prinz war während dieser Periode von den wirtschaftlichen Problemen seines Landes sowohl wie von all den anderen Schwierigkeiten, die die ökonomische Struktur Europas bedrohten, stark in Anspruch genommen. Das Rote Kreuz, dessen Chef der Prinz war, eine Tätigkeit, die ich anfangs für rein repräsentativ und zeitraubend gehalten hatte, erwies sich als eine höchst wertvolle Informationsquelle, ein Guckloch, durch das man einen Blick auf das Nazi-Europa werfen konnte. Überdies war das Hauptquartier in Genf, und die traditionelle Schweizer Neutralität war nicht verletzt worden. Nominell zumindest war Deutschland noch Signatar des Rot-Kreuz-Abkommens, und daher genossen die Angestellten dieser Organisation wie in allen anderen Ländern einen quasi diplomatischen Status. Ich war erstaunt, als der Prinz mir eines Tages ankündigte, daß er vorhabe, in der nächsten Zukunft nach Frankreich zu fahren. «Sobald die Lage sich dort etwas beruhigt hat.» Und plötzlich erwachte meine eigene Welt, die verlorene Welt meiner Freundschaften und meines jugendlichen Glücks, die ich in einen sicheren Winkel meines Gedächtnisses vergraben hatte, zu neuem Leben in Gestalt eines an mich adressierten Briefs, der eines Tages aus der roten Depeschentasche fiel. Er war von Constance. Von Constance! Ich traute kaum meinen Augen, als ich die vertraute Handschrift erkannte, die ich, offen gesagt, nicht erwartet hatte, je wiederzusehen. Blitzartig kehrte die ganze verschwundene Wirklichkeit der Dinge zurück, ich wurde von Erinnerungen überflutet. Es war nur ein kurzer Brief, ‹ein Versuchsballon› wie sie es nannte, um zu sehen, ob sie mich mit Hilfe des Prinzen ausfindig machen könnte. Sie wußte, daß er Beziehungen zum Roten Kreuz unterhielt, und die postalische Verbindung über die Türkei bestand noch. Aber sie hatte mir noch etwas weit Wichtigeres mitzuteilen: Anscheinend war Sam nach dem Nahen Osten versetzt worden und würde bald hier sein, falls er es nicht schon war. Ich sprang von meinem Stuhl auf, fast so, als stünde er schon neben mir. Sam! Es war eine großartige Nachricht, denn er wußte bestimmt, wie er es anstellen sollte, mich zu finden. Allein schon im Telefonbuch stand die Nummer des Prinzen.

«Sagen Sie ihm von mir, daß er ein ganz mieser Kerl ist, er hat mir nicht einen einzigen ausführlichen Brief geschrieben, er haßt es zu schreiben so wie Ihr alle. Die letzte Nachricht war eine Ansichtskarte mit einer dicken Frau drauf aus Worthing, auf die er gekritzelt hat:

> Das Wetter hier ist mild und fein.
> Wie schön bei der Armee zu sein.

Ich kann es kaum abwarten, seiner habhaft zu werden, um ihm Hilarys Behauptung, daß die Ehe ein Kriegsspiel ist, zu beweisen. Oh, Sam, du niederträchtiges Schwein, deine Faulheit mit vorgeblichen Sicherheitsvorschriften zu verblümen!»

Ich trug den Brief wie einen Talisman mit mir herum, ich war über alle Maßen aufgeregt über dieses plötzliche Aufleben der Vergangenheit; meine Einsamkeit loderte auf wie eine Flamme sozusagen, gleichzeitig war ich gerührt, denn sie hatte auch liebevolle Worte für mich gefunden:

«Und Sie dort unten, allein in der Stille wie der aufgehende Mond, Sie, der Gedichte aus selektiven Schweigsamkeiten zusammensetzt, bitte, bitte, schreiben Sie mir!» Ich tat noch etwas Besseres, ich schickte dem Roten Kreuz ein raffiniertes Telex mit der Bitte, es an sie weiterzuleiten, es enthielt biblische Texte mit den entsprechenden Verweisen, was zusammengenommen einen längeren Brief ergab, aber bei oberflächlichem Hinsehen den Eindruck erweckte, als handle es sich um vertrauliche Rot-Kreuz-Belange, die ich mit Hilfe von Bibelzitaten chiffriert hatte. Aber das Wichtigste war, die Freundschaft wieder anzufachen, und tatsächlich: innerhalb ein oder zwei Wochen landete auf diesem halb diplomatischen Weg ein Bündel von Briefen für Sam auf meinem Schreibtisch. Jetzt mußte Sam nur noch in Person erscheinen, und als er es tat, war ich erstaunt zu erfahren, daß er sich schon seit einiger Zeit auf diesem Kriegsschauplatz befand. Ja, dieser braungebrannte junge Offizier, der eines Tages in der Tür des Rot-Kreuz-Büros Haltung annahm und salutierte, trug in der Tat die Ausgangsuniform der ‹Wüstenratten› – Buschhemd, wildlederne Halbstiefel, alles, was dazugehört. Er stellte sich als «Captain Langbein von der Lido-Tanztruppe» vor. Wir umarmten uns glibberig wie Geleefrüchte mit Tränen in den Augen, denn die Schicksalhaftigkeit dieser Begegnung berührte uns beide im Innersten. «Fabelhaft, Sie hier völlig unverändert sitzen zu sehen, Sie alter Trauerkloß, und noch immer mit dem unvermeidlichen Notizbuch und dem pfiffigen Ausdruck, es gibt mir den Glauben an die Natur zurück, sogar an die Armee, die mich so zuverlässig hierher befördert hat. Und das nur, um Sie wiederzusehen. Ach, können wir uns nicht über irgendeine Belanglosigkeit streiten? Einfach zur Feier des Tages? Sie mit Ihrem alten Zen Cohens» – es war seine Version von Koan. «Das einzige Koan, das ich gelernt habe, ist das der britischen Armee – scheiße oder platze. Es ist knapp und zutreffend.»

«Mein Gott!» rief ich. «Bevor ich es vergesse.» Ich öffnete den Safe und legte mit einer triumphierenden Geste die wertvollen Briefe auf meinen Schreibtisch. «Du meine Güte», sagte er errötend und mir schien, er mache ein etwas schiefes Gesicht. Er sah gewißlich verlegen aus, vielleicht hatte er ein schlechtes Gewissen, weil er ihr nicht geschrieben hatte. Er stand unbeweglich da und starrte die Briefe an, aber stürzte sich nicht auf sie, wie ich es an seiner Stelle getan hätte.

Er nahm sie zögernd auf und klopfte mit dem Paket auf die Knöchel seiner linken Hand, während er weitersprach. Vielleicht wollte er allein sein, um sie zu lesen? Natürlich, das war's! Ich verbannte die ganze Angelegenheit aus meinen Gedanken. «Ich bin nicht früher gekommen», sagte er, «weil ich auf einen richtigen Urlaub warten wollte wie auf diesen, für eine ganze Woche. Abgesehen davon war ich vorübergehend mal mit der einen mal mit der anderen Einheit in Griechenland stationiert. Raten Sie mal, wo ich gerade herkomme – nein, Sie erraten es nie: von den Thermopylen! Direkt aus des Teufels Küche. Ich war sogar für kurze Zeit als Experte bei den Neuseeländern. Dann wieder hierher zurück. Und nun steh ich zu Ihren Diensten. Können Sie mich unterbringen, oder soll ich mich in irgendeiner Absteige einquartieren?»

Die prinzlichen Anordnungen erledigten diese Frage, denn ich bewohnte ein großes Apartment mit mehreren einzelnen, aber miteinander verbundenen Schlafzimmern, und eines davon wurde für meinen Gast hergerichtet, der fröhlich unter der Dusche sang und pfiff, Flöhe aus seinem Unterhemd herauspickte, antike griechische Flöhe, wie er sagte, sich von mir Zivilkluft borgte und seine eigenen Kleider in die Palast-Reinigung schickte. Sie würden am Ende des Tages blitzsauber und gebügelt abgeliefert werden. Ja, ich lebte im Luxus. Dies, sagte er, ließ Zweifel über mein Schreiben aufkommen – ihm war erklärt worden, daß Wohlleben das Schlimmste sei, was einem Schriftsteller zustoßen könne. «Unter diesen Umständen», sagte er, «werden Sie nie dem Absinth verfallen oder sich eine Syphilis oder etwas Derartiges holen, was, soweit ich weiß, für die Kreativität unbedingt notwendig ist.» Ich schüttelte den Kopf. «Im Gegenteil, alle Laster stehen mir offen, angefangen von Drogen über Haschisch bis zu einem scharlachroten Kummerbund, den ich jetzt übrigens nach längerem Zureden zu meiner weißen Smokingjacke trage. Bitte, versprechen Sie mir, nicht darüber zu lachen, wenn wir mit dem Prinzen dinieren, er wird entzückt sein, Sie wiederzusehen, und die Prinzessin wird sich freuen, Sie kennenzulernen.»

Er stimmte etwas düster zu, vermutlich befürchtete er einen steifen Abend und war daher erleichtert, daß wir allein mit dem Ehepaar in dem riesigen, widerhallenden Speisesaal aßen. Wir hatten angenommen, daß wir uns über das recht fragwürdige Verhalten des Prinzen in der Provence taktvolle Zurückhaltung auferlegen müßten, aber die Prinzessin schien über seine verschiedenen ‹Gelage› voll informiert zu sein und großes Verständnis für sie aufzubringen. Es war offensichtlich eine ihrer großen Stärken und auch der Grund für ihre beiderseitige rührende Anhänglichkeit. Es war eine echte Ehe und kein Kunstgebilde. Wir waren so angeregt, daß wir ein wenig zuviel Champagner tranken, und so beschlossen wir, uns verhältnismäßig früh in unseren angrenzenden Schlafzimmern ins Bett zu legen, aber wir ließen die Verbindungstür offen und redeten schlaftrunken bis spät in die Nacht über alles unter der Sonne. Ich sah, daß Constances Briefe ungeöffnet auf dem Kaminsims lagen, und stellte vage Betrachtungen über diese Tatsache an. Vielleicht fühlte er sich unfähig, sie so zu beantworten, wie sie es verdienten? Er hatte immer von sich selbst behauptet, daß er maulfaul und schüchtern sei. Aber nun waren sie doch verheiratet ... ich fand das Ganze etwas mysteriös, aber ich hatte keine Lust, über Geheimnisse nachzugrübeln, die vielleicht nicht einmal existierten. Bei passender Gelegenheit würden wir darüber sprechen.

Und die Gelegenheit ergab sich bald. Ich erwachte lange nach Mitternacht und sah meinen Freund nackt auf der mondbeschienenen Terrasse stehen und vollkommen bewegungslos hinunter in den Garten starren. Er mußte gehört haben, wie ich mich umdrehte, oder irgendwie gefühlt haben, daß ich wach war, denn er wandte sich langsam um, durchquerte die hellerleuchtete Terrasse, stellte sich ans Fenster und sprach mit mir, während ich im Dunkeln lag. «Die Sache ist die», sagte er, und ich erriet sofort, daß er im Begriff war, mir zu erklären, warum er zögerte, Constances Briefe zu öffnen. «Ich fürchte, daß ich Constance verraten habe, daß ich alles, an was sie glaubt, an was wir beide glauben, verraten habe. Deshalb sträubt sich mein Innerstes, ihre Briefe zu öffnen. Verstehen Sie, Aubrey, ich hasse diesen Krieg in keiner Weise, ich genieße ihn und finde es großartig, daß wir auch noch eine solide moralische Entschuldigung dafür haben, ihn zu führen. Unser Krieg gegen die Hunnen ist ein gerechter Krieg, und wir müssen ihn gewinnen. Natürlich gibt es gelegentlich sinnlose Kriege, aber einige waren für die menschliche Rasse von größtem Nutzen, wie zum Beispiel die von den alten Griechen gegen die Perser geführten Kriege. Sie, Aubrey, wissen einfach nicht, was es bedeutet, in den Kampf, in die Schlacht zu ziehen. Das Blut gefriert einem in den Adern, das Herz schlägt bis zum Hals. Ich habe nie etwas Vergleichbares erlebt. Verglichen damit ist die Liebe ein niedlicher Zeitvertreib – mehr nicht. Ich weiß, was ich sage, klingt scheußlich, aber es ist die Wahrheit. Ich bin für das Abenteuer geboren und erzogen worden, das weiß ich jetzt. Und wenn ich diesen gewaltigen Kanonendonner überlebe, verschreibe ich mich für den Rest meines Lebens der Armee!» Er stand jetzt unbeweglich da, mit hängendem Kopf wie beschämt und in Erwartung einer Rüge, die diese Gefühle seiner Meinung nach hervorrufen mußten. Ich wußte nicht, was ich sagen sollte. Ich war zutiefst schokkiert über die oberflächlichen Äußerungen. «Ich weiß, was Sie denken und mir antworten möchten, aber ich beschreibe Ihnen ja nur meine Eindrücke. Die Ausschaltung der individuellen Verantwortung ist großartig, sie ermöglicht einer ganzen Nation, ihre ursprünglichen Aufgaben im blinden Gehorsam zu erfüllen. Ungemach und Gefahr sind ausgezeichnete Heilmittel gegen Verweichlichung. Und die Mädchen sind willig wie nie zuvor. Sie riechen den Fuchs, sie riechen Blut wie eine Hundemeute. Es macht sie glücklich, daß wir aus ihren Armen gerissen und sofort ins Grab geworfen werden – sozusagen noch lebendig. Es ist, als sei man ein den Armen seiner Mutter entrissenes Baby. Was für ein Überfluß an Küssen! Aber wie soll ich all das Constance erklären? Ich werde zu ihr auf eine nicht vorgesehene Weise verändert zurückkehren, aber ohne die Fähigkeit, die Gründe zu erklären, und ich werde mir vorkommen wie ein beschissener Verräter, der ich natürlich in ihren Augen auch bin.» Ich tastete auf dem Nachttisch nach meinen Zigaretten und fand sie. Wir beide zündeten uns eine an und rauchten gierig, in tiefes Nachdenken versunken wie zwei Mathematiker, die sich den Kopf über ein physikalisches Problem zerbrechen. «Wie soll ich ihr das Ganze beschreiben?» fuhr er fort. «Alles, was ich gesehen habe, bestätigt, was Constance, was Sie, Aubrey, über einen Krieg denken. Ich habe einige schreckliche Dinge gesehen, Dinge, die einem den Magen umdrehen. Aber der Krieg in der Wüste ist phantastisch – man greift an, und wenn der Wurf nicht glückt, zieht man sich vierzig Meilen zurück und formiert sich aufs neue. Prima! Ich habe auf beiden Seiten scheußliche Unfälle gesehen und ein paar Selbstmorde. Ich habe einen Bajonettangriff des Essex-Regiments von so einer gezielten Bosheit gesehen, daß ich fast nicht glauben konnte, daß es meine Landsleute waren. Ich habe Fleischstücke, ganze Arme und Beine gesehen, die aus einer von einem Tiefflieger beschossenen Kolonne buchstäblich durch die Luft wirbelten. Sie feuern Gewehrkugeln, dick wie ein Kindergelenk, in kurzen, gestreuten Feuerstößen ab. Durch ihre hohe Geschwindigkeit verbrauchen sie eine Menge Sauerstoff und lassen einen keuchend inmitten von einem Haufen menschlicher Ersatzteile zurück. Es ist grauenvoll, es ist Unrecht ... aber, was soll ich Ihnen sagen? Um nichts in der Welt hätte ich dies alles verpassen wollen. Ach, Aubrey, sagen Sie doch irgendwas!»

Aber ich war sprachlos, wie vom Donner gerührt, aber auch ein wenig beschämt, weil er mich mit einem moralischen Dilemma konfrontierte, für das ich noch keine Lösung gefunden hatte; vielleicht war mein Urteil moralisierend und oberflächlich, vielleicht war ich zu verdammen? Unwillkürlich und völlig unbewußt, hörte ich mich reichlich sentenziös sagen: «Meine Erfahrung beschränkt sich bis jetzt auf die eines Nichtkombattanten, aber ich würde denken, daß der Menschheit genug Unheil widerfährt. Muß man dieses Unheil auch noch mit einem Krieg potenzieren? Vergangene Woche wurde ich gebeten, an einem Wochenende nach Port Said zu fahren, um eine Lesung vor den Überresten einer australischen Division zu halten. Es waren ungefähr zweihundert junge Männer – alle blind. Sie warteten im Transit auf ihre Repatriierung. Es war so schrecklich, ihre weißen, verzweifelten Gesichter zu sehen, die flatternden Augenlider, die Verzagtheit, denn diese Welt der Blindheit war ihnen noch neu. Ich fühlte mich etwas geniert, als hätte ich keine Kleider an. Ich las ihnen aus *‹Die Bibel als Literatur gelesen›* vor, das Evangelium nach einem linken Verleger. Es war ein wenig unheimlich, den sechzehnten Psalm in der Atmosphäre einer Luxusbar eines Ozeandampfers zu hören. Statt die Augen niederzuschlagen, wie man das so macht, wenn Musik gespielt oder Gedichte vorgelesen werden, hoben sie ihre Köpfe wie Hühner, als ob die Worte auf sie aus den Wolken niederprasselten. Ich war froh, daß ich mich nach einer Stunde verdrücken konnte. Obwohl der Kultur-Offizier mir überschwenglich dankte, hatte ich doch das Gefühl, daß mein Oxford-Englisch einige meiner australischen Zuhörer irritiert und den meisten den Abend verdorben hatte.»

Während ich sprach, hatte er das Licht in seinem Zimmer angeknipst und irgendwo eine Flasche Whisky aufgestöbert, und so tranken wir jeder ein Glas in dem bühnenhaften Mondlicht der ägyptischen Nächte.

«Ach ja», sagte er nach einer langen Weile, «ich wollte Ihnen nur sagen ... ich habe mir herausgenommen, Ihren Namen in meine Militärpapiere einzutragen als ... nächster Verwandter ... ich hoffe, es ist Ihnen recht? Es ist eine Dienstvorschrift, falls wir ...»

«Aber warum ich?»

«Nun, für den Fall, daß es mich erwischt, möchte ich gern, daß Sie es sind, der Constance benachrichtigt. Ich habe das Gefühl, daß Sie geeigneter als jeder andere sind, ihr die Nachricht schonend beizubringen und ihr, soweit das unter den Umständen möglich ist, Trost zu spenden. Dieses Gefühl hat viel zu der entspannten Atmosphäre im letzten Sommer in der Provence beigetragen. Verständlicherweise. Ist es Ihnen recht? Oder scheuen Sie sich vor der Verantwortung, ihr die traurige Tatsache meiner Reise ins Land der Schatten mitzuteilen?»

«Natürlich nicht», sagte ich, ging wieder zu Bett und löschte das Licht aus. «Versuchen wir ein Schläfchen zu machen, bevor die Sonne aufgeht.»

«Machen wir», sagte er mit einem kräftigen, gesunden Gähner. «Machen wir.»

Während ich mich rastlos herumwälzte und verzweifelt versuchte einzuschlafen, bevor die Morgendämmerung mit ihren ersten Moskitos es praktisch unmöglich machte, hörte ich, wie er murmelnd die Gedankengänge weiterspann, die zu diesem erstaunlichen Austausch von Vertraulichkeiten geführt hatten.

«Es ist scheußlich, daß wir alle auf die eine oder andere Art eine Ruhmesurkunde erwerben wollen», sagte er traurig und schlief stöhnend ein.

Er war lange vor mir auf, saß auf der Terrasse und las seine Briefe mit liebevoller Aufmerksamkeit – unser Gespräch hatte seine Ängste und Zweifel beseitigt. Von irgendwoher rief ein sanfter Gongschlag zum Frühstück, und ich ging stöhnend unter die Dusche.

«Endlich aufgewacht», rief er munter, offensichtlich hatte er seine gute Laune wiedergefunden. «Ich habe Sie daliegen gesehen, furchtlos wie eine Bratwurst und laut schnarchend, und ich konnte nicht umhin, Ihren Beitrag zum Kriegsgeschehen zu bewundern, Sie klangen wie fernes Kanonendonnern.»

Der Prinz war ebenfalls schon auf, aber eher mürrisch gelaunt im Gegensatz zu seiner sonst üblichen heiteren Gemütsverfassung. Er las die Kriegsberichte in der *Al Ahram* und schüttelte den Kopf über die nichtssagenden militärischen Verlautbarungen. Wir befanden uns in einer jener seltenen Pattsituationen, wo nichts, zu passieren schien. Aber darüber wollte er offenbar nicht diskutieren. «Ich frage mich zuweilen», sagte er, «ob die Engländer eigentlich gewinnen wollen oder nicht, sie verhalten sich höchst merkwürdig. Haben Sie von unserem Agenten gehört? Ach, nein? Nun, wir haben einen Nazi-Agenten, er wohnt im Sommerhaus am Ende des Gartens, die Gärtner haben ihn entdeckt, und er hat ihnen Geld angeboten, wenn sie ihn in Ruhe ließen. Stellen Sie sich das vor – ein deutscher Archäologe, der perfektes Arabisch spricht. Wie Sie sich denken können, habe ich sofort das Konsulat informiert und habe natürlich angenommen, daß sie ihn einkassieren und erschießen würden. Aber nicht die Spur. Dieser unangenehme hochnäsige General Maskelyne hat mir erklärt: ‹Wir haben es uns zum Prinzip gemacht, niemals einen etablierten Agenten in seiner Arbeit zu stören.› Und nun wollen sie ihm auch noch irgendwelche technischen Apparate verschaffen. Ich bitte Sie, und das mitten im Krieg! Ich meine, wenn alle feindlichen Agenten unbelästigt bleiben und auch noch mit Material versorgt werden …» Er schien nicht auf die Idee zu kommen, daß es für uns von Vorteil sein könnte, die deutsche und italienische Spionageorganisation zu infiltrieren, aber da er vor Wut fast platzte, hielt ich es für besser, ihn über die Geheimnisse des Lebens in Unkenntnis zu lassen.

Dann wandte sich das Gespräch den kurzen Ferien zu, die er mir sofort, als mein Freund erschien, konzediert hatte. Wir müßten alle erdenklichen Anstrengungen machen, sagte er, um Sams Urlaub so unterhaltsam wie möglich zu gestalten. Er schlug uns mehrere Möglichkeiten vor, die eine reizvoller als die andere: Ausflüge in alle vier Ecken Ägyptens oder zu den zahllosen antiken Sehenswürdigkeiten. Aber in diesem Fall war die Zeit unser Feind, sie schränkte unsere Aktivitäten ein. «Das soll uns nicht daran hindern», rief der Prinz energisch und bestimmt aus, «ihm seinen Aufenthalt so angenehm, wie es geht, zu machen. Gemeinsam wird uns das schon gelingen.» Seine vage Geste schloß nicht nur seine Frau und die gesamte Dienerschaft ein, sondern auch die verschiedenen Sekretäre und seinen Freund Affad.

Affad, der Bankier, war zweifellos der charmanteste, diskreteste und einfallsreichste Mann aus des Prinzen nächster Umgebung. Er bot sich sogleich voll eifriger Liebenswürdigkeit als unser Gastgeber an. Seine Einladung war besonders verlockend, da er im Begriff war, eine Reise auf dem Nil anzutreten, und das auch noch auf einem luxuriös ausgestatteten kleinen Schiff, das der französischen Botschaft gehörte. Was für ein unerwartet großer Glücksfall diese Einladung war, wurde uns eigentlich erst klar, nachdem wir schon zwei Tage an Bord dieser hübschen nilaufwärts fahrenden Piroge verbracht hatten – eine Wasserlandschaft von unvergleichbarer Schönheit. Leider war die Fahrt nur kurz, denn auf halbem Weg in der Nähe einer größeren Stadt mußten wir an Land gehen, um mit dem Auto nach Kairo zurückzufahren, da mein Freund keinesfalls das Risiko eingehen durfte, seinen Urlaub zu überschreiten. Als Ausgleich jedoch würde ihm unsere Rückkehr die Möglichkeit geben, die Gesellschaft des

Prinzen und der Prinzessin zu genießen, für die er eine große Sympathie entwickelt hatte. Aber diese kurze Flußfahrt hatte sich als eine Art von traumhafter Fortsetzung unserer unbeschwerten Tage in der Provence erwiesen – die freundschaftlichen Bande, die wir dort geknüpft hatten, hatten sich als haltbar herausgestellt. Ja, mir schien, sie hatten sich sogar noch enger geknüpft, denn Constance und Hilary, ihr Bruder, und Felix, der Konsul, sogar die gespenstische Gestalt, der dunkle Schatten Livias waren im Geist unsere ständigen Begleiter gewesen. Was war wohl aus ihr geworden? fragte ich mich. Und aus Avignon? Avignon mit seinen verschwommenen Umrissen vor einem blauen Himmel, mit seinen Kathedralen, von denen Hilary immer gesagt hatte, sie seien wie verlassene Gebetsfabriken, aus denen kein Gesumme wie von Turbinen mehr ertönte. Und dann das erregende Pfeifen des Mistrals in den Pinien. All das war da, all das war hier. Eine zusätzliche Pikanterie war die Gegenwart von Affads zwei anderen Gästen gewesen, ein südfranzösisches Geschwisterpaar. Im geheimen nannten wir sie *‹les ogres›*, weil sie mit Nachnamen Le Nogre hießen. Sie waren Zwillinge und unzertrennlich, er hieß Bruno und sie Sylvaine. Der junge Mann war ein Attaché an der Botschaft, die das unbesetzte Frankreich vertrat, seine Schwester führte den Haushalt und fungierte als Gastgeberin. Sie besaßen ein altes, verfallenes Schloß – oder so zumindest sagte er in seinem langsamen, überkorrekten Englisch – in einem Dorf namens Villefoin in der Nähe von Tubain, wo sich auch ‹unser› Schloß – Constances Haus – befand. «Ach, wir waren im Sommer dort, wir hätten gemeinsam etwas unternehmen können!» In Sylvaines dunklen Augen schimmerte ein wenig Bedauern, als sie dies ausrief. Ihr Ausdruck, ihre Gesichtszüge, ihre Kopfhaltung, dies alles erinnerte mich lebhaft an jemanden, aber an wen, konnte ich beim besten Willen nicht sagen. Der Gedanke irritierte mich wie eine lästige Fliege, die sich nicht vertreiben läßt, aber mein Gedächtnis sträubte sich hartnäckig, mir einen Hinweis zu geben. Ihr Bruder war sehr beunruhigt und beschämt über Frankreichs Niederlage und über die feigen Rechtskniffe, die die französische Mittelmeerflotte vorschob, um nicht auf der Seite der Alliierten zu kämpfen. Aber die französische Résistance war nunmehr ein politisches Faktum, und innerhalb dieses Jahres würde de Gaulle zwanzigtausend Mann unter seiner Führung vereinigt haben – also, nicht alles war verloren. Trotzdem tat mir der junge Mann leid, der Zusammenbruch seines Landes und die Bereitwilligkeit seiner Landsleute, mit den Nazis Frieden zu schließen, hatten ihn in seiner nationalen Ehre offensichtlich tief gekränkt. Aber dann fügte er etwas scheu hinzu: «Ich bin über die Intensität meiner Gefühle erstaunt, ich wußte nicht, daß sie in mir schlummerten. Ich bin ein ganz gewöhnlicher französischer Intellektueller, und Sie wissen ja, wie zynisch wir sind!» Sam beruhigte ihn auf seine taktvolle Art, indem er sagte, daß auch in England die Jugend ähnlich reagiere. «Ich bin sehr kritisiert worden, weil ich mich zur Armee gemeldet habe», und dann fügte er mit einem Seitenblick auf mich hinzu, «Aubrey kann Ihnen das bestätigen.» Was er sagte, war vollkommen richtig. Wir hatten uns alle Illusionen hingegeben. Es mußte erst ein Hitler kommen, um das Zeltdach wegzureißen und uns zu zeigen, was für ein Zirkus diese politische Welt im Grunde genommen war.

Diese beiden jungen Leute waren die personifizierte Großzügigkeit. Die große Hauptkabine mit dem riesigen Tisch und der Petroleumlampe war schnell von uns ganz und gar in Besitz genommen – unsere Habseligkeiten lagen auf und unter den Pritschen, die an der Wand entlangliefen. Zumeist saßen wir auf den blankgescheuerten Bänken um den großen Tisch, an dem wir aßen, Karten spielten oder auf dem wir Landkarten und unsere Briefbögen ausbreiteten. Unser Aufenthalt auf dem Schiff war so kurz, daß wir nur wenig Gepäck mitgenommen hatten, ganz im Gegensatz zu den anderen, die eine zwei Wochen oder sogar länger dauernde Reise geplant hatten und daher eine Menge Konserven und Munition für ihre Jagdgewehre mitführten. Aber die Stimmung war so gemütlich, und die Wellen des breiten Flusses mit seinen malerischen Inseln und Buchten waren so beruhigend und einlullend, daß wir die Ufer, wo es von Wachteln und Turteltauben nur so wimmelte, total vergaßen. Solange wir zusammen waren, bestand ein schweigendes Übereinkommen, daß nicht geschossen würde. Das Jagdschießen, sagte Affad, würde später, wenn man in die nördlichen, in die Krokodilgebiete, käme, anfangen. Wir hätten sie nur zu gern bis zu ihrem Ziel begleitet, besonders weil ihre Fahrt nach Oberägypten mit einem Ritt zu einer entlegenen Oase enden sollte, wo ein berühmter Jahrmarkt stattfand, auf dem ein hochgeschätzter Hellseher einem die Zukunft voraussagte. «Wahrsager interessieren mich nicht sehr», sagte Sam, «aber die Oase klingt wirklich wie aus einem Bilderbuch. Verdammt schade, sie nicht zu sehen.» Aber die beiden *ogres* erklärten, sie hätten keine Vorurteile und würden sich dem Wahrsager mit Vergnügen als Kunden anbieten.

Wir aßen an diesem Abend im Licht von Laternen, während über uns die Nacht ihren sternenfunkelnden Teppich ausbreitete, auf dem ein bläßlicher Neumond schien. Es war kühl auf dem Wasser, und die abendliche Flut schlug an unseren Bug, als wir zum Ufer fuhren, um für das Abendessen vor Anker zu gehen. Wir waren etwas benommen und abgestumpft durch das dumpfe Getappe der nackten Füße auf dem hölzernen Deck und den scheppernden, schleppenden Singsang der Fährleute, die uns südwärts lenkten. Der Fluß öffnete und schloß sich wie ein Fächer, breitete sich plötzlich aus, so daß wir auf einmal von Buchten und Teichen umgeben waren, dann faltete er sich wieder zusammen und floß eine Weile lang durch sein ursprüngliches enges Bett. Falken schwebten hoch in der Luft mit unbarmherzigen und unermüdlichen Späherblicken, entlang der Ufer sahen wir buntgefiederte Girlitze und Eisvögel, und an den Wüstenrändern stießen die Felsentauben ihre klagenden kleinen Schreie aus: «Zu Fug», schienen sie zu rufen. «Zu Fug.»

Im ständig wechselnden Licht dehnten sich solide Umrisse und Entfernungen jäh aus und zogen sich genauso jäh wieder zusammen, so daß man völlig verwirrt wurde, wenn man länger hinblickte. «Weiß der Himmel!» rief Sam aus, bekreuzigte sich unangemessenerweise und sprach auf lateinisch das Tischgebet, das in seinem Oxforder College benutzt wurde. «Du könntest es niemandem beschreiben, weil du es selbst kaum glaubst.»

Palmen und Gräber, Gräber und Wasserräder und Palmen; Inseln, die aus dem Dunst auftauchten und verschwanden; ein Fluß, der wie Rauch zwischen den zwei Wüsten dahinfloß, in einem prächtig grünen Bett, voll von paradiesischen Pflanzen und Bäumen. «Kein Wunder, daß Derwische tanzen», fuhr Sam fort, und Affad lächelte zustimmend. «Wer täte es nicht?» Aber mit dem Tageslicht kam auch die flirrende, sengende Hitze, so daß zu Mittag der Himmel eine Tonne wog. «Sagen Sie mir, was hat Sie in Ägypten am meisten erstaunt?» fragte Affad neugierig. Er wollte es ehrlich wissen, er war auf kein Kompliment aus. Zu antworten: «Oh, alles», wäre zu oberflächlich und auch nicht ganz zutreffend gewesen. Was mich wundergenommen hatte, war dieses seltsame Gefühl der Vertrautheit. Morgens die Fensterläden im Mena-Haus zu öffnen und sich einer persönlichen Sphinx sozusagen gegenüberzusehen, die geduldig wie ein Kamel vor dem Fenster hockte ... Sie wirkten wie große spaßige Spielzeuge, diese Sphinxen, seltsam gemütlich und anheimelnd wie Wasserbüffel oder Kamele, obwohl ihre Herkunft und ihre Bedeutung von Geheimnissen umwoben war. Und dann natürlich die Wüste, sie war schon verblüffend. Man näherte sich ihr, man kam an den Rand des Teppichs menschlicher

Anpflanzungen, und da war sie wie eine große Persönlichkeit des Theaters und wartete gelassen. Sie war die große Einsamkeit, aber gleichzeitig so lauschig wie ein Schrebergarten. Aber sie hatte genauso ihre eigene Wesenheit wie der Atlantik. Man kann nicht einfach ein wenig in ihr herumspazieren, genausowenig wie man nicht auf dem Atlantik ein wenig herumpaddeln kann. Nein, die Wüste wechselt ständig ihre Formen, beim geringsten Wind verändern sich die Konturen, und die eigenen Spuren sind im Nu verwischt. Die Wüste war immer schon eine Metapher für Endlosigkeit und Gefahr, ohne jedoch auf Anhieb so zu wirken. Teile von ihr sind so glatt wie eine gepuderte Perücke, andere Teile sind flach mit hübschen, farbigen Felsen und Mergel, auf dem längst verschwundene Karawanen ihre Abdrücke hinterlassen haben, wieder andere Teile wirken wie ein altes, verkohltes Sieb voll von Asche. Rosige Winde seufzen in der Morgendämmerung, oder wenn der Wüstenwind, genannt *khamseen*, sich erhebt, sprühen rostig blutfarbene Windsäulen auf, so wie die Gischt vor den Wellen bei einem Sturm über dem Atlantik aufsprüht. Aber wenn man sie zu Pferd durchquerte, sah man, daß gewisse Tiere sich in ihr ganz zu Hause fühlten und sich anscheinend leicht orientierten (Ratten zum Beispiel und der Jerboa, eine Art Eselhase). Aber wie konnten sie überleben ohne schützendes Gebüsch nur mit diesem kargen, vereinzelten Gestrüpp? Rudel von wilden Hunden durchstreiften sie, und sogar sie schienen Nahrung zu finden – aber wie und wo? Schwerer Tau in der Morgendämmerung und um Mitternacht versorgte Insekten wie die Gottesanbeterin oder die Wanderheuschrecke mit Feuchtigkeit. Aber Hunde? Doch die Wüste hatte noch eine andere, von Gott vorgesehene Aufgabe, ihre erbarmungslose Dürre förderte die Selbsterkenntnis und das Mitleid. Gott!

Es gelang mir, einiges davon in Worte zu kleiden, und Affad hörte mir aufmerksam und voller Interesse zu. Die

Wüste säumte unseren augenblicklichen Horizont, wir jedoch glitten über die glänzenden Wasser des Nils, der uns die Gegensätze eines kühl streichelnden Windes und des funkelnden Wassers bot, ganz zu schweigen von dem großartigen Anblick der vielen Boote mit ihren tausend bunten, das Auge erfreuenden Segeln. Hier kam die *felucca* voll zur Geltung, sie beherrschte wie eine große antike Königin den Fluß, für den sie konstruiert war. Ihre funktionelle Schönheit, ihre kräftige, schlichte Eleganz – niemand kann eine *felucca* sehen, ohne zu spüren, daß sie ein Symbol für die unbewußte Wesenheit der Weiblichkeit ist. Aber *feluccas* brauchen nicht modebewußt zu sein. Die Art, wie sie ihre Wangen dem Wind darreichen, ist so ewig wie der Wind selbst, der ihnen eine formale, geometrisch genaue Fahrweise aufzwingt. Sie fahren flußabwärts mit sanften Neigungswinkeln und erwecken in einem das Gefühl, daß sie eine der gelungensten und einzigartigsten Schöpfungen der Menschheit sind, was tatsächlich auch zutrifft. Ihr Aktionsfeld ist beschränkt, und sie sind schwieriger zu navigieren als Ozeandampfer. Der Nil windet sich direkt aus dem Herzen Afrikas in die antike griechische Geschichte – wie die Wirbelsäule einer Kobra. Die *feluccas* werden von den Winden über dem Fluß kontrolliert, und diese kommen und gehen auf leisen Füßen wie Diener, die ihre ganze Aufmerksamkeit diesen schwalbenähnlichen geblähten Lateinsegel-Takelagen widmen. Ein Schauer wie ein elektrischer Strom durchrieselt sie den ganzen Tag, und sie gleiten den Fluß hinunter wie von einer Schnur gezogen, dann plötzlich halten sie inne und liegen still und bewegungslos da in der Mitte ihrer Manöver unterbrochen; sie beugen ihre Köpfe, als ob der Wind, wenn er wiederkommt, sie enthauptete; statt dessen fängt der gläserne Boden wieder zu schwanken an, und sie wenden sich ruhig nach rechts oder links, um ihre Reise fortzusetzen. Hier und da mag eine von ihnen mit Zuckerrohr geladen und mit einem

Auge versehen sein, das wie eine sehr gelungene ägäische Nachahmung aussieht, aber das Auge ist ein ägyptisches Auge – das Auge eines Kamels mit den doppelten Wimperreihen. Und dann weiß man, daß es ein griechisches Schiff ist und daß die Mannschaft aus der griechischen Kolonie Edfu stammt. Der ganze Herodot starrt einen aus dem kohlumrahmten Auge an!

Die Menschen des Flusses sind ebenfalls besonders und anders, so ganz verschieden von den berechnenden, banausenhaften städtischen Ägyptern. Vom Ufer aus überwachen sie die sich überschneidenden Wasserkanäle und züchten ihre Datteln und verschiedenen Gemüse, aber immer mit genug Zeit, um einen Gruß auszutauschen oder einen Reisenden mit einem rauhen Willkommen zu einer Rast und zu einem Mahl aufzufordern. Die Frauen beeindrucken einen mehr als die Männer – oh, ihr stolzer Gang auf diesen tückischen Flußufern. Sie sind dunkelhäutig wie Hexen und tragen ihre schwarzen Kutten hochmütig und verachtungsvoll, aber ihr Lächeln ist elfenbeinfarbiger als ein brünstiger Elefant und blitzt unerwartet auf in ihren verarbeiteten, vom Hunger veredelten Gesichtern. Sie schreiten daher mit der Selbstverständlichkeit von Patrizierinnen, die sie auch sind, und ihr bärengleicher, schwankender Gang scheint den gleichen Rhythmus zu haben wie der Pulsschlag des grünen Bluts des Nils, der aus einer fernen Wunde im Herzen von Afrika unaufhaltsam sprudelt.

«Was mich am meisten interessiert hat», sagte Bruno, «waren die Gräber; sie sind tief in die Erde eingelassen und doch so behaglich. Ich habe nie etwas gesehen, das sich mit diesen kleinen Königen vergleichen läßt, die dort eingehüllt in ihren bemalten Kokons liegen, umgeben von ihrem Spielzeug, so als wäre die Kinderwelt mit ihnen durch die Barriere des Todes geschlüpft. Aber was sagte ich – Barriere? Was mich tief beeindruckt hat, war die Tatsache, daß all diese wunderbaren Kunstwerke, diese leuchtend farbigen Fresken dort jahrhundertelang unbemerkt von menschlichen Augen existierten. Diese kleinen Könige und Königinnen, die mit ihrem Spielzeug langsam austrockneten in ihren seltsamen Sarkophagoi (das Wort heißt ‹Fleischfresser› auf griechisch, nicht wahr?) hatten eine andere Einstellung zum Tod als wir oder als ihre Zeitgenossen, die Griechen, mit ihrer asphodillübersäten Unterwelt. Sie scheuten sich nicht, offen und ungeniert der Trauer, die der Gedanke an den Tod auslöst, Ausdruck zu verleihen. Sie standen dem Tod nicht so leidenschaftslos gegenüber, sie empfanden ihn als schrecklich traurig und entwurzelnd, als das Ende jeglichen Glücks; sie gestatteten sich keinerlei trügerischen Trost. Und dennoch waren sie gleichzeitig naiv, sie dachten, wenn sie laut genug klagten, genug Lärm machten, würde der Tod sich erweichen lassen. Und die Ägypter? Diese eindrucksvolle schlummernde vegetative Existenz, eingehüllt in Schweigen und Leere, eingewickelt in Windeln, die Mumien-Bandagen ... Doch dann plötzlich wurde mir klar, daß das Wort Ewigkeit ihnen etwas sagte, nämlich ewiges Warten, nur auf was, das wußten sie nicht. Die Zeit existierte für immer, dehnte sich endlos aus bis zu den äußersten Grenzen des menschlichen Bewußtseins. Die Grabstätten froren ihre Gedanken und Tränen ein, aber jegliches Aufbegehren war umsonst, denn der Tod war Wirklichkeit, er existierte, während wir in diesem Raum reden. Diese seltsamen kleinen Mumien, die man wie Gemüse in die schiefrigen Täler gepflanzt hatte, gaben mir einen Schock. Selbst neben ihnen an ihren Gräbern zu sitzen und das Schlagen des eigenen Herzens zu hören, war ein seltsames Erlebnis. Und die Spielzeuge? Wenn man den Arm ausstreckte, vermeinte man tatsächlich, ihre Berührung auf ihnen zu spüren, die Berührung von Kinderhänden! Aber diese Fähigkeit bewegungslos, ohne nachzudenken, ohne Hoffnung, ohne Wünsche zu warten, kann man auch heutzutage bei den Bauern beobachten, wenn sie auf das Aufgehen oder

Untergehen der Sonne, auf das Öffnen eines Bahnhofs, auf die Ankunft des ersten Zugs warten. Sie warten wie unbeseelte Gegenstände, wie Getreidesäcke, wie Marmorblöcke. Man spürt keinerlei Lebensfreude, nur dieses enorme Gewicht ihres Wartens; man kann in ihre Haltung einen Teil der Unbeweglichkeit dieser kleinen Könige in ihren buntbemalten Gräbern hineindeuten. Das Wort ‹Ewigkeit› kommt einem in den Sinn, das gesamte Bewußtseinsfeld wird zu einem ewigen Warteraum. Sogar der Staub kann in diese farbigen Gräber nicht eindringen, denn sie sind versiegelt, und die kleinen Könige existieren jetzt in einem lauwarmen Vakuum der Ewigkeit. Sie können jetzt nicht mehr altern, aber sich auch nicht verjüngen, jedoch zumindest haben sie den Zustand perpetueller Immobilität erreicht, das vollkommene Nichtsein jenseits von Mond und Sonne.»

«Wie schön die Frauen sind!» rief Sylvaine aus. «Und sie scheinen auch nicht viel Aufhebens um ihre Schleier zu machen.»

«Es ist mühsam, sie zu tragen, wenn man so hart arbeitet, wie sie es tun.»

«Ich hoffe, man schafft sie eines Tages ab. Aber was für Augen!»

«Ja, was für Augen!» wiederholte Sam und zitierte bewußt falsch: «Sie schreitet in Schönheit daher wie der Nil.» Aber es war eine durchaus passende Paraphrase, denn genau das empfand man beim Anblick dieser Frauen am Ufer, deren hohe Gestalten aus der Dunkelheit des Wassers und des Tons geformt waren – braun wie Terrakotta. Ja, sie verkörperten den großen Strom mit seinen Strudeln und seinem langsamen Dahinfließen, seinen Windungen und seiner Trägheit. Der Strom war ihr Schlagwerk, sie schritten im Zeitmaß des grünen Blutes des Flusses dahin, des Nil-Pulses, der in diesem samtweichen Element schlug. Die Freundlichkeit dieser Dörfler war herzerwärmend – kohlschwarzes, elfenbeinernes oder magentarotes Lächeln, ein plötzliches Aufleuchten unter gefechtsturmartig aufgebauten Schleiern und dann das rauhe, metallische Lachen der Männer, rostbraune lachende Gesichter mit erhobenen, bronzefarbenen Armen. Und plötzlich war das alles abgehackt wie mit einem Fallbeil durch eine Biegung des Flusses, ihre Stimmen wurden übertönt durch das Quietschen der Wasserräder, deren knarrendes Holz der charakteristischste Laut in der ägyptischen Nacht ist.

Der Lotse lächelt, als er das Winken eines ganzen Dorfes erwidert – aber das Lächeln ist so flüchtig wie ein Atemhauch über Bernstein, und dann ist es fort, verliert sich in des Mannes finsterer Abgeschlossenheit, in seiner nilbedingten Amnesie. Langsam gleiten die Dörfer aus unserer Sichtweite, die Nacht sinkt weich wie ein großer Falter. Diese großen, schwerfälligen Männer und Frauen besitzen die bescheidene Würde abgesetzter Monarchen, sie sind Bettler, zerstört durch Not und Krankheit. Die Alten stehen in der Haltung von Tauben herum wie ebenso viele König Lears. Und dennoch ist ihr Land ein Paradies – die Üppigkeit der Natur ist hier außer Rand und Band geraten. Man sieht von Ameisen zerfressene Korkeichen, Geißblatt, das sich an Palmen hinaufrankt, wasserbespülte Felsstücke zu Elefantenköpfen ausgehöhlt. Aber alle Dinge erfreuen sich eines scheinbaren Alleinseins unter diesem brennenden Himmel, von der Morgendämmerung bis zur Dunkelheit, bis zum Sternenlicht. Ein Fisch springt hoch, ein nächster, dann plötzlich ein ganzer Schwarm von silbernen Pfeilen. Es ist unsere letzte Nacht an Bord.

Die leichte Brise kommt uns gelegen, sie hält die Nachtinsekten in Schach, so daß wir unser Abendessen auf dem Deck im Kerzenschein einnehmen können – ein rauchiges, flackerndes Licht, das wir, sobald die Mondsichel aufgeht, ausblasen werden. Wir wurden sentimental und sprachen über *après la guerre*. Das französische Paar erklärte ohne zu zögern, daß sie die Absicht hätten, in die Provence zurückzukehren, um den Rest ihres Lebens in dem alten, verfallenen Schloß ihrer Ahnen zu verbringen. Bruno wollte ein Buch über die Tempelritter schreiben, anscheinend befand sich im Archivraum des Schlosses eine Menge unveröffentlichtes Material.

«Auch Sie werden kommen», rief er herzlich aus. «Ich fühle es; ich weiß, daß Sie kommen werden. Wir werden uns dort wohl fühlen, so ganz unter uns!» Ich wagte nicht, so weit vorauszuplanen, doch Sam schien ganz bereit, sich auf so lange Sicht festzulegen. Ich konnte mir kein wie immer geartetes Ende dieses Krieges vorstellen, und eine tiefe Traurigkeit übermannte mich. Ich dachte an Anne Farnol und fragte mich, wie viele ihrer Art wohl gezwungen sein würden, sich vor dem Schicksal zu beugen. Dann schlagartig «erkannte ich Sylvaine wieder», merkwürdig wie kleine Dinge einem im Gedächtnis haftenbleiben. Ich hatte sie in dem Irrenhaus in Montfavet in der Nähe von Avignon gesehen. Lord Galen hatte mich dorthin mitgenommen, weil er einen Freund besuchen wollte, und ich hatte kurz ein dunkelhaariges Mädchen erblickt, eine Patientin. Sie war im Rosengarten umhergegangen. Sie glich Sylvaine aufs Haar, dieses dunkle Geschöpf mit dem vogelartigen Kopf, sie hätten Zwillinge sein können. Ich erzählte ihr dies, und sie lächelte, aber schüttelte den Kopf. «Ich war es nicht», sagte sie. «Oder vielleicht war ich es in einem anderen Leben, wer weiß?»

Wir hatten uns mittlerweile so angefreundet, daß die bevorstehende Trennung uns einen Stich ins Herz gab; gleich hinter der nächsten Flußbiegung lag die kleine Stadt, in der das Auto unser harrte, das uns in die Hauptstadt zurückfahren sollte, wo der Prinz uns zum Abendbrot erwartete. Eine weitere Betrübnis war, daß Sam bald an die Front zurück mußte, besonders da jeder wußte, daß eine große Schlacht in der westlichen Wüste bevorstand. Mir wurde ganz beklommen zumute, als ich an Constance dachte, während ich ihrem gutaussehenden, unbekümmerten Ehemann beim Packen seines Tornisters zusah.

In der Früh fand ein großes, rührendes Abschiednehmen statt, durchaus aufrichtig gemeint, denn die ganze Reise war märchenhaft schön und äußerst bequem gewesen. Ja, schworen wir, natürlich würden wir uns wiedersehen. Danach verstauten wir mit melancholischer Pedanterie unsere Koffer in den mit Tarnfarbe angestrichenen und mit dem Armee-Halbmond versehenen Militärwagen. Die Rückfahrt war von aufwirbelnden Staubwolken und viel Lärm begleitet, wir rasten durch die Dörfer entlang des Ufers, so daß Tiere wie Menschen bei dem Aufheulen unserer Drei-Ton-Hupe auseinanderstoben. Aber das Wahnsinnstempo war notwendig, denn bis zur Hauptstadt war es ziemlich weit, und tatsächlich erreichten wir den Palast nur eine halbe Stunde vor Beginn des Diners. Während mein Diener mir den Kummerbund umlegte, hörte ich Sam unter der Dusche halb zu sich selbst, halb zu mir sagen: «Also, Constance macht aus uns allen Feiglinge, nicht wahr? Übrigens, ich habe ihr aus Griechenland einen langen Brief geschrieben, ob er sie, so wie die Militärpost arbeitet, je erreicht, weiß Gott allein. Nun, jedenfalls, ich fühle mich besser, seit ich mit Ihnen gesprochen habe. Werden Sie ihr über meinen Besuch berichten? Ihnen stehen so viel mehr Verben und Hauptwörter zur Verfügung als mir.» Ich versprach, es zu tun.

Der Diener brachte ein Bündel Kleidungsstücke und fing an, sie auszubreiten. Es war eine Wüstenuniform der ägyptischen Armee mit Epauletten. Sam betrachtete sie neugierig und verwundert. «Ich bin für den morgigen Tag zum Ehren-Lieutenant der ägyptischen Armee ernannt worden. Anscheinend ist der Picknickplatz gesperrt für Zivilisten.» Ein wenig später, als wir im roten Ledersalon beim Whisky saßen, fügte der Prinz von sich aus, während er eine mit Haschisch vermischte Zigarette aus einer langen gelben Spitze rauchte, noch einige Einzelheiten hinzu.

«Aby Fahym ist eine alte koptische Klosterruine und war seit jeher unser bevorzugter Picknickplatz. Und jetzt, nachdem dieser Teil der Wüste von den Italienern gesäubert ist, habe ich das Hauptquartier um Erlaubnis gebeten, dort wieder hingehen zu dürfen. Sie werden sehen, wie hübsch es ist, der größte Teil ist natürlich dem Erdboden gleichgemacht. Erst haben die Italiener die Ruine erobert, dann haben die Engländer die Italiener vertrieben, dann kamen die Italiener zurück und wurden wieder von den Engländern rausgeschmissen, und jedesmal ging ein Stück mehr hops. Es gab da einen alten Mönch, der sich weigerte wegzugehen, er lebte in den Ruinen, kroch in ihnen herum wie eine Eidechse. Beide Seiten verpflegten ihn, er wurde zu einer Art Maskottchen. Dann, während der letzten britischen Attacke, verschwand er und wurde nie wiedergesehen. Er wird bestimmt für die koptischen Christen zu einer legendären Gestalt werden; aber in der Zwischenzeit werden Sie sehen, wie hübsch der Ort ist.»

Am nächsten Morgen fuhren wir im Auto bis zum Rand der Wüste, wo uns Pferde und einige Kamele erwarteten. Wir stiegen sozusagen auf langsamere Verkehrsmittel um, die aber für den Transport von schwerem Gepäck, Zelten und dergleichen sehr viel geeigneter waren. Wir waren alle in Hochstimmung. Zwei junge Offiziere von der Military Mission hatten sich uns zugesellt, ein ägyptischer Verbindungsoffizier und ein Militärarzt, ein Major Drexel, der sich gut mit dem Prinzen und der Prinzessin zu stehen schien. Er gab zu, daß er wie Sam sehr viel herumreiste. Die Prinzessin lehnte etwas hochmütig die Pferde und Kamele ab, die sie als ‹Beduinen-Folklore› beschrieb, statt dessen fuhr sie uns in ihrem bequemen Kombiwagen mit Spezialreifen voraus. Und so machte sich unsere recht ungleiche Gruppe auf den Weg. Bei der ersten Etappe war Vorsicht geboten, denn wir mußten uns durch ein Netzwerk von Minenfeldern schlängeln, doch schließlich gelangten wir an den letzten Drahtverhau, wo Befehlswagen und vereinzelte Panzer stationiert waren. Wir zeigten unsere Erlaubnisscheine und Dokumente vor und wurden von einem überhöflichen Stabsoffizier so förmlich in die Wüste geleitet, als sei sie ein Salon. Allerdings erst nachdem er sich der Mühe unterzogen hatte, mit dem Verbindungsoffizier die Markierungen auf der Karte zu vergleichen und uns eingehend gewarnt hatte, das Gebiet, für das unsere Erlaubnis galt, nicht zu überschreiten. «Sollten Sie es dennoch tun, können wir keine Verantwortung für Sie übernehmen», fügte er hinzu.

Der Prinz blies seine Backen auf und sagte mit stolzer Herablassung: «Es besteht dort nicht die geringste Gefahr, ich habe es aus erster Quelle.»

«Sehr gut, Sir», sagte der stramme Stabsoffizier, «und ich wünsche auch ein vergnügliches Picknick.»

Ein leichter Wind kam auf, nicht stark genug, um den Sand hochzuwirbeln, aber gerade genug, um die Mittagshitze erträglich zu machen. Das Licht mit seinem tanzenden violetten Zentrum konturierte diese urzeitliche Landschaft mit ihren Dünen und Wadis, durch die unser Weg mäanderte, bald würden wir wie ein Schiff auf hoher See nur noch mit Hilfe des Kompasses oder der Sterne den Kurs festlegen können. Es gab einem ein seltsames Gefühl der Freiheit. Nach einiger Zeit sahen wir Flugzeuge wie eine kleine Pfeilspitze am Himmel auftauchen, sie flogen so hoch, daß sie wie eine Formation von Wildgänsen aussahen, und natürlich waren die Markierungen nicht zu erkennen. Sam fuhr mit der Prinzessin, der Prinz und ich ritten. Wir waren ungefähr anderthalb Stunden unterwegs, als wir zu einer kleinen Oase kamen mit einer Reihe von grauen Böschungen und zerklüfteten Felsbrocken, die in den Himmel ragten. «Schaut, dort!» rief jemand, nachdem wir eine hohe Dünenschulter umrundet hatten. Wir sahen eine kleine Oase, und nach wenigen Metern kam das koptische Kloster in Sicht. Aby Fahym muß früher einmal sehr beeindruckend gewesen sein, jetzt allerdings sah es reichlich lädiert aus, man mußte die zerstörten Türme und Glockenstühle im Geiste erst einmal wieder rekonstruieren, um sich von seinem ehemaligen Aussehen und seiner Würde ein Bild machen zu können. Aber fast jedes Gebäude an diesem seltsamen und romantischen Ort hätte die Phantasie befeuert. Die beiden Hauptgetreidespeicher waren durch eine Rampe in Form einer Brücke verbunden. Der Prinz war begeistert und betrachtete das alte Gebäude durch seine Brille. «Ja, sie existiert noch», rief er aus, «die alte Seufzerbrücke. Die haben sie immerhin nicht zerstört.» Er beaufsichtigte das Aufstellen eines schattenspendenden Zeltdachs mit kindlicher Begeisterung und ging sogar soweit, eigenhändig einige Pflöcke mit einem Holzhammer einzuschlagen, bis ein entsetzter Diener das Werkzeug der königlichen Hand entwand und ihm in gutturalem Arabisch Vorwürfe machte.

Teppiche wurden ausgelegt, Diwane erschienen zusammen mit der neuesten italienischen Erfindung, einem Eisschrank, der zahllose Schalen mit Wassereis und kaltem Zitronentee enthielt. Wir waren alle durstig und taten uns, im Halbkreis um den Prinzen gruppiert, an den Erfrischungen gütlich. Die Unterhaltung hatte sich wieder der Politik zugewandt, daher murmelten Sam und ich eine Entschuldigung und machten uns an den beschwerlichen Aufstieg zum Kloster. «Womöglich spüren wir den verlorengegangenen Mönch auf, was?» sagte mein Freund mit knabenhafter Begeisterung. «Vielleicht gibt es unterirdische Zisternen oder tiefgelegene Keller, denn auf ebener Erde würde er keine Deckung mehr finden», erwiderte ich. Wir musterten die Ruine eingehend durch das Fernglas des Prinzen. Auf einem Wall dicht bei dem Kloster bemerkte ich rote Markierungen im Sand und fragte mich, ob jemand die Ruine vermessen hatte, ich dachte, sie wären vielleicht für Winkelmeßgeräte bestimmt. Irgendwo rechts von uns auf der Höhe einer Düne hob sich eine Kolonne von leichten Panzern und Befehlswagen vom Himmel ab, die ein für uns unverständliches Manöver veranstalteten. Wir wandten uns ein- oder zweimal um und winkten unserer bunten Gesellschaft unten auf der Oase zu. Die Kamele stöhnten und waren mißmutig. Dann kletterten wir das letzte Stück Abhang hinauf und gingen durch das sonnendurchglühte Tor des Klosters. Es war aus einem Gemisch von Stroh, Ziegeln und Mörtel gebaut, was den Mauern, oder was von ihnen noch übrig war, das Aussehen von braunem in Leder gepunztem Flechtwerk gab. Aber den Mönch konnten wir nicht entdecken, ebensowenig wie einen unterirdischen Keller, in dem er sich hätte verstecken können. Enttäuscht verweilten wir noch eine Zigarettenlänge, dann begaben wir uns auf den Rückweg – das heißt, wir machten die ersten Schritte.

Und da geschah es – plötzlich und unerwartet wie das Kentern eines Kanus. Die Plötzlichkeit war erschreckend, aber ebenso die gleich darauffolgende Lautlosigkeit, die die Vorstellung erweckte, als sei ein ganzes Minenfeld geräuschlos um uns hochgegangen. Dann folgte eine Reihe von gigantischen Schnaufern und das Geprassel von Splittern, aber erst eine gute Weile nach der ersten erdbebengleichen Erschütterung. Der Wüstensand um uns wirbelte malerisch sprühend oder in Schwaden hoch, eine ganze Serie von Rauchwölkchen folgte nach einer langen, nachdenklichen Pause dem Bellen der Granatwerfer, denn um solche handelte es sich, wie sich herausstellen sollte. «Verdammt», schrie Sam, «sie schießen sich ein.» Eine weitere laut knatternde Garbe folgte, die Rauchwölkchen wirkten wie Ausrufungszeichen hinter seiner Bemerkung, als wollten sie sie hervorheben. Wir duckten uns und fingen zu rennen an, stolpernd mit gespreizten Händen wie aufgeschreckte Hühner. Die roten Pfosten, die ich gesehen hatte, mußten Schießmarkierungen sein. Wir versuchten, uns von ihnen zu entfernen, rannten seitwärts im tiefen Sand jetzt hügelabwärts. Aus dem Augenwinkel sah ich, daß die Gruppe in der Oase auf uns aufmerksam geworden war, sie hatten die Gefahr erkannt und zeigten aufgeregt auf uns, während wir auf sie zutorkelten. Die Diener liefen uns in einem plötzlichen Anfall von Besorgtheit entgegen, als wollten sie den Angriff von uns ablenken. Dann kam ein furchtbarer Knall, er explodierte zwischen meinen Zähnen, hallte in meinem Schädel wider, mein Verstand wurde von innen nach außen gepustet.

Kopflos, von panischer Angst gepackt, hasteten Sam und ich keuchend auf eine Düne zu in der Hoffnung, dort Deckung zu finden, aber bevor wir sie erreichten, überwältigte uns die Wüste mit ihrem ganzen schweren Gewicht. Sie wurde über uns geworfen wie eine Matratze. Wir fielen hin wie Surfer unter dem Anprall einer Ozeanwelle, wie Ameisen, die von einem Erdrutsch erdrückt werden.

Es schien, als würden Fragmente dieser aus ihrer Ruhe aufgestörten Wüste mir um die Ohren fliegen, mein Gehirn quoll auf und füllte sich mit Dunkelheit und Sand. Ich spürte, wie meine Zunge anschwoll und von der Hitze schwarz wurde. Ich fühlte, daß sie heraushing. Und all dies noch während ich seitwärts in den Weltraum fiel und vage zu meiner Rechten überlautes Stöhnen und Flüstern vernahm. Und dann ein dumpfer Schlag, jemand hatte eine Axt mitten in meinen Rücken vergraben, der Schmerz breitete sich von diesem kritischen Punkt aus, bis er die äußersten Extremitäten meines Körpers erreichte und wie ein elektrischer Strom in meinen Fingerspitzen prickelte. Ich versuchte mit aller Macht, meine Füße zu heben, aber ich hatte keine Zugkraft. Mein Begleiter war auch hingestürzt, fort- und herumgerissen von demselben Sandstrudel wie ich. Und wiederum folgte nach der momentanen Stille das Prasseln von Granatsplittern zwischen den heißen Felsen und das zischende Spucken unsichtbarer Gewehre.

Von diesem Punkt an wird alles sehr fragmentarisch wie ein oft gerissener Kinofilmstreifen, hier und da kam einmal eine Einzelaufnahme, aber sogar die undeutlich und immer beunruhigend. Aber noch beunruhigender waren die Gesprächsfetzen und die rufenden Stimmen. Gutturale arabische Schreie und Schluchzer – die treuen Diener hatten großen Mut bewiesen. Sie erreichten uns, als wir umsanken und halb den Sandhügel herunterrollten, uns in Blutlachen wälzend, die sich auf dem neuen khakifarbenen Drillich unserer Uniformen abzuzeichnen begannen. Vermutlich waren wir schlapp wie Stoffpuppen mit baumelnden Gliedern, als sie uns aufhoben und uns auf eine Zeltplane legten, so daß Drexel uns untersuchen konnte, allerdings nur sehr oberflächlich, denn das Gewehrfeuer kam immer näher, und die ganze Gesellschaft flüchtete in größter Verwirrung unter Hinterlassung der Hälfte der mitgebrachten Sachen. In einem meiner klaren Momente hörte ich die Prinzessin sagen: «O Gott, mein Schleier ist ganz mit Blut beschmiert.» Sie klang traurig und vorwurfsvoll. Und dann sagte Drexel: «Geben Sie mir wenigstens die Chance, die beiden zu untersuchen.» Woraufhin der Prinz mürrisch sagte: «Schließlich ist er Arzt.» Ich stöhnte, als man mich hin- und herbewegte und wieder auf die Zeltbahn fallen ließ, ich hörte das metallische Klicken einer Schere und fühlte, wie die Luft die Stellen fächelte, wo man mir die Uniform vom Leib geschnitten hatte. Dann sagte eine tiefe Stimme, die ich nicht kannte: «Ich fürchte, der andere ist tot.» Die Umstehenden stießen entsetzte Seufzer aus, und die Dienstboten gaben seltsam winselnde Laute von sich – eine Art Echo des Kummers ihrer Brotgeber, das aber nur reine Höflichkeit war. Sie fürchteten sich nicht so sehr vor dem Tod als vor dem Blut, dunkles Blut, das floß wie der Nil, oder dunkel aus einer durchschnittenen Arterie sprudelte, oder sich auf einem Teil der Haut ausbreitete wie ein Rotweinfleck. «Beim Drahtverhau gibt es einen Verbandsplatz», sagte Drexel. «Wir können sie dort waschen und säubern, aber sonst – was soll man tun?»

«Ich werde es mir nie verzeihen», flüsterte der Prinz heiser. «Es ist alles meine Schuld.»

Verschiedene arabische Stimmen, beruhigende, tröstende, erklärende Stimmen, wie mir schien, kommentierten jetzt das Geschehen. Die Sonne brannte auf meinen Augäpfeln. Der Schmerz war jetzt ein einziges anhaltendes, gleichmäßiges Hämmern mit einem eigenen Betäubungseffekt, denn sobald er einen unerträglichen Grad an Intensität erreichte, fiel ich einige Minuten lang in Ohnmacht.

Dann das Knirschen der Autoreifen, das Kratzen der Gänge. Wir fuhren zurück zum Drahtverhau. Jemand schlug Whisky mit Wasser vor, aber Drexel sagte: «Nicht bei diesen starken Blutungen.»

«Ich werde es mir nie verzeihen», sagte der Prinz.

Ein mitfühlendes Stimmengewirr summte am Drahtverhau wie ein umgestürzter Bienenkorb. Wir wurden freundlich behandelt und schnell abgefertigt. Der Offizier setzte dazu an, sich des längeren über unser Mißgeschick auszulassen, aber der Prinz schnitt ihm barsch das Wort ab: «Genug. Sie sehen doch, wir haben zwei Schwerverletzte. Wo ist der Verbandsplatz?»

Staub und schwirrender Sand, Fliegenschwärme, die sich auf dem Blut niederließen. Eine Nadel, ein Glas kaltes Wasser, Schlaf.

Ich erfuhr erst viel später, daß Sam tot war.

Und daß die Granatwerfer, die uns unbeabsichtigt beschossen hatten, unsere eigenen gewesen waren – zyprische von Mauleseln getragene Mörser bei irgendeiner Zielübung.

Während der qualvollen Monate, während derer ich halb bewußtlos dalag, weil ich den Schock nicht überwinden konnte – den Schock, den der Tod meines Freundes hinterlassen hatte, aber auch der postoperative Schock nach der ‹Säuberungsaktion›, bei der man mir die Splitter aus dem Rückgrat entfernt hatte – während dieser qualvollen Monate war vieles geschehen. Cade war zu meinem Erstaunen und Schrecken aus dem Nichts aufgetaucht, mit

Hilfe des Prinzen war es ihm gelungen, sich nach Ägypten versetzen und sich zu meinem Burschen ernennen zu lassen. Es war von meinen Gastgebern gut gemeint, woher sollten sie auch wissen, welchen Abscheu und Ekel ich empfand, als ich erwachte und dieses gelbe Wiesel an meinem Bett sitzen sah – Cade, der Diener und Bibelvorleser meiner Mutter während der letzten Jahre ihres Lebens. Er saß dort ausdruckslos und schweigend mit der Miene äußerster Mißbilligung. Er mißbilligte alles: Ägypten, den Krieg, den Prinzen, meinen Zustand. Man brauchte nur anzutippen, und schon fing er zu jammern an über die Armee, die Deutschen, den Krieg, den Frieden, das Wetter. Er trug sein puritanisches Leben wie eine tote Krähe um den Hals. Jeden Tag war ich versucht, ihn zu entlassen, andererseits war er mir sehr nützlich. Früher einmal war er Krankenpfleger in einer Irrenanstalt gewesen und wußte daher, wie er mich zu waschen und auch wie er die Bettwäsche zu wechseln hatte, zusätzlich konnte er meine verletzten Glieder massieren. Überdies waren meine Augen durch die Geschehnisse in Mitleidenschaft gezogen worden, und so gestattete ich ihm, mir vorzulesen – die vielen Briefe, die aus Genf ankamen, die Briefe von Constance, die mittlerweile Bescheid wußte, über die volle Wahrheit informiert war. «Constance macht aus uns allen Feiglinge», hörte ich Sams Stimme in mein Ohr sagen, während Cade mir ihre tapferen Briefe vorlas, die so voll von beherrschter Hysterie, so frei von Heroismus waren. «Ich bin verwirrt, denn es hat mich umgeworfen, obwohl ich es irgendwie erwartet hatte. Aubrey, schreiben Sie mir bitte alle Einzelheiten, so schrecklich sie auch sein mögen. Ich möchte die qualvolle, aber vielleicht höchst wertvolle Erfahrung ganz in mein Innerstes einsinken lassen. Hat er von mir gesprochen? Hat er mich vermißt? Warum sollte er? Er liebte mich und war so frei wie ein Schmetterling, seine Flügel wandten sich der Sonne zu. Hier im Matsch und Schnee kommt einem das alles so unwirklich vor – dort unten am Nil. Übrigens, ich habe lange Zeit geglaubt, Ihr Sutcliffe sei erfunden, aber ich stelle fest, er ist nur zu wirklich. Was haben Sie sich dabei gedacht? Ich behandle seine Frau – ich vertrete einen Kollegen, der auf Urlaub ist. Was für eine *ménage*! Er bat mich, ob er mich aufsuchen dürfe, und ich sagte zu. Er kam ganz von sich aus, ohne daß ich ihn darauf gebracht habe, auf Freuds Sofa zu sprechen, und da wußte ich, daß er ‹Ihr› Sutcliffe ist. Ich sagte ihm, es sei gut angekommen. Wir sind jetzt befreundet, eng befreundet. Er ist ein merkwürdiger Mann, aber seltsamerweise die Art Mann, in den eine Frau sich verlieben könnte. Ein altes Warzenschwein mit Schuppen – so beschreibt er sich selbst. Es hat mir viel bedeutet gerade jetzt, nach der Sache mit Sam, jemanden zu haben, mit dem ich reden kann. Aubrey, bitte, erholen Sie sich und bitte berichten Sie mir alles.»

Cade faltete angeekelt den Brief zusammen und starrte mit einem trotzigen Ausdruck bar jeder Empfindung die Tapete an. Ich hätte am liebsten laut geächzt. «Wenn es keine Ausländer gäbe, wüßten die Engländer nicht, wen sie begönnern sollten», sagte ich verärgert und bat ihn, einen Antwortbrief an Constance zu schreiben. Er setzte sich an den Schreibtisch, die Reiseschreibmaschine vor sich und wartete, sein pharisäerhafter Haß auf alles breitete sich wellenartig, in konzentrischen Kreisen im Zimmer aus. Ich, in der Horizontalen, holte tief Luft und zögerte übelgelaunt, denn nunmehr hatte Constance auch aus mir einen Feigling gemacht: ich brachte es einfach nicht über mich, ihr die volle Wahrheit zu sagen. Ich würde natürlich berichten, daß er einen Kopfschuß abbekommen hatte und sofort tot war. Schließlich und endlich, was wollte sie hören? Daß sein Rückgrat zersplittert war, seine Organe von Schrapnellstücken durchbohrt waren, das Räderwerk seiner Uhr ins Handgelenk geschossen war? Nichts hatte die Ströme von Blut, von unserem Blut, eindämmen können. Die Wagenpolster waren verschmiert, die Zeltleinwand, auf der wir gelegen hatten, war schwarz von Fliegen gewesen. Die Rippen waren eingedrückt, der Brustkasten war zusammengequetscht worden, die Fußgelenke waren wie Selleriestangen geknickt ... es war scheußlich gewesen. Warum sollte ich ihr das alles schreiben? Es wäre unnütz, schlimmer noch, es wäre egoistisch gewesen. Es hatte mit ihrer Liebe nichts zu tun, es war eine medizinische Therapie, sie wollte ihre berufliche Gelassenheit einer Probe unterziehen. Nein, ich konnte ihr all diese Einzelheiten nicht sagen.

Neuerdings besuchte mich der zerknirschte Prinz jeden Tag und setzte sich an mein Bett, zuweilen mit der Prinzessin, aber zumeist erschienen sie getrennt. Sie kam am Nachmittag zum Tee, er kurz vor dem Mittagessen, um irgendwelche Arbeitsprobleme zu erörtern, die sich am Vormittag ergeben hatten, denn wir gaben weiterhin vor, daß ich noch in seinen Diensten stand. Weder er noch ich wollten unsere freundschaftliche Beziehung lösen.

Aber sonst war es Cade, der sich um mich kümmerte, der mich anzog und fütterte. Warum ertrug ich diesen Mann, der mir so zuwider war? Der sich so frech verhielt? Er untersuchte seine Zahnfüllungen mit Hilfe meines Rasierspiegels, frisierte sich stundenlang im Badezimmer mit meinen Kämmen und meinen Bürsten! Gelegentlich antwortete er nicht einmal, wenn ich ihn etwas fragte, sondern sah mich nur an, den Kopf auf die Seite geneigt, mit einem gütigen, aber verachtungsvollen Ausdruck. Doch kaum erhob ich die Stimme, verlor er seine Sicherheit und wurde wieder zu einem kriecherischen Sklaven, lungerte aber weiterhin herum. Erlaubte er sich das, weil er beim Tode meiner Mutter zugegen gewesen war? Oder weil er ihr jeden Abend aus der Bibel vorgelesen hatte? Er hatte diese Angewohnheit beibehalten, die Brille hing ihm dabei auf der Nasenspitze, seine Lippen bewegten sich beim Lesen ... Jetzt saß er vor der Schreibmaschine mit gesenktem

Kopf und wartete. Es war mir einfach unmöglich, über solch einen Mittelsmann an Constance zu schreiben. «Das ist alles, Cade», sagte ich zu seinem größten Erstaunen. «Die Schmerzen setzen wieder ein. Ich werde später den Brief auf Tonband sprechen.» Er sah mich einen Moment lang durchdringend an, dann stand er auf, zuckte die Achseln und stellte die Schreibmaschine weg. Sie hatten mir ein kleines Tonbandgerät geliehen, was bedeutete, daß mein diktierter Brief außer Sichtweite von Cades neugierigen Blicken, im Rot-Kreuz-Büro getippt werden konnte. «Sie können jetzt gehen», sagte ich. «Ich werde für eine Stunde schlafen.»

Die unglücklichen Begleitumstände einer schweren Krankheit – sie waren mir zuvor nie klargeworden. Man fällt den Menschen, die einen pflegen, zur Last. Die Verbände, die Arzneimittel, die auf Zehenspitzen gehenden Leute, das alles unterstreicht nur noch das, was man nur zu gern vergessen würde: die eigene völlige Hilflosigkeit. Die Welt schrumpft zusammen, man konfrontiert sie aus einer erniedrigenden horizontalen Lage, diejenigen, die einem helfen, fängt man allmählich zu hassen an. In diesem Stadium war die Zukunft so unerbittlich entschwunden wie die Vergangenheit, sogar wenn der Krieg ein Jahrhundert dauerte, würde mein Zustand sich nicht verändern. Und wie herabwürdigend, daß die eigene Seite einen außer Gefecht gesetzt hatte! Drexel kam manchmal am Nachmittag, um sich mit mir zu unterhalten, er zeigte mir Fotos, die er an diesem fatalen Nachmittag aufgenommen hatte. Die sogenannte Seufzerbrücke im Hintergrund und Sam und ich, die sich umdrehen und winken, im Vordergrund, wenige Minuten bevor wir zusammengeschossen wurden! Ich war dankbar für seine Visiten, denn er untersuchte mich, und mit ihm konnte ich über meine Verwundungen sprechen. Cade hatte einfach zwei geballte Fäuste hochgehalten und gesagt: «Sie haben ein Loch von dieser Größe in Ihrem Rückgrat, Sir.» Drexel half während der ersten zehn Tage beim Verbandwechsel und Bandagieren. «Ich fürchte, man muß Sie neu besaiten wie ein altes Klavier, Gott sei Dank hat die indische Division eine erstklassige orthopädische Einheit. Aber Sie müssen mindestens noch zweimal operiert werden, doch ich glaube nicht, daß dies hier möglich ist – zu kompliziert. Es sei denn, der Prinz hat irgendeinen ausländischen Spezialisten in petto. Fragen Sie ihn.» Aber der Prinz hatte niemanden außer den einheimischen, durchaus tüchtigen Ärzten an der Hand. Ägypter seiner Klasse ließen sich, sobald sie etwas Ernsthafteres als Schnupfen hatten, in Zürich oder Berlin behandeln. Ich betrat den dunklen Tunnel dieser Krankheit in einem Zustand tiefster Depression, denn mein ganzes Leben schien dadurch aus dem Gleis geworfen. Zuweilen am Nachmittag, wenn sich die weißen, kräuselnden Wasser des Nils durch die Ritzen der geschlossenen Fensterladen auf der Decke des Turmzimmers widerspiegelten, wo man mich aus rein praktischen Gründen untergebracht hatte, erwachte ich vom Fieber geschüttelt und blickte in das Gesicht meines Dieners, der sich über mich beugte, um das Thermometer abzulesen und die Temperatur einzutragen. Dann wiederum gab es ermüdende Tage, an denen ich mich vorübergehend besser fühlte und zusammenhängend reden konnte und mich daher nach Gesellschaft sehnte. Die Kinder des Prinzen kamen gelegentlich und spielten in meinem Zimmer. Ich versuchte, sie zu überreden, mir die Pistolentasche, die auf dem Kaminsims lag, zu geben – die Pistole gehörte zu meiner ägyptischen Armeeausrüstung –, aber sie weigerten sich und müssen sogar irgend jemandem von meiner Bitte erzählt haben, denn das nächste Mal, als Drexel kam, öffnete er sie und entfernte die Patronen. Keiner von uns machte eine Bemerkung. «Es gibt verschiedene Arten von Fieber», sagte er eines Tages ruhig. «Mein spezielles ist ein Mädchen mit dunklen Haaren und dunklen Augen.» Ich wußte damals noch nicht, daß er von Sylvaine sprach, der dunklen

Ogre-Schwester, mit der wir den Nil hinaufgefahren waren. Die Information erhielt ich von Affad, der mich ebenfalls regelmäßig besuchte und Zeitungen und Schokolade mitbrachte. «Es ist ein seltsames Liebestrio», sagte er, «des antiken Ägypten durchaus würdig. Sie machen jetzt schon große Pläne für die Zukunft, sie wollen gleich nach Kriegsende der Welt adieu sagen und sich auf ihr Schloß in der Provence zurückziehen.»

Nach Kriegsende! «Haben Sie die letzten Nachrichten gelesen?» fragte ich ihn, und er antwortete: «Ja, ich weiß.» Wie konnte irgend jemand auch nur von einem Nachkriegszustand träumen? Er zündete sich eine Zigarette an und zitierte einen chinesischen Weisen: «In diesem Leben träumen sie nur, daß sie wach sind.» Wie wahr! Wir lebten wie Parvenus, wie vulgäre Provinzler in der Stadt Gottes. Und jetzt war ich auch noch hilflos in einem fremden Land, weit weg von Liebe und der ihr eigenen Vertrautheit, angeschnallt an ein Bügelbrett mit einem Pfund Blei an beiden Füßen und mit in dieser Hitze qualvoll an den Härchen ziependem Gips ... man hatte mir jedoch versichert, daß es nicht allzu lange dauern würde. Ich schloß die Augen und sah im Geist Constance am grauen See spazierengehen, eine ganze eisenschwarze Baumlandschaft bebte unter dem Schnee. Ich hätte alles dafür gegeben, neben ihr herzuschlendern. «Ich nahm sie mit zu der Oase von Macabru – Sie hätten auch kommen sollen. Es gibt eine kleine gnostische Sekte, die sich dort zu dieser Jahreszeit trifft, sie hält an den alten Riten und Religionsformen fest. Die Mitglieder haben uns zugelassen, und wir rauchten eine ganze Menge Haschisch und hatten Visionen.» Er lachte leise. Ich fragte ihn: «Wie würden Sie den Gnostizismus definieren?» Aber er schüttelte zweifelnd den Kopf und antwortete nicht.

Das Erscheinen von Theodora veränderte alles. Sie war die neue Krankenschwester vom griechischen Krankenhaus in Alexandria, die nach Kairo abkommandiert worden war. Der Prinz hatte sie, ohne einer Menschenseele davon zu erzählen, ins Haus geholt, um mich zu pflegen. Eines Morgens war sie einfach da. Sie stand im Türrahmen, legte ihren Schal ab und sah mich aus ihren gelben Ziegenaugen ein wenig schräg an, als lausche sie einem unsichtbaren Pulsschlag. Sie wünschte mir selbstsicher auf französisch und griechisch einen guten Morgen – sie hatte in beiden Sprachen einen vulgären Akzent. Dann rollte sie die Ärmel hoch und näherte sich mir langsam und geschmeidig wie ein Boxer, der sich anschickt, einen Schlag auszuteilen. In diesem Moment kam Cade herein, sie wandte sich nach ihm um, blickte ihn fest aus ihren gelben Augen an, wies auf die Tür und sagte: *«Moi massage le Monsieur. Sortez!»* Mein Diener verdrückte sich ohne Widerrede.

«Ego eimai Theodora», sagte sie auf griechisch, wobei sie sich mit langen, kräftigen Fingern aufs Brustbein schlug. *«Je suis votre infirmière Theodora.»* Und damit begann sie, meine Fußgelenke und Zehen zu massieren, die sich anfühlten, als hätten sie ein Jahrhundert in der Erde gelegen. Sie drehte mich geschickt auf die eine und andere Seite, genießerisch wie ein kleines Mädchen, das mit seiner Puppe spielt. Aber als sie sich allmählich bis zu meiner Taille heraufarbeitete – von wegen Puppe. Ich fühlte, wie neues Leben in meinen Lenden aufwallte, neuer Sauerstoff meine Lungen füllte. Das massive Gefäßsystem der großen Blutgefäße wurde unter dem geschickten Vortasten ihrer starken Finger angeregt. *«Et comment ça va là?»* fragte sie schließlich, nahm meine müde Tulpe in ihre kräftigen Hände und knetete sie wie für den Backofen. «Hat denn niemand geprüft, ob es noch klappt?» fragte sie entrüstet, aber gleichzeitig entzückt über ihren Erfolg, denn die brave Tulpe hatte bereits die Größe einer Mongolfière und schwoll noch immer an. *«Assez!»* rief ich, aber meine Stimme mußte mich verraten haben, in Wahrheit fand ich es köstlich. Dann beugte sie sich über mich und brachte

mich zum Höhepunkt, der so intensiv war, daß ich dachte, alle meine Stiche seien aufgeplatzt. Noch nie hatte ich einen so enorm langsamen Orgasmus erlebt – er rieselte wie die Nebenflüsse des Nils durch mein gesamtes Nervensystem. Mit diesem kühnen Streich hatte sie mir das Leben wiedergegeben, und ich wußte, daß ich genesen würde. Es war so überwältigend gewesen, daß ich zu weinen anfing. Sie beugte sich über mich, leckte meine Tränen ab und betupfte meine Augen mit einem Taschentuch. *«Enfin!»* rief sie triumphierend aus. *«C'est ça. Tout va bien.»* Und fügte auf griechisch hinzu: *«Sikoni monos tou»*, was, wie ich später erfuhr, hieß: «Er steht von ganz alleine.» Und tatsächlich so war es, jeden Tag nahm sie meine Tulpe heraus, und jeden Tag nahm meine Energie unter diesen köstlich zielbewußten Händen zu.

Später, als ich kräftiger wurde, saß sie mit ihren schlanken, langen Beinen rittlings auf mir und wiederholte das Wunderbare sogar noch langsamer, wobei sie nunmehr auch zu ihrem Vergnügen kam. Es war eine Vergewaltigung: Der infantile Traum, festgebunden und genommen zu werden von jemanden, der der Mutter gleicht und die Augen einer Ziege hat. Die große schlanke Theodora war wie die berühmte gleichnamige Kaiserin ein Juwel. Mit ihrer Hilfe erstand ich von den Toten auf.

VIER

PARISER DÄMMERUNG

Die deutschen Offensiven folgten so schnell aufeinander, daß der deutsche Generalstab fast atemlos vor Begeisterung war. Es war, als ob alles, was sie anfaßten, sich in Gold verwandelte – es fiel ihnen schwer, mit sich selbst Schritt zu halten. Sie lebten mit dem Unerwarteten, jeder Sieg war so leicht und billig, daß das Leben unter dem Vorzeichen des großen Abenteuers zu stehen schien. Ihre eigene Verlustliste war so lächerlich kurz, daß es fast unfaßbar schien, innerhalb weniger Monate die mächtigen Armeen um sie herum zerschmettert und entwaffnet zu haben. Sie behaupteten uneingeschränkt das Feld – ein Feld, das sich von selbst grenzenlos, mühelos zu vergrößern schien, einzig der ferne Kaukasus könnte dem deutschen Vormarsch noch Grenzen setzen. Alle Bedenken waren verflogen. Sie verehrten ihren Führer bis zum Wahnsinn, er hatte alles Unrecht gerächt, die traditionellen Feinde des Reiches unterworfen. Das Gefühl der Unbesiegbarkeit stieg ihnen zu Kopf. Die Zukunft Deutschlands rollte vor ihren erstaunten Augen wie auf einer überdimensionalen Leinwand ab. Die Geschichte hatte sich um die eigene Achse gedreht, ein neues deutsches Großreich war über Nacht entstanden.

Von Esslin war sich seiner eigenen Gefühle noch nie so sicher gewesen. Er stand salutierend fast mit Tränen in den Augen, denen er ganz gegen seine sonstige Gewohnheit erlaubte, bis in sein Herz zu dringen, auf den sonnenbeschienenen Champs-Élysées und beobachtete seinen Führer, der aufrecht stehend in seinem Triumphwagen durch die schweigende Menge glitt, blaß im Gesicht und mit verwirrter Miene. Kein Wunder, daß er so bleich aussah nach der übermenschlichen Anstrengung, diesen gewaltigen Feldzug zu planen, ganze Armeen wie Wolken in die von ihm befohlene Richtung zu dirigieren. Das gigantische Gehirn dieses kleinen Mannes hatte von Esslin wie ein rächendes Katapult zuerst nach Warschau geschickt und danach durch die Ardennen in ein völlig überrumpeltes, kopfloses Frankreich, das kaum Widerstand geleistet hatte. Der französische Generalstab war von seinem hohen Roß gestoßen worden. Und nun regierte das Chaos. Von Esslins Panzer hatten sich als beispielhaft effektiv und leistungsfähig erwiesen, aber sie waren so unerwartet schnell vorgeprescht, daß ihnen das Benzin ausgegangen war und sie die Verbindung mit dem Führungsstab verloren hatten und sich daher gezwungen sahen, gewöhnliche Tankstellen wie Gangster auszurauben. Es hatte großen Spaß gemacht. Jedesmal, wenn sie anhielten, konnte er das Lachen seiner ‹jungen Löwen› hören, als sie aus ihren Panzern stiegen. Zuweilen waren sie aus schierem Übermut in Gelächter ausgebrochen und hatten sich gegenseitig zum Scherz in die Rippen geboxt. Widerstand? Ein paar kleine Scharmützel, das war alles gewesen. Einige wenige *francs-tireurs* waren im Schnellverfahren vor die Mauern einiger dörflicher *mairies* gestellt und erschossen worden. In der Liebe und im Krieg ist alles erlaubt! Der Befehl an die deutschen Truppen lautete: schnelle und endgültige Gerechtigkeit üben, sobald sich ihnen jemand in den Weg stellte oder zögerte, ihrem Triumphzug zuzujubeln. Die verängstigten Einwohner der Städte und Dörfer, die sie besetzten, waren unfähig, dem mörderischen Elan der Nazis standzuhalten. Sie ließen sich stumm von der großen grauen Woge der Menschen und Maschinen überspülen. Gott, es war erhebend, die Panzerdivisionen zu beobachten, die sich mit Höchstgeschwindigkeit auf den

Landwegen ausfächerten – es war dem Start eines Autorennens nicht unähnlich, sagen wir, der Eröffnung von Le Mans! Der Staub und der Aufruhr, die sie verursachten, erschütterte die Erde und hallte heiser am Himmel wider. Sie fuhren an langen Reihen, an Gruppen und Kolonnen mutloser, desorientierter Gefangener vorbei, die ziellos in alle Richtungen des Kompasses zottelten. Sie hatten keine Anhaltspunkte mehr in einer Welt, in der die Kampfmoral zusammengebrochen war und die Nachrichtenübermittlung versagt hatte. Die sie umzingelnden deutschen Streitkräfte konnten jederzeit unvermittelt auftauchen. Gewiß, die schweren Kämpfe fanden weit weg im Westen statt, aber sogar dort zeichnete sich die Katastrophe schon ab. Die Niederlage war nicht mehr aufzuhalten. Das schöne Wetter machte den Vormarsch auf Paris zu einer Art Ferienerlebnis. Von Esslin fühlte förmlich, wie die Sonne seine Haut bräunte, er saß im Fond des Dienstwagens, dessen Verdeck heruntergeklappt war. Das war vielleicht etwas leichtsinnig, aber jeder Sieg hat nun einmal die gleiche Wirkung wie ein starkes Getränk. Sie waren aus der Luft hier und da unter Maschinengewehrbeschuß gekommen, aber auf die Deutschen in ihrer augenblicklichen Euphorie hatte es nicht mehr Eindruck gemacht als ein leichter Frühlingsregen – einige Einschläge in Kornfeldern, einige abgeschlagene Baumzweige, das war alles gewesen. Von Esslin summte eine Melodie aus ‹*Don Giovanni*› vor sich hin, während er die verschlüsselten Befehle las, die ihn beorderten, mit seinen Panzern Belmoth zu umstellen. Es gab einige Widerstandsnester in dieser Gegend, und ein- oder zweimal kreuzten sie die Spuren einer schweren Artillerieeinheit, die den gleichen Weg genommen hatte. Aber von einer richtigen Straßensperre war nichts zu sehen, auch fielen keine Schüsse aus dem Hinterhalt, und am Himmel tat sich auch nicht viel. Es war herrlich zu leben. Sie aßen heißhungrig unter einer Eiche und hörten die durch Knacken unterbrochenen Meldungen ab. Die wirklich harte Arbeit wurde weit weg an der rechten Flanke geleistet.

Während sie aßen, näherte sich ihnen langsam eine motorisierte Infanteriekolonne, die auf dem Weg war, ein paar Widerstandsnester auszuheben. Ein guter Freund von Esslins rief laut: «Klaus!» Beide waren hocherfreut, sich zu treffen und lachten laut über dieses pikante Wiedersehen so nah von Paris. Der junge Offizier beschloß, eine kurze Pause einzulegen, um mit von Esslin ein Butterbrot zu essen und die wenigen Neuigkeiten auszutauschen, die er während der vierundzwanzigstündigen hastigen Verfolgung eines nicht existierenden Feindes hatte aufschnappen können. «Ich kann es einfach nicht fassen!» rief er mehrmals aus. «Hoffentlich kommt das dicke Ende nicht nach.» Der ältere Mann klopfte ihm auf die Schulter und versicherte ihm, daß nichts nachkäme. «In einer Woche haben wir unsere Quartiere bezogen und uns organisiert. In genau einer Woche treffe ich dich in Paris bei Feydal auf den Champs-Élysées, und wir werden eine Flasche Champagner auf das Wohl des Führers leeren.»

Der junge Offizier nahm das Angebot so ernst, wie es gemeint war, er stand auf, schlug die Hacken zusammen und ergriff die Hand des Generals. «Ist das dein Ernst?»

«Ein Mann, ein Wort», erwiderte von Esslin bestens gelaunt. «Mein Ehrenwort!» Und tatsächlich wurde dieses etwas übereilt gegebene Versprechen pünktlich eingelöst. Die beiden trafen sich am verabredeten Tag zur verabredeten Stunde, fanden einen Tisch in der Sonne, an dem sie den verabredeten Toast ausbrachten. Überdies erschien der Führer persönlich an ihrem Tisch, was nicht vorgesehen war, aber dem Toast eine besondere Bedeutung verlieh.

Aber erst lagen noch einige Kämpfe vor ihnen, von Esslin merkte, daß sich Panzer und Infanterie wie eine Woge hinter ihnen auftürmten. Ein Stabsoffizier rügte ihn, daß er in einem so ungeschützten Wagen fuhr, und, obwohl verärgert, willigte er ein, in ein gepanzertes Befehlsfahrzeug mit einem Geschützturm überzuwechseln. Die ganze Nacht über saßen sie fest, aber dann gegen Morgen ließ der Widerstand des unsichtbaren Feindes nach. Es war, als hätte jemand den Stöpsel aus einer Badewanne gezogen. Alles kam wieder in Fluß, die deutsche Stoßkraft war erneut freigesetzt.

Was ihn erstaunte – aber der Krieg ist eben so – war, daß er an allen entscheidenden Kampfhandlungen nicht teilgenommen hatte. Sie fühlten sich fast wie Urlauber. Er hatte eine nebelhafte Erinnerung an seine jungen braungebrannten Riesen, die mit entblößtem Oberkörper durch das reifende Getreide wateten. Es war ein schöner Anblick gewesen – in seinem Herzen war eine neue Liebe zu Deutschland erblüht. Aber was zum Teufel ging eigentlich vor sich? Er bat um Einsatzanweisungen und Lageberichte, wodurch er mit einem seiner anderen Freunde und Altersgenossen wieder in Kontakt kam, einem gewissen General Paulus, der ihn anrief, um ihm den Hintergrund, die Kulisse zu skizzieren, auf die von Esslin wie ein Blinder vorrückte. Es war Paulus, der ihn über die endlosen Flüchtlingsströme unterrichtete, die sich aus Belgien und Nordfrankreich zu Abertausenden in die angebliche Sicherheit Südfrankreichs ergossen, in der Annahme, daß sie sich dort hinter der Frontlinie befänden.

«Welche Frontlinie?» Der Vormarsch der Deutschen war so rasant, daß diese verängstigt fliehenden Horden nur zu oft herausfanden, daß die Städte oder Dörfer, in die sie sich hatten flüchten wollen, bereits in deutscher Hand waren. Es herrschte ein totales Durcheinander – die Siege waren nicht nur physisch, sondern auch psychologisch. All die Städtchen im südlichen Sektor waren vollgepropft mit kopflosen Flüchtlingen, für deren Unterbringung niemand vorgesorgt hatte. In Toulouse und Nîmes schliefen die Leute wie Zigeuner auf den Bürgersteigen. Und während dieser Periode hektischer Umwälzungen rückten die

Truppen von Esslins ohne besondere Anstrengungen oder Beanspruchungen unaufhaltsam vor, bis sie nicht weit von der ungeschützten Einfallstraße nach Paris lagen. Es war kaum zu glauben. Die Nachtigallen sangen in den Wäldern. Sie hatten einen wohlgefüllten Weinkeller erbeutet, und der General schlürfte einen Spitzenwein und aß einige Kekse zur Mittagszeit, wobei er jedoch lange und ernsthaft seinen Offizieren einschärfte, daß sie unter allen Umständen den Alkoholkonsum der Mannschaftsgrade einschränken müßten. Aber wie wunderbar, wie herzerwärmend es doch war zu siegen! Verängstigte Bauern hoben untertänig die Hand zum Hitlergruß und grinsten erleichtert, wenn man sie nicht erschoß. Die Franzosen, dachte er, werden uns willkommen heißen. Sie haben diesen Krieg nur mit halbem Herzen geführt, und unsere neue Ordnung hat auch ihnen viel zu bieten. Er nickte stirnrunzelnd, als müßte er diesen Punkt hervorheben, um sich selbst zu überzeugen.

Die Welt entrollte sich vor ihm mit polyphoner Pracht, der Ablauf der Dinge entzückte seine Sinne. Überdies war eine seiner Kriegslisten dem Generalstab zu Ohren gekommen und hatte ihm hohes Lob eingebracht! Es war ein glücklicher Zufall gewesen, genau die Art von Einfall, der einem in der Hitze des Gefechts kommt. Im allgemeinen Vorwärtsstürmen waren sie hier und da auf Straßensperren gestoßen oder auf einige andere Hindernisse, die sie aufhalten sollten. Er hatte seine Panzer auf die nahe liegenden Eisenbahnschienen gelenkt und sie dort entlangrasseln lassen, um diese Hindernisse in der Flanke zu umfahren. Die Nützlichkeit von Eisenbahnschienen – sie würde in die militärischen Handbücher der Taktik aufgenommen werden. Es war hoch amüsant gewesen zu beobachten, wie die Panzer von den Schienen auf- und abgesprungen waren, um die französischen Züge vorbeizulassen – die französische Eisenbahn weigerte sich strikt, den Krieg zur Kenntnis zu nehmen, und erst recht nicht die deutschen Panzer, die hoppelnd wie die Kaninchen in Bahnhöfe herein- und wieder heraushopsten. Zuweilen feuerten sie einige Schüsse auf die Züge ab, aber eigentlich nur zum Spaß. Einmal leerten sie sogar einen ganzen Eilzug, die Passagiere kletterten totenbleich mit den Händen über dem Kopf aus den Waggons. «Was machen wir denn jetzt mit denen?» fragte ein braungebrannter Stoßtruppführer, während er sie gutmütig in den Wartesaal stupste. «Dieser französische Offizier – der da drüben – hat aus seiner Pistole auf uns geschossen.» Von Esslin hatte sich umgedreht und barsch gesagt: «Sie kennen Ihren Befehl.» Als er sich wieder in sein Auto gesetzt hatte, hörte er aus dem Bahnhofswartesaal das Knattern eines Maschinengewehrs.

Der Rest der Panzerbrigade machte eine Rechtswendung und fuhr über Felder, um sich dem allgemeinen Vormarsch auf der Hauptstraße anzuschließen, auf der verlassene Bauernwagen standen und zurückgelassene Habseligkeiten herumlagen. Es war eine große Versuchung, haltzumachen und die aufgeplatzten Koffer zu untersuchen, aus denen die mannigfaltigsten Dinge herausquollen. Gott sei Dank saßen sie in ihren Fahrzeugen und hatten ein ziemliches Tempo drauf, es ersparte von Esslin, seinen Untergebenen eine Mahnrede über Plünderungen zu halten. Diese fanden natürlich auch statt, aber später und systematisch als Strafaktionen sozusagen. Ja, die philosophischen Richtlinien ihrer Feldzüge waren schon vor langer Zeit erlassen worden, es waren die gleichen wie die Napoleons: Kriegführung *à la maraude*. Die Franzosen sollten es nur zu bald herausfinden. Einen Augenblick lang schwellte Stolz von Esslins Brust, aber dann wurde dieses Gefühl von einer schuldbewußten Wut abgewürgt. Frankreich war am Ende! Er schlug mit seinem Stock zweimal hart auf seine Stiefel, dann rief er sich das höchst befriedigende Gepolter der Gleisketten seiner Panzer, als sie über die Eisenbahnschwellen gefahren waren, ins Gedächtnis zurück. Ein Schwarm Flugzeuge über ihnen stieß herab und schnatterte wie Elstern. Ihr Vormarsch verlangsamte sich. Dicker Rauch und eine Reihe von dumpfen Schlägen kündigten ihnen an, daß vor ihnen gekämpft wurde. Das Öl aus einem geplatzten Behälter hatte sich über die Straße ergossen, und die Panzer kamen ins Schlittern wie bei einem heftigen Regenguß. Er dirigierte sie fort von der Straße auf die grünen Felder rechts und links. Es war Spätnachmittag, und bald würde die Dämmerung sinken, sie müßten so viel Boden wie möglich gewinnen, bevor sie für die Nacht biwakierten. Er forderte einige Lastwagen mit Infanteristen aus der Nachhut an, um seine Panzer zu unterstützen, die die Wälder durchkämmten und ins Laub schossen, um Truppen, die sich dort eventuell verbargen, aus ihrem Hinterhalt aufzuscheuchen.

Im Moment, wo er zur Tatsache wurde, schien er so unvermeidbar, so gottgegeben – dieser totale Sieg, der bereits das Schicksal und die politische Lage von so vielen Nationen verändert hatte – die britische Schlappe, der französische Zusammenbruch, die Niederlande ... die Erfolge waren so vielfältig und so verschiedenartig, daß es unmöglich war, die Grenzen ihrer Zukunft auch nur in großen Zügen zu skizzieren, denn sie erstreckte sich in alle Richtungen. Es war nicht nur, weil er ein Junker war, daß er auf eine an ihn gerichtete Frage: «Was sollten wir Ihrer Meinung nach als nächstes tun?» die eisige Antwort gab: «Ich bin ein Soldat des Reichs, ich habe keine Meinung, ich tu, was der Führer mir befiehlt.» Der Fragesteller, ein Stabsoffizier in der Geländekartensektion, sah ihn angewidert an, nichtsdestoweniger salutierte er und nickte zustimmend, bemüht, jegliche Ironie aus seinem Gesicht zu verbannen. In Wirklichkeit war von Esslin einfach verwirrt – die Ereignisse hatten sich so überstürzt, daß es ihm schwerfiel, sie in einen logischen Zusammenhang zu bringen. Er hoffte, baldmöglichst wieder an der Ostfront zu sein – ein vages Gefühl der *malaise*, irgend etwas an diesem französischen Zusammenbruch bedrückte ihn, und diese seltsame Desorientierung wurde noch verstärkt durch den hysterischen unterwürfigen Empfang, den die Pariser Bürger seinen Männern bereiteten. Sie vertrieben eine Polizeieinheit aus ihrer Kaserne in Avalon und nahmen Besitz von dieser exponierten Einfallstraße in die Hauptstadt. Bald hatte sich die Truppe mit gewohnter Tüchtigkeit organisiert, was von Esslin erlaubte, mehrmals für einen kurzen Urlaub nach Paris zu fahren, wo er feststellte, daß die Mädchen seine Uniform mit großem Respekt beäugten. Einmal fragte ihn eine junge *fille de joie*, ob er nicht mit ihr hinaufkommen und sie mit seinem Stock ordentlich verprügeln wolle. Sie wäre sogar bereit, ihm dafür zu zahlen, was zumindest originell war. Er war schockiert und entsetzt, daß die Franzosen ihre Niederlage so gleichmütig hinnahmen. Er murmelte ein Schmähwort und eilte über die Brücke zu den *quais*, wo er viele deutsche Bücher kaufte, die er seiner Mutter schickte. Die Post funktionierte wieder, und er hörte ungefähr einmal im Monat von ihr, und er seinerseits beschrieb ihr seine Abenteuer und Paris, eine Stadt, die ihn schon immer fasziniert hatte, und nun nach der Niederlage fast noch mehr.

Wenn er ein oder zwei Cointreau getrunken hatte, röteten sich seine Wangen, und er wurde ausgesprochen sentimental. Wenn er in solch einer Stimmung war, ging er zuweilen mit einem Straßenmädchen in ihre schmutzige Behausung. Aber diese Pariser Periode war so kurz wie die Räumung des südlichen Teils Frankreichs, denn schon nach wenigen Monaten wurde er mit seiner Panzereinheit nach Tulle geschickt, an die Grenze der besetzten Zone. Er war von Anfang an überzeugt davon gewesen, daß eine friedliche Koexistenz mit dem besetzten Norden unmöglich sei. Südfrankreich war wie der Sack vom Weihnachtsmann – alles hatte man dort kunterbunt hineingestopft: Juden, Verbrecher, Mitglieder des angeblichen Widerstands, ganz zu schweigen von den Agenten, die die Alliierten einschleusten, um Informationen zu sammeln und Aufstände zu organisieren. Gerüchte gingen um, daß von Esslin ein neues Kommando übernehmen sollte, und er fragte sich, ob es vielleicht mit dem Angriff auf Rußland zu tun haben könnte, denn niemand, den er kannte, hatte an diesen Nichtangriffspakt, den sie unterzeichnet hatten, geglaubt. Es war eine Finte gewesen, um sich die heimtückischen Russen vom Hals zu halten, während sie Frankreich erledigten. Auch konnte man über die zukünftigen Absichten keine großen Zweifel hegen, denn die Truppenverstärkungen im Norden gaben einem Hinweise genug. In der Zwischenzeit war der absurde *drôle de guerre* einer ebenfalls absurden *drôle de paix* gewichen. Die Franzosen glaubten tatsächlich, es sei nur eine Frage der Zeit, daß die zwei Millionen französischer Kriegsgefangenen zurückkehrten und die Deutschen nach Unterzeichnung eines Friedensvertrags und einer Reparationszahlung aus Frankreich abzögen. Diese fatale Fehleinschätzung hielt monatelang an, trotz der Schlachten in der Wüste, in Griechenland, in Jugoslawien und so weiter. Die Leute scharten sich um den Repräsentanten Frankreichs, der die Freiheit und die Glorie wiederherstellen sollte, obwohl der alte Marschall Pétain mit seinen onkelhaften Reden und unwirksamen Handlungen kaum der geeignete Mann war, diese Hoffnungen zu erfüllen. Die antibritischen Gefühle hatten einen Höhepunkt erreicht, denn die Engländer mit ihren unbesonnenen Bombenangriffen und feindlichen Aktionen würden auf die Dauer die Nazis verärgern, wofür dann offensichtlich französische Zivilisten büßen müßten. Doch inmitten von all diesen wirren, unbestätigten Gerüchten gelang es ihnen, einige Monate lang ein so ruhiges Leben wie Seminaristen zu führen mit häufigen Paris-Urlauben für die Truppe, da Avalon ganz in der Nähe der Hauptstadt lag. Auch hatten sie genug Zeit, sich neu auszurüsten und auszustatten für die nächste Runde – wann immer sie kommen mochte.

Von Esslin berichtete seiner Mutter, daß neue Einheiten

bei ihnen eingetroffen seien, denen vier oder fünf seiner engsten Freunde angehörten, die sie auch gut kenne – der alte Keller und Le Fals und Kranz. Sie spielten jeden Abend Bridge im Kasino. Auch suchten sie gemeinsam auf ihre joviale bayrische Art öfters Paris heim, und da sie alle vier Katholiken waren, hätten sie öfters in den berühmten Kirchen und Kathedralen der Messe beigewohnt. «Die Musik ist großartig», schrieb er ehrlich begeistert, «ich werde oft an Wien erinnert, wo wir häufig einer unbekannten Messe lauschten, nur um hinterher herauszufinden, daß sie von Mozart oder Haydn für diese bestimmte Kirche komponiert worden war!» Aber obwohl diese Periode frei von Sorgen und voll von Begeisterung war, machte sich eine dunkle Ahnung, eine unerklärliche Angst in einem fernen Winkel seines Gehirns breit, wie ein immer größer werdender Schatten, der die Zukunft verdunkelte. Zuerst hatte Rußland sich wie ein Waldbrand vor ihren Augen aufgetan, wie ein feuerspeiender Vulkan – die Wucht ihres Angriffs war umwerfend gewesen. Aber nun hatten sich unvorhergesehene Schwierigkeiten eingestellt: Widerstand in Afrika, in Rußland, auf dem Balkan, in Norwegen … er verdickte sich langsam wie eine zu schnell gekochte Linsensuppe! Er wischte dieses Gefühl als Hirngespinst weg, aber es blieb.

Immerhin – tausend Bomber über Köln! Und die BBC-Kommentatoren jenseits des Kanals klangen täglich selbstsicherer und hoffnungsvoller. Und immer dieser ominöse Trommelschlag mit dem Beethovenmotiv! Er sehnte sich nach Schlachtgetümmel, schon um nicht mehr nachdenken zu müssen.

Die neue Vichy-Regierung war liebedienerisch und zuvorkommend, aber es war nur zu offensichtlich, daß sie sich ohne die Unterstützung der deutschen Armee nicht halten konnte, denn die französische Nation war in zwei ziemlich gleich große Hälften gespalten, die eine Hälfte brachte den Nazis ehrliche Sympathie entgegen, die andere fand die Besatzungsarmee unerträglich. Zu diesem Zeitpunkt hatte die Bevölkerung das deutsche Joch noch nicht in aller Schwere zu spüren bekommen. Aber es würde nicht mehr lange dauern, bis die allgemeine Knappheit und die Bezugsscheine die düstere Wirklichkeit in jedes Haus brächten. Doch solche allgemeinen Überlegungen berührten im Moment von Esslin nur ganz am Rande. Seine Grübeleien über die Zukunft nahmen erst konkrete Formen an, als eines Morgens drei Vichy-Funktionäre in einem alten Wagen bei ihm vorfuhren und um Audienz baten. Sie seien, erklärten sie, Mitglieder des französischen Zweiten Büros, und kündigten ihm an, daß die deutsche Armee innerhalb weniger Wochen als eine Art inoffizielle Polizei für die Vichy-Regierung in die unbesetzte Zone einrücken würde und daß er, von Esslin, an dieser Operation teilnehmen sollte.

Er schäumte vor Wut bei dem Gedanken daß diese schäbigen Franzosen es wagten, über seine Zukunft zu bestimmen, und hätte sie aus Haß fast eingesperrt. Sein Gesicht lief dunkelrot an, als er ihnen mit zusammengebissenen Zähnen erklärte, daß er nur vom deutschen Generalstab – und von niemand anderem – Befehle entgegennähme. Seine Heftigkeit brachte sie völlig außer Fassung, und sie entschuldigten sich für den Fauxpas, den sie begangen hatten. Nichtsdestoweniger zeigte ihm einer der beiden ein amtliches Schreiben, das vom Reichsführer SS und Chef der deutschen Polizei – keinem geringeren als Himmler selbst – unterschrieben war. Von Esslin kochte vor Wut. Er war Soldat, und er war empört, daß Politiker ihn als Werkzeug benutzten, als Waffe in ihren heimlichen Fehden. Auch würde es nutzlos sein, nach dem Rang des neuen Kommandanten zu fragen, vielleicht war er nur ein bescheidener Generaloberst, dennoch konnte er befugt sein, hinter von Esslins Rücken direkt nach Berlin zu berichten und somit die Wehrmacht indirekt zu beeinflussen. Abgesehen davon wollte von Esslin keinen quasi zivilen Posten in der Etappe haben ohne jede Aussicht auf Beförderung. Er beantragte umgehend die Versetzung an die Ostfront, aber erhielt keine Antwort. Totales Schweigen, wachsende Ratlosigkeit. Er hörte kein Wort mehr von den dunkel gekleideten Vichy-Funktionären. Dann eines Tages meldete ihm seine Ordonnanz, daß jemand im Büro auf ihn wartete, und dort fand er Fischer vor. Er saß in einem Drehstuhl, die Mütze aus der Stirn geschoben, ein Papiermesser in der Hand, mit dem er sich die Nägel reinigte. «Guten Morgen, General», sagte Fischer mit einem trägen, unverschämten Lächeln, machte aber keinerlei Anstalten, sich zu erheben. Von Esslin blieb vor ihm stehen und blickte ihn schweigend an. Fischer trug SS-Uniform, aber darüber einen schwarzglänzenden Ledermantel, der die Abzeichen verdeckte. Er hatte sehr helle blaue Augen, durchdringend, aber Schwächen zeigend. Es war, als könnte man den Himmel durch seinen Schädel sehen, denn die Augen hatten am Lächeln des Mundes nicht teil. «Bitte, nehmen Sie Platz, General», sagte er und entblößte blendendweiße Zähne. Ein weißglühendes Lächeln, aber ohne Wärme. «Sie sitzen auf meinem Stuhl», grollte von Esslin. Er wollte sich nicht in den Bittstellersitz in seinem eigenen Büro setzen. Der jüngere Mann erhob sich achselzuckend. Er war groß und dürr und trug Ringe an den Fingern. Bei flüchtigem Hinsehen hätte man auf eine weibische Veranlagung schließen können, aber dieser Eindruck wurde sofort durch seine leeren Augen widerlegt. Sie hätten gut die leeren Augenhöhlen einer römischen Statue sein können, denn sie verrieten weder Empfindung noch Intelligenz. Er wandte sich langsam dem Fenster zu und zeichnete kurz mit dem Zeigefinger ein Muster auf die Scheibe. Dann drehte er sich um, und wieder blitzte sein Lächeln auf, nichtssagend und glitzernd wie eine Neonreklame. «Sie werden am Montag Ihren Marschbefehl erhalten. Ich dagegen mache mich sofort auf den Weg und werde Sie dort erwarten.»

Von Esslin sank schwer in seinen Stuhl und ließ dem jungen Mann ein grimmiges, schlechtgelauntes Lächeln zuteil werden, das seine ganze Verachtung und sein Ressentiment über dessen schlechte Manieren ausdrückte. «Was meinen Sie mit ‹dort›?» fragte er. Der junge Mann antwortete: «Avignon. Die Stadt ist zum Hauptquartier der Wehrmacht bestimmt worden. Sie werden sich dort neu gruppieren. Die SS-Quartiere liegen in nächster Nähe. Dies alles wurde organisiert, um den Vichy-Leuten zu helfen – sie haben Angst, daß ihnen die Zügel aus der Hand gleiten: zu viele Kommunisten, Widerständler, Intellektuelle. Wir müssen gleich von Anfang an einen starken Druck ausüben. Sie werden eine Liste von Dörfern erhalten, wo Geiseln festgenommen und liquidiert werden müssen.» Er sah plötzlich krank und traurig aus, wie eine Art blonder Mephisto, den eine Erinnerung schmerzt. Er fuhr sich, wiederkäuend, mit der Zunge über die Zähne, als suche er nach irgendwelchen Speiseresten. Dann sagte er schroff: «Ich freue mich darauf, mit Ihnen zusammenzuarbeiten, General. Spielen Sie Schach?» Von Esslin verneinte es, obwohl er es tat. «Schade», sagte Fischer und lächelte wiederum sein blitzendes, nichtssagendes Lächeln. Seine Haut war fahl, seine Wangen waren blutleer und bleichsüchtig und seine Wimpern fast so hell wie bei einem Albino. «Schade!»

«Was ist Ihr Dienstgrad?» fragte von Esslin in einem tiefen, barschen Tonfall, obwohl es natürlich keinerlei Unterschied in ihrem täglichen Umgang machen würde. Dem Akzent nach zu urteilen, glaubte er einen schlitzohrigen Münchner Automechaniker in Uniform vor sich zu haben. Fischer schob seinen Mantelkragen so weit zurück, daß von Esslin die bekannten Abzeichen der Waffen-SS sehen konnte. «Das habe ich mir gedacht», sagte er. Und Fischer nickte zufrieden. «Wir werden ausgezeichnet zusammenarbeiten», sagte er und fügte dann in einem sehr viel höflicheren Tonfall hinzu: «Darf ich Ihre Hand sehen,

General?» Die Bitte kam so unerwartet, daß von Esslin seine Hände auf den Schreibtisch legte, und der junge Mann beugte sich aufmerksam einen Moment lang über sie, ohne sie jedoch zu berühren. Dann richtete er sich wieder auf, schnalzte mit der Zunge und sagte: «Vielen Dank.» Er ging zur Tür, blieb stehen mit dem Türknopf in der Hand, dann hob er die rechte Hand sehr förmlich zum offiziellen Gruß, gleichzeitig schlug er sehr leise die Hakken zusammen. War es spöttisch gemeint? Es war schwer zu sagen – dieses lächelnde Gesicht verriet nichts. Korrekterweise hätte auch er aufstehen und wiedergrüßen müssen, aber er war noch immer so wütend, daß er sich auf ein kurzes Nicken beschränkte. Die Tür schloß sich hinter Fischer, und von Esslin nahm prompt den Telefonhörer, er mußte beim Pariser Hauptquartier herausfinden, was sich zusammenbraute, was die Zukunft für ihn in petto hielt.

Als es ihm gelungen war, den Führungsstab zu erreichen, wurde ihm mitgeteilt, daß sein Marschbefehl schon auf dem Weg sei und ihn vermutlich in wenigen Stunden erreichen werde zusammen mit den genauen Anweisungen für die abkommandierten Einheiten. So! Er fühlte, während er zuhörte, eine vage Unruhe, ein seltsames Unbehagen in sich aufsteigen. Das freie Frankreich sollte besetzt werden, Widerstand wurde nicht erwartet, er sollte die wichtigsten Städte absichern und den Weg für die französische Miliz ebnen – die angeworbenen Nazis französischen Ursprungs. Einer seiner ältesten Freunde war für die Abkommandierungen zuständig. Von Esslin umging den korrekten Dienstweg und rief ihn direkt an. «Verzeih», sagte er etwas gereizt, «aber weißt du, warum mein Versetzungsgesuch an die Ostfront übergangen worden ist? Das, was sie mir jetzt anbieten, ist fast ein Zivilistenposten. Warum?» Die Auskunft seines Freundes war knapp gehalten. «Übergangen worden?» sagte er diplomatisch. «Ist das nicht ein etwas zu starkes Wort? Dein Name ist mehrmals gefallen, was einer Auszeichnung gleichkommt. Irgend jemand in der Verwaltung hat Mist gemacht, es wird sich bald aufklären. Hab ein wenig Geduld.»

Von Esslin fand diesen Beschwichtigungsversuch alles andere als beruhigend, und seine Gedanken kreisten wieder einmal um eine Befürchtung, die er schon seit längerem hegte. Stand sein katholischer Glaube seiner Karriere im Wege? Dieser Verdacht war ihm schon öfters gekommen, obwohl er bislang durch nichts bestätigt worden war. Oder? Ein-, vielleicht zweimal hatte er ironische Anspielungen von SS-Offizieren aufgeschnappt, daß ein Kompromiß zwischen Gott und Hitler nicht möglich sei. Ein anderes Mal hatte er einen jungen Mann sagen hören: «Wenn ein Nationalsozialist zur Beichte geht ...» der Rest des Satzes war in einem ironischen Gelächter untergegangen. Dann, bei einer anderen Gelegenheit hatte irgend jemand eine Bemerkung über einen SS-Mann gemacht, der an einer Prozession teilgenommen hatte, was auch höhnisches Lachen hervorgerufen hatte. Bedeutete sein neues Kommando, daß seine Vorgesetzten auf seine Religion aufmerksam geworden waren? Während er sich vor dem Spiegel rasierte, ließ er die letzten Kirchgänge mit seinen Freunden an sich vorüberziehen – *sie* hatten ihn bestimmt nicht angezeigt. Aber warum ‹angezeigt›? «Du bist töricht und mißtrauisch», schalt er sich selbst laut und stieg seufzend mit einem Achselzucken in die Badewanne.

In der Nacht kamen die detaillierten Anweisungen, er las sie verbittert und angeekelt. Warum so viel Waffen-SS? Vermutlich, um die Moral der Bürger zu brechen – eine traditionelle Aufgabe dieser Spezialtruppe. Die bewaffneten SS-Formationen waren Himmlers persönliches Spielzeug und setzten sich daher über alle Konventionen hinweg. Andererseits waren von seinem eigenen Regiment eine Menge Panzer abgezogen worden – vielleicht wurden sie in Rußland gebraucht? Eines stand jedenfalls fest, man hatte ihn auf einen unwichtigen Posten in der Etappe abgeschoben, wo er weder auf Ruhm noch auf Beförderung hoffen konnte. Es war keine direkte Zurücksetzung, trotzdem empfand er sie als solche. Und er kannte niemanden im Generalstab, an den er sich privat wenden konnte.

Er fühlte sich sehr einsam.

FÜNF

IN GENF

Die Straße in Genf, an deren Ende sich die alte *Bar de la Navigation* befindet, führt vom See mit seiner breiten *corniche* fort und klettert einen ziemlich steilen Hang hinauf. Es ist eine unentschlossene Straße, die nicht recht zu wissen scheint, was sie will: Sie fängt als bescheidene Nebenstraße an, dann verbreitert sie sich einen Häuserblock lang zu einem Boulevard, danach verengt sie sich jäh und krümmt sich und endet schließlich in einem übel riechenden Hof voll von deckellosen Mülleimern. Aber gerade diese ärmliche Verborgenheit machte sie für unseren Helden so anziehend (oder besser gesagt für unsere Helden, denn Toby war nach Genf gekommen, um Sutcliffe zur Seite zu stehen). Sie fanden die Bar den idealen Ort für ihre mittäglichen Zechgelage und Billardspiele. Das Foreign Office hatte dafür das Wort ‹elfer› geprägt, weil man um elf Uhr unbedingt einen kurzen, kräftigen Schluck brauchte oder einen langen ‹Auflockerer›, um den Slangausdruck zu benutzen.

Sie verrichteten beide, was man damals ‹Kriegsarbeit› nannte. Im feuchten Keller des Konsulats (unter dem Seespiegel liegend) war eine Reihe von provisorischen durch Holzwände voneinander getrennte Büros geschaffen worden. Die verschiedensten Dienststellen begegneten sich dort auf Schritt und Tritt. Oxford hatte auf Bitten des M.E.3 (der Spionageabwehr) Toby freigegeben, während ein mißvergnügter Sutcliffe, den die Zeitläufte aus Wien vertrieben hatte, geheime deutsche Dokumente für die Abteilung des Militärattachés übersetzte und ärgerlich darauf wartete, daß die Psychiater ihm seine Frau zurückgaben. Sie kostete ein Vermögen. Sie war in Prangens Klinik auf der anderen Seite des Sees untergebracht. (Jeden Morgen pflegte er auf den Balkon der kleinen Wohnung, die er mit seinem Freund teilte, zu gehen und laut auf deutsch zu rufen: «Ich will meine Frau wiederhaben.» Aber dies schien keinerlei Wirkung auf die phantasielosen Schweizer auszuüben.)

Die beiden riesigen, kegelförmigen Männer teilten sich, so gut es ging, diese häßliche Wohnung, die unmöglich in Ordnung zu halten war. Das Chaos regierte, beide waren schlampig, konnten nicht kochen. Sie wärmten in heißem Wasser Konserven auf und aßen sie traurig und ohne Genuß, aber in dem Glauben, daß sie Geld sparten. Jeden Montag kam eine konfuse Putzfrau und versuchte, eine gewisse Ordnung in ihr Leben zu bringen. Abends spielten sie oft Poker in breitgestreiften Pyjamas und mit gelben Zelluloid-Augenschirmen, wie sie die Croupiers in Las Vegas tragen. Ihrer gespannten Aufmerksamkeit nach zu schließen, hätte man annehmen können, daß sie um einen höheren Einsatz als um Streichhölzer spielten. Oh, diese Nächte zu Anfang des Krieges, sie verblaßten im blauen Laternenlicht, in der Dämmerung mit ihren dichten Nebeln, die die Sicht auf den See verschmierten! Die Schweizer Armee war in Alarmbereitschaft, das Land mobilisiert, die Städte verdunkelt, obwohl nicht ganz. Es gab so was Ähnliches wie eine Sperrstunde, die meisten Bars und Bordelle schlossen früh. Die Welt lebte in einer heillosen Spannung. Die Stadtverwaltung hatte die Luftalarmsirenen ausprobiert und festgestellt, daß sie funktionierten. Der Lärm war deprimierend und verstärkte den instinktiven Hang, zu Hause zu bleiben und Tee mit einem Schuß Calvados oder Cognac zu trinken. Toby nannte diese Mischung einen ‹Rückenschauer›, weil einem beim ersten Schluck ein Schauer den Rücken hinunterrieselte. Sehr zutreffend.

Die mittäglichen Getränke dagegen bestanden aus Rum mit braunem Zucker (trotz des schwülen Wetters), da sie vergeblich versuchten, die chronische Bronchitis, unter der sie beide litten, loszuwerden; sie war die unvermeidliche Folge von zu vielen Celtique-Zigaretten – ein *tabac gris* aus dem besetzten Frankreich. Die Morgenstunden waren auf Grund dieser Krankheit äußerst mißtönend, die gemeinsame Hustensymphonie war zuweilen so laut, daß das Schweizer Ehepaar in der Wohnung unter ihnen auf den Korridor eilte und sich fragte, ob sie nicht Hilfe herbeiholen sollten. Sutcliffe imitierte eine junge Katze, über die sich ein Kater hermacht, während Toby einen griesgrämigen türkischen Portier imitierte, der von einem Bären angefallen wurde. Gelegentlich taten sie sich zusammen, um die Nationalhymnen von verschiedenen Ländern nachzuahmen oder auch um in musikalischen Hustern den Satz *«Le docteur Schwarz est un pot de chambre»* zu intonieren. Schwarz war ein Psychoanalytiker, der aus Wien geflohen war und seine schicksten und reichsten Patienten mit sich genommen hatte – denn nicht alle hatten das Geld auftreiben können, um mit ihm auszuwandern. (Wenn Sutcliffe an sein überzogenes Bankkonto dachte, wurde ihm schlecht.) Übrigens war es auch Schwarz, der von einer paranoiden Patientin gebissen worden war und daraufhin einen Monat Urlaub erhalten hatte, um sich zu erholen und sein infiziertes Ohrläppchen zu pflegen. «So sehen die Liebesbisse aus, die Analytiker bekommen», sagte Sutcliffe verbittert zu Constance, als sie ans Telefon kam. «Ich wünschte, meine Frau würde so positiv reagieren.» Aber diese Art Scherz kam bei Constance nicht an, sie überging ihn kühl und sagte: «Ich werde Sie selbstverständlich gern sehen, sollten Sie irgendwelche Auskünfte wünschen. Ich bin über den Fall voll informiert, aber ich vertrete nur Dr. Schwarz, ich hüte sozusagen nur das Haus. Ich behandle Ihre Frau nicht, obwohl ich in mehreren Gesprächen einen gewissen Kontakt mit ihr hergestellt habe. Sie können morgen um zehn Uhr kommen.» Sie hatte einen pedantischen Zug, und seine schmutzigen Fingernägel und sein allgemein ungepflegtes Aussehen hinterließen einen schlechten Eindruck bei ihr. Sutcliffe seinerseits war von ihrer Schönheit eingeschüchtert, aber hatte nur eine höchst vage Idee, wer sie eigentlich war. Dann, ganz zufällig, fiel der Name Blanford im Gespräch, und sie sah, wie seine Augen sich weiteten. «Mein Gott!» rief er aus und starrte sie an. «Sie sind also Constance, die Schwester.»

«Und wer sind Sie?» fragte Constance zögernd, denn ein seltsames Gefühl der Vertrautheit hatte sich in ihrem Inneren ungreifbar wie eine Wolke ausgebreitet. Sein Name klang wie ein Donnerschlag an ihr Ohr. «Das kann nicht wahr sein!» rief sie aus. Aber es war wahr, er war es. Sie saßen sich schweigend eine Zeitlang gegenüber und starrten sich an, dann fing sie hastig und unzusammenhängend zu sprechen an, denn sie war sich seiner Identität noch nicht vollkommen sicher. Aber das Sofa von Freud überzeugte sie – immerhin hatte sie seinen Namen auf der Rechnung gesehen. «Sie sind also aus Fleisch und Blut!» Sutcliffe lachte und sagte: «Wir sind alle aus Fleisch und Blut.» Das war eine verrückte Bemerkung für jemand, der nicht an Feen glaubte, doch in der Gegenwart von Schönheit, für die er allzeitig empfänglich war, entwickelte er stets einen überschwenglichen Optimismus. Aber ihre Kühle ließ ihn erschauern, er fand, sie sei eine blöde Ziege und sagte dies auch zu Toby: *«Une garce»*, sagte er, das französische Wort gebrauchend, weil der langgezogene Vokal ihn an gespreizte Beine erinnerte, so wie ein paar andere höchst befriedigende Worte und Sätze, die er gern wiederholte: *«Gâtisme ou le relâchement des sphincters.»*

Sein Freund sah ihn interessiert an und fragte: «Warum regen Sie sich so auf?»

Sutcliffe antwortete ernst und besonnen: «Weil ich sicher bin, daß Aubrey sich in sie verlieben wird, und ich weiß auch warum – wegen ihrer seegrünen Augen und der schneegebräunten Haut, aber *au fond* ist sie eine spießige Schweizerin.»

«Aber sie ist doch Engländerin.»

«Sie ist beides: eine zweifache Spießerin.»

Sie hatte sich anfangs geweigert, ihn privat zu treffen, außerhalb der Sprechstunden, und er hatte angenommen, daß es mit irgendwelchen ärztlichen Vorschriften zu tun hatte, und noch dazu mit dem offensichtlichen Abscheu, den seine Gegenwart ihr einzuflößen schien. Er war daher sehr erstaunt, als sie ihn im Büro anrief und auf ihre hastige, leicht forcierte Art sagte: «Ich habe das Gefühl, daß ich eher unfreundlich zu Ihnen war, und fürchte, Sie verletzt zu haben. Ich würde das gern wiedergutmachen und Ihre freundliche Einladung zu einem Drink annehmen. Heute abend, wenn es Ihnen paßt.» Er war gleichzeitig hocherfreut und verblüfft über diesen plötzlichen Sinneswandel. «Ausgezeichnet», sagte Toby, als er davon erfuhr, «wenn sie medizinisch vorgebildet ist, können wir sie vielleicht fragen, was man gegen Vergreisung tun kann. Meine Leistungen bei den Tipsen lassen merklich nach; die kleine Miss Farthingdale verschmachtet mir fast, und ich bin über die reduzierte Motilität meines Produkts zutiefst beschämt. Die verdammten Dinger können kaum schwimmen, sie legen sich auf den Rücken und lassen sich einfach treiben. Die Mädchen beschweren sich – und womit? Mit Recht.» Sutcliffe schnalzte vorwurfsvoll mit der Zunge. «Das können wir sie nicht fragen. Sie müssen einfach lernen, mit dieser erniedrigenden Tatsache zu leben, Toby. Aber wie wär's mit einer Diplomatenstütze?»

«Und was ist das, wenn man fragen darf?»

«Besorgen Sie sich ein solides Gummiband im Büro und machen sie ein Tourniquet für Ihren besten Freund, bringen Sie es eher hoch an, es muß ziemlich fest sitzen. Es wirkt Wunder. Ich habe es von der kleinen indischen Tipse gelernt. Sie sagt im Foreign Office ...»

Toby war entzückt über die Auskunft, förderte eine Anzahl von Gummibändern aus seiner Aktentasche zutage und zog sich auf die Toilette zurück, um etwas Geeignetes zur Beseitigung seines Übelstandes zu finden. Sutcliffe ging zum See hinunter, um auf die Fähre zu warten, denn er zweifelte daran, daß sie die kleine Bar nur auf Grund einiger telefonischer Instruktionen finden könnte. Es war Teezeit und ein schöner Tag.

Sie war nicht in bester Verfassung. Sie sah müde und abgespannt aus, und für eine Frau, die Wert auf Kleidung legt, machte sie einen fast ungepflegten Eindruck. Ihr weißer Regenmantel war nicht gerade sauber zu nennen und ein abgerissener Knopf war durch eine Sicherheitsnadel ersetzt. Ihr Haar war schlecht geschnitten, zottelig wie ein Hundefell. Die Erklärung für diese Nachlässigkeit war, daß die Nachricht von Sams Tod sie tief getroffen und sie den Schock noch nicht überwunden hatte. Es erstaunte sie selbst, denn sie beide hatten angenommen, daß sie sogar gegen diese Eventualität gewappnet seien, daß die lebenspendende Kraft ihrer magnetischen Liebe es ihnen ermöglichen würde, sogar diese endgültige Trennung zu ertragen. Liebe macht Menschen eben naiv, das begriff sie jetzt; sie hatten Rollen gespielt, die Rollen zweier goldener Unsterblicher in irgendeiner romantischen Oper. Aber statt dessen waren sie unter die Räder des Molochs Krieg geraten – oder vielmehr sie, denn *er* war in einem gewissen Sinne entkommen und hatte sie zurückgelassen, um die Fragmente des Gedankens ‹Tod› aufzulesen. Nein, das war nicht alles. Sie hatte einige Tage nach Erhalt der Todesnachricht zu ihrer Überraschung einen kurzen Brief von dem Armeepostamt des Konsulats zugestellt bekommen. Sie hatte eine komplizierte Reise zurückgelegt, diese Stimme ihres toten ‹Gemahls›. Ja, plötzlich hatte diese Bezeichnung in ihr nachgehallt, einen altmodischen Ernst und Sinn angenommen. Ihre kleine Wohnung am See schien durchtränkt davon. Und aus diesem Grund hatte sie beschlossen, auf einem Feldbett in der Ecke ihres Büros im Krankenhaus zu schlafen. Alles, sogar ihre Arbeit, kam ihr plötzlich schal vor, und das zufällige Zusammentreffen mit Sutcliffe hatte die widersprüchlichsten Gefühle in ihr geweckt. Die eine Hälfte ihres Wesens wollte ein Gespräch über Sam vermeiden, die andere Hälfte begriff, daß ein solches Gespräch ihr womöglich helfen könnte, einen Ausweg aus ihrer momentanen Betäubung, einen Weg zurück ins Leben zu finden. Und hier kam er, geduldig wie ein alter Hund, um Neues über das bleiche, schlanke Mädchen zu erfahren, das langsam, aber unaufhaltsam die langen Hänge der Melancholie hinunterglitt, was nur im Wahnsinn enden konnte.

«An Ihrer Stelle würde ich sie im Moment nicht besuchen. Sie wird nur wieder zu weinen anfangen und die Hände ringen – und das den ganzen Tag lang.»

«Aber Sie wissen so gut wie ich, daß sie mir an allem die Schuld gibt. Es ist so ungerecht.»

Sie schüttelte den Kopf. «Nichts ist ungerecht, wenn es sich um Verrückte handelt.» Sutcliffe legte wie König Lear die Hand auf den Kopf und sagte: «Ich habe ihre Puppen zerstört. Wie konnte ich nur so idiotisch sein?» Aber die Probleme gingen tiefer, viel tiefer.

«Die Negerin kommt jeden Tag, das scheint sie etwas aufzuheitern. Sie spielen Mensch-ärger-dich-Nicht zusammen.»

«Sehr passend für unsere Zeit», sagte er bitter. «Ja, wenn man sich unsere heutige Welt ansieht, fragt man sich unwillkürlich, warum man sie in die Realität zurückrufen sollte – selbst wenn man es könnte.»

Bevor sie Toby in der Bar trafen, schlenderten sie eine Weile lang durch die Gärten am Seeufer, und sie erzählte ihm von Blanfords Verwundung, woraufhin er aus unerfindlichen Gründen zu kichern anfing.

«Ich muß mich wieder mit ihm in Verbindung setzen», sagte er, aber mehr nicht. Doch als sie Sams Tod erwähnte

– eine rein therapeutische Maßnahme, um sich selbst den Puls zu messen sozusagen –, blickte er sie voller Sympathie und mit einer Art rauher Zuneigung an. «Das ist nur der Anfang», sagte er. «Haben Sie gehört, was sie mit den Juden vorhaben?» Wer hatte es nicht gehört? «Zumindest ist Freud in Sicherheit», sagte sie, «seine Bücher sind allerdings verbrannt worden, aber wir haben, Gott sei Dank, genug Exemplare hier.» Er sah sie interessiert an. «Kennen Sie ihn persönlich?» fragte er. Sie nickte und lächelte, so wie man es bei angenehmen und beglückenden Erinnerungen tut. Die Begegnung hatte ihr ganzes Leben verändert, und sie war bereit, den alten Philosophen bis zum Letzten zu verteidigen. Sutcliffe, der dies spürte, konnte nicht umhin, sie ein wenig aufzuziehen, er sang leise nach der Melodie von «Alter Freund, alter Dick»:

> Alter Freud, alter Trick,
> durch dünn oder dick
> wir teilen das Geschick.

«Ach, hören Sie schon auf», sagte sie. «Sie glauben doch gar nicht an ihn.» Er grinste, weil er es tatsächlich nicht tat. «Ich habe mich öfters mit ihm unterhalten», sagte er. «Ein Scharlatan ist er nicht. Er hat mir in mehreren Gesprächen sein System sehr luzide und bescheiden erklärt und dessen Begrenztheit betont. Er hat mich ein halbes dutzendmal auf die Couch gelegt, um mir zu zeigen, wie die Sache funktioniert, was sehr anständig von ihm war. Das Bedauerliche ist nur, daß sie nicht funktioniert – zumindest nicht bei etwas Gravierendem wie zum Beispiel einer Psychose.»

«Er hat das auch nie behauptet.»

«Schwarz dagegen ja, und sein Herumlaborieren hat den Zustand meiner Frau verschlechtert, aber das hat mit Ihnen nichts zu tun, Sie sind schließlich nur seine Vertretung.»

«Nun, ich kann mich über seine Fälle nicht äußern»,

sagte sie mit kampflustigen Augen. «Aber ich bin froh, daß Sie Freud persönlich kennengelernt haben.»

«Er hatte etwas von einem jüdischen Geldverleiher, was eher amüsant war, ich habe ihn mit seiner Idee, Liebe sei eine Investierung – investierte Libido –, ein bißchen aufgezogen. Aber der nette Alte blieb ernst. Juden haben keine Distanz zu sich selbst. Sie sind baß erstaunt, wenn man ihnen sagt, sie seien dies oder jenes. Sie sind naiv, und so auch er – und wie! Die Art, wie seine Hand am Ende der Sitzung, wenn die Uhr schlug, vorschnellte, um sein Honorar in Empfang zu nehmen, war wirklich zum Schreien. Ich fragte ihn, ob er auch einen Scheck annähme. «Was?» rief er aus. «Um das Geld der Steuerbehörde anzugeben?» Er bestand auf Barzahlung, und wenn er die Münzen in die Tasche steckte, schob er sie so lange hin und her, bis sie klirrten, was ihn jedesmal in beste Laune versetzte. In solchen Momenten glich er aufs Haar Jules Verne, ja, diese beiden Phantasten hatten eine nicht unähnliche Erfindungsgabe. Jedenfalls erheiterte ihn diese Idee, denn er bewunderte Jules Verne. Aber als ich ihm sagte, daß sein System ganz schlicht ein gewinnträchtiges Gewerbe sei – ich meine, einfach fürs Zuhören bezahlt zu werden und das stundenweise –, kicherte er in sich hinein. «Menschen», sagte er, «wollen leiden, und dabei müssen wir ihnen helfen. Das verlangt schon der Anstand. Und, wissen Sie, nicht nur Juden lieben Geld, abgesehen davon, sind die Barzahlungen ein Teil der Behandlung. Die Patienten fühlen, daß Infantilität teuer ist und schmerzt.»

Constance hatte den Verdacht, daß seine Erkenntnisse nicht sehr tief gingen, vom klinischen Standpunkt aus gesehen. Gut, man konnte sich mit einer Heilmethode auf philosophischer Basis auseinandersetzen, aber es war etwas ganz anderes, sie therapeutisch anzuwenden. «Ich langweile Sie», sagte er, aber sie schüttelte den Kopf. «Nein, ich dachte an andere Dinge, an die Zeit, wo ich anfing, Medizin zu studieren. Erzählen Sie mir mehr von ihm.»

Sie gingen zurück in die Bar, und Sutcliffe bestellte ihnen etwas zu trinken. Er sagte: «Es gibt nicht viel mehr zu erzählen. Ich habe ihn nur so selten gesehen; andererseits lange genug, um großen Respekt vor ihm zu haben. Er ist der größte Pessimist seit Spinoza. Für die Bezahlung unserer letzten Sitzung brachte ich ihm die kleinstmöglichen Münzen. Ich hatte ein Ledersäckchen mit einer Schnur, das ich mit Hellern oder dem entsprechenden Äquivalent gefüllt hatte. Er war recht erstaunt, als ich es ihm überreichte, und sagte: dies sei sein Honorar. ‹Du lieber Gott›, sagte er lachend, ‹Sie haben Durchfall!›»

Toby zog an seiner Pfeife und hörte mit halbem Ohr zu, das Thema interessierte ihn nicht sehr, und er wußte wenig über die zur Diskussion stehenden Persönlichkeiten, Sutcliffe dagegen schien gut informiert zu sein. «Und dann verließen wir Wien, und Freud, der alte Trickser, zog wieder in seine Wohnung und in ein neues Konsultationszimmer ein. Er gab die düsteren Räume auf sowie das alte Sofa, wo sie alle Einzelheiten unseres Ehelebens ausgepackt hatte, wie man Zinnsoldaten für eine Schlacht oder Puppen für ein Picknick auspackt. Aber als ich mit dem alten Knaben über uns zu sprechen versuchte, schüttelte er nur den Kopf und sagte: ‹Die Geschichte des Narzißmus ist immer die gleiche Geschichte.› In mir wurde plötzlich der irre Wunsch wach, über mich selbst zu weinen, meine Hände zu ringen – aber was hätte es genützt? Er sagte mir, ich müsse meinen Kummer in einem Buch sublimieren, was ich, Gott helfe mir, von Anfang an versucht habe, sogar schon bevor ich unter dem Kummer so intensiv litt. Ich habe seit frühester Jugend unter Schmerz und Angst gelitten und, um das Maß vollzumachen, unter Hämorrhoiden. Mein erster Verleger gab mir ein Buch über ägyptische Kochkunst in Auftrag. Ich war außer mir vor Freude und bestieg postwendend ein Schiff nach Ägypten.

Aber schon bei meiner ersten Mahlzeit entdeckte ich ein Präservativ im Salat, und so ist es mir die ganze Zeit ergangen.» Sie fühlte, daß sich hinter diesem seichten Geplauder eine gewaltige Depression verbarg. Sein ungehobeltes, derbes Verhalten wirkte auf sie so rührend und hilflos wie das eines alten blinden, an einen Pfosten geketteten Bären. Doch auch sie, ihrerseits, mußte mit ihrem Kummer umgehen. Ihr wurde klar, daß sie keinesfalls in ihre kalte, sterile Wohnung mit den überquellenden Bücherborden und dem unabgewaschenen Geschirr zurückkehren wollte. Als Sams Brief angekommen war, hatte sie sich spontan entschlossen, auf die andere Seite des Sees zu fliehen – in der Klinik hatte sie zumindest die Gesellschaft der anderen Ärzte und der Schwestern, ja sogar die Gegenwart der Irren schien sie paradoxerweise zu trösten. Doch nun schritt der Abend vor, und Toby hatte eine Verabredung zum Abendessen. Er verbeugte sich förmlich und sprach die Hoffnung aus, sie bald wiederzusehen. Die Siebzehnten-Jahrhundert-Manieren standen durchaus im Einklang mit seinen ausladenden Körperformen, er schien für linkische Verbeugungen und tölpelhafte Kratzfüße wie geschaffen. Übrig blieb Sutcliffe. Sie dachte: Es muß unheimlich sein, nur in den Tagebüchern eines anderen zu existieren – so wie Sokrates, von dem wir nur Platos Versicherung haben, daß er gelebt hat.

Er dachte: Und dieses Buch, mit dem ich ständig umgehe, wann werde ich es beenden? Wenn ich aufhöre zu atmen? Aber die Idee hinter seinen heimlichen Betätigungen war immer das ideale Buch gewesen, die gigantische Do-it-yourself-Methode, *le roman appareil.* Schließlich, warum sollte ein Buch nicht aus den Ersatzteilen anderer Bücher bestehen, aus Charakteren, die von anderen Existenzen übriggeblieben waren, die jeder im Blutstrom des anderen zirkulierten? Und dennoch mußte alles neu sein – nichts aus zweiter Hand, nichts Wiedergekäutes, zweifach Geatmetes. Solch ein Buch könnte einen fragen, ob es sich lohne zu atmen, um zu leben, ob es sich lohne, den Tod zu fürchten – seid nett zueinander. Ich höre eine Stimme sagen: «Was für eine Krankheit hat der arme Kerl gehabt?» – «Den Tod!» – «Den Tod? Warum hat er das nicht gesagt? Der Tod bedeutet nichts, wenn man ihn rechtzeitig zu sich nimmt.»

Sie dachte: Lehrreich, verwundet zu werden – mehr kann man von der Liebe nicht erwarten. Wie naiv wir waren! Ich sehe das jetzt nur zu deutlich. Einige Ehen schwelen vor sich hin, andere stimmen harmonisch überein, aber wir in unserer Ehe, wir waren blind vor Wonne. Was für ein Glück! Aber es ist schwierig, nach einem so vernichtenden Schlag wieder auf die Beine zu kommen. Was nun? Ich werde allein leben wie Aubrey, allein schlafen auf meiner rechten Seite, nord-südlich ausgerichtet, ja, ganz allein.

Er dachte: Unwesentliche Wirklichkeiten zu vermengen und zu vermischen – das ist der Witz! Uns stehen nur so wenige Möglichkeiten offen: einige Varianten des menschlichen Körpers, einige Gemüts- oder Charakteranlagen, einige begrenzte Verhaltensskalen, so beschränkt wie christliche Vornamen. Wie viele Schichten von Wirklichkeit braucht man, um die Befürchtungen mit einer netten, sauberen Oberfläche zu bedecken? Jeder von uns ist ein Fragment des anderen, jeder hat ein bißchen von allem in seiner Natur. Von dem absoluten Standpunkt aus gesehen – sagen wir Aristoteles Fünfter Substanz – sind alle Personen dieselbe Person, und alle Situationen sind identisch oder weitgehend gleichartig. Das Universum muß sich zu Tode langweilen. Und dennoch träume ich immer wieder von einem Buch, das prall gefüllt ist mit ganz verschiedenen Charakteren, mit Ahnen und Nachkommen, alle durcheinandergemischt – könnten solche Leute aus ihren gegenseitigen Leben heraus- und wieder hineinmarschieren, ohne ihre Wesenheit zu verletzen? Hm. Und das ganze Buch mit Hinblick auf die Instrumentation in einem verminderten Quintakkord arrangiert. Ein großes Rangier-Buch mit einer Menge Nebengleisen und Weichen. Ein Golgatha von einem Buch. Ich muß mit Aubrey darüber sprechen. Er neigte den Kopf, während ein imaginäres Publikum anhaltend applaudierte.

Sie dachte: Aufzuwachen eines Morgens mit der Vision des absolut Guten! Wie würde man sich fühlen?

Sutcliffe, der an einer Pfeife nuckelte als Ersatz fürs Zigarettenrauchen, warf sie auf den Tisch und zündete sich eine Celtique an, wobei er trotzig vor seinem Ebenbild im halbblinden Spiegel des Cafés die Finger schnappte.

Die Getränke machten sich allmählich bei beiden bemerkbar; sie war leicht benebelt und fühlte, wie ihre Knie weich wurden. «Wir müssen etwas essen», sagte er und winkte den wortkargen Kellner heran, der ihnen ein trostloses Menu vorlegte. Er las es ihr stöhnend vor: «*Plat du jour*: Braune Bohnen in Tomatensoße auf Toast. Das bestellen wir!»

Sie war zu schwach, um zu widersprechen, abgesehen davon, mußten sie beide etwas essen, sonst würde der Alkohol sie unterkriegen. Überdies würde es den Abend verlängern, was sie gern wollte, denn sie hatte noch nicht entschieden, ob sie den Mut aufbrachte, in ihre Wohnung zu gehen, die ganz in der Nähe lag, oder ob sie doch wieder in die Klinik auf der gegenüberliegenden Uferseite zurückkehren sollte. Täte sie letzteres, müßte sie sich bald entscheiden, denn die letzte Fähre ging um elf Uhr. Ihr Herz schlug schneller, und von Zeit zu Zeit fühlte sie, wie sie errötete und ein wenig unzusammenhängend sprach. Das Essen wurde serviert, und sie stürzten sich darauf. «Das Leben ist ein kolossaler Schwindel», sagte der dicke Mann zwischen zwei Bissen. «Ich sah eine Anzeige von einer hübschen Sekretärin, und ich antwortete, weil ich sie für mein Büro haben wollte, aber als sie dann ankam ... Ach du liebe Güte! Eine Masse von schmutzigen Haaren und darunter ein Besenstiel. Ich habe sie in Tobys

Büro geschickt, denn dort sind sie alle farbenblind.» Sie hörte nicht zu, denn sie dachte: Wie intensiv man doch von der Vergangenheit träumt. Laut sagte sie: «Ich träume so oft von unserem letzten Friedenssommer in der Provence – alles steht mir noch lebhaft vor Augen. Kleine Dinge kommen mir wieder ins Gedächtnis, gelegentlich ganz triviale Dinge von Hilary, meinem Bruder, und von Aubrey. Wußten Sie eigentlich, daß wir Aubrey, als er uns mit seinem Gerede über die Franzosen und wie überlegen sie uns seien, den letzten Nerv raubte, eine Falle gestellt haben? Es gab ein Thema, das er nach dem üblichen Geplauder über Sex und Kunst unweigerlich aufs Tapet brachte, und das war der Reichtum der französischen Sprache, sie hätte, behauptete er unverfroren, mehr herabsetzende Worte als das Englische. Er hat uns damit so irritiert, daß wir eine kleine Nummer einstudiert haben und wann immer er darauf zu sprechen kam, verzogen wir die Gesichter zu wilden Grimassen und sangen gemeinsam die Worte, die er uns stets als Beispiele zitiert hat. Es klingt beim Wiedererzählen nicht so komisch, aber wenn Sie unsere Grimassen und sein geniertes Erröten gesehen hätten ...»

«Was waren die Worte?»

«Cuistre! Mufle! Goinfre! Rustre! Jobard! Goujat! Fourbe! Gniaf!»

«Ich halte nicht viel von seinem Französisch.»

«Wie dem auch sei, in diesem Sommer haben wir ihm diesen Tick jedenfalls ausgetrieben.»

«Gut.»

Sie seufzte und sagte: «Ich frage mich, was er jetzt macht so ganz allein in diesem Palast, wo der Nil sich an der Zimmerdecke widerspiegelt.»

«Das kann ich Ihnen sagen», erwiderte Sutcliffe, «obwohl es nur die Mutmaßungen eines Schriftstellers sind. Er hört mit wachsendem Ärger dem nasalen Gejammer von Cade, seinem Diener zu, der ihn vorwurfsvoll massiert. Cade hat herausgefunden, daß er ein Techtelmechtel mit der griechischen Krankenschwester hat, und hat mit seiner klagenden Cockney-Stimme gesagt: ‹Was mich betrifft, Sir, so gehe ich nie zu einem Mädchen ohne ein Präservativ.›»

«Ich muß nach Hause», sagte sie, «aber nach all den Drinks brauche ich Hilfe.» Sie tappten durch den düsteren Raum mit seinen staubigen, sperrigen Möbeln und erreichten die Straße, wo sie feststellten, daß es regnete – ein herbstlicher Nieselregen, auf den beide nicht vorbereitet waren. «Meine Wohnung ist ganz in der Nähe», sagte sie, froh darüber, daß ein äußerer Anlaß ihr die Entscheidung abgenommen hatte. «Sie liegt gleich hier um die Ecke.» Sie liefen, so schnell ihr Zustand es erlaubte, und erreichten leicht schwankend das Haus. Sie suchte fiebrig nach ihrem Schlüssel, fand ihn auch endlich und ging voran zum Fahrstuhl, der sie in den zweiten Stock brachte. Die Wohnung war staubig, sie war offensichtlich längere Zeit nicht benutzt worden, schmutziges Geschirr stand in der Spüle, und durch die offene Tür blickte er auf ein ungemachtes Bett. Aber der kleine Atelierraum, der auf den See blickte, war hübsch, und die Sofas hatten etwas Einladendes. Sutcliffe machte es sich bequem, während sie nach Getränken suchte. Sie fand nur eine Flasche mit Wodka, und ihr war klar, daß dieser ihm den Rest geben würde, andererseits war es augenfällig, daß er bereits beschlossen hatte zu bleiben, wo er war. Er hatte sich seine plumpen Schuhe ausgezogen und musterte seinen großen, linken Zeh, der aus einer zerrissenen Socke herausragte. «Ich mag diese schweizerischen Vorstadtwohnungen», sagte er. «Sie sind gemütlich. Auf dem Garderobenständer gibt es immer einen *membre fantôme* und im Klo liegt ein aufgeschlagener Valéry. Sie werden von Psychoanalytikern und Abtreibern bewohnt.»

«Vielen Dank.»

«Oh, gern geschehen.»

«Ich sehe, Sie glauben nicht an die Wissenschaft.»

«Oh, doch, nur glaube ich an die Poesie der Wissenschaft.»

«Und an Glück?»

«Das hat mit der Sache nichts zu tun. Sie können nicht diese unbekannte und wunderbare Energie – *le bonheur* – durch Zureden oder mit der Peitsche oder mit Gewalt oder mit List herbeizaubern, sondern nur mit inständigem Bitten. Und hier beginnt die Poesie und auch das Gebet, und beides bringt einen Gedanken hervor und diesem Gedanken entspringt die Wissenschaft. Aber der Ursprung liegt weit zurück.» Er hielt inne und bekam einen Schluckauf, was ihn etwas zu beunruhigen schien. Dann fuhr er fort: «Man muß blind darauf vertrauen, daß der Sixpence im Plumpudding ist. Man muß daran glauben. Er ist tatsächlich dort. Es ist die heilige Ahnung.»

«Sie reden Unsinn», sagte sie vorwurfsvoll, und er schüttelte traurig den Kopf und sagte: «Der Tod Sams hat Ihnen einen schweren Schock versetzt.» Woraufhin beide gegen ihren Willen gleichzeitig in Tränen ausbrachen und sich bei der Hand hielten. Sie war ehrlich erleichtert, daß sie endlich eine so menschliche Reaktion zeigen konnte; er weinte wie ein alter Gaul, sie wie ein schüchterner Backfisch, beschämt und laut. Und während sie weinte, dachte sie: Das Erscheinen des Todes auf der Bühne bringt einem die Süße der Dinge erst voll zum Bewußtsein – die Ergiebigkeit der Unbeständigkeit, die man immer vermieden und gefürchtet hat. ‹Sie starb so hin …› das gilt für uns alle, für Clowns und Helden, für Liebende und Feiglinge, für Narren und Krüppel, für Könige und Bürger, für die Gesunden und die Verrückten oder auch für die Schweiger.

Sie legte ihren verwirrten, trunkenen Kopf auf seine Schulter, während er sie von Gefühlen entmannt und vom Alkohol erschöpft mit rauher Hand streichelte und hilflos wiederholte: «Beruhigen Sie sich, meine Liebe, beruhigen

Sie sich.» Und die ganze Zeit über dachte sie: Die lang studierte Eiterbildung der konfessionellen Analyse! Die Müdigkeit, die Kompliziertheit! Die Klagemauer des jüdischen Spionengehirns, das Investierungsprojekte umkreist, den Schorf von den Wunden abkratzt und sich dann wundert, wenn sie bluten. Narbengewebe unerfüllter Wünsche! Dann rief sie spontan aus: «Er hat mir so einen blöden Brief geschrieben mit nichts als Schulbubenwitzen und nur einem guten, aufrichtigen Satz. Warten Sie, ich hole ihn, ich habe ihn auf dem Klo gelassen.»

Sie hätte ihn zerreißen und hinunterspülen wollen, aber statt dessen hatte sie ihn neben die Badewanne gelegt, wo die meisten Seiten durch den Dampf zusammengeklebt waren. Jetzt nahm sie das lose Bündel auf und zog die Blätter ab, so wie man eine Zwiebel schält. Sie las laut vor: «Connie, der Tod ist nichts, und das ist die schiere Wahrheit. Vor Schmerzen natürlich fürchtet man sich ein wenig, obwohl sie eine gewisse Amnesie auslösen. Unsere große Schwäche, wo wir alle versagen und es nicht ertragen, ist die Liebe.»

«Aber der Brief», sagte Sutcliffe, «ist völlig zusammengepappt.» Sie antwortete: «Ich kenne ihn auswendig. Aber er kam zu spät. Deshalb bin ich so außer mir. Er schrieb, daß, was immer passiert, ich das Kind austragen muß, denn wir beide waren fast hundertprozentig sicher, daß ich schwanger war. Damals habe ich ihm gesagt, daß ich ihn nicht durch ein Kind an mich binden wollte, denn es hätte ja sein können, daß er bei seiner Rückkehr nicht mehr so scharf auf mich gewesen wäre.»

Sie schlug mit den Fingerknöcheln gegen ihre Stirn. «Ich wollte edel sein. Ich wollte nicht riskieren, daß er gegen seinen Willen bei mir bleibt, nur weil wir hastig und unüberlegt während des Krieges ein Kind gezeugt hatten. Ich habe mir gedacht, daß wir immer noch genug Zeit hätten, ein anderes zu produzieren, wenn unsere Liebe sich als dauerhaft erweist. Und so bin ich es losgeworden. Ich habe es abgetrieben. Aber kaum hatte ich es getan, erreichte mich die Todesnachricht, und dadurch natürlich wurde das Kind unendlich wichtig – wenn ich es doch nur behalten hätte.»

Er verstand jetzt das ganze Ausmaß ihrer Verzweiflung und ihres Schuldbewußtseins. Sie stand mit hängendem Kopf in der Mitte des Zimmers und durchlebte noch einmal diesen kalten Nachmittag in der kleinen Wohnung des alten Arztes – sie lag mit gespreizten Beinen auf einem Zahnarztstuhl, der vor einer Milchglasscheibe stand, in der die Wolken sich von der Seeoberfläche spiegelten. Und während sie so dalag, redete der alte Mann schnell und vertraulich auf sie ein. Schmerz und Betäubungsmittel verschmolzen und zerflossen ineinander. Und dann die Berge von Verbandwatte, um das Blut aufzusaugen. Der alte Mann kam mit einem Eimer, in dem der Fötus lag, die Frucht ihrer Liebe, wie ein grüner Laubfrosch mit ausgeformten Finger- und Zehennägeln. Der Fötus lebte noch, war aber total erschöpft. Er glich einem halbtoten Schwimmer, angespült an einen verlassenen Strand.

Sutcliffe begriff, daß er die Rolle eines Vertrauten zu spielen hatte, und bombardierte sie aus therapeutischen Gründen mit Fragen und brachte sie dazu, das ganze in ihr giftig gärende Zeug auszuspucken. Sie sprachen ohne Ende in der Dunkelheit, und in den Pausen zwischen den Lauten ihrer Stimmen hörten sie das Kreischen der Möwen oder das Blöken der Fährensirene, vermischt mit dem Plattern des Regens gegen die Fensterscheiben. Ihr Gesprächsthema – die Trauer, die sie teilten – vereinigte sie harmonisch unter einem Netzwerk von gleichen Empfindungen. Aber der Alkohol drang langsam in ihr Blut, und sie sprachen immer unzusammenhängender und fielen schließlich in tiefen Schlaf. Sein Schnarchen übertönte ihr Schluchzen, gewann an Autorität, während er auf ihrer Schulter friedlich schlummerte. Der Morgen dämmerte schon, als sie aus tiefem Schlaf hochfuhr – die Nacht hatte sich wie ein Rollo zusammengerollt. Auf Zehenspitzen, um ihren Mitwisser nicht zu wecken, schlich sie in die Küche, um ein kräftiges Frühstück vorzubereiten, von dem sie wußte, daß er es so nötig hatte wie sie. Trotz der frühen Stunde beeilte sie sich, denn sie mußte auf der anderen Seeseite ihre Arbeit antreten. Sutcliffe schlief weiter, zuweilen stieß er einen tiefen Schnarcher aus, und dann bebte und zitterte sein ganzer Körper wie Aspik, fand jedoch bald seine feste Form wieder. Aber er mußte an diesem Morgen arbeiten und würde nur zu dankbar sein für eine warme Dusche und Eier auf Speck, wenn er erwachte. Auch waren die Anforderungen des Alltags durchaus hilfreich, denn das Telefon klingelte und schnitt seinen Schlaf ab wie eine Schere. Constance sprach nur kurz und wandte sich dann erleichtert ihrem Gast zu, der sich ins Leben zurückrekelte und gähnte. «Es war Schwarz», sagte sie erleichtert, «er ist wieder im Dienst, was bedeutet, daß ich mich endlich meinen eigenen Fällen widmen kann. Möchten Sie, daß ich ihm heute morgen bei unserer Aussprache irgend etwas sage? Oder ihr? Wo wir schon dabei sind?»

Sutcliffe dachte angestrengt nach. «Mir ist vor einiger Zeit versprochen worden, daß sie nachmittags am See spazierengehen dürfe, was ist aus dieser Idee geworden?» Constance schüttelte den Kopf. «Ich habe davon nichts gehört. Vielleicht hat sie abgelehnt, mit Ihnen zusammenzutreffen. Ich werde mich erkundigen.» Er schlurfte zur Toilette, nachdem er eine alte Nummer der *Times* ausgesucht hatte, um sie dort zu lesen und ihr Zeit zu geben, ein wenig Ordnung zu machen und den Frühstückstisch zu decken, was sie prompt und sorgfältig tat, denn der erhebliche Alkoholkonsum hatte sie, rein medizinisch gesehen, äußerst beunruhigt. Die gemordete Wodkaflasche lag auf dem Boden und fletschte sozusagen die Zähne. Hatten sie wirklich so viel in sich hineingekippt? Ein Geräusch aus der Toilette beantwortete ihre Frage. Sie klopfte an die Tür und fragte, ob er in Ordnung sei. «Ja, danke», antwortete er, «ich habe mich nur in der Liane meiner literarischen Studien verloren, als ich den Leitartikel der *Times* entzifferte. Eine kräftige, reinigende Prosa. Nach dieser Lektüre werde ich in mein Büro zotteln, hübsch wie eine Jungfrau mit Hörnern. Au, mein Kopf!»

Aber das Wetter hatte sich gebessert, ein schwaches Sonnenlicht verlieh dem Nebel über dem See einen warmen Glanz. Sie umarmten sich beim Abschied herzlich. «Oh, ich danke Ihnen, mein Lieber», rief sie impulsiv aus, und er öffnete breit die Arme mit einer resignierten Geste. «Halbe, halbe», erwiderte er.

Es entsprach genau der Wahrheit. «Und vergessen Sie nicht, falls Sie Aubrey eine Nachricht schicken wollen, kann ich sie durch den Rot-Kreuz-Fernschreiber übermitteln.» Sutcliffe nickte energisch mit dem Kopf. «Das werde ich gewiß tun», sagte er lächelnd. «Aber vor allem, Connie, bleiben Sie mit mir in Verbindung, und helfen Sie mir, wenn Sie irgendeine Möglichkeit sehen.»

«Natürlich.»

Das kleine Büro roch mehr nach türkischen als französischen Zigaretten, und er wußte sogleich, daß sein Partner Ryder in der Früh dagewesen war, aber dies war auch aus den herumliegenden Presseausschnitten und den halbvoll getippten Seiten zu ersehen, die auf dem Schreibtisch neben seinen eigenen Papieren lagen. In dieser Woche war eine Unmenge von technischen Artikeln in den Schweizer und deutschen Zeitschriften erschienen, die übersetzt werden mußten. Stur und fast wahnsinnig vor Langeweile kämpften sie sich durch den Wust auf der Suche nach dem Chiffrierverfahren, ohne das der Code der deutschen ‹Enigma›-Maschine für den eigenen Nachrichtendienst nicht zu entschlüsseln war. Tausende und aber Tausende Artikel waren bereits durchgekämmt worden, und Tausende warteten noch auf sie. Ryder und er hatten eine ‹Entschlüsselungs-Akte› angelegt, die mit der Zeit alles enthielt, was über dieses abstruse Gebiet bekannt war. Ryder – erstaunlich für einen Berufsoffizier – war ein ausgezeichneter Kenner der deutschen Sprache, und so war ihm diese uninteressante Arbeit übertragen worden, der er diszipliniert und mit Humor nachging. Er war ein kleiner, lebhafter junger Mann mit einem Zahnbürsten-Schnurrbärtchen, der immer pünktlich war, mäßig trank und rauchte und nur selten die Geduld verlor. Sutcliffe haßte ihn, weil er das Gefühl hatte, daß Ryders Tüchtigkeit seine eigene Unzulänglichkeit entlarvte. Gelegentlich, wenn Ryder eine Stelle in einer Übersetzung kritisierte, fühlte er, daß er blau vor Wut wurde, daß die Muskeln an seiner Schläfe vibrierten und seine Zähne knirschten.

Aber er mußte diese kritischen Bemerkungen hinnehmen, es waren schließlich nur Berichtigungen eines ihm intellektuell überlegenen Mannes, und er mußte sich auch den Gegebenheiten beugen, denn Ryder war sein Abteilungschef, und ihre Übersetzungen gingen unter seinem Namen. Sutcliffe war nur ein bescheidener Angestellter. Wie gräßlich es doch war, ein Untergebener zu sein.

Er ließ sich schwer an seinem Schreibtisch nieder und fühlte, wie ihm die Galle hochkam, als er mit einem Finger einen Haufen von deutschen Presseausschnitten durchblätterte. Er war im Begriff, sich seinen Akten zuzuwenden, als Ryder freudestrahlend das Büro betrat, in der rechten Hand hielt er zwei Champagnergläser, in der linken eine Champagnerflasche, die in ein feuchtes Tuch eingewickelt war. Sein Gang war durch seine gute Laune noch federnder und forscher als sonst. «Heute», sagte er, «ist ein Tag zum Feiern. Ich habe das Notwendige mitgebracht. Ein Glas Schampus ist fällig. Seine Exzellenz hat uns ein Anerkennungsschreiben geschickt und mich für einen Orden vorgeschlagen.» Sutcliffe stöhnte vor Abscheu, und wollte gerade sagen: Ist das alles?, als sein Vorgesetzter fortfuhr: «Aber das ist nicht der Hauptgrund. Gestern abend habe ich London erreicht, und mir scheint, sie sind dabei, hinter dieses verdammte Chiffrierverfahren zu kommen. Leider haben sie nur dieses eine Exemplar, das einzige, was wir den Deutschen bislang abluchsen konnten.» Das war allerdings eine Neuigkeit, die gefeiert werden mußte, denn sie konnte bedeuten, daß sie bald von der Lektüre weiterer wissenschaftlicher Artikel erlöst sein würden, ein Gedanke, der Sutcliffe beglückte. Er hätte daher gern mit Ryder auf seinen Orden angestoßen, was dagegen sprach, war sein überdimensionaler Kater mit Anfällen von Übelkeit, andererseits wollte er auch nicht unhöflich sein, daher sagte er: «Nur einen kleinen Schluck, bitte.» Aber sein Kollege, voll des guten Willens, füllte das Glas bis zum Rand und hielt es ihm hin. «Hier, mein Junge, auf unser Wohl!» Und um die Ironie vollzumachen, war es auch noch ein Champagner von Bollinger, und ein sehr guter Jahrgang von einer fast sinnlichen Subtilität, so daß Sutcliffes Gaumen nach dieser Köstlichkeit lechzte, während sein Magen protestierte. Er schloß die Augen, und mit einer Art lustvoller Verzweiflung gleich einem Mann, der von einer Klippe springt, steckte er die Nase ins Glas und nahm einen kräftigen Schluck von dem wunderbaren Gesöff. Es schmeckte großartig, aber als es quirlig seinen Magen erreichte, löste es alle vorausgesehenen Reaktionen aus: zuerst wurde er langsam, dann immer stärker von Krämpfen geschüttelt. Er mußte auf die Toilette, und zwar schnell, aber zu seiner grenzenlosen Wut übergab er sich auf der Stelle. Es schien irgendwie symbolisch für den ganzen Schlamassel, in dem die Welt steckte, für den Schlamassel mitten im Herzen der Wirklichkeit. «Dies ist der erste freie Drink, den ich Hitler verdanke, und sehen Sie, was mir passiert!» Und mit den schlechten Nachrichten und den finsteren Zukunftsaussichten würde es wohl auch der letzte bleiben. Ryder sagte nicht ohne eine gewisse Bewunderung: «Donnerwetter, Sie haben aber einen mächtigen Kater!»

Sutcliffe stöhnte und nahm wieder an seinem Schreibtisch Platz, bleich wie Reis. «Es ist der klimakterische Höhepunkt», sagte er. «Ich wußte, ich würde ihn mal erreichen.» Und als Antwort auf Ryders Frage, was er damit meinte, erwiderte er würdevoll. «Der klimakterische Höhepunkt ist der Moment, wo das Problem, wann man stirbt, den Vorrang hat vor dem Problem, wie man lebt.» Der Spiegel im Klo war sehr vorwurfsvoll gewesen und hatte ihn deprimiert – seine Augen sahen aus, als seien sie in einem Leberextrakt pochiert worden. Und dann kam der Anruf von Dr. Schwarz, der ihn alles andere als aufheiterte. Der Arzt sagte ihm salbungsvoll, daß er die nachmittäglichen Spaziergänge seiner Frau guthieße unter der Bedingung, daß sie stattfänden, wenn er nicht in der Nähe sei, er dürfe sie nicht sehen, denn anderenfalls hätte sie das Gefühl, verfolgt und bedroht zu werden. «Bedroht!» Er warf dem wohlmeinenden Arzt das Wort verächtlich ins Gesicht, der seinerseits ruhig hinzufügte: «Sie wird von ihrer Freundin begleitet, der Negerin. Sie versprach, zwischen drei und vier Uhr nachmittags in die Klinik zu kommen, um sie abzuholen.» Er hoffe, daß dieses Übereinkommen Sutcliffes Zustimmung fände.

Und so begann die nachmittägliche Routine, die von jetzt an sein Leben an jedem Nachmittag bestimmen sollte: das bleiche, blonde Mädchen und die schlanke lebhafte Negerin (zumeist in Lila, Magentarot oder Orange gekleidet) schlenderten langsam Arm in Arm an den Ufern des grauen Sees entlang, hinter ihnen in großer Entfernung folgte Sutcliffe mit dunkler Sonnenbrille, einem Hut und verstohlen hochgeschlagenem Mantelkragen. Er tat dies, weil er sie sehen wollte, er folgte einem unwiderstehlichen inneren Drang, denn sie tat ihm immer noch leid und beherrschte seine unruhigen Phantasien. Die Krankheit, die sich so langsam wie eine Pythonschlange entrollt hatte, vergiftete sein Selbstbewußtsein durch das vorübergehende Nachlassen der Symptome und die labyrinthischen Metamorphosen. Er folgte diesen beiden wie man einem

Trauerzug folgt: Er murmelte vor sich hin, zuweilen schlug er mit seinem Stock mal nach rechts, mal nach links, so als wolle er die Blüten nicht existierender Blumen köpfen – auf den grauen, öden Asphaltstraßen der Grande Corniche gedeihen keine Blumen.

Von Zeit zu Zeit blieb das dunkelhäutige Mädchen stehen, zeigte auf irgend etwas und machte eine Bemerkung, oft lachend mit ausladenden Gesten. Ihr Lachen klang laut und gesund, und ihr großer Mund war wie ein geöffneter Schirm. Ihre bleiche Begleiterin jedoch lächelte nie, ein Schock hatte ihr die Sprache genommen. Nicht ganz! Denn gelegentlich wiederholte sie ein Wort mit leiser, präziser Stimme und war dann verwirrt, weil es ihr so unvertraut klang. Ihr ganzes Benehmen ließ darauf schließen, daß sie sich aus panischer Angst in das Alter einer Zehnjährigen geflüchtet hatte.

Weit, weit hinter ihnen ging der einsame Sklave dieser unheiligen Dreieinigkeit, und nährte in seinem Herzen mörderische Gedanken über die Zukunft und Dr. Schwarz' Behandlungsmethoden. «Sie wissen verdammt gut», sagte er im Geist zu dem abwesenden Doktor, «Sie wissen verdammt gut, Schwarz, daß das Unterbewußtsein leergefischt ist – kaum daß noch eine Sprotte übrigbleibt, und so müssen Sie wieder zum Ausgangspunkt zurückkehren, mein Junge, zur altmodischen Geistes-Verwirrmaschine, zu der langen Elektroschocktherapie. Jeder Dichter wird Ihnen sagen, daß der Ursprung der Krankheit das Ich ist, das, wenn es anschwillt, Stress erzeugt und die Wirklichkeit disloziert. Und dann schaltet sich das Unbekannte ein mit seinen Gnomen und Doppelgängern, aber wenn sie erst mal diese einfache Tatsache begreifen, wird ihr Positivismus von Ihnen abfallen wie ein Umhang. Der Groschen fällt, der Jeton ist eingeworfen, und Sie haben den Dalai Lama persönlich an der Strippe, und was jetzt herauskommt, ist Poesie – diese gewaltige Abirrung der Natur! Sie liegt auf der anderen Seite der Identitätskrise, des Stresspunkts, Entzündungspunkts, Drehkreuzes. Ist man erst einmal in diesen ruhigen Gewässern, liest man neue Bedeutungen in die Dinge hinein.» Manchmal, wenn er in seiner operettenhaften Verkleidung hinter den beiden hertrottete, blieb er stehen und starrte auf den Rücken seiner Frau und nahm seinen Monolog wieder auf. «So und nur so wird man ein großer Liebender, nur so streift man das Narbengewebe alter, vertrockneter Liebesgedichte ab, trotz meiner verquollenen Kettenraucher-Augen und meines Neunaugen-Grinsens bin ich endlich zu dem Einen geworden, der ich die ganze Zeit über gewesen bin. Ein Liebhaber, geschaffen für die Intensivstation irgendeines großen Irrenhauses am Ufer des Sees, wo Connie in ihrem weißen Kittel und mit ihrem Schlüsselbund ernsthaft zwischen den Spielzeugen auf- und abgeht, die sie den Verrückten gegeben hat in der vergeblichen Hoffnung, sich bei ihnen beliebt zu machen. Schwarz, wenn Sie aus dem Christentum aussteigen und durch Gitterstäbe auf es zurückblicken, gefriert Ihnen das Blut in den Adern!»

Die Mädchen vor ihm blieben vor einem Stand, der frische *beignets de pommes*, Apfelschnitten, feilbot, stehen und kauften sich je eine. Plötzlich bekam Sutcliffe von all dieser Gehirntätigkeit einen gewaltigen Hunger. Er konnte es kaum erwarten, daß sie ihren Spaziergang fortsetzten, so daß auch er sich heimlich an den Stand heranpirschen konnte. Er beobachtete heißhungrig, wie sie in die heißen Apfelschnitten bissen und zufrieden den Puderzucker von ihren Fingern und Lippen leckten. Diese simplen Gesten hatten die beiden in Schulmädchen zurückverwandelt, die einen freien Nachmittag genossen. Die Bleiche lächelte fast, als hätte die Süße des Zuckers vage und längst vergessene Erinnerungen in ihr wachgerufen. Dann setzten sie ihren gemächlichen Bummel fort, während Sutcliffes Magen sich vor Verlangen zusammenkrampfte und die Spucke ihm im Mund zusammenlief. Es war eine Qual zu warten, bis sie weit genug weg waren, so daß er unbesorgt zu dem Stand eilen und sich zwei von diesen Köstlichkeiten bestellen konnte. Er sah den beiden sich entfernenden Rücken nach, die sich gegen den grauen Himmel abhoben; er selbst stand unbeweglich da, in jeder Hand eine Apfelschnitte und in den Augen Tränen. Schuldgefühle überwältigten ihn. Er aß gierig, erstaunt über seine eigene fiebrige Eßlust. Vergessene Szenen kamen ihm wieder in den Sinn: Wie sie mit geschlossenen Augen in seinen Armen gelegen hatte, schlafend wie Ophelia zwischen den Lilien; sogar schon damals fing ihr Verstand an, sich aufzulösen, und er war der starrsinnigen Ansicht gewesen, daß ihre Gedanken sich wieder sammeln würden, wenn es ihm gelänge, sie zu schwängern. Doch sie verhielt sich so, als begriff sie nicht, was sich hinter seinem Wunsch verbarg. Sie gehorchte ihm wie ein Tier, aber ohne jegliche Emotion, sie erlaubte ihm alle erdenklichen sexuellen Freiheiten, aber sie selbst blieb völlig teilnahmslos. Ihrer beider Küsse verströmten in der Luft, aber kein Kind ging aus ihnen hervor. Er zog seinen Mantel enger um sich und nahm, dahinschlendernd, seinen Monolog mit dem abwesenden Schwarz wieder auf – mit dem berühmten schwarzen Mann, der für die Psyche der Christlichen den Tod symbolisiert. Der Tod, dieser alte Spezialist für Unglück, immer auf der Lauer, geduldig auf das Klingeln des Telefons wartend. Und währenddessen würgten die sanften, pornischen Glocken über das graue Genf ihre Klänge aus: des Nachts schmerzten die alten Zähne in der bröckligen Mundlandschaft des ausgezackten Seeufers. «Welche vorbeugenden Maßnahmen kann man zur Verhütung des Selbstmordes eines Patienten treffen?» hatte Schwarz bescheiden gefragt und die Hände gespreizt, um das ganze Ausmaß der vollkommenen Unmöglichkeit anzudeuten. «Keine.»

Das christliche Denken ist ein beschmutztes Wunderland, dachte der unglückliche Schriftsteller beim Dahintrotten. Warum war es so schwierig, sich eine Wirklichkeit ohne Qualitäten, ohne eine illusorische Seele vorzustellen? Das gesamte Europa starb an Blutvergiftung wegen dieses Unvermögens. Genauso wie es ihnen beiden widerfahren war, längst bevor sie sich abgewandt, auf das Sicherheitsnetz der Logik und Vernunft verzichtet hatte. Nichts gegen Klugheit – aber wie bitter hatte er all diese selbstherrlichen ironischen Vorschläge bereut, die er ihr gesprächsweise unterbreitet hatte in der törichten Annahme, daß diese sie dazu veranlassen würden, seinen brillanten Intellekt zu bewundern. Wie zum Beispiel seine Bemerkung, daß für ihn das Paradox der Liebe darin bestehe, daß man etwas Dauerndes wolle, was jedoch nicht zu lange dauern darf. Er hatte einen hohen Preis für seine mangelnde Aufrichtigkeit in der Liebe bezahlt! Die Weißkittel hatten sich traubenförmig an sie beide gehängt mit Stimmen leiser als Motten.

Das war der Anfang der Wiener Periode gewesen mit Freud und Jung – das süß-saure Schweinefleisch der Psychoanalyse sozusagen, die das grobe, alte, folkloregewebte Unterbewußtsein mit all seinen Schrecken und fehlgelenkten Heftigkeiten auseinandernahm. Er war dem System ziemlich schnell auf den Grund gekommen und völlig benommen gewesen von den Möglichkeiten, die es eröffnete – in dieser ersten begeisterten Phase wußte niemand, daß sich die großartigen Ausblicke als Sackgassen erweisen würden. Wenn in dem Folkloregewebe eine Masche fiel, dann gab es keine Lösung, außer natürlich die des Selbstmords, aber dann ribbelte das ganze Gewebe auf. Nichtsdestoweniger hatte der Aufenthalt ihn einiges gelehrt. Es war eine Prüfung gewesen, und zwar eine schwere. Alkohol und Kuchen hatten ihn fertiggemacht. Aber irgend jemand – vielleicht Freud selbst? – hatte ihm versichert, daß starke Charaktere fast immer im Kern eine Schwäche, einen Makel haben. «Wir versuchen ständig, diesen Makel überzukompensieren: Unsere Tränen des

Schmerzes verhärten sich zu Juwelen der Erkenntnis. Die Krankheit der Auster ist die Perle!» Aber nach einem oder zwei Drinks pflegte er besonnener zu werden, und dann sagte er sich: wenn das Glück ihm nicht begegnet war, dann wohl deshalb, weil er sich nicht genügend vorbereitet hatte, das Glück gebührend zu empfangen. Und jetzt – nach dieser Reihe von Mißgeschicken – hatte er erkannt, daß der abendländische Mann den falschen Dingen den Vorrang gegeben hatte, das Ziel seiner Wünsche lag nicht zwischen den Schenkeln, sondern zwischen den Augen – die pineale Drüse der weißen Vision.

Andere Erinnerungen stiegen in ihm auf, als er den beiden sich von ihm entfernenden Frauengestalten nachblickte. Bald hatten sie das Ende der Corniche erreicht, und das war für ihn das Signal, sich in eine Seitenstraße zu verdrücken, um nicht von ihnen erkannt zu werden. Trash, die Negerin, war heute besonders aufgekratzt, aber er war nicht nahe genug, um ihr robustes Lachen zu hören, zum Glück, denn es hätte ihn nur in Wut versetzt, weil es ihn an die Szene erinnert hätte, die sie ihm im *Sapphic Club* im Vergnügungsviertel Wiens gemacht hatte, und das nur, weil er ihnen gefolgt war, weil er sehnsüchtig gehofft hatte, ihr die Begleiterin abspenstig machen zu können, sie sozusagen zurückzufordern. In seinem Zorn hatte er die Faust geballt und Trash angedroht, sie zusammenzuschlagen. Sie hatte ihm einen Hieb hinters Ohr versetzt, daß ihm Hören und Sehen vergangen war. Die Tür war ihm vor der Nase zugeschlagen worden, und das Guckloch hatte sich klickend geschlossen. Und er war allein auf der zugigen Straße geblieben, die nach Nacht und Schnee gerochen hatte. Er war in ein Café gegangen und hatte so lange getrunken, bis sein Verstand nur noch ein Klumpen von Haß und Beschämung gewesen war. Trash war keine Frau. Sie funktionierte mit Batterien, sagte er sich. Am Garderobenständer am Caféeingang hatte er einen Spazierstock, der an einem Haken hing, bemerkt. Und das hatte ihn auf eine Idee gebracht. Er würde sie überrumpeln und die Negerin, die sich zwischen seine kranke Frau und ihn gedrängt hatte, gebührend bestrafen. Als er mit seiner gestohlenen Waffe zurückgegangen war, hatte er zu seinem Erstaunen die Tür offen vorgefunden. Er war etwas schwankend, aber mit kampflustig blitzenden Augen langsam den mit Damast behängten Korridor, der stickig nach Staub und Katzenpisse roch, entlanggeschlichen. Kaum hatte er den hohen Salon betreten, war das Licht mit einem Klick ausgegangen, und ihm war klargeworden, daß er in eine Falle gestolpert war, denn von allen Seiten waren nackte Gestalten durch die Damastvorhänge gesprungen und hatten auf ihn mit Regenschirmen und Stöcken eingeschlagen. Sein Hut war zerquetscht, seine Krawatte ihm mit einem Griff vom Hals gerissen worden, er hatte wild mit seinem Stock um sich geschlagen und einige kräftige Hiebe ausgeteilt, doch bald war er auf die Knie gegangen und von den unsichtbaren Mädchen übermannt und entwaffnet worden. (Er hatte gerochen, daß es Mädchen waren, denn sehen konnte er sie nicht.) Er hatte noch Glück, daß sie nur seine – allerdings teure – Brille und nichts anderes zerbrochen hatten. Er hatte vor diesem Hagel von Schlägen langsam und schändlich auf allen vieren durch den Korridor, der zur Haustür führte, den Rückzug angetreten; als er wieder auf der Straße war, hatten sie ihn in Frieden gelassen, aber er war grün- und blaugeschlagen und hatte vor Scham geschwitzt. Eine Weile lang hatte er laut geflucht, aber die sanft auf sein Gesicht fallenden Schneeflocken hatten ihn allmählich beruhigt …

Ah! Jetzt hatten die beiden Frauen ihren Rückweg angetreten, es war höchste Zeit, daß er sich rar machte, was er auch schleunigst tat, er lief über die Hauptstraße in eine schützende Nebenstraße und ging langsam ins Büro zurück, wo er vermutlich bis sechs Uhr blieb, danach würde er zu seinem professoralen Freund in die Wohnung gehen oder vielleicht auch direkt zu der gemütlichen alten, schlechtbeleuchteten Bar mit ihren schweren, düsteren Möbeln. Sie war ein sehr angemessener Zufluchtsort für zwei Junggesellen. Er bestellte sich einen Drink und setzte sich hin mit der *Genfer Zeitung*, die so ungeschickt angeordnet und geschrieben war, daß sie wie die Arbeit eines analphabetischen Trottels aus den nahen Bergen wirkte. Sogar die Kriegsnachrichten, die immerhin dazu angetan waren, jeden Bürger in helle Verzweiflung zu versetzen, verflachten in den verwaschenen Artikeln bis zur Bedeutungslosigkeit. Teilweise lag es daran, daß ein Schweizer auf französisch schrieb – mit dem gleichen Erfolg könnte man Haferschleim in eine Gitarre gießen.

Endlich erschien auch Toby, er betrat das Lokal ernst und würdevoll, er genoß es unbeschreiblich, ein Spion zu sein, obwohl er nur ein Schreibtischspion war. Er trug eine dunkle Brille und einen breitkrempigen Hut und blickte öfters verstohlen über die Schulter, um sich zu vergewissern, daß er nicht ‹beschattet› wurde. Er suchte unter den Tischen nach Terroristen und unter den Betten nach Entführern. Er war der typische beamtete Geheimdienstler. Sutcliffe war von diesem albernen Benehmen gelangweilt und trieb kleine Spielchen mit ihm, um ihm ehrliche Furcht einzujagen und ihm seine Geheimchef-Phantasien auszutreiben. Er erzählte ihm Lügen über verdächtige Telefonanrufe, sprach von einem geheimnisvollen schwarzen Auto, einem deutschen Horch mit schußsicheren Scheiben, das zuweilen nach Einbruch der Dunkelheit auf den Straßen patrouillierte. Es sei voll von bewaffneten Männern; er gab seinem Freund den wohlgemeinten Rat, bei seiner Dienststelle eine kugelsichere Weste anzufordern, falls er auf dem Weg von und zum Büro angegriffen würde. Hier jedoch erhob Toby Einwände: solche Westen, sagte er, seien schwer und führten zu Leistenbrüchen. Dennoch war er von diesen Warnungen tief beeindruckt und trug einen Ausdruck nervöser Vorsicht, wenn er auf der Straße ging.

Jetzt jedoch schien er bester Laune, er hängte seinen Mantel und Hut an den Garderobenständer und begrüßte seinen Kumpan mit lautstarker Dankbarkeit. «Mein lieber Freund, wie soll ich Ihnen danken? Diese Gummibänder ... ein fabelhafter Trick, würdig des besten Beamtenapparats der Welt ... sogar des Geheimdienstes – hat mir heute während der Mittagspause meine Ehre gerettet. Miss Farthingale konnte mit Galileo sagen: *eppur si muove* ... es befreite sie von der Notwendigkeit, Sporen zu tragen, Gott sei's gedankt, und sie konnte die gute Nachricht weiterverbreiten ...»

Er stellte seine Aktentasche an eine Stelle, wo er sie im Auge behalten konnte, dann forderte er Sutcliffe auf, mit ihm zum Billardtisch zu gehen. Er drehte das Licht an und überprüfte die Bälle, die in einem hölzernen Dreieck lagen, eine Anordnung, die die symbolischen Eigenschaften der Quadratwurzel aus fünf der großen Pyramide suggerierte, ein Symbol, das Blanford in weiter Ferne sogar schon zu dieser Zeit in einem Buch alter Stiche, die abstruse Dinge darstellten, nachdenklich studierte. Gelegentlich sprachen sie kurz über ihre Arbeit, aber zumeist widmeten sie sich dem faszinierenden Spiel, ohne zu reden, und genossen die langen Schweigepausen zwischen jedem Ballstoß, zwischen ihren Bemerkungen. Als sie sich genügend entspannt hatten, steckten sie die Billardstöcke wieder ins Regal und nahmen ihre Plätze an ihrem Stammtisch ein. Toby blickte auf seine Uhr und sagte, daß sie noch gerade Zeit für einen Abschiedstrunk hätten, bevor sie das schwierige Problem eines Abendessens, das keiner von ihnen zubereiten konnte, angehen müßten. «Ich höre, dein Ryder soll einen Orden bekommen», sagte Toby. «Das wird ihm nur Ärger einbringen, diese verdammten Militärs sehen es nicht gern, wenn zivile Orden von armen alten Botschaftern an ihre Leute verteilt werden.» Sutcliffe sagte: «Er konnte ihn schlecht ablehnen.» Toby schüttelte den Kopf und fügte hinzu: «Ich befürchte, der Mann hat im Saturn einen schlechten Aspekt.» Die Tür öffnete sich klimpernd, und Toby rief aus: «Da sind Sie ja! Ich habe mich schon gefragt, was mit Ihnen los ist.» Es war Constance! Sutcliffe sah seinen Freund vorwurfsvoll an, da dieser offensichtlich diesen Besuch erwartet hatte, sie hatte ihn zweifellos angerufen. «Du hättest mich warnen sollen», brummte er.

Toby sah ihn hochmütig an und sagte: «Es ist alles hochgeheim, hat sie mir gesagt, und ich habe ihr Vertrauen respektiert, nicht wahr, meine Liebe?»

Constance sah ausgeruhter und gepflegter aus als die letzten Male, oder vielleicht war sie durch die Freundschaft, die ihr alle entgegenbrachten, aufgeblüht. Oder die alkoholisierten Gespräche mit Sutcliffe, die ihr Gewissen erleichterten, hatten die Barriere ihrer Zurückhaltung durchbrochen. Was immer es gewesen sein mochte, die Wärme und Ungezwungenheit, mit der sie sich zu ihnen setzte, war ein Zeichen für ihre herzliche Verbundenheit. Dazu kam noch, daß sie ein interessantes, ja für sie alle brennend interessantes Thema diskutieren wollte. Sie sagte zu Toby: «Ich bin sicher, ich erzähle Ihnen nichts Neues, denn aus irgendeinem mir unverständlichen Grund scheint jeder den Verdacht zu hegen, daß der Prinz ein Doppelagent ist.» Toby nickte ernsthaft. «Es stimmt absolut nicht», sagte sie. «Er kritisiert uns zuweilen sehr scharf, aber er steht hundertprozentig auf der Seite der Alliierten. Aber wie dem auch sei, ich möchte mit euch über ihn sprechen, denn ich habe gerade ein langes Telex bekommen, das besagt, daß er für Genf die Landeerlaubnis beantragt hat, weil er hier Geschäftsgespräche führen will.» Toby wußte dies bereits, da seine Dienststelle bezüglich des alten Prinzen eine Anzahl geheimer Nachrichten mit Kairo ausgetauscht hatte, denen er entnommen hatte, daß die prinzlichen Reisepläne auf beiden Seiten Beunruhigung und Bestürzung hervorgerufen hatten. Der Prinz hatte nämlich angekündigt, daß er in den unbesetzten Teil Frankreichs zu fahren beabsichtige unter dem recht vagen Vorwand, daß er dort ‹Geschäftsbeziehungen anknüpfen wolle›. Toby selbst hatte keine ausgesprochene Meinung über die Sache, aber er war moralisch dazu verpflichtet, die Meinung seiner Dienststelle zu vertreten, die ihrerseits die sardonischen Verdächtigungen des Kairoer Büros weitergeleitet hatte, dessen brummiger Chef, Brigadegeneral Maskelyne, dem alten Prinzen nichts Positives abgewinnen konnte und nicht gewillt war, ihn durch ganz Europa kutschieren zu lassen, wo er – nach Meinung des Brigadegenerals – militärische Beobachtungen oder sogar chiffrierte Nachrichten an die Deutschen weitergeben würde. Maskelyne wollte unbedingt die Weiterreise des Prinzen verhindern und schlug daher vor, daß man ihn in Genf mit juristischen Winkelzügen und Visum-Schwierigkeiten hinhielt. Aber das war leichter gesagt als getan, denn der Botschafter in Ägypten war ganz auf der Seite des Prinzen und würde auf dessen Bitte hin ganz gewiß versuchen, ihm alle Wege zu ebnen, sogar gegen den Widerstand des militärischen Geheimdienstes. Das einzige, was man tun konnte, um Maskelynes Wunsch nachzukommen, war, so viele bürokratische Hindernisse wie nur möglich aufzubauen in der Hoffnung, daß der alte Prinz die ganze Sache überbekäme und entmutigt auf die Reise verzichtete. Dies setzte Toby Constance sorgfältig auseinander, wobei er ihre wachsende Ungeduld während seiner langen Erklärungen beobachtete. «Sie kennen den alten Herrn nicht», sagte sie, «er ist nicht nur ein ausgesprochener Schatz, sondern auch sehr halsstarrig, und er hat eine Menge Leute, die ihm zur Seite stehen würden gegen Ihren gräßlichen, kurzsichtigen Geheimdienst. Glauben Sie mir.»

Toby seufzte und bestellte noch etwas zu trinken, um, wie er zu sich selbst sagte, ihr Zeit zu lassen, sich zu beruhigen, aber sie ging fast umgehend wieder zum Angriff über: «Im übrigen sind die Würfel längst gefallen, denn die

Schweizer haben ihm das Visum bereits gegeben, und das Rote Kreuz hat dem Botschafter telegrafiert.» Toby nickte und seufzte. «Aber die Armee kontrolliert die Transportmittel und entscheidet, wer den Vorrang hat. Wenn sie vorgibt, daß für die nächsten zwei Monate kein Platz verfügbar ist ... und das hat Maskelyne ja wohl im Sinn ... ich frage mich, wie groß der Einfluß des Roten Kreuzes in Kairo ist?»

Sie lächelte: «Das werden Sie bald erfahren. Der alte Knabe wird morgen abfliegen und am Wochenende die Türkei durchquert haben. Er hat mich bereits gebeten, eine Konferenz zu arrangieren, und ich habe Felix Chatto gebeten, sie einzuberufen.»

«Ein weiterer Name, der mir bekannt vorkommt», sagte Sutcliffe, der sich nicht mehr recht auskannte. «Ist das nicht der Konsul? Hab ich recht?»

«Aber das wissen Sie doch ganz genau. Ich hege keinerlei Zweifel mehr über Ihre Identität. Sie waren mit Aubrey in Wien, als Livia, meine Schwester ... die, welche, bei Kriegsausbruch plötzlich verschwand.»

«Hat Aubrey sie wirklich geliebt?» Zu ihrem eigenen Erstaunen errötete sie, als sie hitzig antwortete: «Natürlich hat er sie geliebt. Wer sonst?»

«Und Felix auch?»

«Das können Sie ihn selbst fragen. Er ist hier am Konsulat, es ist jeden Morgen fürs Publikum geöffnet.»

«Und Livia?»

«Verschwunden. Ich habe sie in der Wochenschau bei einem großen Naziaufmarsch gesehen. Sie trug Uniform. Mehr weiß ich nicht. Ich wage nicht, mir irgend etwas vorzustellen, Robbie.» Er war über diese vertraute Anrede entzückt. «Ja, bitte nennen Sie mich Robbie, Aubrey nennt mich auch immer so, es bringt mich ihm näher. Schließlich stehen wir tief in Ihrer Schuld, Ihr Freund hat uns nach Wien geschickt. Arme kranke Pia! Nicht daß es ihr etwas geholfen hätte. Leider!» Sie legte ihre Hand auf seinen Arm und drückte ihn. «Wie traurig», sagte sie. Aber nun rief Toby sie zur Ordnung: «Wir kommen von unserem Thema ab: Wird es dem alten Spitzbuben gelingen, hierherzukommen und alle möglichen Verschwörungen und dergleichen anzuzetteln? Ich habe niemanden, um ihn zu beschatten.» Sie lachte und antwortete zuversichtlich: «Das ist auch nicht notwendig, wenn Sie wollen, garantiere ich sein *bona fide*. Er wohnt im *Orion*, wo er eine ständige Suite hat, seitdem er vor Jahren Ägypten verließ.»

«Und er wird uns das Neueste von Aubrey berichten können», sagte Sutcliffe, aber hielt plötzlich verwirrt inne, denn die Bemerkung beschwor den Geist des toten Sam herauf. Das Mädchen nickte, es sah ein wenig blaß aus. Sie fügte hinzu, das Rote Kreuz sei der Meinung, daß alle Vorschläge, die der Prinz eventuell mache, die volle Aufmerksamkeit der Sicherheitsbehörden verdiene. «Ich habe daher Ihre Dienststelle gebeten, zur ersten Hauptversammlung, bei der er über unsere Arbeit in Ägypten berichten und, was ihn sonst noch beschäftigt, zur Sprache bringen wird, einen Vertreter zu schicken. Ich habe mit der Sache nur am Rande als medizinische Beraterin für die Schweizer Abteilung der Organisation zu tun. Außerhalb dieses Bereichs bin ich nicht zuständig. Aber man hat mich aufgefordert, diese Versammlung zu organisieren, um keine Zeit zu vergeuden.»

«Ich kann es dem Kairoer Büro nicht übelnehmen, daß es sich Gedanken über den alten Knaben macht», sagte Toby. «Wenn ich in meiner Kartei einen für die Deutschen Tag und Nacht arbeitenden Faruk hätte, würde ich mir auch Gedanken machen. Ja, natürlich werden wir jemanden hinschicken, vermutlich werde ich es selbst sein, da ich einiges über Ihren gemeinsam verbrachten Sommer vor Ausbruch des Krieges weiß. Auch haben wir große Schwierigkeiten, Agenten in das unbesetzte Frankreich einzuschleusen, bevor die Tür zufällt, was bald geschehen wird.»

«Warum das?» fragte Sutcliffe, und sein Freund antwortete: «Zuviel geht da vor sich, eines Tages werden sie die Nase voll haben und das ganze Land besetzen. Aber bis es soweit ist, werfen wir ihnen möglichst viele Knüppel zwischen die Beine, trotz der Franzosen, die uns die Hölle heißmachen, weil sie viel lieber mit den Boches kollaborieren.»

Sutcliffe war im stillen beleidigt, daß Toby ihm die Verabredung mit Constance verschwiegen hatte, und rächte sich jetzt, indem er sich alles bis ins kleinste erklären ließ – sollten sie nur büßen für ihre heimliche Absprache. Toby, der den Grund für seines Freundes Gereiztheit ahnte, beschloß, alle zum Abendessen ins *Lucrèce* einzuladen, wo man, trotz der steigenden Preise, noch sehr gut zu essen bekam. Der Prinz und die mit ihm verbundenen Probleme wurden nicht mehr erwähnt, und sie verbrachten den Abend mit freundlichen Witzeleien und Scherzen.

SECHS

EINE NEUE ANKUNFT

Constances Voraussagen über den Prinzen und seinen weitreichenden Einfluß erwies sich als richtig, denn binnen einer Woche standen sie auf dem windigen Flugplatz in der Dunkelheit, die nur von der Befeuerung der Landebahn durchlöchert wurde, und warteten auf die Maschine, die ihn nach Genf bringen sollte. Er hatte alle Hindernisse mit erstaunlichem Geschick umgangen. «Mein Chef ist besorgt», sagte Toby. «Er hat mir strengstens verboten, den Namen des Prinzen im Büro zu erwähnen, so als ob er ihm Zahnweh verursache. Kairo ist wütend.»

«Jeder ist immer wütend auf ihn», sagte Constance, «aber es hat noch niemandem geholfen.» Das Empfangskomitee bestand aus Constance, einem dickbäuchigen Schweizer Bankier, der das Rote Kreuz vertrat, Felix Chatto vom Konsulat, Toby in der theatralischen Aufmachung eines Spionageexperten und dem ägyptischen Chargé d'Affaires, der glatt wie ein Ei war. Sie hörten das Dröhnen des Flugzeugs über den Berggipfeln, mal lauter, mal leiser, je nach Höhe der Position. Vermutlich war es eine jener alten englischen Maschinen, vollgestopft mit Passagieren, oder so zumindest hofften sie. Die Fluggebäude lagen in totaler Finsternis mit Ausnahme einiger schwacher Lichter in der Empfangshalle. Es war kalt, der Geruch des Herbstes wehte in der Luft. Es war nicht schwer, sich die dunklen, kalten europäischen Städte vorzustellen, die sich vermutlich bereits infolge der Sperrstunde und der Nahrungsknappheit in den Schlaf geflüchtet hatten oder vielleicht Wache hielten – in den schweigenden, feindlichen Stunden der Nazi-Nacht. Die Bar in der Empfangshalle war geschlossen, sonst hätten sie einen stärkenden Kaffee oder Whisky als Abwehr gegen diese bedrückenden Vorstellungen getrunken. Endlich erschien ein Flugzeug am dunklen Himmel, und sie wußten, es mußte das ihre sein. Es kam langsam rollend am Ende der Landebahn zum Stehen und entlud seine Passagiere, meist Militärs oder Diplomaten, aber unter ihnen, schmuck gekleidet, mit einer frischen Blume im Knopfloch, befand sich auch der Prinz, der mit lässiger Eleganz auf sie zukam. Sie hatten sich in einem Halbkreis aufgestellt, er lächelte jeden an, jedes Gesicht schien ihm bekannt zu sein, aber als er Constance erblickte, blieb er spontan stehen und machte einen kleinen erstaunten Hüpfer. Eine Sekunde später hatte er die Arme um sie geworfen und drückte ihre Schultern so fest, daß es ihr weh tat. Als er sie endlich losließ und sie wieder frei war, sah sie voller Rührung, daß in seinen Augen Tränen standen. «Es war ganz zweifellos unsere Schuld», sagte er leise. «Die Prinzessin hat mir aufgetragen, Ihnen nichts zu verschweigen. Es war mein und ihr Fehler, dieses grauenvolle Picknick. Sein Tod *aïe*!» Er hob den Finger und tippte an seine Stirn.

Sie drückte seine Hand, um ihn zu trösten und ihn von seinen Selbstanschuldigungen zu entbinden, damit er seine Aufmerksamkeit ungehindert den anderen zuwenden und einen jeden förmlich, seinem Rang entsprechend, begrüßen könnte. Er richtete einige lobende Worte an Felix Chatto, an den er sich von der Provence her noch erinnerte. Der junge Mann war entzückt, eine Anerkennung für seinen politischen Scharfsinn zu hören. «Ich erinnere mich noch gut an Ihre politischen Ausführungen», sagte der Prinz, «und ich habe sie mir wohl gemerkt, während Ihr törichter Onkel einen Schnitzer nach dem anderen gemacht hat.» Es war Musik in Felix' Ohren. Nachdem er seinen Pflichten nachgekommen war, entschuldigte sich der Prinz für die späte Stunde und für die Tatsache, daß er zu müde sei, den Abend noch länger fortzusetzen. Wenn er für die morgendliche Konferenz frisch sein wolle, brauche er unbedingt ein paar Stunden Schlaf – nicht wahr, das könne ihm doch keiner verübeln?

Die Kolonne von Dienstwagen folgte der dunklen Rot-Kreuz-Limousine, in der der Prinz und der Bankier saßen, auf dem Weg zum Hotel, doch, als sie das Weichbild der Stadt erreicht hatten, trennten sie sich, und jeder fuhr in seine eigene Richtung. Felix setzte Constance vor ihrer Wohnung ab, gab ihr einen Kuß auf die Wange und verabschiedete sich. Der Prinz hatte ihr einen dicken Umschlag von Aubrey Blanford überreicht, der Botschaften und Manuskripte enthielt, die sie unbedingt noch durchsehen wollte, bevor sie ins Bett ging.

In der Früh trafen sie sich im Ballsaal des Konsulats, der jetzt oft als provisorischer Konferenzraum benutzt wurde. Der Prinz erschien, frisch gereinigt sozusagen, und übernahm selbstsicher den Vorsitz. Er hatte seinen augenzwinkernden Humor, seine liebenswürdige Verbindlichkeit und seine Schlagfertigkeit wiedergewonnen. Zu Beginn gab er ihnen einen kurzen Bericht über die Kriegslage, so wie man sie in Ägypten beurteilte. «Ich irritiere die Engländer ganz ungemein», erklärte er offen, «weil mein Geheimdienst sehr viel besser funktioniert als der ihre. Verständlicherweise, denn nachdem wir neutral sind, haben wir noch immer diplomatische Vertreter hinter den deutschen Linien und einen normalen Kurierverkehr. Es ist also kein Wunder, daß ich eine Menge erfahre. Natürlich geben wir den Alliierten so viel wie möglich weiter, aber oft glauben sie uns nicht, weil sie denken, wir seien Doppelagenten und würden ihnen manipulierte Informationen zuspielen … Mein Gott, was für ein mißtrauisches, argwöhnisches Volk!» Die Zentralheizung war auf voll gestellt, und er fand es wohl etwas zu heiß, denn er zog aus seiner inneren Jackentasche einen kleinen japanischen Fächer hervor und fächelte sich, während er in seinem Vortrag fortfuhr. Er war die Klarheit in Person, er begann mit dem Überfall auf Polen und ging dann alle darauf folgenden Ereignisse durch. Allein das Zuhören schien sie alle um Jahre älter zu machen. Jede Schlacht, jede Katastrophe bohrte sich in ihr Bewußtsein ein wie ein in die Wand geschlagener Nagel. Dünkirchen, Sedan, wo Frankreich in die Knie gegangen war, Luftschlacht über England, der Einmarsch in Paris. «Was ist als nächstes zu erwarten?» fuhr er fort. «Das kann ich Ihnen sagen, obwohl ich das genaue Datum nicht kenne. Aber wiederholen Sie es nicht den Engländern, weil sie es nicht glauben werden. Alle meine Mittelsmänner sind sich jedoch einig, und aus anderen sicheren Quellen erfahre ich das gleiche: ein Angriff auf Rußland steht kurz bevor. Dies wird den Druck erheblich vermindern, allerdings nicht in der Wüste, wo die Achsenstreitmächte sich wieder verstärken.»

Danach kam er auf reine Rot-Kreuz-Angelegenheiten zu sprechen: Budgets, Bilanzen, neue Ernennungen. «Meine Reise hat irgendwie alle in Erstaunen versetzt, aber tatsächlich hat sie nichts Geheimnisvolles an sich. Ich trage für gewisse Leute Nachrichten bei mir, und ich muß kurz nach Schweden und wenn möglich nach Paris fahren. Ich hoffe, die notwendige Exequatur für beide Reisen in dieser Woche zu bekommen; aber während ich mit den Deutschen verhandle, möchte ich vorschlagen, daß wir irgendeine Vertretung im nicht besetzten Frankreich etablieren. In Aix? Marseille? Avignon? Ich weiß es nicht. Sie mögen denken, daß dies nicht sehr dringlich ist, aber offen gesagt, glaube ich nicht, daß dieser Teil Frankreichs noch lange unbesetzt bleibt, es ist zu leicht für die Engländer, ihre Agenten dort einzuschleusen, und die antideutschen Kräfte, die Widerständler und Dissidenten können sich besser im Süden organisieren als im industrialisierten Norden. Und wir alle kennen die Franzosen: Sie gehorchen keinen Befehlen und sind total egoistisch, früher oder später werden sie irgendeinen furchtbaren Schnitzer machen, und dann werden die Deutschen ohne Rücksicht auf Verluste einmarschieren. Wir jedoch brauchen dort jemanden, der dafür sorgt, daß die Rot-Kreuz-Lieferungen ankommen und ordnungsgemäß an das ärztliche Personal verteilt werden. Ich glaube nicht, daß die Deutschen eine solche Bitte verweigern, sie sind immerhin noch Signatare, und wir haben sie bislang noch nicht ausgeschlossen.» Das Komitee hörte ihm schweigend und respektvoll zu, keiner von ihnen hatte irgendwelche definitiven Meinungen über ihr Betätigungsfeld, noch gab es irgendwelche dornigen Budgetprobleme. In Ägypten schien alles gutzugehen, und sogar der neuen Verstärkung der Achsenstreitmächte begegnete man mit resoluter Entschlossenheit. «Was wollen Sie», sagte der Prinz, «der Krieg wird noch vier oder fünf Jahre dauern, und dann wird Frieden geschlossen. Aber was für eine Art von Frieden und unter welchen Bedingungen, das kann auch ich Ihnen nicht sagen, obwohl ich allwissend zu sein scheine, aber es gibt Grenzen. Sie sollten besser Nostradamus befragen!»

Am gleichen Abend wurde im Konsulat ein Empfang für den Prinzen gegeben, zu dem aber nur Felix eingeladen war. Constance hatte zu arbeiten, und Toby und seine Mitarbeiter standen nicht auf der offiziellen Gästeliste, wegen ihrer geheimdienstlichen Arbeit. Der Prinz war in Hochform. «Felix!» rief er laut. «Wenn ich Sie so anreden darf, wo wir doch alle Provençaux sind? Felix, ich möchte ganz offen mit Ihnen über Ihren Onkel Lord Galen sprechen. Ich fürchte, die Engländer haben ihn falsch eingesetzt, er wird bestimmt irgendwann furchtbaren Unsinn anstellen.» Felix Chatto stöhnte und hob beschwörend die Hände. «Ich bin leider ganz Ihrer Meinung», sagte er. «Es ist eine verheerende Ernennung, der Premierminister muß den Verstand verloren haben!» Lord Galen war zum Informations- und Kultusminister ernannt worden und hatte seinen neuen Posten mit großem Pomp und der ihm eigenen weitschweifigen Rhetorik angetreten.

Unter jedem Gesichtspunkt hatte diese Ernennung Erstaunen hervorgerufen. Nicht etwa, daß es Lord Galen völlig an Kultur mangelte, er hatte sich davon so viel angeeignet wie jeder, der ein Leben lang an der Börse gearbeitet hat. Nein, es gab noch andere Bedenken. Die Tatsache, daß er ein wichtiges und sehr bekanntes Mitglied der jüdischen Gemeinde war, würde den Nazis willkommenes Propagandamaterial liefern über die kulturelle Einstellung der Alliierten. Überdies hatte die Ernennung alle intelligenten Juden, die sich bereits dem Widerstand angeschlossen hatten, aufs höchste irritiert. «Und dann hat Ihr Onkel bei seiner ersten Pressekonferenz eine Einführungsrede gehalten, die geradezu grotesk unangebracht war.» Der Prinz stellte sich auf die Zehenspitzen und breitete, Lord Galens öffentliches Auftreten imitierend, seine Arme weit aus und sagte mit einer emotionsgeladenen, abgehackten Stimme: «Kultur … unser Erbgut … wir müssen … alles tun, sie zu erhalten … sie ist so kostbar … Wir können nicht ohne sie … die kostbare Tradition … was wollte ich noch sagen?» Der Prinz legte seine Imitations-Maske ab, spitzte die Lippen und schüttelte mehrmals vorwurfsvoll den Kopf. «Es ist unmöglich, er erntet überall ironischen Applaus wie Ramsay MacDonald zu seinen besten Zeiten. Und wissen Sie auch, daß er Aubrey fast zu Tode erschreckt hat? Der arme Aubrey erwachte eines Tages aus seiner Siesta und erblickte Lord Galen, der mit ausgebreiteten Armen wie ein Adler am Fußende seines Bettes stand und mit volltönender Stimme sagte: ‹Oh, mein lieber Aubrey, das erste Opfer unserer Kultur … der erste junge Schriftsteller, der durch Feindbeschuß verwundet wurde … ich werde Ihnen einen Orden verschaffen.›» Sie beide lachten bei dem Gedanken an Blanfords entsetztes Gesicht, als er beim Aufwachen dieses dunkle Phänomen der Kultur an seinem Bett stehen sah. Der Prinz fuhr fort:

«Ich habe Lord Galen darauf hingewiesen, daß Blanford von seinen eigenen Leuten beschossen worden ist, was Galen ganz ungemein irritiert hat. Nein, ich glaube nicht, daß er lange auf dem Posten bleibt. Es gibt einfach nicht genug Kultur, wenn *er* sie verwaltet. Und Sie wissen ja, Felix, ich bin ein alter Freund von ihm und liebe ihn sehr, und bin daher wirklich nicht gehässig, aber er ist einfach total ungeeignet für die Aufgabe.»

Felix war entzückt über die offene und vertraute Art, mit der der Prinz zu ihm sprach, es war irgendwie eine Bestätigung seiner eigenen Reife, denn er hatte sich tatsächlich seit Kriegsausbruch sehr verändert. Zuerst einmal hatte er sich in Genf eine sehr viel bessere Stellung als die vorhergehende ergattert – ironischerweise hatte er Himmel und Hölle in Bewegung gesetzt, um zur englischen Luftwaffe eingezogen zu werden, aber ohne Erfolg. Auf Grund seines neuen Postens, der nicht besonders anstrengend war und auch nur wenig Geheimhaltung verlangte, war er auf Wunsch des Foreign Office von der Armee zurückgestellt worden. Aber dem nicht genug, war Lord Galen so beeindruckt gewesen von der Wichtigkeit seines neuen Rangs, daß er ihm einen beachtlichen Zuschuß gewährt hatte, der ihm einen großzügigeren Lebensstil erlaubte: er konnte sich jetzt sogar einen kleinen Wagen leisten, der sein berufliches Image ungemein aufpolierte. Die Veränderung in ihm war erstaunlich rasch vor sich gegangen, aber war ihm sehr gut bekommen; schon nach kurzer Zeit fühlte er sich in den bekannteren *auberges*, ja selbst in den solideren Nachtbars der Stadt wie zu Hause. Es gelang ihm sogar, seine angeborene Schüchternheit zu überwinden und gelegentlich eines der Taxigirls für eine Nacht in seine Wohnung mitzunehmen. Er hielt sich aufrechter und sah sehr viel besser aus. Er teilte dem Prinzen mit, daß er gern einen Posten in Kairo annehmen würde, falls sich eine Versetzung arrangieren ließe. «Natürlich läßt sich das arrangieren», rief der kleine Mann lebhaft aus. «Der Gesandte ist mein Freund. Er tut alles für mich. Ihm, dem Ölberg – so nennen wir ihn nämlich –, verdanke ich es hauptsächlich, daß ich hier bin, trotz aller Schwierigkeiten, die diese alten Schlauberger vom Arab Bureau gemacht haben. Ich werde mich sofort, wenn ich hier und in Paris meine Geschäfte erledigt habe und wieder in Kairo bin, um die Angelegenheit kümmern. Wir werden die Sache noch näher erörtern, denn hier ist dafür nicht der geeignete Ort.»

Für alles, was der Prinz tat, wählte er den geeigneten Ort und den richtigen Zeitpunkt, es war erstaunlich, wie säuberlich er die Dinge im Aktenschrank seines Gedächtnisses eingeordnet hatte. Die meisten Menschen in seiner Position wären längst der Versuchung erlegen, den größten Teil der Aufgaben an Assistenten zu delegieren. Aber nicht so der Prinz. Und es war diese Eigenschaft, die Constance so sicher machte, daß er ihr ein wenig von seiner freien Zeit opfern würde – es gab eine ganze Flut von gemeinsamen Themen, die sie bislang nicht einmal angeschnitten hatten. Sie blieb diskret im Hintergrund und wartete ab, bis er seinen gesellschaftlichen Verpflichtungen nachgekommen war. Und wie vorausgesehen, nach einer Woche, während der er ihr täglich einen Strauß roter Rosen geschickt hatte, lud er sie zum Mittagessen und anschließend zu einer Fahrt um den See ein.

Es war ein strahlend sonniger Tag trotz des kühlen Windes von den schneebedeckten Bergen – der traditionelle Schweizer Herbst-Dekor fing bereits an, sich geltend zu machen. Der Prinz, der die Kürze seiner Beine durch eine Art Kissen ausglich, saß am Steuer der büroeigenen Limousine. Anfangs schwiegen sie, denn zu ihrem beiderseitigen Erstaunen hatte sie eine plötzliche Schüchternheit befallen. «Wie seltsam», sagte er schließlich mit stockender Stimme, «ich weiß nicht recht, wo ich anfangen soll. Bitte, helfen Sie mir, Constance.» Sie lächelte, schüttelte die Haare aus den Augen und sagte: «Ich weiß, dieses plötzliche Gehemmtsein ist ganz merkwürdig! Lieber Prinz Hassad, verzeihen Sie mir. Wollen wir mit Sam anfangen.» Er begriff sofort, daß sie erkannt hatte, daß es ihnen beiden schwerfiel, über den Tod, der ihnen so viel zu schaffen machte, zu reden. Er fing jetzt zu erzählen an, ruhig, aber eindringlich, von dem fatalen Picknick-Ausflug und der Seufzerbrücke, er fühlte ihre körperliche Anspannung, das Timbre ihrer Angst, die ihr jedoch äußerlich kaum anzumerken war, nur daß ihre Hand leicht zitterte, als sie sich eine Zigarette anzündete und sich ein wenig brüsk von ihm abwandte und aus dem Wagenfenster die vorüberfliegende See-Landschaft betrachtete. Aber nun, nachdem er den Anfang gefunden hatte, ersparte er ihr keine Einzelheit, als wolle er sich der ganzen Bürde seiner Schuld entledigen, sich von dem Vorkommnis reinwaschen, für das er, wie er selbst wußte, verantwortlich war. Paradoxerweise war er ein wenig verletzt, als sie etwas barsch sagte: «Die Schuldfrage erhebt sich hier nicht, lassen wir sie also beiseite, sie führt zu nichts. Das gleiche hätte in Piccadilly Circus mit einem zu schnell fahrenden Taxi passieren können, das wissen Sie so gut wie ich, nur daß ...»

«Nur daß?» wiederholte er sie anblickend.

«Das Ganze hat bei mir eine gewisse Ungeduld, Ärger, ein Gefühl der Sinnlosigkeit hervorgerufen. Ich habe ernsthaft erwogen, nach England zurückzukehren, mein hiesiges Arbeitsverhältnis aufzukündigen, um dort etwas Sinnvolles zu tun. Denn dort geschieht etwas, dort fallen Bomben, dort herrscht Hunger, England steht im Brennpunkt der Ereignisse, während wir uns hier am Rande der Wirklichkeit herumdrücken. Die Schweizer gehen mir auf die Nerven, sie sind so langweilig und gefräßig.»

«Ich weiß, was Sie meinen», sagte er nachdenklich. «Aber ich glaube, Sie sollten nicht überstürzt handeln. Sie leisten hier wertvolle Arbeit, und wenn Sie woanders hin wollen, dann gibt es Orte, wo Sie mehr von Nutzen sein würden. Nein, ich stimme Ihnen nicht zu.» Er schüttelte fast streng den Kopf. Dies veranlaßte sie zu einem zärtlichen Lächeln, sie berührte leicht seinen Arm und sagte: «Sie klingen fast vorwurfsvoll.»

«Nein, aber Sie sind zu klug, um nicht zu erkennen, daß Sie nur aus Schuldgefühlen handeln. Sie wollen sich strafen, das ist es, Sie suchen die Tat, die Furcht, die Unbequemlichkeit.»

Er hatte recht, und sie wußte es. «Ich bin einfach am Ende meiner Kräfte», sagte sie. «Ich habe diese Verrückten über, ich brauche einen Tapetenwechsel. Und zwar einen radikalen.»

Sie fuhren eine Weile, ohne zu reden. Dann hob sie wieder an: «Ich bin so unausgeglichen, und das ist schlecht in meinem Beruf. Gestern hat ein sterbender Patient sein Waschwasser einer Krankenschwester ins Gesicht geschüttet – es sind Nonnen auf meiner Station – und hat geschrien: ‹Sie lieben mich nicht. Ihr alle liebt nur Jesus, ihr Heuchlerinnen! Ich will um meiner selbst willen geliebt werden! Laßt eure Finger von mir, ihr verdammten Masken!› Zu meinem Erstaunen bin ich in Tränen ausgebrochen – eine schlechte Empfehlung für einen Arzt.»

«Ich sehe ein, Sie brauchen einen Tapetenwechsel. Wie wär's mit einem Besuch in Tu Duc? Ich muß in nächster Zeit nach Avignon. Ich habe die deutsche Rot-Kreuz-Vertretung gestern aufgesucht, und sie haben mir zugesagt, aus Berlin die Genehmigung für einen Rot-Kreuz-Repräsentanten im unbesetzten Frankreich einzuholen – obwohl ich nicht glaube, daß es noch lange unbesetzt bleiben wird. Wie denken Sie über eine Reise ins Feindesland? Das ist eine eher unschweizerische Bemerkung, fürchte ich.»

«Zurück nach Avignon?» Sie dachte nach, der Vorschlag erschien ihr so phantastisch, so unrealisierbar. Die Eisenbahnverbindungen waren unterbrochen, die Grenzen geschlossen, dies wußte sie von dem nicht abreißenden Strom von Besuchern, der sich über Genf ergoß und von denen die meisten Freunde oder Verwandte in den verschiedenen Kliniken besuchten. Die Stadt war seit Menschengedenken nicht nur ein politischer Knotenpunkt, sondern auch ein einziges großes Sanatorium gewesen. Ihre jetzige Neutralität war nichts Neues, das Spionagegewerbe wie das internationale Banksystem florierten wie eh und je, und die Gerüchte über Darlehen und Fusionen schwirrten ständig in der Luft. Der Prinz fand dies alles großartig, anregend, belebend.

Er sagte: «Sollte der Posten genehmigt werden, dann werde ich Sie als erste vorschlagen. Vielleicht gefällt es Ihnen, für uns ein Jahr lang in Avignon zu arbeiten und jede zweite Woche nach Genf zu kommen. Behalten Sie Ihre Wohnung und Ihre jetzige Stellung, nur weniger angebunden, als Sie jetzt sind. Was halten Sie davon?»

Was sollte sie antworten? Das Angebot kam so unerwartet, daß sie sich gar nicht vorstellen konnte, was von ihr erwartet wurde, um so unmöglicher war es ihr, einen Entschluß zu fassen. Als sie damals alle zusammen die Provence verlassen hatten, hatte sie sich mit einem Abschied für viele Jahre, vielleicht sogar auf immer, abgefunden. Im Fall von Sam war es tatsächlich zu einem Nimmerwiedersehen geworden. Sie schloß die Augen und beschwor den brüchigen alten Balkon herauf, auf dem sie einen so großen Teil des Sommers verbracht hatten, und die Wälder, von denen jetzt mit den ersten Winternebeln und dem frühmorgendlichen Reif schwere Tropfen fielen. Und die melancholische Straße, die sich an Tubain vorbei talabwärts zu der schweigenden Stadt schlängelte mit ihren Glockenstühlen und Türmen, mit ihren Mauern und ihren haarbüschelartigen Storchennestern, mit den von Zigeunern bewohnten Basteien.

«Ich weiß nicht, ich muß darüber nachdenken.»

«Natürlich müssen Sie das», sagte er. «Der Posten existiert ja bislang nicht einmal. Sie haben also genug Zeit zum Überlegen.»

«Das werde ich tun», sagte sie. Der Wagen hatte sich mittlerweile unauffällig wieder in die graue Stadt geschlichen, machte jetzt eine scharfe Wendung und bog in die Auffahrt der ägyptischen Gesandtschaft ein. Auf den Stufen unter dem Portikus wurde ein junger Mann auf sie aufmerksam und kam auf sie zu. Es war eine große, äußerst elegante Erscheinung. Der Prinz gab ihm ein leises Hupsignal und sagte: «Ah, da sind Sie ja endlich! Dies ist Mr. Affad, mein Gewissen, mein Ratgeber, mein Bankier, mein Beichtvater – all das und noch mehr. Ich weiß, Sie werden ihn mögen.» Er war zweifellos ein außergewöhnlich anziehender Mensch, ruhig und wohlerzogen, aufmerksam und entgegenkommend. Er öffnete die Wagentür, streckte ihr seine braune Hand entgegen, um ihr beim Aussteigen zu helfen und sagte: «Ich bin inzwischen auch ein Freund von Aubrey geworden, ein sehr guter Freund, und zögere daher nicht, Sie zu bitten, mich auch als Ihren Freund zu betrachten. Ich habe viel von Ihnen gehört und habe gehofft, Sie kennenzulernen. So, jetzt habe ich meinen Spruch aufgesagt.» Sie fragte, ob er den Prinzen begleite, und er bejahte dies. «Ich gelte als sein geschäftlicher Berater und soll verhindern, daß er Unfug anstellt, was ich versuche, aber was mir nicht immer gelingt.»

Es war fast Teezeit, und der Prinz führte sie in den Garten, wo auf einer verglasten mit Treibhausblumen vollgestellten Veranda ein üppig gedeckter Teetisch stand mit einer reichen Auswahl an Kuchen. Ein Diener erschien mit Wasser für die Teekanne, und sie gruppierten sich gemütlich um den metallenen Gartentisch, um eine Tasse chinesischen Tees zu trinken. Affad schickte sich an, eine Bemerkung über irgendein Geschäft des Prinzen zu machen, hielt sich aber im letzten Moment zurück und verfiel wieder in Schweigen. Der Prinz hatte es bemerkt und sagte: «Was ist, Affad? Sie können in Constances Gegenwart offen reden. Sie ist eine sehr gute Freundin von mir.» Affad sah auf anziehende Weise verwirrt aus und entgegnete: «Sie haben meine Gedanken falsch gelesen. Ich wollte über Geschäfte reden, aber es war nicht aus Gründen der Geheimhaltung, daß ich innehielt, ich fand es einfach unhöflich, in Gegenwart Dritter zu fachsimpeln, das war alles.» Der Prinz schüttelte ungeduldig den Kopf und sagte: «Ei, ei, wer wird so viel Aufhebens machen! Es wird Sie nicht stören, wenn wir offen reden, nicht wahr, meine Liebe? Hab ich's mir doch gedacht.»

Er wandte sich an Affad: «Nun, was gibt's?»

Der Bankier zog ein kleines rotes Notizbuch aus seiner Jackentasche und blätterte in ihm. «Also gut», sagte er, «zuerst mal – die Reise nach Schweden und Paris ist arrangiert, allerdings sind die Verkehrsverbindungen so vom Zufall abhängig, daß Sie vielleicht länger brauchen, als Sie denken. Ich hatte ein ausgedehntes Gespräch mit dem Astrologen Moricand. Es stimmt tatsächlich, daß er eingeladen war, Hitler zu besuchen, aber er konnte nicht durch die Frontlinie kommen, es wurde zu viel geschossen, daher ist er hierher zurückgekehrt und wartet erst mal ab.»

Der Prinz kramte geistesabwesend in seinen Taschen nach einem Notizbuch, offensichtlich in der Absicht, sich etwas aufzuschreiben, statt dessen kamen ihm einige Schnappschüsse seiner Kinder in die Hand, die er eingehend, mit einer fast rührseligen Freude betrachtete. Er hörte seinem Ratgeber nur noch mit halbem Ohr zu. «Astrologe!» sagte er vage. «Nicht zu fassen.» Die Kinder starrten in den Fotoapparat mit rehgleichen Blicken. «Wie schön sie sind, kleine Kinder», murmelte der Prinz. «Ein jedes trägt sein Schicksal in seiner kleinen Seele – ein Schicksal, das sich entrollen wird wie ein Gebetsteppich.» Plötzlich wurde ihm seine Unhöflichkeit klar, er riß sich zusammen, steckte die Fotos hastig weg und wandte sich wieder Affad zu, der gerade sagte: «Wissen Sie, er läßt sich von Voraussagungen leiten, ähnlich wie Tiberius, die Weissager konkurrieren miteinander, um bei ihm vorgelassen zu werden. Diese Schwäche können wir zu einem späteren Zeitpunkt für uns ausnutzen. Ich bin froh, daß Sie auf gut Glück Ihren Tempelritterkopf mitgebracht haben. Genau diese Art von Sachen ... nun, wir werden sehen. Aber was kurz bevorsteht, ist Rußland, der ganze militärische Apparat hat sich in diese Richtung gedreht. Griechenland ist besiegt, und Rommel nagelt die Engländer in Ägypten fest, und so nehme ich an, daß der kleine Mann sich stark genug fühlt, zu einem weiteren Schlag auszuholen; keine Flankenprobleme.»

«Ich habe so viele Eisen im Feuer», sagte der Prinz seufzend zu Constance. «Ich muß auch eine Reise nach Vichy arrangieren. Die jüdische Gemeinde in Ägypten ist bereit, eine enorme Geldsumme als Lösegeld für ihre Verwandten in Frankreich zu zahlen, und ich muß irgend jemanden finden, der das Vertrauen Lavals genießt. Daher Avignon, verstehen Sie? Dann ist den Engländern irgendein Geheimbericht zu Ohren gekommen, der besagt, daß die Nazis glauben, daß der Tempelritterschatz sich irgendwo in der Provence befindet. Es war übrigens Lord Galens Team, das erkundet hat, wo er sich befindet, aber sie mußten flüchten, bevor sie ihn ausgraben konnten. Zwei seiner Angestellten, die zurückgeblieben sind, hat man bereits verhaftet, einer ist unter der Folter gestorben. Ironischerweise war es sein stummer Sektretär, der naturgemäß nicht antworten konnte! Aber sie haben geglaubt, daß er sich nur verstellte, und haben ihn zu Tode gefoltert. Der arme Kerl! Was für eine Welt, was für ein Otterngezücht!» Er stand auf und sagte: «Ich muß vor meiner Abfahrt noch ein paar Dinge erledigen.» Er nahm zärtlich und widerstrebend Abschied von ihr und versprach, sich sogleich bei seiner Rückkehr in ungefähr zehn Tagen bei ihr zu melden.

«Affad wird Sie nach Hause fahren. Er wird einige Zeit hierbleiben und hat Nachrichten für Aubreys Freunde.»

«Ich weiß mit ziemlicher Bestimmtheit, wo Sie seine Freunde finden können», sagte sie. «Sie treffen sich fast jeden Abend ungefähr um diese Zeit in einer ziemlich miesen Bar. Ich kann Ihnen zeigen, wo sie ist, wenn Sie mich anschließend vor meiner Wohnung absetzen, die ganz in der Nähe liegt.»

«Mit Vergnügen», sagte er. Sie gingen zu dritt durch die Rotunde und die Marmortreppen hinunter zur Auffahrt, wo die alte Limousine auf sie wartete. Der Prinz nahm keinen langen Abschied, denn er war sicher, daß er bald zurückkehrte. Später sollte sich herausstellen, daß er damit unrecht hatte, doch das war nicht vorauszusehen, als sie sich auf dem grünen Rasen neben dem Kiesweg vor der ägyptischen Gesandtschaft auf Wiedersehen sagten. Affad fuhr langsam und vorsichtig und sprach mit Constance in einem leisen Tonfall über nebensächliche, nichtige Dinge, bis sie ihre Wohnung erreichten, nachdem sie vorher an der Bar vorbeigefahren waren, deren Adresse er sich pflichtgemäß notiert hatte. Er war wirklich ein außerordentlich anziehender Mann, oder zumindest war er es für sie, aber sie billigte ihre eigenen Gefühle nicht, runzelte die Stirn über sie und rief sich streng zur Ordnung: «Charme ist kein Ersatz für guten Charakter.» Nichtsdestoweniger plauderte sie noch einige Minuten mit ihm im Auto, weil sie sich sagte, daß sie nett zu den Freunden des Prinzen sein müßte. Aber sie ertappte sich dabei, daß sie seine braunen Hände, die auf dem Steuerrad ruhten, und die lässige Eleganz seines Anzugs bewunderte. Er seinerseits fand sie sehr schön, aber etwas zu männlich und versuchte sich das wunderbare Haar wegzudenken und sie mit einem Schnurrbart auszustatten. Es war ein Trick, dessen er sich öfters bediente, er änderte im Geist das Geschlecht, wenn er den Charakter eines Menschen ‹sehen› wollte. Oft war es sehr aufschlußreich. Aber in diesem Fall paßte der Schnurrbart nicht so recht, und selbst als Knabe hätte sie nur einen sehr hübschen Narziß abgegeben. Er gab es schließlich auf und sagte lächelnd: «Der Prinz hat mir erzählt, daß Sie Psychoanalytikerin sind, vermutlich sehen Sie unsere Träume wie auf Flaschen gezogene Wünsche an.» Sie lachte und antwortete: «Mehr oder weniger.»

Und nach diesem Geplänkel nahmen sie mit einem Lächeln und einem herzlichen Händedruck voneinander Abschied. Er fragte sie jedoch, ob er sie anrufen dürfe, um sie über die Pläne des Prinzen auf dem laufenden zu halten. «Natürlich», sagte sie und schrieb ihm ihre Nummer auf. Der Wagen entfernte sich, bog um die Ecke und hielt vor der alten *Bar de la Navigation,* wo Sutcliffe gerade einen kinderleichten Billardstoß vermasselt hatte und derbe Flüche ausstieß. Als er die schwarze Limousine erblickte, rief er seinem Freund zu: «Da ist das schwarze Auto, Toby. Paß auf, auf der gegenüberliegenden Straßenseite steht ein bewaffneter Mann. Er kommt jetzt herüber.» Die ganze Scharade war so überzeugend, daß Toby fast aufs Klo geflüchtet wäre, um sich dort zu verstecken. Es brauchte mehrere Minuten, um ihn zu beruhigen, obwohl Affad mitnichten einem Terroristen glich, und als er sagte, daß er nur käme, um Botschaften von Blanford zu übermitteln, wandten sich ihm alle Gesichter zu mit dem Ausdruck höchsten Interesses. Affad erhielt von einem mißmutigen Barmann einen Drink und gesellte sich der Runde um den Billardtisch hinzu, um zu berichten, während die anderen ihr Spiel fortsetzten. Es war seine erste Begegnung mit dieser kleinen Gruppe. Bald sollte er ein unzertrennliches Mitglied von ihr werden.

SIEBEN

ORIENTIERUNGEN

Die massiven Umrisse der beiden untersetzten Männer zeichneten sich gegen das grelle Licht über dem Billardtisch ab und bildeten einen augenfälligen Kontrast zu der schlanken Silhouette von Constance, die einem Dreiertreffen zugestimmt hatte. Es war angenehm, die Dämmerstunde auf diese Art zu verbringen. Seit zehn Minuten hatte niemand gesprochen. Neben dem Gestell für die Billardstöcke saß in einem Armsessel die lässige, elegante Gestalt Affads, der interessiert das Spiel verfolgte und zuweilen an seiner Zigarre zog. Die Bälle rollten über den grünen Filz und klickten friedlich. Sutcliffe machte eine Pause, um einen Schluck Bier zu trinken, und wiederholte zum viertenmal an diesem Abend: «Also, hol's der Teufel, ich weiß noch immer nicht, was Ihnen über die Leber gekrochen ist. Ich meine, Sie haben eine Entscheidung getroffen, die mir persönlich oberfächlich, romantisch und dramatisch vorkommt ... Wissen Sie, was ich meine?» Er strich mürrisch Kreide auf seinen Billardstock, als wolle er seine Bestürzung und seinen Ärger ausradieren.

Constance schien jetzt zu einer ‹Serie› anzusetzen, daher antwortete sie ihm nicht, sondern nahm ihren Vorteil wahr, bis ein mißlungener Stoß sie zwang aufzuhören. «Ich habe Ihnen doch den Grund gesagt, aber Sie wollen ihn nicht verstehen. Ich möchte etwas Aktiveres tun. Wozu ist eine arme Psychiaterin schon gut, wenn die ganze Welt verrückt geworden ist?»

Toby verpatzte einen günstigen Stoß und murmelte einen deftigen Kraftausdruck. «Weibliche Hysterie», sagte er unfreundlich zu ihr. Sie fauchte ihn an: «Glauben Sie, was Sie wollen. Ich jedenfalls werde nach Frankreich fahren, um zu entscheiden, ob dieser Posten nicht genau das ist, was ich im Moment brauche. Ich weiß, was Sie denken – daß dies alles eine verspätete Reaktion auf Sams Tod ist, aber Sie haben unrecht, er hat meinen Entschluß nur beschleunigt! Meine Unzufriedenheit mit meiner ärztlichen Tätigkeit hat schon lange in mir gegärt, und es hat nicht so viel damit zu tun, daß er tot ist, sondern daß ich eine Frau bin. Ja, verdammt noch mal, daß ich eine Frau bin.»

«Was meinen Sie?» fragte Affad, denn sie hatte wirklich erregt geklungen. «Was hat die Tatsache, daß Sie eine Frau sind, mit der ganzen Sache und besonders mit dieser Reise zu tun?» Constance rieb mit wilder Entschlossenheit Kreide auf ihren Billardstock, dann sagte sie: «Ärztinnen stehen auf verlorenem Posten, die männlichen Zauberpriester sind zu stark, Frauen werden nie wirklich ernst genommen, selbst wenn sie doppelt so tüchtig sind wie ihre männlichen Kollegen. Wenn die Türen sich öffnen, und der Arzt angekündigt wird und statt dessen eine Ärztin erscheint, ist die Enttäuschung nur zu sichtbar. Der Patient verliert sofort das Vertrauen, wenn er sieht, daß er mit einer Frau umgehen muß, wo er doch ihren Ehegatten sehen wollte. Frauen können Menschen behandeln, aber nur Männer – die Ehemänner – können heilen. Natürlich ist all das der schiere Unsinn, aber der Patient fühlt es in seiner Seele, seine kindliche Seele fühlt es, denn wenn ein Mensch krank wird, wird er wieder zu einem Kind – hilflos und passiv. Was kann eine Frau dann tun? O ja, natürlich, sie hat von ihrem Mann einige chemische Kunstgriffe gelernt, aber sie kann nicht die geballte Autorität, die Wärme und die väterliche Fürsorge eines männlichen Arztes vermitteln.» Toby schüttelte energisch den Kopf und sagte: «Ich glaube, Constance, Sie übertreiben.» Die junge Frau spitzte die Lippen und setzte ihr Spiel fort, während ihre Gedanken das Thema weiterhin umkreisten.

Mit zusammengepreßten Lippen und konzentriertem Blick beugte sie sich über ihre Stöße, während ihr erbitterter Seufzer das kurze Schweigen ausfüllte. «Ich weiß, worüber ich rede», fuhr sie betrübt fort. «Ich arbeite schließlich seit Jahren in diesem Beruf, einige davon als praktischer Arzt, bevor ich mich spezialisierte, aber ich kann Ihnen nur eines versichern, wie gut man auch immer sein mag, und ich glaube, ich bin gut, eine Frau zu sein verdirbt alles.» Sie hielt inne, nahm den Stock in die andere Hand und wies nach römischer Manier mit dem Daumen nach unten. «Selbst wenn man die phantastischsten Heilerfolge hat! Wir arbeiten gegen Schamanen von großer Zähigkeit, von altherkömmlichem Ruf, und wir werden mehrere hundert Jahre brauchen, um damit fertig zu werden – vielleicht schaffen wir es nie. Man kann sich Hippokrates schwerlich als Frau vorstellen, nicht wahr? Obwohl, weiß der Teufel, warum eigentlich nicht?»

Toby schien als Antwort auf diese pessimistischen Äußerungen zu einer Tirade ansetzen zu wollen, aber Sutcliffe gab ihm ein Zeichen zu schweigen, so daß sie weiterreden konnte, er war ehrlich bestürzt, während der schweigende Affad tief betroffen war und wegsah, als ob das, was sie sagte, ihn verletzen könnte. Wie schön sie aussah in diesem Moment des Selbstzweifels und der Zerknirschung. «Reden Sie weiter», sagte Sutcliffe, «es hört sich alles so unwahrscheinlich an.»

«Nun gut», sagte sie, «ich werde Ihnen ein einfaches Beispiel geben. Es ist nicht möglich, einen männlichen Patienten zu untersuchen, ohne daß er sich auszieht und man ihn von oben bis unten abtastet. Ich spreche von einer ganz gewöhnlichen Routineuntersuchung. Nun, ich habe noch keinen Mann getroffen, der von dieser elementaren Routine nicht sexuell erregt wird, manche bekommen sogar eine Erektion! Dies sollte nicht passieren, aber es passiert. Ich mußte mir eine besondere Methode ausdenken, um diese Situation zu vermeiden, sie ist peinlich für den Patienten und für mich, denn bei einer Behandlung wirkt Sex nur störend. Ich rede daher die ganze Zeit mit ihm, erzähle ihm, was ich tue, lenke ihn ab, so daß er die Möglichkeit einer sexuellen Erregung total vergißt, manchmal aus reinem Schamgefühl, manchmal aus Mordsangst. Ich sage: ‹Nun untersuche ich Ihre Leber. So! Tut es weh? Dann sagen Sie es.› Und dann rede ich weiter, und er interessiert sich für seine Leber. Wenn ich ihn mit meinen Händen anfassen muß, was gewaltig erregend sein kann, benutze ich einen anderen Trick. Ich habe mir einen kurzen Trommelstock wie die Fagottisten ihn in Orchestern benutzen, gekauft. Er ist stumpfförmig und hat einen Gummiknauf, und diesen kalten Gegenstand drücke ich auf das entsprechende Organ, bevor ich mit der Hand nachfühle. Aber, Herrgott noch mal, wie mühsam das Ganze ist! In der Psychiatrie bleibt das sexuelle Spiel natürlich rein verbal, und man kann die männliche oder weibliche Beeindruckbarkeit leichter kontrollieren – glaube *ich* wenigstens. Auch braucht man den Patienten nicht zu *sehen*, was auch hilft.»

«Ist Schönheit nicht ein Vorteil, wenn man jemand heilen will?»

«Sie ist ein großes Hindernis, nur wenn ein Patient in Schönheit verliebt ist, kann sie vielleicht von Vorteil sein. Aber Schönheit hat in der Wissenschaft nichts zu suchen.»

Alle Männer wiederholten das Wort. «Wissenschaft!»

«Ja», sagte sie herausfordernd. «Wissenschaft!» Affad zündete sich einen neuen Stumpen an und murmelte: «In einer vollkommenen Welt sollte Wissenschaft Liebe sein!» Er starrte das Mädchen neugierig an. Sie hatte einen so konzentrierten Blick, wenn sie sich für einen Stoß vorbeugte, daß ihre Augen blau zu leuchten schienen. «Aber Sie werden weiterhin ärztlich tätig sein, selbst wenn Sie den Rot-Kreuz-Posten annehmen?» fragte er, und sie nickte und sagte: «In gewisser Weise, aber es ist eine reine Verwaltungsarbeit: die Verteilung von Medikamenten und Nahrungsmitteln. Was für eine Wohltat das sein wird! Aber zuerst muß ich hinfahren und mir das Ganze ansehen.»

«Ein Abstieg in die Hölle», sagte Toby theatralisch. «Ich hoffe, daß nichts schiefgeht.»

«Was soll schiefgehen?» Toby schüttelte nur den Kopf, aber antwortete nicht. Er wußte es selbst nicht recht. Constance dagegen, als sie an diese Reise mit dem Prinzen dachte, fühlte, wie ein Fieberschauer der Aufregung sie durchrieselte. Vermutlich, dachte sie, hat Sam etwas Ähnliches empfunden, als er seine Uniform anzog und einen Zug bestieg, der ihn direkt in den Krieg fuhr. Es war natürlich dumm, aber man konnte nichts dagegen tun.

Sie hatte an diesem Abend eine Verabredung mit dem Prinzen im alten *Hôtel Orion*, wo er immer gern abstieg der vielen Spiegel wegen. «Wo immer man sich hinwendet, wo immer man hinblickt, *da ist man*!» sagte er begeistert. «Zuweilen ist man überrascht, weil man nicht wußte, daß man da war, aber man war da, und gelegentlich können Menschen einen beobachten, ohne daß man es weiß, oder man kann sie beobachten. Wenn man allein ist, gibt es nichts Besseres als eine Menge Spiegel, um einen glücklich zu machen!» Er zählte emsig die Zahl seiner Reflektierungen, während er sich über den Räucherlachs hermachte. Constance tat es ihm gleich und überlegte, wie lange es den Schweizern noch gelingen würde, eingezingelt von Schlachtfeldern, so üppig zu leben. «Wann fahren wir?» fragte sie, und der Prinz antwortete: «Morgen nachmittag. Und vergessen Sie nicht, keine schweren Koffer! Denn wir müssen an der Grenze den Zug wechseln und unser Gepäck selbst tragen. Und ziehen Sie Ihre graue Uniform mit den Abzeichen an. Ich habe zuerst gedacht, ich sollte meinen Tarbusch hier lassen, weil ich Angst hatte, man würde mich erschießen oder für einen Spion halten, aber dann habe ich gefunden, daß es immer besser ist, man selbst zu bleiben, sogar wenn man auffällt. Überdies werden wir abgeholt, und schließlich bleiben wir ja vorerst nur für zehn Tage.»

«Recht haben Sie», sagte Constance. Sie fuhr nach Hause und packte ihre wenigen Sachen ein, darunter ein Paar solide Schuhe, ein Tweedkostüm und einen warmen Wollmantel, denn es war spät im Jahr, und trotz des köstlichen Sommers kündigte der Winter sich bereits an. Dann, als sie ihre beiden Köfferchen hochhob, um ihr Gewicht zu prüfen, merkte sie plötzlich, daß ihre Aufregung von einer Mischung aus Neugierde und Angst verdrängt wurde. Nicht etwa, daß unbedingt irgend etwas Furchtbares geschehen würde – nein, es würde einfach etwas ganz Neues sein. Mehr nicht – oder zumindest hoffte sie es. Ihr Taxi brachte sie zur verabredeten Zeit zum Bahnhof, gleichzeitig hielt der Rot-Kreuz-Wagen an, in dessen Fond der Prinz kerzengerade saß. Er winkte ihr vergnügt zu.

Nach vielen Verzögerungen wurden sie zu einem ungeheizten Zug geführt, der jede Menge Ungemütlichkeit versprach. Auch fuhr er recht langsam, und der Prinz, als typischer Ägypter, stöhnte, als sie die schneebedeckten Pässe hinauffuhren auf ihrem Weg zur Grenze. Er bewegte seine Zehen in den gewichsten Stiefeln. Ihrer beider Atem bildete kleine Wolken und färbte die Luft weiß, sie kuschelten sich in ihre Mäntel und vergruben die Hände in den Taschen. «Nun, wir haben kein Recht zu klagen», sagte er, um sie ein wenig aufzuheitern. «Niemand hat uns eingeladen.» Dies war ziemlich augenfällig, denn außer ihnen befand sich kein einziger anderer Zivilist im Zug, alle übrigen Passagiere schienen amtliche Funktionen zu haben: einige wenige Eisenbahnbeamte, Polizisten und Soldaten und ein *douanier* in bunter Uniform. Überdies glich ihr Tempo dem eines Trauerzugs, so als fürchtete man einen Überfall aus dem Hinterhalt oder Minen auf den

Schienen. Die Landschaft wimmelte von Soldaten, und die Signale schienen scharf bewacht. Und dann endlich, ungefähr auf der Höhe von Culcz, mit seiner Doppelspirale von Gleisen, hielt der Zug, und die Lichter gingen aus. Dies war anscheinend die zeitweilige Grenze. Die Uniformen änderten sich mit der Sprache, alles wurde lauter und gebieterischer. «Schnell!» rief eine Stimme und Füße trampelten in dem dunklen, engen Schuppen. Der Mut verließ sie, es war so dunkel.

Sie mußten sich mit Hilfe von Laternen und Taschenlampen vorwärts tasten und ihr Gepäck mehrere hundert Meter einen asphaltierten Gang entlangschleppen, dann endlich, nach einer Biegung, gelangten sie ins französische, unbesetzte Gebiet – ein hellerleuchteter Bahnhof voll von Soldaten und Beamten. In einem Zollschuppen standen lange, hölzerne Tische, hinter denen Beamte und Soldaten saßen, unterstützt von einer Gruppe französischer faschistischer Miliz, die in ihren schmutzigen Regenmänteln und mit den hakenkreuzverzierten Armbinden unheimlich und pervers aussahen. Der Prinz betrachtete sie voller Abscheu und flüsterte: «Wenn die Kloaken überfließen, kommen die Ratten zum Vorschein.» Es war eine sehr zutreffende Bemerkung, denn die dunkelhäutigen, frechen und habgierigen Gesichter erinnerten tatsächlich an Ratten. Ihre Papiere wurden mit einer beleidigenden Gründlichkeit geprüft, als wollte dieses Gesindel sich ihre Paßfotos einprägen. Danach bestiegen sie wieder einen Zug, aber diesmal hatten sie ein Abteil für sich, obwohl wiederum ungeheizt. Nach einer weiteren Verzögerung fuhren sie langsam und verstohlen in die Nacht, ohne Licht, manchmal blieb der Zug plötzlich stehen, manchmal beschleunigte er das Tempo; man hatte den Eindruck völliger Unschlüssigkeit, so als führen sie durch unerforschtes Gebiet, wo alles passieren konnte. Vor ihnen erstreckte sich die weiße Schneeunendlichkeit einer winterlichen Landschaft, und sie wußten, daß sie erst nach

Valence, wo die Olivenhaine des französischen *Midi* anfingen, auf ein milderes Klima hoffen konnten. Es war beängstigend. Über ihnen schien ein benommen wirkender Mond, wie ausgeblutet und leichenblaß. Constance schlief oder versuchte es zumindest, während der Prinz eine kleine Taschenlampe hervorholte und an einem Ingwerkeks knabbernd einen Krimi las. «Ich versuche, mich in gute Laune zu versetzen», sagte er. «Das *muß* man tun.»

Es war sicherlich die richtige Einstellung, und sie versuchte, ihren Geist zu beruhigen, um die Tönung ihres Schlafs zu beeinflussen. Aber ihre Mißstimmung hielt an, sie war seltsamerweise durch ein Gespräch hervorgerufen worden, das sie zufällig an der Grenze mit angehört hatte. Eine Gruppe von französischen Soldaten, die nach ihrem schlampigen Aussehen zu urteilen der regulären Truppe angehörten, hatten mit dem größten Ernst darüber diskutiert, ob Schnecken besser schmecken, wenn man sie einfach nur grillt oder ob eine Soße den Geschmack verbesserte. Es war so typisch französisch, daß sie am liebsten gelacht und gleichzeitig laut geflucht hätte. Die Franzosen!

«Erzählen Sie mir von Affad», sagte sie.

«Er ist ein eigenartiger Mann, ein komischer Kauz», sagte der Prinz, wobei er nachdachte mit der Schnelligkeit eines Vogels, seine Ideen flatterten in seinem Brustkasten, gleichzeitig blieb er sozusagen vollkommen unbeweglich auf seinem Zweig sitzen. Er sah, wie man so sagt, seinen Freund ‹im Geist vor sich›. «Die Mutter seiner Frau war eine enge Freundin von uns, oder vielmehr, sie ist es immer noch, sie ist eine Schulfreundin meiner Frau. Sie wohnt in Genf und kümmert sich um den kleinen Jungen. Sie besitzt ein sehr großes Haus am Seeufer und ist noch jetzt sehr schön, dunkelhaarig und imposant wie eine Statue, aber sie spricht nie, sie blickt einen nur aus diesen riesengroßen dunklen Augen an. Affad war immer zwischen zwei Lilien – das haben wir natürlich nur gesagt, um ihn zu necken. Beide, die Mutter wie die Tochter hießen Lili; einen Vater gab es nicht, zu der Zeit war das ziemlich skandalös. Sie glichen einander aufs Haar, beide dunkel, statuenhaft und schweigend, aber sie konnten einen ansehen, als ob sie auf einen heruntersahen. Ihr Schweigen und ihr Blicken waren höchst ungemütlich. Zuerst war er mit Lili, der Mutter, befreundet, er hat mir erzählt, daß sie oft an seiner Wohnungstür geklingelt hat, und als sein Diener öffnete und sie in den Salon führte, hatte sie sich an den Kamin gestellt, ihn angesehen und kein Wort gesprochen. Zuweilen hätte sie sich eine Zigarette angezündet und nachdenklich – aber immer schweigend – geraucht. Dann plötzlich, als folge sie einem neuen Impuls, hätte sie sich abgewandt und den Raum verlassen, ohne Lächeln, vage wie zuvor. Er gewöhnte sich an diese Besuche, obwohl sie sich kaum begrüßten. Trotzdem seien sie ihm ein wenig unheimlich gewesen, gestand er mir. Dann lernte er ihre Tochter Lili kennen, und zum Erstaunen aller heiratete er sie. Sie war unbeschreiblich schön wie ihre Mutter, streng wie eine ägyptische Göttin, selbstsüchtig wie der Wahnsinn, aber auch von großer Reinheit und Gerechtigkeit. Viele Männer verehrten sie, aber sie bemerkte es nicht. Eines Tages hörte sie Affad irgend etwas sagen wie: ‹Frömmigkeit gibt einem eine Art von Unabhängigkeit.› Und diese Bemerkung – ich weiß nicht, ob ich sie genau wiedergebe, aber das war der Sinn, hat tiefen Eindruck auf sie gemacht. Sie verliebte sich Hals über Kopf in ihn. Ich wiederhole Ihnen nur, was er mir erzählt hat. Es war auf einer von diesen vollgedrängten Cocktailparties, wo sie zu ihm sagte, so als wolle sie sich die Regung ihres Herzens bestätigen: ‹Würden Sie diese Worte bitte wiederholen?› Und er tat es. Und so blieb sie bei ihm, fest wie ein Magnet – bis zum Bruch. So sind eben unsere ägyptischen Frauen – Gehirne leicht wie Federn.»

«Und das Kind?» fragte sie mitleidig neugierig. «Wo ist es?»

«Hier. Deshalb kommt er so oft nach Genf. Der Junge hat die gleichen Augen wie seine Mutter und wie seine Großmutter. Er hat Lilis wilde, dunkle Augen, ihre verletzten Augen, sie brennen in seinem Kopf wie kleine Sonnen, Constance, wie kleine Sonnen.»

Er schwieg eine Weile, tief in Gedanken, in die Geistesabwesenheit der Erinnerung versunken, während er im Geist die Szenen an sich vorbeiziehen ließ und sie zu bewerten versuchte.

Er fuhr fort: «Die englischen Poeten sagen Augensterne für Augen, ja und das hat der Knabe – zwei schwarze Augensterne.» Die Worte hatten einen außergewöhnlich vollen Klang, als er sie rollend aussprach. «Ich glaube, sie alle hofften, daß irgendeine neue medizinische Behandlungsweise ihn kurieren könnte, irgend etwas ganz Modernes wie Ihre Analysen, was immer das ist ... Aber bislang ist es nicht gelungen. Augensterne!» wiederholte er, von dem Ausdruck entzückt.

«Analysen!» sagte sie hilflos, weil sie schmerzlich die Grenzen ihres Berufs erkannte. Sie waren nur in ganz bestimmten Bereichen wirksam, diese von ihr so hochgeschätzten Analysen. Man konnte nur bis zu einer gewissen Schicht vordringen, die tieferen Lagen blieben unerreichbar, und dann fing man unwillkürlich zu erfinden an, man begann Braille zu lesen, und damit setzten die Entstellungen ein. Die Sicht war getrübt, die Möglichkeiten waren ausgeschöpft, das Schiff lief auf einer verborgenen Klippe auf. Es kam einer intellektuellen Bankrotterklärung gleich – die sogenannte Heilung war eigentlich ein Schuldschein. «Eine Analyse würde nicht helfen», sagte sie, «sie würde ihm nicht guttun.»

«Es ist die Kulmination der Sprachlosigkeit der beiden Frauen dieser ... wie nennen Sie es noch? Ach ja, Autismus. Oh, wir haben alle so mitgelitten mit dem armen Affad, es ist so besonders traurig, wenn man bedenkt, was für eine außerordentliche Persönlichkeit er ist. Zuerst schienen die beiden eine einzigartige Beziehung zueinander zu haben, sie schwebten wie auf Wolken. Man hatte den Eindruck, sie dächten dieselben Gedanken, ja sie schienen gleichzeitig zu atmen. Aber das ist lange her, vermutlich hat er inzwischen seine Ruhe wiedergefunden. Aber er kommt noch immer nach Genf, um den Knaben zu sehen. Er hat mir erzählt, daß er an der Corniche auf die große schwarze Limousine wartet, bevor er zum Haus geht. Er weiß, um welche Zeit sie vorbeikommt. Lili fährt jeden Nachmittag mit dem Jungen am See entlang, sie sieht heiter und schön wie eh und je aus, ohne den geringsten Hauch von Unzufriedenheit, nur daß sie schweigend in die Ferne starrt, so wie der Junge. Er sitzt neben ihr in seinem Matrosenanzug von Harrods und mit seiner Mütze auf deren Band ‹H.M.S. Milton› steht. Verstehen Sie, was ich meine? Einmal hat Affad mich mitgenommen, damit ich sie vorbeifahren sehe. Hinterher hat er mich gefragt, was ich denke, und ich wußte nicht, was ich ihm antworten sollte. Was war wohl der Sinn seiner Frage? Die Augen des Jungen sprühten vor Energie, er schien alles zu sehen, wandte sich mal nach rechts, mal nach links. Aber warum spricht er nie? Affad hat mir erzählt, er habe gehört, daß Lili – die Mutter – ein einziges Mal die Initiative ergriffen und vor einer Menschenversammlung gesprochen habe. Es war im Theater während einer Vorstellung von *Phèdre*. Sie war plötzlich würdevoll aufgestanden, hatte die Hand gehoben und mit tiefer, heiserer Stimme, aber völlig ruhig gesagt: ‹Nein, das muß aufhören. Das geht zu weit.› Dann hatte sie sich genauso ruhig umgewandt und mit den Händen auf den Ohren das Theater verlassen. Menschen sind so merkwürdig, finden Sie nicht? Ihre Schönheit war phänomenal, und ihre Würde wie ihr Charme raubten den Menschen die Sprache.» Constance war gegen ihren Willen eingenickt.

Der Zug zockelte durch die schneeleuchtenden Felder mit einem schlafenden Mädchen und einem lesenden Prinzen. Er schlich durch das verdunkelte Grenoble und hinunter in die Ebene in Richtung auf Valence. Es war spät, als sie endlich in den leeren, schweigenden Bahnhof einfuhren. Die Stadt schlief, nur hier und da brannte eine Glühbirne in einer ärmlichen Behausung. Jetzt waren auch sie schlaftrunken und nahmen nur vage wahr, daß der Zug angehalten hatte. Die Morgendämmerung kam bereits auf, als sich endlich wieder etwas rührte. Eine Gruppe grauer, gepäckbeladener Soldaten hastete klirrend im Laufschritt den Bahnsteig entlang und kletterte wortlos in die Waggons. Was ihnen eigenartig vorkam. Doch nun beschleunigte der Zug das Tempo, als sei er von den Neuankömmlingen befeuert worden, und sie sahen, daß sie im eisigen Morgengrauen durch eine vom Schnee noch nicht berührte Landschaft fuhren, entlang der ‹erinnerungsträchtigen Rhône›. Diese Wendung kam ihr wieder in den Sinn, während der Fluß an ihnen vorüberglitt, und rief in ihr die unbeschwerte Fahrt ihrer Jugend wach – wie lang war das her. Die Weiden, die Festungen, die Weinberge – sie alle waren noch da, wie damals, wie jetzt? Es schien unvorstellbar, und ihr wurde plötzlich bewußt, wie fern dieser unvergeßliche Sommer bereits war, wie weit getrennt sie voneinander waren, und diese Erkenntnis gab ihr einen Stich ins Herz. Oberflächlich gesehen hatte sich also nichts verändert, die Provence war so, wie sie immer gewesen war.

Der Prinz, als wolle er den kalten Sonnenaufgang gebührend würdigen, holte eine Thermosflasche mit heißem Kaffee hervor und goß ihr eine Tasse ein. Der Kaffee sowie die Ingwerkekse, die er für einen Notfall immer bei sich führte, schmeckten köstlich. «Wie gescheit von Ihnen, an so etwas zu denken», sagte sie. «Ich Dummkopf dagegen habe geglaubt, man könne Getränke und Butterbrote kaufen.» Ihr war klar, daß sie Krieg und Nahrungsmittelknappheit nicht in Zusammenhang gebracht hatte – noch nicht! Sie dachte: Ich habe noch eine Menge zu lernen und zog ihren Mantel enger um sich. Sie war dankbar, daß die Sonne in der Ebene glitzernd auf die Maulbeer- und Olivenbäume schien. Aber sie hatte ihre Kriegslektion noch nicht ganz gelernt – ihr stand noch einiges bevor.

Kurz bevor sie ihr Ziel erreichten, fuhren sie unter einer altmodischen Eisenbahnbrücke hindurch, die über die Schienen führte. Sie blickte abwesend nach oben und sah in dem stürmischen Mistral sechs schwingende, langsam um sich selbst trudelnde Formen, die sie im Unterbewußtsein sofort als menschliche Gestalten erkannte. Sie waren an den eisernen Brückenbögen aufgeknüpft und dann in die Leere gestoßen worden. Der kurze Ruck, der sie hochgerissen hatte, mußte ein qualvoller Moment gewesen sein, bevor sie den Preis für ihr Vergehen, was immer es gewesen sein mochte, bezahlt hatten. Sie hoben sich vom Himmel ab und hingen an den rostroten Verstrebungen wie Puppen, die vom Wind wie auf einem Spieß langsam gedreht wurden. Ihre Köpfe saßen schief auf den Schultern, so daß sie wie spöttische Mitglieder eines griechischen Chors aussahen oder auch vielleicht wie exotische Vögel. Ihr Vorhandensein dort, so hoch oben in der Luft, war gewiß eine eindringliche Warnung – aber für wen, für was? Irgendwann einmal hatte sie tote Elstern gesehen, die mit gleicher Absicht an ein Scheunentor genagelt worden waren. Sie fröstelte. «Schauen Sie hoch!» rief sie scharf, fast in einem Befehlston, und der Prinz hob den Kopf und musterte die Gestalten längere Zeit, bevor er sagte: «Zeichen und böse Omen der Herrenrasse! Sechs menschliche Wesen!» Bei sich selbst dachte er: Ihr langer komplizierter Dialog mit der Wirklichkeit, mit den Umständen, der Ungewißheit ist beendet. So abrupt und so kompromißlos! Ein winzigkleines Krachen und ein dünner Knochen bricht. Er fühlte sich plötzlich sehr alt und verletzbar. Er ging ans Fenster und betrachtete eingehend die schwingenden Formen und folgte ihnen mit den Augen, bis sie aus seiner Sicht entschwanden. Fast schien es so, als wolle er dadurch in die Vorstellung des Krieges, in die Wirklichkeit des Krieges eintauchen. «Ich sehe», sagte er bitter, «die Deutschen fühlen sich hier ganz wie zu Hause.» Er nahm ihre Hand und küßte sie, bevor er sich wieder setzte. Sie versanken in düsteres Schweigen, was erst von dem Quietschen der Lokomotivbremsen unterbrochen wurde – sie waren am Ziel. Sie waren in Avignon angekommen.

Der Bahnhof war fast leer, abgesehen von den Soldaten, die mit ihnen gereist waren, und so war es nicht schwierig, die kleine Gruppe von Zivilisten auszumachen, die zu ihrem Empfang erschienen waren. Sie standen mit bedrückter Miene in einem Kreis, beobachteten den Zug und flüsterten miteinander, dann plötzlich erspähten sie ihre Besucher, und ein Lächeln breitete sich auf ihren Gesichtern aus. Bohr, der Schweizer Konsul, war da, der eine größere Anzahl kriegführender Nationen vertrat, wie zum Beispiel England, Holland, Belgien, ganz abgesehen von seinem eigenen Land. Neben ihm stand mit einem resignierten und sardonischen Ausdruck der Arzt, der als Verbindungsmann zwischen der Sanitätstruppe und dem Roten Kreuz fungierte. Er war von einer überströmenden provinziellen Liebenswürdigkeit, als er sah, daß er es mit einer hübschen Frau zu tun hatte – das lästige französische Unterrock-Fieber lautete ihre Diagnose. Offensichtlich mußte man ihn energisch in seine Schranken verweisen! Das dritte Mitglied der Gruppe war eine kleine, ausgesprochen hübsche Frau um die Dreißig, ihr Haar war fast so blond und glänzend wie Constances. Ihr Benehmen und ihr Lächeln waren zuvorkommend und ungezwungen, man hatte bei ihr sofort das Gefühl, in der Gegenwart einer warmherzigen Freundin zu sein. Zumindest erging es Constance so.

Die kleine Gruppe begrüßte die Ankömmlinge freundlich, aber etwas steif, als betrachtete ein unsichtbarer Beobachter sie aus der Ferne und machte sich Notizen. Bohr war Constance schon in Genf von Felix Chatto vorgestellt worden, er war ein großer, schwerer Mann in einem dicken, dunklen Anzug und mit einem nichtssagenden Gesicht. Er war betont höflich, aber einsilbig; der Arzt hieß Bechet, das Mädchen im Pelzmantel Nancy Quiminal. Constance wußte aus den Akten, daß sie verheiratet war und zwei Kinder hatte, ihr Mann war Musiker im städtischen Orchester, aber seit einiger Zeit bettlägerig, die Ursache seiner Krankheit war unbekannt. Madame Quiminal war seit mehreren Jahren die Vertreterin des Roten Kreuzes in einer der südlichen Provinzen, deren Hauptstadt Avignon war – *chef lieu*. Sie hatte ein so einnehmendes und gewinnendes Wesen, daß Constance sofort ihrem Charme verfiel, desgleichen der Prinz. Es fehlte nur wenig, und die zwei Frauen hätten Arm in Arm den Bahnhof verlassen. Militärposten schnüffelten an ihren Papieren wie Bulldoggen, aber sagten nichts und winkten sie durch die Barriere. Auf den ersten Blick schien alles unverändert. Nein, doch nicht, die kleinen, von Pferden gezogenen *fiacres* waren verschwunden und durch zwei alte Taxis und zwei oder drei Busse ersetzt worden. Die Palmen sahen krank und wie von Mehltau befallen aus. «Wie traurig», sagte Constance, als sie die Veränderungen erwähnte, und der Arzt sagte zynisch, daß die Pferde vermutlich – und hier machte er eine große, umfassende Geste – aufgegessen seien, um die kargen Fleischzuteilungen aufzubessern, denn Fleisch sei schwer zu bekommen und erziele erstaunlich hohe Preise, aber in letzter Zeit sei überhaupt keines mehr zu kaufen gewesen, selbst nicht auf Lebensmittelmarken. Constance sagte zerknirscht: «Oh, bitte verzeihen Sie mir meinen Mangel an Takt.» Aber Nancy Quiminal drückte nur ihren Arm, kicherte und sagte: «Wir verhungern – aber langsam, Sie werden es bald selbst sehen. Trotzdem hält jeder Marschall Pétain für einen Gott, und alle vertrauen auf die Nazis.» Sie hatte bissig geklungen, und der Arzt fürchtete wohl, daß ihre Bemerkung zu scharf gewesen sei, denn er sagte jetzt: «Sie müssen auch die guten Seiten sehen, meine Liebe, die Ärzte sind sehr besorgt, denn bei dieser Nahrungsknappheit wird niemand mehr krank, was bedeutet, daß sie bald keine Patienten mehr haben. Hungern, wenn es sich in Grenzen hält, ist sehr bekömmlich für die Bevölkerung.»

«Sie haben keine Kinder, Doktor», sagte Nancy mit einer Grimasse. «Und was Pétain und Laval betrifft …», aber sie beendete den Satz nicht. Es gelang ihnen, das größte Taxi zu erwischen für die kurze Fahrt entlang der Außenseite der alten Stadtmauer. Der Fluß sah trübe und ungemütlich aus. Der Prinz rieb sich erwartungsvoll die Hände, er freute sich auf ein heißes Bad und einen Drink. Aber das alte *Europa* sah trostlos und ungepflegt aus. Der hübsche Innenhof war mit Herbstlaub bedeckt, die kärgliche, behelfsmäßige Beleuchtung sprach für Strommangel, dazu war es noch ungeheizt, die Halle war kalt und feucht. Der Manager kam und begrüßte sie, er kannte sie von früher, aber er sah jetzt traurig aus, als er auf den Prinzen zuging, um dessen Hand zu schütteln. «Exzellenz», sagte er bedrückt und machte eine vage Handbewegung, die irgendwie all die widrigen Umstände ausdrückte, mit denen sie sich in dieser neuen Welt abfinden mußten. «O je», sagte der Prinz, «wo sind all die gemütlichen Kaminfeuer?» Der Manager nickte und sagte: «Das Holz ist abtransportiert worden, ganze Wagenladungen voll, aber nicht nur das Brennholz, Exzellenz, sondern auch die anderen Hölzer für Zimmerarbeiten. Kaputt! Und man fragt sich warum. So viele Wagenladungen voll. Während wir hier …» Die Bar war mit Kerzen erleuchtet und sah fast wie früher aus. Ihnen wurden Drinks angeboten, und sie setzten sich hin zu einer kurzen Lagebesprechung, bevor ihre neuen Freunde sich verabschiedeten. Der Schweizer informierte sie, daß sie in der Villa des deutschen Militärgouverneurs zum Abendessen erwartet würden. Er wandte sich an Nancy Quiminal und den Arzt und sagte:

«Leider erstreckt sich die Einladung nicht auf Sie beide, ich weiß nicht warum.» Ihre beunruhigten Mienen heiterten sich spontan auf und ihre hochgehobenen Hände drückten große Erleichterung aus. «Gott sei Dank», sagte der Arzt und empfahl sich. Es war deutlich zu sehen, daß Nancy Quiminal sein Fortgehen nicht bedauerte, ihre bisherige leichte Zurückhaltung fiel jetzt völlig von ihr ab. Fast schien es so, als hätte sie sich gescheut, in seiner Gegenwart frei zu sprechen. Was vermutlich, sagte sich Constance, nichts mit der gegenwärtigen Situation zu tun hatte, es lag wohl eher an ihrer meridionalen Einstellung, denn im Mittelmeergebiet traut niemand seinem Nachbarn, jeder nimmt an, daß jeder etwas im Schilde führt oder hinter dem Rücken schlecht von einem spricht. Quiminal war eine Protestantin aus der zerklüfteten Landschaft um La Salle, während Bechet aus Arles stammte und vermutlich Katholik war. Jetzt fühlten die beiden Frauen, daß sie offen miteinander reden konnten, und als Constance einige mitfühlende Fragen stellte, faßte Nancy Mut und erzählte ihnen, was es hieß, mit den kargen Nahrungs-, Textil- und Benzinzuteilungen zu leben und der frühen Sperrstunde, die jede Nacht endlos erscheinen ließ. Im Sommer erstickten sie fast in den dumpfen Wohnungen im unteren Teil der Stadt. Und dann bestand natürlich die Gefahr, daß man immer bei der Miliz denunziert wurde, deren Mitglieder das Recht hatten, die Gestapo zu Hilfe zu rufen, und dann konnte alles passieren: Deportation, Gefängnisstrafen oder sogar Mißhandlungen durch diese Schurken. Nach einer halben Stunde blickte der Schweizer auf die Uhr und sagte, daß der Dienstwagen sie bald abholen werde und sie sich daher vielleicht ein wenig ausruhen wollten, bevor sie sich in die Höhle des Löwen wagten. «Ja, ich muß auch aufbrechen», sagte Madame Quiminal energisch. «Sie können allen meine besten Grüße übermitteln, aber besser nicht.» Mit einer spöttischen kleinen Grimasse reichte sie jedem die Hand, indem sie sagte, daß sie das Abendbrot für die Kinder zubereiten müsse, dann verschwand sie mit schnellen Schritten in die Dämmerung. Sie hatte sich offensichtlich irgendwie mit den Deutschen arrangiert und Lebensmittelkarten erhalten, mit denen sie ihre Kinder ernähren konnte. Wie, wagte man sich kaum vorzustellen …

Der Dienstwagen mit einem begleitenden Adjutanten wartete, wie verabredet, auf dem kleinen Platz mit seinen fast kahlen winterlichen Bäumen. Die drei bestiegen ihn mit dem Gefühl, Diplomaten zu sein, die im Begriff sind, ihr Beglaubigungsschreiben abzugeben – was nicht so weit entfernt von der Wahrheit war, trotz der ambivalenten Position der Deutschen. Es war erfreulich, daß das Rote Kreuz bislang von den Nazis geduldet, seine Autorität von ihnen anerkannt wurde. Vielleicht konnten sie auf Grund dessen doch einen gewissen Einfluß ausüben – oder so hofften sie, denn die etwas furchteinflößende Einladung schien in diese Richtung zu weisen.

Constances Herz schlug schneller, als sie sah, daß der Wagen, nachdem er die Brücke überquert hatte, den engen, kurvenreichen Landweg einschlug, der durch die Hügel zu der Villa führte, wo Lord Galen vor nicht zu langer Zeit Hof gehalten und seine geistesabwesenden Aussprüche über das Leben und die Kunst von sich gegeben hatte, wo sein violetter Chauffeur Max sich um alles gekümmert und seinen Lord vor der bedrohlichen Wirklichkeit geschützt hatte. Die Villa war vorübergehend als Residenz für den General, aber zum Teil auch als Messe für die höheren Offiziere beschlagnahmt worden – eine Anordnung, die von Esslin aufs höchste mißfiel und seinen Verdacht, daß er von der Partei geringgeschätzt wurde, noch verstärkte. Er hatte das Gefühl, eine Art lokaler Portier zu sein, denn nur er allein bewohnte die Villa, aber tagsüber war er gezwungen, mit den hohen SS-Offizieren zu trinken, zu essen und kameradschaftlichen Umgang zu pflegen, einschließlich eines Mannes namens

Fischer, dessen Befehl die Gestapo unterstand. Diese für ihn höchst unerfreuliche Situation bedrückte ihn, so daß er immer wortkarger wurde. Um sein rebellisches Gemüt zu beschwichtigen, hatte er ein altes in Gold gefaßtes Monokel wieder hervorgeholt, das er im Grunde genommen nicht mehr brauchte und nur noch bei feierlichen militärischen Anlässen trug. Er klemmte sich dieses Einglas grimmig ins rechte Auge, wohl wissend, daß er damit aristokratisch und unnahbar aussah. Er saß in der Offiziersmesse kerzengerade am Tisch, als sei er taub, und rollte Brotkügelchen; er war so kalt wie ein Eisberg. Und in diese eher frostige Atmosphäre war der Befehl vom Hauptquartier geplatzt, sich mit den aus Genf anreisenden Vertretern des Roten Kreuzes in Verbindung zu setzen und sie zu bewirten und zu unterstützen. Es war nicht ganz klar, wer eigentlich verantwortlich war, die Zivil- oder die Militärverwaltung. Aber noch während sie diese Frage diskutierten, erreichte sie eine andere Nachricht, diesmal vom Genfer Konsulat, die besagte, daß sie sich bereithalten sollten, einen ägyptischen Prinzen, ein Mitglied des Herrscherhauses, der das Rote Kreuz vertrat, zu empfangen. Ägypten! Die ganze Sache bekam plötzlich einen leicht politischen Anstrich, denn die Achte Armee war im Begriff, in der Wüste mit dem Afrikakorps Feindberührung aufzunehmen, und vielleicht konnte man von den Besuchern irgend etwas Nützliches erfahren. Von Esslin beschloß, die Verantwortung auf sich zu nehmen, obgleich er natürlich nicht ahnen konnte, wie unangebracht es war, die Gäste ausgerechnet in Lord Galens alter Villa zu empfangen, die für sie voller Erinnerungen war.

Constance drückte die Hand des Prinzen, und er erwiderte ihre Geste voller Mitgefühl; er spürte ihre Erregung, als der Wagen durch die vertrauten mit *maquis* bewachsenen Schluchten fuhr, die zu den einsamen Waldschneisen führten, wo Eisenzäune die alten Grenzen von Lord Galens Besitz markierten. «Da ist das Haus!» rief sie laut, und der Prinz ergriff wiederum ihre Hand, aber diesmal ließ er sie erst los, als sie auf den Kiesweg vor dem Haus traten. Ja, er ging sogar noch weiter, er hielt sie fest bei der Hand, während sie die Stufen des Portikos mit seinen ausgekehlten griechischen Säulen hinaufschritten und gemeinsam den großen Salon betraten, wie Schauspieler eine Bühne betreten. Der Schweizer Konsul zottelte ein wenig atemlos hinter ihnen her und war etwas verwirrt von dem Anblick der schweigenden Offiziere, die sich zu ihrer Begrüßung erhoben. Aber auch sie waren verwirrt, denn niemand hatte sie gewarnt, daß eine hübsche Frau ihr Gast sein würde, und der Prinz mit seinem Tarbusch war gleichfalls eine unerwartete und überdies exotische Erscheinung. Der Schweizer murmelte einige passende einführende Worte, und die Offiziere traten, einer nach dem anderen vor, und gaben ihnen förmlich die Hand. Aber am verwirrtesten von allen war seltsamerweise der General, er ließ vor Überraschung sein Monokel fallen, das auf den Knöpfen seiner Paradeuniform klirrte. Er errötete und zuerst schien es, als wolle er sich nur vor ihr verbeugen, statt ihr die Hand zu geben. Aber selbst als ihr Name genannt wurde, legte sich seine Erregung nicht, denn sie sah aus wie eine Doppelgängerin seiner verstorbenen Schwester Constanza – die gleiche kühle Schönheit, die gleiche unabhängige und souveräne Geisteshaltung. Seine Hand zuckte spontan zurück, als er die ihre berührte, als hätte ein Insekt ihn gestochen. Auf sie machte er den Eindruck eines großen, formlosen, aber irgendwie aufrichtigen Menschen, er sah rosig und ein wenig rührend aus – wie so viele von diesen Sadisten! Er zwang sich äußerlich zur Ruhe, aber innerlich war er aufgewühlt, denn er hörte sie jetzt sprechen in einem präzisen hannoveranischen Tonfall mit einer patrizischen Modulation. Sie stammte also aus einer guten Familie!

Der Prinz sprach ein stockendes Deutsch, aber für die augenblickliche Situation war es gut genug. Fischer trat jetzt heran – voller Selbstbewußtsein, aber seltsamerweise sprach er kaum ein Wort. Von Esslin verstand sehr wohl warum – der Lakai war durch den Akzent des Mädchens und ihr gewandtes gesellschaftliches Auftreten eingeschüchtert. Sie ihrerseits sah eine Art von Gigolo vor sich, dessen vor Brillantine glänzendes Haar von der hohen Stirn zurückgekämmt war. Sie dachte verachtungsvoll, daß er wie eine geschniegelte Schaufensterpuppe aussah. Sicher hegte er einen tiefsitzenden sozialen Groll gegen das Leben. Sie versuchte, sich eine Vorstellung von seinem Charakter zu machen, so wie alle Frauen es bei Männern tun, weil sie ihnen so furchteinflößend und unberechenbar vorkommen. Es war eine typisch weibliche Selbstverteidigungs-Reaktion. Mahl gegenüber fühlte sie sich weniger befangen, er war einfach ein schweigsamer, sturer Bock, auch der kurzsichtige Smirgel war ihr nicht so unsympathisch, mit seinen dicken Brillengläsern und Augen, die aus blauem Tweed zu bestehen schienen und in denen sich nichts widerspiegelte. Aber er hatte eine gewisse akademische Würde, und sie war nicht erstaunt, als sie später hörte, daß er mit ‹Professor› angeredet wurde, denn genau das war er. Drinks wurden serviert, und man tauschte Höflichkeiten aus. Die Offiziere tranken schweren, süßen Wein oder Whisky. Constance entschloß sich zu letzterem, um ihre Müdigkeit zu vertreiben und ihren Magen zu beruhigen, denn die Reise hatte sie heißhungrig gemacht – Hunger ließ sich nicht mit Sandwiches, Keksen und ähnlichen Kleinigkeiten stillen, und sie hoffte, daß ihre Gastgeber ihnen zumindest ein gutes Abendbrot vorsetzen würden.

Während sie darauf wartete, antwortete sie höflich auf alle Fragen und nahm die Komplimente über ihr Deutsch vergnügt entgegen – sie hätten noch nie eine Schweizerin mit einer so aristokratischen Aussprache gehört, es sei schwer zu glauben, daß sie mit ihrem blonden Haar keine Deutsche sei, aber es sei noch schwerer zu glauben, daß sie als Vertreterin des Roten Kreuzes in Avignon vorgesehen sei, wo nur so wenige Deutsch sprachen. Beim Abendessen, das durchaus eßbar war, saßen der Prinz rechts und sie links von Esslin, der als Gastgeber fungierte. Fischer saß mit dem Konsul am anderen Tischende. Links neben dem Konsul saß ein schwermütiger höherer Offizier namens Landsdorf. Er war sehr taub und sich dieser Tatsache peinlich bewußt. Im Verlauf des Diners erwähnte der Prinz beiläufig, daß er das Haus gut kenne, da er zu Friedenszeiten hier oft zu Gast gewesen sei. Dies erweckte großes Interesse bei Professor Smirgel und bei Fischer, aber es war der letztere, der sagte: «Sie meinen Lord Galen?» Dies gab der Prinz zu. «Ein reicher Jude, der versuchte, den berühmten Tempelritterschatz zu finden, nicht wahr?» Er spitzte die Ohren, aufmerksam wie eine Katze, als er auf die Antwort des Prinzen wartete. «Ja, obwohl, soweit ich weiß, ohne Erfolg. Oder das hat er mir zumindest gesagt; er ist zur Zeit in Ägypten. Ich habe ihn letzten Monat gesehen.» Smirgel neigte den Kopf zur Seite und starrte mit seinen Tweedaugen lange ins Leere, bevor er sich einmischte: «Aber irgend etwas hat er gefunden – ein mögliches Versteck, nein? Glücklicherweise sind sein Assistent und sein Sekretär hiergeblieben und helfen uns bei unseren eigenen Nachforschungen. Der Führer ist nämlich an diesem Projekt sehr interessiert, er verspricht sich sehr viel davon. Man hat ihm mehrfach prophezeit, daß er ihn finden würde.» Er saugte seine Wangen ein und beugte den Kopf tief über das weiße Tischtuch, um das vage Lächeln, das seine Lippen umspielte, zu verbergen. Es war kein sardonisches, sondern eher ein schüchternes, verlegenes Lächeln. Der Prinz sagte unumwunden: «Meiner Meinung nach ist das Ganze der schiere Unsinn, ein Volksmärchen, mehr nicht.» Sie sahen ihn neugierig an, aber sagten nichts. Sie setzten die Mahlzeit schweigend fort, so als warteten sie darauf, daß er fortfuhr, aber nun schwieg auch er. Mahl hustete, ein kurzes Bellen, und

Landsdorf, der glaubte, er hätte ihn angesprochen, hielt die Hand hinters Ohr, um ihn besser zu verstehen. «Nein, nichts», sagte Mahl zu ihm. «Ich habe nichts gesagt.»

Constance war über die offensichtliche Verwirrung des Generals, der kaum zu wagen schien, sie direkt anzusehen, zutiefst erstaunt. Nur ein einziges Mal, als der Prinz verkündete, daß sie wahrscheinlich als Rot-Kreuz-Vertreterin vorgeschlagen würde, fixierte er sie kurz, bevor er sich schüchtern sein Monokel wieder einklemmte.

«Ich meinerseits», sagte der Prinz munter, «bin, wie Sie wissen, der Angehörige einer neutralen Nation und hätte den verantwortlichen Leuten hier einige Vorschläge zu unterbreiten – aber wer ist hier verantwortlich? Zum Beispiel ...» Er holte tief Atem, bevor er das eine Thema anschnitt, von dem er nicht wußte, wie die Deutschen darauf reagieren würden. «Zum Beispiel – die Juden!» Nun, das Wort war ausgesprochen! «Mit wem kann ich über die Juden reden? Die ägyptischen Juden haben mir sehr weitreichende Vollmachten gegeben, aber mit wem kann ich das diskutieren?»

Sie sahen sich an, diese fünf deutschen Offiziere, wie Komplicen wider Willen, was sie jedoch hinter einem stilisierten Hochmut verbargen, so als wollten sie sagen, daß die Erwähnung dieses Themas alle Anstandsregeln gröblich verletzte. Von Esslin starrte auf einen fernen Horizont, neigte aber sein Ohr Fischer zu, der, nach kurzem Nachdenken, während dem man in seine Gesichtszüge wie in einen Brunnen direkt bis in seine Kindheit sehen konnte, sich die Lippen befeuchtete und lächelte. Constance war verblüfft, denn keiner von ihnen sah wirklich beschämt oder schuldbewußt aus. Sie glaubten tatsächlich, daß sie das Richtige taten. Der einzige, dem nicht ganz wohl zumute schien, war der General, aber er machte den Eindruck, als grüble er über Dinge nach, die mit ihrem augenblicklichen Gespräch nicht das geringste zu tun hatten. «Sie müssen sich mit Vichy in Verbindung setzen», sagte Fischer. «Mit Laval – dem Büro für jüdische Angelegenheiten. Aber, ich sag Ihnen schon jetzt, es wird nichts nützen. Es wird das, was er die ‹Prophylaxe› nennt, nicht aufhalten!» Er lächelte, ein schlangenartiges Grinsen, an dem die Augen unbeteiligt blieben, während er sein Besteck neben den Teller legte. Mahl lachte leise und stillvergnügt, er sagte: «Nun, nachdem die französische Miliz mit ihren neuen Uniformen eingetroffen ist, wird alles wie am Schnürchen laufen.» Dies löste die Spannung, und alle lächelten zustimmend. «Was für eine neue Uniform?» erkundigte sich der Prinz neugierig. Fischer beschrieb sie ihm voller Verachtung: Khakihosen, blaue Hemden und Baskenmütze. «Zweifellos erwarten sie, daß wir auf der Straße vor ihnen salutieren!» sagte er mit amüsierter Stimme, und seine uniformierten Zuhörer brachen ergeben in ein wieherndes Gelächter aus. «Also gut, dann werde ich mich an Laval wenden», sagte der Prinz, «da Sie hier ja offensichtlich keine Machtbefugnisse haben und nur die ausführenden Organe des alten Marschalls sind.» Diese Bemerkung gefiel ihnen gar nicht, und Constance, die die allgemeine Feindseligkeit spürte, sagte, um sie abzulenken, um ihnen sozusagen eine Beruhigungspille zu verabreichen: «Aber mein Problem, General, können Sie sicher lösen. Ich besitze ein Haus ganz in der Nähe von Tubain. Sollte ich diesen Rot-Kreuz-Posten annehmen, meinen Sie, ich könnte dort wohnen während der Zeit, in der ich in Avignon arbeite? Ich habe einen ganzen Sommer lang in dem Haus gelebt, es wäre also leicht, es wieder bewohnbar zu machen. Würden Sie mir die Erlaubnis geben?»

Alle atmeten sichtlich erleichtert auf, das war etwas, mit dem sie leicht umgehen konnten. Sie überschlugen sich förmlich vor altmodischer Liebenswürdigkeit. «Ich sehe keinen Grund, warum nicht», sagte der General zuvorkommend. «Ja, wir haben gerade den richtigen Mann dafür hier am Tisch – heh, Landsdorf!» Der taube Offizier hielt die Hand hinters Ohr, bis Professor Smirgel, der Constance wegen ihres aristokratischen Akzents unentwegt bewundernd angeglotzt hatte, ihm die Situation erklärte. Landsdorf sah einen Augenblick lang erstaunt aus, dann nickte er energisch mit dem Kopf, um anzuzeigen, daß er dieses Anliegen durchaus erfüllen konnte. Constances Herz hüpfte vor Freude. «Es wird dort aber recht kalt sein und vielleicht auch etwas gefährlich», gab der General zu bedenken. «Aber ich bin überzeugt, Sie werden eine Ihnen genehme Lösung finden, vielleicht können Sie mit jemandem zusammen wohnen. Das Rote Kreuz stellt Ihnen vermutlich ein Auto zur Verfügung. Oder?»

Sie setzten es alle stillschweigend voraus, und Mahl erwies sich als sehr gut informiert über die Benzin-Preise auf dem schwarzen Markt im Vergleich zu rationiertem. Sie waren noch dabei, dieses Problem zu ventilieren, als das Zeichen gegeben wurde, daß sie sich ins Eßzimmer mit seinen behaglichen, cretonneüberzogenen Armsesseln begeben möchten. Smirgel gelang es mit einer Behendigkeit, die Constance zuerst ihrer sexuellen Anziehungskraft zuschrieb, einen Stuhl neben ihr zu ergattern – die Idee, daß sie von einem so ziegenartigen Wesen bewundert würde, verursachte ihr Unbehagen. Aber ihr wurde nur zu schnell klar, daß er etwas anderes im Sinn hatte. «Kennen auch Sie Lord Galen?» fragte er bei der ersten Gelegenheit, und als sie die Frage bejahte, fuhr er fort: «Wissen Sie etwas über seine Tätigkeit?» Es war ein etwas heikles Thema, und sie zögerte kurz, bevor sie sagte: «Nur sehr vage. Er ist ein Geschäftsmann, aber der Prinz kann Ihnen vielleicht Genaueres sagen.» Doch der Prinz schien eher bescheiden gestimmt zu sein. «Ich war nur sein stiller Teilhaber, er versuchte, den Schatz der Tempelritter zu lokalisieren – wir haben eine Menge Dinge gefunden: griechische und römische Statuen, mittelalterliche Haushaltsgegenstände, antike Waffen, was Sie wollen, nur nicht den Schatz.»

Sie sahen ihn mit respektvollem Interesse an. «Aber von dem Schatz – keine Spur», wiederholte er mit Nachdruck. «Nicht die geringste Spur!» Eine lange Stille folgte. Alle beugten sich leicht vor und sahen Smirgel an, als sei er ein Orakel, das allein dazu berechtigt war, sich zu dem Thema zu äußern – und so war es auch. Seine einzige Aufgabe schien darin zu bestehen, den Schatz ausfindig zu machen. Er sah spöttisch aus, als er sich seine Zigarette anzündete, dann blickte er Constance prüfend an, als warte er auf ihre Reaktion: «Das widerspricht den Aussagen seines Assistenten Quatrefages, der unser Gefangener ist und den ich selbst verhört habe. Ich muß hinzufügen, daß die Frage für uns sehr wichtig ist, weil der Führer an der Sache besonders interessiert ist. Er hat mich persönlich beauftragt, dieses Geheimnis zu lüften.»

Der Prinz sah eher verärgert aus, weil sein mißtrauischer Geist mit der Idee spielte, ob Galen nicht vielleicht doch den Schatz ausgegraben, es aber vor ihm geheimgehalten hatte. Vielleicht wußte er, vielleicht wußte Quatrefages, wo sich der Obstgarten mit dem legendären Quincunx von Bäumen befand? Aber nein, es konnte nicht sein. Lord Galen war zu dumm, um ein solches Täuschungsmanöver konsequent durchzuführen, ohne sich zu verraten. Er schüttelte entschieden den Kopf und sagte: «Nein, es ist unmöglich. *Wir* zumindest haben den Schatz nicht gefunden, es ist uns nicht einmal gelungen zu ermitteln, ob er tatsächlich existiert. Quatrefages war bereits entlassen, als ... Sie, meine Herren, die französische Grenze überschritten.»

Smirgel log, um herauszufinden, wieviel sie wußten, war die Schlußfolgerung des Prinzen. Es war nur zu klar ersichtlich, daß die Nazis auch zu keinem Ergebnis gekommen waren. Aber sie mußten dem Führer diese Tatsache beibringen, was bestimmt keine leichte Aufgabe war. Er seufzte. Er würde mit Lord Galen über die Angelegenheit sprechen, sobald er wieder in Ägypten war. Konnte man für den bedauernswerten Assistenten irgend etwas tun? «Wo haben Sie den armen Jungen eingesperrt?» Doch ihm wurde keine Antwort zuteil, und so ließ er die Sache fallen und diskutierte seine Reisevorbereitungen für Vichy, wo sich das berüchtigte Büro für jüdische Angelegenheiten befand. In der Zwischenzeit hatte Constance zugestimmt, Landsdorf ihr Haus zu zeigen. Er würde sie in der Früh abholen und sie nach Tubain fahren, um sich mit der Umgebung vertraut zu machen und zu entscheiden, ob ihr Plan, dort so weit von der Stadt und von jedem militärischen Schutz entfernt zu wohnen, durchführbar war. Es klang ihr irgendwie unaufrichtig. «Ich werde wohl kaum von den *Franzosen* erschossen werden!» sagte sie. Landsdorf errötete nicht. «Nichtsdestoweniger», sagte er. Dann schüttelten sie sich zur Bekräftigung ihrer Abmachung die Hand.

Der Dienstwagen brachte sie später am Abend nach Avignon zurück. An der Brücke wurden sie von einem Wachtposten gestoppt, dessen Aufgabe es war, darauf zu achten, daß die für elf Uhr befohlene Sperrstunde eingehalten wurde, aber der sie begleitende Adjutant sprach mit dem Posten und übernahm für sie die Verantwortung. Das Hotel lag im Dunkeln, doch als sie an die Eingangstür klopften, erhob sich der Manager aus einem tiefen Armsessel, in dem er dösend auf ihre Rückkehr gewartet hatte. Er hatte ein Tablett mit heißen Getränken und Wärmflaschen für ihre Betten vorbereitet. Sie waren froh, sich hinlegen zu können, denn sie waren beide beunruhigt und von der Reise ermüdet – eine Beunruhigung und Ermüdung, die nicht weichen wollten und sie irritierten, besonders da sie noch verstärkt wurden durch den vagen Eindruck von Unwirklichkeit, als wäre alles in Watte verpackt. Die Niedergeschlagenheit und Traurigkeit der Menschen um sie herum schien in die Atmosphäre eingesickert zu sein, sie infiziert zu haben. Sogar nach dem kurzen Blick, den sie auf die Stadt geworfen hatten, hatten sie den Eindruck, alle Gesichter seien von Verzweiflung gezeichnet. Der Gestank des Krieges war ihnen zum erstenmal entgegengeschlagen, und es war mehr als nur der üble Geruch von Wahnsinn und Verderben, es war der Geruch intellektueller Verunglimpfung, menschlichen Verrats. Constance saß auf dem Bettrand, wärmte ihre Hände an der Kaffeetasse und überdachte den eben verbrachten Abend. Eine Kerze flackerte in der sie umgebenden Dunkelheit. Sie ging die Gespräche noch einmal peinlich genau durch, als könnte sie auf irgendwelche Hinweise stoßen, warum diese Offiziere sich so verhielten, wie sie es taten. Und plötzlich kam sie zu der Erkenntnis: *Sie schämen sich nicht für das, was sie tun!* Und ein eisiger Schrecken durchzuckte sie. Sie ging zu Bett und löschte die Kerze, blies sie sanft aus und kroch unter die kalten, feucht riechenden Laken. In ihrem unruhigen Schlaf träumte sie von dem blauen, starren Blick Fischers, der etwas Mineralartiges hatte wie ein erloschener Edelstein. Es war ein Blick voll unbewußter sexueller Informationen. Er konnte Menschen moralisch depravieren, dieser Mann, allein durch sein Lächeln. Er verbirgt tief in seinem Inneren ein Geheimnis, dachte sie, hinter das noch niemand gekommen war. Und dennoch ging eine gewisse magnetische Anziehungskraft von ihm aus, ganz zum Unterschied zu den anderen, die leicht zu durchschauen, leicht einzuordnen waren. Der General war ein harmloser Dummkopf, für das Gute so empfänglich wie für das Böse – es mußte ihm nur befohlen werden. Ihre Schönheit hatte ihn offensichtlich verwirrt, er würde nicht schwer zu gängeln sein, falls notwendig …

Das Objekt dieser nicht sehr schmeichelhaften Beurteilung hatte sich seinerseits ins Bett zurückgezogen, oder genauer gesagt, er hatte sich zurückgezogen, um Schlaf zu finden, der sich jedoch an diesem Abend nicht so recht einstellen wollte, denn er stand noch immer unter dem Eindruck der unbekannten Besucherin, die in Gestalt eines Phantoms erschienen war. Des Phantoms von Constanza! Er rief sich die Erinnerung an ihr blondes Haar, an den warmen Blick ihrer blauen Augen zurück, und diese Erinnerung erfüllte sein Inneres mit großer Zärtlichkeit, die um so inniger war, weil sie sich auf jemanden bezog, der schon lange tot war. Aber dann gab es seltsame Gegenströmungen, Stromschnellen und Seichtwasser, die ihn daran hinderten, in seinen üblichen tiefen Schlaf zu sinken. Da war zum Beispiel der Brief der Katzenmutter, der in ihm quälende Gewissensbisse hervorgerufen hatte. Es war ein kurzer, trauriger Brief, über das Familienhaus, der aber mittendrin abbrach und den Selbstmord des polnischen Mädchens beschrieb, sie hatte sich ins Herz gestochen mit einem Dolch, der zu irgendeiner alten Paradeuniform gehört und immer an der Wand seines Zimmers über seinem Schreibtisch gehangen hatte. Auf dem Schreibtisch hatte sie eine Botschaft in ungelenkem Deutsch hinterlassen: «Ich will keine Sklavin sein.» Seine Mutter hatte ihm keine Vorwürfe gemacht, ja nicht einmal angedeutet, daß sie über die Art ihrer Beziehung Bescheid wußte – und dennoch! Ihm schien, daß sie Bescheid gewußt hatte, und er fühlte sich tief beschämt durch etwas, für das ihn keine Schuld traf.

Auch war diese Nachricht zu schnell auf eine militärische Operation gefolgt, der er seines Rangs wegen hatte beiwohnen müssen – eine ‹gerichtliche Hinrichtung› von zwanzig Einwohnern eines kleinen Dorfes, in dessen Nähe ein *franc-tireur* auf Panzer geschossen und zwei Soldaten getötet hatte. Er hatte sich plötzlich alt und bleiern müde gefühlt, aber war pflichtgemäß mit eiserner Miene und festem Schritt die Reihe der Toten entlanggegangen. Sie hatten kaum geblutet und waren in den verschiedensten Stellungen zu Boden gesunken. In ihren schäbigen schwarzen Winteranzügen hatten sie neben dem kleinen Kriegsdenkmal wie ein Schwarm staubiger Vögel gelegen. Er war mit rasenden Kopfschmerzen in sein Büro in der

Festung zurückgekehrt. Und es war ihm fast so vorgekommen, als wären die zwei völlig verschiedenen Gefühle, die diese beiden ungleichen Ereignisse bei ihm ausgelöst hatten, in seinem Inneren verschmolzen und hätten ihm die Ruhe geraubt. Er hatte sich gefragt, ob er vielleicht eine Grippe bekam. In dieser und der folgenden Nacht hatte er von dem polnischen Mädchen geträumt und beim Erwachen erkannt, daß er unbedingt einen Weg finden müsse, zur Beichte zu gehen. Er müßte einen Priester auftun. Und wieder einmal hatte sich die verfluchte Problematik, ein Katholik zu sein, wie eine schwere Last auf seine Seele gelegt. Die Kathedrale? Warum eigentlich nicht? Aber als Kommandeur konnte er nicht ohne Eskorte ausgehen, weil immer die Gefahr bestand, daß jemand aus dem Hinterhalt auf ihn schoß. Also was? Einen Priester kidnappen? Er hatte rauh gelacht. Warum nicht einfach an einer gewöhnlichen Messe teilnehmen? Er sprach sehr schlecht Französisch.

Die Situation bedrückte ihn. Er litt mal unter Verstopfung, dann wieder unter Kolitis – Kinderkrankheiten, die sich aber nicht mehr mit Senna oder Rizinusöl kurieren ließen. Aber jetzt, nachdem er Constance getroffen hatte, war wie durch ein Wunder alles wieder gut. Er wußte, er würde den Mut aufbringen, auf einer Beichte zu bestehen, er würde in die Kapelle der Grauen Büßer gehen oder mit Smirgel nach Montfavet fahren. So wichtig war eine Eskorte auch wieder nicht, und überhaupt, wer sollte es merken? Er fühlte sich plötzlich beschwingt, als ob das seltsame Zusammentreffen mit Constance ein glückliches Omen gewesen sei. Constance! Er hatte nichts zu lesen, und er fühlte das Bedürfnis nach einer halben Stunde Entspannung, bevor der Schlaf sein Recht forderte. Er vertiefte sich voller Ehrerbietung, aber zugleich verwirrt in das kleine offizielle Büchlein – die intellektuelle Absolution, gereicht von Dr. Goebbels. Die Protokolle des Weisen von Zion waren keine leichte Lektüre, und er war sich gar nicht so sicher über die historische Rolle des Goldes in diesem Kontext, irgendwie schien ihm das Ganze übertrieben, andererseits war es ein offizielles Dokument, und es stand ihm nicht zu, Tatsachen anzuzweifeln, die von Rosenberg persönlich bestätigt worden waren. Rosenberg? Er sollte selbst ein Jude sein, hatte er gehört! Es wurde immer verwirrender. Aber er war guter, fast euphorischer Stimmung. Beweis: seine blockierten Gedärme funktionierten wieder üppig und ausgiebig, als ob sie die tagelange Verstopfung wiedergutmachen wollten. Von Erleichterung überwältigt, nahm er sich vor, in der Früh die Kapelle der Büßer aufzusuchen, dann schlief er ein.

Constance dagegen fiel es nicht so leicht einzuschlafen. Die Erinnerungen an das Abendessen und die leeren, bewundernden Blicke aus Fischers blauen Augen beunruhigten sie noch immer. Ungeduldig versuchte sie, die Dynamik dieser Blicke zu analysieren, und gelangte zu dem Schluß, daß die ihnen innewohnende Grausamkeit und Bosheit einen fast sexuellen Glanz ausstrahlten. Sie ärgerte sich über ihre eigenen Gefühle und dachte kleinlaut, daß Frauen zu jeder Zeit, wie unentwickelte Negative, mehrere sexuelle Möglichkeiten, mehrere Eventualitäten, die die Umstände ihnen zuspielen könnten, in ihrem Geist aufbewahrten. Sie wandte sich unmutig einem noch beunruhigenderen Thema zu: Affad. Als sie ins Hotel gekommen war, hatte der Prinz sie gebeten, Affad aufzusuchen, da dieser sich schlecht fühle und ein Rezept von einem Arzt brauche. «Das einfachste war, Sie zu fragen», sagte der Prinz, «obwohl Affad sich mit aller Macht dagegen gesträubt hat. Er wolle Sie keinesfalls belästigen.» Sie war im Fahrstuhl zu der eleganten Suite, die Affad innehatte, hinaufgefahren und hatte ihn ruhig daliegend und an die Decke starrend vorgefunden. Er errötete verwirrt, als er Constance erblickte und äußerte sein Mißvergnügen über den Prinzen. «Unsinn», sagte sie energisch, «ich kann Ihnen sofort ein Rezept ausstellen.» – «Nun gut», sagte er unglücklich, «ich habe keine Paludonin mehr, das ist alles.» Sie setzte sich neben sein Bett und sagte: «Ich werde Ihnen welche beschaffen.» Dann nahm sie sein Handgelenk und fühlte seinen jagenden Puls, und spontan erinnerte sie sich an ihre Unterhaltung über Medizin in der Bar mit den beiden Freunden: Sutcliffe und Toby. Vielleicht erinnerte auch er sich daran, denn er wurde puterrot und wandte sein Gesicht der Wand zu mit einer fast femininen Scheu. Sie war sozusagen mit dem Puls und ihrer Wissenschaft allein gelassen – und keines Wortes mächtig. Es war, als hätte er einen Handschuh abgezogen. Aber gleichzeitig schoß ihr ein Gedanke durch den Kopf, der sie ihrerseits verwirrte. Sie glaubte es noch nicht ganz, aber sie war fast sicher, daß er sich hoffnungslos in sie verliebt hatte, ein Gedanke, der sie gleichzeitig ernüchterte und beschwingte. Er zwang sie, über ihn ernsthaft nachzudenken, ihn abzuschätzen als einen Mann, den auch sie eventuell lieben könnte. Eine Frau ist ein Wesen, das sich alle Möglichkeiten offen läßt. «Sie haben hohes Fieber», sagte sie, nur um irgend etwas zu sagen, was das peinliche Schweigen füllte. Er nickte der Wand zu und hielt seine Augen geschlossen. «Wenn Sie mir bitte nur das Rezept geben könnten», sagte er, und sein Tonfall besagte deutlich, daß er wünsche, sie würde gehen. Aber sie hatte ihren Rezeptblock mit der gedruckten Adresse nicht bei sich, und so beschloß sie, schnell in die Apotheke an der Ecke zu laufen, um dort die Bestellung aufzugeben. «Ich werde die Flasche mit dem *chasseur* auf Ihr Zimmer schicken», sagte sie. «Das Paludonin sollte das Fieber sofort drücken, aber das wissen Sie so gut wie ich.» Er nickte halb verschlafen. «Vielen Dank», sagte er. «Morgen früh werde ich mich wieder besser fühlen.»

Sie dachte eingehend über diese Episode nach, während der Lift sie hinunter in die Haupthalle beförderte; so trivial sie auch sein mochte, hallte sie dennoch in ihr nach wie das Echo eines langgehegten, langersehnten Wunsches.

Beim Abendessen bat sie den Prinzen, ihr mehr über Affad zu erzählen, und folgte mit größter Aufmerksamkeit seinem Bericht über Affads Geschäftsleben und über seine Erziehung in drei Ländern. «Er ist eine merkwürdige Mischung aus einem Geschäftsmann und einem Mystiker. Vielleicht ist er ein Homosexueller, ohne sich darüber klar zu sein – ich weiß es nicht.» Der Prinz verzog das Gesicht, um seinem Amüsement über diese Hypothese Ausdruck zu geben. «Ich persönlich glaube es nicht», fügte er fast heftig hinzu.

All dies und die emotionelle Unsicherheit, die dieses Zusammentreffen mit Affad in ihr ausgelöst hatte, rief sie sich jetzt deutlich, ja fast ein wenig ängstlich wegen der unübersehbaren Implikationen ins Gedächtnis zurück. Sie war noch nicht bereit, jemanden zu lieben. Sie warf sich im Bett hin und her und preßte ihre Zehen gegen die lauwarme Wärmflasche, um sich zu wärmen. Aber selbst als der Schlaf sie schließlich übermannte, erfrischte er sie nicht. In der Morgendämmerung stand sie auf und zog sich an, um ein wenig durch die Stadt zu schlendern. Ihre Schritte auf der Treppe weckten den schlafenden Nachtportier, der ihr auf ihre Bitte hin, aber mit mißbilligendem Ausdruck, die Tür aufschloß. «Was haben Sie vor?» fragte er verwundert. «Ich will mich ein wenig umschauen», erwiderte sie und schritt munter voran, um die Zeit zu überbrücken bis zu Madame Quiminals Ankunft, die um zehn Uhr kommen sollte, um ihr die Büros zu zeigen, die für das Rote Kreuz vorgesehen waren. Die Stadt war schon immer ein wenig schmutzig und verkommen gewesen, so daß sich auf den ersten Blick erstaunlich wenig verändert hatte. Doch dann stach ihr der Gestank verfaulten Abfalls in die Nase, und sie bemerkte, daß er aus Mülleimern und Tüten an allen Ecken und Enden quoll. Die streunenden Hunde hatten den Spaß ihres Lebens, das Zeug auf den Hauptplatz zu zerren, wo es sich mit den vom Wind verwehten, welken Blättern vermischte. Kein Café war offen zu dieser frühen Stunde, und die einzige öffentliche Telefonzelle gegenüber dem Postamt war während der Stunden der Dunkelheit von unbekannten Personen als Pissoir benutzt worden. Auf einigen Mauern klebten die Porträts des Marschalls, aber die meisten waren abgerissen oder mit groben Graffiti überschmiert worden. Doch am eindrucksvollsten, denn sie spiegelten die jüngste, brennend aktuelle Geschichte wider, waren die großen Kommandantur-Anschläge, die an Bäumen und Mauern rings um den Hauptplatz angebracht waren, sie gaben die vom deutschen Oberkommando über gefangene *franc-tireurs* verhängten Todesurteile bekannt. Merkwürdigerweise erinnerte der eng gesetzte Text vage an die gotische Schrift, was irgendwie sehr passend war, überdies waren die Ankündigungen auf einem dunkelroten, blutfarbigen Papier gedruckt, das seit Menschengedenken für die Stierkampfplakate benutzt wurde. Das Dunkelrot des Stierbluts mit dem Hakenkreuz überstempelt! Seufzend und niedergedrückt las sie die Urteile und fragte sich, warum Menschen, deren Lebensspanne ohnehin schon so kurz bemessen ist, sie noch aus neurotischer Narretei auf diese Art einschränken und abkürzen mußten. Es war unerklärlich. Ein tiefsitzender Selbstzerstörungsdrang war die einzige Diagnose, die man in einem solchen Fall stellen konnte. Aber es betraf jeden. Niemand konnte sich heraushalten, sogar die selbstgefälligen Neutralen in Genf, die sich weit vom Schuß wähnten, würden von diesem verhängnisvollen historischen Prozeß betroffen werden – er würde sie irgendwann erreichen. Ihre gedämpften Schritte trugen sie durch die mittelalterlichen Straßen, vorbei am *Princess Hotel*, wo Blanford (laut Felix Chatto) einmal einen Nachmittag mit einem Mädchen in Quatrefages' Zimmer zugebracht hatte. Sie hatte inzwischen das Vorkommnis völlig vergessen. Sie ging außen an den Biegungen der Stadtmauer entlang, vorbei an dem kleinen Brotladen, der immer morgens als erster aufgemacht hatte, weil er das Buffet des Bahnhofs belieferte. Aber jetzt brannte kein Licht im Inneren, und an der Tür hing ein Schild mit: ‹*Plus de pain*›, was die Brust eines jeden Franzosen mit Verzweiflung erfüllen mußte – die Vorstellung allein war undenkbar. Vielleicht machte das den Bürgern der Stadt klar, wie es in Wirklichkeit um die ‹Neue Ordnung› bestellt war. Sie setzte ihren Rundgang fort, ein Nordwind kam auf und sprühte durch den hellen Himmel.

Zurück im Hotel fand sie den Prinzen im Frühstückszimmer vor, wo er mit einem mißgelaunten Ausdruck das kärgliche Mahl, das man ihm vorgesetzt hatte, verzehrte, während ihm gegenüber mit einem einschmeichelnden Lächeln auf seinem ziegenbockartigen Gesicht Professor Smirgel saß, der anscheinend großen Gefallen an seinem neuen Freund gefunden hatte. «Wir konnten gestern abend in von Esslins Messe nicht offen reden», sagte er. «Ich möchte gern, daß Sie mir mit dem Tempelritterschatz helfen.» Der Prinz sagte leicht irritiert: «Ich habe Ihnen alles gesagt, was ich weiß.» Smirgel machte eine beruhigende Handbewegung und sagte hastig: «Ich weiß, Hoheit, ich weiß. Aber ich bin erst kürzlich hier angekommen, speziell vom Führer geschickt, um dieses Problem zu lösen, was mich in eine heikle Lage bringt. Zum Beispiel, Ihr Angestellter Quatrefages hat uns große Schwierigkeiten bereitet, zuerst hat er gelogen, dann hat er vorgegeben, man hätte ihn gefoltert, und nun gibt er vor, daß er den Verstand verloren hat. Ich sage ‹vorgeben›, aber ganz sicher bin ich nicht.»

«Warum sollte er das vorgeben? Vermutlich wird er bei einem Ihrer Verhöre sterben so wie Lord Galens Sekretär, der auch ‹vorgab›, stumm zu sein, nicht wahr?» Smirgel senkte den Kopf und ließ die Empörung des Prinzen wie eine Welle über sich hinwegrollen. Er nickte sogar, als ob er die volle Verantwortung für diese schwere Beschuldigung auf sich nähme. Dann sagte er: «All dies trug sich vor meiner Ankunft zu. Wir gehen jetzt anders vor – behutsam und aufrichtig.»

Der Prinz machte eine Miene, als wolle er ihm den Teller ins Gesicht werfen. Sein Brustkasten wölbte sich, und er füllte seine Lungen mit Luft, dann atmete er aus und sagte: «Die letzte Information, die wir von Quatrefages erhielten, war, daß wir jetzt die fünf Namen der Tempelritter wissen, die in das Geheimnis eingeweiht waren. Es stand zur Debatte, mit Hilfe dieser Namen zu versuchen, den berühmten Obstgarten mit seinem Quincunx von Bäumen zu finden – Ich bitte Sie! Ein absolut hoffnungsloses Unterfangen, wenn Sie mich fragen.»

«Sie glauben nicht, daß der Schatz existiert?»

«Das habe ich nicht gesagt. Lord Galen scheint fest an sein Vorhandensein zu glauben, aber er ist ein absonderlicher Mann und durchaus fähig, würde ich sagen, an alles und jedes zu glauben. Aber Quatrefages hat uns Hoffnung gemacht, weiter sind wir jedoch nicht gekommen. Ihre Inquisitoren haben ihn offensichtlich um den Verstand gebracht und sich damit alle Chancen verbaut, irgendwelche Informationen, die er vielleicht besitzt, aus ihm herauszuholen. Wie typisch! Wo ist er jetzt? Kann man ihn sehen?»

Der Professor dachte eine Weile lang nach, bevor er antwortete: «Er ist in der Irrenanstalt von Montfavet, wo man ihn behandelt, er macht gerade eine Schlafkur durch, von der man sich erhofft, daß sie seinen Verstand wieder zurechtbiegt. Er war in der Festung, aber die Zigeuner haben versucht, ihm zur Flucht zu verhelfen – er war schon immer deren Freund, oder?»

«Natürlich war er das, sie haben viele Antiquitäten, Skulpturen und so weiter in einem Stadtteil, der Les Balances heißt, ausgegraben, und wir haben sie ihnen für viel Geld abgekauft.»

Der Professor gab ein koboldartiges Kichern von sich. «Unsere Leute haben geglaubt, daß ein ausländischer Geheimdienst ihn befreien wollte wegen der Informationen, die er besitzt. Daher das Verhör. Aber Sie haben meine eigene Vermutung bestätigt, es war einfach ein Freundesdienst der Zigeuner, mit denen er sich schon immer gut stand. Ich danke Ihnen, Hoheit.» Er stand auf, denn im Spiegel zwischen den Palmenkübeln hatte er die sich nähernde Gestalt Constances erspäht. «Ich möchte Sie nicht länger belästigen, aber sollte Ihnen noch irgend etwas anderes einfallen, bitte, lassen Sie es mich wissen. Hier ist meine Telefonnummer. Ich kann einen Besuch in Montfavet für Sie arrangieren, wenn Sie das wollen ... oder für Sie beide», setzte er hinzu, denn Constance hatte sich nach einem kurzen Kopfnicken an den Tisch gesetzt und blickte jetzt von einem zum anderen, um herauszufinden, worüber sie sprachen. Der Prinz klärte sie auf. «Es handelt sich um Quatrefages. Er ist in der hiesigen Irrenanstalt. Dieser verdammte Tempelritterschatz, jetzt ist Hitler hinter ihm her, warum weiß kein Mensch. Denn Geld, nehme ich an, hat er ja wohl nicht nötig.»

Der Professor erwiderte geziemend salbungsvoll: «Die Motive des Führers sind keine pekuniären, das kann ich Ihnen versichern, sein Interesse ist ein mystisches, er möchte den Ursprung des Tempelritterglaubens erforschen, das Geheimnis ihres Niedergangs. Die deutschen Freimaurer waren auch in die Geschichte verwickelt – aber das ist Ihnen ja wohl bekannt?»

Es schien ihm viel daran zu liegen, sich zu rechtfertigen, und er schickte sich an, das Gespräch fortzusetzen, aber der Prinz ermutigte ihn nicht, sondern nickte nur kurz und sagte mit abweisender Miene: «Ah, ich sehe, Madame Quiminal betritt gerade das Hotel, wir sollten ihr ein Frühstück bestellen.» Der Professor verstand den Wink und verließ die Runde, vorher jedoch überreichte er Constance noch seine Karte mit seiner Telefonnummer. «Für den Fall, daß Sie irgendwelche Neuigkeiten oder Informationen für mich haben», erklärte er hastig, salutierte und trat beiseite, um für Madame Quiminal, die sich lächelnd dem Tisch näherte, Platz zu machen. Sie sei froh, einen Moment vor dem Büro mit ihnen zusammenzusitzen, sagte sie und fügte hinzu: «Ich will ganz offen sein, man hat mir nämlich erzählt, das Hotel könnte es sich leisten, echten Bohnenkaffee zu servieren, weil viele Armeeangehörige hier verkehren.» Der Kaffee war zweifellos gut, dennoch schien das Hotel völlig leer zu sein. Nancy Quiminal sah auf ihre unübliche, hellhäutige Art wie immer hübsch aus, aber sie war eher nachlässig gekleidet, und ihre Schuhe waren sehr abgetragen. Sie bemerkte, daß Constance sie von oben bis unten musterte und sagte: «*Eh bien*, ich weiß, Sie sehen überrascht auf meine Schuhe.» – «In keiner Weise», sagte Constance. «Ich bin heute morgen durch die Stadt geschlendert und habe mir die Läden angesehen – es gibt nichts zu kaufen! Und wenn ich denke, wie chic die Stadt früher war.» Quiminal machte eine Grimasse, aber enthielt sich weiterer Kommentare. Als sie aufstanden, um zu gehen, fragte sie, ob sie das Brot und die Croissants mitnehmen könne, weil man ja nie wisse ... Sie wickelte sie schnell in eine Papierserviette und ließ sie in ihrer schäbigen Einkaufstasche verschwinden. Dann führte sie die beiden in die Räume, wo das neue Büro eingerichtet werden sollte. Sie lagen im hinteren Teil eines Wohnblocks, der an den edlen Bau der Mairie angrenzte, die auf den berühmten Platz blickte mit seinem *monument des morts*, das mit Blechfresken von einem atemberaubenden Kitsch geschmückt war und im krassen Gegensatz zu der klassischen Nüchternheit und Strenge des alten Theaters stand. Der große Innenhof der Mairie mit seinen dicken griechisch inspirierten Säulen war eiskalt und zugig, denn einer der traditionellen Mistrals war aufgekommen. «Wir werden dem Bürgermeister einen Besuch abstatten», sagte ihre Führerin. «Aber reden Sie nicht zuviel, er ist einer von denen.» Sie machte eine verächtliche Kopfbewegung und sah aus, als wolle sie ausspucken. Sie stiegen die schöne Treppe schweigend hinauf und ließen diese Information in sich einsinken. Aber es war zu erwarten, daß die Deutschen nur Leute einstellten, denen sie vertrauen konnten, was Constance *sotto voce* auch aussprach. Aber Nancy Quiminal sagte: «Nein, er hatte den Posten schon vorher. Nun, bilden Sie sich selbst ein Urteil.» Sie öffnete eine Tür im ersten Stock und führte sie in eine elegante Wohnung mit hohen Decken, wo Monsieur le Maire hinter einem riesigen Schreibtisch saß, über seinen gebeugten Schultern hing eine Daunendecke, um ihn soweit zu wärmen, daß er die Dokumente, die sein Büro herausgab, unterzeichnen konnte. Er sah sympathisch und recht intelligent aus und bot ihnen höflich und mit einer gewissen Würde Stühle an. Dann wandte er sich an Constance: «Ich bin offiziell noch nicht benachrichtigt worden, aber der allgemeine Klatsch hat mir zugetragen, daß Sie hierhergekommen sind, um sich als Rot-Kreuz-Vertreterin zu installieren. Ich würde Sie gern willkommen heißen, wenn die Dinge nicht so kompliziert wären. Mein armes Land!» Er bemerkte, daß sie auf das Porträt Pétains blickten, das an der Wand hinter seinem Schreibtisch hing, und verzog sein Gesicht zu einer halb angeekelten, halb traurigen Grimasse. «Ah, der Marschall», sagte er weich, «ohne ihn wäre alles noch viel schlimmer – eine totale Niederlage! Er erspart uns, was er kann, aber sogar er ist kein Übermensch.» Eine peinliche Pause entstand, Madame Quiminal stand auf und entschuldigte sich, sie wolle, erklärte sie, in die Büroräume vorangehen, die man dem Roten Kreuz zugewiesen habe. «Ich glaube, Monsieur le Maire möchte Sie gern einen Moment allein sprechen», fügte sie taktvoll hinzu.

Den Bürgermeister schien dieser Vorschlag zu erstaunen. Er stellte ihnen einige Fragen über die Organisation, die sie in dieser Stadt ins Leben zu rufen gedachten und schien höchst erfreut über die Aussicht, daß sie durch das Rote Kreuz Medikamente und Eßpakete für die Gefangenen erhalten könnten. «Im Moment», sagte er, «ist alles chaotisch. Es gibt neue Lager, die als Durchgangslager für die Gefangenen benutzt werden, und Nahrungsmittel sind notorisch knapp.» Und dann fügte er zu ihrem Erstaunen hinzu, daß Madame Quiminal, wie jedermann wisse, für das Rote Kreuz natürlich unersetzlich sei, aber daß sie ... und hier hielt er inne, um nach einer präzisen Formulierung zu suchen ... daß sie dennoch eine Frau sei, mit der man nicht ganz offen sprechen könne. Constance zeigte ihr Erstaunen so deutlich, daß er ihr erklärte, er persönlich habe nichts gegen sie, im Gegenteil, sie leiste wertvolle Arbeit. «Aber da gibt es einige Unklarheiten. Zum Beispiel geht das Gerücht um, daß sie sich mit einem deutschen Offizier eingelassen hat, genauer gesagt, mit dem hiesigen Gestapochef!» Dies nahm Constance allen Wind aus den Segeln, ihre wachsende Empörung flaute bei dieser Erklärung ab, und sie war nur noch verdutzt und traurig. «Sie muß ihre Gründe haben», sagte sie mit belegter Stimme, und der Bürgermeister stimmte mit einer Geste zu, daß dies zweifellos der Fall sei. «Nichtsdestoweniger», sagte er, «hat man gewisse Vorbehalte, denn, wie Sie verstehen, gibt es eine Menge Leute, die ganz offen auf der Seite ... des Feindes stehen. Man muß sehr achtgeben. Aber, wirklich, ich möchte Sie nicht mit solchen Dingen belästigen. Kommen Sie, ich werde Ihnen persönlich Ihr neues Büro zeigen.»

Gemeinsam gingen sie durch mehrere Korridore, bis sie endlich zu einer großen Tür kamen, die sie in eine hübsche Zimmerflucht führte. In einem der Räume saß Nancy Quiminal hinter einem bislang noch leeren Schreibtisch; sie strickte und las. Der Bürgermeister verabschiedete sich, formell, korrekt und zurückhaltend.

Draußen auf dem Platz hörte man das Getrampel von Stiefeln, als eine Infantrieeinheit ihn überquerte auf dem Weg zur Festung, wo sie einquartiert war. Es war ein seltsamer Anblick. Constance stand gedankenverloren am Fenster und beobachtete die Soldaten, die Straßen waren fast menschenleer. Wo, fragte sie sich, waren all die Einwohner dieser berühmten Stadt, die normalerweise so sensationslüstern waren, daß nur das ferne Geräusch marschierender Tritte oder einer Trommel oder einer Trompete sie sofort auf die Straßen und Plätze lockte, die Menschen, die so erpicht darauf waren, an einer Prozession oder an einem Tanz im Freien teilzunehmen? Einige schäbig gekleidete Hausfrauen schlichen mit leeren Einkaufstaschen wie räudige Katzen die Mauern entlang. Die Mitglieder der neuen Miliz – späterhin *les barbouzes* genannt – stolzierten in ihrer neuen Uniform verlegen durch die Straßen. Südländer sehen immer so gefährlich aus, wenn sie einer unpopulären Sache aus Geldgründen dienen. Aber es wäre töricht gewesen, sich über ihre Ausstaffierung zu mokieren, denn sie hatten altmodische, aber dennoch sehr brauchbare Waffen.

Sie hatten einen Eid geschworen, Frankreich vor der Übernahme durch die Juden zu retten, und ihnen fiel jetzt mehr und mehr die Verantwortung zu, die Opfer abzuholen. Es war fast zu einem routinemäßigen Vorgang in der Stadt geworden, wie es früher das Abholen von Mülleimern gewesen war und wieder werden würde, sobald die Stadt zur Normalität zurückkehrte. Die zur Schau getragene feierliche Gesetzmäßigkeit war erschreckend, wenn man wußte, was auf dem Spiel stand. Constance traute ihren Augen kaum, als sie zuschaute, wie sie den Boulevard entlangmarschierten, angeführt und flankiert von Motorradfahrern, um die ihnen auferlegte Pflicht zu erfüllen.

Das Wichtigste, überlegte sie, während sie auf dem Balkon der Mairie stand, von dem man den schönsten Ausblick über die Stadt hatte, war, sich so unauffällig und schäbig wie möglich zu kleiden, damit sie von der allgemeinen Ärmlichkeit nicht zu sehr abstach. Der Prinz, der neben ihr stand und unglücklich die Zehen in seinen kalten Schuhen bewegte, sagte ohne viel Überzeugung: «Ich nehme an, auf die Dauer wird sich das alles hier einrenken.» Er hatte einen hektischen, aber nicht ganz erfolglosen Morgen verbracht, während dem er sich mit früheren Bekannten aus seiner provençalischen Zeit in Verbindung gesetzt hatte, und war erleichtert gewesen zu erfahren, daß viele im Untergrund weiterarbeiteten, offiziell jedoch wichtige Schlüsselstellungen besetzt hatten. Einige waren bei der *police des mœurs*, einige bei der Miliz, andere hatten sich als Fuhrunternehmer oder als Landspekulanten getarnt. Mit ihrer Hilfe war es ihm sogar gelungen, dem Bordell, das er in den guten alten Tagen gelegentlich frequentiert hatte, einen kurzen Besuch abzustatten, aber die Mädchen waren irgendwie mutlos und deprimiert gewesen. Ihre Kunden waren jetzt höhere Offiziere, aber geizig mit Geld. An alle Mädchen waren elfenbeinerne Hakenkreuze verteilt worden, die sie über ihren Blechkreuzen und Geburtsmedaillons trugen. Sie waren erfreut, den Prinzen zu sehen, aber entschieden sofort, daß er Pro-Nazi war, was ihre Begeisterung etwas dämpfte. Nichts, was er sagte, konnte sie von dieser Meinung abbringen. Auch war die Zeit so knapp, daß er nicht viel mehr als nur ein paar Süßigkeiten an die rachitischen Kinder verteilen konnte. Irgendwie gab es ihm einen Stich ins Herz, als er von ihnen Abschied nahm.

Es gab Tage, an denen man das Gefühl hatte, daß alles verloren war oder daß es noch eine Dekade dauern würde, bis der Krieg endgültig gewonnen war. Wie konnte man den Leuten vorwerfen, daß sie nicht an die Alliierten glaubten, daß sie die Bruchstücke ihres Lebens zusammenzuklauben versuchten, sogar unter dem Schatten des schwarzen Hakenkreuzes? Er seufzte, und sie sah ihn zärtlich an und sagte: «Sie sind niedergeschlagen heute, nicht wahr?» Er nickte, es stimmte aus mehreren Gründen: Er ließ sie nur sehr ungern hier allein zurück, während er nach dem Norden fuhr, um Verhandlungen über die Juden anzubahnen, von denen er sich allerdings jetzt nicht mehr viel versprach. Anfangs hatte er geglaubt, daß die Franzosen einfach Opfer der Umstände waren und sich den Anordnungen der Eindringlinge wohl oder übel fügen mußten. Aber zu seiner Enttäuschung und seinem Horror hatte er festgestellt, daß im Gegenteil eine große Anzahl von ihnen in Wahrheit Antisemiten waren und sich nur zu gern an der Verfolgung dieses begabten und unseligen Volkes beteiligten. Er hatte Geschichten über französische Konzentrationslager gehört, die ihn mit Empörung und Abscheu erfüllt hatten – Orte mit so poetischen Namen wie Rivesaltes und Argelès, wie Noé und Récébédou in der Haute Garonne, vor allem aber Gurs in den Pyrenäen, ein Lager nicht unweit von Avignon, das zum Inbegriff offener Brutalität geworden war. Er wurde totenblaß, als er Constance diese Geschichten wiederholte. «Ich habe überlegt, was wir tun könnten, wenn das überhaupt möglich ist. Meinen Sie, wir sollten anfragen, ob wir die Lager besichtigen können? Ich weiß, es ist verfrüht, ich greife vor, erst mal müssen wir uns hier etablieren. Oh, meine Liebe, die Dinge sind weit schlimmer, als ich gedacht habe. Die Deutschen sind nicht nur gemein, sondern sie schwelgen in Gemeinheiten nur um der Gemeinheiten willen. Was haben wir uns zuschulden kommen lassen, um in unserem Jahrhundert solch eine Strafe zu verdienen?»

Sie wußte nicht, was sie ihm zum Trost sagen könnte. Fast jeden Tag machten die Busse ihre Runde in der Altstadt, emsig wie Bienen von Blume zu Blume klaubten sie sich ihre Opfer heraus unter dem Deckmantel feierlicher Rechtmäßigkeit. Ein uniformierter Offizier führte sie an, er hielt eine getippte Liste mit den Namen der Juden in der Hand. Seltsamerweise schienen die Opfer niemals zu fliehen, sie warteten wie gelähmt und völlig apathisch auf die Ankunft des grünen Busses vor ihrer Tür. Auch wehrten sie sich oder protestierten nie. Die Gestapo benutzte die üblichen grünen Busse, die jeder Pariser kennt. Sie haben eine offene hintere Plattform, die durch eine Kette und einen Schließhaken abgesichert ist. Die Kette gibt einen ganz bestimmten klickenden Laut von sich, wenn sie eingehakt wird. Noch Jahre später im Nachkriegs-Paris erinnerte sich Constance an diesen Klick, denn der gleiche Typ Bus war noch immer in Gebrauch.

Sie dachte an andere Dinge. Sie sagte: «Morgen fahre ich wieder zu meinem Haus!» Sie drückte seinen Arm bei diesen Worten, um ihrer Stimme einen ruhigen, festen Klang zu verleihen. Es war schwierig, denn Emotionen und Aufregung schnürten ihr fast die Kehle zusammen, wenn sie an das öde kleine Herrenhaus im Wald dachte mit seinen hohen Fenstern und den unbeholfen angeordneten Giebeln. Es war in ihr Gedächtnis eingegraben wie ein menschliches Antlitz – das Antlitz einer bescheidenen alten Haushälterin, zermürbt durch ein arbeitsreiches Leben. Sie erinnerte sich an den letzten Blick zurück damals bei ihrer Abfahrt, als das Tor ins Schloß gefallen war – und sie ausgeschlossen hatte von dem, wie sich herausgestellt hatte, letzten Sommer im Garten Eden vor dem Sündenfall. Sie hatte ein vages Vorgefühl, daß sich bei diesem Besuch vieles entscheiden würde, obwohl sie, als sie sich dies sagte, nicht genau erklären konnte wieso, genausowenig wie sie sich ihre hochgespannte Erwartung erklären konnte. Es war, als ob sie dort ihrem Liebhaber rein zufällig wieder begegnen würde – oder so etwas in der Art. Was für ein Unsinn!

Die kühle Luft trieb sie zurück in die hellen, hochfenstrigen Räume von Monsieur le Maire, zuvor jedoch hatten sie noch beobachtet, daß der fast leere Platz sich zu beleben anfing; wie ein Rinnsal, das sich langsam verbreitert, bildete sich ein Menschenstrom, der sich allmählich aus den Nebenstraßen in Richtung des *monument des morts* ergoß. Die Menge wurde dichter, während sie sich durch die engen Gassen drängte, die alle zu dem breiten Hauptplatz, an dem die Mairie stand, führten. Doch sie bewegte sich nur schrittweise, fast träge voran, wie eine

Schafherde, die man antreiben muß, nur daß in diesem Fall die Schäfer uniformiert waren und Selbstladegewehre trugen, ein Anblick, der dem Prinzen wie ihr Schrecken einjagte. Sie dachte sogleich an Vergeltungsmaßnahmen, an Massaker, an Strafaktionen – die letzten Monate hatten sie gelehrt, das Unerwartete zu erwarten. Aber offensichtlich irrten sie sich, denn der Bürgermeister stellte sich neben sie hinter die schützenden Fensterscheiben und sagte: «Ah, die Fahrräder.» Sie wiederholte erstaunt das Wort, und er lächelte sie beruhigend an und sagte: «Es ist für heute vorgesehen zusammen mit der Ablieferung der Gewehre.»

Sie sahen jetzt, daß die Menge ausschließlich aus Radfahrern mit ihren Fahrrädern bestand, sie wurden auf den Platz geführt, gestoßen, geschubst, wo sie unter der Aufsicht von Soldaten und Miliz gezwungen wurden, ihre Fahrräder auf den Boden zu legen, danach wurden die Besitzer wieder an die Peripherie des Platzes zurückgedrängt, wo sie keine aktive, sondern nur noch eine passive Rolle spielten.

Die Aktion nahm einige Zeit in Anspruch, aber allmählich bedeckten die Fahrräder wie ein dicker Teppich den Platz. Viele von den Besitzern unter den Bäumen waren Schulmädchen. Tränen standen ihnen in den Augen. Sie hatten das Gefühl, daß irgendwas Schreckliches mit ihren Fahrrädern geschehen würde, und das Gefühl trog sie nicht. Quiminal entdeckte ihre eigenen Töchter in der Menge und bat, daß man sie entschuldigen möge, da sie gern hinuntergehen wollte, um ihre Töchter über den bevorstehenden Verlust zu trösten. Sie lief über den Platz graziös wie ein Reh auf die beiden hübschen Halbwüchsigen zu, legte ihnen zärtlich den Arm um die Schultern und redete lächelnd auf sie ein. Eine plötzliche Stille.

Es erschienen einige ranghohe deutsche Offiziere, offensichtlich um die Maßnahmen zu überwachen und ihrer Bedeutung Gewicht zu verleihen. Sie stiegen auf ein Podium, woraufhin ein Befehl erscholl und zwei leichte Panzer mit klirrenden Raupen auf den Platz stürmten, wie Stiere in eine Arena und mit großem Eifer die Fahrräder verschlangen. Wie Minotaurusse gingen sie auf die Fahrräder los und zermalmten sie mit ihren Kiefern. Die Offiziere sahen befriedigt zu, die Zuschauer verachtungsvoll und traurig. Das ganze Manöver ging schnell und methodisch vonstatten. Der Teppich von Fahrrädern wurde nach und nach plattgewalzt, und die Miliz fing an, die stählernen Überreste auf die Mitte des Platzes zu kehren und sie zu Abfallhaufen aufzuschichten. Hier und da wurden Fahrräder, die zu spät abgeliefert worden waren, den Panzern – wie die Christen den Löwen – zum Fraß vorgeworfen. «Es ist unglaublich», rief Constance aus. «Was für eine unglaubliche Gemeinheit!»

«Au contraire», sagte der Bürgermeister, der sich, nachdem er einen Telefonanruf entgegengenommen hatte, wieder neben sie getreten war. «Es ist eine wohlüberlegte militärische Maßnahme, sie soll verhindern, daß Botschaften zu den Widerständlern in den Hügeln gebracht werden – falls diese überhaupt existieren!»

«Inwiefern?» fragte sie, und er lächelte, als er antwortete. «Auf einem Fahrrad kann man zwölf Kilometer pro Stunde zurücklegen. Die Autos und das Benzin kontrollieren sie bereits, was heißt, daß es für mich schwierig wäre, eine Nachricht in die Hügel zu schicken, aber jetzt ohne Fahrräder ist es fast unmöglich. O ja, sie sind gründlich, unsere Freunde.»

Gemeinsam beobachteten sie die systematische Zerstörung, die Verwandlung von Fahrrädern in einen Haufen von staubigen Stahlfragmenten. Mittlerweile waren Besen herbeigeschafft worden, und die Zuschauermenge wurde aufgefordert, den Schutt in die Mitte des Platzes zu fegen, damit er in Lastwagen verladen werden konnte. *«Ainsi soit-il»*, sagte der Bürgermeister traurig. «Für diejenigen, die in den Dörfern leben und in der Stadt einkaufen, ist es besonders schlimm. Pferde sind wieder sehr begehrt – aber ich fürchte, der größte Teil ist bereits aufgegessen. Was kann man mehr sagen?»

Es gab nichts zu sagen. Die Vorstellung war zu Ende, und die uniformierten Schäfer wurden sichtlich ungeduldig mit der rührseligen weinerlichen Herde, die den Platz umringte, als sei sie unfähig, sich zu zerstreuen, sich loszureißen von dem traurigen Anblick. Diejenigen, die aus den Dörfern gekommen waren, fragten sich, wie sie nach Hause kommen sollten. Und jetzt wurden sie grob vom Platz gewiesen; sie gehorchten langsam und zögernd – zu zögernd für die Miliz in ihren neuen Uniformen. Ein drohendes Klicken begleitete die Befehle, als die Gewehre schußfertig geladen wurden. Diejenigen mit Besen fingen jetzt an, kräftig über die Füße der Zuschauer hinzuwischen, und trieben sie in die Nebenstraßen, aus denen sie zu dieser Versammlung herbeigeströmt waren – und die sie jetzt als Reiter ohne Stahlroß verließen. Nancy Quiminal gesellte sich wieder zu ihnen, noch immer lächelnd, aber unter Tränen ihrer Töchter wegen. «Es geht wirklich zu weit», sagte sie. «Jeden Tag etwas Neues. Die armen *lycéens* sind völlig verzweifelt, denn die Fahrräder waren Kommunionsgeschenke oder Belohnungen für gute Zeugnisse oder ähnliches. Zum Glück wohnen wir in der Stadt.»

Nachdem sie sich verabschiedet hatten, beschloß Quiminal, Constance bis zu ihrem Hotel zu begleiten. Gemeinsam durchschritten sie die eiskalten Marmorhallen der Mairie und gingen die breite Außentreppe hinunter, vor der ein Lastwagen die Überreste der Fahrrad-Episode aufsammelte. Ein kühler Wind fuhr durch das Laub der Bäume, und Constance dachte voller Grauen an das ungeheizte Hotel und das kalte Bett, das ihrer harrte. Als sie im Gleichschritt nebeneinander gingen, sagte Quiminal: «Ich hätte Sie gern zum Tee eingeladen, denn es ist mir heute gelungen, Brennstoff für meine alte Holz-Zentralheizung zu ergattern, aber leider erwarte ich Besuch. Ich nehme an, der Bürgermeister hat Ihnen von mir erzählt?»

«Ja», sagte Constance überrascht und erleichtert, daß sie keine Geheimnisse voreinander zu haben brauchten. «Er hat mich vor Ihnen gewarnt!» Quiminal lächelte. «Das ist seine Pflicht und sein gutes Recht», sagte sie. «Er ist für Pétain – was kann man anderes von ihm erwarten?»

«Sicher, aber seine Worte haben mich erstaunt.»

«Ach ja?»

«Ja, ich habe mich gefragt warum, und vor allem warum gerade Fischer? Aber es geht mich wirklich nichts an.»

Sie schritten eine Weile schweigend voran, dann sagte die Französin: «Alles ist, im Grunde genommen, sehr simpel. Ich habe einen Mann, den ich liebe, aber er stirbt an einer seltenen Rückenmarkserkrankung. Er ist bettlägerig. Ein Musiker, ein Künstler. Und ich habe zwei Kinder, die essen und trinken müssen, was immer es kostet – kein Opfer ist zu groß. Ich habe an der Stadtbibliothek gearbeitet, aber diese Anstellung habe ich Anfang des Krieges verloren. Mein Rot-Kreuz-Job bringt mir, wie Sie wissen, fast nichts ein, daher ...»

«Ja, ich verstehe – daher!»

«Daher!»

Die beiden Frauen umarmten sich spontan und sagten nichts mehr. Im Schaufenster des Buchladens an der Ecke der schmalen Straße waren Broschüren und Porträts des Marschalls ausgestellt und einige seiner Aussprüche, wohl ein Beweis dafür, daß der Buchhändler einen ‹warnenden Besuch› der Miliz erhalten und entsprechend reagiert hatte. Auf der Außenseite der Scheibe jedoch stand – vielleicht mit einem feuchten Seifenstück geschrieben – die Zeile: *le temps du monde fini commence*. Sie war wie eine erfrischende Dusche, belebend, vernünftig und in ihrem Zynismus, in ihrer Aufrichtigkeit echt französisch. Quiminal lachte laut, sie hatte ihre Fassung wiedergewonnen und sagte: *«C'est trop beau.»* Es war, als hätte ein Lichtstrahl, ein verstohlener Blick des wahren Frankreich sie durch die Düsterheit des augenblicklichen Geschehens flüchtig getroffen. Nach einer Weile sagte die junge Frau, fast als spräche sie zu sich selbst. «Er kontrolliert die Liste derjenigen, die abtransportiert werden sollen.» Constance begriff, daß sie von Fischer sprach. Die Miene ihrer Begleiterin verdüsterte sich und war von Traurigkeit umflort. «Gelegentlich ‹verkauft er mir Seelen›, wie er es nennt. Ich kaufe, so viele ich kann!» Constance schwieg, weil sie die Tragweite der Bemerkung nicht abschätzen konnte. Aber sie empfand eine große Sympathie und echte Freundschaft für diese Frau und bewunderte ihre resignierte Lebensweisheit, die so sehr französisch war und so weit entfernt von allem, was sie, Constance, sein könnte oder zu sein wünschte. Der eingefleischte Puritanismus und Idealismus des Nordens hinderten sie daran, das Leben mit all seinen Zufällen so selbstverständlich als gegeben hinzunehmen. Obwohl sie nicht wußte, wie sie sich in einer ähnlichen Zwangslage unter ähnlichen Umständen verhalten hätte. Viel später beschrieb Nancy Quiminal ihre seltsame hurenhafte Beziehung zu Fischer. Die Namen der Juden und anderer unerwünschter Personen wurden in die wöchentliche Liste der *battus* aufgenommen, der ‹Geschlagenen›, wie die Gestapo-Schläger sie ganz offen nannten, und auf zusammengerollte lange Papierstreifen übertragen und bei der Mairie abgeliefert, wo der Personenstand des Opfers nachgeprüft und der Name ins Personenstandsregister eingetragen wurde. Das Ganze ging ganz offiziell vonstatten, es war völlig gesetzlich und rechtlich – es befriedigte den Wunsch der Deutschen, sich für die Dinge, die sie taten, zu rechtfertigen. Fischer erschien dann mit diesen Listen bei ihr, hakte sein Koppel auf und warf es auf den Tisch in der Halle wie ein Preisringer, der seinen Anspruch geltend macht, seine Herausforderung anmeldet. Sie mußte in einem seidenen Kimono, den er ihr geschenkt hatte, auf ihn warten – bereit ihm gefällig zu sein. Doch manchmal setzten sie sich auch hin, plauderten und tranken gestohlenen Alkohol, irgendeine Flasche, die er aus dem Haus eines seiner Opfer hatte mitgehen lassen. Doch in der Regel plünderte die Gestapo nicht, sie gab eine handgeschriebene Quittung für alles, was sie nahm, denn sie war stolz auf die Gesetzmäßigkeit ihrer Handlungen. Wenn er nackt mit ihr auf dem Bett lag, verfiel er in eine plumpe Lustigkeit, er kitzelte ihren Körper und ihre Lippen mit jenen langen aus pergamentartigem Papier zusammengerollten Streifen und fragte sie, wen sie von seiner Liste kaufen wollte. Es war das Liebesspiel eines Satrapen – er genehmigte ihr, ein oder zwei, manchmal drei Sklaven freizukaufen. Ihre Namen wurden von der Liste gestrichen und kamen nicht auf das Personenstandsregister. Solche Opfer waren dann sehr erstaunt, daß sie am folgenden Tag entlassen wurden. Aber es klappte nicht immer, zuweilen war er krittelig und kapriziös und zog sein Versprechen zurück und setzte die Namen wieder auf die Liste. Es war eine seltsame Art, die Unglücklichen auf diese Weise zu retten – mit ihren Umarmungen. Gleichfalls war es ein sonderbares Gefühl, ihnen gesund und munter auf der Straße zu begegnen, ohne daß sie ahnten, daß sie ihr Überleben ihr verdankten. Aber sie war nicht immer erfolgreich, denn Fischer war Stimmungen unterworfen, manchmal war er von Rachegedanken und Gelüsten erfüllt, und dann fand sie es schwierig, mit ihm umzugehen. Einmal hatte er sie beiläufig gefragt, warum ihre Töchter nie anwesend seien, wenn er ins Haus käme. Sie hatte ihm nicht geantwortet, aber ein eisiger Schauder war ihr über den Rücken gelaufen. Sie mußte um jeden Sou betteln, ihn anflehen und beschwatzen, und dann starrte er sie an mit seinem breiten, maskenhaften Lächeln, begierig darauf, daß sie sich vor ihm erniedrige. Manchmal spielte sie mit, sank zu Boden und umfaßte seine Fußgelenke, und dann stand er vor ihr, die Hände auf ihren Schultern, als hätte er plötzlich abgeschaltet, seine

Aufmerksamkeit schien auf etwas anderes gerichtet, er starrte in eine weite Ferne und lächelte weiter, aber völlig abwesend. Sie beschrieb ihn als *un drôle d'animal*, doch trotz Abscheu und Ekel, den diese Beziehung in ihr hervorrief, empfand sie ein gewisses Mitleid mit ihm – ein angeborenes französisches Bedauern mit jemandem, der bewußt den Weg ins Unglück eingeschlagen hat, der in der Selbstzerstörung und dem Mißgeschick anderer schwelgt. Manchmal schlief er ein, und dann hatte er Alpträume, während derer er schrie und weinte. Eines Tages, nach dem Erwachen aus solch einem Traum, wurde ihm klar, daß seine Instabilität auf jugendlichen Schamgefühlen beruhte – denn er hatte ins Bett gemacht. Es war so ein Schock, daß er sich nicht mehr blicken ließ, und es war sie gewesen, die sich auf die Suche nach ihm gemacht hatte, weil sie Geld brauchte. Aber all diese Erzählungen erfolgten viel später. An diesem ersten Abend tranken sie nur schnell einen Kaffee in der Bar, bevor sie sich trennten, jedoch verabredeten sie, sich in der Früh wieder zu treffen, um Tu Duc einen Besuch abzustatten.

Der Prinz war an diesem Abend niedergeschlagen und hatte nicht die geringste Lust, nach Norden zu fahren. Er hatte das Gefühl, sich erkältet zu haben. Sein Zimmer war kalt, und er hatte kalte Füße. «Aber ich muß fahren», sagte er trübsinnig. «Die Erlaubnis des Generals gibt genaue Zeiten und Daten an, und ich darf nicht den Anschluß verpassen, da wir in die nördlichen Departements überwechseln. Verdammt! Ich habe den alten Burschen aus der Kirche in Montfavet kommen gesehen. Er sah traurig und abgespannt aus, vielleicht hat Gott ihm ins Gewissen geredet ...»

«Was haben *Sie* dort getan?» fragte Constance.

«Ich wollte versuchen, Quatrefages zu sehen, sie haben mir die Erlaubnis gegeben – dieser aalglatte Smirgel hat mich hingefahren. Meine Liebe, Quatrefages ist wirklich total verdreht, total *dingue*. Er stolziert herum wie Hamlet. Er war überzeugt, ich sei aus Indien mit einer speziellen, nur für ihn bestimmten, Information gekommen! Stellen Sie sich das vor! Nein, er ist geistig weggetreten. Vielleicht gibt man ihm Drogen, aber Smirgel sagt nein. Sie geben sich viel Mühe mit ihm in der Hoffnung, etwas zu erfahren … also, offen gesagt, das Ganze ist ein großer Schlamassel!»

ACHT

EINE BEICHTE

Für von Esslin entwickelten sich die Dinge etwas anders als erwartet. Constances Besuch hatte einen plötzlichen Optimismus in ihm aufwallen lassen, und er hatte prompt darauf reagiert. Er war in einem fast euphorischen Zustand nach Avignon gefahren, um die Grauen Büßer aufzusuchen, denn ihm war eine neue Idee betreffs des Problems der Messe und der Beichte gekommen. Seine Stiefel hallten auf der kleinen hölzernen Brücke wider, die über die gurgelnden Wasser des Kanals mit seinen alten, hölzernen Schaufelrädern führte. Er hatte nur eine sehr kleine Eskorte bei sich, um zu verhindern, daß die Leute auf seinen hohen Rang aufmerksam wurden, aber auch weil er die Straßen nicht mit bewaffneten Soldaten füllen wollte, es sei denn aus taktischen Gründen sozusagen. Die großen feucht-triefenden Portale öffneten sich ächzend, und er trat von Steinen auf Bohlen, vom Tageslicht ins flackernde Licht der Kerzen, die überall brannten. Die kleine Kapelle war leer, aber hell erleuchtet, als würde bald eine Messe zelebriert. Die drei Beichtstühle – Telefonzellen täuschend ähnlich – standen offen. Neben ihnen war eine elektrische Klingel und der Name des diensthabenden Priesters angebracht, den man anscheinend zu jeder Zeit herbeirufen konnte. Von Esslin setzte sich einen Augenblick lang auf eine der Kirchenbänke, dann kniete er sich zum Gebet hin, als wolle er sich auf seine kühne Geste vorbereiten, sich läutern, bevor er sie ausführte. Dann drückte er auf die Klingel und wartete mit gesenktem Kopf, bis das Echo in der Tiefe der Kirche verklang. Von draußen konnte er noch immer das Rauschen der Schaufelräder hören, die in den trüben Kanalwassern der alten und jetzt stillgelegten Gerberei löffelten. Endlich trat langsam und träge ein beleibter Priester mit einem massiven, quadratischen Gesicht und dichtem grauen *en brosse* geschnittenen Haar hinter dem Altar hervor. Von Esslin sprang auf und salutierte, als die Gestalt näherkam, doch er entspannte sich sogleich und sagte in seinem stockenden Französisch: «Vater, ich möchte Sie im Namen vieler meiner Offiziere um die Auskunft bitten, wo wir die Messe anhören und die Beichte ablegen können?» Dunkle Augen starrten ihn anmaßend mit krötenhafter Gelassenheit an, das Gesicht des Priesters blieb ausdruckslos, während er nachdachte. Er musterte den General von Kopf bis Fuß ohne eine Spur von Unterwürfigkeit. «Wir haben nur einen Priester, der Deutsch spricht», sagte er nach geraumer Weile. «Und zwar in Montfavet. Ich werde ihn anrufen, und Sie können, wenn Sie wünschen, zu ihm gehen und die Sache mit ihm besprechen. Wann würde es Ihnen passen?»

«In ungefähr einer Stunde», sagte von Esslin, erleichtert, daß er seine ganze Bürde so schnell losgeworden war. «Ist das möglich?» Der quadratische Kopf senkte das Kinn auf die Brust. «Gut, in einer Stunde. Ich werde Montfavet anrufen.» Es schien fast zu gut, um wahr zu sein. Der Priester drehte sich auf dem Hacken um und ging zurück zum Altar. Von Esslin blickte ihm einen Moment lang nach, durch das schroffe Benehmen leicht aus der Fassung gebracht. Dann wandte auch er sich zum Gehen und trat aus dem kerzendämmrigen Raum auf die sonnenhelle Straße, wo seine Eskorte ihn erwartete. Er hatte noch zwei dienstliche Dinge zu erledigen, was er jetzt tat, um nicht zu früh in der kleinen Kirche von Montfavet zu erscheinen – er wollte, daß der Priester genügend Zeit hatte, um seinen Deutsch sprechenden *confrère* zu verständigen. Daher waren mehr als anderthalb Stunden vergangen, bevor er in die gewundene von Bäumen gesäumte Straße einbog, die zu dem altehrwürdigen Dorf führte. Alle Flüsse hatten Hochwasser und zischten und gurgelten durch die grünen Wiesen. Lerchen schossen durch den blauen Himmel. Seine gute Laune kehrte zurück, und er ertappte sich dabei, daß er leise eine Opernmelodie summte. Wie fern lag sie in Zeit und Raum, diese Welt der Musik!

Der Wagen mit seiner Eskorte rollte über den grünen Rasen vor der alten Kirche und kam zum Stehen. Von Esslin stieg flink aus und ging mit federnden Schritten in das düstere Innere. Die ganze Angelegenheit flößte ihm keine Scheu mehr ein, denn er hatte sich selbst davon überzeugt, daß er hauptsächlich im Namen seiner Mitoffiziere handelte. Die Kirche war leer und unbeleuchtet, das einzige Licht fiel von draußen durch die hohen Fenster auf eine große unbedeutende Heiligendarstellung. Nach einem Moment des Zögerns betrat er eine Seitenkapelle mit der Nummer IV. Er setzte sich eine Weile geduldig hin, dann, um die Zeit zu nutzen, kniete er auf einem *prie-Dieu* nieder und richtete ein paar Sühnegebete an die Jungfrau Maria, die ihm als eine Art Gerüst dienen könnten für die sehr viel wichtigere Beichte, die er abzulegen gedachte. Der Laut von Schritten – merkwürdig schlurfende Schritte – riß ihn aus seiner Versenkung. Der Priester hatte die Kirche hinter dem Altar betreten und war jetzt auf halbem Weg zum Beichtstuhl, dessen Eichentüren einladend offenstanden. Er war klein von Gestalt, verkrüppelt und dunkel wie eine schwarze Olive, doch seine Augen schimmerten intelligent. Von der Taille abwärts war er total verkrümmt, seine Hüften waren völlig aus der Symmetrie geraten, so daß er sich nur seitwärts mühselig hin- und herschwingend fortbewegen konnte. All dies jedoch geschah so schnell, daß von Esslin kaum Zeit hatte, sich ein Urteil zu bilden, denn nun forderte ihn der kleine Priester mit geöffneten Armen und dem Ausdruck freundlicher Komplicenschaft auf, in den Beichtstuhl zu kommen. Von Esslin gehorchte und kniete im Halbdunkel vor einer Öffnung in der Holzwand nieder, sie gähnte leer, da sie für den winzigen Priester zu hoch angebracht war. Er hörte das schnelle, erschöpfte Atmen des kleinen Mannes, als er den Eröffnungssatz seines *peccavi* aussprach: «Vater, ich habe gesündigt.»

Die Antworten und Zwischenbemerkungen erfolgten tatsächlich auf deutsch – aber mit einem so starken jüdischen Akzent, daß der General versucht war, eine Verwünschung auszustoßen. Es war, als machten sich die Götter lustig über ihn. Hatten sie ihm absichtlich einen jüdischen Beichtvater geschickt? Nein, das konnte nicht sein, andererseits gab es irgend etwas, das einen Juden daran hinderte, Katholik zu werden? Gab es das? Gab es das? Nein, nichts konnte ihn daran hindern. Nichtsdestoweniger erfüllte ihn eine momentane verworrene Empörung, er griff unwillkürlich nach seinem Revolver und befingerte nutzlos und vergeblich den Abzug. Der Akzent eines Wiener Psychoanalytikers. Das hatte ihm noch gefehlt! Es ging ihm durch Mark und Bein, dieses unverkennbare Nuscheln bei gewissen Worten zu hören. Andererseits war es auch wieder so vollkommen unwichtig! Trotzdem kostete es ihn einige Anstrengung, die Beichte fortzusetzen, aber er beendete sie, wenn auch etwas stokkend, und erhielt die erwartete Absolution und die Pseudostrafe, die ihn, der kirchlichen Strategie zufolge, von allen Sünden reinwaschen würde. Dennoch hinterließ dieser unglückliche Zufall bei ihm das Gefühl, daß das übliche Ritual nicht so überzeugend wie sonst war. Dies löste einen inneren Dialog in ihm aus, und er kehrte in einem ziemlich verwirrten Zustand in seine Befehlsstelle in der Festung zurück. Seine Untergebenen hatten ein wahres Kaninchengehege von untereinander verbundenen Zimmern übernommen, die alle nur durch eine Tür, die auf den Korridor führte, betreten werden konnten – der Traum jedes Sicherheitsbeamten. Und hier an den Wänden hingen Blatt für Blatt aneinandergereiht die Landkarten, auf denen sein eigener etwas vager Befehlsbereich eingetragen war, aber auch die verschiedenen Truppenaufstellungen weiter im Norden. Er verfolgte all dies mit nie erlahmendem Elan und Interesse. Die Neuigkeiten aus Rußland klangen nicht gerade beunruhigend, obwohl sie eine verminderte Stoßkraft, einen Stillstand, um sich neu zu formieren, eine Verhärtung des feindlichen Widerstands erkennen ließen. Nun, bei so ausgedehnten Nachschublinien war eine gelegentliche Konsolidierungspause nur zu erwarten.

An diesem Abend war Fischer allein in der Offiziersmesse und las zum xtenmal in dem einzigen intellektuellen Buch, das er besaß: Kropotniks *‹Schachprobleme›*. Der jüngere Mann wirkte mißgelaunt und zu keinem Gespräch aufgelegt, was durchaus der Stimmung des Generals entsprach. Er aß seine Mahlzeit hochmütig schweigend, während in seiner Erinnerung der singende, schwingende jiddische Tonfall nachklang besonders in Sätzen wie: «A furchtbarer Traum ...» Er fragte sich, ob der Name des kleinen Juden eines Tages auf der Gestapoliste erscheinen würde? Der Gedanke erregte Widerwillen in ihm.

Der nächste Tag dämmerte frostig und neblig herauf mit gelegentlichem Nieselregen. Der deutsche Offizier erschien pünktlich, er saß ein wenig steif in seinem Dienstwagen – die Steifheit schien seine Taubheit noch zu unterstreichen. Er war von einer schüchternen Förmlichkeit, aber offensichtlich nicht unzufrieden, zwei so hübsche Frauen zu eskortieren – denn Quiminal hatte sich entschlossen, Constance nach Tu Duc zu begleiten. Nebel lag über dem angeschwollenen Fluß, als sie die berühmte Brücke überquerten und die zahlreichen Kirchen und Glockentürme hinter sich lassend, die Straße zu den Hügeln einschlugen. Constance saß vorn neben dem Chauffeur und hielt eifrig Ausschau nach Landmarken, die die Erinnerung ihr kostbar machten.

NEUN

WIEDERSEHEN MIT TU DUC

Sie hatte sich noch nicht entschieden, ob sie in Avignon bleiben wollte oder nicht. Ihr Entschluß war durch das offensichtliche Entsetzen und den Abscheu des Prinzen, den der Gedanke, abzufahren und sie allein zurückzulassen, zutiefst beunruhigte, irgendwie ins Wanken geraten. «All die Traurigkeiten und die Barbarei in dieser Stadt mit ihren mittelalterlichen sanitären Einrichtungen – wie können Sie damit allein fertig werden?» hatte er sie gefragt, und Constance hatte keine rechte Antwort gewußt. Es war, als warte sie auf irgendein Zeichen oder ein Omen, das die Sache für sie entschiede. Doch in der Zwischenzeit breitete sich der bunte Teppich ihrer Erinnerungen vor ihr aus, bebildert mit den schönen Wäldern und lieblichen Kalksteinhügeln voller klarer Gewässer. Der deutsche Offizier fuhr steif, aber vorsichtig, eingeschlossen in seine Taubheit; Nancy Quiminal hatte aufgehört zu sprechen, warf jedoch zuweilen einen nachdenklichen Blick auf ihre Begleiterin. Wie still es auf den Straßen war. Das Land sah in diesem winterlichen Licht schicksalsschwer und belagert aus – was es ja auch war. Sie hatten nicht weit zu fahren, aber Tubain lag in seiner eigenen verborgenen Talsenke; als sie ankamen, erweckte die Abgeschiedenheit des Ortes in ihnen den Eindruck, als seien sie meilenweit gereist.

Der Deutsche schaltete den Motor aus, und das Geräusch verklang im Wald. Da stand es, das kleine Herrenhaus mit seiner abblätternden Farbe und den Feuchtigkeitsflecken. In den Dachrinnen häuften sich die gefallenen Blätter, die auch die steinernen Stufen und die Steinplatten der mit Kletterrosen umrankten Veranda dicht bedeckten.

«Ist das Ihr Haus?» fragte Quiminal, und als Constance nickte, fuhr sie fort: «Ich bin einmal hiergewesen vor vielen Jahren als kleines Kind. Eine verrückte alte Dame hat hier gewohnt, nicht wahr? Wir haben ihr Eier gebracht.» Constance stieg aus und sagte: «Ich will nur sehen, ob alles unverändert ist.» Das vertraute Klicken der Gartentür begrüßte sie. Aus allen Dachrinnen tröpfelte es, denn es hatte die ganze Nacht über geregnet, obwohl der Himmel jetzt klar war. Der Garten verbreitete wie immer eine sehr persönliche Atmosphäre von verwitterter Abgeschiedenheit und wartete auf die sommerlichen Bienenschwärme, den Gesang der Amseln oder den Ruf des Kuckucks. Das Küchenfenster war noch immer zerbrochen, sie warf einen kurzen Blick auf den Tisch, an dem sie so oft gesessen und gegessen oder Karten gespielt hatten. Aber im Kamin waren abgeschnittene Rebenranken und Papier aufgeschichtet. Ein Zeichen menschlicher Anwesenheit, das ihr Herz höherschlagen ließ. Hieß das, daß jemand hier wohnte? Sie drehte sich schnell um und rief: «Wir müssen ins Dorf, den Schlüssel holen, ich will sehen, wie es innen aussieht.» Die Französin zuckte die Achseln. *«Bien sûr.»* Aber als Constance sich zum Gehen wandte, erblickte sie flüchtig einen kaum wahrnehmbaren Schatten zwischen den Bäumen, der sich beim näheren Hinsehen als die Gestalt eines Mannes erwies, der in einiger Entfernung zögernd zu warten schien, offenbar unsicher, ob er es wagen sollte, sich ihnen zu nähern. Es war Blaise, der Fuhrmann, der ihnen zusammen mit seiner Frau im letzten Sommer zur Hand gegangen war. Sie winkte ihn energisch heran, und er kam langsam und mißtrauisch näher, denn er erkannte sie erst, als er ihr fast gegenüberstand. Dann jedoch machte er einen Sprung auf sie zu und schüttelte ihr die

Hand. «Hat man Sie etwa verhaftet?» sagte er in einem besorgten Flüsterton. Doch sie schüttelte verneinend den Kopf und erzählte ihm mit leiser Stimme – sie waren weit genug vom Wagen entfernt, um nicht gehört zu werden –, wie es ihr ergangen war und erklärte ihm den Grund ihres Hierseins. Er hörte ihren Erzählungen mit zusammengekniffenen Augen, fast atemlos, und mit ängstlicher Besorgtheit zu. Aber als sie andeutete, daß sie mit dem Gedanken umgehe, wieder in Tu Duc zu wohnen, warf er den Kopf zurück und lachte vor lauter Begeisterung aus vollem Hals. «Wenn das meine Frau hört», rief er aus, «sie wird sich vor Freude nicht fassen können.»

«Aber ich muß erst sehen, wie es im Inneren des Hauses aussieht», warnte sie ihn, denn sie zögerte noch immer. Er zog den Schlüssel aus der Jackentasche und sagte: «Kommen Sie, treten Sie ein. Alles ist noch so, wie Sie es hinterlassen haben. Das Haus ist durchaus bewohnbar.»

Es war seltsam, die dunkle Küche zu betreten mit den Schränken, die bis zur Decke reichten, und dem blankgescheuerten weißen Tisch, auf dem die Messer vieler Köche, unter die auch sie sich zählen konnte, tiefe Schrammen hinterlassen hatten. Sie fuhr mit dem Finger über das weiße Kaminsims und sah, daß sich dort kein Staub angesammelt hatte. Wer putzte und räumte hier bloß auf? Aus dem Gespräch mit ihm erfuhr sie die Antwort – seine Frau. Aber er setzte diese häuslichen Überlegungen beiseite und fragte impulsiv: «Und die Jungens? Wie geht es den Jungens?» Die Frage kam so unerwartet, daß eine plötzliche Schüchternheit sie befiel. «Gut», sagte sie. «Sehr gut.» Doch er insistierte. «Und Sam?» Ihr wurde schockartig klar, daß Sam für ihn noch lebte, noch auf dieser Erde weilte. Seltsamerweise wurde dadurch die Endgültigkeit seines Todes eingeschränkt. Und so fügte sie unaufgefordert hinzu, daß er in Ägypten sei mit seinem Freund Aubrey und der kämpfenden Truppe angehöre. Sie schwelgte plötzlich in dem Gefühl, ihn, ihren Mann noch zu besitzen. Er war ihr auf diese irreale Art wiedergegeben worden. Sie sog sein spontanes «Bravo» förmlich ein und erwiderte seinen Händedruck. Das Echo von Sam hallte in den leeren Räumen, in dem leeren Haus wider, sie konnte ungezwungen über ihn sprechen, denn er lebte ja noch! Die Psychologin in ihr tadelte diese Schwäche, aber die Liebende genoß sie. Allein über ihn sprechen zu können, als sei er noch am Leben, half ihr, den quälenden Kummer zu überwinden, den sie aus falsch verstandenem beruflichen Stolz in sich hineingefressen hatte. Aber mehr noch, dies war das Zeichen, auf das sie gewartet hatte. Sie würde in Tu Duc leben zusammen mit dem schattenhaften mythischen Sam, der als einziger sozusagen von seinem Tod wußte, bis ihre Trauer und ihre Begierde sich gelegt hatten. Sie würde sich durch den reichen Wissensschatz seines Todes und Blanfords Bewegungsunfähigkeit durcharbeiten – dieser entsetzliche Unfall, der sich eingekapselt hatte in den größeren und tödlicheren Unfall einer sich im Krieg befindenden Welt.

«Ich bin gekommen, um zu bleiben», sagte sie, und als sie wieder am Auto waren, wiederholte sie den Satz in einem erregteren Tonfall. Nancy Quiminal nickte munter und sagte, sie sähe keinen Grund, der dagegen spräche. Die alten Möbel reichten gerade aus, um das Haus bewohnbar zu machen; der Regen schlug prasselnd auf das Glasdach des Wintergartens mit seinen bunten Scheiben. Das alte analytische Sofa stand dort – schweigend, passiv, geduldig wie ein idealer Analytiker. Im Vorbeigehen setzte sie sich einen Moment hin und hörte das Quietschen einer Sprungfeder. «In Träumen beginnen die Verantwortlichkeiten», zitierte sie im stillen, es war ein Traum, mit dem sie lernen mußte umzugehen – der gestorbene Sam, der zukünftige Sam, umgeformt und assimiliert, und all das eingehüllt in die Erinnerung an ein totes Kind. Es war erschreckend reichhaltig und immer noch quälend, dieses Material, aber fruchtbar, wie nur Kummer es sein kann. Sie würde dies alles ausleben, hier in diesen Hügeln mit ihren guten und schlechten Erinnerungen. Die Frau von Blaise erschien jetzt und stieß ihrerseits Rufe des Erstaunens und der Wiedersehensfreude aus – aber auch der Ungläubigkeit, als sie hörte, daß Constance beabsichtigte, wieder in Tu Duc zu wohnen. Sie und ihr Mann versprachen, das Haus innerhalb weniger Tage tipptopp herzurichten; und Nancy Quiminal sagte, daß ihre Schwester, als sie auszog, eine Menge Bettwäsche, Bestecke und Möbel zurückgelassen hätte. «Zuerst muß ich die Aufenthaltserlaubnis bekommen», sagte Constance, «und die Abreise des Prinzen abwarten. Er wird böse auf mich sein, wenn ich ihm meinen Entschluß mitteile.» Nachdem sie ausgiebig Abschied genommen hatten, fuhr der Wagen sie in die Stadt zurück. Constance reckte den Hals, um einen letzten Blick auf ihr *château* inmitten der grünen Bäume zu werfen. Sie sprachen kein Wort auf der Rückfahrt, kein einziges Wort. Es blieb dem Prinzen vorbehalten, auf sie einzureden, ihr abzureden, aber seine Gegenargumente bestärkten sie nur noch in ihrem Entschluß: «Schon die Einsamkeit», sagte er. «Was zum Teufel wollen Sie dort alleine tun? Kein Telefon, kein Radio, Winter, Schnee, Sperrstunde ... mein Gott, Constance, *soyons raisonnables*!»

«Ich bleibe», sagte sie und nahm seine Hände in ihre kräftigen Hände. «Sobald Sie abreisen, ziehe ich um. Ich fühle das Bedürfnis zu bleiben, verstehen Sie?»

«Typisch Frau», sagte er, denn er war wirklich aufgebracht. «Aber, aber», sagte sie, «Sie wußten doch schon bei unserer Abfahrt, daß diese Möglichkeit bestand. Sie haben sie sogar selbst vorgeschlagen. Und aus dem Grund habe ich meine Sachen in zwei Koffer gepackt. Würden Sie mir diese bitte mit dem nächsten Kurier nachschicken?» Er gab ein Grunzen von sich, dann räusperte er sich. Sie umfaßte seine schmalen Hände und fuhr fort: «Ich werde mir das Ganze schon arrangieren, die Aufenthaltsgenehmigung, den Transport und so weiter. Der Fuhrmann und seine Frau werden mich versorgen. In einem Dienstwagen bin ich in wenigen Minuten in der Stadt.»

Sie trennten sich traurig und legten sich schlafen. Als sie am nächsten Morgen herunterkam, war er bereits fort. Ein Wagen hatte ihn vor der Dämmerung abgeholt, und er hatte sein Gepäck mitgenommen und ihr eine kurze, ärgerliche Notiz hinterlassen: «Ich nehme alle meine Sachen mit, weil ich vielleicht direkt nach Genf zurückfahre. Wenn Sie bleiben wollen, kann ich nichts dagegen tun. Ich werde Ihnen Ihr Gepäck nachschicken. Bitte, kommen Sie möglichst *oft* nach Genf, um sich wenigstens mit Affad zu besprechen.»

Sie fühlte sich plötzlich verwaist, im Stich gelassen und daher sehr traurig. Sie hatte damit gerechnet, daß er zurückkommen und ihr beistehen würde, bis sie sich eingelebt hatte. Jetzt hingegen ... aber es gab auch gute Nachrichten. Dem Bürgermeister war das Recht zugestanden worden, dem Roten Kreuz einen Wagen mit Chauffeur zur Verfügung zu stellen, allerdings mit einer Hakenkreuz-Standarte. Und der taube Offizier kam eines Tages und verkündete ihr, daß die Villa oberhalb von Tu Duc zum militärischen Stützpunkt erklärt worden sei, was bedeutete, daß Soldaten ständig in der Umgegend patrouillierten und Constance jeden Tag von einem Dienstwagen abgeholt und nach Hause gebracht werden könnte. Dies war eine große Erleichterung, und sie war über ihr eigenes Glück hoch erstaunt. Alles schien zum Besten – außer des Prinzen Mißbilligung. Sie wußte nicht einmal, ob er jemals nach Avignon zurückkehrte. Hatte sie durch ihre Unbotmäßigkeit ein für allemal seine Freundschaft verloren?

«Nicht daß es mich interessiert», sagte Constance, «aber ich glaube, wir verdanken das alles dem General. Ich hoffe nur, daß die Sache keinen Haken hat.» Aber offensichtlich war dies nicht der Fall, denn der General blieb unsichtbar, er war mit seinem eigenen Umzug beschäftigt, denn nach langem Suchen hatte man für ihn eine geeignete Villa gefunden, und er konnte endlich aus der Offiziersmesse ausziehen, die ihm so auf die Nerven gegangen war. Er geruhte nicht einmal, ein Abschiedsdiner zu geben, ja, sogar seinen Auszug gab er nicht offiziell bekannt. Eines Tages verschwand er ohne ein Wort mit seinem Burschen und einem halben Dutzend Koffern, die seine Habseligkeiten bargen. Er übernahm Lord Banquos früheren Wohnsitz, wo ihm sein Bursche, ein Koch, ein Adjutant und ein Funker, der auch als Stenotypist fungierte, zu Diensten stehen würden. Seine Verantwortung hatte zugenommen, sein Befehlsbereich war ‹krisenanfälliger› geworden, um einen militärischen Ausdruck zu benutzen. All dies fiel zusammen mit der ersten eindeutig verlorenen Schlacht in Rußland und einigen schweren Rückschlägen im Nahen Osten. Das Drama spitzte sich zu, der Wind des Sieges flaute ab. Er war froh, daß er nicht mehr in der Offiziersmesse erscheinen mußte, denn diese neuen Faktoren hätten nur weitere Spannungen erzeugt. Irgend etwas war im Begriff, sich zu verändern, hatte sich bereits verändert. Die frühere Überheblichkeit war verschwunden. Aber sein schweigsames, verstohlenes Verschwinden hatte den empfindlichen Fischer geärgert, der dieses Vorkommnis auf seine eigene Art feierte, indem er ein Bierfest veranstaltete, auf dem er sich hoffnungslos betrank. Sie fühlten sich irgendwie befreit, wie Schuljungen, nachdem der Lehrer gegangen ist. Sie sangen Lieder und beschlossen den Abend, indem sie auf Kerzen schossen. Sie hatten einen mehrarmigen Kerzenleuchter auf den Kaminsims gestellt vor einen hohen Spiegel, der die Flammen reflektierte, auf die sie zielten. Das Krachen der Kugeln, wenn sie sich ins Spiegelglas oder in die Wand bohrten, befriedigte sie ungemein. Fast niemand traf die Flammen, aber das war nicht weiter wichtig, es ging ums Spiel an sich. Sie waren stockbetrunken. Aber sie lachten unmäßig, zuweilen stimmten sie grölend Lieder an und stießen kriegerische Schreie aus. Als seine Pistole leergeschossen war, ließ Fischer sich erschöpft in einen Stuhl fallen, kippte ihn gegen die Wand und sagte zu dem ihm am nächsten stehenden Kameraden: «Wissen Sie, was mir am besten gefällt? Geiselfestnahmen! Wenn man einen Bus oder einen Zug mit Arbeitern anhält und ihnen in die Gesichter sieht und sagt: ‹Sie, und Sie, und Sie.›» Er verzog das Gesicht, um sich selbst zu imitieren, wenn er in einer rücksichtslosen Laune war. Er hielt inne. «Ich sage: ‹Raus mit euch!›» Er ließ den Befehl einsinken, dann fuhr er fort: «Sie sagen: ‹Wer, ich? Aber ich habe doch nichts getan. Ich habe nichts getan, warum ich?›» Und ich sage: «Ich weiß, was Sie getan haben. Raus mit Ihnen, und zwar dalli.» Er hielt die Pistole hoch, um seinem Kommandoton Nachdruck zu verleihen. Dann plötzlich verfiel sein Gesicht, zerfloß zu einem Lächeln, das sich zu einem heiseren Lachen, einem brüllenden Lachkrampf steigerte, während er sich aufs Knie schlug und zu seinem eigenen Ergötzen wiederholte: «‹Wer, ich? Aber ich habe doch nichts getan.›» Nie würde er den Ausdruck auf ihren Gesichtern vergessen, wenn sie diese Worte sagten. Und er lachte dabei Tränen. Das Fest neigte sich nach Mitternacht langsam dem Ende zu. Ein junger Waffen-SS-Offizier beschloß, es den Russen gleichzutun, indem er Gläser in den Kamin warf. Er forderte die anderen auf, ihn nachzuahmen, aber nur wenige taten es. Die Geste hatte sie nachdenklich gestimmt. Doch Fischer schien sich der Unangemessenheit des Ganzen nicht bewußt zu sein, denn er entledigte sich loyal zweier Bierkrüge auf die gleiche Art; jemand nahm ihn beim Arm und redete ihm gut zu, bis er wieder halbwegs normal und nüchtern war. Er sah eingefallen und totenbleich aus, als die Gesellschaft endlich aufbrach, um ins Bett zu gehen. Es war ihr Abschiedsfest für von Esslin gewesen mit seinen unerträglich aristokratischen Manieren und seiner eisigen Zurückhaltung. Natürlich wurde sein Name nicht genannt, aber die Tatsache wurde stillschweigend von allen zur Kenntnis genommen. Nur Smirgel, der Intellektuelle, hatte sich ruhig verhalten und an dem Rummel kaum teilgenommen, sondern sich nur mit einem gelegentlichen Lächeln begnügt, um seiner Zustimmung Ausdruck zu geben.

Plötzlich allein zu sein war nicht so leicht, allein in einer Stadt, deren neues Gesicht so verschieden war von der sonnenvergoldeten, gemächlichen Stadt, die sie gekannt hatte. Der winterliche Wind und die wirbelnden Blätter, der schäumende Fluß unterhalb der Festungsmauern, all dies ergab ein völlig neues Bild, dem sie nur ihre Einsamkeit entgegensetzen konnte. Zugegeben, es war eine gewollte, erwünschte, selbst verursachte Einsamkeit, aus der sie sich auch nicht zu flüchten gedachte, denn sie hielt sie für notwendig. Doch seit der Abreise Prinz Hassads war eine Dämmerung hereingebrochen, eine winterliche Dämmerung, bevölkert von Deutschen, die eine harte Welt von Nahrungsmittelknappheit und Sperrstunden mit sich gebracht hatten, eine Welt von Lebensmittelkarten und Transportgenehmigungen, die den Ablauf des täglichen Lebens verlangsamten, so daß alle, halb erfroren und unterernährt wie sie waren, immer apathischer und mißgestimmter wurden. Nahrungsmittel waren knapp und mußten gehamstert werden, sofern sie von den Deutschen nicht bereits beschlagnahmt waren. Aber hier erwies sich Constance als sehr geschickt, auch half es ihr, daß sie Deutsch sprach bei ihren zahlreichen Wortgefechten mit den Versorgungsoffizieren und kleinen Beamten, die versuchten, sich bei den Deutschen einzuschmeicheln. Es gelang ihr sogar, sich auf Pétain zu berufen und einen gewissen Grad von Unabhängigkeit zu erbitten. Aber das Image des Marschalls war wegen der Zwangsverschickungen der Juden und der Rekrutierung von Arbeitern für die deutsche Industrie bereits so angeschlagen, daß er kaum noch Einfluß hatte. Seine Pfuschereien und gewissenlosen Praktiken hatten sich herumgesprochen und allgemeine Empörung hervorgerufen, aber die jetzige Unzufriedenheit sollte nur zu bald von Verzweiflung abgelöst werden, als es der Bevölkerung langsam dämmerte, daß ihre gepriesene Unabhängigkeit ein Trugbild war. Paradoxerweise brachte diese beschämende Erkenntnis die Allgemeinheit noch mehr gegen die Engländer auf, die sich geweigert hatten, es ihnen gleichzutun. Aber vor allen Dingen durfte man sie – diese Engländer – ja nicht dazu ermutigen, hier in der ‹freien Zone› Verschwörungen anzuzetteln, für die sie, die Franzosen, dann leiden müßten – denn die deutschen Vergeltungsmaßnahmen erfolgten schnell und waren nicht sehr selektiv. Auch brauchte es nicht viel, um die Deutschen in Rage zu bringen. Mit einer Maschinengewehrgarbe konnten sie ein ganzes Dorf niedermachen und taten es auch. Die Plakate mit ihren rostblutfarbenen Texten machten jedem diese Tatsache nur zu deutlich klar: «Das deutsche Oberkommando kennt keine Nachsicht mit *franc-tireurs*. Sie werden unerbittlich bestraft.»

Der Tag, den sie für ihren Umzug vorgesehen hatte, war ein Sonntag. Sie hatte Nancy Quiminal gebeten zu kommen und ihr beim Packen zu helfen. Falls sie irgendwelche Befürchtungen oder Ängste gehabt hatte, daß ihr Leben in Tu Duc einsam und entbehrungsreich sein würde, so wurden diese sofort zerstreut durch die herzliche Aufnahme und die Freudebezeugungen, die Blaise, der Fuhrmann, seine Frau und seine drei Kinder ihr zuteil werden ließen. Das ganze Haus war von oben bis unten blank gescheuert, ein Feuer aus getrockneten Rebenranken brannte anheimelnd in dem schmalen Kamin, seine Flammen zuckten über die an der Wand hängenden Kupfertöpfe. Die Frau von Blaise hatte ihr eine nützliche *batterie de cuisine* für eventuelle Besucher hingestellt, und die Bestecke, Tischtücher, Bettwäsche und Decken, die sie sorgfältig weggeschlossen hatte, wieder hervorgeholt. Constance bestaunte entzückt diese Verwandlung. Sogar ein Petroleumkanister stand im Nebengebäude, um die kleinen, weich schimmernden Lampen zu füllen. Ihr war ein wenig bange, als sie sich an den blankgescheuerten Küchentisch setzte und ins Feuer blickte, bis ihre bleichen Wangen sich rosa färbten. Auch trugen ihre Gedanken, die immer wieder zu Sam abschweiften, nicht zu ihrer Ruhe bei. Quiminal, die ihr inneres Aufgewühltsein spürte, drückte ihre Finger – obwohl sie den Grund für diese Stimmung nicht erraten konnte. Sie war hervorgerufen durch das schmerzliche Bewußtsein von Sams unsichtbarer Gegenwart – er hatte die kleinen Lampen eines Tages mit Zeitungspapier gereinigt und sie sorgfältig nebeneinander in einen Schrank gestellt für einen kommenden Sommer – an den hatten sie alle hartnäckig geglaubt. Blaise hatte eine versteckte Weinflasche mit einem beachtlichen Alkoholgehalt aufgestöbert und gab ihnen je ein kleines Glas, um auf den «Erfolg des Hauses» anzustoßen. Es war wunderbar: dieses lodernde Feuer, der Geruch des auf dem altmodischen Kohlenherd gekochten Essens (*ragoût*), das Geplauder der Kinder ... dies alles war ein gutes Vorzeichen für ihren Aufenthalt, fühlte Constance. Sie würde in der Küche wohnen und arbeiten und die riesige Speisekammer als Ankleidezimmer benutzen und gleichzeitig ihr altes Schlafzimmer beibehalten – dasselbe, das sie mit Sam geteilt hatte, weil es gegen den Nordwind geschützt lag. Bei schönem Wetter konnte sie sich in eine Art Wintergarten zurückziehen, der wetterfest, aber dicht mit Heckenrosen bewachsen war, die das Licht nur sparsam durchließen, so daß man fast das Gefühl hatte, auf dem Grund eines Teiches zu sein. Dort stand auch das alte Sofa und wartete auf bessere Tage.

Sie hatten einen bescheidenen Lebensmittelvorrat mitgebracht: ein wenig Reis und einige Gemüse, Kaffee und Käse. Sie hatte nach langem Zureden Nancy Quiminal dazu gebracht, über Nacht zu bleiben; die Frau von Blaise überzog freudestrahlend das Bett in Blanfords früherem Zimmer. «Es ist fast, als sei man auf Ferien», rief die junge

Frau aus. «Man merkt hier nichts von den Boches – obwohl wir nur ein paar Kilometer von der Stadt entfernt sind.»

Es stimmte, die Deutschen hatten sich in dem kleinen Dorf kaum jemals blicken lassen, eine Tatsache, die es Blaise ermöglicht hatte, seine Wintervorbereitungen wie eh und je zu treffen, so als gäbe es keinen Krieg, keine Deutschen, keine Lebensmittelknappheit. In Tubain hatte er wie an jedem Jahresende zwei Gänse, zwei Ferkel und ein halbes Dutzend Hühner gekauft. Sein Hinterhof lag direkt am Waldrand, und es war daher leicht für ihn, seine bescheidenen Vorräte so zu verbergen und zu tarnen, daß sie nicht die Begierde der patrouillierenden Soldaten erweckten. In einer alten provenzalischen Truhe hatte er gehamsterten Reis und Tee und ein wenig Mehl versteckt und getrocknete Kräuter für Kräutertees – *tisanes* –, dieses hochgeschätzte Getränk, das die Franzosen als Heil- und Beruhigungsmittel gegen ihre zu fette Küche trinken. Er kelterte jedes Jahr auf Kosten der umliegenden Weingüter ein wenig eigenen Wein, nach der Lese bekam jeder die Erlaubnis, unentgeltlich die Trauben zu pflücken, die entweder übersehen oder als nicht gut genug befunden waren. Dies wird *grapiller* genannt, und die ärmeren Leute halten, wenn die Ernte vorbei ist, Nachlese und stellen ihren eigenen bescheidenen Wein her. So auch Blaise. Sein Wein hatte nicht nur eine schöne Farbe, und wie jeder gute Franzose hielt er erst einmal das Glas gegen das Licht, bevor er trank, sondern er hatte auch ‹Blume›, ein leises Aroma von Erdkühle und von Kellerwärme, er war frei vom Geruch menschlicher Hände, die ihn gepflückt hatten, und duftete nach dem jahrzehntealten Trester in den großen Weinpressen ... er hatte *présence*. All diese Romantik und Folklore wirkte so unvergänglich echt und wahr vor dem wärmenden, flackernden Feuer und im rosigen Schein der Lampen, die sie frühzeitig angezündet hatten, um die dunkle Küche zu erhellen. Die Frau von Blaise hieß Colette, sie war eine kräftige, stolze Frau aus dem protestantischen Teil der Cevennen, ‹schwer zu entflammen wie eine Steineiche› wie es im Sprichwort heißt, ‹aber wenn sie brennt, dann für immer›. Sie hatte Constance schon seit langem ins Herz geschlossen und war ehrlich entzückt bei dem Gedanken, daß sie den gefürchteten Winter mit ihnen zusammen in Tu Duc verbringen würde. Und ihre Munterkeit und Zuneigung machte auch nicht vor Nancy Quiminal halt, deren Hübschheit, Aufrichtigkeit und Offenherzigkeit zu widerstehen fast unmöglich war. Sie wurde von dem Ehepaar nach den letzten Ereignissen in Avignon ausgefragt, geradeso als ob die Stadt hundert Kilometer weit entfernt läge, aber ihr Bericht fiel düster aus: Strafvollzug und Gefangennahmen und in einigen Fällen willkürliche Brutalität, auf die unlogischerweise keiner vorbereitet gewesen war, ebensowenig wie auf die gräßlichen Anblicke der Zivilisten, die man gegenüber dem päpstlichen Palast an Platanenäste aufgeknüpft hatte, oder des Jungen mit seinem Hund, der in einem anderen Stadtviertel von einem Balkon im ersten Stock gehangen hatte. Zu jedem dieser grauenvollen Vorfälle gab es eine Geschichte, und Nancy Quiminal erzählte sie mit ihrer melodiösen, leisen Stimme. Ein bedrücktes Schweigen folgte, während Colettes dunkler, durchdringender Blick von einem Gesicht zum anderen wanderte, als versuche sie, den Sinn solcher Grausamkeiten zu verstehen. «Werden Sie sich hier nicht fürchten?» fragte sie schließlich Constance und schien erleichtert, als diese den Kopf schüttelte. «Viel weniger als in der Stadt, das kann ich Ihnen versichern.» Und in der Tat gab es hier keine Sperrstunde und keine Patrouillen, die gelegentlich während der befohlenen Verdunklung auf einen verbotenen Lichtschein schossen. Nichtsdestoweniger brach das Ehepaar wie alle Bauern früh auf, zuvor jedoch war Blaise in den Keller geschlichen und hatte das alte Radio angestellt, um aus London die neuesten Kriegsnachrichten zu hören. Ein gefährliches Unterfangen, was eines Tages üble Folgen haben konnte, aber er wollte auf diese einzige Verbindung mit der Außenwelt nicht verzichten, es war das einzige, was ihre crusoehafte Existenz hier, oberhalb des Dorfes Tubain, erträglich machte. «Vor einer Sache muß ich Sie warnen», sagte Colette. «Nach Einbruch der Dunkelheit beleben sich die Landstraßen. Wenn jemand klopft, öffnen Sie nicht. Es ist sicherer. Viele Leute fliehen in die Hügel, um der Zwangsarbeit zu entgehen. Am Ende dieser Straße verdrücken sie sich in die Wälder, in deren Schutz sie die Hügel erreichen. Hier ist ihre letzte Gelegenheit. Manchmal kann man sie des Nachts, wenn sie vorbeigehen, reden hören. Einmal habe ich ihre brennenden Zigaretten gesehen. Aber ich verrammle alle Türen, und bislang hat noch niemand angeklopft.»

Sie aßen früh zu Abend, denn zu dieser Jahreszeit brach die winterliche Dämmerung beizeiten an. Danach wurden die Kinder zum Anwärmen der frischbezogenen Betten, sozusagen als Wärmflaschen, nach oben geschickt. Der kleine Junge bestand darauf, Constance diesen Dienst zu erweisen, denn er war seit dem Anfang vergangenen Sommers hoffnungslos in sie verliebt. Er lag unbeweglich und nachdenklich da, starrte mit weit offenen Augen an die Decke und rief sich ins Gedächtnis zurück, wie sie halbnackt, in ihrem alten Badeanzug ausgesehen hatte. Er stöhnte. Er war so eifersüchtig auf Sam gewesen. Er faßte sich selbst an und stellte sich vor, wie es wäre, wenn Constance das gleiche mit ihm täte, was seine Schwester, wenn sie in der Scheune spielten, zuvorkommenderweise mit ihm tat. Er stöhnte wieder und wälzte sich herum in einer Aufwallung von Begierde. (Und wenn man bedenkt, dachte Constance, daß niemand solche Dinge bemerkt hat, bevor Freud die kindliche Sexualität entdeckte. Einfach unwahrscheinlich.)

Dann ermahnte sie sich und sagte: «Ach du meine Güte, du bist aber mal wieder sehr schulmeisterlich. Jede Mutter muß es gewußt, gesehen haben, aber die gesellschaftlichen Konventionen haben sie mundtot gemacht, sie wagte nicht, darüber zu sprechen.» Obwohl – ganz sicher war sie sich nicht. Denn was diese oft diskutierte kindliche Sexualität anbetraf, so war während dieses unvergeßlichen Sommers etwas sehr Eigenartiges passiert. Es war eines Morgens geschehen, Sam hatte schon das nestwarme Bett verlassen, um sich mutig in das kalte Wasser des Wehrs zu stürzen und sich zwischen den Wasserlilien zu tummeln, während sie noch halb betäubt zwischen Liebe und Schlaf pendelte. Die Sonne war im Aufgehen, und sie lag träge dösend im Bett, als sie spürte, daß ihr Laken zurückgezogen wurde, gerade weit genug, damit ein kleiner Körper hereinschlüpfen konnte, es war Blaises Sohn gewesen, der neben sie glitt, sich in ihre Arme kuschelte und ihr schlafendes Gesicht mit Küßchen bedeckte. Sie erwachte erstaunt und blieb eine lange Weile verwirrt liegen, unfähig, die richtigen Worte zu finden, um diesem Tun Einhalt zu gebieten, das gleichzeitig aber auch wegen der Jugend des jungen Tarquin, der sich offensichtlich nicht beherrschen konnte, fast unschuldig wirkte. Er war unsterblich verliebt in sie. Sie ließ einen ganzen Schwarm vogelartiger Küsse über sich ergehen, dann hörte sie sich sagen: *«Non, non. Arrête!»* Aber noch während sie diese Worte hervorstieß, fühlte sie den kleinen pulsierenden Penis zittern und sich seidenweich an ihrem warmen Hügel entleeren. Was sollte sie tun? Es war eine verzwickte Lage! Die Schnelligkeit des Angriffs hatte sie völlig überrumpelt.

Es gelang ihr, die erlösenden Worte zu finden, ohne zu spießig zu klingen, aber es war zu spät, die Sache war geschehen, und der veränderte Ausdruck des Knaben zeugte von der Unschuld seiner Gefühle. Sein kleines Organ begann zu schrumpfen und zu erschlaffen, er stieß kurze, unterdrückte Freudenschreie aus und vergrub sein Gesicht zwischen ihren Brüsten. Sie wußte nicht, was sie sagen sollte, und war im Begriff, energischer vorzugehen, als sie zu ihrer Erleichterung das Schloß der Küchentür aufschnappen hörte und Fußtritte auf den Küchenkacheln. Der Knabe verschwand auf mirakulöse Weise – als hätte er sich in Luft aufgelöst. Es war der reinste Entmaterialisations-Akt! Er glitt aus Sicht- und Hörweite mit einer Geschwindigkeit, die ihr nicht einmal Zeit ließ, ihre Vorwürfe zu formulieren, ja, sie fragte sich sogar, ob sie die ganze Episode nicht geträumt hatte. Aber nein, die kleine Spermapfütze und die Tröpfchen, die noch an ihren Schamhaaren hingen, waren Beweis genug. Sie schlummerte wieder ein oder versuchte es zumindest, bis Sam zu ihr zurückkehrte und seine Zärtlichkeiten erneuerte, bis sein kühles Fleisch sich unter ihren Liebkosungen erwärmte. Sie liebten sich ein zweites Mal, langsam und ein wenig träge. Und weil sie sich wegen des kleinen Zwischenfalls und ihres Erregtseins ein wenig schuldig fühlte, wollte sie die lästige Wahrheit loswerden, hatte den Wunsch, sie zu beichten – oder was einer Beichte am nächsten kam. Sie brauchte diese ergiebigere, tiefgehendere Paarung mit ihrem Gatten als eine Art Ersatz-Absolution. «Ich bin vergewaltigt worden», sagte sie, aber in einem scherzhaften Tonfall. Und gutmütig, wie er war, nahm er es als Scherz. «Von was – einem Traum, einem Wunsch oder dem Gedanken eines Geistlichen?»

«Ja», sagte sie, ohne näher darauf einzugehen.

«Hm, du bist ganz schön angewärmt», sagte er mit einem vorgetäuschten Seufzer. «Man muß immer einem anderen danken, *l'autre*, dem Mieter, dem Schweinekerl ...»

«Homosexuelle Kriegslist», sagte sie stolz auf ihre neu erworbenen analytischen Fähigkeiten. «Ach ja, diese Internate.»

«Wenn Welt genug und Zeit wäre», sagte er höchst unerwartet und biß in ihre Unterlippe, bis sie unerträglich schmerzte. «Constance, du als meine *ideale* Frau wirst einen goldenen Phallus für Flauten bereit haben – wenn ich in den Krieg ziehe, zum Beispiel.» Sie fühlte, daß er tief, tief traurig war.

«Du ermächtigst mich dazu, mein Gebieter?»

«Alles, was du tust, ist richtig», sagte er. «Nur weil du es bist, so zumindest empfinde ich es.»

«Nur weil ich es bin?»

«So ist, so empfinde ich es.»

Sie lagen still da und starrten einander lange wie hypnotisiert in die Augen, dann stützte er sich auf seinen Ellbogen und tastete nach einer lebensrettenden Zigarette. «Mein Lieber», flüsterte sie und legte den Arm um seine Schultern, die vom Wasser des Wehrs noch kühl waren. Er hatte kein Wort ernst gemeint!

Als Absolution mußte es genügen, mehr konnte man nicht erwarten ... Und jetzt, als diese vergangenen Vorgänge so überscharf im Brennpunkt ihres Gedächtnisses aufgetaucht waren, erkannte sie auch den wahren Grund ihres Bleibens, er war ihr erst in diesem Moment völlig klargeworden. Der Grund war, daß für alle diese Leute hier Sam nicht tot war, er war in einem unbestimmten Irgendwo, das ihn eines Tages entlassen und ihn munter und unverletzt dieser Landschaft und diesen Menschen zurückgeben würde. Sie genierte sich ein wenig, als ihr dies bewußt wurde, denn sie hatte sehr strenge Ansichten über Offenheit, aber sie brauchte Zeit für sich, Zeit, um Sams Tod ertragen zu können. Hier konnte sie leben, ohne über sich oder ihn Rechenschaft ablegen zu müssen. Für wie lange, wußte sie nicht, aber eines schönen Tages würde sie zweifellos wieder ein erfülltes Leben haben und nicht mehr zu betrügen brauchen. Sie würde seinen Tod vor aller Welt bekennen.

Das Feuer loderte jetzt auf, und ihr Abendessen, ein großes *ragoût*, das aus sehr schmackhaften Resten bestand, die weiß Gott woher stammten, und von einer ganz großen Seltenheit, einem selbstgebackenen Brot, begleitet wurde, roch ganz köstlich. Die Kinder kamen herunter und verkündeten, die Betten seien pudelwarm, ihre Mutter schickte sie früh zu Bett, um Brennstoff zu sparen, aber sie weigerten sich zu gehen, bevor ihr Vater ihnen nicht die Frettchenfamilie gezeigt hatte, die zu erwerben ihm gerade gelungen war. Sie waren in einer altmodischen großen hölzernen Mausefalle mit vielen Abteilungen (fast wie eine kleine Wohnung) untergebracht. Blaise sagte: «Die Beschlagnahme aller Jagdgewehre, die die Deutschen kürzlich angeordnet haben, hätte für viele den Hungertod bedeuten können – und bedeutet es vielleicht noch jetzt, wer weiß? Ich persönlich kann Gott nur für die Kaninchengehege im Wald danken und für diese kleinen Wesen. Gestern haben sie mir zehn Wildkaninchen gefangen. Sind sie nicht niedlich?»

Die Frettchen waren so glatthaarig wie kleine Windhunde, sie glitten in ihrem Käfig mit bösartiger Gelassenheit herum, ihre Augen funkelten, während sie seltsame kleine, klickende Laute von sich gaben. Den Kindern wurde erlaubt, sie zu betrachten, aber nicht sie zu streicheln. «Zu Bett», rief ihre Mutter. «Gebt den beiden Damen einen Gutenachtkuß, aber dann fort mit euch!»

Constance hatte keine Angst, daß der Sohn von Blaise seinen Versuch wiederholte, da sie ihn sehr energisch zurechtgestaucht und ihm angedroht hatte, daß sie bei einer Wiederholung seinen Vater informieren werde. Der Junge war blaß geworden, und seitdem mied er ihren strengen Blick, wann immer der Zufall sie zusammenführte. Die Drohung lastete schwer auf ihm – mit Recht. Aber jetzt, nach so langer Zeit, schien der Vorfall nicht mehr so gravierend, und so küßte sie ihn flüchtig und drückte freundschaftlich seine Schulter. Sie schoben den kleinen Dienstwagen in die große Scheune der Bastide, wo Blaise als Hausmeister für den abwesenden Besitzer wohnte, um zu verhindern, daß das Kühlwasser einfror in dem wirbelnden Mistral, der mit der Nacht aufgekommen war wie ein Vorreiter eines nahenden Schneesturms. Sie sagten gute

Nacht und schlossen die Küche ab, nachdem sie mit größter Sorgfalt alle Zimmer verdunkelt hatten. Nancy Quiminal legte auf dem Küchentisch eine Patience, um, wie sie sagte, ihre Nerven vor dem Schlafengehen zu beruhigen. Constance brühte einen Salbeitee auf – sie hatte die Kräuter auf dem Feld vor dem Haus gepflückt.

Als sie in ihre lauwarmen Betten krochen und sich gegenseitig eine gute Nacht wünschten, hatte Constance das Gefühl, daß für sie der Krieg erst jetzt wirklich begonnen hatte. Es war die erste Kriegsnacht, Sam war noch am Leben, er war unauffällig aus den Trümmern der Welt geborgen worden.

Die beiden Frauen schliefen schlecht, sie waren das Gefühl der Leerheit nicht gewohnt, das ländliche Geräusche erzeugen, die jetzt vom Garten her mit seinem dunklen Grün, seinen Pinien und Kastanienbäumen und vom Waldstreifen jenseits der Straße an ihr Ohr drangen. Es war nicht Furcht; sondern das Ungewohnte, das sie vor der Morgendämmerung aus dem Bett trieb und dazu veranlaßte, den alten Herd anzuzünden und sich Tee zu machen. Der Winter war unmerkbar gekommen – die Morgendämmerung mit ihrem matten karminroten Streifen, mit ihren jagenden Wolken, die der launenhafte Mistral in der Nacht zerrissen hatte, und dem klirrenden Frost auf der Chaussee, die zur Stadt führte, zeigte es ihnen nur zu deutlich. Quiminal machte eine Bemerkung darüber, als ihr kleiner Dienstwagen den Hügel hinunter holperte und auf die Stadt zuschlitterte. Sie fügte hinzu: «Jetzt fangen unsere Schwierigkeiten erst wirklich an, denn nun setzt die Kälte ein.» Trotzdem waren sie guter Laune, der kleine Ausflug hatte ihnen Auftrieb gegeben, und sie ertrugen die Frechheiten der Soldaten am Kontrollpunkt auf der Brücke mit ärgerlicher Resignation. Aber nun verstanden sie auch, wie nützlich es war, einen uniformierten Chauffeur zu haben, denn dem ersten Anprall solcher Begegnungen mit den Soldaten mußte er standhalten. Er war das

Nächstbeste nach einem bewaffneten Wächter. «Paradoxerweise werden wir von den *maquisards* noch viel Schlimmeres zu befürchten haben, wenn sie sich organisieren – falls sie es jemals tun.» Der von Vichy ausgelöste Haß und Zorn waren ihrem Tonfall deutlich zu entnehmen. Aber ausnahmsweise erwartete sie eine gute Nachricht in Gestalt einer Reiseerlaubnis, die ihnen gestatten würde, die Medikamente in den Hospitälern und den Krankenhäusern aufzustocken. Eine Aufgabe, die Constance als Neuankömmling übertragen wurde, was sie mit Freude erfüllte. Hier war ihre Chance herumzureisen, ihre Bindung zur Provence zu erneuern, die sie als Spielplatz gekannt hatte und die noch nicht ganz zu einem Friedhof geworden war, trotz der Raubzüge der Deutschen. Sogar noch in Ketten, ohne die bunten Schaustellungen wie Stierkämpfe, Corsos, Dorffeste, religiöse oder profane Zusammenkünfte – diesem lebenspendenden Ethos der frommen Freuden und des ungehemmten Heidentums –, sogar noch jetzt, besiegt und besetzt, strahlte sie Leben und Hoffnung aus. Solange noch ein Lichtpunkt in dieser trüben Welt leuchtete, gab es noch Hoffnung. Und Constance war maßlos stolz darauf, daß es England war, das diese Flamme nährte. Obwohl die Niederlage und der Verrat die Menschen hier niederdrückte, erwachte in ihnen doch langsam das Gefühl, daß nicht alles verloren war. Im Moment genügte es zu hoffen. Aber auch das Wissen, daß die ‹France Libre› unter ihrem jüngsten General zwanzigtausend Freiwillige unter Waffen hatte, ließ die Herzen höherschlagen. Dies alles durfte natürlich nicht laut ausgesprochen werden, aber in jedem Blick, der auf die deutschen Soldaten oder auf die Mitglieder der Miliz fiel, schimmerte eine wiedergefundene Lebhaftigkeit, die dieses Wissen verriet. Die Verachtung war unverhohlen, weshalb die Hunnen und ihre Mitläufer auf ihre routinemäßigen Grausamkeiten besonders stolz waren. Es war ihre Antwort auf den stummen Vorwurf des drohend schweigenden Volks. Eine neue Art von Haß war aufgekommen, und die Deutschen füllten jetzt voller Zorn die Züge bis zum Bersten mit unglücklichen, vor Angst halb wahnsinnigen Lagerinsassen, um sie in die besser ausgestatteten Lager im Norden zu verfrachten. Sie befahlen ihnen betont hochmütig, langsam, im Schrittempo, durch die Stadt und über die berühmte Brücke zu gehen, so daß jeder sie sehen konnte. In früheren Zeiten hätte man sie gepfählt und ihre Köpfe auf Lanzen gespießt und entlang der Mauern und über den Toren von Avignon zur Schau gestellt. Aber die große Anzahl der Opfer machte eine solche mittelalterliche Geste unmöglich, sonst hätten die Nazis diesen Brauch sicher wiederbelebt, so wie sie die rituelle Enthauptung wieder eingeführt hatten.

Gefühle oder Emotionen dieser Art kann man schwer allein für sich formulieren, sie müssen einem schon durch einen bestimmten Vorfall konkretisiert werden, der dann zu einem unvergeßlichen Markstein wird, oder durch ein tiefeinschneidendes Erlebnis. Und so erging es auch den beiden Frauen.

Einer dieser Züge voll von Kindern und Halbwüchsigen – einige davon Mädchen – hielt in der Dämmerung auf der Hauptstrecke bei leichtem, wirbelndem Schnee. Die Wagontüren standen weit offen, und aus ihnen sprossen diese bleichen erschöpften Gesichter mit dem Ausdruck verständnisloser Verzweiflung, des totalen Verlorenseins. Allein schon ihr Anblick zerriß einem das Herz, besonders da man wußte, daß man ihnen nicht helfen konnte. Der Rot-Kreuz-Lastwagen überquerte ein Seitengleis unterhalb der Hauptstrecke, als die Signale, die die Durchfahrt für den Zug freigaben, ihn zum Halten zwangen. Der gesamte Zug mit seiner duldenden Ladung fuhr direkt an Constance vorbei, die neben dem Fahrer saß. Ihre eigene Ladung bestand aus Medikamenten für die Krankenhäuser in Nîmes und aus hundert Weißmehlbrötchen als Überraschung für die Kinder. Das Mehl war gehamstert und mit den größten Schwierigkeiten gelagert worden, und jede Woche wurden diese kleinen Gaben entweder an die Kinder in Nîmes oder Arles oder Aix verteilt. Viel war es nicht, trotzdem kostete es Zeit und Überlegung – und ein wenig schummeln mußte man auch. Wie der Zufall es wollte, saß Nancy Quiminal auch im Lastwagen. Sie hatte Constance gebeten, sie bis zum Lycée mitzunehmen, und so teilte sie diesen schmerzlichen Anblick mit ihrer Freundin. Nur daß sie geistesgegenwärtiger war als Constance, denn als der Zug am Übergang zum Stehen kam, holte sie plötzlich tief Luft: ihr war eine Idee gekommen. Und bevor jemand sie fragen konnte, was sie vorhatte, sprang sie aus dem Lastwagen und riß die Plane herunter, die über der Fracht lag. «Schnell!» rief sie, und Constance, die ihre Absicht nicht voll begriff, folgte ihr nach und sprang auf die Straße unter den erstaunten Blicken des uniformierten Fahrers. Sie ergriffen gemeinsam die zwei bis zum Rand mit frischen Brötchen gefüllten Waschkörbe und schleppten sie den Betonstreifen hinauf zu dem stehenden Zug, während sie kurze Rufe ausstießen, um auf sich aufmerksam zu machen. Es war, als füttere man Möwen, Hände flatterten aufgeregt über und um ihre weißen nach oben gewandten Gesichter. Sie konnten die Brötchen nicht hinaufreichen, weil die Waggons zu hoch über der Hauptstraße standen, und mußten sie daher nach oben werfen. Aber keines fiel zu Boden, jedes einzelne wurde aufgefangen. Hier und dort schien auf den versteinerten Gesichtern etwas aufzuleuchten, das man als ein dankbares Lächeln deuten konnte oder vielleicht als etwas noch Unergründlicheres: ein Ausdruck wunschloser Müdigkeit und des Schmerzes.

Die Körbe waren fast leer, als die unvermeidliche Reaktion einsetzte, ein oder zwei Pfiffe ertönten – schrill und eindringlich. Am Ende des langen Bahnsteigs gestikulierte eine schmale Gestalt in der Uniform eines Nazi-Leutnants und schüttelte die Faust, um den zahlreichen Flüchen – die sie wegen der großen Entfernung nicht hören konnten –

Nachdruck zu verleihen. Aber sein Gefuchtel genügte, um eine Vergeltungsaktion gegen sie in Gang zu setzen. Zwei derbe Zivilisten ganz in ihrer Nähe – sie sahen wie Güterpacker oder Lastwagenfahrer aus – liefen auf sie zu, knurrend wie Bulldoggen, ihre Hacken sprühten Funken auf dem betonierten Bahnsteig. Einer löste seinen Gürtel beim Rennen, der andere schwang als Waffe einen wollgefütterten Lederhandschuh – ellbogenlang und mörderisch schwer. Die beiden Frauen sahen sie aus dem Augenwinkel näher kommen aber konzentrierten sich beherzt auf ihre selbstgestellte Aufgabe. Und als der erste Mann sie trampelnd und gutturale Flüche und Schimpfworte ausstoßend erreichte, war in ihren Körben kein einziges Brötchen mehr übrig. Aber dann war die Hölle los. Die beiden Männer – sie schienen entweder tschechische oder russische Maultiertreiber zu sein – hoben ihre groben Waffen und ließen sie auf ihre ungeschützten Köpfe niedersausen. Sie protestierten natürlich schreiend, aber das steigerte nur die Wut der Angreifer, die um so härter zuschlugen. Sie duckten sich und versuchten sich, so gut sie konnten, mit ihren Armen zu schützen, aber nur mit geringem Erfolg. Die Hiebe zwangen sie in die Knie und noch tiefer, bis sie fast am Boden lagen und vor Schmerzen nach Atem rangen.

Aber nun war auch der junge Offizier zu ihnen gelangt, sein bleiches Gesicht war wutverzerrt, und er war vor Zorn kaum fähig zu sprechen. Das einzige, was er mit einer fast jungenhaft klingenden Stimme hervorbrachte, waren Flüche und Befehle. Doch in diesem Moment kam den beiden auf dem Bahnsteig liegenden Frauen eine kurze Ablenkung zu Hilfe. Die beiden Grobiane sprachen offenbar nur wenig Deutsch, und so drehten sie sich schwerfällig nach dem Offizier um, in dem Versuch zu verstehen, was er von ihnen wollte. Es war nur ein Augenblick, aber lang genug für die geistesgegenwärtige Nancy. Sie rief: «Schnell, renn los.» Beide setzten das Wort in die Tat um und rasten den Bahnsteig entlang, ihre Füße berührten ihn kaum, oder so schien es ihnen – wie Enten auf einem Wasserspiegel. Die Männer brüllten und setzten ihnen nach, aber es war nur eine halbherzige Verfolgung, die an dem Gatter des Bahnübergangs endete, denn ihre beiden Opfer hatten sich seitwärts in die engen Straßen der Stadt geflüchtet, während der Fahrer schlauerweise rückwärts in eine Seitenstraße gefahren war, wo er auf die Rückkehr seiner Passagiere wartete. Doch noch rannten sie in großen Sätzen, Tränen der Wut über die demütigenden Schläge, die sie bekommen hatten, standen ihnen in den Augen, gleichzeitig waren sie sich jedoch bewußt, daß die Flucht ihre Rettung gewesen war, denn sie hatten Soldaten den Bahnsteig entlanglaufen gesehen, die bereit waren, sie mit Gewehrkolben zusammenzuschlagen. Schon ein Hieb hätte ihnen den Schädel zerschmettert.

Schließlich stürzten sie in eine kleine *estaminet*, die Quiminal kannte, und fragten den teilnahmslosen und sturen Wirt hinter der Bar – ein Mann, der als Vichy-Sympathisant bekannt war –, ob sie sich ihre Wunden auf der Toilette verbinden dürften. Nancy hatte eine Beule am Hinterkopf, die glücklicherweise durch ihr Haar verdeckt wurde, und mehrere Quetschungen; Constance hatte eine Wunde an der Schläfe und ein blaues Auge, das sie zwingen würde, eine Woche lang eine dunkle Brille zu tragen. Es war noch einmal verhältnismäßig gnädig abgegangen, obwohl beide fast am ganzen Körper blaue Flecken und Prellungen hatten und ihnen alles weh tat. Dazu kam der Schock. Sie waren noch immer bleich und zitterten nachträglich bei dem Gedanken an ihre eigene Kühnheit. Als sie in die Bar zurückkehrten, hatte der ausdruckslose Wirt zwei mit gelbem Rum und Zucker gefüllte Gläser auf den Tresen gestellt, in die er jetzt heißes Wasser goß, sie ihnen hinschob und ihnen mit einer Kopfbewegung bedeutete zu trinken. Es war eine großzügige Geste, wenn man bedachte, wo seine Sympathien lagen und was für unangenehme Konsequenzen diese Freundlichkeit für ihn haben konnte, denn ein Trupp Soldaten ging draußen die Straße entlang und überprüfte die Personalausweise und (wer konnte es wissen) fahndete vielleicht nach ihnen.

Sie nahmen ihre Gläser und verzogen sich in die dunkelste Ecke der Bar, wo sie dankbar tranken und versuchten, ihre Fassung wiederzugewinnen, bevor sie weitere Schritte unternahmen. Sie beschlossen, sich zu trennen. Quiminal war nicht weit von ihrem Ziel entfernt, und Constance machte sich auf die Suche nach ihrem Wagen und dem Chauffeur, den sie in einer Seitenstraße auch fand. Es hatte angefangen zu schneien, der Zug war in dem schiefergrauen Himmel der nördlichen Hügel verschwunden. Ihre Fahrt war verhältnismäßig kurz, Nîmes, eingebettet in seine trockene, schuppige Heide, genannt *garrigues*, lag nur eine Stunde entfernt. Aber es gab viele und sehr strenge Kontrollen, bei denen ihr halb offizieller Status ihnen wenig half. Und es war an einer dieser Kontrollstellen in der Nähe von Besouce, daß eine vertraute Gestalt aus ihrer Vergangenheit mit weit ausgebreiteten Armen vor ihr auftauchte. Er war wie ein archäologisches Überbleibsel aus einer längst vergessenen Epoche – Ludovic, der Honigmann, dem sie oft, oh, so oft in den Cevennen oder längs der staubigen Straßen der Provence begegnet war. Er war einer jener unvergeßlichen lokalen Genies, eine typisch mediterrane Erscheinung: großzügig, gedankenreich mit einem unerschöpflichen Humor und voll von erdverbundener Lebhaftigkeit.

Er bewegte sich wie ein Bär, der aus seiner Höhle herauskommt, und ging mit ausgebreiteten Armen und vor Freude strahlend auf sie zu. Er hatte sie sofort erkannt – ein Leben, auf Rummelplätzen verbracht, hatte seinen Blick geschärft. Kein ländlicher Jahrmarkt war denkbar ohne diesen großen Experten, der knisterte, flackerte und prasselte wie ein Waldbrand, der schmeichelte, neckte und provozierte, um seine Kunden zum Kauf seines köstlichen

Honigs zu animieren – «Honig vom Busen der Natur, dem die Jungfrau Maria eigenhändig Duft verliehen hat», so pflegte er sein Produkt anzupreisen. In vorwiegend protestantischen Gebieten jedoch benutzte er andere Werbesprüche. «Mein Gott», sagte Constance, «das kann doch nicht wahr sein ... Ludovic!» Überdies hatte er auch noch seine ‹Honigkutsche› dabei. So bezeichnete er nämlich den großen Möbelwagen, den er den Bedürfnissen seines schwierigen Gewerbes angepaßt hatte. Er enthielt seine Bienenkörbe.

Sein abgehalftertes Pferd fraß Gras in einem Graben neben dem Feld, wo er seine große Honigkutsche neben dem Kontrollpunkt abgestellt hatte; der Hinterschlag war heruntergeklappt. Er hatte sehr erfolgreich seinen Honig – und sein junger Sohn war noch immer damit beschäftigt – an die deutschen Soldaten verkauft, die sich an diesem Kontrollpunkt sehr freundlich verhielten. Aber auch an Durchreisende, die, während ihre Ausweise überprüft wurden, herüberschlenderten, um einen Topf ‹dieses Nektars der Götter› zu erwerben. Diese Beschreibung, scherzhaft gemeint, entsprach jedoch der schlichten Wahrheit: Es gab auf der ganzen Welt keinen Honig, der so wohlriechend war wie der Honig, den Ludovic produzierte, und dies nur, weil er den Blüten, dem Wechsel der Jahreszeiten Rechnung tragend, mit seinen motorisierten Bienenkörben überall hin folgte. Es war ein hochkomplizierter Prozeß, der so viel Einfühlungsvermögen verlangte wie, sagen wir, die harmonische Zusammenstellung von edlen Weinen. Sein großer Wohnwagen war von einem einheimischen Künstler dekoriert worden mit Darstellungen von der *Fête des Tarasques* – ein mythischer Drache aus Tarascon, dem zu Ehren jedes Jahr eine festliche Prozession stattfand –, wodurch er in seiner krassen Buntheit an einen sizilianischen Bauernwagen mit den bemalten Seitenwänden erinnerte. In diesem Vehikel klapperte er eine genau festgelegte Route ab, die im Norden der Provence mit ihren frühen Kastanien- und Lindenblüten begann und sich dann gemächlich die Hügel der Cevennen abwärts in die Täler schlängelte. Er hatte eine komplette Landkarte der schönsten Blüten und ihrer Standorte im Kopf. Und für jedes Aroma beschäftigte er eine seiner vier ‹Witwen›, wie er sie nannte, die seine Produkte in Gläser füllten und sie beschrifteten. Gleichfalls hatte er einen detaillierten und chronologischen Plan aller Jahrmärkte im Kopf, die er mit seiner Gegenwart schmückte. Doch für Zweifelsfälle führte er stets ein Exemplar dieses großartigen und gelehrten Handbuchs bei sich: *‹Le Lahure: les foires de France›*. Diesem konnte er immer entnehmen, an welchem Tag, in welchem Jahr, zu welcher Uhrzeit ein Jahrmarkt oder Dorffest stattfand, und zwar nicht nur in der Provence, sondern in ganz Frankreich. Es war seine einzige Lektüre, und wenn er nichts zu tun hatte, während – wie er sich ausdrückte – «seine Bienen arbeiteten», legte er sich unter einen Baum und las es mit größter Aufmerksamkeit, und wenn er keine Lust mehr hatte, breitete er ein rotes Taschentuch über sein Gesicht und fiel in tiefen, manchmal sehr unruhigen Schlaf. Nach jedem siebten Schnarcher verkrampfte sich sein Gesicht, und dann sah er aus, als hätte er eine große Maus verschluckt. Doch er erholte sich schnell, und das Schnarchen begann von neuem.

Sie setzten sich unter einen Busch neben dem Wohnwagen, um nach der langen Trennungszeit Neuigkeiten auszutauschen. Er klagte über vieles. Ja gewiß, sein Honig verkaufe sich sehr gut an die neue Kundschaft, aber: die Straßen seien verstopft, das Herumfahren werde immer schwieriger, das Futter für das Pferd immer rarer. Er sehe sich sogar gezwungen, Abfälle zu sammeln in diesem ehemaligen Land des Überflusses. Mit seinem langen Klappmesser schnitt er ihr ein großes Stück Käse ab, der köstlich schmeckte, besonders da er mit einem Glas Wein ‹situiert› war. Er steckte voll von solchen merkwürdigen Aussprüchen: *«Il faut le situer avec un coup de vin.»* Vermutlich bedeutete es, daß man ihn mit Wein herunterspülen sollte. Doch was immer es heißen mochte, es war eine gute Zusammenstellung, und der Wein war ausgezeichnet.

«Nun, und was halten Sie von alldem?» fragte er düster, aber dennoch gut gelaunt. «Wir sitzen ganz schön in der Tinte! Aber ich habe Ihnen ja schon vor langer Zeit gesagt, die französische Jugend ist arbeitsscheu und kampfscheu. Und das ist das Resultat: das Land ist ruiniert und von Hunnen beherrscht.» Er warf finstere Blicke auf die jungen Soldaten, die seinen merkwürdigen Wagen von allen Seiten bestaunten. «Ich werde bald meinen Betrieb schließen müssen, das Leben in den Hügeln ist hart und gefährlich.»

«Der Widerstand?» fragte sie neugierig, aber er schüttelte nur verachtungsvoll den Kopf und antwortete: «Der existiert nicht. Nein, Fremdarbeiter auf der Flucht, Männer, die sich um die Rekrutierung drücken, um nicht nach Deutschland zu müssen. Die Hügel wimmeln von ihnen. Aber sie sind hungrig und gefährlich. Die Deutschen müssen verrückt sein.»

Ludovics Klagen waren nicht gerade originell, aber es war erstaunlich zu sehen, daß er noch immer im Geschäft war, seinen anachronistischen Handel trotz des Durcheinanders, das die Deutschen angerichtet hatten, weiterhin betrieb. Er hatte natürlich auch schlimme Geschichten zu erzählen – wer hatte das nicht –, denn er stammte aus einem dieser unglücklichen zerstörten Dörfer, gegen die Repressalien ergriffen worden waren wegen irgendeiner impulsiven Aktion eines vereinzelten *franc-tireur* oder wegen eines Bauern, den die ungebührlichen Forderungen der Nazis zu einer Wahnsinnstat getrieben hatte. Die rauchenden Scheunen und Häuser waren ihm noch frisch im Gedächtnis. «Aber eines kann ich Ihnen sagen, bevor der letzte Schuß gefallen ist, werde *ich* schießen. Ich werde eines von diesen Schweinen mit mir ins Jenseits nehmen, das verspreche ich Ihnen.»

Sie sprachen in dieser Weise noch eine geraume Weile, dann sagte er, daß er aufbrechen müsse, da er, um Schwierigkeiten zu vermeiden, noch vor der Sperrstunde in Remoulins sein wolle. «Wann werden wir uns wohl wiedersehen?» fügte er traurig hinzu. «Es gibt keine Jahrmärkte mehr, und ich muß in Städten verkaufen, wo man mich noch duldet, wie in Carpentras und St. Gilles. Geben Sie mir wenigstens Ihre Adresse.» Es stellte sich heraus, daß er Tubain kannte, und das heiterte ihn auf. Er legte seinem Pferd mit viel theatralischem Getue das Geschirr wieder an, während der Junge sich halbtot lachte. Dann, Seite an Seite, winkten sie ihr zu, als sie von ihr fort über die Straße holperten. Sie dagegen nahm wieder Platz neben ihrem schweigsamen Fahrer, und sie setzten ihren Weg nach Nîmes fort, um dort ihren Auftrag zu erfüllen. Seit dem Zwischenfall am Bahnhof hatte sie sich überlegt, wie sie die fehlenden Weißbrötchen erklären sollte, und als sie Ludovic die ganze Geschichte erzählte, hatte er sofort als Ersatz ein Dutzend seiner Honiggläser angeboten. Sie hatte mit aller Macht widersprochen, aber ohne Erfolg. Er hatte sie eigenhändig in den Lastwagen gestellt und dabei einen langen Vortrag gehalten über den gesundheitsfördernden Nutzen von Honig für im Wachstum befindliche Jugendliche mit großem Appetit. «Honig ernährt die Darmflora», hatte er hinzugefügt mit dem Ausdruck uneigennützigen medizinischen Ernstes. Wo, zum Teufel, fragte sie sich, hat er wohl so einen Satz aufgeschnappt?

Aber nach dieser herzerwärmenden Begegnung – eine Stimme, die aus der Vorgeschichte kam, wie ihr schien – wurde die Reise wieder kalt und unerfreulich. Die karge Heidelandschaft, durch die sie jetzt aufwärts fuhren, war öde und uneinladend wie eine grobe Kaltnadelradierung, und bald würde der Schnee sie bedecken und verhüllen. Ihr Kopf schmerzte, zum Teil von den Schlägen, zum Teil aber auch von der anstrengenden Unterhaltung mit Ludovic, der in einem hohen Tonfall ungezügelt und aufgeregt sprach und seine Rede mit zahlreichen ausladenden Gesten begleitete. Eine Unterhaltung mit ihm war wie eine komplette Opernsaison. Aber wie zutreffend konnte er den Geruch der Croissants beschreiben, die sie zum Frühstück, bestrichen mit seinem Lavendel-Honig, verzehrt hatten. Blanford hatte sich geopfert und war jeden Morgen bei Sonnenaufgang nach Tubain geradelt, um Croissants und Brot zu holen. Der Honig der Provence – wie romantisch es ihnen vorgekommen war, als sie rund um den Tisch gesessen und ihn aufs Brot gestrichen hatten, während Blanford ihnen die Schlagzeilen aus der Zeitung vorlas, die er ernsthaft und ein wenig angeberisch kommentierte.

Die Nächte wurden länger, und das Land war mehr und mehr dem Frost und dem schneidenden Mistral ausgeliefert. Und damit veränderte sich auch ihr Lebensrhythmus. Jede Nacht schien ihr die Heimfahrt, die Rückkehr von einem ihrer beruflichen Ausflüge verlockender und erstrebenswerter. Manchmal behielt sie den Dienstwagen über Nacht, manchmal wurde sie in Tu Duc in der Dämmerung abgesetzt. Es war die reinste Wonne zu wissen, daß im Kamin ein kleines Feuer loderte, daß eine Lampe brannte, der Ofen angeheizt war. Sie hatte fast ein schlechtes Gewissen, daß sie das Bemuttertwerden von der jungen Bäuerin und die herzliche Besorgtheit ihres Mannes so genoß. Fast täglich gelang es ihm, irgendeinen Coup, was Essen anbetraf, zu landen, und zuweilen brachte er sogar einen Wein oder einen rauchig aromatischen *marc* mit.

Von Zeit zu Zeit, aber nur selten, konnte sie Nancy Quiminal dazu überreden, die Nacht über zu bleiben. Irgendwelche beunruhigenden Zwischenfälle hatte es bislang noch nicht gegeben, außer daß sie einige Male am Jahresende bei Vollmond laute Schritte gehört hatte. Aber niemand hatte an ihre Tür geklopft. Die Patrouillen hingegen machten mit ihren Autos und Motorrädern mit Beiwagen einen derartigen Krach, daß man ihr Kommen schon aus weiter Ferne hörte. Sie gewöhnte sich schnell an das seltsame Schnurren der Volkswagen- und Mercedes-Motoren. Diese Trupps bewaffneter Männer kamen regelmäßig zu bestimmten Zeiten vorbei, aber machten in diesem abgelegenen Winkel der Provence keinen weiteren Ärger. Nach einigen Wochen konnte sie fast die Uhr nach ihnen stellen, aber sie vermied nach Möglichkeit, ihren Weg zu kreuzen. Auch vermied sie jeglichen Kontakt mit der Kontrollstation auf dem Hügel.

Eines Tages fühlte sie sich nicht wohl und nahm sich den Nachmittag frei. Sie benutzte die Zeit, um in den oberen Räumen etwas Ordnung zu schaffen, wobei sie hier und da in Ecken und Schränken alte Erinnerungsstücke vom letzten Sommeraufenthalt fand: ein Bündel Zeitungen, einige alte Briefe, einen zerrissenen Pullover von Blanford. Sie öffnete das Fenster, das auf den Garten blickte, um die schwache Wintersonne hereinzulassen. Und als sie dies tat, hörte sie oder vermeinte sie zu hören eine leise, klare Stimme unten am Wehr, die durch ihre etwas höhere Tonlage das Rauschen des Wassers übertönte. Seltsamerweise klang diese Stimme genau wie die Livias, ihrer verschwundenen Schwester. Die Stimme intonierte das Om, so wie Livia es getan hatte, bevor sie ihre Yoga-Übungen begann. Constance lehnte sich völlig verwirrt aus dem Fenster und reckte den Hals, um zu sehen, ob an ihrer Vermutung irgend etwas dran sei, ob sie sich bestätigte, obwohl sie fast sicher war, daß es sich um eine Einbildung handelte, um irgendeinen Streich, den die Erinnerung ihr spielte – aber dieser leise reine Ton in der kalten Luft? Die Stimme intonierte zweimal das Wort, dann schwieg sie. Constance schloß das Fenster mit einem Knall, rannte in halsbrecherischem Tempo die Treppe hinunter, schlüpfte durch die Verandatür und lief leichtfüßig die Platanenallee hinunter zu dem dichten Wald, der das Wehr umsäumte. Im Laufen bog sie die Zweige der Büsche mit der Hand beiseite, obwohl sie Angst hatte, daß eine dieser Bewegungen ihr etwas Seltsames und Erschreckendes enthüllen könnte, etwas, das ihr den Atem verschlug. Sie hatte nicht die geringste Ahnung, was sie eigentlich erwartete, und war daher erleichtert, daß sie nichts entdeckte, was mit der Stimme zu tun haben könnte. Oder doch? Das mit Rauhreif bedeckte Gras war zertrampelt – von Kaninchen natürlich, denn kein Mensch war weit und breit zu sehen. Sie drehte sich verwirrt um und ging langsam zum Haus zurück, am Ende der Allee stieß sie fast mit Blaise zusammen. «Haben Sie es auch gehört?» fragte er, und sie nickte.

«Klang es Ihnen wie die Stimme Ihrer Schwester?» fuhr er fort. Und als sie nickte, sagte er, er hätte den Laut schon zweimal zuvor gehört, aber als er nachforschte, niemanden vorgefunden. «Aber meine Frau hat mir erzählt, sie hätte einmal ein junges Mädchen auf einem Fahrrad gesehen, das in Richtung Tubain davongeradelt sei. Aber sie sei zu weit entfernt gewesen, um sie zu erkennen.»

«Meine Schwester Livia?»

Allein bei der Vorstellung blieb ihr der Verstand stehen, sie versetzte sie in höchste Verwirrung wegen ihrer totalen Unwahrscheinlichkeit. Denn was sollte Livia hier tun? Sie konnte nicht ahnen, wie bald sie eine Antwort auf diese Frage erhalten würde. Für den Moment jedoch verbannte sie diesen Zwischenfall aus ihren Gedanken, um sich ausschließlich auf ihre Arbeit zu konzentrieren, die wegen des Frostes und des kalten Windes immer anstrengender wurde. Für ihre Reisen mußte sie auf die wenigen sonnigen Tage warten, wenn die Straßen nicht zu vereist waren. Ihre Freundschaft zu Nancy Quiminal vertiefte sich von Tag zu Tag, bis sie sich so nah wie Schwestern standen – näher sogar, als sie sich je mit Livvie gestanden hatte. Sie fuhren abwechselnd, teilten sich in die Verantwortung.

Eines Tages kam Nancy aus Aix zurück und erzählte ihr, daß sie dort alle Pariser Intellektuellen mit *berets basques* ausstaffiert, beim Boulespielen und über die Lebensmittelknappheit klagend, angetroffen hätte. «Ich fand es so ekelhaft und beschämend, daß ich fast geweint hätte – andererseits, was sollen die armen Dinger denn sonst tun?» Ja, was? Constance erinnerte sich an einen Abend, an dem sie die Kinder von Blaise in der Scheune beim Spielen im Heu überrascht hatte. Sie hatten sich gestreichelt und noch andere Dinge getrieben, aber gleichzeitig hatten sie Rezepte wiederholt von Gerichten, die seit langem vom Tisch verschwunden waren. Es war auch eine Art, den Hunger in der jetzigen Mangelzeit zu stillen. Sie war gerührt und zugleich amüsiert gewesen. Wenn nur Sam hier wäre, um diese Eindrücke mit ihr zu teilen – aber auf eine eigentümliche Weise war er hier. In ihren Gesprächen mit Blaise tauchten plötzlich, völlig unerwartet, mittendrin irgendwelche altfranzösischen Sätze auf. Sie lauerte immer auf solche sprachlichen Perlen wie: *«Quand l'arbre est vertueux, taillez le en bol.»* Oder: *«Madame, je vous signale que le zinc est une matière noble!»*

Dann eines Abends geschah etwas Ungewöhnliches. Der Dienstwagen setzte sie an der Ecke des Waldwegs ab – er würde sie in der Früh wieder abholen –, und sie ging die wenigen hundert Meter zu Fuß, dankbar, den Geruch des Waldes einzuatmen, bevor sie die Tür hinter sich schloß. Es war die Dämmerstunde, langsam verblaßte das Tageslicht. Vor dem Gartentor stand ein Dienstwagen mit einem Soldaten hinter dem Steuer. Sie blickte ihn an, und mit einer erstaunten Geste bat sie ihn zu erklären, was er zu dieser Stunde hier zu tun habe. Aber der Chauffeur drehte die Scheibe nicht herunter. Er wies schweigend auf ihr Haus und wandte mit frecher Überheblichkeit den Blick ab. Als sie merkte, daß er nicht ansprechbar war, öffnete sie die Pforte und betrat den kleinen Garten. Sie linste durch das Gitterwerk der altmodischen Fenster in die Küche, die von einem rosigen, warmen Feuerschein erhellt war, und dort vor dem Kamin saß ein deutscher Offizier, das Kinn war ihm auf die Brust gesunken, offensichtlich schlief er. Einen Augenblick lang dachte sie, es sei der General – eine völlig unsinnige Annahme –, aber dann blickte sie näher hin und erkannte das Profil von Smirgel. Er schlief, während sie ihn betrachtete, er schien fast nicht zu atmen, seine Augen waren nicht nur von seinen schweren, geierartigen Lidern bedeckt, sondern auch noch hinter seinen dicken Brillengläsern versteckt. Er hörte das Schnappen des Türschlosses, als sie das Zimmer betrat, richtete sich im Stuhl auf, seufzte und rieb sich verlegen und entschuldigend die Augen. Seine Begrüßung war von einschmeichelnder Herzlichkeit, und sie war zu verwirrt, sie entsprechend zu erwidern, statt dessen sagte sie barsch: «Was führt Sie zu mir?» Er sah sie lange an, während sich seine Haltung ihr gegenüber, wie sie bemerkte, veränderte, er wurde plötzlich starr und unnahbar. «Meine Pflicht», sagte er scharf. «Wir haben nie wirklich miteinander geredet, nicht wahr? Wir haben bislang kein wirklich vertrauliches Gespräch geführt, nicht wahr?»

Er war aufgestanden und beobachtete, wie sie die alltäglichen Dinge verrichtete: ihren Mantel am Haken hinter der Tür aufhängte, ihr Haar glattstrich, die Einkaufstasche auspackte, ihre wenigen Küchenutensilien auf das Buffet stellte. Über die Schulter sagte sie: «Ich vermute, mein halboffizieller Status ist Ihnen bekannt. Ist dies ein amtliches Verhör?»

«Natürlich ist mir Ihr Status bekannt», sagte er und schlug leicht die Hacken zusammen, als wolle er diese Kenntnis unterstreichen. «Ich bin gekommen, um einige persönliche Probleme mit Ihnen zu besprechen in der Hoffnung, daß Sie mir einige Ratschläge geben können. Ihre Schwester war äußerst entgegenkommend – Sie wissen natürlich, daß sie hier ist?» Ihr Erstaunen verwirrte und erfreute ihn gleichzeitig. Er sagte: «Sie wußten es nicht? Sie hat sich also nicht mit Ihnen in Verbindung gesetzt? Wie seltsam, denn sie hat sehr lieb, ja sogar zärtlich von Ihnen gesprochen.» Constance ließ sich schwer in den Stuhl vor dem Kamin fallen. «Also es stimmt, Livia ist hier!» rief sie fast zornig aus. Der Offizier nickte. «Sie arbeitet als Krankenschwester für uns», sagte er. «Sie kümmert sich um die Nervenschockfälle in Montfavet – Quatrefages ist auf ihrer Station, sie behandelt ihn. Warum haben Sie eigentlich nie um Erlaubnis gebeten, ihn zu besuchen?»

«Warum sollte ich? Ich habe ihn einmal, höchstens zweimal getroffen, ich weiß nichts über ihn, außer daß er für Lord Galen gearbeitet hat. Livia dagegen kannte ihn gut. Aber warum sind Sie an dieser ganzen Sache so interessiert? Lord Galen und der Prinz waren Partner, sie suchten den Schatz der Tempelritter, der vermutlich nie existiert hat. Aber sie meinten, sie hätten irgendwelche Anhaltspunkte gefunden, soweit ich das begriffen habe.»

Smirgel sagte fast traurig: «Auch ich, auch wir haben das gedacht, aber sehr weit sind wir damit nicht gekommen. Ich will ganz offen zu Ihnen sein. Wir haben bislang nur wenig aus Quatrefages herausbekommen wegen seiner Gesundheit, die durch die Belastung unserer recht scharfen Verhöre erschüttert wurde. Aber dies ist jetzt vorbei, wir haben ihn vor der Gestapo in Sicherheit gebracht – wie Sie wissen, untersteht meine Abteilung direkt dem Auswärtigen Amt, und ich berichte Ribbentrop persönlich, während Fischer und seine Leute von Himmler abhängen. Sie können sich vorstellen, daß gewisse Rivalitäten existieren wie in jeder Organisation, so daß vieles, was ich weiß, *jene* nicht wissen.» Er hatte mit kaum verhehlter Verachtung das Wort *jene* ausgesprochen. Auch war ihr das implizite Versprechen nicht entgangen, daß alles, was sie sagte, vertraulich behandelt würde. Es war äußerst verwirrend. Als sie später ihrer Freundin Nancy Quiminal von dem beunruhigenden Besuch erzählte, sagte diese: «Natürlich waren Sie verblüfft. Sie haben zum erstenmal einen geborenen Doppelagenten reden hören –

er hat Ihnen auf den Zahn gefühlt.» Constances Kessel summte, und sie machte ohne viel Aufhebens für jeden eine Tasse Salbeitee, dann setzte sie sich Smirgel gegenüber und betrachtete aufmerksam sein Gesicht, während sie sagte: «Sie werden mir jetzt bitte erklären, was Sie im Sinn haben, oder mich fragen, was Sie mich fragen müssen. Ich kann nicht die ganze Nacht aufbleiben. Ich bin müde nach meinem langen Arbeitstag.»

«Aber natürlich, selbstverständlich.» Einen Moment lang schien er tief in Gedanken versunken und krümmte und streckte (oder so schien es ihr) seine langen, spatelförmigen Finger. Er umfaßte die Tasse, um seine Hände zu wärmen, und sprach jetzt in einem freundlichen und milden Tonfall, als hätte das gemeinsame Teetrinken sie einander nähergebracht. «Ich werde Ihnen die volle Wahrheit erzählen», sagte er und räusperte sich. «Zugegeben, ich stehe unter einem gewissen Druck, einfach weil mein Vorgesetzter, der Führer, sich für diese Angelegenheit persönlich interessiert, und zwar nicht, wie Sie verstehen, wegen des Goldes (falls dies überhaupt existiert), sondern wegen gewisser astrologischer Prophezeiungen, die in der Vergangenheit gemacht wurden und die durch diesen Fund bestätigt werden könnten.»

«Was für ein Unsinn», sagte sie, und er nickte und sagte: «Vom logischen Standpunkt aus gesehen haben Sie sicherlich recht. Aber wer weiß? Die Welt ist voller Überraschungen, und wir sind dabei, sie neu zu gestalten ... und daher brauchen wir so viele Fakten wie irgend möglich. Aber lassen Sie mich in meiner Geschichte fortfahren. Als Sie hier Ihre Ferien verbrachten, waren Sie offensichtlich alle miteinander befreundet: Sie, Galen, Prinz Hassad, Ihr Bruder, der Konsul und Quatrefages. Der letztere hat sich damals um Livia bemüht, die ihn aber zurückwies, so daß er sie jetzt erbittert haßt. Das zumindest sagt *sie*. Aber warum sollte es nicht stimmen? Sie waren alle jung und auf Ferien. Während dieser Periode hat Quatrefages ihr jedoch klar zu verstehen gegeben, daß es ihm gelungen sei, einen Obstgarten mit einer Familiengruft oder Krypta zu lokalisieren, der nach allen Anzeichen der Ort sein könnte, nach dem wir suchen. Uns gegenüber hat er dies verneint und hinzugefügt, daß er vermutlich eine Menge gesagt habe, um Livia zu imponieren. Er behauptet, das einzige, was sie gefunden hätten, seien griechisch-römische Antiquitäten gewesen, die die Zigeuner ausgegraben hätten. Den größten Teil dieser Funde haben wir inzwischen aufgespürt, einige wurden an den Louvre, andere nach New York verkauft. Können Sie all diesem etwas hinzufügen?»

«Nichts», sagte sie. «Livia ist die einzige, die irgendwelche Informationen haben könnte. Aber wenn irgend etwas an der Sache dran wäre, dann wäre bestimmt entweder Galen oder der Prinz damit herausgeplatzt. Es war ein rein finanzielles Unternehmen, niemand hat je ein Geheimnis daraus gemacht. Es hatte nichts Esoterisches an sich.»

«Au contraire», sagte er scharf mit warnend erhobenem Zeigefinger. «Quatrefages hat sich tief in die gnostische Lehre und die Geschichte der Tempelritter versenkt. All dieser scheinbare Unsinn war für ihn von großer symbolischer Bedeutung, er hatte das Gefühl, dem Gral König Arthurs auf der Spur zu sein. Der sogenannte Schatz war vielleicht nur ein einfacher Holzbecher oder vielleicht ein unschätzbarer Kelch oder ein Umtrunkbecher, den die Ritter vergraben haben, oder vielleicht der Becher, aus dem Christus beim letzten Abendmahl getrunken hat. Er war nicht auf Gold oder Kostbarkeiten aus, unser Quatrefages!» Sein Blick war so triumphierend, wie ihrer erstaunt war. Sie wußte nicht, was sie sagen sollte, es war ihr alles so neu. Er lehnte sich jetzt vor – er hatte einen langen Hals wie eine Eidechse und einen hervorstehenden Adamsapfel – und sagte: «Was unseren Führer interessiert, ist diese verlorene Tradition des Rittertums, er

möchte sie wiederbeleben, sie zum Vorbild nehmen für ein neues europäisches Rittertum. Aber es wird ein schwarzer, kein weißer Orden sein.»

«Rittertum!» rief sie verächtlich aus; sie stand vor dem Kamin, ihre Wangen waren von der Wärme und vom Ärger gerötet. «Sie haben vermutlich nicht die Züge gesehen, die Tag für Tag den Bahnhof verlassen?»

Er sah sie verständnislos an. «Sie erstaunen mich», sagte er, «ich dachte, Sie hätten mittlerweile das Endziel der Neuen Ordnung erkannt, diese großartige neue Ordnung, die jetzt mit Hilfe der deutschen Armee in der westlichen Welt errichtet werden soll. Sie sehen nur die Vernichtung von ein paar Juden und Zigeunern, ein Gesindel, das zusammen mit dem gesamten jüdisch-christlichen Ideengut, das auf Gold basiert, bald hinweggefegt sein wird, denn im alchemistischen Sinn ist der Jude der Sklave des Goldes. Geistig befinden wir uns auf dem Goldstandard der jüdischen Werte. Und endlich hat jemand dies erkannt, hat gewagt aufzubrechen, durchzubrechen in eine historische Zukunft. Wir wollen in keiner Weise das entsetzliche Unheil verharmlosen, das wir, um unser Ziel zu erreichen, anrichten müssen. Wir Deutsche sind ein metaphysisches Volk *par excellence* – der Mensch, der dem Führer vorschwebt, steht jenseits von Gut und Böse. Aber damit er sich vervollkommnet, müssen wir zuerst rückwärts gehen, sozusagen beim Wolf anfangen. Wir müssen Spezialisten des Bösen werden, bis alle graduellen Unterschiede verwischt sind. Erst dann wird er kommen, der neue Mensch, den Nietzsche und Wagner vorausgeahnt haben. Sie unterschätzen das gewaltige Ausmaß der neuen Vision. Unsere Welt wird nicht mehr auf Gold gründen, sondern auf Blut – dem Garanten der Herrenrasse.»

Constance fühlte, wie diese Rede Satz für Satz bleischwer in ihren Verstand einsank, und Schrecken und Angst verdichteten sich zu einem ständig anwachsenden Schatten. Sie bekam eine Gänsehaut, denn ihr wurde zum erstenmal bewußte, daß sie drauf und dran gewesen war, den blinden, fanatischen Glauben der Deutschen an diesen ganzen Hokuspokus, an diese schwarze Magie Wagners zu unterschätzen, einfach weil es ihr unmöglich schien, daß Menschen solche Theorien in die Praxis umsetzen könnten. Doch hier war eine zusammengeschweißte Nation, die vereint auf eben dieses grauenvolle Ziel hinarbeitete.

«Aber das ist doch pathologisch», rief sie voller Abscheu aus, und zu ihrer größten Überraschung nickte er lächelnd, als hätte sie ihm ein Kompliment gemacht. Sie sagte mit wachsender Verzweiflung: «Gott, wie naiv wir waren, wie arglos! In unserer Jugend hat man uns beigebracht, nicht an Politik, sondern an die Menschen, an ihren angeborenen Gerechtigkeitssinn zu glauben, an Gleichberechtigung und an die Fähigkeit, glücklich zu sein. Und nun das!» Sie starrte ihn aufmerksam an, und zum erstenmal kam er ihr vor wie eine neue Spezies, eine neue Insektenart. Er sah aus wie eine Gottesanbeterin mit der gleichen kalten mechanischen Wut eines solchen Tiers, wenn es liebt. Nach einer langen Pause fuhr er mit leiser Stimme fort, als spräche er zu sich selbst: «Die Natur kann vieles sein, zielbewußt oder leichtsinnig, aber auch verschwenderisch – eine Vergeuderin. Man muß da sehr aufpassen. Wir imitieren sie nicht in allem. Aber in dem Augenblick, wo Sie die weltweite Konzeption der Neuen Ordnung begreifen, können Sie sich ihrer schwarzen Macht und Poesie nicht entziehen. Wir sind nicht gewaschen und weiß gemacht im Blute des Lamms, sondern im Blut minderwertiger Rassen, die wir zu Sklaven machen werden, da wir sie brauchen, um unseren Plan auszuführen. Der Führer handelt nicht aus Habsucht oder Raubgier, er möchte vielmehr, daß die Menschen ihre dunklen Seiten endlich einmal voll ausleben, sich zu ihrer vollen Größe aufrichten können. Wenn man es so betrachtet, ist das Böse das Gute, verstehen Sie?» Er hob die Hand, als wollte er auf den Tisch schlagen, tat es aber nicht. Auch er hatte jetzt gerötete Wangen, er glühte, als hätte er getrunken. Es fiel ihm schwer, dem Blick aus ihren verächtlich blauen Augen standzuhalten, die ihn fixierten und nur zu deutlich ihre Empörung ausdrückten.

Sie schwiegen eine lange Weile, während der sie ihn unverwandt und dennoch geistesabwesend anstarrte, denn sie versuchte, sich die Tragweite dessen, was er gesagt hatte, klarzumachen, überdies war sie schockiert und verblüfft über den unheiligen Glauben an diese schwarze Mission, den er ihr so rückhaltlos offenbart hatte. Als hätte er ihre geheimsten Gedanken erraten, sagte er jetzt: «Das einzige, was mir zuweilen Sorge macht, ist, ob wir die richtige Reihenfolge gewählt haben, denn so wie es jetzt steht, sind unsere Männer und unser Material einer zu großen Belastung ausgesetzt. Nach meiner Meinung hätten wir erst den Kommunismus beseitigen müssen – die ganze Welt hätte das begrüßt! Anschließend wären dann die Juden an die Reihe gekommen, aber weniger auffällig. Doch was geschehen ist, ist geschehen und muß zu Ende geführt werden. Dazu kommt, daß jeder Krieg ein Glücksspiel ist.» Er griff plötzlich nach seiner Aktentasche und suchte nach einem Dokument, das er aus einer Menge von fotokopierten Papieren hervorzog. *«Tiens»*, sagte er, das französische Wort klang seltsam aus seinem Mund, «ich dachte, dies könnte Sie vielleicht interessieren, unser Geheimdienst hat es abgefangen. Es ist an alle Botschafter und Gesandten gerichtet und, wie Sie sehen, von Churchill persönlich unterzeichnet. Sich jetzt noch Illusionen hinzugeben ist eher gefährlich, finden Sie nicht?»

Sie war neugierig genug, um das Dokument zu nehmen und es ans Licht zu halten. Es war eines der üblichen Rundschreiben des Foreign Office, aber unchiffriert, *en clair*, was bedeutete, daß es nicht besonders geheim war. Der Text war in dem typischen bombastischen

Stil geschrieben: «Von allen Kriegsschauplätzen treffen schlechte Nachrichten ein, so daß es am Ende des Jahres für viele so aussehen mag, als hätte das Land einen Tiefstand erreicht. Nichtsdestoweniger kann ich Ihnen versichern, daß ein gemäßigter Optimismus durchaus nicht unbegründet ist. Ein entscheidender Faktor hat nämlich die Gesamtlage verändert. Der Feind denkt zum erstenmal defensiv. Er legt weit hinter der Front Lager von Material und Vorräten an, was nur bedeuten kann, daß er in Zukunft mit Rückzügen rechnet. Vielleicht werden Historiker später schreiben, daß sich in diesem Jahr das Kriegsglück endgültig gewendet hat.»

«Warum zeigen Sie mir das?» fragte sie ehrlich neugierig, er schüttelte den Kopf, während er das Dokument wieder an sich nahm und in seine Aktentasche steckte. «Glauben Sie, daß es eine Fälschung ist?» Dies ärgerte sie, und sie sagte: «Bitte, gehen Sie jetzt! Sie haben kein Recht, mir solche Fragen zu stellen.» Er nickte traurig und sagte: «Nun gut. Aber ich habe noch eine Botschaft für Sie. Ihre Schwester möchte Sie, wenn es Ihnen möglich ist, morgen um vier Uhr in Montfavet treffen. Werden Sie kommen?»

«Natürlich komme ich.»

Er schlug die Hacken zusammen, salutierte und ging ohne ein weiteres Wort durch die Tür in den Garten. Constance sank in ihren Stuhl und versuchte, sich von dem Erstaunen über diesen außergewöhnlichen Besuch zu erholen.

Sie lauschte dem Zuschlagen der Wagentüren und dem Brummen des Motors, als das Auto den Hügel hinunter zurück zur Stadt fuhr. Einen Moment später hörte sie schnelle Schritte auf dem Gartenweg, und Blaise stürmte mit einer Flinte unter dem Arm und bleich vor Angst ins Haus.

«Ich dachte, sie wären gekommen, um Sie zu verhaften», sagte er atemlos, noch halb verängstigt, aber schon erleichtert. «Ich war ganz bereit, *les descendre tous les deux.»* Das war der schiere Wahnwitz, und sie schrie: «Um Himmels willen, legen Sie das Gewehr weg!»

«Sind sie fort?» fragte er und blickte wild um sich, als wollte er irgendwelche Deutschen, die verborgen im Dunkel der Küche lauerten, sofort ins Jenseits befördern. «Ja, sie sind fort.» Er stieß einen lauten Seufzer der Erleichterung aus. Dann nahm er mit einer typischen bäuerlichen Geste eine Handvoll Salz aus der Schale auf dem Tisch und warf es ins Feuer, wo es blaue Funken verstieb. *«Malédiction!»* rief er aus. Es war wie ein Bannfluch, den er den Deutschen nachschleuderte. «Setzen Sie sich, Blaise», sagte sie und machte ihm einen Salbeitee, während sie ihm die Neuigkeiten erzählte – hauptsächlich, daß Livia tatsächlich hier sei und sie sich morgen träfen. Ein plötzliches Zittern überfiel sie – es war so lange her und jetzt unter diesen unheimlichen Umständen ... Sie ging früh zu Bett, schlief aber schlecht und war froh, als der Tag anbrach mit einem weißen, vom Wind leergefegten Himmel, der einen sonnigen, ruhigen Tag versprach, eine willkommene Abwechslung nach dem stürmischen Mistral.

Sie erledigte ihre üblichen Pflichten am nächsten Tag mit einer zerstreuten Ungeduld und dem Gefühl, daß die Zeit an ihr nagte. Nach dem Mittagessen setzte sie sich in ihren Dienstwagen und fuhr um die alte Stadtmauer herum in Richtung Montfavet. An den zwei militärischen Kontrollpunkten verlangsamte sie das Tempo, wurde aber wegen ihres Rot-Kreuz-Wimpels durchgewinkt. Die tiefen Wälder tauchten vor ihr auf, die Straße wurde schmal, und innerhalb von Minuten befand sie sich allein in der verschneiten Landschaft. Einige der kleinen sattelförmigen Brücken waren vereist, einige Bäche zugefroren, während andere schäumten und gurgelten und ihre flachen Ufer überfluteten. Oxford hatte eine ähnliche Landschaft, für die sie sich eine besondere Vorliebe bewahrt hatte wegen einer jugendlichen Liebesgeschichte, die ihr auf Grund der unerwarteten Zärtlichkeit des

Studenten im Gedächtnis geblieben war. Es war eines von jenen Erlebnissen gewesen, die man nur einmal hat. Jetzt erhoben sich die Wälder auf beiden Seiten, und nach kurzer Zeit nahm der Wagen eine scharfe Kurve und schlitterte auf den kleinen Platz mit seiner kleinen grauen Kirche, vor der hohe Platanen standen – der Ort ihres Stelldicheins. Sie schaltete den Motor ab und schlenderte über den Grasstreifen bis zur Haupttür der Kirche, die offenstand. Sie sah niemanden, und so betrat sie das Innere, tauchte ihre Finger ins Weihwasserbecken und bekreuzigte sich. Dann erblickte sie Smirgel. Er saß in einer kleinen Seitenkapelle auf der linken Seite unter einem großen Gemälde und machte Notizen in einen Schnellhefter. Er blickte aufgeschreckt hoch, als sei er erstaunt, sie zu sehen, und auch Constance sah ihn verwirrt an. «Sie ist draußen auf dem Platz», sagte er. «Sie wartet dort auf Sie.» Constance drehte sich um und trat aus dem Dämmerlicht der Kirche auf den von einer fahlen Nachmittagssonne beleuchteten Platz. Und tatsächlich, am anderen Ende unter den Platanen stand in einer quasi militärischen Haltung eine in Feldgrau gekleidete Gestalt mit einem Schwesternabzeichen auf der Uniform. Sie erkannte sie nicht gleich wieder und näherte sich ihr mit äußerster Vorsicht, als sei sie ein Vogel, den man nicht erschrecken möchte. Sie sagte leise: «Livvie, mein Schatz! Bist du es wirklich?» Die Krankenschwester schien sie bemerkt zu haben, obwohl sie eine Gesichtshälfte der efeubewachsenen Mauer, die den Kirchenbezirk eingrenzte, zugewandt hatte, so daß man sie nur im Halbprofil sah. Sie erwiderte mit heiserer Stimme: «Ja.» Und dann winkte sie Constance heran wie Hamlets Geist, als ob sie ein Geheimnis zu enthüllen hätte, und sagte: «Constance, komm zu mir.» Dann setzte sie sich auf eine Steinbank und sagte mit noch immer abgewandtem Gesicht: «Ich konnte mich nicht früher mit dir in Verbindung setzen, teils weil ich dich nicht in Schwierigkeiten bringen wollte. Ich wußte ja nicht, was du hier tust, teils aber auch ...» An diesem Punkt übermannte sie eine Art von unwirscher Verzweiflung, die das Ende des Satzes abschnitt. Bei einem anderen mit einem weniger harten Tonfall hätte es wie ein Schluchzer geklungen, ein Ausbruch von Angst. Aber aus ihrem Mund klang es einfach spröde wie Zunder vergangener Gefühle.

«Ich bin nach Avignon gekommen, um aus Quatrefages die Wahrheit herauszubekommen», sagte sie. «Aber es ist mir nicht gelungen, und nun hat er den Spieß umgekehrt.»

«Livvie», sagte ihre Schwester, «warum drehst du den Kopf zur Seite, warum siehst du mich nicht an?»

«Ich habe ein Auge verloren», sagte sie lakonisch. Und dann erkundigte sie sich mit einer hohl klingenden Stimme und scheinbarer Gleichgültigkeit nach Blanford und Hilary. Als sie von Blanfords schwerer Verletzung erfuhr, senkte sie kurz den Kopf, sagte aber nichts. «Und Sam?» fragte sie in einem schärferen Tonfall. Constance holte tief Atem und antwortete: «Sam ist tot, im Kampf gefallen.» Und als sie dies aussprach, war sein Tod zum erstenmal eine Tatsache. Sam war nun wirklich gestorben, nicht nur in ihrer Einbildung, die sie in sich herumgetragen hatte wie ein nicht abgetriebenes Kind. «Sam tot?» sagte Livia in dem gleichen scharfen Tonfall. «Ha!» so als könne sie es nicht glauben. Constance sagte laut: «Sam ist tot, Livvie. Sam ist tot.»

Erstaunlicherweise empfand sie bei diesem endgültigen Zugeständnis ein Gefühl der Erleichterung, ja, es war wirklich erleichternd zu spüren, wie der Geist Sams sich entfernte, kleiner wurde, fast entschwand – oder zumindest sich auf Proportionen reduzierte, mit denen man umgehen konnte. Eine leichte Scham befiel sie ob diesem unerwarteten emotionalen Dreh. Wie trickreich das Leben doch ist, und wie erbarmungslos es mit unserer Selbstachtung umspringt. Fast war es so, als hätte dieses offene Zugeständnis die Hohlheit ihres Schmerzes enthüllt, ihn als das aufgezeigt, was er war – nicht vollkommen vorgetäuscht, doch reichlich aufgebauscht.

«Nun, das ist nicht zu ändern», rief Livia mit ihrer harten, krächzenden Stimme. «Du mußt dich wohl oder übel damit abfinden.»

Aber nach diesem neuen befreienden Gefühl, nach ihrem Zugeständnis, spürte Constance plötzlich, wie schwer die Erfahrungen, die sie in dieser Stadt gemacht hatte, auf ihr lasteten. Es war, als werde sie sich erst jetzt ihrer Erschöpfung voll bewußt. Aber Livia sprach bereits weiter, noch immer mit abgewandtem Gesicht und aus dem Mundwinkel. «Ich bin einige Male im Haus gewesen, aber ich wollte dich nicht in Verlegenheit bringen, ich nehme an, deine Arbeit verlangt viel Takt. Andererseits wollte ich unbedingt mit dir reden, und sei es nur, um Adieu zu sagen und dich zu warnen, daß Quatrefages uns ans Messer geliefert hat: Er hat uns als Juden denunziert. Smirgel hat versucht, es vor der Gestapo geheimzuhalten, aber es ist nur eine Frage der Zeit, daß ich zurückbeordert werde. Vielleicht schon in den nächsten Tagen.»

«Aber das ist doch Unsinn», sagte Constance. «Du kannst ihnen doch die Wahrheit sagen.»

«Im Gegensatz zu dir habe ich die deutsche Staatsangehörigkeit angenommen.»

«Aber das Ganze ist doch absurd. Ich werde zu ihnen gehen und sagen, daß wir Engländer sind, wenn du es nicht tust.»

«Ich würde warten, bis etwas passiert, bevor ich das täte. Abgesehen davon, bist du vom juristischen Standpunkt aus betrachtet Schweizerin. Vergiß das nicht. Sie würden dir nicht mehr glauben als mir!»

«Ich werde mich beim General anmelden lassen», sagte Constance aufgebracht. «Ich werde mit ihm sprechen.»

Livia schüttelte den Kopf und sagte seufzend: «Die Dinge sind so verwickelt, daß alles geschehen kann. Ich wollte dich nur warnen, aber ich flehe dich an, tu nicht irgend etwas Unbesonnenes, das meine Lage verschlimmern könnte. Wirst du Quatrefages besuchen?»

«Sollte ich?»

«Ich weiß es nicht. Warum eigentlich? Er gibt vor, verrückt zu sein, um weitere Verhöre zu vermeiden. Das ist alles.»

«Ich werde ihn nicht besuchen», sagte Constance in entschlossenem Tonfall. «Besonders nachdem ich weiß, daß er uns gegen die Nazis ausspielt.»

Livia zuckte weltmüde die Achseln und stieß einen gequälten Seufzer aus. «Nun dann, auf Wiedersehen, Constance.»

Sie stand noch immer in dieser unnatürlichen Stellung mit halb abgewandtem Gesicht da. Constance rief impulsiv aus: «Livvie, Liebling, glaubst du denn auch jetzt noch ...» Sie wußte nicht recht, wie sie die Frage, die ihr auf der Zunge lag, formulieren sollte, und endete etwas lahm, «... an all das?» Aber gleichzeitig machte sie eine weitausladende Geste, mit der sie alles, die gesamte von den Nazis hervorgerufene Weltkrise beschreiben wollte. Livia ging langsam auf die Bäume zu, nahm sich jedoch die Zeit zu antworten: «Ja, mehr als je zuvor!» Nichts an ihrem Tonfall ließ vermuten, daß sie nicht die Wahrheit sagte. Sie beschleunigte jetzt ihre Schritte, während Constance voller Empörung zurückblieb, doch das Mitleid mit ihrer Schwester gewann schnell die Oberhand, und sie lief ihr nach. «Livia, warte! Wann sehen wir uns wieder?» Auf diese Frage hatte Livia jedoch keine Antwort, und als die Entfernung sich zwischen ihnen vergrößerte, war es klar, daß es kein Wiedersehen geben würde. Constance blickte der schlanken Gestalt nach, bis sie zwischen den Bäumen verschwand.

Sie ging zurück zu der dunklen Kirche, wo Smirgel vertieft in seine Notizen saß. Er rückte beiseite, um ihr auf der Bank Platz zu machen, aber sie zog es vor stehenzubleiben, während sie sagte: «Können Sie denn nicht *irgend etwas* tun, um Livia zu helfen? Sie kennen doch schließlich die Wahrheit über uns.» Er lächelte sein träges, unterwürfiges Lächeln. «Leider wurde die Information der Gestapo und nicht meiner Abteilung anvertraut. Daher die Angst Ihrer Schwester. Aber es wäre verfrüht, sich Sorgen zu machen. Sollte jedoch etwas passieren, werde ich, wenn Sie es mir erlauben, zu Ihnen kommen und Sie um Rat fragen.»

«Ich hatte eigentlich vor, den General aufzusuchen», sagte sie, denn der Gedanke ging ihr noch immer im Kopf herum, obwohl sie alles über die getrennten Befehlsbereiche und internen Rivalitäten der Besatzungsmacht wußte. Smirgel hob beschwörend die Hände. «Der General!» sagte er in spöttisch mitleidigem Ton. «Er ist von seinem neuen Kommando so in Anspruch genommen, daß er an nichts anderes denken kann. Nachdem sich neuerdings die Möglichkeit einer zweiten Front abzeichnet, könnte Avignon zu einem strategisch wichtigen Punkt werden als Sammelplatz für Menschen und Material. Warten Sie ein paar Wochen ab, und Sie werden klarer sehen.» Einige vage Gerüchte über eine zweite Front und einen Angriff auf die französische Riviera, der die deutschen Armeen von Italien und Afrika abschneiden sollte, waren ihr bereits zu Ohren gekommen, aber sie hatte geglaubt, sie wären einfach ein Teil des Propagandakrieges, und hatte sie nicht sehr ernst genommen. Es war beunruhigend, aber gleichzeitig ermutigend zu erfahren, daß die Nazis diese Gerüchte ernst nahmen. «Von Esslin ist im siebten Himmel», fuhr Smirgel fort. «Er wollte unbedingt nach Rußland und hatte das Gefühl, er sei übergangen worden. Aber nun ist seine Kommandostelle plötzlich äußerst wichtig, er hat einen neuen erweiterten Stab. Ich glaube nicht, daß er für Sie Zeit hätte, selbst wenn er es wollte.»

«Warten wir's ab. Ich muß darüber nachdenken.»

Tatsächlich kam Smirgels recht zynische Beurteilung

der Lage (seine Offenheit verblüffte Constance) der Wahrheit sehr nah, denn von Esslin fand sich nach einer langen Periode offensichtlicher Zurücksetzung, während der sein Befehlsbereich nur als eine Art Erholungsort für Verwundete aus Rußland zu dienen schien, unversehens auf der Hauptbühne des Geschehens wieder. Seine Verantwortung hatte sich vervielfacht, aber gleichzeitig hatten sich seine Aussichten auf Beförderung erhöht. Die Verschiebung der Akzente war mit elektrisierender Plötzlichkeit vor sich gegangen, auf Grund neuer Propagandahinweise auf eine zweite Front. Und nun mußte er plötzlich Truppen und Panzerregimenter, die man ihm ungebeten und in so großen Mengen geschickt hatte, daß sie nicht zu tarnen waren, versorgen und irgendwie in diesem öden, rückständigen Landstrich mit seinen bescheidenen Städten und kargen Heiden unterbringen. Aber damit nicht genug; mehrere Pionier-Regimenter, bestehend aus abtrünnigem Gesindel wie Russen, Tschechen oder Polen, waren in den Süden abkommandiert worden für bis jetzt noch unspezifizierte Aufgaben. Unsicherheit und beständiger Wechsel waren an der Tagesordnung, und unterdessen hatten die Alliierten angefangen, ihre Aufmerksamkeit den Flußbrücken zuzuwenden. Die Anordnung dieser Flüsse war ein wahrer Alptraum für von Esslin. Oft tauchte in seinen Träumen die große detaillierte Landkarte, die im Führungsstabraum der Festung hing, vor seinem inneren Auge auf: Die Rhône, die Durance und so weiter, mit ihren starken Strömungen und ihren lästigen lateralen Einschnitten in die dünne Kalksteinschicht, die die Provence überzieht. Seit Menschengedenken waren sie für jede Armee ein Ärgernis gewesen, sie hatten die Römer daran gehindert, England zu erreichen, sie hatten Hannibal daran gehindert, bis nach Rom vorzustoßen, sie hatten ... Er war sich nicht sicher, auf welcher Seite er seine Panzer aufstellen sollte, seine kostbaren, schwerfälligen Panzer, nunmehr aufs Doppelte verstärkt. Und so ließ er sie ständig herumfahren über den Fluß und zurück, einmal in geschlossener, einmal in aufgelockerter Formation. Es verbrauchte viel Benzin, aber wie anders konnte er sich gegen diese neuen Bombenteppiche wehren? Die Engländer hatten die schlampigen, hochfliegenden Bombenschützen der amerikanischen Luftwaffe abgelöst. Sie flogen niedrig und zielten genau und methodisch und richteten nur wenig Schaden unter der Zivilbevölkerung an, dafür aber um so mehr Schaden woanders: Rangiergleise und wichtige Brücken – diese Lebensadern für seine Panzer – waren von Bomben getroffen worden. Die Gerüchte über eine südeuropäische Landung an der Riviera waren zweifellos übertrieben, nichtsdestoweniger war diese neue Phase durch eine allgemeine Unsicherheit und Zweifel gekennzeichnet. (Ihm waren zwei Orden verliehen worden, die ihn hoch erfreuten. Seine Mutter war natürlich entzückt.)

Aber der Vormarsch hatte sich verlangsamt, schleppte sich dahin, und dann diese Truppenmassierungen in seinem Bereich, sie machten ihn stutzig. Er schickte seine Leute auf die Suche nach unterirdischen Höhlen, die man eventuell zu großen Munitionsdepots ausbauen könnte. Natürlich war es in diesem Land des porösen Kalksteins nicht schwer, die obere Kruste mit einfachem Straßenbau-Werkzeug zu durchstoßen und nach Höhlen zu forschen, die man für diese Zwecke benutzen konnte. Aber es dauerte lange und war mühselig, und anscheinend gab es keine geodätischen Vermessungen dieser einsamen Garrigues, die einem irgendwelche Anhaltspunkte geben konnten. Auch geriet man zuweilen an verlassene römische Minen, nur um festzustellen, daß sie voller Wasser standen von irgendeinem verborgenen Fluß, der sich nur bei starken Regenfällen bemerkbar machte, dann jedoch über seine Ufer trat und alles überschwemmte. Ganz zu schweigen von der Rhône selbst, die Schlamm in sich hineinfraß, während sie von Genf mit ständig zunehmender Geschwindigkeit talabwärts rauschte, bis sie kurz vor Avignon ein Tempo von fast zwölf Knoten erreichte. Das geringste Anschwellen des Wasserstands bedeutete, daß die Inseln und Bänke in der Flußmitte überflutet wurden und die Wasserrinnsale sich in die Keller und Getreidespeicher des mittelalterlichen Stadtzentrums schlängelten.

Die Stadt fing an, unter schlaflosen Nächten zu leiden, als die Bombenangriffe sich verschärften, von Esslin konnte von Lord Galens Schlafzimmer aus die Sirenen hören und die Krankenwagen, die nach jedem Angriff ihrer Pflicht nachgingen. Die Straßen waren voller Schlaglöcher. Er hatte seine Panzerfahrzeuge um die alte Festung in Villeneuve gruppiert, obwohl sie durch ihre Auffälligkeit zu seinem Leidwesen ein gutes Ziel abgab, aber er sagte sich immer wieder, daß er sich so wenigstens nach Westen absetzen könnte, wenn die Brücke nicht mehr benutzbar war; allerdings war das auch kein großer Trost, sollte der Feind zum Beispiel von Nizza kommen. Alle diese strategischen Probleme beunruhigten ihn. Ja, die Dinge hatten sich verändert. Er fühlte sich unter Zeitdruck. Eines Tages erhielt er einen persönlichen Führer-Befehl, der Hinrichtung von drei ‹Verschwörern› in seinem Sektor als Zeuge beizuwohnen. Ohne weitere Erklärungen. An einem kalten blauen Morgen sah er zu, wie drei junge österreichische Aristokraten, braun und schlank wie Schäferhunde, den Gefängnishof betraten, wo der Scharfrichter in Zylinder und Cutaway ihrer harrte und ihnen ungeschickt die Köpfe mit einer Axt abhackte. Der General kehrte in höchster Wut in sein Büro zurück. Man hatte ihm weder ihre Namen noch den Grund für ihre Hinrichtung mitgeteilt, aber er wollte sich nicht soweit herablassen, die Gestapo oder Smirgel um Auskunft zu bitten, denn zwischen ihnen herrschte eine eisige Höflichkeit. Um so größer war seine Genugtuung, wenn er ihnen, was er so oft wie möglich tat, Knüppel zwischen die Beine werfen konnte, denn schließlich verkörperte er die militärische Macht, und sie waren nur Zivilisten.

Der unheimliche Fischer war wieder einmal von einem Auffrischungskurs für sein makabres Gewerbe zurückgekehrt. Er hatte Zivildienst gemacht und in mehreren berüchtigten Konzentrationslagern an Kursen teilgenommen, und diese Erfahrungen hatten ihn nicht gerade ermutigt. (Ja, er hatte tatsächlich eine geistige Erbauung, eine moralische Aufrichtung, aber auch eine gewisse Beruhigung seines Gewissens erwartet.) Er war so müde wie alle anderen, aber überdies sahen ihn die Leute seit einiger Zeit scheel von der Scite an, ohne etwas zu sagen, und das ging ihm allmählich auf die Nerven. Und dann die Lager! Der endlose Zustrom von Männern und Frauen hatte den normalen Ablauf verlangsamt, einfach weil die Verbrennungsöfen überlastet waren. Er hatte einen sorgfältig ausgearbeiteten Gestapo-Bericht über dieses Problem gelesen, der sich mit den Schwierigkeiten bei der Beseitigung von Leichen befaßte: es sei nicht leicht, die Fette und Säuren loszuwerden, sie ergäben einen minderwertigen und übersäuerten Dünger und wären auch zur Seifenherstellung ungeeignet. Auch koste es ein Vermögen, Menschen zu vergasen und zu verbrennen. Daher müsse trotz aller technischen Neuerungen die Vernichtungsquote heruntergesetzt werden, damit die Maschinen und Arbeitskräfte Schritt halten könnten – unter dem existierenden System gab es ungefähr vierhundert Vernichtungslager. Er war niedergedrückt im federleichten Schnee, der unter seinen Stiefeln geknirscht hatte, in Buchenwald herumgegangen und hatte über dieses Problem nachgedacht. Wie wunderschön der Wald aussah, der das Lager umgab. Die verschneiten Hänge waren mit kleinen Kohlenstückchen wie mit Stoppeln gesprenkelt gewesen. Hier in dieser friedlichen Landschaft waren Goethe und Eckermann (von dem er nie etwas gehört hatte) spazierengegangen. Die hohen Schornsteine des Krematoriums hatten leichte Rauchwolken in den eisblauen Himmel gepustet. Brennende Körper, hatte er gedacht, stinken wie alte Autoreifen, und Blut zischt wie Regen auf toten Blättern. Die Situation war verfahren, sie hatten sich verrechnet, eine sehr demütigende Tatsache für ein Land mit so großen technischen Möglichkeiten, mit so langer Erfahrung und so guten Köpfen. Aber da war nichts zu machen. Der ganze Prozeß mußte verlangsamt, den verfügbaren Mitteln angepaßt werden. Die letzten Listen waren erst mal ad acta gelegt und die Gefangenen vorübergehend nach Hause geschickt worden. Sehr bedauerlich. Unter ihnen befand sich der kleine Priester aus Montfavet, es war nicht schwierig gewesen, ihn auf Grund seiner jüdischen Herkunft abzuurteilen. Es war sein eigener Fehler gewesen, warum hatte er die Aufmerksamkeit auf sich gezogen, indem er einigen höheren Offizieren, Freunde des Generals, die Absolution erteilt hatte. Die Namen der Offiziere waren notiert und zu den Akten gelegt worden. Die Inhaftierung des kleinen Priesters war ein gelungener Zug gewesen, um den hochmütigen General schachmatt zu setzen!

In Tu Duc hatte sich durch die schweren Regengüsse mit darauffolgendem Frost und vereisten Straßen auch einiges verändert. Im Park war eine weitere hohe Pinie vom Mistral umgerissen worden. Mitten in der Nacht war sie laut krachend umgestürzt, und die Eulen waren Hui pfeifend in alle Richtungen zerstoben. Die glasüberdachte Veranda hatte einen Riß bekommen, durch den der Regen auf das alte Sofa von Freud tropfte, so daß man es in die Küche hatte schieben müssen. Aber wenigstens konnte Constance jetzt bequem auf ihm vor dem Feuer liegen.

Zu ihrem größten Ärger wurde sie krank, sie bekam hohes Fieber, furchtbare Migräne und Zahnschmerzen, eine ganze Ansammlung kleiner Wehwehchen, die sich aber zu einer bleiernen Müdigkeit summierten, die sich langsam während der letzten Monate bei ihr aufgestaut hatte. Seltsamerweise war dies alles wie eine Sandburg auf sie eingestürzt durch ihren Entschluß, Livia den Tod von Sam als historische Tatsache mitzuteilen. Nach dieser Erklärung und der Bewußtwerdung der nackten Wahrheit hatte sie angefangen, sich verwaist und verloren zu fühlen. Was tat sie eigentlich in diesem verbitterten, schönen Land?

Sie mußte um Urlaub bitten, es war die einzige Möglichkeit, mit ihren Problemen fertig zu werden.

Da ihr Schlafzimmer eiskalt war, verbrachte sie die meiste Zeit auf dem alten Sofa vor dem Feuer und verschlang die mitgebrachten Bücher und Broschüren. Während der Wind an den Fenstern rüttelte, überlegte sie, daß vielleicht auf diesem selben Sofa Freuds Dora und der unheimliche Wolfsmann ... aber wer zum Teufel sollte sich in diesem Land für solche Dinge interessieren? Sie fühlte sich plötzlich unendlich einsam, eingeschlossen wie in einem Banktresor mit all diesen Informationen, während das winterliche Land um sie herum unter der Monotonie ächzte, die der Krieg mit sich gebracht hatte. Was sie jetzt brauchte, war eine Ruhepause am See, und zu diesem Zweck rief sie den Schweizer Konsul an, der in seinem alten Wagen zu ihr kam. Ja, auch er plane fortzufahren und würde sie natürlich gern mitnehmen. Aber zuerst müsse sie ihre Krankheit loswerden und wieder auf die Beine kommen. Die Reise sei zwar nicht furchtbar lang, aber anstrengend, denn sobald sie in die Berge kämen, müßten sie auf die üblichen Annehmlichkeiten wie Hotels, Garagen, Elektrizität verzichten. Aber er führe bestimmt und nehme sie mit, sobald die Zeit reif sei. Abgesehen davon, müßten sie sowieso eine Weile auf die *laissez passer* warten, da man sich mit Genf nur via Berlin in Verbindung setzen könne.

Der Gedanke, dieser Stadt und ihren Problemen zu entfliehen, heiterte sie sofort auf, und sie redete sich so lange gut zu, bis ihr Gesundheitszustand sich tatsächlich besserte. Ihren Erholungsurlaub nutzte sie für lange Spaziergänge im Wald, der zumeist verschneit war, aber die Wege waren noch begehbar. Bei Einbruch der Dämmerung kehrte sie in ihre Küche zurück, froh über den Kamin, der Wärme und Geborgenheit ausstrahlte und ihr verarmtes intellektuelles Leben erträglich machte. An ihren wenigen trivialen Broschüren kaute sie wie ein Hund an einem Knochen. Aber Livias Tod kam völlig unerwartet.

Wie alles, was Livia betraf, schien auch er unmotiviert – oder einer Kategorie von Ereignissen anzugehören, welche die Geschichte späterhin als eine Art Entropie zusammenfassen würde. Der Kummer, die Unbeherrschtheit, die Verweigerung – es war alles vereint in dieser Geste. Gleichzeitig war sie auch ein Hilfeschrei aus der Kinderstube des menschlichen Bewußtseins, denn wie ein gejagtes Tier war sie zurückgekrochen in die einzige Höhle, die einmal, wenn auch nur für kurze Zeit, die ihre gewesen war. Constance stöhnte vor Mitleid bei der Vorstellung, wie sehr ihre unbeständige Schwester unter dem tiefsitzenden Schmerz gelitten haben mußte, den sie mit sich herumgetragen hatte, schwer wie ein Stein. Sie hing dort so unbeweglich wie die graphische Illustration zu einer Studie für Selbstgefälligkeit – für intellektuelle Hybris, dieser dunkelste ihrer Triebe. Aber wie war sie ins Haus gelangt? Und wann? Blaise fand später ihr Fahrrad in den Büschen beim Weiher, und einer der großen Fensterladen mit losen Scharnieren war aufgebrochen worden. Aber sonst hatte ihr ‹Einbruch› keine weiteren Spuren hinterlassen, sie war direkt in ‹ihr› Zimmer gegangen, ohne die Räume, die Constance bewohnte, zu betreten.

Die Ankündigung dieser Tat hatte ebenfalls ihre seltsamen Aspekte. Am Nachmittag hatte ein stürmischer Tramontana gewütet, der ständig die Richtung gewechselt und den leichten Schneefall bald stärker, bald schwächer zu bösartigen Böen aufgewirbelt hatte. Gegen Abend hatte er sich plötzlich gelegt, war einer bleichen Sonne und einem klaren Himmel gewichen, der die Nacht einleitete. Sie konnte nicht mit Sicherheit sagen, daß sie tatsächlich etwas ‹gehört› hatte, das nicht, aber in einem gewissen Moment hatte sie wie ein Jagdhund, der Beute schnuppert, den Kopf von ihrem Buch gehoben. Sie hatte das Gefühl gehabt, daß irgend jemand von irgendwoher sie riefe, ihre Aufmerksamkeit erwecken wollte. Sie war aufgestanden und lange unbeweglich stehengeblieben, um den geheimnisvollen Signalen durch das Labyrinth ihrer Intuition zu folgen. Und kaum war sie in der Halle, hatte die Treppe sie heraufgelockt, so wie alle Treppen es tun. Es war, als folgte sie einer Musiknote, vielleicht um zum Schluß herauszufinden, daß irgendwo ein musikalischer Wasserhahn in eine trockene Blechschüssel tropfte. Aber nein, dies war lautlos. Und so ging sie hinauf. Es war verständlich, daß sie sich im ersten Stock etwas aufhielt, obwohl alle Zimmer unbewohnt waren. Sie öffnete energisch alle Türen, aber außer Mäusespuren im Staub und dem hartnäckigen Pochen von Zweigen ans Fenster bemerkte sie nichts Außergewöhnliches. Es war lange her, daß sie hier oben gewesen war. Als nächstes kam der Treppenabsatz mit der Lünette, und hier öffnete sich die Tür schon auf den Druck eines Fingers, ein wenig stöhnend und quietschend allerdings. Sie betrat den Raum nur zögernd, so daß die hängende Gestalt mit dem reumütig gesenkten Kopf nur sehr allmählich Form vor ihren Augen annahm. Die Kinnlade hing herunter und der Kopf war bleich aus Mangel an Blut. Aber sonst war alles sehr ordentlich und komprimiert – keine ausgespreizten Glieder. Das verlorene Auge sah aus wie der vertrocknete Bauchnabel irgendeines mittelalterlichen Heiligen. Das geisterhafte Gesicht, in dem das Lebenslicht erloschen war, sah reumütig und von Feindschaft verfolgt aus. Die Fesseln waren so fachmännisch konstruiert, daß sie offensichtlich aus Gestapobeständen stammten – man konnte leicht seine eigenen Arme mit ihnen fesseln. Ihr Haar war strähnig und stumpf und der Scheitel voller Schuppen.

Sie fühlte Livias Puls, eine rein automatische Handlung,

denn die Bewegungslosigkeit sprach für sich selbst. Einen Augenblick lang umfaßte sie die Fußgelenke der hängenden Gestalt und rief: «Livvie! Livvie!» Dann stellte sich das Problem, wie sie den Körper aus der Seilschlinge befreien konnte – wie war dies möglich ohne die Hilfe von Blaise? Plötzlich raffte sie sich auf, raste die Treppe hinunter und durch den Garten zum Haus des Ehepaars. Sie rief aufgeregt seinen Namen, bat ihn, seine Axt mitzunehmen und ihr zu folgen. Gemeinsam gingen sie zum Haus zurück, und zum zweitenmal stand sie vor Livia. Ein kurzer Schlag von Blaises Axt, und der Körper drehte sich und fiel dumpf auf den Boden der Dachkammer vor ihre Füße. Blaise bekreuzigte sich mehrere Male und murmelte irgendwelche Gebete. Constance sank auf einen Stuhl.

Der Schmerz, den sie jetzt fühlte, begleitet von einem frustrierten Ärger, der sie in ihre fernste Kindheit zurückversetzte, war so physisch wie er banal war, obwohl sie ihn nicht genau lokalisieren konnte – was für eine verrückte Mischung aus Migräne, Magengeschwür und Cystitis, und all das so schnell nach dem hohen Fieber und der Erschöpfung, so daß es ihr schien, als lege sich eine grobe Hand auf ihre Schulter und drücke sie auf den harten Küchenstuhl nieder. Sie hatte die Hände auf die Ohren gelegt und drückte sie fest zu, aber dies nur um Blaises rauhe Frage nicht zu hören, die halb an sie, halb an die Welt im allgemeinen gerichtet war. *«Mais pourquoi?»* In der Tat, dies war die grundlegende Frage, aber sie war an Livia seit ihrer Geburt gerichtet worden, denn nichts, was sie tat oder war, kam in die Sphäre rationaler Erklärungen. Dieses ‹Warum› war Constance schon im Kopf herumgegangen, während sie die Schenkel des hängenden Körpers umfaßte, um ihn anzuheben und dadurch das Durchschlagen des Stricks mit der Axt zu erleichtern. Sie weinte, ihre Tränen quollen aus irgendeinem fernen, geheimen Bollwerk ihrer Kindheit. Das ‹Warum› dehnte sich in alle Richtungen, nach allen Seiten aus. Warum zum Beispiel waren sie sich nicht ähnlicher, schließlich waren sie beide von derselben ungeeigneten Kinder-Hasserin erzogen worden ohne jegliche Zärtlichkeiten und Liebkosungen, so unerläßlich für die Selbstschätzung des Körpers, damit sein Image Glauben und Einverständnis projizieren kann, seiner selbst sicher wird? So jedenfalls ‹las› Constance ihre Schwester, wenn sie diese als Fall betrachtete. Der bittere Narzißmus, die Eifersucht, der in sich gekehrte, melancholische Charakter hatten sich aus dieser Kinderzeit entwickelt, die Constance mit ihr geteilt hatte; Hilary weniger, weil man ihn fortgeschickt hatte. Erbitterung stieg in ihr auf, als sie auf das Gesicht hinunterblickte, dessen Züge schnell zu der Maske endgültiger Undurchsichtigkeit erstarrten. In ihrem Beruf hatte sie viele Tote gesehen, aber dies war anders.

Livia war so gefallen, daß ein Bein halb angewinkelt unter ihr lag, so daß sie wie eine Attrappe aussah, wie eine Gliederpuppe, so wie Schneider sie für ihre Anproben benutzen. Blaise legte sie flach auf den Boden, und dann nach kurzem Nachdenken nahm er seinen Schal und band mit ihm ihre Fußgelenke zusammen. Constance saß währenddessen unbeweglich da und starrte auf ihre Schwester, obwohl sie in Wirklichkeit ihre eigenen Gedanken und Erinnerungen anstarrte. Was sie am meisten ärgerte und quälte, war, daß Livia sich ihr nie anvertraut hatte. Und nun, um das Maß vollzumachen, auch noch dieser abstoßend unziemliche Akt. Sie hoffte, Constance hoffte, daß Livias Tod ihre Reise nach Genf nicht negativ beeinflußte. Es war ein beunruhigender Gedanke, und Blaise, als hätte er ihn erraten, sagte: «Was sollen wir mit ihr tun?» Sein Instinkt sagte ihm, daß es das beste wäre, sie heimlich in irgendeiner Ecke des Gartens zu vergraben und keinem Menschen etwas davon zu sagen. Doch Constance war dagegen. Nach einem so rätselhaften Verschwinden sah sie Suchaktionen und Verhöre voraus. «Glücklicherweise kommt Madame Nancy heute abend mit dem Dienstwagen, so daß wir gemeinsam Livia ins Leichenschauhaus schaffen können, danach werde ich versuchen, einen Arzt aufzutreiben, der mir den Totenschein ausschreibt. Hoffentlich gelingt es mir.» Diese Entscheidung riß sie aus ihrer Apathie, sie schickte sich an, die Leiche für den Transport bereitzumachen, indem sie die Arme zusammenband und das Gesicht bedeckte, dann rollte sie Livia in eine Decke ein und knüpfte eine Schnur um sie. Auf diese Art war sie leicht aus dem Haus zu tragen. Blaise wollte unbedingt vermeiden, daß seine Frau die Leiche sah, er sagte, er würde ihr später, wenn alles vorbei sei, die ganze Geschichte erzählen. «Kommen Sie, lassen Sie uns etwas trinken, etwas Ordentliches», sagte er. «Was für eine traurige Sache.» Constance, die im allgemeinen Tee oder Kaffee vorzog, lehnte diesesmal einen Drink nicht ab. Gemeinsam legten sie die stumme Gestalt aufs Sofa, um sie dann später auf dem Rücksitz des Dienstwagens unterzubringen. Constance hatte Angst, daß Quiminal aufgehalten worden war oder ihr Versprechen vergessen hätte.

«Nein, nein», sagte Blaise, «wenn sie gesagt hat, sie kommt, dann kommt sie auch. Schließlich ist sie eine Protestantin.»

Er hatte kaum diese prophetischen Worte geäußert, als sie das charakteristische Tuckern eines Volkswagenmotors und das Knirschen der Räder auf dem Schotter vor dem Gartentor vernahmen. Sie standen unentschlossen auf und warteten auf die Ankunft der jungen Frau, die jetzt den Gartenweg heraufkam, den Riegel der Küchentür zurückschob und ihnen gegenüberstand. Sie war erstaunt, als sie sah, daß Constance vor Kummer halb krank war und daß auch Blaise, der mit seiner Freundin litt, einen tief bekümmerten Ausdruck trug, den zu interpretieren ihr schwergefallen wäre, hätten nicht gleichzeitig ihre blauen Augen die eingewickelte stille Form auf dem Sofa wahrgenommen. Sie sagte nur: «Erzählen Sie mir! *Racontez*!» Constance berichtete stockend das Wenige, was sie über Livias Motive wußte, und auch von dem kurzen Zusammentreffen in Montfavet. Quiminal setzte sich auf einen Stuhl und tippte mit dem einen Finger ihrer behandschuhten Hand auf die Lippen. «Wir müssen alles Aufsehen vermeiden», sagte sie energisch, und ihr bestimmter Tonfall bestärkte ihre Freundin in ihrem Entschluß. Sie ging zum Abwaschbecken in der Ecke und wusch sich langsam und methodisch das Gesicht und die Hände, während beide über die Art und Weise nachdachten, wie sie diese Situation meistern konnten. Sie mußten den Tod bekanntgeben, zumindest den einheimischen Behörden – und ihn erklären. Langsam dämmerte ihnen ein Plan.

Quiminal sagte: «Fühlen Sie sich wohl genug, um mitzukommen? Gut! Dann fahren Sie direkt ins Leichenschauhaus und setzen mich vorher im Büro ab. Ich werde, so schnell ich kann, mit einem Arzt und Smirgel nachkommen. Wir sollten ihn hinzuziehen, denn er wird uns eher behilflich als hinderlich sein. Meinen Sie nicht auch? Sie kennen ja die Leute vom Leichenschauhaus bereits.» Constance war schon einige Male dort gewesen, um Leichen von Zivilisten, die von der Polizei abgeliefert worden waren, zu identifizieren. Ja, es war durchführbar, und sie könnte auf diese Weise vermeiden, Blaise mit in die Stadt zu nehmen; es ersparte ihm, mit ihr gesehen zu werden und somit unwillkommene Aufmerksamkeit auf sich zu lenken. «Ja, versuchen wir's», sagte sie und stand mit wiedergewonnener Entschlossenheit auf.

Blaise war enttäuscht, sagte aber nichts, und ging heim zu seiner Frau. Quiminal und Constance gelang es schlecht und recht, die Gestalt in den Wagen zu bugsieren und sie auf den Rücksitz zu legen. Dann machten sie sich auf den Weg nach Tubain. Die Straße war vereist, aber beide wußten, daß sie die Stadt vor Einbruch der Nacht erreichen mußten. Die trübe Dämmerung mit Frost und

Schnee in der Luft war für ihr Vorhaben ideal. Die Wachtposten an den Kontrollpunkten waren vor Kälte halb verschlafen und kümmerten sich nicht um sie; sie winkten sie fast ungeduldig durch. Sie fuhren über die Brücke hinein in den ummauerten Stadtteil und schlängelten sich durch die Gassen in Richtung auf die Leichenhalle. Quiminal stieg wie verabredet am Platz aus und lief davon wie ein Hase, um ihren Teil des Plans durchzuführen. Constance fuhr allein weiter, bis sie zu dem häßlichen kleinen Gebäude kam, das früher ein Schlachthof gewesen war und jetzt als Leichenschauhaus diente. Sie lief die Treppen hinauf und drückte auf die Klingel, öffnete die Klappe des Briefkastens und rief den Namen des Aufsehers: «François! *C'est Madame Constance*. Bitte, öffnen Sie mir. *Oui, c'est le docteur.*» Stöhnend und trödelig wie immer drehte der alte Mann den Schlüssel um, und die hohen Türen öffneten sich. «Wen bringen Sie mir?» fragte er, nichts mehr als ein scheinbar leeres Auto sehend. «Einen Kunden», antwortete sie. Es war ein uralter Scherz zwischen jenen, die mit Leichen so gefühllos umgehen wie ein Schlachter mit Fleisch. Er drehte sich brummend um, und sie folgte ihm, um ihm zu helfen, die schlanke Gestalt auf die alte, fleckige Bahre zu legen und sie ins Gebäude zu tragen. Dort legte Constance sie auf eine der langen Eichenschubladen, die eine ganze Wand dieses Etablissements einnahmen. François stöhnte und knurrte, während er ihr zur Hand ging, und klagte über die Schwierigkeiten, den Betrieb unter den gegenwärtigen Umständen aufrechtzuerhalten. «An dem Geruch bin ich nicht schuld», sagte er voller Bitterkeit. «Niemand kann von mir erwarten, daß ich nur mit halber Stromstärke arbeite, keine Kühlanlage kann damit auskommen. Das ganze Gebäude wird bald zum Himmel stinken.» Er brummelte, von Stöhnen unterbrochen, weiter vor sich hin, während sie die Leiche in den Hauptraum transportierten, um sie dort auf eine Marmorplatte zu legen – es war eine von der altmodischen

Sorte, die einen an die Platten erinnerte, auf der die Fischhändler vor einem halben Jahrhundert ihre Ware auszubreiten pflegten. «Seien Sie vorsichtig mit ihr, sie ist … eine Freundin», rief Constance beim Anblick seiner linkischen und unachtsamen Bewegungen, mit denen er versuchte, die von Blaise fachmännisch verpackte Gestalt auszuwickeln. «Lassen Sie es mich machen.»

«Wie alt?» fragte er und dann: «Eine Frau, sagten Sie?» Aber als er sah, wer es war, wich er erschreckt zurück. «Es ist die Krankenschwester aus Montfavet», sagte er. «Ich kenne sie recht gut.» Das war ein unerwarteter Beginn. Er fuhr fort: «Aber sie ist in Uniform, sie ist eine Armeeangehörige. Wir können sie hier nicht aufnehmen.» Das war eine der Schwierigkeiten, die Constance vorausgesehen und gefürchtet hatte. Sie betrachtete eingehend die schrecklichen Quetschungen am Hals, als eine Stimme hinter ihr auf die Einwendung des Aufsehers antwortete. Es war die Stimme Smirgels, und sie sagte: «Ich übernehme die Verantwortung. Bitte, fahren Sie in Ihrer Arbeit fort. Ein Arzt ist bereits auf dem Weg.» Er setzte sich auf den einzig vorhandenen Stuhl und schien sich Notizen zu machen oder ein Formular auszufüllen oder irgend etwas anderes Verwaltungstechnisches zu tun. Inzwischen hatten sie die Deckenlampe über dem Operationstisch angedreht, die ihre Umgebung plötzlich in grelles Licht tauchte. Sie befanden sich in einer großen Krypta mit weißgekachelten, reichlich schmuddeligen Wänden, eine Anzahl von Schläuchen hing von der Decke herab, und mit einem von ihnen gelang es ihnen jetzt, den stillen Körper zu waschen. Das Wasser war so heiß, daß es dem marmorgleichen Fleisch eine deutlich sichtbare warme Tönung verlieh. Sie schnitten der Leiche die dunklen Haare ab, die Constance in ihre Handtasche steckte – später machte sie Andenken aus ihnen für die drei Überlebenden des gemeinsamen Sommers. Und noch während sie die Haare fortsteckte, kam Smirgel an ihre Seite und starrte auf die liegende Gestalt, und dann schluchzte er seltsamerweise, leise, kaum hörbar, ob nun aus Zuneigung oder aus Reue war unmöglich zu erraten. Constance sah ihn aufmerksam und neugierig an. «Hat sie Ihnen irgend etwas bedeutet?» fragte sie einem momentanen Impuls folgend. Aber der Deutsche antwortete nicht. Er ging zu seinem Stuhl zurück, schlug die Beine übereinander und schloß die Augen. Sie setzten ihre Vorbereitungen fort, trockneten die Leiche ab und schnitten ihr die Fingernägel. Dann zogen sie ihr das billige baumwollene Leichenhemd über, aus dem ihr Kopf mit einem Ausdruck nervöser Vagheit hervorschaute. Und nun erschien Quiminal mit einem Mann, der offensichtlich ein Arzt war, denn er trug Formulare bei sich, die man brauchte, um zu bestätigen, daß jemand ‹eines natürlichen Todes› gestorben war. Aber erst einmal setzte er zum Schein sein Stethoskop auf den Puls, um den Tod zu verifizieren. (Die Würgemale waren durch das Leichenhemd verdeckt.) Dann ging er ins Büro und füllte emsig mehrere Formulare aus, die er Quiminal überreichte, dann verabschiedete er sich mit einem flüchtigen Gruß.

Nun war sie offiziell tot. Aber bevor man sie vom Tisch kippte, bat Constance, ihr das traditionelle Skalpell zu geben, das der alte Mann zu diesem Zweck immer bereithielt, und machte einen tiefen Schnitt in die Arterie des Oberschenkels und verklebte ihn mit einem Heftpflaster, damit keine Feuchtigkeit durchsickerte. Danach wurde die Leiche auf einen spinnenartigen Handkarren zu einer Art riesigem, eichenen Aktenschrank gerollt, in dem wie in einer enormen Kommode die Toten aufbewahrt wurden. «Und das Begräbnis?» fragte der Aufseher, der sich anschickte, sein altes Klagelied über Strom und die Schwierigkeit der Kühlung wieder anzustimmen. «Sie wird», sagte Smirgel unerwartet, «mit allen militärischen Ehren beerdigt werden. Ich habe schon alles veranlaßt.» Constance sah ihn neugierig an. Es schien seltsam, daß ihr Tod ihm so naheging. «Kann ich auch kommen?» fragte sie und war erleichtert, als er den Kopf schüttelte. «Ich kann Sie leider nicht auffordern, der Trauerfeier beizuwohnen, sie findet in der Festung statt.»

Arme Livia! Was für eine Apotheose!

Sie würden vermutlich eine Salve über ihrem Grab abfeuern. «Eines natürlichen Todes gestorben», es war wohl die beste Beschreibung solcher Vorkommnisse, die der menschlichen Logik so widersprechen. Von irgendwoher ertönte eine Sirene, sie hatten einen Augenblick lang den Krieg vergessen. Der Wagen stand wartend auf der dunklen Straße. Constance fühlte plötzlich einen wahnsinnigen Hunger, sie hatte heute so gut wie nichts gegessen. In ihrer Manteltasche fand sie einen Kaugummi, er würde ihren Magen beruhigen, bis sie zu Hause war. Quiminal fragte: «Wollen Sie, daß ich mit Ihnen komme, oder ziehen Sie es vor, allein zu sein?» Constance nickte bei dem Wort allein, aber dann durchfuhr sie ein anderer Gedanke. «Sollte ich morgen nicht im Büro sein, dann heißt das, daß der Schweizer Konsul gekommen ist und wir nach Genf gefahren sind. Vergessen Sie bitte nicht, den Wagen abzuholen.» Nach einem zustimmenden Nicken umarmten sie sich, und dann fuhr der kleine Wagen los, um sie über die Brücke zu ihrem Zuhause zu bringen. Die Rhône war gefährlich angeschwollen, Constances abgeblendete Scheinwerfer erregten den Unwillen eines vorbeifahrenden Wachtpostens, der sie anhupte. Sie verminderte das Tempo und rief: «Notfall», dann bog sie in die trostlose und dunkle Seitenstraße ein, die in die Hügel führte.

Die ganze Episode hatte sie bis ins Innerste aufgewühlt und ihre Müdigkeit verstärkt, die wellenartig kam und ging im Rhythmus, wie ihr schien, mit dem Schwanken und Hopsen des kleinen Wagens. So, das war also das Ende von Livia. Ein Ende ohne Anfang, ohne Erklärung. War sie Smirgels Geliebte gewesen? Ein müßiger Gedanke – Livia gehörte niemandem. Sie dachte an sie, wie sie jetzt in der riesigen Kommode lag, eingewickelt in ihren baumwollenen Burnus – wie anders sollte man es nennen? – im Leichenschauhaus, nunmehr eine Gefährtin von in vereisten Gräben gefundenen Landstreichern oder von ältlichen, halbverhungerten Bürgern der Stadt, die auf einer Hamsterfahrt der Kälte erlegen waren. Sie würde dort die ganze Nacht über liegen in einer geistesabwesenden, unnahbaren Todesstimmung, und das Schweigen würde nur von dem kläglichen Geräusch der Kühlanlage, die auf halbem Strom lief, unterbrochen werden. Sie würde Livia nie mehr sehen, sie wiederholte die Worte: «nie mehr», um sich mit dieser Vorstellung vertraut zu machen. Es war, als hätte jemand einen Stein geworfen, um in das Gewebe ihres Lebens jäh ein Loch zu reißen (wie Sams Tod es getan hatte), die Wirklichkeit wie eine Glasscheibe zu zerschlagen. Sie erkannte in diesem Moment, wie weitgehend die Toten den Lebenden als Alibi-Beschaffer dienen, ein Teil ihrer selbst lebte, weil sie sich in diesen Menschen widerspiegelte – sie gaben ihr Substanz und Wesenheit. Aber dann kam ihr ein anderer bedrückender Gedanke: Was würde Aubrey empfinden? Sollte sie es ihm sagen oder warten, daß ein anderer es tat? Plötzlich sah sie sein ausdrucksvolles, Trauer ausdrückendes Gesicht vor sich und spürte zu ihrem Erstaunen, wie in ihr eine jähe Liebe zu ihm aufwallte. Die gute alte Tranfunzel dieses fast vergessenen Sommers! In einem der Schränke im oberen Geschoß fand sie eines seiner ausrangierten und vergessenen Notizbücher, das Bemerkungen und Gedankensplitter enthielt, die aber wegen der Feuchtigkeit fast unlesbar geworden waren. Abgesehen davon war das Heft in der Mitte durchgerissen und offensichtlich gleichgültig in den Schrank geworfen worden. Sie machte keinen Versuch, diese Notizen zu entziffern, weil sie irgendwie das Gefühl hatte, es wäre ein Einbruch in seine Privatsphäre – er war wie sie in diesen Dingen sehr empfindlich. Aber sie legte das Heft behutsam in einen Aktendeckel mit der Absicht, es ihm bei ihrer nächsten Begegnung zurückzuerstatten. Sie hätte unmöglich vorausahnen können, wie bald dies sein würde. Diese Überraschung harrte ihrer bereits in Genf, im Hauptquartier.

Im Haus erwartete sie jedoch eine andere Überraschung. Ein Mann saß vor dem Kamin und wärmte seine Hände oder versuchte es jedenfalls, denn das Feuer war fast heruntergebrannt. Es war der Schweizer Konsul. Sie begrüßte ihn verwundert. «Ich habe Ihren Wagen nicht gesehen?» sagte sie. Und er erklärte ihr, daß er ihn unter den Bäumen versteckt hatte. «Wie ich Ihnen schon gesagt habe, es wird alles Hals über Kopf gehen. Wir müssen noch heute nacht nach Genf abfahren, sobald Sie gepackt haben. Ich habe die beiden *laissez passer* erhalten, alles ist geregelt. Aber wir müssen uns beeilen. Ich werde Ihnen Näheres erzählen, sobald wir auf dem Weg sind.» Sie werde nicht lange brauchen, ihre Angelegenheiten seien halbwegs in Ordnung und ihre Sachen schon fast alle gepackt. «Gut», sagte sie zwischen Erschöpfung und Erleichterung hin- und hergerissen. «Ich komme gleich.»

Sie ging nach oben, wo der Schrank stand, in dem ihre wenigen Kleider hingen, und legte sie schnell in den kleinen Koffer, und mit diesem und ihrer Aktentasche voll von Papieren und ihren Toilettensachen gesellte sie sich wieder zu ihrem Begleiter, der nunmehr alle Anzeichen äußerster Unruhe verriet, ständig auf die Uhr sah, und bald auf dem einen, bald auf dem anderen Bein stand. Blaise erschien, um hinter ihr zuzuschließen und die Schlüssel an sich zu nehmen. Sie erklärte hastig im Flüsterton die Kette von Ereignissen, die zu Livias offiziellem Begräbnis geführt hatten, und versicherte ihm, daß er sich um unangenehme Rückwirkungen keine Sorgen zu machen brauche. Dann gingen sie zu dritt zu der Waldlichtung, wo unter den hohen Platanen der Wagen des Diplomaten mit seinen zwei Wimpeln in Lederhüllen und der eindrucksvollen Diplomaten-Plakette stand. Der Konsul entfernte die Lederhüllen und rollte die Wimpel auf – einen schweizerischen, einen mit dem Hakenkreuz. Er stieg ein und ließ den Motor an. «Ich bin startbereit», sagte er. Constance verabschiedete sich von Blaise und versprach, vor Monatsende zurückzusein. Sie fuhren langsam den Hügel hinunter und bogen, die Stadt seitlich liegen lassend, in die kurvenreiche, abfallende nördliche Straße ein, die sie bald hinunter zum Fluß brachte. Hier war es möglich, schneller zu fahren, obwohl an manchen Stellen die Rhône besonders hoch ging und auf sie zu floß, nur ein paar Meter von ihren Rädern entfernt.

Aber ihre Fahrt sollte nicht so friedlich bleiben, denn bereits in Valence stießen sie auf einen Schwarm von Befehlsfahrzeugen, die wie die Insekten herumschwirrten, um die Hauptstraße frei zu machen; sie wurden auf Nebenstraßen umgeleitet, was sie aber nicht bedauerten, denn sie kamen durch einsame, bezaubernde Dörfer, die menschenleer zu sein schienen. Offensichtlich war ein Vorstoß nach Süden geplant, der sich wie eine drohende Wolke vor einem unsichtbaren Horizont zusammenballte. Es war kalt im Wagen, aber das regelmäßige Brummen des starken Motors war besänftigend und beruhigend. Abgesehen von dem Durcheinander in Valence gerieten sie in keine weiteren Verkehrsstockungen, dennoch war es nach Mitternacht, als sie die Grenze erreichten und vor dem militärischen Schlagbaum halten mußten. Scheinwerfer und Sturmlaternen leuchteten überall in einem unbenutzten Bahnhofsschuppen auf, ein trostloses, verrottetes Gebäude voller Eisenbahnschwellen, das jedoch auch einige menschliche Gestalten beherbergte.

Man befahl ihnen barsch, auszusteigen und ihre Koffer für die Zollkontrolle auf die Bänke zu stellen, was sie auch gähnend taten. Nach einer methodischen Durchsuchung ihrer Habseligkeiten ließ man sie passieren. Sie mußte den ungefähr hundert Meter langen Erdweg allerdings zu Fuß gehen, während der Schweizer, da er Diplomat war, die Erlaubnis bekam, in seinem Wagen auf einer Schlackenbahn bis zu dem Stacheldrahtzaun zu fahren, der die Schweizer Grenze markierte.

Ein Mann lauerte im Dunkeln, er wartete auf ihre Ankunft. Er dachte: Wie krank sie aussieht und wie blaß! Er beobachtete sie, er hatte eine günstige Position im Schatten eines hohen Gebäudes gewählt. Und ihr Haar ist schmutzig und strähnig. Er war versucht, sich davonzumachen, zu verschwinden, denn er wurde nicht erwartet und würde daher nicht vermißt werden. Aber sein Herz hielt ihn fest wie ein Kompaß, der auf die Stella Polaris ausgerichtet ist. Aber noch hatte er nicht den Mut, aus dem Schatten herauszutreten, sich bemerkbar zu machen. Sie mußte zumindest einen Dienstwagen mit einem Fahrer erwartet haben. Er dachte plötzlich schmerzlich berührt an die Fülle ihres blonden Haars. Jetzt trug sie ein Kopftuch, das sie nachlässig unter dem Kinn verknotet hatte. Sie sah aus wie eine französische Bäuerin aus dem besetzten Frankreich: schmutzig, teilnahmslos, müde. Er hatte nicht erwartet, sie in einem Zustand totaler Erschöpfung und in einem so schlampigen Aufzug zu sehen, und wußte nicht, ob seine Gegenwart ihr nicht vielleicht peinlich sein werde. Er konnte nicht zurück – aber er konnte auch nicht vorwärts gehen, er konnte keine wie immer geartete Entscheidung treffen.

Doch plötzlich fiel ein heller Lichtstrahl aus einer Tür, die ein Soldat plötzlich geöffnet hatte, auf ihn, und ihre müden Augen erkannten ihn. «Mr. Affad!» Ihre Begeisterung und Erleichterung standen außer Zweifel, sie ging etwas unsicher auf ihn zu, als wollte sie ihm die Hand reichen, statt dessen umarmten sie sich und standen einen Moment lang still ineinander verschlungen da, ganz unsinnig erleichtert und entzückt von der Gegenwart des anderen. Es war wundervoll, seinen Körper in ihren Armen atmen zu spüren. Zärtlichkeiten! Ja, das hatte sie die ganze Zeit über vermißt, sagte sie sich. Ihr ganzer Körper sehnte sich nach ihm, obwohl sie nur selten an ihn gedacht und niemals, soweit sie sich erinnern konnte, von ihm geträumt hatte. Und nun entflammte seine Berührung, der feste Druck seiner Umarmung unerwartet ihre Sinne. Sie entwand sich ihm voller Bedauern, denn sie mußte ihn aus Höflichkeit ihrem Reisegefährten vorstellen. Zu ihrem Entzücken sah sie, wie sich auf Affads charmantem Gesicht eine kleine eifersüchtige Falte bildete. Es war wunderbar, seine vorgegebene Kühle zu beobachten, die er nicht mehr empfand. Weiß der Himmel, was er sich vorstellen mochte unter diesem behäbigen, einfallslosen Konsul, der nur zu froh war, sie loszuwerden und nach Hause zu fahren. Sie dankte ihm herzlich und versprach, wegen ihrer gemeinsamen Rückfahrt mit ihm in Verbindung zu bleiben. Dann folgte sie Affad, der bereits ihren Koffer in der Hand hielt. Sein Wagen, eine alte amerikanische Limousine, stand am Straßenrand, und sie stieg dankbar in das geheizte Innere. Als er den Motor anließ, sagte er: «Sehen Sie mich an, Constance», sie gehorchte ihm, obwohl sie sich ihres Aussehens plötzlich peinlich bewußt wurde. Sie griff in ihr Haar und zog ihr Kopftuch herunter. «Warum?» fragte er lächelnd. «Ich wollte Sie doch so sehen, wie Sie im Ausland, wenn Sie arbeiten, aussehen.»

«Schmuddelig und mit Krähenfüßen um die Augen.»

«Nicht für lange», sagte er. «Wie müde sind Sie? Ich habe dem Friseur gesagt, er soll sich zur Frühstückszeit bereithalten.»

«Vielen Dank, eine großartige Idee.»

«Ja, aber bevor Sie einschlafen, muß ich Ihnen meine große Neuigkeit erzählen. Es ist uns gelungen, Aubrey auf die Austauschliste für verwundete Gefangene zu setzen – fünfzig Deutsche gegen fünfzig Engländer. Sie kommen in einer Woche an, und sobald er hier ist, kann er sich absondern, und dann müssen wir uns um seine klinische Behandlung kümmern – was immer für seinen Zustand am besten ist. Und hier brauchen wir Sie. Ich habe seine Akte erhalten, die Sie studieren sollten, um uns dann beraten zu können. Hören Sie mir zu?»

«Natürlich höre ich Ihnen zu», erwiderte sie empört. «Ich bin einfach sprachlos, das ist alles. Das Ganze ist unfaßlich!»

Sie hatte vorgehabt, in ihre Wohnung zu fahren, aber die späte Stunde sprach dagegen. Ein dichter Nebel und ein schmutzig-weißes Licht trugen nichts dazu bei, die Schönheit der Stadt am See zu unterstreichen, der sie sich jetzt mit angemessener Vorsicht näherten. Zum Glück war kein starker Verkehr, trotzdem mußten sie vor jeder Kurve warnend hupen – ein Geräusch, das schmerzlich in ihren Ohren klang. Sie näherten sich den Vororten am Fuß der grünen Hügel, die zum Teil noch mit Schnee bedeckt waren. Sie bekam einen Gähnanfall, der ihm ein Lächeln entlockte. «Arme Constance», sagte er mitleidig. «Sie sollten einen Monat lang schlafen, und das werden Sie auch tun. Aber um diese Zeit», und er wies mit seinem langen Zeigefinger auf die Uhr am Armaturenbrett, die die vierte Morgenstunde anzeigte. «Um diese Zeit ist wenig zu machen. Nichts ist vor sechs Uhr dreißig offen. Am besten kommen Sie in meine Hotelsuite, Sie wissen ja, wie groß sie ist. Sie können ein kleines Apartment mit Badezimmer ganz für sich bewohnen. Haben Sie etwas zum Umziehen mit dabei? Nun gut, dann nehmen Sie ein Bad und schlafen sich aus. Und am Nachmittag können Sie zum Friseur gehen – ich meine, wenn Ihnen danach zumute ist. Ich habe übrigens auch Post für Sie in meinem Zimmer. Ist doch gut so.»

«Und Aubrey? Wann wird er kommen?» Die Worte erfüllten sie mit Staunen, denn sie hatte ihre volle Bedeutung bislang noch nicht ganz erfaßt. Das Bild von Sam und Aubrey, die Arm in Arm über die Brücke von Avignon gingen, stand so deutlich vor ihren Augen wie eine alte vergilbte auf dem Boden eines Koffers gefundene Momentaufnahme. «Ich kann es noch immer nicht ganz fassen», sagte sie mehrmals, dann gähnte sie wieder und versank in tiefen Schlaf, der erst beim plötzlichen Anhalten des Wagens einer benommenen Wachheit wich. Sie waren beim Hotel angekommen, und ihr Begleiter läutete die Nachtglocke. Ein verschlafener Portier öffnete ihnen und nahm ihnen das Gepäck ab. Im Lift lehnte sie sich wieder schlaftrunken an seine Schulter, was ihm als Vorwand diente, seinen Arm um ihre Schulter zu legen und sie zu seiner Suite zu führen. Dort angekommen, inspizierten sie die angrenzenden Zimmer, die zu inspizieren er sich bislang nie die Mühe gemacht hatte. Es waren zwei luxuriöse Doppelzimmer, jedes mit einem Bad und voll von Toilettenartikeln, Seifen, Parfums und Badeölen, mit denen das Hotel für sich warb. «Ich nehme dies hier», sagte sie und befreite ihn von ihrem Koffer. «Ich werde ausgiebig baden und mich frisch machen, dann komme ich *chez vous*, wenn Sie mir versprechen, nett und nicht zu stürmisch mit mir zu sein. Ich brauche Zärtlichkeit.» Ihr unordentliches, verschlamptes Aussehen griff ihm ans Herz. «Ich verstehe Sie», sagte er ernsthaft, während ihre schönen Augen ihn lange und prüfend anblickten. Im stillen fragte sie sich: Warum finde ich kurzsichtige Männer eigentlich immer so anziehend? Und diese schmalen hirschartigen Gesichter … Aber sie fuhr in einem strengen Tonfall fort, als wollte sie ihn vor ihren Unzulänglichkeiten warnen: «Verstehen Sie bitte, daß ich nicht mehr lieben kann, ich bin wie jemand, der Prolaps oder einen Leistenbruch hat, ich darf keine schweren Sachen tragen – alle diese mysteriösen Symbole der Bindung, dieses schwere metaphysische Gepäck. Ich bin einfach eine junge Psychiaterin, ein Zauberlehrling, des Teufels Advokat …» Der Rest des Satzes verlor sich in einem Gähnen.

«Ich verlange nichts von Ihnen», sagte er, obwohl er wußte, daß es unwahr war. Ihre Einstellung irritierte ihn.

«Ich weiß», sagte sie, «es tut mir leid, daß ich so prosaisch bin, es ist ein schlechter Dank für Ihre Rücksichtnahme. Es kommt von der Müdigkeit und dem Gefühl der Unwirklichkeit – all das heiße Wasser und die Seife nach meinen Sitzbädern aus dem Wasserkessel.»

«Ich werde ein wenig vor mich hindösen», sagte er, obwohl er wußte, daß er dazu viel zu aufgeregt war. Constance nickte zustimmend. «Ich vielleicht auch, in der Badewanne», sagte sie.

Es war köstlich zu hören, wie das heiße Wasser in die Badewanne rauschte, und die hübschen Toilettenartikel auf dem Regal zu befingern. Am liebsten hätte sie alle gleichzeitig in einem verrückt verschwenderischen Schwaps benutzt, aber dies wäre natürlich sinnlos gewesen, denn die Öle und die Seifen hoben sich gegenseitig auf. Nichtsdestoweniger sank sie seufzend in einen Pfuhl violetter Seifenblasen und tauchte völlig unter, bis sie nur noch das dumpfe Trommeln des Wassers hörte, das in die Badewanne floß. Sie wusch sich die Haare, die dringend einer Friseurschere bedurften, und wickelte sie in ein Handtuch, bevor sie wie betäubt in der Wärme einschlief, den Kopf gegen den Badewannenrand gelehnt. So einen Schlaf bis auf die Knochen hätte kein Schlafmittel ihr bescheren können. Sie drehte den Warmwasserhahn zu, bis er nur noch tröpfelte, dann entspannte sie sich wie für die Ewigkeit.

Auch Affad war erschöpft, er hatte, während er an der Grenze wartete, nicht geschlafen, nur ab und zu kurz auf dem Hintersitz seines Wagens gedöst. Er zog sich seinen dicken Wintermorgenrock an und legte sich hin und las eine Weile im Licht seiner Nachttischlampe. Für wie lange, wußte er nicht, denn als er aus dem Schlaf hochfuhr, zeigte sein Wecker auf sechs Uhr, und das gelbliche Dämmerlicht über dem See wurde allmählich heller. Von Constance war nichts zu sehen, und er nahm an, daß sie sich in einem der Gastzimmer ins Bett gelegt hatte. Er wollte sie um nichts in der Welt aufwecken. Aber dann hörte er das ständige und irritierende Geräusch überfließenden Wassers aus ihrem Badezimmer. Er lauschte eine geraume Weile und versuchte auszumachen, was es bedeuten könnte. Hatte sie den Hahn offen gelassen und war zu Bett gegangen? War sie im Bad eingeschlafen, ohne zu bemerken, daß das Wasser noch lief? Sollte er nachschauen und den Hahn zudrehen? Es widerstrebte ihm, aber Neugierde und Angst gewannen die Oberhand. Er öffnete behutsam die Tür, um nach dem Rechten zu sehen. Sie war unerwarteterweise aus dem Bad auf den breiten Tisch gekrochen – auf die Masseur-Couch sozusagen –, vorher jedoch hatte sie sich in einen der weißen, dicken Bademäntel des Hotels gehüllt. Weiß auf einem weißen Hintergrund. Sie schlief friedlich, um den Kopf trug sie noch immer das in Seemuschelform geschlungene Handtuch. Ihre Lippen waren leicht geöffnet mit der leisesten Andeutung eines halben Lächelns, sie hörte sein heimliches Näherkommen nicht. In der Weiße und im Dampf ging er auf Zehenspitzen zum Hahn, um ihn zuzudrehen. Als er sich zum Gehen wandte, bemerkte er, daß Blut von der Couch rann, von dem halboffenen Bademantel, den halb gespreizten Schenkeln – eine kleine Blutlache hatte sich auf dem Boden gebildet, in die er mit seinen nackten Füßen versehentlich getreten war und Spuren auf den Kacheln hinterlassen hatte. Sie erwachte von der Stille, die plötzlich nach dem Abstellen des Wassers eingetreten war, und verschwommen durch ihre halbgeschlossenen Lider und mit halbwachem Verstand erblickte sie ihn und hielt ihm ihre Hand hin als Zeichen der Freundschaft. Aber die Geste hatte eine unerwartete Wirkung, denn er trat an die Couch und nahm sie fest und zärtlich in seine Arme. «Gott», sagte sie. «Ich blute, es ist zu früh.» Aber er drückte sie noch fester an sich, wobei er ihr wohlgezielte Küsse gab und aufgeregt flüsterte: «Blute! Dank dir, Constance. Blute!» Er war von Dankbarkeit überwältigt, denn ihm war klar, daß dieser dunkle menstruale Erguß für ihn war. Er drehte sie sanft auf den Rücken, um ihre Beine auseinanderzudrükken, zog sie herunter auf sich zu und drang vorsichtig und weich in sie ein, ohne auf ihren leisen, wimmernden Protest zu achten, der bald verstummte, als sie sich ihm voll und ganz öffnete und sich zur Sklavin seiner Lust machte, auf eine Art, wie sie es noch nie zuvor getan hatte. Wo, fragte sie sich, hatte sie die Erfahrung erworben, so rückhaltlos zu reagieren? Es genügte nicht, sich zu sagen, daß sie einfach intensiver liebte, als sie es je für möglich gehalten hatte. Er stand eine lange Weile über sie gebeugt da und küßte und umarmte sie. Er war in ihr, aber rührte sich nicht. Er wartete mit routinierter Schläue, daß sie sich zuerst bewegte, er wartete, bis die Spannung unerträglich wurde. «Du wirst von Blut bedeckt sein», sagte sie schließlich, um die Bewegungen zu kaschieren, die ihre Lenden unwillkürlich ausführten. Sie hoben sich ihm entgegen in einem vorgeblichen Versuch, sich von ihm zu befreien. Aber nun setzte dieser fatale Rhythmus ein, ihr Atem verschmolz zum universellen Muster des Atems. Sie versuchte, sich innerlich zu wehren, sagte sich, sie dürfe es nicht zulassen, aber nun stieß sein schlankes Horn nur noch tiefer in sie ein.

Aber selbst jetzt noch wollte sie ihre feminine Unabhängigkeit beweisen, ihn durch körperliche Selbstbeherrschung liebevoll dominieren. Sie beschloß, daß sie ihn durch ihre junge animalische Kraft, durch die Kraft ihrer Sphinktere dazu zwingen würde, vor ihr zum Höhepunkt zu kommen. Er fühlte die Herausforderung, als sie ihn ergriff, und er mußte seinen ganzen Willen und seine ganze Geschmeidigkeit aufbieten, um eine verfrühte Verstreuung seiner Kräfte zu verhindern. «Ich sehe, Sie lächeln», sagte er zwischen Atemstößen, und sie antwortete: «Ja», und fügte keuchend hinzu: «Sie werden als erster nachgeben.» Er schüttelte den Kopf. «Nein.» Sie lächelte noch immer, und er schloß gequält die Augen und beugte den Kopf zur Seite. «Bitte!» Constance sagte überheblich:

«Meine Sphinxen sind kräftig und in gutem Zustand. Ich *befehle* Ihnen zu kommen.» Er fiel unter dem Ansturm ihrer Küsse vornüber, stolz auf ihren Sieg und entzückt, ihn mit ihr zu teilen. Es wurde ihr erst sehr viel später klar, daß er ihr den Sieg geschenkt hatte, daß er durchaus fähig gewesen wäre, sie niederzuzwingen. Aber im Moment war sie noch von wildem Triumph erfüllt. Sie lagen erschöpft in all dem Blut und Dampf wie niedergestreckte Märtyrer der menschlichen Wonnen. Sie hatte es die ganze Zeit schon gewußt, sie hatte gewußt, daß es so sein würde, daß es so sein müßte. Warum hatte sie dieses Wissen aus ihrem Bewußtsein verdrängt, warum war sie in Avignon, fern der Versuchung, geblieben? Paradoxerweise: um Sam treu zu bleiben! Der Gedanke verwunderte sie – was für eine altmodische Geste!

«Ich kann in diesem Dampf nichts sehen», sagte er, «sogar Ihr Gesicht ist verschwommen wie ein nasses Aquarell. Und meine nackten Füße haben Spuren auf den Kacheln hinterlassen – Spuren deines Bluts, Constance.» Er füllte wieder die Wanne, hängte seinen Bademantel sorgfältig auf, stieg ins Wasser, legte sich bequem zurück und beobachtete nachdenklich, wie die dunkelroten Blutfädchen sich von seinem Körper lösten und kurz auf dem warmen Wasser schwammen, bevor sie sich auflösten. «Ich fühle mich wie Petronius.» Aber sie war entsetzt über das viele Blut und schickte sich an, es mit einem feuchten Handtuch aufzuwischen, weil sie nicht wollte, daß das Personal es sah. «Laß es», sagte er, «das ist deren Arbeit, komm zu mir, das Wasser ist nicht zu heiß für dich.» Es war reichlich eng, aber unter viel Gelächter gelang es ihr, sich neben ihn zu quetschen und sich so weit auszustrekken, daß das Wasser ihr bis zum Hals reichte. Sie waren wie Aale in einem Einmachglas. Dann plötzlich befiel ihn eine tiefe Depression, sie bemerkte es besorgt, aber genierte sich, ihre Gefühle zu zeigen, sie sagte: «Oh, was ist los? Was ist geschehen? Habe ich dir mißfallen?»

Er schüttelte den Kopf und sagte: «Nein. Ich habe nur den unwiderstehlichen Wunsch, dir ein Kind zu machen. Verrückt, ich weiß. Ich habe seit Jahren mit niemandem mehr geschlafen, und ich war auf dich nicht genügend vorbereitet. Ich dachte, ich sei es, ich habe von Hoffnungen gezehrt, wie du nur zu gut weißt. Aber ich bin völlig durcheinander. Du hast alles in alle Winde zerstreut. Ich fühle mich wie betäubt, wie tot, wie eine Attrappe. Kannst du mich wiederbeleben? Ich bezweifle es.»

«Was geschah beim letztenmal?» Er lächelte traurig, aber antwortete nicht. Dann: «In Alexandria ruft jemand, der keusch und anscheinend an Sex uninteressiert ist, Besorgnis und Unruhe hervor. Auf arabisch sagt man: ‹Er hat einen Penis mit drei Köpfen›, was bedeutet, daß er niemandem nützt.»

«Bin ich zu jung für dich?»

«Und selbst wenn du es wärst, was für einen Unterschied würde es machen? Dieses Ding!» Er preßte seine Finger auf seinen Körper in die Nähe seines Herzens. Sie nahm seine Hand und legte sie auf ihre heißen Wangen. «So, du willst mich also an den Webstuhl fesseln und eine vielversprechende medizinische Karriere ruinieren?» Obwohl noch immer beunruhigt, gelang es ihm zu antworten:

«Ja, vielleicht.»

Sie lag eine lange Weile wie eine junge Löwin neben ihm und schwieg, eine Hand ruhte besitzergreifend auf seinem Geschlechtsteil und umfaßte seinen unheimlich wirkenden Hodensack wie einen aus dem Nest gefallenen Vogel. Ihr Geist begann weich wie eine Wolke in seinen einzufließen, und sie fühlte, daß sie wie ein Schiff, das in einer Windbö den Mast zum Himmel reckt, auf seine unverwirklichten Begierden reagierte. Aber er hatte noch nicht zu Ende gesprochen, denn er sagte: «Aber Sperma kann Gift sein, wenn es nicht frisch oder schlecht dokumentiert ist oder krank wie das Sperma Schizophrener oder anderer Entarteter. Unnatürliche Verhaltung kann Krankheit, Gehirnentzündung, Geistesverwirrung verursachen, man kann dies bei hypokritischen Kulturen, die auf Puritanismus basieren, wie die deine, beobachten. Sperma muß man pflegen, es bedeutet Reichtum, Geld im physischen Sinn, die Frau sollte es zu jeder Zeit vermehren, den Hodensack fingerfertig handhaben, ihn streicheln, ihr Kleingeld zählen. Sie muß psychisch fühlen, wie das Sperma Tropfen für Tropfen die Harnröhre herunterrinnt, sie muß es begrüßen und pflegen, ihm mit der ausgedörrten Gebärmutter entgegeneilen und die Ova loslassen wie ein Rudel hungriger Wölfe. Sie müssen sich beide mit dem höchstmöglichen Grad an Bewußtsein umeinander bemühen, je bewußter sie den Orgasmus gestalten, desto tiefgehender wird die Vereinigung sein, und desto reiner das Kind, desto harmonischer die Rasse. Es ist eine langatmige Erklärung für etwas, das kein Geheimnis birgt, richtige Frauen haben es immer schon gewußt. Wenn es mit einer Kultur abwärtsgeht, dann läßt zuerst die Qualität des Fikkens nach und die Dokumentation des Spermas – bei Dokumentation meine ich Sauerstoff, den Mangel an Sauerstoff, was jede Rasse instinktiv weiß – das genetische Nus.»

Sie lagen einander jetzt halb schlafend in den Armen, ihre Begierde wuchs mit jedem Atemzug. Er erzählte ihr flüsternd die Geschichte der geschlechtlichen Liebe, und warum sie immer Angst und exemplarische Frömmigkeit hervorgebracht hatte. Sie war ein Motor, der vom Verstand gespeist wurde und von der groben Mannigfaltigkeit des Spermas, das für den durstigen Nährboden der Gebärmutter benötigt wurde. Der Mann allein konnte nichts ausrichten, die Frau allein konnte aus dem Dilemma ihrer körperlichen Bedürfnisse nicht herauskommen. Und dies war die Grundlage allen Denkens und Fühlens – in jedem Stadium der Wahrnehmung. Die ursprüngliche Vision von Mann und Frau, das ursprüngliche Feigenblatt, der ursprüngliche Asteriskus – sie weilten in diesem Bereich der Hochspannungsdrähte, deren erschreckende Zerbrechlichkeit sich jedesmal, wenn ein Kuß in die Irre ging oder ein begehrlicher Blick sein Ziel verfehlte, offenbarte. «Es ist schrecklich, wir können nichts ohne einander tun. Jeder ist des anderen Verhängnis: du mit deiner kleinen Handtasche voller Ostereier und kleiner Münzen, die aber aneinander haften und über die du nur eine zeitlich begrenzte und flüchtige Kontrolle hast, anstatt sie immer dabei zu haben wie eine richtige Handtasche, gefüllt mit Lippenstift, Puderdose und Präservativen. Und dann ich ein Schlafwandler seit Beginn der Zeiten, fasziniert von deinen zwei milchspendenden Brüsten, dem Quell ewiger Jugend, die mir meinen ersten Trunk auf Erden gaben und mich über den Ansturm des Lichts und Lärms und über die Qual, einen neuen Magen und neue Lungen auszuprobieren, hinwegtrösteten. Mama!»

Ihr verschlafener Gedankenaustausch führte sie jetzt in jene Bereiche der Zuneigung, wo das Körperliche und das Geistige gemeinsame Sache machen. Doch sie wurde sich bewußt, daß sein Gespräch irgend etwas in ihrem Verstand erschlossen hatte, sie vorbereitet hatte und daß sie, wenn sie beide nicht achtgäben, schwanger würde. Es war, als hätte er sie mittels Hypnose in diese köstliche Satyriasis versetzt. Sie sehnte sich danach, seinen Orgasmus zu fühlen, hervorzulocken, einzuheimsen, aber er hielt sich zurück, anscheinend lustlos, tatsächlich jedoch wollte er nur ihre Begierde aufstacheln. Sie lagen nebeneinander in einer Agonie der Ungeduld, Gedanken liebenden Gehorsams ergossen sich zwischen ihnen wie breite Wasserfälle. «Jetzt!» sagte sie. «Warte!» erwiderte er, denn sein Geist konzentrierte sich auf den Versuch, ihre Atemzüge, ihre Pulsschläge aufeinander abzustimmen. Schon jetzt konnte er die köstliche Leere des Übermaßes fühlen, das sie später genießen würden, wenn sie wie Trunkene sich in den Armen liegen und sich in den Schlaf treiben lassen würden wie Schafe in ein Gehege. Er zog sie vorsichtig an sich, löste die Segel, fühlte, wie sie Atem holte, fühlte, wie ihr Schiff krängte, sich aufbäumte und wie es dann schwerer wurde, gelenkt von einer gemeinsamen Ekstase. Sie erkannte, daß sie nicht gewußt hatte, was Liebe war, was sie sein konnte. Sie stellte erschreckt fest, wie sehr sie ihm – und sich selbst – ausgeliefert war. Sich zu unterwerfen, nachzugeben, sich aufzugeben, zu empfangen – es machte sie gefährlich verletzbar. Sie sagte traurig: «Ah, du scherzt, und ich meine es ernst. Du wirst von mir enttäuscht sein. Ich bin nur eine Wissenschaftlerin. Ich glaube an die Kausalität.»

Er stützte sich auf einen Ellbogen und betrachtete sie eingehend, als sähe er sie zum erstenmal, als wäre sie ein seltsames Insekt, das sich vor ihm auf dem Bettlaken niedergelassen hatte. «Alchimistisch gesprochen kann nichts erreicht werden ohne die Frau, ohne dich, deine Schenkel sind die Stimmgabel der männlichen Intuition. Du schlägst den Funken, wir zünden das Feuer an und machen dir ein Kind.»

«O ja, Herr Professor», sagte sie demütig.

Sie lachten beide. «O nein, das wirst du nicht tun», sagte sie in ihrer neuen entspannten, selbstsicheren Stimmung. «Es ist eine männliche Verschwörung, um unsere Beziehung zu neurotisieren. Ich spiele nicht herum. Laß uns bei uns selbst beginnen, bei dir und mir. Ich bin nur eine alte Freudianerin und kann nicht weiter als bis zu meiner Nasenspitze sehen.»

«Du lebst in den Ersatzteilen anderer Leute Träume. Neologismen zwischen den Alpträumen, welche sich in deine eigenen panischen gewalttätigen Tagesalpträume projizieren. Welches *somnifère* nimmst du? Constance, wir sind voller Ideen, die hartnäckig heimatlos bleiben. Ich möchte mit dir teilen, alles mit dir teilen.» Jemand klopfte an die Tür, und als sie sich öffnete, erschien ein Frühstückstablett. Sie zogen spontan die Bettdecke über ihre Köpfe und rührten sich nicht, als ob sie fest schliefen, bis das Mädchen das Tablett neben dem Bett abgestellt hatte und wieder verschwunden war. Dann brachen sie in Lachen aus, warfen die Decke beiseite und stürzten sich mit einer neu entdeckten Wildheit in eine Art Liebeskampf, der absichtlich schmerzvoll war. Die Gewalttätigkeit war herrlich, sie spürte mit Schrecken und Entzücken den vampirartigen *suçon* auf ihrem Hals unter ihrem Ohr. Er würde einen verräterischen blauen Fleck hinterlassen, den sie später sorgfältig überpudern müßte. Verdammt! Aber diesmal gab er den Ton an, und sie war erstaunt über die beherrschte Kraft dieses etwas schlaksigen Körpers mit seinen knochigen, mädchenhaften Bewegungen. Gleichzeitig beglückte sie die Erkenntnis, daß er als Mann perfekt ausgestattet und fähig war, ihr leise Schmerzensseufzer zu entlocken und ihr weh zu tun, ohne die geringsten Spuren zu hinterlassen. (Mit Ausnahme der am Hals. Aber das war vulgäre, sexuelle Angeberei, die sie ihm schon austreiben würde.) Sie spürte, wie sie unter seinem Ansturm zitterte, vor Freude zitterte, weil es ihr vergönnt war, sich so vorbehaltlos in eine neue Bindung zu stürzen – sie, die geglaubt hatte, vertrocknet und bar aller Emotionen zu sein. Plötzlich fiel ihr Livia ein, und der Gedanke an ihr totes Gesicht traf sie wie ein Schlag. Die schmerzliche Erinnerung und die beglückende Gegenwart trieben ihr Tränen in die Augen. Er hielt sofort inne und entschuldigte sich, daß er auf ihre Müdigkeit so wenig Rücksicht genommen hätte. Und dann fügte er zu ihrem größten Erstaunen hinzu: «Und auf den Schock, den dir Livias Tod versetzt haben muß.»

Sie setzte sich im Bett auf, hüllte sich in ihren Kimono ein und sagte: «Von wem, zum Teufel ...» Er schüttelte sachte den Kopf, um sie zu beruhigen, und fügte erklärend hinzu: «Von Smirgel natürlich. Er arbeitet schon längere Zeit für uns.» Sie hätte es wissen sollen, trotzdem war sie erstaunt. «Für wen arbeitet er?» fragte sie, und er antwortete: «Nicht fürs Rote Kreuz, Dummerchen, sondern für die sogenannte ägyptische Armee. Sie hat ihr eigenes Nachrichtennetz. Die Engländer ziehen ihre altmodischen Methoden und Mitarbeiter wie Quatrefages vor, die nur einen sehr beschränkten Gesichtskreis haben. Wir arbeiten unabhängig, teilen ihnen jedoch unsere Ergebnisse mit, sofern sie wichtig sind. Aber sie trauen uns nicht, zum Beispiel trauen sie Smirgel nicht.»

«Das würde ich auch nicht tun», entgegnete sie. «Er ist ein fanatischer Nazi-Anhänger, er hat es mir selbst gesagt und mir einen langen Vortrag darüber gehalten. Nein, ich würde ihm niemals trauen, nicht eine Sekunde lang, wirklich nicht.»

«Vielleicht ist er ein Doppelagent», gab ihr Geliebter gleichmütig zu. «Ich muß dir erzählen, wie wir mehr als einmal seinen Kopf vor dem ungeduldigen Zugriff Hitlers und Ribbentrops gerettet haben. Kopf gegen Kopf sozusagen.»

Sie standen auf, und während sie frühstückten, erzählte er ihr in seinem ruhigen, lächelnden Tonfall mehr über Smirgel. «Du siehst den armen Kerl in einem anderen Licht, aber er muß recht listig und schlau sein, so lange bei Ribbentrop ein geneigtes Ohr zu finden. Was er nicht einkalkuliert hat, ist Hitlers Ungeduld, der Tempelritter-Ketzerei und all den Mysterien, die damit verbunden sind, auf den Grund zu gehen. Dazu kommt noch dieser Schatz, den sie, einem *on dit* zufolge, irgendwo vergraben haben sollen und den Spinner wie Galen finden wollen. Hitler hält die Tempelritter für eine ketzerische Sekte, die für religiöse Vergehen verurteilt wurde, und er möchte einen schwarzen Ritterorden gründen – wenn ich das einmal so ausdrücken darf –, der ihren Platz einnimmt. Verrückt, natürlich, total verrückt. Aber wenn er gerade nichts Besseres zu tun hat, macht er Ribbentrop oder seinem Vertreter Dampf, und dieser Dampf wird dann an Smirgel weitergegeben. Kürzlich war die Rede davon, Smirgel abzulösen, aber wir haben seinen Kopf gerettet, indem wir sozusagen eine Vorauszahlung geleistet haben. Hast du je den mumifizierten Kreuzritterkopf gesehen, den Hassad in seiner roten Hutschachtel mit sich herumträgt? Ach, du hast. Nun, wir haben Smirgel erlaubt, ihn zu ‹entdecken›, auf Grund von Aussagen von Quatrefages. Alle waren begeistert. Endlich etwas Greifbares! Überdies haben wir uns eine Provenienz ausgedacht: Er soll der weissagende Kopf aus Pompei sein, von dem die Kreuzritter glaubten, er sei in einer Kanonenkugel eingeschlossen, die den Abschluß der pompejanischen Säule in Alexandria bildet. Man behauptet, daß dieser Kopf ab und zu eine Prophezeiung macht, aber nur wenn man schläft, man muß ihn also neben seinem Bett stehen haben. Und weißt du, wo er jetzt steht? Neben Hitlers Bett. Halb glaubt er daran, jedenfalls ist er amüsiert und neugierig und zeigt ihn jedermann. Wer kann sagen, was ein mumifizierter Kopf alles weiß?»

Ja, fürwahr, wer konnte das? Leider gab es keine Möglichkeit, vorbereitete Reden in den Kopf einzupflanzen, um die Gedankengänge des Monsters zu beeinflussen. Aber einstweilen ließ man Smirgel in Ruhe, und er konnte seinen üblichen Pflichten nachgehen und sich auf die Truppenmassierungen konzentrieren, die in Esslins neuem Befehlsbereich stattfanden und die, weiß der Teufel was, ankündigen.

«Ich möchte dich so bald wie irgend möglich wiedertreffen. Was tust du heute?»

Sie wollte zuerst in ihre Wohnung und sie, wenn nötig, aufräumen, dann ins Büro gehen und vielleicht versuchen, Sutcliffe aufzutreiben, um ihm etwas verspätet mitzuteilen, daß sie zurück sei. Hatte er bereits von Aubreys bevorstehender Ankunft gehört?

«O ja, er hat gestöhnt und gesagt: ‹Das Leben ist schwer für uns, die wir stellvertretend leben.›»

Sie sagte: «Rob Sutcliffe muß sich jetzt zusammenreißen und aufhören, sich so viel Gedanken um Pia zu machen.» Sie äußerte diese Meinung eher beiläufig. «Seine Ergebenheit ist so übertrieben, daß sie uns, Schwarz und mir, allmählich verdächtig erscheint.»

«Das mußt du ihm sagen.»

«Und werde es tun.»

Aber trotz dieser wohlgemeinten Gefühle schliefen sie wieder innig umarmt ein. Zuweilen klärte sich ihr Verstand, und sie erwachte in einem benommenen Traumzustand, der ihr etwas Neues im Leben ankündigte – eine neue Einstellung zum Leben. Sie fühlte sich so seltsam! Alles schien unabänderlich verändert.

Ja, mit alldem hatte sie sich plötzlich auf dramatische Art selbst gefunden, ihre volle Weiblichkeit – etwas, das immer irgendwie eine Einbildung, ein Symbol ohne Ausstrahlung geblieben war. Um in diesem Sinn eine Frau zu sein, war es nicht unbedingt notwendig, eine Mutter, eine Ehefrau, eine Nonne oder Hure zu sein – alle diese amtlich anerkannten Lebensformen waren völlig zweitrangig, verglichen mit dem essentiellen Sein. Der Arzt in ihr hatte eine ungemein wichtige Entdeckung gemacht! Eine gewisse Einsicht in die weibliche Rolle zu gewinnen harmonierte mit ihrer Kunst, war in ihrem Handwerk, ihrem Job mitenthalten. Die Frau war das Prinzip der Erneuerung, der Wiederherstellung im kosmischen Sinn. Sie war es, die die Dinge in Gang, das Wachstum in Gang setzte. Sie war das Prinzip aller Fruchtbarkeit, auch wenn sie sich als aufgetakelte Mrs. Jones verkleidet wiederfand. (Er war einmal sehr brutal mit ihr gewesen – seine Freude war in eine besitzergreifende Lust übergeschäumt, und der Schmerz, den er ihr zugefügt hatte, war schwer zu ertragen gewesen, aber sie hatte ihn bewillkommnet, so wie der Märtyrer den Scheiterhaufen bewillkommnet.) Er hatte sie in der Mitte aufgespalten wie mit einer Axt. «Dreh dich wieder um», hatte er geschrien, und sie hatte sich ihm unterworfen und sich umgedreht, bereit, in seinen Armen zu sterben – dies war natürlich nur eine poetische Ausdrucksweise, denn sie war ‹gestorben› im romantischen Sinn, und ihr eigener wollüstiger Schrei, der die Stille durchbrach, hatte vieles ausgedrückt, doch vor allem den Gedanken: So, ich kann also doch lieben! obwohl sie bis zu diesem Augenblick an ihrer Liebesfähigkeit nie gezweifelt hatte. Es war so, als hätte sie einfach nicht gewußt, was das Animalische bedeutete. Sein Gesicht wirkte so angespannt, so in sich gekehrt, und sie wurde plötzlich seiner männlichen Schwäche gewahr, der beunruhigenden Unstabilität seiner Gefühle, seines tiefen Bedürfnisses nach Rückhalt, ohne den kein Fortschritt möglich war, nichts Schöpferisches ihm gelingen konnte. Diese Erkenntnis brachte ihr die eigene Stärke zum Bewußtsein, als könnte sie nunmehr eine Anzahl von Muskeln benutzen, die bislang nicht gebraucht und deshalb verkümmert waren. Sie hatte plötzlich eine vage Ahnung, was dieser tantrische linke Weg bedeutete, von dem er immer sprach und der ihren wissenschaftlichen Verstand so sehr irritierte. Er hatte ihr sehr viel mehr als nur seine Liebe gegeben, er hatte ihre Begabung, ihre medizinischen Fähigkeiten zur vollen Reife gebracht. «Oh, dank dir, dank dir!» Aber er machte nur eine müde, resignierte Handbewegung und sagte seufzend: «Weiß der Teufel, warum ich dir all diesen Unsinn erzähle, es wird nur damit enden, daß du mich liebst, und dann wirst du noch zehn Jahre, nachdem ich dich verlassen habe, alle anderen Männer uninteressant finden. Und verlassen muß ich dich.» Aber das Kunststück war gelungen, sie kannte jetzt das Geheimnis ihrer eigenen Seele, und ihre freigebigen Küsse und lächelnden Augen zeigten ihm, daß künftig keiner von ihnen etwas zu bedauern brauchte. Der Geist war aus der Flasche.

Irgendwo schrillte eine Klingel, und sie richtete sich auf. Mein Gott, es war Spätnachmittag! Sie hatte den ganzen Tag verschlafen, und Affad lag wieder neben ihr. Wie war er hereingekommen, ohne sie zu wecken?

Er erwachte aus seinem tiefen, trancegleichen Schlaf, rieb sich die Augen und sagte: «Das bedeutet, daß ich eine neue Papierrolle in die Maschine tun muß. Smirgel wird immer geschwätziger, er redet und redet. Was die Qual des Schweigens, die Spione ertragen müssen, erst richtig ins Bewußtsein bringt, denn ein Geheimnis zu bewahren ist so peinvoll, als wenn man pissen möchte während einer Parade. Er kann mit niemandem sprechen außer mit mir. Er gleicht einer ewig plappernden Ehefrau. Ich versuche ihm zuweilen den Mund zu verbieten, aber ohne Erfolg.»

«Ich verstehe nichts von alldem», sagte sie, und als er aufstand, um sich einen Bademantel zu holen, forderte er sie auf, ihm zu folgen, um selbst zu sehen, worum es sich handelte. Sie gingen auf Zehenspitzen den kühlen Korridor entlang zu einer Art Außentoilette, wie ihr schien. Aber es war ein eher solider Raum mit einer Stahltür, an der ein Schild hing, auf dem stand, daß sich hier eine Starkstromanlage mit gefährlichen Kabeln befinde. Und eine Notiz warnte: «Betreten und berühren verboten.»

«Das ist nur Tarnung», sagte er, und schloß mit einem kleinen Schlüssel die Tür auf, die in einen bequem eingerichteten büroartigen Raum führte mit einem Fernschreiber, der ständig Nachrichten oder Börsenberichte auszustoßen schien. «Es ist Smirgel», sagte Affad grinsend. «Seit dem ersten Landungsversuch ist er äußerst beunruhigt und aufgeregt. Ich ertrinke in Informationen.» Er zeigte auf die Haufen gelber Papierstreifen, die auf dem Boden lagen, und sagte mit einer Grimasse: «Ich wage fast nicht mehr zu schlafen aus Angst, daß ich mich aus Versehen mit den Papierschlangen aus dieser Höllenmaschine erdroßle. Nun, jedenfalls, er tut was für sein Geld, unser Smirgel. Schau!» Die Maschine tickte unentwegt weiter, und die Streifen wurden immer länger. Affad öffnete eine Klappe und ersetzte einige Papierrollen durch neue, indem er sie in die Klemmbacken des Rotors schob und sie befestigte, um ihren glatten Ablauf zu sichern. «Wo schreibt er all das?» fragte sie neugierig und von dem Risiko, das er lief, beeindruckt. Affad sagte: «In der sogenannten geschlossenen Abteilung in Montfavet-les-Roses, das einzige, was ihn von einem halben Dutzend Verrückter trennt, ist ein Perlvorhang und eine dünne Tür. Er hat entsetzliche Angst, aber es ist der sicherste Ort. Dr. Jourdain, dem wir vieles verdanken, hat ihn vorgeschlagen. Übrigens, was für ein Typ Mann ist er?»

«Der Doktor? Eher manieriert, höchst kultiviert und sehr pro-englisch. Er trägt einen College-Blazer, er hat in Edinburgh studiert. Auf seinem Schreibtisch steht eine Totenmaske. Meiner Meinung nach ist er heimlich in Nancy Quiminal verliebt, obwohl ich das ihr gegenüber nie erwähnt habe, und auch sie hat nie eine diesbezügliche Bemerkung zu mir gemacht. Mehr weiß ich nicht.»

Er sank in einen Stuhl und ließ die langen Papierstreifen durch seine Hände gleiten, während er langsam den fortlaufenden Bericht seines Agenten las. «Die endlose Liste der deportierten Juden ... fast vierzigtausend bis jetzt, man kann es fast nicht fassen», sagte er traurig. «Smirgel klingt immer so, als stimme er grimmig zu, vermutlich, nach dem, was du mir gesagt hast, kann er wohl schlecht anders empfinden.»

«Es ist gräßlich.»

«Ja, und zwar doppelt gräßlich, weil wir diesen verhängnisvollen Fehler immer wieder serviert bekommen werden, die Juden werden den letzten Tropfen Blut aus unserem Abscheu und unserer Reue pressen, sie sind Meister im Herausschinden von Vorteilen. Wir müssen mindestens ein Jahrhundert lang in ihrer Gegenwart den Kopf hängen lassen.»

«Du scheinst sie nicht sehr zu mögen.»

«Ich stamme aus Alexandria, ich habe mit ihnen zusammen gelebt und weiß, ihr Problem ist unlösbar. Sie sind so brillant, so verletzbar und so überheblich, sie haben eine derartige Angst vor uns und eine so tiefe Verachtung für uns. Schließlich und endlich, Constance, waren es nicht die Christen, die das Ghetto erfunden haben – es waren die Juden selbst, die sich auf Grund ihrer Monomanie, ihres Stolzes und ihres kosmischen Solipsismus ausgeschlossen haben. Das Wenige, was ich über Rassenhaß weiß, habe ich von ihnen gelernt. Vor Jahren hatte ich den verwegenen Gedanken, eine orthodoxe Jüdin in Kairo zu heiraten. Ich machte ihr einen ehrenwerten Heiratsantrag. Und schon fing der Krach an. Jedermann bis hinauf zum obersten Rabbiner mischte sich ein, und die Eltern schickten das Mädchen in die Sicherheit einer Irrenanstalt, weil sie angeblich den Verstand verloren hatte. Ich mußte sie aus der Anstalt entführen, um Druck auf die Eltern auszuüben, was ich auch tat. Aber es hat mir die Augen geöffnet – diese ganzen Rassen- und Religionsfragen, alles, was mit Monotheismus, monolithischen Organisationen, alles, was mit Mono … zu tun hat, führt zu einer selbst auferlegten Paranoia, genannt: die westliche Zivilisation. Die Deutschen führen dieses existierende Grundmuster in ihrer bekannt groben Art nur bis zur letzten Konsequenz durch. Es ist sinnlos, barbarisch, herzzerreißend. Aber selbst die Juden helfen sich nicht gegenseitig! Nun, hoffen wir, daß uns genug Zeit bleibt, wenigstens die Hälfte von ihnen zu retten, ganz zu schweigen von den Zigeunern, den Landstreichern, den Knastbrüdern und ‹Sklaven› aller Länder. Weißt du, es handelt sich nicht nur um die Juden, obwohl sie natürlich als Majorität am meisten Lärm schlagen.»

Die Papierstreifen waren in regelmäßigen Abständen perforiert, so daß man sie abreißen, wie Buchseiten aufeinanderlegen und so besser lesen konnte. Sie half ihm, diese Informationsakte zusammenzustellen. Es war seltsam, die Stadt von diesem Standpunkt aus zu sehen, sozusagen in der Perspektive, statt aus der beschränkten Sicht einer Rot-Kreuz-Angestellten mit einem sehr begrenzten Tätigkeitsfeld. Hier las sie jetzt von Truppenbewegungen, Repressalien wegen vereinzelter Sabotagetätigkeiten, von den ständig anwachsenden Materialreserven unter der Pont du Gard. Einige tausend Tschechen und Polen waren für diese Arbeiten eingezogen worden, vermutlich weil es schwieriger für sie war, Informationen weiterzugeben. Schon jetzt hatte sich ein beträchtliches Sprachenproblem eingestellt, ganz zu schweigen von dem Problem der öffentlichen Sicherheit in den Vorstädten von Nîmes und Avignon. Ihre Trunkenheit machte die Straßen in der Dämmerung vor der Sperrstunde unsicher, und dies war die einzige Zeit, wo eine Hausfrau einkaufen gehen konnte. Sie waren glücklicherweise kaum bewaffnet, nur die Gruppenführer trugen Pistolen und Schlagstöcke. Bei Einfall der Nacht fuhren Lastwagen herum und sammelten die Betrunkenen in einem mehr oder weniger komatösen Zustand ein, und die Stadt atmete auf. Doch Smirgel berichtete ebenfalls über zwei gewalttätige Streitfälle, die zum Tod zweier Vichy-Polizisten und zur Vergewaltigung einer Zehnjährigen geführt hatten. Auch waren Vergeltungsmaßnahmen gegen sogenannte ‹Terroristen› in den umliegenden Hügeln ergriffen worden. Zumeist waren es arbeitsscheue Jugendliche, die der von den Deutschen angeordneten Zwangsverschickung entgehen wollten. Aber das war noch kein Grund, ein ganzes Dorf niederzubrennen. Auch gab es einige Hinrichtungen durch den Strang, die, so hieß es offiziell, als Abschreckungsmittel dienen sollten, um weitere Gesetzlosigkeit einzudämmen. Aber das Blatt hatte sich gewendet, darüber gab es keinen Zweifel. Die eisernen Kiefer der alliierten Kriegsmaschine schlossen sich langsam, aber unerbittlich und würden Deutschland zermalmen. Aber was dann? Was täten sie mit dieser neugeborenen Welt, nachdem die Kanonen schwiegen? Sie wußten es nicht, denn die Alte Welt würde in dem schicksalsschweren Schweigen des Friedens irgendwie untergehen. Allein der Gedanke an Frieden erfüllte sie mit einer nervösen Unruhe, als könne sie sich von der kriegszeitbedingten Schlaflosigkeit, dem ständigen, herzzerreißenden Schmerz über die Brutalität menschlichen Verhaltens niemals wieder befreien.

Es war quälend, sich zu trennen, aber beide mußten ihren Pflichten nachgehen. Sie hatten vereinbart, sich in ihrer kleinen Wohnung zum Abendbrot wiederzutreffen.

Und so trieb das Bett beide in dieser Nacht wiederum wie ein kostbarer Katafalk hinaus auf die See. Wirklichkeit und Traum wurden eins, Zeit und Raum verschmolzen. Als der Schlaf sie übermannte, war er so tief, wie der Tod es sein könnte.

Aber doch nicht ganz. Denn nun erwachten sie in einer neuen Welt der einzigartigen Vertrautheit, der prometheischen Einfachheit, denn der Schmerz vermischte sich mit Lust und der Gewißheit ihrer Leidenschaft. Und dennoch, trotz dieser geistigen Harmonie, trotz des Flirts ihrer verwandten Seelen, war sie noch immer begierig, ihm näherzukommen, ihn auf Frauenart zu verschlingen. Sie rief fast verzweifelt aus: «Ach, Affad, hast du keinen anderen Namen, keinen Vornamen? Muß ich einen Kosenamen für dich erfinden, um dich ganz für mich zu haben?» Zu ihrem Erstaunen antwortete er: «O doch, ich habe einen anderen Namen, aber ich wollte nicht, daß jemand anderer ihn benutzt, seit meine Mutter starb. Sie sprach ihn auf besondere Art aus.»

«Darf ich ihn wissen, darf ich ihn benutzen?»

«Ich heiße Sebastian.»

«Und wie sprach sie es aus?»

Er zögerte eine Weile und starrte sie neugierig an. Dann sagte er: «Sebasti*janne* mit der Betonung auf der letzten Silbe. Da hast du's, ich habe meine Seele dem Teufel verkauft.»

«Mein Liebling, das doch sicher nicht, gewiß doch nicht, Sebasti*janne*?»

Er sagte nichts, sondern lag still da in seinem wachsamen Halbschlaf, seine Augen waren geschlossen, als wage er nicht, sie zu öffnen und in das verzückte Gesicht seiner Geliebten zu blicken. Er führte ein ernsthaftes Selbstgespräch, aber widerstand dem Impuls, Tränen der Freude und der hilflosen Müdigkeit zu vergießen. Flüsternd wiederholte sie den Namen und sagte: «Hat sie es so ausgesprochen?»

Aber er schüttelte den Kopf und sagte: «Nein, ganz anders. Nenn mich Affad wie alle anderen, und behalt den anderen Namen für dich.»

Die Enthüllung seines Vornamens brachte sie noch enger zusammen. Aber damit auch den Anforderungen des täglichen Lebens Genüge getan wurde, fügte sie nach einem Moment hinzu: «Gott, ich glaube, ich sterbe gleich vor Hunger.» Er schüttelte den Schlaf ab und sagte: «Ich werde dir dein wohlverdientes Frühstück machen. Sag mir, wo alles steht, und den Rest überlasse mir.» Sie war so schwach, daß sie es zuließ und ihm im Flüsterton Anweisungen gab. Sie war schon wieder halb eingedöst.

«Speck, Eier, Würstchen, nun weiß ich, daß es einen Gott gibt», flüsterte sie, und er fügte fromm hinzu, während er sich den geborgten Kimono überzog: «Möge Gott unser glückliches Heim segnen.»

Es war herrlich, bedient zu werden.

«Du würdest einen wunderbaren Sklaven abgeben», sagte sie, während sie sich geistig ihre Psyche glattstrich, gleich einer Katze, die nach einer Liebeskurzweil ihr Fell sauberleckt. Er versank in einen Zustand totaler Unterwürfigkeit, als hätte er einen schweren Schock erlitten, und diese Passivität und Versklavung zu sehen versetzte sie wiederum in höchste Erregung. Nachher, erschöpft und in Schweiß gebadet, sagte sie vorwurfsvoll: «Verdammt noch mal, du gibst auch nie Ruhe, du bist immer *da*.»

Er schlang die Arme um sie, als wolle er sie über ihre Enttäuschung hinwegtrösten. «Ich kann keine Ruhe geben», sagte er. «Ich habe das Gefühl, daß ich immer *da* bin im Zentrum deines Seins. Ich versuche, dich bei lebendigem Leib zu essen, dich zu verschlingen, als sei ich eine Boa. Aber es ist nicht so einfach, es dauert eine lange Zeit, dich zu verdauen.» Sie atmeten ein jeder in den Mund des anderen, erfüllt von der genesenden Süße dieser Durchgangsphase vom Tod ins Leben, während ihre noch immer unbefriedigten Begierden sie wie eine Meute umkreisten – Überbleibsel echter Impulse durch mangelnden Eifer frustriert. «In deiner Arbeit», sagte er, als hätte diese Wortwahl ihm viel Nachdenken gekostet, «bist du der Bürge des Ichs, ich in der meinen dagegen beginne mit dem Vor-Ich, dem propulsiven Ich, meine liebste Constance. Das köstliche kleine Vor-Ich, wie eine Eichel, wie ein ungeschälter Penis, wie eine Lotosknospe ...» Er lachte über ihre Erschöpfung. Sie versuchte mehrmals, sich aufzurichten, aber sank jedesmal schlaftrunken in seine Arme zurück, ihr ganzer Körper war schlafdurchtränkt. Schließlich drehte sie sich um und zerriß stöhnend den Schleier des Unbewußtseins, ging gähnend auf die Toilette und machte nur kurz halt, um heißes Wasser für sein Bad einzulassen. «Bleib ruhig liegen», sagte sie, «es steht dir zu, und laß mich dein Bad vorbereiten, du hast es verdient.»

Später trennten sie sich wieder, aber zögernd und mit ernster Miene. Er blickte ihr nach, als sie mit geneigtem Kopf, als sei sie in Gedanken versunken, das Seeufer, die ausgedehnte Corniche entlang auf die Stadt der Bankiers zuging. Seine Blicke folgten der geschmeidig ausschreitenden Gestalt mit dem unbußfertigen Kopf, der so fest auf ihren schmalen, aber kräftigen Schultern saß, und den leicht nach oben gerichteten Augen, die ihr eine jugendliche Eifrigkeit verliehen. Es war, als hätte sie ihn vollständig vergessen – sie hatte ihn wie einen Drink heruntergeschluckt und sich wieder dem Leben zugewandt.

Doch sie war tief aufgewühlt, und als sie ihr Büro in der

Klinik betrat, setzte sie sich abwesend vor den Aktenberg und starrte auf ihre Finger. Sie erinnerte sich an einige Worte, die Schwarz in einem Seminar geäußert hatte: «Aber Constance, der Mensch ist kein natürliches Produkt der Natur, er ist ein Auswuchs wie Trüffel, wie Krebs, eine Krankheit, nur sein starker Wildgeruch macht ihn annehmbar!» Natürlich hatte er gelächelt, aber seine Worte waren ernst gemeint. Er war überzeugt, daß der Mensch, als er die sexuelle Periodizität opferte, in eine Freiheit gestürzt war, mit der er nicht fertig werden konnte. Die Freiheit der Wahl war zuviel für ihn – deshalb die Entwicklungsgeschichte.

Während des Nachmittags schlief sie wider Willen ein und träumte archaische Träume von erschreckender Zusammenhanglosigkeit. Von irgendwo aus den fernsten Winkeln ihrer Erinnerung tauchte auf dem weißen Paravent, der um ihr Bett stand – der Traum jeden Krankenhauses –, ein Gemälde auf, das sie einst geliebt hatte: ‹*Die Trennung*› von Chirico. Es hatte eine klinische Unbarmherzigkeit, eine eisige Detachiertheit, die den optischen Nerv wie eine Anästhesie vereiste. Die kühle Palette, die gedämpfte römische Farbenskala, so angemessen für Trennungen, bei denen die Schwere der Trauer jeden Ausdruck erstickt. Ein geistiges Laub aus rostendem Draht, Finger, oder Blätter oder Haar mit der Kaltnadel gestochen, Bündel von Zweigen, Vögel in Wiegen und Nestern versammelt, von denen man in Gedankenzukunften ohne Trost fliegt. Er hatte seinen ***** in ***** ruhige Finger genommen und bekämpfte das Spannungsnetz in ihrem Inneren durch sein tiefes ***** und sachtes *****. Er konnte kaum sagen was *****, denn es rührte den klassischen Kokon allen Lasters auf, er öffnete und schloß ihre Lippen mit seinem *****, während sie ihrerseits ***** und in den Reichtum hinter ihr greifend aufstöhnte, als sie *****. Sie konzentrierte sich auf die Leinwand ihrer Erinnerungen, um den Schmerz zu lindern. (Gemälde sollen

Ruhe vermitteln.) Wie tief er sie jetzt verletzte mit seinem ***** und seinem gewalttätigen *****, jeder unwillkürliche Spasmus hob sich von selbst in das Zentrum ihrer *****, der Blume und des Zweigs alles Geschlechtlichen. Und dennoch klammerte sie sich an das Lebwohl der Liebenden, an das Sich-Abwenden, an den Abdruck des ursprünglichen Verbrechens, den Sündenfall. Dieser Gedanke katapultierte in die Materie und wurde von Saturn in einer Hysterie des Staubs zum Erstarren gebracht, o Gott! Es waren Freunde, die sich auf dem Gemälde trennten, keine Liebenden, denn sie können nie getrennt werden – das Fleisch ist zusammengewachsen. Solche Narbengewebe könnten ihnen gefährlich werden. «Sag mir noch einmal *****, denn du weißt, wie sehr es mich erniedrigt.»

Zerbrechlich wie ein schwimmender Nautilus, lotete ihr Sex die äußersten Tiefen des Sinus aus, herzlos wie ein vergessenes Credo, die betäubenden Schmerzen gequetschter Knochen brachten ihre eigene Amnesie mit sich. Der Sinn der Liebeskunst erwuchs nur aus der Trennung. Der Atem zischte wie brodelnde Milch, die Peitsche schwang hoch und schlug zu. Aber auf dem Gemälde ist dein ***** völlig *****, und du hörst nichts, weil die erfundenen Figuren nicht dazu bestimmt waren, Schmerzen zu fühlen. Sebastian, Sebastian, Constance, Constance. Die Trittsteine geben nach, wenn man auf sie tritt. Das Gemälde ist vollendet. Im Kirchturm schlägt die Glocke zwei Uhr, und die Liebenden sind noch immer da, unwillig, sich zu trennen von all ihren *****, noch so voll der Leidenschaft der Genitalien, die geschaffen sind, um zu durchbohren und zu füllen. Warum gehen? Warum nicht bleiben? Bald wird der Morgen dämmern, und alle Möglichkeiten stehen wieder offen.

Aber während man dem ***** zusieht, löst sich das Paar langsam auf, die Säure hat die Achselhöhlen erreicht, die schönen Brüste und den Hals. Ich *****, ruft sie heiser triumphierend aus, und er beschleunigt den Rhythmus seines liebevollen ***** bis zum Gefahrenpunkt. Dann Tropfen für Tropfen läßt er seinen Samen in ihre ***** träufeln wie in ein Trommelfell. Heute nacht wird irgend jemandes Hoffnung zerstört. Die Peitsche schwingt hoch und schlägt zu, das Gemälde verändert sich, wir sind Liebende, die sich unter dem Druck der Geschichte gebeugt haben. Später werden Historiker kommen und eine Typologie der zeitgenössischen Stimmungen aufstellen und uns danach beurteilen.

Das Gemälde verblaßte und an seiner Stelle leuchtete aus dem Herzen Avignons, strahlend wie der Gral, das alte, von Ruß halb zerstörte Meisterwerk von Clément hervor; sie sah diese seltsame Mischung der Elemente wieder so deutlich vor sich: Eine Art ‹*Wiedergefundenes Paradies*›, das über eine Darstellung des Abendmahls skizziert war, als wäre es auf einen Gazeschleier gedruckt. Der Maler hatte es ‹*Le pays de Cocagne*› betitelt, und Smirgel hatte Geld für die Restaurierung bewilligt bekommen. Die Schlafenden schliefen in ihren Stühlen, die Kerzen waren geschmolzen und nach allen Seiten zerflossen. Seltsamerweise war es draußen auf einer Wiese, geschützt von einer bunten Markise. Goldene Münzen, Taschentücher und Gebrauchsgegenstände lagen verstreut im Gras. Teile fanden im 17. Jahrhundert statt, Christus hatte den Kopf Spinozas. Judas blickte wie ein Meeraal. War vielleicht Rauschgift im Wein? Waren sie bei Tisch eingeschlafen? Vielleicht hatten sich die Zigeuner an sie herangeschlichen und ihnen im Schlaf die Kehlen durchgeschnitten?

Sie fuhr aus dem Schlaf hoch, und ihr Blick fiel auf Schwarz, der sie über den Schreibtisch hinweg anlächelte.

Schwarz lächelte, während er sie beobachtete, aber wie immer lag in seinem Lächeln eine Art ernster Unterton und sein runzliges altes Gesicht trug einen betont liebevollen Ausdruck. Er sagte: «Es ist lange her, daß wir nicht mehr zusammen geschlafen haben. Ich habe heute daran gedacht, weil es Lilys Geburtstag ist.» Lily war seine Frau gewesen. Sie hatten sich während ihrer gemeinsamen Studienzeit angefreundet. Dann hatten sie sich getrennt, und als die Nazis kamen, war er aus Wien geflohen und hatte sie zurückgelassen. Als die Nachricht, daß man sie nach Buchenwald geschickt hatte, ihm zu Ohren gekommen war, wurde er sich seiner Feigheit und Gefühllosigkeit schlagartig bewußt und erlitt einen schweren Nervenzusammenbruch. Constance hatte ihn gepflegt und ihm geholfen, den Schock zu überwinden. Offiziell war sie seine Studentin und er ihr Lehrer, so daß die Situation extrem paradox war, und um ihre Beziehung auf einer privaten, rein persönlichen Basis zu belassen, statt sie in eine medizinische umzuwandeln mit allen langwierigen Prozessen der psychologischen ‹Übertragung›, hatte er ein halbes dutzendmal mit ihr ins Bett gehen dürfen, bis er wieder seine fünf Sinne beisammen hatte und beschämt zu seinen Pflichten zurückkehrte. «Ja, es ist lange her, so lange, daß es mir vorkommt, als sei es niemals geschehen, wenn ich zurückdenke. Es ist wie fortgewischt. Aber Sie sind noch immer hier, meine Freundin, wir sind noch immer Freunde. Sie haben mir viele Einsichten vermittelt, was die Ganzheitlichkeit anbetrifft, sind Sie mir weit voraus. Ach, wie unbeholfen das klingt, ich habe auf deutsch gedacht.» Er schnalzte verärgert mit der Zunge. In der Tat sprach er Englisch und Französisch mit einem Wiener Akzent.

Constance sagte: «Sie hatten momentane Zweifel; Sie hatten Ihre Zentrierung verloren. Es war ein glücklicher Zufall, daß ich da war, um Sie aufzufangen. Aber Sie würden das gleiche für mich tun, nicht wahr? Ja, vielleicht müssen Sie mich eines Tages für verrückt erklären! Mein jetziges Verhalten ...»

«Sie können doch nicht bedauern, sich verliebt zu haben?»

«Nein, natürlich nicht, wer würde das schon? Aber

mein ägyptischer Liebhaber benutzt Methoden, die allen herkömmlichen Vorstellungen davon, wie ein Paar sich paart, widersprechen.»

«Sie meinen sexuelle Abweichungen, Variationen?»

«Nein, nein!» sagte sie heftig. «Absolut nicht. Keine Spur von orientalischen Kunststücken. Aber eine umgedrehte Affekttechnik, die mir, uns beiden, völlig neu ist und brillante Resultate erzielt, und die er anscheinend für das Natürlichste der Welt hält. Eine Weile lang dachte ich, wir würden einfach perfekt zusammenpassen, aber es ist mehr dran als nur das und verdient unsere Aufmerksamkeit als Seelenklempner.» Sie lehnte sich im Stuhl zurück und dachte längere Zeit schweigend nach. Dann erhob sie sich mühsam und ging zur Tafel, die an der Wand des Sprechzimmers hing. Der alte Schwarz gluckste stillvergnügt. «Ich weiß», sagte sie, «ich weiß, ich klinge jetzt wichtigtuerisch, aber es ist eigenartig, was dieser sogenannte Gnostiker über uns denkt. Er sagt, als aus der Einheit des Ur-Mannes das Paar geschaffen wurde, hätte man diese Einheit ungeschickt in einen männlichen und einen weiblichen Teil zerlegt, so daß die emotionale Verteilung der biologischen in keiner Weise entspricht. Das Geschlechtsteil des Mannes ist im Grunde genommen der Besitz der Frau, während die Brüste der Frau dem Mann gehören. Warten Sie! Ich weiß, es klingt verrückt, solange Affad es nicht selbst erklärt, aber irgendwo stimmt es, es ist kein Hokuspokus. Der heterosexuelle Geschlechtsverkehr konzentriert sich um das Sperma und die Milch – sie tauschen diese beiden Grundbestandteile beim Beischlaf aus. Die weibliche Brust spendete ihm zuerst einmal Leben und erweckte dadurch seinen unstillbaren Durst nach dem Schöpferischen – Tiresias! Die Brüste sind Prophezeiung, sie sind Vision! Die Milch der Frau hat ihn dazu veranlaßt, Städte zu bauen, Weltreiche zu errichten, um sie zu ehren!»

Schwarz rief: «Warten Sie, Connie, warten Sie. Lassen

Sie uns einen Teil davon auf Band aufnehmen, Sie werden es später benutzen wollen. Vergeuden Sie es nicht, solange es Ihnen noch so frisch im Gedächtnis ist.» Er wechselte schnell die Spule des Drahttongeräts und schaltete das Mikrofon, das neben der Tafel hing, ein. Sie zeichnete zwei sich gegenüberstehende rudimentäre Figuren – eine männliche, eine weibliche – und verband sie in einem einzigen Schwung mit drei Strichen, in Augen-, Brust- und Geschlechtsteilhöhe. «Nun», sagte sie nachdenklich, «so sehen wir die affektive Entladung bei einem sexuellen Beisammensein: der Mund attackiert den Mund, die Brust die Brust, das Geschlechtsteil des anderen Geschlechtsteil. Aber seine Vorstellung des emotionalen Bindeglieds ist, daß das männliche Geschlechtsorgan in Wirklichkeit die Handtasche der Frau ist, es hängt an ihrer Seite, während ihre Brüste mit dem Versprechen der Nahrung ihm gehören. Ihre Seelen tauschen Sperma gegen Milch aus. Und natürlich hängt die Qualität seines Produkts, praktisch gesehen, von ihrer Sorgfalt und der Handhabung des Geldsacks ab. Mehr ein Tauschgeschäft als eine Investierung! Ein Quid pro quo!»

«Aber *wann* lieben Sie sich denn nun eigentlich?» fragte der alte Mann einigermaßen verwirrt. Sie brachen beide in Lachen aus. Sie sagte: «Er gibt sich mir einfach hin, läßt mich das haben, was mir gehört. Ihm zufolge muß die Frau ständig ihr Kleingeld zählen, den Hodensack bearbeiten, die Art von Produkt herstellen, das biologisch gesehen die Rasse bereichert und sie nicht auspowert, wie es im Moment geschieht. Ja, sie trägt die volle Verantwortung für seine Erektion, sie kann sie, wann immer sie will, hervorrufen, selbst wenn der Mann müde ist. In diesem Sinn ist er völlig machtlos. Armer Affad, er wäre entsetzt zu erfahren, daß ich wissenschaftlich an seinem wunderbaren, liebevollen Beischlaf interessiert bin. Und da ist noch eine andere Sache, wenn man zusammen schläft und ehrlich an diese Art umgekehrter affektiver Beziehung glaubt, führt dies fast immer zu einem gleichzeitigen Orgasmus. Das Ganze ist auf Austausch aufgebaut. Es klingt ziemlich blödsinnig, nicht wahr?»

«Ja.»

Diese seltsamen Theorien schienen sie so mitzureißen, daß Schwarz der Versuchung, sie ein wenig aufzuziehen, nicht widerstehen konnte. «Was hör ich da?» fragte er in einem betont jüdischen Tonfall. «Gleichzeitiger Orgasmus und eine fast ständige Erektion beim männlichen Partner? Ein wahres Weihnachtsfest. Aber, aber, Connie, es klingt mir zu schön, um wahr zu sein.» Sie war offensichtlich ein wenig beschämt, daß sie sich soweit hatte hinreißen lassen. Sie errötete. «Wissen Sie», sagte der alte Mann, «es mag einfach eine dieser glücklichen Begegnungen sein, wo zwei Menschen hundertprozentig zueinander passen. Man hat von solchen Zufällen schon gehört mit all diesen scheinbaren Wundern, von denen Sie sprechen. Aber für die meisten Menschen gibt es so eine Übereinstimmung, so eine Harmonie, so ein Einklinken nicht. Sie vergewaltigen sich auf die trostloseste Weise gegenseitig oder nutzen sich gegenseitig aus oder werden frühzeitig impotent, verlieren die Haare und gehen in die Politik. Ihre, seine Liebe mag etwas Einzigartiges sein.»

Sie nickte reumütig; man konnte kein allgemeines Prinzip auf ein einziges Beispiel gründen. Es mußte in jedem einzelnen Fall funktionieren, es mußte eine Regel und keine Ausnahme sein. Schwarz fürchtete, er hätte sie mit seinen Neckereien verletzt und trat daher neben sie und klopfte ihr auf die Schulter. «Ich teile Ihre Sorgen, meine Liebe, wer würde es nicht? Wir alle müssen täglich mit Schuldgefühlen, Gewalttätigkeit und Empfindungslosigkeit umgehen – es wäre wunderbar, wenn jemand irgendeine Lösung fände. Besonders da wir alle verzweifelt nach einem Gegengift gegen Gewalttätigkeit suchen. Aber Sie sprechen über ein zärtliches Liebesspiel.»

«Ja, zärtlich, aber mit Respekt vor dem Partner und mit

dem vollen Bewußtsein, daß der sexuelle Akt psychisch ist, das Fleisch und die Knochen führen nur aus, was die Psyche ihnen befiehlt. Aber der umgedrehte Affekt ...» Sie lachte wieder und warf die Kreide fort. Das Telefon klingelte, der alte Mann antwortete und führte ein langes Gespräch mit einem Kollegen. Sie hörte nur mit halbem Ohr zu, denn sie war noch immer in ihren Gedanken befangen, die den psychologischen Stellenwert ihrer Liebeserfahrung umkreisten. Sie sehnte sich danach, wieder bei Affad zu sein, aber mißbilligte dieses Gefühl und runzelte daher die Stirn und biß sich auf die Unterlippe. Aber die Sehnsucht blieb, und sie erinnerte sich an die langen nächtlichen Stunden an seiner Seite, während derer sie, wie ihr befohlen worden war, seine Kräfte gestärkt, ihr ‹Kleingeld gezählt› hatte (wie er es so respektlos nannte), um langsam und sorgsam seine Erektion vorzubereiten, die sie dann, wann immer es ihr paßte, zerstörte ... Schwarz schob ihr, während er weitersprach, über den Schreibtisch von einem Haufen Monographien und Sonderdrucken einen Artikel zu.

Er war kürzlich für das Genfer medizinische Journal geschrieben worden und behandelte das unerfreuliche Thema der sexuellen Gewalttätigkeit, die an Frauen während des Liebesaktes verübt wird – entweder gegenseitig im Falle von rivalisierenden Lesbierinnen oder aber von besonders aggressiven Männern an Frauen. Die Amerikaner hatten dieser Faust-Stoß-Abart des Sex – der Stoß mit der geballten Faust in die Vagina – den Namen forciertes Ficken oder Faust-Ficken gegeben, und der Verfasser des Artikels, ein Chirurg, hatte darauf hingewiesen, daß in vielen Fällen der Gebärmuttereingang dabei schwer verletzt worden sei. Die unter Männern weitverbreitete Praxis, schrieb er, ihre Maskulinität durch prononcierte Gewalttätigkeit zu beweisen, könnte ihren Partnerinnen körperlichen Schaden zufügen. Während Constance den Artikel durchblätterte, machte Schwarz ihr eine Anzahl geheimnisvoller Zeichen, die wohl besagen sollten, daß hier die Antwort gegeben wurde auf ihr Gespräch über die Zartheit des Liebesspiels, die Harmonie der Wünsche und die Notwendigkeit, gemeinsam ein haltbares Liebes-Sympathie-Netz zu knüpfen, das die Liebenden dann mit einem gleichzeitigen Orgasmus belohnte. Sie nickte grimmig. Ja, allerdings, das war eine Antwort. Faust-Ficken!

Schwarz legte den Telefonhörer auf und sagte: «Gewalttätigkeit kann man gleichsetzen mit der Unfähigkeit zu ejakulieren oder einfach ungenügend oder verfrüht oder was immer! Aber Schmerz, Connie, ist *auch* erregend.»

«Ich hoffe, ich habe auf Sie nicht den Eindruck gemacht, daß wir eine Sonntagsschule gegründet haben. Schmerz ist ein Teil des Spiels, aber kein Grausamkeitsersatz für Impotenz. Diese orientalische Methode schließt alles ein, aber maßvoll, das Ziel ist der gemeinsame Orgasmus, der die Grundlage jeglichen Dialogs ist – sogar im genetischen Sinn.»

«Sicher, aber ob es für alle Menschen gilt, möchte ich erst einmal bewiesen bekommen.»

«Natürlich», sagte sie beschämt. «Es ist dumm von mir zu versuchen, eine allgemeingültige Regel aufzustellen auf Grund einer Erfahrung, die einzigartig sein mag. Ich frage mich, was der arme Affad denken würde, wenn er uns so reden hörte.»

«Daß Sie einen eher kühlen, analytischen Verstand haben, was für eine romantische Liebesgeschichte Schlechtes verheißt, ich meine, wenn es eine solche ist.»

«Nein, auch das stimmt nicht ganz», sagte sie, fühlte sich jedoch ein wenig kindisch wegen ihrer überschwenglichen Begeisterung. Sie stellte das Drahtgerät ab, nahm die Spule heraus und ließ sie in ihrer Tasche verschwinden. Doch das Thema ließ sie nicht los, und es drängte sie, es noch eingehender mit Schwarz zu erörtern, solange die

Erinnerung an ihr nächtliches Gespräch mit Affad ihr noch frisch im Gedächtnis war, denn einen geeigneteren Zuhörer und Kritiker, der imstande war, das, was ihr Geliebter gesagt hatte, zu beurteilen und abzuwägen, fände sie auf der ganzen Welt nicht. Schwarz erriet ihre Gedanken und war neugierig genug, um sie zu ermutigen, das Thema wiederaufzugreifen. Sie rauchte schweigend und ging auf und ab, tief in Gedanken versunken.

«Nun, Sie haben sich verliebt», sagte er schließlich ernst, aber sie schüttelte ebenso ernst den Kopf. «Nein, das Wort ist falsch gewählt. Es ist eine Bindung, die weit tiefer geht, weil wir etwas Grundlegendes miteinander teilen. Die meisten Menschen erfüllen sich nur ihre unmittelbaren Wünsche, und wenn sie austrocknen, wissen sie nicht, was tun. Sie teilen eine Erfahrung nicht Schritt für Schritt, sie bauen sie nicht gemeinsam auf. Wir stehen uns schon jetzt, am Anfang, sehr viel näher als die meisten Ehepaare. Es ist also schlimmer, als verliebt zu sein, wie Sie es nennen, aber auch gesicherter. Vermutlich ist der Ursprung orientalisch oder indisch, aber es hat seine eigene wissenschaftliche Ratio.»

Sie erzählte ihm von Affads Theorie über den Sauerstoff, diese Basis von allem, die genetische Nahrung für Sperma und Ovum, ohne die sie, laut Affad, ‹mangelhaft dokumentiert›, schlecht ausgerüstet wären, um der Rasse zu helfen, den Kampf weiterzuführen. Sie erzählte ihm von diesem wesentlichen Bestandteil oder dieser Eigenschaft, welche den echten Nus ausmacht, das genetische ‹Dokument›, von dem fast alles abhing, einschließlich der Qualität des Produkts von beiden Partnern. «Wenn die Qualität des Spermas sich verschlechtert, dann kann eine ganze Kultur untergehen – und genau das geschieht jetzt im gesamten hegelianischen Westen! Und die ersten Zeichen, die ersten Warnsignale kommen von der Frau, die biologisch verletzbarer ist und sich verantwortlicher als der Mann für die Zukunft fühlt, die beide mit ihren Küssen und Zärtlichkeiten wie ein Gewebe spinnen. Die Spule, auf der die Zeit gewebt wird im Sinne der alten Griechen – ganz zu schweigen von dem Embryo, das wie eine Granate alle Elemente enthält, die sich zu einem vollständigen Skelett mit Gliedern, Zähnen, Gehirn und Haar entfalten ... Wo sollen wir in diesem großangelegten Kontext die menschliche Liebe ansiedeln? Ja, Sie haben recht, ich liebe ihn, aber nicht so, wie Sie denken, sondern weil er mir dieses Schema aufgezeichnet hat, dessen ich zutiefst bedurfte. Endlich kann ich meinen Intellekt auf etwas mir solide Erscheinendes stützen! So wie er gesagt hat: ‹Wenn der Asteriskus das Feigenblatt ehelicht, ist alles gut.› Der Rest ist diese köstliche Amnesie des Beischlafs, wo wir nur noch die Ernte einzubringen brauchen. Die Welt, in der Menschen über ‹Liebe› diskutieren, in der Ehepaare vor Gericht gehen und Ehen wackeln und zerbrechen, hat mit *unserer* Welt nichts zu tun. Aber es ist nicht nur das, mein Lieber, das ganze Schema hat einen direkten Einfluß auf mein Gewerbe, auf meine kleine psychologische Heimarbeit. Ich verstehe Miss Quint jetzt sehr viel besser.»

Sie lachten beide. Miss Quint war eine von Constances Patientinnen, eine verschrobene alte Dame, deren Phantasien und viktorianische Ängstlichkeiten seltsame psychologische Blüten getrieben hatten: die Traumwelt eines Lewis Carroll würdig, einen Irrgarten der Wortspiele, der gespenstischen Schüttelreime. «Als ich Affad erzählt habe, daß Miss Quint ihre Vagina nach ihrer Katze benannt hat und behauptet, sie miaue nicht nur anklagend, wenn die Milch sauer geworden sei, sondern daß sie ihr auch überallhin folge und auf das Bett ihrer Freunde springe, war er einfach hingerissen. Er hat gesagt: ‹Die Natur liefert ganz wesentliche Informationen immer in Gestalt von Krankheiten. Aber sie hat recht mit ihrer Muschi.› Wenn die ‹Dokumentation› mangelhaft oder unvollkommen ist, weiß die Frau dies sofort – ja, es ruft eine Alarmreaktion bei ihr hervor. Die Qualität des Liebens, des Beischlafs läßt nach, die Erektion des Mannes nimmt ab, Sterilität stellt sich ein. Aber all dies darf man nicht vom egoistischen Standpunkt eines Paars, das sich über geworden ist, aus sehen, sondern als eine Form kosmischer Katastrophe, die die Rasse und ihr geistiges Gleichgewicht bedroht. Auf diese Art zu lieben ist unaggressiv und zutiefst logisch.»

Schwarz' Miene verdüsterte sich: «Machen wir jetzt eine Eheberatungsstelle oder eine eheliche Rettungsstation auf?» fragte er ironisch und fügte traurig hinzu: «Gestern hat mein netter alter Philosoph Ginsberg Selbstmord begangen, Connie, und er hatte mir versprochen, mich in das Geheimnis des Universums einzuweihen. Aber er hat keine Botschaft hinterlassen; vielleicht war die Tat selbst eine Botschaft, so wie die Liebe es angeblich sein soll?»

Sie lächelte. «Sie haben recht, mich abzukanzeln, ich mach zu viel Theater um die Sache. Aber ich habe nie zuvor etwas Ähnliches gehört, noch habe ich je eine so unverdiente, eine so bodenlose Leidenschaft erlebt. Und es ist nicht der Mann, sondern seine Haltung, die sie hervorgerufen hat. Warum sollte ich nicht versuchen, sie zu definieren, zu rationalisieren? Es mag anderen helfen, die wie ich, bevor ich Affad traf, in der Wildnis des logischen Positivismus blöken?»

«Gewiß, gewiß!» sagte der alte Mann gerührt. Aber zu sich selbst sagte er: «Es klingt mir ganz nach Vedanta! Ah, diese schlauen Orientalen, was würden sie an unserer Stelle tun? Mit jeder verdammten Krankheit wird unsere gesamte Kultur in Frage gestellt! Verdammter Affad!»

Gewiß! Sie sagte: «Ärzte mit all ihren Phobien und Philien wie Statuen aus irgendeinem griechisch-römischen Museum! Man begreift allmählich, daß wir Kannibalen im Faschingskostüm sind.»

«Das hilft uns nicht weiter», sagte er düster.

«Das hilft uns nicht weiter», wiederholte sie, ebenso traurig.

Eine Schwester brachte Kaffee und Kuchen auf einem Tablett herein und lenkte sie von ihrem abstrusem Thema ab. «Mein Gott», sagte sie erstaunt und nahm ein Stück Kuchen, «ich habe einen wahnsinnigen Hunger! Wie merkwürdig.»

«Ich frag mich, warum wohl», sagte er ironisch und trank einen Schluck Kaffee.

Es war wunderbar, jemanden zu haben, mit dem sie reden, mit dem sie diese brennende Frage erörtern konnte. Sie küßte ehrfürchtig seine Stirn und dankte ihm fürs Zuhören. «Ich sollte Ihnen ein Honorar abverlangen», sagte er.

Womit er ihr das grüne Licht gab, ihre neuen Erfahrungen weiter zu erörtern. «Einen Orientalen zu lieben ist irgendwie unheimlich, weil sie so verschieden von uns sind. Er ist wie ein perfekt gestimmtes Klavier mit einem Haltepedal. Ich meine, wir haben weder den gleichen historischen Stammbaum noch die gleiche intellektuelle Einstellung. Meine Seele, mein Herz ist ein eher modernes Erzeugnis, sagen wir aus dem 16., 17. Jahrhundert, in dem die Sinne, die Sensibilität und die Gefühle in der Form von Erkundigungen und Äußerungen formuliert wurden, in dem die romantische Liebe zum erstenmal ihren Narzißmus entfaltete mit ihren Don Juans. Sein Hintergrund ist ein riesiges Loch im Weltraum, etwas Grenzenloses, ein Ägypten, dem die Gegenwart völlig gleichgültig ist. Ich lebe in der Begrenztheit, er in der Zeitlosigkeit – in der Prosa mehr als in der Poesie. In gewisser Weise ist es die überlegenere Denkweise, aber ein wenig kopflastig, und ich kann ihr immer eins auswischen mit meinem Humor, der die Waffe meiner Selbsterkenntnis ist. Aber ich würde für eine Weigerung, mich seiner Männlichkeit zu unterwerfen, teuer zahlen, und das gleiche gilt umgekehrt für ihn. Ich habe jetzt begriffen, daß meine Liebe zu Sam nur ein ‹Nehmen und Geben›, aber kein volles Engagement war – wir wurden von unseren gegenseitigen Gefühlen bei lebendigem Leib aufgefressen; und ich habe ebenfalls begriffen, daß das altmodische Ehepaar eine rein zufällige, wollustbedingte Verbindung war. Die neue Bindung, die ich anstrebe, könnte durch Begierde ausgelöst werden, aber dennoch so empfindlich wie Wein oder ein Aquarell sein, die ja beide auch ein Zusammenfließen sind und durchaus ästhetischen Wert haben und schön sein können auf eine geometrische Art wie ein Vogelnest oder eine Wiege der Zukunft. Zum erstenmal bin ich in der Liebe optimistisch. Haben Sie gehört? Liebe!»

«O Gott», sagte Schwarz mit dem ganzen Nachdruck seines jüdischen, mit seiner wienerischen Erziehung vermischten Pessimismus. Er dachte nach: Ein Mensch ist frei geboren, frei wie ein Alptraum. In unser Leben drängen sich ständig die Zukunft und die Vergangenheit ein, die Toten und die noch nicht Geborenen. Beide leben in der Furcht einer immerwährenden Gegenwart. *Aïe!* Und nun begeisterte sie sich für ein kontrapunktisches Ficken oder für eine durchgeküßte Nacht in honigsüßen Schweiß gebadet, wie es im ordinären Kneipenlied heißt! Ärzte haben eine begrenzte Auffassungsgabe, einen begrenzten intellektuellen Horizont und falsche Einsichten. Ihre Funktion besteht einzig darin, Dinge zu enthüllen, die bereits bekannt, aber noch nicht anerkannt sind. Eine monotone und begrenzte Rolle wie die des Mistkäfers, der unentwegt seine Dungkügelchen rollt. Aber es war alles so unwichtig.

«Aber, Connie, es ist *alles* so unwichtig», rief er aus, «solange Sie nur Ihr wohlverdientes Glück gefunden haben. Sie beunruhigen mich, Sie zerreden Ihre Gefühle, Sie werden ihn *langweilen.*» Sie nickte und sagte: «Ja, ich weiß, ich neige zur Rechthaberei – das könnte ihn langweilen, wie Sie so richtig bemerken. Er hat mir schon gesagt, daß Frauen, die denken, von Psychiatern gesteinigt werden sollten.» Schwarz sagte: «Ich wünschte, Sie würden aufhören, ständig auf- und abzugehen, als würde ein großer Hund Sie hin- und herzerren oder ein Sturmwind Sie herumwirbeln. Ich bin schon ganz schwindlig.»

«Verzeihen Sie», sagte sie reumütig und setzte sich endlich mehr oder minder gelassen an ihren Schreibtisch. «Aber ich habe darüber nachgedacht, wie ich das Ganze am besten formulieren kann. Schauen Sie, es ist wie der Gegensatz zwischen einer Kathedrale und einer Moschee. Die Moschee hat keinen Altar, keinen Zentralpunkt, die Wahrheit ist überall, obwohl die Moschee natürlich geographisch nach Mekka ausgerichtet ist. Bei der Kathedrale ist dies nicht der Fall, aber dafür hat ihr Innenraum einen Schwerpunkt, den Hochaltar, wo das umstrittene Blutopfer stattfindet. Er ist sozusagen die Schlachtbank der christlichen Transsubstantion; hier wird der Wein verdünnt, das Brot geschnitten und gesegnet. Aber die Kathedrale ist auch eine Telefonzelle, aus der man Gott anrufen und versuchen kann, einen Vorteil für seine eigene Seele herauszuholen – dieses überschätzte Phantasiegebilde! Ich weiß, ich weiß, ich klinge ein wenig wie der alte Sutcliffe, wenn er Ihnen große Reden über Pia schwingt. Aber das ist eben der gewaltige Gegensatz zwischen uns – die Moschee und die Kathedrale. Aber die andere Sache wiegt schwerer als dieser Unterschied, die haben wir miteinander gemeinsam. Als Affad einmal über sie sprach, sagte er, sie sei von ‹einem Ingenieur der Liebe im Sinne von *puissance massique* – massierte Potenz im Verhältnis zum Gewicht – kalkuliert worden›. Ich muß sagen, es klingt ebenso elegant wie esoterisch, aber ich verstehe, was er meint.»

«Ich nicht», sagte der alte Mann verbissen.

«Natürlich verstehen Sie es.»

Sie hatte das Gefühl, daß sie sich endlich von der Welt getrennt hatte, gegen die ihre Wissenschaft ankämpfte – eine Welt der Bindungen ohne Resonanz, der Abenteuer ohne Tiefe, der Umarmungen ohne Verständnis! Die Umarmung Affads hatte bei ihr das gleiche bewirkt wie beim

Schlafenden Eros der heiße Öltropfen auf seiner Wange. Vielleicht war sie sogar von diesem hartnäckigen alten Wunsch aller Frauen kuriert, für irgend jemandes Glück unentbehrlich zu sein – diese schwärende Wunde an der Selbstachtung, die alte Dysenterie des menschlichen Narzißmus ... oder erhoffte sie sich da zuviel?

«Ich geh nach Hause», sagte sie schroff. «Ich habe keine Lust zu arbeiten, und mir steht noch eine Menge Urlaub zu ...»

«Ich weiß», sagte er resigniert. «Gehen Sie nach Hause.»

Sie hatte das Gefühl, daß sie den nächsten Augenblick nicht überleben könnte, ohne Affad zu sehen. Und so verabschiedete sie sich und lief in halsbrecherischem Tempo zurück zu ihm. Aber sie fand nur ein leeres Zimmer und ein ungemachtes Bett vor, neben dem zu ihrem Erstaunen und Entsetzen (vom medizinischen Standpunkt aus gesehen) eine kleine Haschischpeife lag, die dem Geruch nach zu schließen, kürzlich benutzt worden war! Er betrat das Zimmer, noch während sie mißtrauisch wie eine Katze an ihr schnüffelte. Sie versteckte sie hinter dem Rücken, als sie sich umarmten, dann drohte sie mit dem Zeigefinger und sagte: «Du hast mir nicht gesagt, daß du rauchst.»

«Muß ich dir alles verraten? Ich bin schließlich Ägypter. Ja, ich rauche.» Er fügte aber hinzu, daß er es weder sehr häufig noch in größeren Mengen täte.

«Stört es dich?»

«Nur weil es nicht gut für dich ist.»

«Aber es ist völlig harmlos», sagte er. «Es ist ein Ritual.»

Sie war erleichtert, dies zu hören. Sie ging in die Küche, um einen Tee zu machen, während er langsam und methodisch ihre Bücher inspizierte auf der Suche nach etwas, das ihn interessieren könnte. «Ah, diese Pseudo-Wissenschaft!» rief er aus, als er eine Reihe blau eingebundener Bücher – eine psychoanalytische Serie – erblickte. «Sie streift nur die Oberfläche.» Sie sagte: «Woher weißt du das?» Er setzte sich hin, balancierte eine Teetasse in der Hand und antwortete: «Hör dir meine Geschichte an. Meine Eltern waren sehr reich, und ich erhielt eine sehr gute Erziehung, ich wurde in ganz Europa herumgeschickt, um Sprachen und den Umgang mit Menschen aller Gesellschaftsschichten zu lernen. Aber ich war schüchtern und wegen meiner beschützten Kindheit ein Spätentwickler. Ich war ungesellig und zog es vor, mich einzuschließen und mich in abstruse Studien wie Alchemie und Mathematik zu vertiefen – Ägypten ist das geeignete Land für alles Okkulte. Als Einzelkind war ich, als meine Eltern starben, sehr einsam in meiner riesigen Wohnung in Alexandria mit nur sehr wenigen Freunden. Durch meine gnostischen Studien lernte ich eine Gruppe Suchender kennen, der auch Prinz Hassad angehörte, und so wurde ich sozusagen seine rechte Hand. Außer mit diesen Leuten – ihre Herkunft und ihre Lebensumstände waren sehr unterschiedlich – verkehrte ich mit niemandem. Dann tauchte ganz zufällig eine sehr charmante und leidenschaftliche junge Frau in meinem Leben auf und ergriff von mir Besitz. Unsere Ehe dauerte sieben Jahre, aber das Kind, das wir gezeugt hatten, war schwachsinnig. Der Schock zerstörte unsere Ehe. Meine Frau lebt als Einsiedlerin in einem koptischen Kloster in Natrun. Ihre alte Mutter nahm sich des Knaben an. Sie lebt in Genf, und aus diesem Grund komme ich regelmäßig hierher. Ich bringe ihr Nachrichten aus Ägypten und erkundige mich nach meinem Sohn. Nach diesem Mißgeschick blieb ich allein, ich wollte keine andere enge Bindung mehr eingehen, und so fand ich mich mit der Einsamkeit ab. Und nun gefällt sie mir. Einige Male machte ich zufällig die Bekanntschaft irgendwelcher Frauen, aber die Beziehungen waren immer nur sehr flüchtig – einmal war es eine abgetakelte Kabarettsängerin und ein oder zwei Straßenmädchen. Aber das waren Ausnahmen, die Folgen meiner Einsamkeit, mehr als drei Frauen habe ich in diesen Jahren sicherlich nicht gehabt. Ich bin daher völlig aus der Übung und kann leicht in die Flucht getrieben werden, wenn du die Situation zu schwierig findest. Und in diesem ambivalenten Seelenzustand habe ich dich getroffen und fand dich anziehend, warum, weiß ich wirklich nicht, denn ich habe schönere und auch sehr viel intellektuellere Frauen gekannt. Und so nahm ich meinen Mut in beide Hände und stürzte mich wagemutig in dieses Abenteuer, das – aber sicherlich habe ich da unrecht – mir unbedingt notwendig erschien, um nicht vor Langeweile oder aus dem schieren Verdruß über diesen sinnlosen Krieg zu sterben!» Er gähnte ausgiebig.

«Ich habe noch nie in meinem Leben eine so egozentrische, so typisch männliche Liebeserklärung gehört!» Ihr Tonfall klang leicht amüsiert, und im stillen bewunderte sie ihn unwillkürlich ein wenig für diesen schamlosen Egoismus, der aber von versöhnlichen Zärtlichkeiten und Koseworten begleitet war. Sie lagen jetzt nebeneinander und hatten ihre Schuhe ausgezogen.

«Magst du keine allwissenden Männer? Männer, die zu selbstsicher sind? Es heißt immer, sie flößen so viel Vertrauen ein. Als ich dich zuerst sah, hatte ich eine erregende Vorahnung, die mir sagte, daß mir alle Dummheiten vergeben werden würden.»

«Irrtum», sagte sie und spann sich selbst in die Benommenheit ein, die er mit jedem gleichmäßigen Atemzug bei ihr hervorrief. Du meine Güte, dachte sie, bald würden sie sich wieder lieben, es war einfach unerträglich, daß dieses so unausweichlich schien. Auch fühlte sie, daß sich hinter seinen schläfrigen Spöttereien – die in einem so krassen Gegensatz zu seinen liebevollen, aber rhythmisch-perfekten und gekonnten Zärtlichkeiten standen – eine tiefsitzende, zitternde Angst verbarg, ein Mangel an Selbstbewußtsein, das ihn dazu veranlaßte, diese skurrilen Versuchsballons steigen zu lassen, um die ihm vielleicht nicht gewogene Umwelt zu erforschen. Oder fand er es schwierig, die Gewohnheiten eines Junggesellen abzustreifen?

Fand er die Gegenwart einer Frau, selbst einer geliebten Frau, beunruhigend und bedrohlich?

«Nein», sagte er, als hätte er ihre Gedanken Wort für Wort, so wie sie ihr durch den Kopf gegangen waren, gelesen. «Nein, keines von diesen Dingen – die letzte Befürchtung könnte sich vielleicht irgendwann später einmal bewahrheiten! Nein, mein Hauptanliegen war, dich am Leben zu erhalten, ich hatte Angst, du könntest in Avignon Selbstmord begehen so wie deine Schwester, daher wollte ich dich hier in meiner Nähe haben. Aus dem gleichen Grund habe ich auch Smirgel angewiesen, auf dich achtzugeben, wenn ihm sein Leben lieb ist!» Sie war erstaunt. «Ach, *deshalb* hat er mich mit seiner Besorgtheit verfolgt. Ich habe was ganz anderes vermutet.»

«Der arme Kerl! Er tat nur seine Pflicht. Ich bin sogar einmal selbst nach Avignon gefahren und war in größter Versuchung, dich anzurufen, wie ich ihr widerstanden habe, weiß ich selbst nicht. Ich kannte deine Geschäftsstunden und Verabredungen. Wie heldisch von mir!» Sie fühlte plötzlich ein schmerzliches Bedauern, daß er sie nicht aufgesucht hatte, obwohl es vermutlich unter ihren damaligen Lebensumständen sinnlos gewesen wäre. Zu jener Zeit war Affad kaum mehr als ein vager Gedanke in einem fernen Winkel ihres Gehirns, ohne solide Substanz, eine schwache Verlockung ohne greifbare Zukunft gewesen. «Welche Rolle hat Livia in dieser ganzen Angelegenheit gespielt?» Er antwortete schläfrig: «Keine. Nicht die geringste. Smirgel hat sie geliebt, das war alles. Du weißt, er war in der Provence, damals, als ihr alle dort wart; er restaurierte mittelalterliche Gemälde im Stadtmuseum. Und dort lernte er Livia kennen und führte sie in die Nazi-Philosophie ein. Sie ging nach Deutschland, um mit ihm zu leben. Er war Kunstkritiker in Hamburg.»

«Haben sie offiziell zusammen gelebt?»

«Das weiß ich nicht. Ich habe ihn nie danach gefragt. Sie trafen sich in Avignon wieder, wo er arbeitete. Durch ihn wurde sie Parteimitglied, und später erwarb sie die deutsche Staatsangehörigkeit. Es fing damit an, daß er sie dazu benutzte, Galen nachzuspionieren, und dann verliebte er sich in sie.»

Constance erschauerte bei dem Gedanken, aber gleichzeitig verstärkte sich die Sympathie und das Mitgefühl für ihre tote Schwester. Ein langes Schweigen trat ein, und sie befürchtete, daß sie beide in den Schlaf gleiten könnten, wenn sie nicht ein neues Thema anschnitte. Und so sprach sie das erste aus, was ihr in den Sinn kam, ohne es wirklich zu meinen – oder vielleicht war es nicht so spontan, wie ihr es schien. So was weiß man ja nie. Wie dem auch sei, sagte sie: «Willst du mich heiraten?» Jedenfalls hatte die Bemerkung den erhofften Erfolg, sie kam so vollkommen unerwartet, daß er seine Augen weit öffnete. «Hast du gesagt ‹würdest du› oder ‹willst du›?» fragte er vorsichtig. Er drückte seine Lippen auf ihre Wange und hörte deutlich ihre Antwort: «Ich habe gesagt ‹willst du›!»

«Natürlich nicht», antwortete er sofort. «Zumindest nicht wirklich. Wie bist du auf diese Idee gekommen?» – «Ich habe mir schon gedacht, daß du nein sagst», erwiderte sie amüsiert. «Ich wollte nur, daß du dich ein wenig windest, mehr nicht.»

«Versteh mich recht, unter gewissen, bislang unbekannten, schwer vorstellbaren Umständen, würde ich, könnte ich, *möchte* ich ... aber natürlich täte ich es nicht.»

«Das war eine sehr präzise Auskunft.»

«Aber du verstehst doch, was ich sagen will.»

«Nur zu gut. Aber angenommen, ich wäre schwanger?»

«Aber du bist es nicht. Also was soll's?»

«Kasuist und Schürzenjäger!»

«Du bist wie die katholische Kirche, Constance. Du setzt mir ganz primitiv die Pistole auf die Brust.» Und er zitierte degoutiert: «Willst du? Willst du nicht? Möchtest du? Könntest du? Mußt du? Würdest du? … Mit was für einem Katechismus konfrontierst du einen aufrechten Gnostiker? Natürlich würde ich nicht.»

«Schön und gut, dann adieu!»

«Adieu», sagte er gleichgültig (es klang ihr erschreckend in den Ohren) und schloß die Augen, fügte jedoch noch hinzu: «Die Idee der Ehe mag mausetot sein, aber das ideale Ehepaar ist noch nicht in Erscheinung getreten. Zumindest nicht im Westen. Eine neue Psychologie wird benötigt – oder eine sehr alte –, um ein neues System einzuführen. O je! Das klingt furchtbar schematisch, als schnitte man entlang der punktierten Linie. Andererseits können wir nicht so wie alle anderen weiterwursteln. Die Welt geht rapide zu Ende wegen der Vergeudung und der Irreleitung der Affekte. Ich möchte mit dir etwas ganz Neues anfangen!»

«Ehrlich gesagt», erwiderte sie, «scher ich mich einen Teufel um theoretische Betrachtungen. Ich will einfach von dir geliebt werden. Punktum.»

Aber sie log, und beide wußten es.

Ihre Bindung war in eine neue Zeit der sexuellen Freundschaft hineingeboren worden, die den neuen Freiheiten entsprechend auch neue Verantwortungen und Probleme schuf. Aber wohl nicht für sie beide, dessen war sie sicher auf Grund der Dinge, die er ihr gesagt hatte. Sein ganzes Gedankengebäude steckte für sie jedoch noch voller Geheimnisse, ja vielleicht sogar voller Absurditäten. Sie war schließlich noch immer in der Logik befangen und infolgedessen voller Skepsis. Er war intellektuell dünkelhaft, ein schlechtes Zeichen bei einem Mann und besonders bei einem Orientalen. Sie lag neben ihm und beobachtete seinen friedlichen Schlaf, sein Kopf war ihr abgewandt im Halbprofil. Was, fragte sie sich, bedeutete wohl dieser dünne Faden um seinen Hals? Es gab Menschen, die eine Taufkette mit einem Kreuz trugen oder ein Heiligenmedaillon mit ihrem Namen eingraviert. Vielleicht trug er ihn als echter

Mittelmeerbewohner gegen den bösen Blick. Aber wo war dann die übliche blaue Perle? Neben dem Bett lag eine Nagelschere, mit der er seine Pfeife gereinigt hatte, bevor er sie mit Haschisch füllte. Halb aus Langeweile, halb aus Mutwillen nahm sie die Schere und setzte sie so an, als wollte sie den Faden durchschneiden. In diesem Augenblick wachte er auf und sah, was sie vorhatte. Er blickte sie entsetzt und flehend an und sagte atemlos: «Um Himmels willen!» Constance war entzückt über die Aufregung, die sie hervorgerufen hatte, zog die Schere zurück und sagte: «Hab ich's doch gewußt. Der böse Blick.» Sie legte die Schere wieder auf den Nachttisch. Er sagte: «Man kann dich wirklich keine Minute unbeobachtet lassen. Du warst im Begriff, meinen Lebensfaden abzuschneiden, nicht wahr? So unbedacht von dir. Wenn ich nun tot auf die Kissen gesunken wäre, was hättest du dann gemacht?» Sie wußte nicht recht, ob er nun scherzte oder nicht. «Erklär mir», sagte sie, «was bedeutet der Faden?» Die Schnur betastend, erklärte er ihr langsam, wie aus einem Traum, sie sei das Zeichen der Mitglieder jener kleinen orphischen Gruppe, von der er ihr schon erzählt habe, sie sei die Nabelschnur, die ihn mit der verschütteten Welt verband, die die Gruppe wieder ans Licht bringen wollte.

«Der Faden ist aus Flachs, der am Nil wächst. Dies haben wir von den Indern übernommen. Er ist das Zeichen des Jogi, das Zeichen seiner Enthaltsamkeit und geistigen Keuschheit. Die Tempelritter trugen den Flachs als Gürtel, und die idiotischen Inquisitoren hielten es für ein geheimes sexuelles – oder vielmehr homosexuelles – Symbol. Idioten! Der beidergeschlechtliche Sex war eine vollkommen andere Sache, eine Syzygium des männlichen und weiblichen Affekts.»

«Wärst du gestorben, wenn ich den Faden durchgeschnitten hätte?»

«Ich hätte es versucht, nur um dich zu bestrafen! Aber ich hätte es bedauert, denn der Faden symbolisiert ganz andere Dinge: Mein Schicksal von den Moiren, den griechischen Schicksalsgöttinnen, gewebt, meine Nabelschnur, durch die ich an den Rhythmus des Erd-Joga angeschlossen bin. Nein, ich wäre nicht gestorben, aber ich wäre traurig und bekümmert gewesen.»

«Es tut mir leid, es war gedankenlos von mir.»

In dieser Nacht fragte sie ihren Geliebten: «Hast du gewußt, daß es so sein würde?»

Er sah sie an, nickte langsam, aber sagte nichts. Er schloß die Augen und schien über ihre Frage nachzugrübeln. «Hast du mir die Wahrheit gesagt?» Sie legte ihre Finger auf seine Brust und fühlte, wie sie sich bei jedem Atemzug hob und senkte, die archaische Sauerstoffpumpe, die sein Denken und seinen Liebesakt nährte.

«Es ist keine Liebesaffäre im üblichen Sinn.» Sie sprach laut einen Gedanken aus, der allmählich in ihrem Verstand Form angenommen hatte. Ihre Beziehung hatte sich mit einer seltsamen Stetigkeit entwickelt, sie war eine Aufeinanderfolge kleiner Überraschungen, ihre Liebkosungen waren die Trittsteine in Richtung auf ... ja, auf was?

«Sie ist vielmehr der Prototyp, die Ur-Liebesgeschichte, in die uns der Zufall – oder vielleicht die Vorsehung, wer weiß? – hineingestoßen hat. Die Liebesgeschichten unserer Zeit sind wie entwertete Zahlungsmittel, die zaghaften Investitionen von Bakrotteuren, die nichts zu bieten haben außer undokumentiertem Sperma, trivialer aggressiver Lust, wertlosem Zeug. Sperma ohne Sauerstoff und mit verminderter Motilität macht keinen Groß-Schlemm. Aber all dies fällt in die Kategorie der Nicht-Liebe und hat mit uns nichts zu tun, Constance.»

«Aber wohin gehen wir?» fragte sie leise und besorgt. «Wir scheinen so fest aneinander gebunden. Ich habe mich in dieser kurzen Zeit sehr verändert.»

«Dies ist nur der Anfang, darum habe ich so gezögert. Ich wollte nicht fortgehen, aber muß es bald tun.»

Und so, Zoll für Zoll, schritt ihre Liebe voran.

Aber zuweilen schien er sich innerlich von ihr zu entfernen, er hatte Momente völliger Geistesabwesenheit, und dann trug sein Gesicht einen unendlich traurigen Ausdruck. Er starrte auf den See oder in den Spiegel, vor dem er sich seine Krawatte band, während ein übermächtiger Kummer wie ein Schatten sein Gesicht verdunkelte. Es gelang ihr nur mit großer Mühe, ihn aus dieser Stimmung zu reißen. Aber wenn es ihr gelang, sah er sie wieder wie immer, wenn er sie betrachtete oder mit ihr sprach, voll liebevoller Bewunderung an. Sie war über diese jähen Veränderungen jedoch zutiefst beunruhigt, und eines Tages, als sie erwachte und ihn dabei überraschte, wie er auf dem Balkon stand und auf das Wasser starrte, rief sie aus: «Was *ist* es denn bloß, das dich so jäh überkommt, sich so plötzlich zwischen uns stellt? Du mußt es mir erzählen. Ist es eine andere Frau?» Er lachte und setzte sich an das Fußende ihres Betts. «Ja, ich muß dir etwas erzählen, weil es uns früher oder später persönlich betreffen wird – denn wir sind die Zielscheibe. Dennoch ist es so wahnwitzig, daß man es fast nicht glauben kann. Ich bin in Kanada gewesen und habe mir dieses Ding, das sie das ‹Spielzeug› nennen, angesehen – die Bombe, die neue Bombe.» Er hielt inne und starrte lange auf das Teppichmuster.

Er hatte sozusagen die Schmiede des Hephästus aufgesucht, die flackernden Glühöfen, wo die riesigen Granaten der Atombatterien brüllten und zuckten, als würden sie gebären, während der heiße Dampf und das kochende Wasser aus den Abflußkanälen strömte und die Luft mit einer dichten, säuerlichen Wärme durchdrangen. Und draußen die weite Schneelandschaft wie ein zweites grausames Rußland. Der Schnee fiel in die Steinbrüche mit den langen Raupenspuren der aneinandergekuppelten Loren. Er zitterte in seinem tiefsten Inneren, als er sich an diese schwankenden, schwitzenden Granaten erinnerte, so voll fiebernder Energie.

«Ich mußte alles dieser kleinen Gruppe von alexandrinischen Suchern berichten, der ich angehöre und die ich zuweilen anführe. Aber ich will dich mit alldem nicht langweilen. Doch nach dem, was ich gesehen habe, meine Liebe, kann ich dir nur sagen, alles, was jetzt geschieht, die Schlachten, die geschlagen werden, sie sind so anachronistisch wie die Schlacht von Hastings. Wir kämpfen noch immer mit Pfeil und Bogen verglichen mit dem, was bereits existiert: dem Spielzeug.»

«Ich habe vage etwas darüber gehört von einem Patienten, der ein Wiener Mathematiker war.»

«Es ist nicht der Krieg, der zur Debatte seht. Dies Ding zielt auf unser Knochenmark, auf das Knochenmark der Welt, in der wir leben. Es verbreitet Sterilität und genetische Deformationen, wir werden ohne Köpfe oder Beine geboren werden, wie Illustrationen für die Theorien des Empedokles. Constance, die Natur hat alles Interesse an uns verloren; von nun an sind wir Waisen! Und wie passend, daß ein Jude diesen mörderischen Extrakt der reinen Materie freigesetzt hat, was für eine fürchterliche Rache des semitischen Geistes – ein wirklich faustisches Ende harrt unser, das den ganzen Krieg in den Schatten stellen wird, was macht es da noch aus, wer gewinnt oder verliert? Es ist Spiegelfechterei, denn beide Seiten verwaisen durch den gleichen Schlag.» Er zitterte so stark, daß sie seine Hände in ihre kräftigen Hände nahm, und es gelang ihr, ihn ohne Worte zu beruhigen. «Doch nicht nur das», fuhr er ruhiger fort, «als ob es nicht genug sei! Auch die Frau ist davon betroffen, mit ihr zerstören wir unsere Amme und Muse – die Erde.»

Sie saßen eine Weile lang still da, als posierten sie für ein Foto, ihr Kopf ruhte auf seiner Schulter, seine Arme umfaßten ihre Schultern. «Verstehst du nun, was sich zwischen unsere Küsse drängt?» flüsterte er schließlich und streichelte ihr aufmerksames, schönes Gesicht. «Wenn der Mensch beginnt, mit seinem Verstand, mit seiner Intelligenz zu *fühlen*, nun, dann ist Monsieur da.»

«Monsieur was? Monsieur wer?» fragte sie.

«Wir sind zu ernst», sagte er plötzlich und brüsk. Er schüttelte die schwere Last seines häßlichen Tagtraums ab, doch gleichzeitig fühlte er sich entlastet, weil er es ihr erzählt, es laut ausgesprochen hatte, endlich gab es jemanden, mit dem er sich aussprechen konnte. Als sie sich anzog, sagte sie nachdenklich: «Es muß doch irgendeine Formel für das Glücklichsein geben, wir müssen sie finden!» Wie typisch weiblich, dachte er.

«Nein, die gibt es nicht», sagte er.

Sie fand einige seiner Gedankengänge interessant, andere dagegen schlicht dumm. «Wie typisch Mann», sagte sie. «Du hast einfach den Boden unter den Füßen verloren, das ist alles. Diese neue Polyandrie flößt dir Angst ein. Aber Liebling, Frauen waren immer schon frei, allerdings durften sie es nicht immer offen zugeben. Ist es denn so schlecht, mit der vollen Wahrheit herauszurücken? Endlich kann sich die Frau ihren uralten Traum erfüllen, eine unbezahlte, mildtätige Prostituierte zu sein, eine öffentliche Wohltäterin. Sie ist zu einer Sammlerin geworden, sieben Männer auf eine Frau scheint die Regel zu sein, ich habe mir das auf Grund der Erzählungen meiner Patientinnen ausgerechnet. Milchmädchen-Mathematik!»

«Es funktioniert aber nicht», sagte er. «Ich wünschte, es tät's.»

«Ich weiß. Aber warum eigentlich nicht?»

«Weil die Frau, die jetzt die Aktive ist, sofort die schlechte Qualität des Spermas bemerkt. Unsicherheit und mangelhafte Erektionen setzen ein. *Ejaculatio praecox!* Du kannst die arme kleine Vagina mit einem Tierchen vergleichen, das immer nach Nahrung giert. Das Sperma ernährt sie buchstäblich, es badet die Wände mit ihren Schleimhäuten, es durchdringt das gesamte Fleisch und die Psyche. Sogar der Atem riecht nach männlichem Sperma. Die Vagina stirbt allmählich an Erschöpfung, versagt vor Hunger; hundert Männer mit minderwertigem Sperma können sie nicht ernähren. Im gnostischen Sinn fehlt dem Sperma, das nicht genug Sauerstoff hat, die notwendige Nahrung, es ist dürftig dokumentiert, es mangelt ihm an Sauerstoff und Gedankenreichtum.»

«Rede weiter», sagte sie, denn es schien eine neue, unübliche Art, den sexuellen Akt, den Ablauf des ganzen Vorgangs zu interpretieren. Aber er sah sie plötzlich spöttisch an, als glaube er nicht einen Moment, daß sie seine Theorie akzeptierte. Dennoch fuhr er lächelnd mit seinen Erklärungen fort: «Die Wände des Tierchens – oft sehr viel hübscher als der Mund seiner Besitzerin – geben einen kleinen, übersättigten Summton von sich, wenn das Sperma von guter Qualität oder, wie wir sagen, gut dokumentiert ist – ähnlich wie ein Bienenkorb oder ein kleiner Dynamo oder wie eine schnurrende Katze. Die Möglichkeit, ein kräftiges Kind mit einem lebhaften Verstand und starker Sexualität zu produzieren, ist dann gegeben und ist den Psychen beider Liebender hoch willkommen. Aber mit minderwertigem Sperma verdorrt und schrumpft das arme Tierchen, Sperma ohne geistige Achse kann nicht die Ideen oder die Gefühle der Frau nähren. Je öfter sie es treibt, desto ausgelaugter fühlt sie sich, genetisch gesehen verhungert sie, ihre Ideen werden seicht und banal, sie verliert die Freude am Leben. Und dann kommt das letzte Stadium.» Er nahm den Tonfall eines Märchenerzählers an und hob warnend den Zeigefinger, als er mit großem Aplomb sagte: «Und rate, was das ist? Die Nymphomanie!» Sie klatschte bei dieser Enthüllung in die Hände. «Die Frauen kratzen sich selbst zu Tode, die Männer kommen nur noch schwer zum Höhepunkt, sogar die jungen. Ihre Haare werden schütter und sie gehen in die Politik ...»

«Oder sie gehen zu einem Psychoanalytiker. Ich habe zwei müden Männern ihren Haarwuchs wiedergegeben und habe von einer Analyse gehört, die den Sexualtrieb enthemmt. Aber das wirst du ja wissen. Woher stammen deine psychologischen Kenntnisse?»

«Von hier und dort. Ich habe auch eine Frau konsultiert, doch sie konnte meiner Ehrlichkeit nicht widerstehen und verliebte sich in mich.»

«Und?»

«Und!»

Er nahm ihre Hand und legte sie an seine Wange. «Dein Leben ist voller Gefahren, denn bislang ist deine Wissenschaft noch unexakt. Die Frau wurde verrückt und kam in eine Anstalt. Sie schreibt mir lange, lange Briefe voller Selbstvorwürfe, weil sie sich in mich verliebt hat, obwohl nichts Persönliches zwischen uns vorgefallen ist. Es passierte alles nur in ihrem Kopf.»

«Liebe! Sie wird mit Spiegeln gemacht.»

«Richtig. Aber das ist mir gleichgültig. Ich investiere. Ich liebe dich!»

«Beweis es mir.»

Er schüttelte den Kopf. «Wir sind Zeugen des Untergangs des Paares – diesem Grundstein aller Kulturen.»

«Du bist altmodisch, du hinkst hinter der Zeit her», sagte sie.

«Ja, eher unmodern und unzeitgemäß», gab er zu.

Sie sagte: «Es geht alles viel zu schnell, du verstehst zu viel, ich werde dich zu schnell verbraucht haben. Ich hatte mir vorgestellt, daß sich diese Bindung langsam, zögernd, voll von Nuancen und unbeabsichtigten Naivitäten entwickeln würde. Ich wollte sie aufbauen, Streichholz für Streichholz wie diese Flaschenschiffe, die manchmal in Seemannskneipen stehen.»

Er sagte: «Ich dachte, du seist zu schön, um wirklich klug zu sein.»

«Du bist nicht gegen mich, weil ich eine Freudianerin und Ärztin bin? Ich hatte große Angst, daß dies wie ein Schatten zwischen uns steht, daß ich zu viel weiß, um genug weiblich zu sein, um dich zu besänftigen, dich einzufangen. Aber es war so einfach, abwärts zu gleiten, *en pente douce*. Ich habe nur vergessen, wie man bremst.»

«Es ist ein Zeichen unseres intellektuellen Tiefstands, daß die Psychologie mit ihren kleinlichen physischen Kategorien und ihrem positivistischen Vorurteil sich als so befreiend und bereichernd erweist, wie sie es tut. Es beweist nur, daß die Psyche durch unsere rigorosen *mœurs* hoffnungslos steif geworden ist. Der Ursprung der Neurose ist der Glaube an das Einzel-Ich, je schneller du sie von der zeitgenössischen Methaphysik kurierst, die jüdisch-christlich ist, desto mehr Ichs werden zu kranken Michs. Auf mein Wort als Professor.»

«O Gott, du bist also doch ein Anti-Freudianer.»

«Nein, ich bewundere ihn. Ich bewundere sogar die Reinheit seines unerschütterlichen Glaubens an die Wissenschaft. Seine Entdeckung war so wichtig wie die des Mikroskops oder des Verbrennungsmotors – eine plötzliche Erweiterung unseres Blickfelds. Wie kann man ihn nicht verehren?»

«Nun gut, ich verzeih dir. Aber du hast eine wirklich sehr irritierende Eigenschaft, und ich nenne sie dir besser jetzt, gleich zu Anfang, statt zu warten, bis wir uns trennen ...»

«Ja – und die wäre?»

«Du redest immer so, als hättest du irgendwelche besonderen Informationen, die mir nicht zugänglich sind. Es ist typisch männlich und erweckt Sympathien in mir für die militante Brigade – so nennen wir den Klitoris-Klub in der Klinik.»

«Das ist eine ernste Anklage.»

«Hast du?»

«Nein.»

ZEHN

DER GENERAL

Der Unfall, der von Esslin faktisch sein Augenlicht kostete, rettete ihm paradoxerweise das Leben, denn er passierte zu einem Zeitpunkt, als das Blatt sich bereits gewendet hatte, und die Feindseligkeiten in seinem provenzalischen Bereich sich zuspitzten. Auf Grund des Unfalls war er in eine Augenklinik nach Nîmes geschickt worden, wo er in bedrückender Dunkelheit mit einer Binde über den Augen lag und sich in Selbstvorwürfen und Selbstbefragungen erging. Welchen Zwang auch immer sein Körper ihm auferlegte, sein soldatischer Geist stand noch im aktiven Dienst. Aber das kleine Radio neben seinem Bett verkündete ihm nichts Tröstliches, obwohl alle Nachrichten natürlich einer strengen Zensur unterlagen. Der Himmel allein wußte, was alles unausgesprochen blieb. Aber wie er sich eingestehen mußte, hatte sein persönlicher Abstieg schon vor einiger Zeit, vor einem Jahr etwa, angefangen. Diese plötzlichen hektischen Truppenmassierungen, die vielen neuen Offiziere und Materialtransporte hatten seine Müdigkeit, die wuchs, seit er das Kommando in Avignon übernommen hatte, noch verstärkt. Obwohl er nicht besonders introspektiv war, stellte er die deutsche Mission immer öfter in Frage. Und dies lag nicht nur an dem verhängnisvollen Rückzug aus Rußland, der nicht mehr länger zu verheimlichen war, und auch nicht an den Niederlagen in Ägypten und Italien. Nein. Es lag vielmehr an der Unmöglichkeit, offen über diese Dinge zu sprechen, um dadurch Mittel und Wege zu finden, die Rückflut einzudämmen, bis man die Streitkräfte neu formiert hatte. Er glaubte nicht, daß der Krieg bereits verloren war, natürlich stand es auf Messers Schneide, aber der gute alte deutsche Kampfgeist war noch quicklebendig. Es war durchaus noch möglich, die Fehler der Vergangenheit auszubügeln und in der Zukunft entscheidende Siege zu erringen. Nur daß zu anderen Zeiten dieses Thema erörtert und diskutiert worden wäre. Der Generalstab hätte diese Lagebesprechungen abgehalten und auf selbstkritische, ehrliche und intelligente Weise das Pro und Kontra abgewogen. Aber in der jetzigen Zeit durfte man nicht die geringste Kritik äußern, weil diese das Urteilsvermögen und die Lauterkeit des Führers in Frage gestellt hätte – oder, um es krasser auszudrücken, seine Unfehlbarkeit. Und wer hätte gewagt, diese zu bestreiten?

Und überdies ... von Esslin war gealtert. Er spürte, wie sich die Schatten seines Lebensabends über ihn senkten, wie seine Reaktionen sich verlangsamten. Die Ängstlichkeit, mit der er seine Truppen verteilte, machte die jüngeren Offiziere ungeduldig, und er fühlte, daß die drei Nebenflüsse bei ihm beinah zu einer Zwangsvorstellung wurden. Wenn er in der Festung vor der großen europäischen Landkarte mit ihren übereinandergreifenden Abschnitten stand, verschaffte er sich noch immer den nötigen Respekt. Zum Schluß seines Vortrags legte er wie eh und je seinen Daumen auf Avignon – eine Geste, die früher einmal sehr dramatisch gewirkt hatte –, spreizte die Finger und beschrieb mit ihnen einen Bogen, um die von ihnen kontrollierten Gebiete aufzuzeigen, die die lebenswichtigen Verbindungswege nach Italien und der Côte d'Azur einschlossen. Die Möglichkeit einer Landung im Norden war für ihn eine so neuartige Bedrohung, daß er sie nicht in Rechnung stellte, damit mochten andere umgehen.

Aber vor allem mußte die Masse von Menschen scharf beaufsichtigt werden. Seine Region war überlaufen, nicht nur von verwundeten Rußlandkämpfern, sondern auch von den Sklavenarbeiterhorden und freiwilligen Faschisten aller Nationen, sogar Russen, die riesige, unterirdische Tunnel für die neuen Munitionslager unter dem Pont du Gard gruben. Zuweilen dachte er darüber nach, was er nach seiner kurz bevorstehenden Pensionierung machen würde, aber diese Grübeleien endeten jedesmal in einer verwirrenden Unschlüssigkeit. Wie würde die Welt nach seiner Pensionierung aussehen? Um sich selbst zur Ordnung zu rufen und seine Moral zu stärken, fing er an, die Protokolle der Weisen von Zion und das Testament Peters des Großen eingehend zu studieren; er trug diese zwei Dokumente in ihrer Kunststoffhülle ständig bei sich. Diese regelmäßigen abendlichen Studien beruhigten ihn und regten sogar seinen Geist an. Aber er fühlte sich oft als Außenseiter, ein wenig moribund, wenn er die ungeduldige Energie der jungen Offiziere bemerkte und in ihren Gesichtern eine lächelnde Herablassung wahrnahm, wenn er mit ihnen sprach. Zu seinem Ärger hatte er entdeckt, daß sie ihn mit dem Spitznamen ‹Großvater› belegt hatten. Es unterstrich wieder einmal den Unterschied zwischen den Generationen, zwischen zwei historischen Auffassungen. Er fing an, zu viel zu trinken.

Es war zu diesem Zeitpunkt, daß ihm mitgeteilt wurde, daß er seinen Burschen abgeben müßte, ihn aber, wenn er es wünschte, durch einen Gefangenen ersetzen könne. Zuerst bedauerte er den Verlust seines Burschen, denn er hatte ihm schon ziemlich lange gedient, doch dieses Bedauern war schnell vergessen, als Krov erschien. Er salutierte zackig, aber mit einem charmanten, wissenden und doch unterwürfigen Lächeln. Er war hübsch und schlank, und setzte seine ganze jugendliche Beweglichkeit ein, um sich unentbehrlich zu machen. In einer Welt voll mürrischer Bulldoggen war er etwas vollkommen Neues – ein Sonnenstrahl. Gab es irgend etwas, das er nicht konnte? Gelegentlich zählte von Esslin voller Erstaunen seine vielen Talente auf: er konnte kochen, putzen, alles reparieren, das Haus in Ordnung halten, er war Koch, Klempner, Kammerdiener, Gärtner, Elektriker – alles in einer Person. Noch nie hatte Banquos altes Haus so gepflegt ausgesehen. Jedes neue Problem packte Krov mit Geschick und gutem Willen an. (Er stammte anscheinend aus einer wohlsituierten bürgerlichen Familie. Sein Vater war Arzt gewesen.) Er sprach nur gebrochenes Deutsch, aber seine Fehler waren charmant und oft ungewollt komisch. Von Esslin wiederholte sie in der Offiziersmesse und erntete jedesmal Applaus. Krov übte einen Zauber auf seinen Herrn aus, der schon mephistophelisch zu nennen war. Er pflegte und bürstete seine Anzüge mit wahrer Leidenschaft, und bevor von Esslin ins Büro fuhr, zupfte er ihm die Uniformjacke zurecht und schnippte einen Krümel oder Zigarrenasche weg. Der alte Mann traute kaum seinem Glück, noch nie war er mit so viel Warmherzigkeit und Aufmerksamkeit bedient worden. «Ach, Krov», sagte er bei einer Gelegenheit, «warum haben Sie nie geheiratet? Sie hätten einen ausgezeichneten Ehemann abgegeben – oder Ehefrau, haha!»

«Ich bin – ich war verheiratet. Ich habe zwei Kinder.»

«Wo?»

«Ich weiß nicht, wo sie sind», sagte Krov ernst, aber ohne übertriebene Gefühle. «Sie werden schon irgendwo sein.» Von Esslin fühlte plötzlich, wie eine Welle des Mitleids sein Herz überspülte. «Ich muß jetzt gehen, sonst komme ich zu spät», sagte er und ging energischen Schritts aus dem Haus. Polen!

Zuweilen, wenn er zum Mittagessen nach Hause kam, fand er Krov vor, der auf den Eingangstreppen der Villa in der Sonne saß und seine Stiefel und Schuhe putzte. Krov pflegte dann aufzuspringen und mit einem warmherzigen Lächeln zu salutieren. Die Freude, seinen Herrn zu sehen, war so offensichtlich, daß von Esslin gerührt war und fast menschlich, fast gesprächig wurde, trotz der offiziellen

Warnung, daß alle persönlichen Kontakte mit den Sklavenarbeitern unerwünscht seien. Bei anderen Gelegenheiten fand er Krov auf einer Leiter stehend vor, im Begriff, die Weinranken an den Staketen festzubinden. Es war schwierig, wenn man so freundlich und zuvorkommend bedient wurde, dem nicht zu unterliegen, nicht ein wenig abhängig und nachgiebig zu werden. Er brauchte nur zu sagen: Bringen Sie mir ein frisches Taschentuch, Krov. Und schon schoß der Junge davon wie ein Reh, um es zu holen. Zuweilen, wenn der General im Bett lag, wandten sich seine Gedanken heimwärts, und er gestattete sich eine flüchtige, traurige Erinnerung an das polnische Dienstmädchen. Krovs Landhaus hatte in der Nähe ihres Geburtsorts gelegen. Sie hätten es als eine Art Alterssitz für den Vater gekauft, erklärte Krov. Sein Herr hatte etwas Unverständliches vor sich hin gebrummt, aber ihn nicht nach näheren Einzelheiten über das Leben in Polen vor dem Krieg gefragt. Aber in einem Anfall von tapsiger Clownerie, mit der er unterschwellig seine Dankbarkeit ausdrücken wollte, hatte er einige kurze polnische Sätze aus dem Wörterbuch seines Bedienten gelernt und ihn eines Tages damit überrascht und erfreut, daß er ihn mit einem «Guten Morgen» in seiner Muttersprache begrüßte. Er tat es von da an regelmäßig, aber natürlich nur, wenn sie allein waren. Als von Esslin eine schwere Grippe bekam, pflegte Krov ihn aufopfernd und flößte ihm sogar, als er hohes Fieber hatte, löffelweise, wie man es bei Kindern tut, ein wenig Essen ein. Der alte Mann war gerührt und dankbar, obwohl er dies nicht mit Worten kundtat, denn schließlich tat Krov nur seine Pflicht – vom offiziellen Standpunkt aus gesehen.

Ja, Krov war ihm sehr willkommen. Er bot ihm Abwechslung, Unterhaltung und neue Interessen zu einer Zeit, wo er sich von den vulgären Jovialitäten, den spießbürgerlichen Saufgelagen der Offiziersmesse mit all den neuen jungen Gesichtern zurückgezogen hatte.

Er versuchte, unauffällig das Los seines versklavten jungen Mannes zu erleichtern, obwohl es schwierig war, denn die Armee-Richtlinien besagten deutlich, daß sein Sklave ‹lebensunwürdig› sei, daß man ihn ‹mit harter Arbeit verschleißen› sollte. Er fürchtete, daß Krov auf die Umwelt zu gut ernährt, zu gut gekleidet wirkte. Trotzdem setzte er sich leichtsinnig über seine Bedenken hinweg und gab ihm einige abgelegte Kleidungsstücke, Stiefel und eine angetragene grüne Uniformjacke, um bei Tisch zu servieren, was er wie ein gelernter Kellner tat. Auch waren seine Kochkünste beachtlich. Von Esslins intellektuelle Vernarrtheit ging so weit, daß er in einem Brief an seine Mutter die Vorzüge seines Sklaven eingehend beschrieb. Sie antwortete: «Du klingst so, als sprächest Du über deinen Sohn.» Die Bemerkung machte einen großen Eindruck auf ihn. Eines Tages riß er sich beim Öffnen des Wagens die Hand auf. Krov lief sofort ins Haus, um Verbandsmaterial zu holen, er wußte, wo sich alles befand. Er legte einen in Äther getränkten Wattebausch auf die Wunde und umwickelte anschließend die Hand mit einer Bandage. Als der alte Mann die Schnelligkeit, den Takt und das Mitgefühl wahrnahm, sagte er zu sich selbst: Aber er *ist* mir wie ein Sohn! Es war eine so unerwartete neue Idee für ihn, daß ihm fast Tränen in den Augen standen. «Da!» sagte Krov, befriedigt über seinen geschickt angelegten Verband. «Das wird bis morgen früh halten, und dann werden wir ihn wechseln. Meinen Sie, Sie brauchen eine Anti-Tetanus-Injektion?» Der General schnaufte verächtlich. «Für den kleinen Kratzer? Nein.» Krov sagte: «Nun, jedenfalls ist der Abzugfinger nicht verletzt. Sie können also noch immer ohne Schwierigkeiten schießen, Herr General.»

«Ja», antwortete von Esslin lächelnd.

Das Wetter war unbeständig, man wußte nicht mehr, was als nächstes kommen würde, auf Schnee folgte Regen mit warmen Winden, dann Frost, dann Sonnenschein. Die Temperaturen stiegen und fielen wie die Meereswellen.

Aber während seine Hand heilte, schien die Sonne, es war fast so warm wie im Sommer, so daß er am Nachmittag draußen sitzen konnte unter den Weinreben am Rande des Wäldchens, wo er las oder Briefe schrieb, während Krov seinen Arbeiten im Haus nachging, wobei er leise in seiner unverständlichen Sprache Lieder summte oder sang. Die Lieder wie die schöne Tenorstimme des Sängers gefielen dem alten Mann ungemein. Aber natürlich konnte er ihm nichts Lobendes sagen. Auch die gemeinsamen Abende waren erträglich, seit Krov ihm beigebracht hatte, Patiencen zu legen. Wie seltsam das Leben war! Er fragte sich oft, wie Krov, dessen Land besiegt, dessen Volk versklavt war, diese ständige Freundlichkeit aufbringen konnte. Es war erstaunlich. Es mußte doch Zeiten geben, wo er Traurigkeit empfand, wenn er an diese Dinge dachte? Aber es war besser, daß er diese seine Gedankengänge nicht weiter verfolgte, denn es war eine von jenen Situationen, die die Neue Ordnung nicht wiedergutmachen konnte.

Krov hatte auf dem Dachboden einen alten Schaukelstuhl gefunden und ihn am Ende des Gartens aufgestellt, und in diesem saß der General am Abend und las und schrieb; wenn es kühl wurde, legte Krov besorgt einen alten Militärmantel um des alten Mannes Schultern. Und diese Gewohnheit führte zu dem Schießen auf Vögel. Unter den Gewehren, die die Deutschen requiriert hatten, befanden sich unter den primitiven Zwölfer- und Sechzehner-Gewehren der Bauern auch einige sehr gute Flinten. Offiziell hieß es natürlich, sie wären den Besatzern nur ‹leihweise› überlassen, wurden aber zu Jagdzwecken an die höheren Offiziere verteilt. Und auf diese Weise ‹erbte› von Esslin zwei großartige Jagdgewehre, die er einige Male für eine Entenjagd in der Camargue benutzte. Aber nun, in seinem Schaukelstuhl sitzend, stellte er fest, daß sich während des Mistrals der kleine Hügel, auf dem sein Haus stand, in der direkten Schußlinie des abendlichen Flugs der Tauben und Rebhühner befand. Die Tauben kamen gegen den Wind kaum an und konnten daher nicht an Höhe gewinnen, sie wurden immer wieder nach unten gepreßt. Sie kämpften verzweifelt flatternd gegen die Böen an, aber mit jedem Flügelschlag wurden sie auf den Boden niedergedrückt, und ihre Flugkraft verminderte sich mit jedemmal, und so boten sie selbst für einen mittelmäßigen Schützen wie von Esslin ein leichtes Ziel. An solchen Abenden erlegte er schnell und mühelos ein Dutzend Vögel fürs Abendessen.

Krov unterstützte diese Tätigkeit voller Begeisterung, denn er wußte, wie man die Vögel, die sein Herr schoß, rupfte und zubereitete. Gelegentlich, wenn die Schwärme groß waren, und er nichts Besseres zu tun hatte, betätigte er sich als Auflader, um die Feuerkraft von Esslins zu erhöhen. Am Abend des Unglücks war Wind aufgekommen, aber der Tag war so außergewöhnlich schön gewesen, daß man vermeinte, es sei August, nur die beschnittenen und geharkten Weinberge belehrten einen eines Besseren, denn noch war von den ersten grünen Blättern auf den dunklen Kreuzen nichts zu sehen. Aber Vögel gab es in Hülle und Fülle. Der General schoß munter auf sie, während sein Sklave die rauchenden Gewehre lud. Über dem nun folgenden Zwischenfall hängt eine gewisse beabsichtigte Verwirrung – manche glaubten, daß das Ganze ein Unfall war, hervorgerufen durch des Generals Achtlosigkeit. Folgendes war tatsächlich geschehen: Neben dem Stuhl des Generals befand sich ein äußerst feuchter Erdwall, der von den schweren Regenfällen der letzten Tage besonders glitschig war. Krov steckte, als er die Gewehre austauschte – versehentlich, wie er später behauptete, was ihm aber niemand glaubte –, die Läufe in diesen Matsch, so daß sie mit schweren Erdklumpen verstopft waren. Er wischte die Laufenden ab, bevor er das Gewehr von Esslin reichte und machte sich an dem zweiten Gewehr zu schaffen. Und nun geschah der Unfall. Der alte Mann hatte es sich angewöhnt, das Schrot aus beiden Läufen gleichzeitig zu schießen und kurz vor den Vogelschwarm zu zielen, so daß die Vögel direkt in ein Streumuster von Schrot flogen, aber als die Hähne diesmal abgezogen wurden, entluden sich die Läufe nach hinten und explodierten. Der Gewehrkolben flog ihm aus den Händen, der General bekam die Ladung voll ins Gesicht. Genug, um ihn gleich zu töten, wie sie später sagten, als sie die zahlreichen komplizierten Wunden verbanden.

Er drehte sich entsetzt und verwirrt um, das Blut rann ihm in dünnen Rinnsalen übers Gesicht, als wollte er Krov um Hilfe bitten, aber dann plötzlich wurde ihm blitzartig klar, daß sein Diener diesen Unfall vorausgesehen haben mußte, denn er hatte sich hinter einen alten Olivenbaum geflüchtet und hatte die Hände fast bis an die Ohren gehoben, als erwarte er eine Explosion. Von Esslin brüllte wie ein Stier und stand, vor Schmerz und Schock am ganzen Körper zitternd, auf. Aber in seinem Schrei schwang noch etwas anderes mit: Enttäuschung, Kummer und eine tiefe Trauer über den Verrat seines polnischen Sklaven. Er stand bebend da, sein zerstörtes Gesicht ihm zugewandt und starrte ihn an, dann sank er langsam in die Knie, griff haltsuchend nach dem Stuhl, warf ihn um, und fiel mit dem Gesicht nach unten ins Gras.

Unglücklicherweise für Krov gab es einen Zeugen: den Adjutanten des Generals. Dieser junge Stabsoffizier hatte nach seinem Chef Ausschau gehalten, da er ihm eine wichtige Nachricht zu übermitteln hatte. Nachdem er das Haus leer vorgefunden hatte, war er in den Garten gegangen, und just in dem Moment, wo er seinen Chef entdeckt hatte, rollte das ganze Geschehen vor seinen Augen ab. Auch war ihm die Flucht des Dieners hinter den Baum nicht entgangen. Krov hatte ganz ohne Zweifel gewußt, was passieren würde und war daher für das Ganze verantwortlich. Der junge Offizier war völlig konsterniert, als er den General vor Wut und Schmerz brüllend zu Boden stürzen sah und die Schrotladung in die Büsche prasseln hörte. Das Ganze ging mit einer derartigen Blitzesschnelle vor sich, daß er sekundenlang wie versteinert stehenblieb, doch er faßte sich schnell und lief dem General zu Hilfe, gleichzeitig blies er in seine Pfeife, um die Wache herbeizurufen, die trampelnd und schnaufend mit klappernden, nutzlosen Gewehren auf der Terrasse erschien. Krov kniete bereits neben seinem Herrn, als der Offizier hinzutrat. Gemeinsam gelang es ihnen, den zuckenden Körper hochzuheben und ihn zur Terrasse zu tragen, wohin jemand geistesgegenwärtig eine Bahre brachte, auf die sie den stöhnenden und fluchenden General legten. Der schwere Dienstwagen hatte zwei herunterklappbare Rücksitze und war geräumig genug, um die Bahre aufzunehmen, was ihnen ersparte, einen Krankenwagen zu holen. Das Wichtigste war, den Verwundeten so schnell wie möglich ins Lazarett in der Zitadelle zu bringen. Sie schoben die Bahre ins Auto. Dann zog der Offizier seinen Revolver und sagte zu Krov: «Sie kommen mit mir.»

Krov zeigte keine besonderen Gefühlsregungen, aber bat, ob er auf die Toilette gehen dürfe. Der Offizier sagte, das könne er aber nur bei offener Tür, und er werde mit gezogener Waffe davor stehen. Sie fuhren schweigend zur Festung, wo er den Wachtposten absetzte und dem wachhabenden Offizier befahl, noch am gleichen Nachmittag ein Kriegsgericht einzuberufen. Danach erklärte er dem diensthabenden Offizier, was passiert war, und gab über den Fernschreiber bekannt, daß der Kommandeur einen schweren Unfall erlitten habe und daß ein ärztliches Bulletin noch am selben Abend zu erwarten sei. Und tatsächlich ließ es nicht lange auf sich warten, denn nachdem die Ärzte das Gesicht von Blut, Schießpulver und Matsch gereinigt hatten, verkündeten sie erleichtert, daß die Wunden oberflächlich seien, nur die Augen seien beschädigt worden. Er war fast blind und würde es eine Zeitlang bleiben, nicht für immer, aber für die nächste Zukunft. Dies war natürlich das Ende seines aktiven Dienstes. Bald würde sein Nachfolger kommen und seinen Platz einnehmen. Natürlich war es eine Katastrophe für die *amour propre* eines so vitalen Mannes, plötzlich ins Dunkle zu stürzen, mit der einzigen Zukunftsaussicht auf einen langen Krankenhausaufenthalt und Pensionierung. Abgesehen von dem Schock und den Schmerzen von den Nähten an Wangen und Kinn hatte sich seiner eine tiefe Verzweiflung bemächtigt; er fühlte sich vollkommen hilflos. Ein Augenarzt kam und probierte verschiedene Lichtstärken an den Augen aus, legte sich aber nicht fest. Die Augen müßten sich erst einmal beruhigen, sagte er, auch sie hätten unter dem Schock des Unfalls gelitten.

Unfall? An diesem Abend hörte sich ein Standgericht grimmig schweigend die Aussagen des Adjutanten an. Es war unnötig, den verwundeten General um Bestätigung dieser Aussage zu bitten, denn die Beweise für die Schuld des polnischen Bedienten waren schlagend. Krov wurde zum Tode verurteilt, die Erschießung für den nächsten Morgen festgesetzt zusammen mit einigen *franc tireurs*. Er war nicht der einzige, der an diesem Tag hingerichtet wurde. Der General saß mit verbundenem Gesicht in einem Stuhl am Fenster. Er saß geduldig dort unter der Bürde seiner Fast-Blindheit. Wie fremd ihm alles war! Er erkannte die Stimme seines Adjutanten, der ihn besuchte, um ihm das Urteil über Krov mitzuteilen, zweifellos in der Hoffnung, daß den alten Mann diese schnelle Rache erfreute. Doch der alte Mann schwieg. Schließlich verabschiedete sich der Adjutant und schloß die Tür leise hinter sich. Als die Krankenschwester sein Zimmer betrat, sah sie, daß ihr Patient noch immer am Fenster saß, aber sein Kinn war auf die Brust gesunken, und sein Atem ging schneller als üblich, ein typisches Zeichen für Überanstrengung. Sie beschloß, daß eine aufmunternde Unterhaltung angebracht sei, um ihrem Patienten ein wenig Lebensmut einzuflößen. Und sie hatte recht. Schon nach kurzer Zeit sprach der General freundlich wie immer zu ihr und bedankte sich herzlich für all die Fürsorge, die man ihm zukommen ließ. Als er sich langsam erholte, forderte der Augenspezialist der Klinik in Nîmes ihn auf, zu ihm zu kommen, um den Fortschritt seiner Sehfähigkeit zu kontrollieren. Er brauchte nur seine paar Sachen einzupacken, aber kein Krov half ihm dabei. Schließlich stopften zwei Ordonnanzen linkisch seine Sachen in einen Koffer und führten ihn zum Dienstwagen. Und so machte er Platz für seinen Nachfolger.

All dies, aber in abgekürzter Form, berichtete Smirgel in seinen Geheimberichten nach Genf. Er kannte sogar den Namen des neuen Kommandeurs. Er hieß von Ritter. Ein strenger Vorgesetzter und ein Parteimitglied, er war so häßlich, wie er gewissenlos war. Seine Ernennung erregte Neugier, denn er hatte kürzlich einige sensationelle Vergeltungsmaßnahmen in Rußland angeordnet. Seine Ankunft wurde mit einer Massenerhängung von zwanzig ‹Partisanen› in Nîmes gefeiert. Tatsächlich waren es zwanzig Jugendliche, die, um der Zwangsarbeit in Deutschland zu entgehen, sich in die Hügel geflüchtet hatten, wo sie wie Schafhirten lebten. Sie waren unbewaffnet. Aber was hieß das schon? Es war jedenfalls eine gute Lektion.

Und so sickerte die Neuigkeit dieser Neuernennung durch das durchlässige Netz der verschwatzten Geheimdienste, und der Name von Esslin verschwand allmählich aus den Berichten. In Genf wie in Avignon brach wiederum die Kälte ein mit schneidenden Winden und dichtem Schneefall.

ELF

KONFRONTATIONEN

Um den geselligen, grünbezogenen Billardtisch bewegten sich zwei Gestalten: Affad und Toby. Sie konzentrierten sich auf ihr Spiel, aber ihre Gedanken galten hauptsächlich dem eben diskutierten Thema: von Ritter. Leitete seine Ernennung eine politische Wende ein, oder steckte vielleicht doch mehr dahinter? Toby fand, «die Sache stinke zum Himmel». Der Unfall sei nur ein Vorwand, um einen altmodischen Berufsoffizier mit altmodischen Grundsätzen durch einen jungen Streithahn, der energischer durchgreifen würde, zu ersetzen. Affad schüttelte den Kopf. «Sie schmücken die Tatsachen aus. Ich glaube Smirgel.» Toby seufzte resigniert und sagte: «Ja, wie immer. Aber warten Sie's ab, der Mann wird Sie eines Tages enttäuschen.»

«Ich habe um eine unabhängige medizinische Meinung gebeten, wir werden sehen, wer recht hat.» Und dann, um ein wenig Salz in die offene Wunde des britischen Geheimdienstlers zu streuen, fuhr er fort: «Ach, übrigens, ich habe Ihre Leute nicht um die Daten der alliierten Landung gebeten, ich habe sie von Kairo bekommen. Ich wollte Sie nicht in Verlegenheit bringen. Aber hier in der Visitenkarte habe ich die falschen Daten aufnotiert, die ich an Smirgel weitergegeben habe. Gegenmaßnahmen sind vom Feind bereits getroffen worden, eine große Anzahl von Panzern befindet sich auf dem Weg nach Norden, um diese hypothetische Landung zu verhindern. Aber das ist Ihnen ja wohl bekannt.»

Toby fluchte innerlich, denn ihm war nichts von alldem bekannt, obwohl er das natürlich nicht zugeben konnte. Seine Miene jedoch verfinsterte sich, und Affad lächelte, es amüsierte ihn, Toby ein wenig aufzuziehen. Aus Ärger verpatzte Toby den nächsten Stoß und fluchte ausgiebig, um seiner doppelten Frustration Luft zu machen.

Beim britischen Geheimdienst zu arbeiten machte wirklich keinen Spaß. Immer waren einem andere Agenten um Nasenlängen voraus, während man selbst die altmodischen, verschwörerischen Arbeitsmethoden anwenden mußte, die zum Teil so theatralisch waren wie zur Jahrhundertwende. Sie waren beeinflußt von schlechten Schriftstellern wie Sherlock Holmes (den Toby mit Begeisterung las). Das Foreign Office hatte die Vorstellung, daß jeder Spion (wegen eventueller Fußspuren) ein riesiges Vergrößerungsglas Tag und Nacht mit sich herumtragen müßte. Und hier war dieser verdammte Gauner-Prinz, der offen Telefongespräche abhörte … «Niemand erzählt uns irgendwas», sagte er klagend, aber durch einen gelungenen Stoß schnitt er ohne Verlust ab.

Constance, die beide nachdenklich aus einer Ecke beobachtete, wo sie ihre Briefe in flinker Kurzschrift beantwortete, sagte: «Es verdrießt mich, euch beiden zuzuhören, ihr scheint so viel mehr über Avignon zu wissen als ich , und dabei habe ich dort gewohnt und gearbeitet und bin beruflich viel herumgekommen. Der arme alte General, wie traurig für ihn, blind zu sein.»

Der neue General hatte seine Zeit nicht vergeudet, er hatte rechts und links Untergebene entlassen und neues Personal angefordert, denen er zutraute, daß sie ‹durchgriffen›. Er hatte Schrecken in allen Abteilungen verbreitet einschließlich der Spionageabwehr. «Smirgel zittert vor Angst und will ungefähr eine Woche lang seine Sendungen einstellen, bis sich die Aufregung etwas gelegt hat. Also, wenn ich mir diesen kolossalen Umschwung in Rußland ansehe, diesen überstürzten Rückzug, kann ich nicht umhin zu denken, daß dieser kleine Schrumpfkopf, der von uns stammt, Hitler äußerst schlecht berät.»

«Aber ich habe Ihnen noch nicht die wichtigste Neuigkeit mitgeteilt, zum erstenmal sehe ich einen schwachen Hoffnungsschimmer, daß wir den Krieg doch noch gewinnen können. Lord Galen ist *entlassen* worden!» Beide Männer klatschten begeistert in die Hände. «Oh, natürlich, wir alle mögen ihn sehr gern», erklärte Sutcliffe. «Aber ich meine, wir wollen doch schließlich den Krieg gewinnen, nicht wahr?» Augenscheinlich hatte Lord Galen «um der anderen Seite zu beweisen, was für Schurken sie waren», das Kriegskabinett dazu veranlaßt, öffentlich zu erklären, daß kein historisch oder künstlerisch wertvolles Kulturdenkmal bombardiert werden würde. Aber dem nicht genug, hatte er dies auch noch treuherzig übers Radio verkünden lassen. Das Resultat war nicht schwer vorauszusehen. Die Nazis nutzten dieses Wissen natürlich sofort aus und verlegten dementsprechend ihre Munitionsdepots. Toby sagte: «Zum Beispiel dieses geheimnisvolle unterirdische Depot in Avignon, das sie mit W.X. bezeichnen und das direkt unter dem Pont du Gard liegt ... Constance, Sie müssen doch eine fieberhafte Tätigkeit im Remoulins-Distrikt beobachtet haben. Massen von Fremdarbeitern hausen in Bretterbuden auf der Garrigue. Es ist ein gewaltiges Unternehmen. Aber schließlich ist jemand doch auf Lord Galens Schnitzer aufmerksam geworden, und man hat ihn aufgefordert zurückzutreten. Gott schütze ihn auf seinem neuen Posten in den Kolonien.»

«Keine Kolonien für Lord Galen. Dazu ist er zu schlau. Er wird plötzlich als Admiral auftauchen.»

«Aber wie ist es Ihnen ergangen?» fragte Toby und wandte sich entschuldigend Constance zu. «Wie war es denn?» – «Es fällt mir schwer, darüber zu sprechen», sagte Constance. «Es ist eine völlig unheroische Geschichte von Unbequemlichkeiten und Traurigkeiten, von kurzen Gefahrenmomenten und Greueltaten, Erschießungen und

Abtransporten, von Maisbrot voll Stroh, von Ersatzkaffee und hungrigen Kindern und Menschenschlangen, die auf ärztliche Behandlung warten. Ich habe mich geschämt, so bequem zu leben und dank Blaise, dem Roten Kreuz und dem Schwarzen Markt so gut gegessen zu haben, wie ich es getan habe.»

«Und Livia? Ist sie wirklich tot?»

«Ja.» Und sie erzählte ihnen wann und wie.

«Und niemand weiß den Grund?»

«Ich komme auf keinen, außer, daß so eine pathetische Geste in ihrer Natur lag und vielleicht auch, daß sie in ihrem Glauben an die Nazis irre geworden ist, obwohl sie das verneint hat. Aber wer kann den Nazismus schon aus der Nähe betrachten, ohne den Wunsch zu haben zu speien? Und dumm war sie nicht. Aber vermutlich wissen Sie alle mehr darüber als ich. Vielleicht haben Sie Antworten auf all diese Fragen.»

«Nein», sagte Sutcliffe. «Möglicherweise Affad. Er benutzt andere Informationsquellen als wir.»

«Smirgel?»

«Ja.»

«Aber Quatrefages ist gewiß ebenso unzuverlässig. Erinnern Sie sich, was er sich alles über Galens Kind und die Tempelritter zusammenfabuliert hat? Er würde das Blaue vom Himmel herunterlügen.»

«Da steht er nicht allein da. Es gibt auch andere von der Sorte.»

Sie standen auf, um weiterzuspielen, und sie kehrte mit dem Bleistift in der Hand zu ihren Briefentwürfen zurück, die sie später tippen lassen wollte. Toby eröffnete schwungvoll das Spiel. «Also, all Ihr Gerede über die Juden, MacSutcliffe, ist ja recht und gut, aber mir fallen sie mit ihrem Benehmen zuweilen auf die Nerven. Die letzte Gruppe von Intellektuellen war wirklich unglaublich, nicht nur, daß sie sich in Paris gegenseitig angezeigt haben, sondern einige haben sich doch tatsächlich zur Miliz gemeldet. Als ob es nicht genug wäre, fleißiger und eingebildeter als alle anderen zu sein!»

«Was immer Sie über die Juden denken mögen», sagte Constance, «Sie würden nicht gleichgültig bleiben, wenn Sie diese Züge aus dem Bahnhof rollen sähen und sich Smirgels Kichern anhören müßten.»

«Als Historiker gesprochen», sagte Toby, «hätte das Ganze etwas Lächerliches, wenn es nicht so tragisch wäre. Begreifen Sie, was die Deutschen wollen? *Sie* wollen das auserwählte Volk sein. Das haben sie klar und deutlich gesagt. Sie wollen die Juden vernichten, um deren Platz einzunehmen. Es klingt verrückt, nicht wahr? Und wenn Sie es mir erzählt hätten, hätte ich es Ihnen nicht geglaubt. Die auserwählte Rasse! Wessen Blut ist dicker? Gewaschen im Blute von welchem Lamm? frage ich mich. Dahin hat Luthers großer Gewürmsack sie geführt. Es ist so, als schnappten Kinder sich gegenseitig bunte Luftballons weg. Aber sich dazu herzugeben, eine totale Vernichtung der Juden anzustreben, dafür brauchte es wirklich eine ernsthafte, metaphysische Nation.»

«Affad zufolge gibt es eine metaphysische Basis. Es ist eine unfreiwillige organische Reaktion (so wie der Magen etwas Unangenehmes zurückweist) gegen das Jüdisch-Christliche, das unsere gegenwärtige Philosophie prägt, die, wie Sie wissen, von brillanten jüdischen Denkern beherrscht wird.»

«Erklären Sie das näher, bitte», sagte Toby und versuchte einen gewagten Stoß, der ihn das Spiel verlieren ließ. «Verflucht!»

«Die Dreiheit der großen Juden, die unser Denken beherrschen – Marx, Freud, Einstein –, sind große Abenteurer auf dem Gebiet der Materie. Marx setzt das menschliche Glück mit Geld – Materie – gleich. Freud glaubte, daß der Wertbegriff von den Fäzes kommt. Einstein, der luziferischste von allen, setzte die in der Materie schlummernden Kräfte frei und machte daraus ein Spielzeug, das ...»

«O Gott», rief sie entsetzt, «sagen Sie mir bloß nicht, daß Sie eine Schwäche für die Nazis haben? Ich komme gerade aus einem Land, was sich zu keiner Meinung durchringen kann. So viele Franzosen scheinen dieser Säuberungsaktion, die Laval ‹Prophylaxe› nennt – man stelle sich das vor! – gleichgültig gegenüberzustehen.»

«Ich glaube nicht, daß die Russen sehr viel besser sind», sagte Sutcliffe. «Die Alternativen, die sich uns bieten, sind alles andere als anziehend: Die Welt als Kibbuz mit einer lebenslänglichen Pflicht-Psychoanalyse, die den Katholizismus ersetzt oder ... nun vermutlich ein Atom-Robotertum. Ich komme mir sehr altmodisch vor. Ich weiß nicht, was ich dazu sagen soll.»

«Honi soit qui Malebranche», sagte Toby.

«Ihr mögt so treuherzig daherreden, wie ihr wollt, aber es fing alles mit den Franzosen an, die Republik hatte keinen Bedarf an *savants*. Und Juden wie dieser lausige Maler David saßen einem Komitee vor, das Chénier den Kopf abschlagen ließ. Der Schinderkarren ist übergeflossen und hat nunmehr die ganze Welt erreicht. Wenn man bedenkt, daß die Revolutionäre ihr erstes Denkmal zu Ehren der Göttin der Vernunft errichtet haben!»

«Und es geht immer noch weiter. Ich pflegte vor dem efeubewachsenen Gebäude in Raspail, in dem ein Teil der Universität untergebracht ist, auf Pia zu warten; gegen dessen Mauern brachte ich ihr bei, wie man ein Blasröhrchen hält. Liebe war nie wieder so schön wie in diesem Nieselregen, der auf unsere Gesichter fiel, und unsere Küsse wie Briefmarken auf unsere Lippen klebte. Über uns auf der Mauer standen die fatalen Worte geschrieben, nein, schlimmer noch, sie waren eingemeißelt: *Université. Évolution des Êtres Organisés. Ville de Paris.* Es war das Gegenstück zu: Laßt alle Hoffnung fahren, die ihr hier eintretet. Obwohl wir das damals nicht wußten ... Und nun hat Schwarz sie in seinem dunklen Gewahrsam, der niemandem Schaden zufügt. Das sagen Sie zumindest.»

«Ich kann Ihnen nicht folgen», erwiderte sie.

«Warten Sie, bis Aubrey kommt. Er wird Ihnen alles über Hitler und seine Ideen erzählen.»

«Wird das Ihr erstes Zusammentreffen sein. Oder?»

Sutcliffe sah sie von der Seite an, aber antwortete nicht. In diesem Moment sagte eine vertraute Stimme. «Sie kommen nächsten Montag mit dem Flugzeug aus Kairo an.» Affad stand an der Tür und putzte seine Brillengläser mit einem Kavalierstüchlein. Ihr Herz schlug unwillkürlich höher, was sie erstaunte; sie wußte noch nicht recht, wie sie sich ihm gegenüber in der Öffentlichkeit verhalten sollte. Aber er trat leichten Schritts unter Umgehung der beiden Spieler auf sie zu, küßte sie, setzte sich und hakte sich bei ihr ein. «All diesen Konfusionen und diesem Gerede über Hitler und die Juden liegt ein Faktum zugrunde: nämlich die Weigerung zu sehen, daß der jüdische Glaube keine Konfession ist, sondern daß die Juden eine *Nation* ohne Heimat sind und daher gezwungen, die Kuckucke der Welt zu sein. Deshalb haben wir uns gestattet, gegen die Engländer zu handeln und den jüdischen Anspruch auf Palästina zu unterstützen. Natürlich fürchten die Engländer um ihr arabisches Öl, aber es ist nun einmal von weltweiter Bedeutung, daß die Juden als Nation eine Heimat bekommen. Denn dann ist es gleichgültig, welche Form das Judentum annimmt: monotheistisch oder was immer. Wir dagegen bestehen darauf, das Judentum ausschließlich als Konfession anzusehen.»

«Nun, als überzeugte Freudsche Psychoanalytikerin habe ich vielleicht ein Vorurteil, vielleicht bin ich von diesem Standpunkt aus gesehen auch jüdisch.»

Sutcliffe sagte: «Sie wissen, was Aubrey sagen würde? Er würde sagen, daß Sie, was die Amerikaner einen Seelenmassage-Salon nennen, betreiben. Sie können Psyche nicht analysieren, ohne auf Cupido zu stoßen.»

«Aber genau das sagt doch Freud.»

«Tut er das?»

«Natürlich.»

«Cupido ist nur ein Investor, aber kein Gott.»

«Das steht auf einem anderen Blatt.»

«Eine luziferische Bemerkung, wie ich Sie kenne.»

«Ich habe sie nicht als solche gemeint.»

«Und was halten Sie von der Libido?»

Sie stieß einen tiefen Seufzer aus und beschloß, die hitzigen Erklärungen, die in ihr gärten, bei sich zu behalten. Sie erhob sich.

«Gehen wir, ich bin hungrig.»

Affad sprang begeistert auf. «Genau das wollte ich eben auch sagen. Wohin gehen wir?»

Sutcliffe sagte: «Irgendwohin, wo wir einen Kaffee trinken können, bevor wir wieder ins Büro müssen.»

«Die *Alte Barke*», sagten alle wie aus einem Mund. Es war ein ihnen bekanntes Restaurant, ein umgebautes Boot, das am Kai dicht bei den eleganten, gepflegten Gärten, und sehr zentral, in der Nähe der Botschaften lag und chic, aber nicht zu teuer war. Sie verabschiedeten sich von den *billiardaires*, wie Toby sich und Sutcliffe bezeichnete, und fuhren zum Lokal. Sie empfanden plötzlich und unerklärlicherweise Scheu voreinander. Es war schwer zu verstehen. «Ich weiß», sagte er schließlich. «Es liegt daran, daß du plötzlich so anders wirkst, so selbstsicher und gepflegt und gefährlich schön.»

«Gefährlich für wen?»

«Für mich, für alle.»

«Ich habe plötzlich das Gefühl, ich muß fort, Abstand von dir gewinnen, um dich klarer zu sehen. Ich werde dich nach dem Mittagessen verlassen und meine Klinik besuchen, um zu sehen, wie es meinen früheren Patienten geht.»

«Und heute abend?»

«Schlafe ich in meiner Wohnung, und zwar allein.»

Er murmelte Schimpfwörter und Flüche auf französisch, arabisch, griechisch und englisch vor sich hin, aber auf was und wen sich diese Schelte bezog, konnte er nicht sagen – es hatte nichts mit ihr zu tun, aber eine Menge mit seiner seltsamen heiklen Liebessituation. Und dies gerade in dem Moment, wo es ihm wichtig war, als ein aufrichtiger, aber erfahrener Weltmann zu wirken. «Was murmelst du vor dich hin?» fragte sie mißtrauisch, er schüttelte jedoch bloß den Kopf und sagte: «Ich verfluche meinen Mangel an Subtilität. Ich hätte uns Konzertkarten kaufen sollen, es hätte uns die Gelegenheit gegeben zusammenzusein, ohne uns mit den Augen zu verschlingen.»

Es war daher auch nicht weiter verwunderlich, daß sie beide wenig Appetit hatten, obwohl Constance sich auf die Tatsache herausredete, daß sie gerade aus einem hungernden Land kam und an diese Überfülle nicht mehr gewöhnt war. Aber sie trank – sehr zu seinem Mißvergnügen – zwei starke Whiskies. Bald stießen die zwei *billiardaires* zu ihnen, die sich wie üblich kleine Wortgefechte lieferten. «Nur weil unser alter Freund Blanford hier nächstens auftauchen wird, hat Robin eine neue Einstein-Theorie aufgestellt, um ihn zu *épater*. Auf dem Badezimmerspiegel hat er mit Lippenstift: $E = me^2$ geschrieben und darunter: ERKTION GLEICH MEDITATION PLUS EINVERNEHMEN IM QUADRAT. Und als ob dies nicht genügte, hat er auf dem Spiegel in der Halle hinzugefügt: MEDITATION ÜBER UNZUCHT WIE MENGE ÜBER KRAFT ERGIBT REINKARNATION. Ich glaube nicht, daß Blanford noch Einstein viel davon halten, aber so steht es nun mal da.»

«Es sind die Früchte meiner innersten Vermutungen», sagte Sutcliffe etwas spröde. «Es ist so langweilig, immer nur ein Kricketspieler zu sein.» Er sprach von seinem berühmten Namensvetter, der das ehrwürdige Pensionsalter erreicht hatte. «Kann man nicht Leichenwagen in der Flußmitte wechseln? Warum nicht Jack der Stripper oder jemand amüsanteren? Ich werde Aubrey fragen, ob ihm das eine so recht ist wie das andere.»

«Werden Sie ihn abholen?» fragte sie neugierig. Und er

sagte: «Natürlich, wenn Sie chauffieren.» Aber sie glaubte ihm nicht, irgendwie hatte sie das Gefühl, er würde sich vor dem Zusammentreffen drücken. Sie beschloß plötzlich, nach Hause zu gehen und sich ins Bett zu legen, aber als sie ihre Wohnung betrat, ergriff eine entsetzliche Verlassenheit sie beim Schopf. Sie rief Affad an, und er kam so schnell wie durch einen Zaubertrick zu ihr.

Sie sahen sich lange an, und dann gingen sie, ohne ein Wort zu sagen, nach draußen zum Wagen. Ihm war zumute, als atme er kaum. Er war bleich. Im Hotel angekommen, klingelten sie nach dem Lift und fuhren, immer noch schweigend, nach oben. Er zog die Vorhänge vor, während sie sich blitzschnell auszog und in seine Arme eilte. Sie war so erregt, daß sie sich eine Art Buße auferlegen wollte und mit zusammengebissenen Zähnen murmelte: *«Fais moi mal, chéri. Déchirez-moi.»* Sie zu verletzen, seine Nägel in ihrem festen Körper zu vergraben – ja, doch gewiß! Aber er wollte noch warten, denn ihre Atemzüge waren noch nicht synchron. Sie würden ihren köstlichen Orgasmus zerstreuen wie Quecksilber, das aus einem zerbrochenen Thermometer ausläuft. «Ach, du hältst dich zurück!» rief sie verzweifelt und kratzte ihn. «Das tu ich nicht, Constance.» Sie lachte über die Hast und die gemeinsame Verwirrung, doch dann ging ihr Lachen in Tränen über, sie vergrub ihr Gesicht an seiner Schulter und hinterließ einen traurigen blauen Kußfleck auf seiner glatten braunen Haut. Zwei Arme, zwei Beine, zwei Augen ... eine Vorrichtung sowohl für Ekel als auch für Wonnegefühle. *Tristia!* Was für eine famose Lehrzeit die Liebe war. Nein, sie nahm die Sache zu ernst. Sie war einfach nur schön und vergnüglich. Er sagte zu sich selbst: «Es ist, als tränke man langsam eine ganze Bienenwabe leer. Oh, göttliche Entropie – sogar Gott löst sich auf und schmilzt dahin. Ach, mein armer Traum von der engagierten Liebe, der nicht mehr möglich ist wegen der Entwicklung, die Frauen genommen haben.»

Plötzlich schlug er sie hart ins Gesicht, und bevor sie noch Erstaunen oder Schmerz zeigen konnte, war er über ihr, hatte sie bei den Schultern ergriffen und war in sie eingedrungen, und um ihre Schreie der Wut, des verletzten Stolzes zu ersticken, verschloß er ihren Mund mit seinen Lippen. Es bestand kein Zweifel darüber, wer der Beherrschende war, denn er zwang ihr einen Orgasmus nach dem anderen auf wie herbeigesehnte Bestrafungen. Und plötzlich nach einem Kampf ergab sie sich, spielte die Rolle der Sklavin, wohl wissend, daß ihre totale Unterwerfung ihn schneller ermüden, daß er bald wieder zu ihren Füßen liegen werde. Der Charme dieser innerlichen Nachgiebigkeit erregte ihn fast bis zur Unerträglichkeit. Später erzählte er ihr, es wäre, als sei man mit Honig bedeckt und auf einen Ameisenhaufen gebunden, um langsam Kuß für Kuß verschlungen zu werden, Ameisen-Mundvoll für Ameisen-Mundvoll. Und so verrann die Zeit, bis die zwei erschöpften Wesen in Schlaf fielen.

«Ich wußte, es würde passieren», sagte sie viel später, als sie vor dem Spiegel ihre Haare auskämmte. «Ich wußte einfach, daß ich dir etwas bedeuten könnte.» Dann fügte sie hinzu: «Närrin, die ich bin!»

Sie aßen fast jeden Abend zusammen in ihrer Wohnung. Was ihr die Möglichkeit gab, ihre kulinarischen Talente, die für eine Junggesellin nicht übel waren, unter Beweis zu stellen, was er durchaus zu schätzen wußte und zuweilen mit Lob bedachte. Anschließend half er ihr, das Geschirr für das Dienstmädchen in die Spüle zu stellen, und spielte einige Melodien auf dem kleinen Klavier, das ihr in melancholischen Stunden ein Trost war und auf dem der schwerfällige Sutcliffe unter Seufzern sich in Chopin-Klängen erging. Affad spielte schlechter als sie – gut!

Er stand auf und sagte: «Warst du glücklich als Kind? Ich war es vermutlich, denn ich habe mir diese Frage nie gestellt. Ich stand zwischen meinem Vater und meiner Mutter, jeder hielt eine Hand, wie zwischen einem großen

König und einer großen Königin, wie zwischen zwei Göttern. Bedauern oder Zweifel wären undenkbar gewesen. Ich lebte in einem Traum, und in der Tiefe meines Seins lebt er noch fort.» Und er wiederholte leise den Namen, den er von anderen nicht ausgesprochen hören wollte: «Sebastijanne.»

Sie lagen nebeneinander auf der Couch, völlig angezogen und nachdenklich. Er sagte: «Weißt du, dieser Krieg nähert sich langsam, aber sicher seinem Ende. Italien ist umgekrempelt worden wie ein Jackenärmel. Ich habe alle Berichte von unseren Außenposten miteinander verglichen. Das Landungsdatum der alliierten Truppen in Europa steht bereits fest. Alles fügt sich zusammen und ergibt plötzlich einen Sinn; und die Deutschen wissen es auch. Sie werden aber noch sehr viel Unheil anrichten, bevor sie klein beigeben. Wie recht doch Tacitus mit seiner Beurteilung ihres Nationalcharakters hatte. Und wie bewundernswert von den Briten, so standhaft zu bleiben. Wie können wir ihnen je danken?»

«Wie stellst du dir das Danach vor – wie wird die Welt aussehen?»

«Ein Europa zertrümmert wie eine alte Uhr; es wird sechs oder sieben Jahre dauern, bis es wieder halbwegs in Gang kommt, es sei denn, die Russen verhindern es ein für allemal. Sie werden aus dieser Sache gestärkt hervorgehen, während wir erschöpft sein werden.»

«Ich werde hierbleiben», sagte sie, «und von hier aus arbeiten, wenn ich kann. Wir werden sehen. Aber in der Zwischenzeit, im Moment, dürfen wir nicht vergessen, daß Aubrey morgen früh ankommt. Sutcliffe ist in Panik geraten und hat sich mit einer schweren Erkältung ins Bett verzogen. Anscheinend wagt er nicht seinem Schöpfer ins Antlitz zu schauen.»

Er schlief friedlich ein, dort, wo er lag, und sie tat es ihm gleich, aber vorher zog sie sich bequemlichkeitshalber einen seidenen Morgenrock an und kämmte ihr widerspenstiges Haar im Badezimmer aus. Das kleine Radio war an, aber auf ganz leise gestellt. Sie hörte Chevalier ‹*Louise*› singen, was sie aus irgendeinem Grund anrührte, Tränen stiegen ihr in die Augen und verschmierten ihr Make-up, da sie zu faul gewesen war, sich abzuschminken. Sie richtete sich neu her und gewann ihre Fassung wieder, dann sagte sie zu ihrem Spiegelbild: «All das wird in einer schönen Neurasthenie enden. Du wirst es sehen.»

Sie löste die Senkel seiner Wildlederschuhe und zog sie ihm sanft von den Füßen, während er sich kaum bewegte. Was hatte er getan, um so müde zu sein? Dann breitete sie eine Decke über ihrer beider Füße, kroch darunter, schmiegte sich an ihn und versuchte, sich ganz still, fast so leise atmend wie ein Vogel, zu verhalten, um ihn nicht zu stören. In der Mitte der Nacht erwachte sie und fand ihn wach, er starrte sie mit weit offenen Augen so durchdringend an, daß sie sich einen Moment lang fragte, ob er vielleicht noch schlief. Aber nein! «Wie wunderschön!» murmelte er und fiel sofort wieder in Schlaf. Sie fühlte sich stolz und zufrieden, als hätte sie ihn gesäugt. Ihr eigener Schlaf war durch Gedanken an die Zukunft etwas gestört – intellektueller Nestbau, den sie mißbilligte. Kaum eine Stunde schien vergangen zu sein, als der kleine Wecker piepste und sie widerwillig in der Dunkelheit erwachten, um zu dem weitentfernten Flughafen in einem abgelegenen, verschneiten Tal zu fahren. Sogar der Wagen war unlustig, aber schließlich sprang er doch an und kroch durch die schlafende Stadt auf das Seeufer zu, wo es schon heller war und sich ein klarer Morgen ankündigte.

«Darf ich rauchen?»

«Nein, oder ich rauche auch.»

«Nun gut.»

Sie fuhren weiter in einer schläfrigen Stille, bis er fragte: «Hast du irgendeine bestimmte Behandlung für

Aubrey Blanford im Auge? Du hast gesagt, du hättest alle seine Unterlagen.»

«Ja, die habe ich. Soweit ich es beurteilen kann, muß er noch eine ziemlich schwere Operation und zwei leichtere überstehen, aber mir sieht das Ganze nicht hoffnungslos aus. Ich habe mich an Kessley und seine Klinik gewandt, Kessley ist ein Spezialist für solche Fälle. Aubrey ist schließlich noch jung und physisch in guter Form. In seinem Fall, im Gegensatz zu anderen Fällen, würde ich keine düstere Prognose stellen. Ich habe alles arrangiert: ein hübsches Zimmer mit Blick auf den See, und natürlich ist die heiße Wasserquelle dicht nebenbei. Laß uns abwarten, was er zu sagen hat.»

Der Flughafen war noch kaum erwacht, und die Bar bot ihnen nur einen scheußlichen dünnen Kaffee und Croissants an. Aber sie waren dankbar für die Wärme und Geborgenheit, denn draußen auf dem Flugplatz wehte ein eisiger Wind. Nach einer Weile hörten sie das Dröhnen der drei ‹Ensignes›, welche die auserwählten Fünfzig in Sicherheit und zu spezialisierten Ärzten brachten. Sie kreisten ein paarmal über dem Flughafen, dann landeten sie eine nach der anderen und rollten aus bis auf Rufweite zum Flughafengebäude, wo sie zum Stillstand kamen und ihre Passagiere entließen: eine Gruppe von Krankenschwestern und Sanitätern gefolgt von zahlreichen Patienten in Rollstühlen oder auf Bahren. Sie warteten geduldig, während sie die lange Reihe aufmerksam musterten. «Da ist er!» rief Affad schließlich, aber es war nicht Blanford, den er wiedererkannt hatte, denn dieser lag zusammengekauert unter einer Decke tief schlafend im Rollstuhl. Nein, er hatte seinen schlangenköpfigen Diener Cade entdeckt, der den Rollstuhl aus dem Flugzeug und auf sie zu schob. Er trug eine Art Wüstenuniform mit einem Buschhemd, und an seiner Mütze steckte eine Hahnenfeder. «Guten Morgen», rief er fröhlich, als er Affad sichtete. «Hier ist er heil und munter, aber todmüde.» Und wie um seine Worte zu beweisen, griff er am Fußende unter die Decke und zog eine leere Whiskyflasche hervor. Er runzelte die Stirn und sagte: «Zuviel von diesem Zeug, wenn Sie mich fragen, aber was soll ich tun? Ich muß Befehlen gehorchen.» Er griente, wobei er wie ein Hund seine gelben Zähne bleckte. Der kranke Mann bewegte sich.

Er wirkte auf Constance sehr viel dünner, als sie ihn in Erinnerung hatte, und obwohl angespannt auch jünger, er war erstaunlich tief gebräunt, was ihm insgesamt einen Hauch von Frische verlieh, während er schlafend vor ihnen lag.

Dann erwachte er, vielleicht durch einen leichten Stoß des Rollstuhls oder durch eine plötzliche Stille, einen unbekannten Laut oder durch den Temperaturwechsel, denn ein kalter Wind strich über das Rollfeld, und die Luft war voll von Zurufen und Begrüßungen. Dennoch erwachte er lächelnd, aber ein wenig verschüchtert, er gab jedem die Hand und sagte: «Es tut mir leid, daß ich in einem solchen Zustand bin, aber es war ein langer Flug, zwölf Stunden, und mein Rücken machte mir so zu schaffen, daß ich die Schmerzen mit Whisky betäubt habe, worüber Cade sich geärgert hat.» Sie sagte ihm mit echt empfundener Freude, daß er sich überhaupt nicht verändert habe, außer dem Schnurrbärtchen, daß er sich zugelegt hatte. Das gleiche gelte für sie, erwiderte er und errötete entzückt und verwirrt, aber auch gerührt über dieses Zusammentreffen mit einer sozusagen Überlebenden des letzten provenzalischen Sommers. Doch beide erhoben den gleichen Widerspruch. «Aber innerlich!» sagte sie, und er stimmte ihr zu, daß diese Veränderung, wenn auch nicht sichtbar, unbestreitbar sei. Ihre Herzen waren durch ihre Erfahrungen gealtert. Er hielt ihre Hand fest, während sie sprachen, als wolle er Trost und Wärme daraus schöpfen. Affad hatte den Eindruck, daß die Anwesenheit eines Dritten die Befangenheit und Verlegenheit nur noch erhöhte, und so zog er sich nach einigen herzlichen Worten zurück, aber nicht bevor sie verabredet hatten, daß sie mit Aubrey im Krankenwagen fuhr und er ihr später einen Dienstwagen in die Klinik schickte.

Nun mußten nur noch für Cade und den Rollstuhl Vorkehrungen getroffen werden; sie einigte sich mit dem Fahrer des Krankenwagens, daß sie sich neben ihn quetschen durfte, um weiterhin Aubreys Hand halten zu können, und so fuhren sie im vertrauten Schweigen ihrem Ziel entgegen. «Ich kann es fast nicht glauben», sagte er, aber mehr auch nicht. Sie bemerkte, daß er fieberte und ein wenig hysterisch war, was zweifellos auf Müdigkeit und die klaustrophobische Reise in dem alten Flugzeug zurückzuführen war. Jedenfalls beschimpfte er Cade wegen ganz geringfügiger Fehler oder Versehen mit einer für ihn ungewöhnlichen Heftigkeit und Direktheit. Der Diener erwiderte nichts, sondern zog nur die Lippen hoch und bleckte die Zähne mit einem schmerzlichen Ausdruck oder wie ein Hund, der im Begriff ist zuzubeißen. Seinen Ärger zeigte er, indem er hörbar schnaubte. Aubrey sah, daß sie ihn neugierig musterte, er errötete und versuchte die Angelegenheit ins Komische zu ziehen: «Wie Sie sehen, benehm ich mich beinah schon wie eine alte Jungfer. Wir streiten uns wie ein altes Ehepaar – Cade ist die Ehefrau.» Der degoutierte Diener gab vor, nichts gehört zu haben; er blickte mit verbissener Miene aus dem Fenster und erwartete voller Ungeduld ihre Ankunft in Dr. Kessleys Klinik. Es dauerte nicht lange und sie bogen in einen gepflegten Park mit Rasenflächen und Nadelbäumen ein, in dem elegante Chalets verstreut lagen. Vor einem dieser Chalets hielten sie an und gingen in seine Zimmer, die ihn wegen ihrer Abgeschlossenheit und ihrer schönen Aussicht entzückten. «Ich habe auf Schnee gehofft», sagte er. «Ich wollte wieder Schnee sehen.» Dr. Kessley machte seinen Antrittsbesuch, und sein bescheidenes Auftreten und seine gründliche Kenntnis der Krankengeschichte machten auf den Patienten einen äußerst günstigen Eindruck. Er nannte Constance beim Vornamen, was das Gefühl der Vertrautheit, das Gefühl unter Freunden zu sein, noch verstärkte. «Ich möchte, daß Sie sich in den nächsten Tagen nur in der heißen Heilquelle massieren lassen. Ich möchte, daß Sie sich entspannen und wohl fühlen, bevor wir weiteres unternehmen. Sie haben in Kairo für die erste Versorgung eine sehr gute Pflege erhalten, wir brauchen also keine Fehler zu korrigieren und können daher mit einiger Zuversicht die begonnene Therapie fortsetzen. Vermutlich wissen Sie über Ihren Zustand Bescheid.» Der Patient bejahte dies. Dr. Drexel in Kairo hätte ihm das Gesamtbild eingehend beschrieben. «Gut», sagte der Chirurg und verabschiedete sich. Sie wuschen ihn und machten ihn zurecht, bevor sie ihn ins Bett packten. Während der Diener aus dem Zimmer war, sagte sie: «Sie wissen, Sie erhalten hier die beste Pflege. Wenn Sie wollen, können Sie also Cade ein für allemal loswerden.»

Er schüttelte den Kopf. «Noch nicht.»

Während des folgenden Schweigens fragte sie sich, ob ihr Vorschlag ihn irgendwie verletzt hatte. Cade kam wieder ins Zimmer und verrichtete wortlos seine Arbeit. Seine Gegenwart legte ihnen Zurückhaltung auf, und so lächelten sie sich an, ohne zu sprechen. Dann verließ der Diener wieder den Raum unter irgendeinem Vorwand, und Blanford hatte die Gelegenheit zu sagen: «Ich kann ihn noch nicht entlassen. Er ist die einzige Verbindung zu meiner Mutter. Jeden Tag erzählt er mir irgendeine Kleinigkeit von ihr, was mir ermöglicht, die Gründe zu verstehen, warum ich sie so heftig und so ungerechterweise gehaßt habe. Ich *muß* es getan haben, sonst befände ich mich nicht in dieser Situation. Ich glaube nicht an zufällige Unfälle. Es ist eine Situation, die Kinderlosigkeit zur Folge haben könnte.»

«Aber das schreibt Freud über Frauen», sagte sie erstaunt.

«Alles, was er über Frauen gesagt hat, gilt auch für Männer», erwiderte Aubrey Blanford und verfiel plötzlich wieder in den priesterlichen Tonfall, mit dem sie ihn in der Vergangenheit so erbarmungslos aufgezogen hatten. Sie war so entzückt über seine ernste Stimme, daß sie in die Hände klatschte und so kindlich lachte, wie sie es getan hätte, wären sie beide in Tu Duc gewesen. Sie küßte ihn spontan, und er errötete vor Freude. «Oh, du Kinderloser!» sagte sie und ahmte einen Moment lang Sams pseudo-päpstlichen Tonfall nach. «Werden Sie sich von Cade psychoanalysieren lassen?» Aber er machte nur eine ungeduldige Handbewegung.

Die Schwester vom Dienst stellte sich ihrem Patienten vor, und Constance hatte das Gefühl, es wäre an der Zeit, sich zu verabschieden, besonders da man ihr bereits ausgerichtet hatte, daß der Wagen in der Auffahrt auf sie warte. Sie würde ihm Zeit lassen, sich einzuleben, und morgen wiederkommen, sagte sie, und er stimmte ihr zu. Sie küßte ihn wiederum fast stürmisch und sagte: «Gott sei Dank haben Sie sich nicht verändert. Sie sind noch der gleiche liebe alte Trauerkloß, und das macht mich glücklich.» Er schien es weniger zu sein, denn er sagte: «Ich habe mich sehr verändert» und fügte mit ernster Stimme, aber einem Augenzwinkern hinzu: «Aber zum Schlechten. Ich bin ein Zyniker geworden. Ich möchte, daß Sie Robin meine tiefe Verachtung übermitteln, weil er zu feige ist, mir gegenüberzutreten. Ich weiß, er hat sich in eine Wohnung verkrochen, die einen Lift hat, der zu klein für meinen Rollstuhl ist. Und überdies hat er sich als Ausrede eine Grippe zugelegt. Sagen Sie ihm, zur Strafe wird er von einer dunklen, unerwartet kraftvollen und schönen Frau besucht und gezwungen werden, mit ihr ins Bett zu gehen.» Aber sie beschloß, daß er sich allein ohne ihre Einmischung mit Sutcliffe auseinandersetzen müßte. Sie verabschiedete sich von ihm ohne viele Worte. «Ärgern Sie sich nicht zu sehr über Robin, es geht ihm wirklich nicht gut.» Doch Blanford erwiderte sibyllinisch: «Ich ärgere mich, weil ich keine absolute Macht über ihn besitze – schließlich ist er meine Schöpfung. Aber zuweilen macht er sich selbständig und zeigt Ansätze von freiem Willen. Ich beherrsche ihn nicht vollkommen. Verdammter Bursche. Ich habe ihm befohlen, zum Flughafen zu kommen. Aber er hat rebelliert. Er muß bestraft werden.»

Nachdem sie ihn verlassen hatte, fuhr Constance zu ihrer früheren Klinik, um Schwarz aufzusuchen, der wie immer entzückt war, sie zu sehen. Pia und Trash, die eine verhältnismäßig ruhige Periode hatten, arbeiteten zusammen an einer komplizierten Tapisserie. Als Vorlage diente ihnen Cléments berühmtes Gemälde aus Avignon ‹*Le Pays de Cocagne*›, das von Gobelin unter anderen Meisterwerken geschäftlich ausgewertet worden war. Die beruhigende Beschäftigung, die verschiedenfarbigen Docken auszusortieren, nahmen die beiden völlig gefangen, sie saßen vor dem Milchglasfenster, still wie Nonnen. Constance mußte eine Weile auf Schwarz warten; er sprach mit einem eifrigen amerikanischen Analytiker, der mit ihm zusammenarbeitete und sich einer ‹Kontroll-Diskussion› unterzog betreffs einiger Patienten, die ihm Schwierigkeiten bereiteten. Sie waren Abtrünnige von einer der in Genf so zahlreichen Rudolf-Steiner-Gruppen, und der junge Psychoanalytiker war mit ihrer Astraltheologie nicht vertraut. Seine klagende Stimme drang durch Schwarz' Bürotür. «Und dann habe ich ihm das von Ihnen verschriebene Zäpfchen verabreicht, aber in seinem gegenwärtigen Zustand kann er nichts bei sich behalten.»

«Bei sich?»

«Verzeihung, in sich.»

«Verstehe.»

Der Patient, obwohl ein Abtrünniger, schien noch immer an einigen Fragmenten seines theosophischen Glaubens festzuhalten. «Was schlagen Sie vor?» fragte Schwarz.

«Er ist der religiösere der beiden, er war tief eingedrungen in etwas, das er die Astralkommunikation nennt – so tief, daß er einen Anfall von poetischer Vorahnung – sein Ausdruck – hatte. Danach weigerte sich seine Frau, mit ihm zu schlafen. Sie behauptete, er röche nach Einbalsamierungsflüssigkeiten. Mannomann, diese Vorahnung war eine ganz miese Kiste. Ich habe ihn mit einem Beruhigungsmittel eingesperrt.»

«Was können wir sonst noch tun?» sagte der alte Mann; es war eine Frage, die er immer mit einem betont jüdischen Akzent stellte. Und jetzt wiederholte er sie vor Constance. «Aber, Constance, was können wir tun?» Er war mit dem Gedanken umgegangen, an Pia eine Insulin-Schock-Therapie auszuprobieren, aber Constance hatte sich so energisch dagegen gewehrt, daß er den Plan aufgegeben hatte. «Sie werden ihr damit nur noch das letzte bißchen Verstand ausblasen», hatte sie gesagt. «Schließlich ist mit ihrer Krankheit eine ganze komplexe Situation verbunden, in der mehrere Leute eine Rolle spielen.» Seit sie Affad und das schwindelerregende Glück ihrer Affäre für sich entdeckt hatte, brachte sie sehr viel mehr Verständnis für Liebende auf. Ja, sogar die plumpe Liebe von Sutcliffe kam ihr jetzt eher rührend statt grotesk und albern vor, während die Bemühungen der unschuldigen, warmherzigen Negerin das Ganze um Charme und gleichzeitig um Verzweiflung bereicherte. Pia jammerte und wimmerte wie ein krankes Kind, zu dem sie tatsächlich geworden war, während Trash ihr energisch und eindringlich antwortete und mit ihrer, dunklen, schönen Stimme, tief wie eine Baßgeige, die dümmsten Dinge mit großer Überzeugung von sich gab. Einmal hatte sie zu Schwarz gesagt: «Ich wollte, daß wir alle in einem großen Bett schlafen, breit genug für alle, für Robin und Pia, sogar seine Freunde könnten kommen, wenn es sie nach einer Droge verlangt. Meine Mutter hat immer gesagt: Verweigere Nichts, und der Prediger in der Kirche sagt: Gebt Alles,

Was Ihr Habt. Aber Robin will nicht, und Pia will nicht. Meinen Sie, es hilft, wenn ich fortgehe?»

«Nein. Das haben Sie schon einmal versucht. Pia ist für drastische Maßnahmen noch viel zu labil. Sie würde sich wieder völlig einkapseln. Wir wollen sie noch in unserem Gesichtsfeld behalten.»

Es war eine unglaubliche Vergeudung an Zeit, Talent und medizinischem Wissen. Von Ärzten wird heutzutage verlangt, daß sie alle Krankheiten heilen, sogar die seelischen Leiden. Aber was hätte ein Priester schon machen können?

ZWÖLF

EIN BESUCH VON TRASH

Die Krankheit, die Rob Sutcliffe befallen hatte, war selbst verschuldet, zum größten Teil war sie auf übermäßigen Alkoholgenuß und *tabac gris* zurückzuführen, aber auch auf unregelmäßige Mahlzeiten und ungewöhnlich hohe Dosen von Medikamenten wie Aspirin und Vitaminen und auf eine schweizerische geriatrische Arznei, genannt Nix, die angeblich verjüngend wirken sollte – all dies hatte zu seinem Unwohlsein beigetragen. Und nun lag er fiebernd und wie ein Ziegenbock schnarchend auf seinem zerknüllten Bett und litt unter den schnöden Bemerkungen seines Mitbewohners und Mitarbeiters, der sich darüber ärgerte, einen Mann pflegen zu müssen, der sich weigerte, den Botschaftsarzt zu sehen, nur weil dieser Bruce Hardbane hieß. «Was Namen angeht, so bin ich abergläubisch», erklärte er. Auch weigerte er sich, einen Schweizer Arzt zu sehen, weil er diesen für seine Krankenbesuche hätte bezahlen müssen. (Die medizinische Überwachung der Foreign-Office-Angestellten dagegen war unentgeltlich.) Toby war bereits verspätet, aber er mixte seinem Kollegen noch einen Grog zum Einnehmen des Aspirins, dann schlüpfte er in seinen abgetragenen Mantel und machte sich eilig auf den Weg ins Büro. Sutcliffe seufzte. Ein weiterer langer Tag, den er flach auf dem Rücken liegend verbringen mußte mit zu starken Kopfschmerzen, um lesen zu können, und ohne Besucher, um ihn von seinen düsteren und aggressiven Gedanken an Blanford abzulenken, der ebenfalls flach auf seinem verletzten Rücken lag, aber in einer unvergleichlich hübscheren Umgebung mit Ausblick auf den See. Er hätte Aubrey gerne angerufen, um ihn anzupöbeln, aber das Telefon war momentan kaputt. Und hier lag er nun wie die Brüder Grimm, wie die Brüder Karamasow, wie die schwafelnden Goncourts, eingetunkt in Traurigkeit.

Er war erstaunt, als er hörte, wie der Lift im Schacht herauffuhr, und noch erstaunter, als er hörte, daß er auf seinem Stockwerk hielt. Der Benutzer verließ ihn und schickte ihn wieder hinunter, dann gab er an der stets nur angelehnten Tür mit den Fingernägeln ein kurzes Signal, bevor er sie aufstieß. Er hoffte, es sei Constance, die ihm einen Überraschungsbesuch abstatten wollte, und rief laut und triumphierend ihren Namen. Aber wer betrat statt dessen mit theatralischer Langsamkeit das Zimmer? Niemand anders als die Negerin Trash. «Das Scheusal!» rief er aus und fluchte ein wenig. «Wie haben Sie mich gefunden?» Sie sah umwerfend schön aus wie eine schwarze Perle, und tatsächlich trug sie große Perlohrringe, die hinreißend unter der Satin-Kopfbedeckung aussahen. Sie war in einen kostbaren Pelzmantel gehüllt, in dem sie ein wenig schwitzte und daher einen betörenden moschusartigen Körpergeruch um sich verbreitete. Robin richtete sich auf und schnupperte an ihr wie an einem äquatorialen Balsam, ‹um Tau zu holen von den stürmischen Bermudas seines Herzens›. Er wußte, daß sie gelegentlich bei Polaks als Mannequin arbeitete und diese ihr manchmal erlaubten, sich Sachen auszuborgen. Dieses dunkle Gefieder, dem Helm des Schwarzen Prinzen würdig, war also nur geliehen. «Ich wollte Sie nur sehen, Robin, Liebling», sagte sie, setzte sich auf seinen Bettrand und legte ihre große Hand, grazil wie ein Beitischchen, auf seine Stirn. «Sie haben eine Winzigkeit Fieber», teilte sie ihm mit, und er legte sich zurück und setzte seine hochmütigste und unangenehmste Miene auf. «Was führt Sie zu mir?» sagte er und versuchte zu ‹krächzen›, wie es in den Romanen so oft heißt. Eine

Weile lang erfolgte keine Antwort auf sein Krächzen. Er beobachtete sie übelwollend, während sie einen Schluck von seinem Grog nahm und sich dabei den kirschroten Mund verbrannte. «Ist irgendwas mit Pia nicht in Ordnung?» Sie schüttelte verneinend ihr schwarzes, aufgetürmtes Haar. «Sie steht bis zwei Uhr unter starken Beruhigungsmitteln», sagte sie. «Aber wir haben miteinander gesprochen, und ich habe ihr gesagt, daß ich Sie aufsuche und Ihnen sage, was wir denken.» Sie öffnete ihren roten Rachen wie ein großer Lippfisch auf der Suche nach Plankton – das Vorführen von Pelzen brachte bei ihr den Seehund zum Vorschein. Sie sagte vertraulich: «Sie sind nicht krank, Robin, Sie geben sich nur nicht genug Mühe. Mann, Sie müssen sich ans Positive halten, wie es im Schlager heißt, und das Negative ausmerzen. Sie müssen so *sein*, wie Bing es singt! Sie sind nur traurig, Robin, weil Sie kein gutes Mädchen zum Bumsen haben. Diese Botschaftsdamen sind kalt wie Hundeschnauzen, was? Hab ich recht?»

Er dachte: Ich könnte dich nicht so lieben, Liebling, liebte ich nicht noch mehr zu töten. Aber natürlich hatte sie recht, diese ebenholzglänzende Kopfkissen-Beraterin. Was er brauchte, war Kopfkissen-Musik oder sogar eine Kissenschlacht mit einer entkleideten Nonne. Das Schlimme war, daß sie ein wenig in ihn verliebt zu sein schien, ja sogar ein wenig eifersüchtig war auf die kalten Hundeschnauzen, denn während sie sprach, hatte sie ihre warme Hand unter seine Pyjamajacke geschoben und zupfte zart an seinen Brusthaaren und seinem Teiresias-Busen. «Hören Sie auf, Trash, ich bin krank», sagte er. Sie schüttelte verspielt den Kopf. «Nicht eigentlich, Robin.» Er gebe sich einfach nicht genug Mühe, wiederholte sie. Aber offensichtlich wollte sie auf listige Weise seinen Widerstand brechen, bevor sie ihm, was immer es war, eröffnete. Sie roch wundervoll wie eine ganze Kokosnuß-Pflanzung, und als ihre Hand langsam tiefer glitt, rieselten köstliche sinnliche Schauer über den stagnierenden Teich seines unbenutzten Körpers. Sie fing mit ihrer tiefen, melodischen Altstimme leise zu summen an, irgendein übermütiges Negro Spiritual, um seinen niemals sehr starken Widerstand zu unterminieren. Es war ein Wiegenlied, das die Grippe vertreiben und die Gesundheit wiederherstellen und gleichzeitig eine standhafte und unbesiegbare Erektion hervorrufen sollte. Robin stöhnte vor Lust, wobei er entdeckte, daß sie außer Schuhen und Strümpfen unter dem Pelzmantel nackt war. «Das dürfen Sie nicht tun, Trash», krächzte er, aber sie hatte bereits seine schwerfälligen Finger zu dem feuchten roten Schlitz, ihrem zweiten Mund, gelenkt, wo sie die zarte Beute ertasteten, und zwar offensichtlich genau an der richtigen Stelle, denn sie hob verzückt den Kopf und schnaubte wie eine Tigerin, während sie sich ein wenig zurechtrückte, um seine Finger auf ihrem Auslöser zu fühlen. Als sie bereit war, warf sie ihren Pelzmantel ab und stieg auf ihn mit der Begeisterung eines Kindes, das sein erstes Schaukelpferd besteigt. Er war böse auf sie, was ihn animierte, so daß er eine erstklassige sportliche Leistung vollbrachte, die sie völlig erschöpfte. Schließlich verschmolzen sie zu der höchsten Form der Vereinigung, zu einem schwarzen Orgasmus von tiefster Lust und Stärke. Sie war für die Liebe wie geschaffen, diese Nymphe! Kuß, Kuß, die Systematik der tugendhaften Willfährigkeit, weder grausam noch hinterhältig, nur die mysteriöse Vision der Ganzheit. Es war Eros gegen Agape. Und hier war er, verdammt, ein Leben lang zu masturbieren, weil diese Nymphe die Hindernisse verweigerte. Er lag im Bett mit dem verwuschelten Gefühl, daß er nach Baby-Milch-Scheiße und antiseptischer Seife röche, während sie neben ihm schnaufte, mit Brüsten so frisch wie Tautropfen. «O Gott, Trash!» sagte er mit einer Traurigkeit so groß wie ein Blumenkohl. Sie hatte flüsternd den sechzehnten Psalm angefangen aufzusagen. «Bitte nicht», sagte er verzweifelt, und Trash antwortete:

«Sie hat gesagt, wenn ich ihn rezitierte, würden Sie ja sagen, zustimmen.» Er wurde ärgerlich und sagte: «Also rücken Sie schon raus mit der Sprache! Spucken Sie es aus! Was wollen Sie?» Aber sie erregte ihn wieder, ihre geschickten Hände versuchten die Sandburg seiner Erektion, die von der emotionalen Flut zerstört worden war, wiederaufzubauen. «Gib mir deine hängenden Eier, Mann», sagte sie und ergriff und bearbeitete das köstlichste seiner Besitztümer. Aber jetzt bäumte er sich gegen sie auf und weigerte sich, eine Erektion zu haben, es sei denn, sie beantworte seine Fragen. Er erreichte dies, indem er die Augen schloß und an Speiseeis dachte. Sie war enttäuscht über diesen unerwarteten Widerstand und ging aufs Klo, wo sie mit so viel Lärm Wasser ließ wie vier Zuchtstuten. Dann kam sie zurück an sein Bett und sagte schlicht, aber eindringlich: «Wir haben beschlossen, eine Weltreise zu machen. Haben Sie etwas dagegen?»

Die Frage kam so unerwartet, daß er einen Augenblick lang völlig überrumpelt war. «Welche Welt?» fragte er schließlich. «Der Krieg ist bald vorbei. Es dauert nicht mehr lange, bis wir losfahren können. Verstehen Sie, Robin, sie will mir all die Bildung vermitteln, die Sie ihr vermittelt haben.» – «Worüber reden Sie?» fragte er ehrlich bestürzt. Sie mußte irgendwie etwas von der Landung der Alliierten gehört haben und von den siegreichen Schlachten, die die Deutschen aus Europa vertrieben und in ihr Vaterland zurückgeworfen hatten.

«Der Krieg ist noch längst nicht vorbei», sagte er, aber sie erwiderte hartnäckig: «O ja, er wird bald vorbei sein, jetzt, wo die amerikanischen Marines gelandet sind. Sie kennen die amerikanischen Marines nicht, Robin. Aber ich kenne die amerikanischen Marines, sie haben die größten Schwänze der Christenheit.» Er wußte nicht, was er antworten sollte. «Meinen Sie, sie *sind* die größten Schwänze?» Aber sie schüttelte energisch den Kopf und sagte: «Nein, ich habe gemeint, sie *haben* die größten Schwänze.»

«Der Herr sei dein Hirte», sagte er und betete zu Gott, daß der klare Verstand siegen werde. «Setzen Sie sich, Trash, und ich werde Ihnen den Krieg erklären.» Er holte tief Atem und nahm Tonfall und Akzent des BBC-Regisseurs für den Kinderfunk an. Er erklärte Trash, selbst wenn durch ein Wunder morgen der Krieg aufhörte und Frieden geschlossen würde, werde es Jahre dauern, bis alles wieder normal lief. Zum Beispiel würden Privatleute jahrelang nicht reisen können, es sei denn, es gelänge ihnen, sich als Repräsentanten irgendwelcher ziviler oder militärischer Organisationen zu tarnen. Sie hörte sich mit leuchtenden, aufmerksamen Augen seine logischen Ausführungen an, nickte zuweilen und befeuchtete sich die Lippen, als wolle sie etwas einwerfen. Aber er fuhr unbeirrt fort und zählte all die gegenwärtigen und zukünftigen Schwierigkeiten auf und versuchte, ein Bild einer auf Jahre hinaus düsteren Zukunft zu entwerfen: Die Demobilmachung, der Wiederaufbau der Städte, die Wiederbelebung der zerstörten Wirtschaft, die Neuerrichtung der öffentlichen Ordnung, all dies würde Jahrzehnte dauern! Und hier säßen sie und redeten über Weltreisen, die sie als Touristen unternehmen wollten!

«Verstehen Sie das nicht, Trash?» fragte er der Verzweiflung nahe, denn er hatte plötzlich den Eindruck, als hätte sie, während er seine Meinung darlegte, an etwas ganz anderes gedacht.

«Sie können mit uns kommen, Rob. Sie hat mir aufgetragen, es Ihnen zu sagen. Sie dürfen bloß nicht böse mit uns werden. Sie will mir nur die Kultur vermitteln, die Sie ihr vermittelt haben.» Er schnaubte zornig. Er hatte vor langer Zeit von einer alten Tante Geld geerbt, allerdings mit der Auflage, es für Reisen auszugeben. Etwas Besseres hätte er sich gar nicht wünschen können, besonders da der Krieg kurz bevorgestanden hatte – zumindest hatte jedermann das im Gefühl gehabt. Und so hatte er Pia auf eine Blitzreise um die Welt mitgenommen, zuerst zu den historischen Stätten Europas und dann in den Orient, soweit er per Eisenbahn oder Wasserflugzeug erreichbar gewesen war. Sie waren verwirrt und benommen und mit einer ganzen Bibliothek von Prospekten und Broschüren zurückgekehrt, das Geld war bis auf den letzten Penny ausgegeben. Pia hatte das alles mit sprachloser Dankbarkeit über sich ergehen lassen. Gott allein wußte, wieviel sie in sich aufgenommen hatte. Aber die Reise hatte sie verändert, und für ihn war sie natürlich sehr wertvoll gewesen, denn nun wußte er, welche Orte er bestimmt nie wiedersehen wollte. Die Indien-Tour Kakerlake nach Kakerlake, zum Beispiel, war unbeschreiblich gewesen, der *Ur-cafard* mußte dort in den Ebenen gehaust haben. Während man im Himalaja bis zum Lebensende hätte bleiben wollen. Er hatte herausgefunden, daß Pia die primitivsten Dinge nicht wußte, ja sie war fast analphabetisch, aber sie hatten eine nepalesische Nonne getroffen, die gesagt hatte, daß Pia geistig hochentwickelt sei – höher als er. «Man braucht nicht klug zu sein, um weise zu sein», hatte diese freundliche Dame gesagt, die in England erzogen worden war und perfekt Druidisch sprach. Er liebte Pia nach dieser Reise mehr als je zuvor und überschüttete sie mit Informationen und Küssen dicker als die fliegenden Fische im Indischen Ozean. Aber sie rümpfte die Nase über den Kama Sutra und sagte, es sei ‹ungesund›. Sie fand, der Taj Mahal hätte aus Ziegelstein hübscher ausgesehen. Und nun wollte sie alle diese Kenntnisse an Trash weitergeben, Darling Trash, die mit den Händen im Schoß vor ihm saß, ihr Mantel stand so offen wie ihre Schenkel. Sie sah ein wenig niedergeschlagen aus, als hätte sie ihren Auftrag nicht erfüllt. «Wann wollt ihr fahren?» Sie zuckte die Achseln und sagte: «Sobald wie möglich. Wir möchten nur, daß Sie ja sagen, denn Pia würde nie etwas ohne Ihre Erlaubnis tun, das wissen Sie auch, Robin. Aber wenn Sie jetzt ja sagen, dann können wir uns Broschüren kommen lassen und anfangen, Pläne zu machen. Schon die Gewißheit, daß sie losfahren darf, wird ihren Geisteszustand bessern.» Sein Gesicht hellte sich auf. «Also das ist alles, was ihr von mir wollt? Nur meine Erlaubnis?» Sie nickte. «Natürlich könnt ihr fahren», rief er herzlich aus. «Ihr müßt fahren!» Woraufhin sie ihren Pelz abwarf und herumtanzte und dabei mehrmals: «Hurra und Überhurra!» schrie, dann folgte ein kurzer, vielsagender Vers:

«Wenn ich will
Dann muß ich halt
Wenn ich muß,
Dann will ich bald!
Kind, hab ich 'ne Wanderlust!»

Es war offensichtlich, daß die Reise für sie bereits begonnen hatte. «Sie stellen sich als ein Geschenk Gottes heraus, Trash», sagte er, und versuchte ihre sexuellen Spiele wieder aufzunehmen, aber sie stürzte davon, um Pia alles zu erzählen. Sie verschwand blitzschnell und vergaß ihre Ohrringe.

Sutcliffe probierte sie an und fand, daß sie ihm recht gut standen; er legte sie vorsichtig beiseite. Eines Tages würde er sie im Konsulat tragen, er versprach sich eine kleine Sensation davon. Aber nun klingelte das Telefon, und das Amt teilte ihm mit, daß die Leitung repariert sei. Er war nicht gerade erfreut darüber, denn nun hatte er keine Ausrede mehr, Aubrey Blanford-Bloshford nicht anzurufen, der über sein Leben bestimmte. Nach einiger Überwindung ergriff er sein zerfleddertes Adreßbuch, in das Constance die Nummer der Klinik eingetragen hatte. Er verlangte mit aufgeregter Fistelstimme nach Mrs. Benzedrine Papadopoulos, aber Aubrey erkannte ihn natürlich sofort. «Am Apparat», sagte er, und Sutcliffe stöhnte laut. Sein Mentor sagte: «Warum stöhnen Sie wie Heathcliff während der Geburtswehen, wo Sie doch nur ein in Ungnade gefallener, schlichter Sutcliffe sind. Was haben Sie hinter meinem Rücken angestellt?» – «Ich war krank», sagte Sutcliffe mit hochdramatischer Betonung. «Und jetzt habe ich Sie angerufen, um Ihnen mitzuteilen, daß Trash mich vergewaltigt hat. Es war sehr vergnüglich, aber gegen meinen Willen. Eine einwandfreie Vergewaltigung!»

«Das ist unmöglich, denn Sie sind eine reine Fiktion.»

«Haben wir denn keine Zukunft?»

«Sie haben Kontexte, aber keine Zukunft und keine Vergangenheit.»

Er lachte und rezitierte:

«Sag mir, wie Fiktionen ficken?
All den Helden scheint's zu glücken!»

Sutcliffe improvisierte seinerseits:

«Wie Korn zu dreschen, Schmerz genießen,
Opiate in den Abfluß gießen.»

Aber er lauschte aufmerksam auf die Klangfarbe der Stimme Blanfords. Er wußte, daß er seine Gefühle in einer Stress-Situation oft hinter einer gewollten perversen Frivolität verbarg, er verkroch sich in seine Verzweiflung wie eine Krabbe unter einen Stein, und von dort war er nicht zu vertreiben. Grundsätzlich mangelte es ihm an Leidenschaft, es war eine Art Stromausfall, der jetzt auch nach außen hin sichtbar gemacht worden war, durch die physische Verletzung, die er erlitten hatte. Er grunzte, und Blanford, der seinen Gedanken gefolgt war, sagte: «Alles, was Sie sagen, ist richtig.»

«Ich habe nichts gesagt», erwiderte Sutcliffe. «Ich habe nur über eine Menge nachgedacht. Es ist, als wären wir beide Versionen der gleichen Person, nur daß man uns auf verschiedene Zeit-Schienen gesetzt hat. Die Wirklichkeit ist sehr ermüdend.»

«So ist es», sagte Aubrey. «Laß uns Glieder untereinander sein, so wie das große Buch es fordert.»

B.: «Welches Buch? Ihres oder meines?»

S.: «Meines. Es hat den besseren Titel, finde ich.»

Blanford seufzte und sagte: «Meines ist noch nicht fertig, aber ich habe einen Ameisenhaufen von Notizen, die mir helfen werden, es zu Ende zu schreiben. Wann haben Sie Ihres beendigt?»

«Als ich hörte, daß Sie kommen.»

«Und wie heißt es?»

«Der Fürst der Finsternis.»

«Hm.»

Sutcliffe konnte sich nicht verkneifen, seinen Shakespeare zu zitieren: «Der Fürst der Finsternis ist ein Gentleman.»

«Sie müssen sich bei mir sehen lassen», sagte Blanford in einem veränderten, schärferen Tonfall. Sein Sklave hörte den grimmigen Unterton und stimmte erstaunlich unterwürfig zu: «Ich wußte, daß wir uns eines Tages treffen müssen, um Versionen auszutauschen – das ist unvermeidbar. Vielleicht können wir uns gegenseitig helfen. Sie, zum Beispiel, haben einige Probleme, die gar nicht so einfach sind. Was ist eigentlich mit den Liebenden?»

Blanford antwortete irritiert: «Nachdem Sie Shakespeare so lieben, sollten Sie wissen, daß Reisen mit der Trennung der Liebenden enden.»

«Oh, wie bedauerlich», sagte Sutcliffe ironisch. «Wie werden Sie das hinkriegen? Meine eigene Version entspricht der Wirklichkeit. Die Frau ist verletzt, wenn er sie verläßt, aber ungebrochen. In meiner Version bietet er ihr an, sie mitzunehmen, aber sie weigert sich.»

«Vollkommen richtig», rief Blanford erfreut und erstaunt aus. «Woher zum Teufel wissen Sie das?»

«Sie wissen, woher ich es weiß.»

Blanford schwieg eine Weile, dann sagte er: «Sie müssen jetzt kommen. Je eher, je besser. Kommen Sie um vier Uhr zum Tee, und vergessen Sie nicht, Ihre Version mitzubringen, da sie schon beendigt ist. Es wird mir helfen, denn ich bin ein wenig durcheinander. Gestern hat sie den Nachmittag bei mir verbracht, und ich habe ihr Teile des Buchs vorgelesen, bin aber mittendrin eingenickt. Und ich fürchte, daß sie ohne meine Erlaubnis den Rest durchgeblättert hat, während ich schlief. Es ist mir ehrlich unangenehm, weil sie es eigentlich nicht erfahren sollte, bevor er nach Ägypten zurückfährt.»

«Unbewußte Sabotage?»

«Oh, natürlich. Ich bin eifersüchtig.»

«Dann sind Sie kein Künstler.»

«Lassen wir das offen. Ich erwarte Sie heute nachmittag um vier Uhr. Ich werde Sie sofort wiedererkennen und ausrufen: ‹Doktor Liebfraumilch, nehme ich an› und meinen Tropenhelm lüften.»

Er legte den Hörer auf und dachte eine lange Weile nach, bis ihn plötzlich eine Art Weltmüdigkeit überkam. Was hätte er nicht dafür gegeben, dieses ganze verdammte Bündel von Manuskriptseiten in den See werfen zu können. Der gestrige Zwischenfall hatte ihn mitgenommen, er war wie ein bohrender Zahnschmerz. Constance war gekommen, um ihm eine Stunde Gesellschaft zu leisten, leider kurz vor seiner Siesta. Er hatte ihr eine Passage aus seinem Buch vorgelesen, aber der Schlaf hatte ihn übermannt. Er las sie jetzt noch einmal durch und rief sich die Szene ins Gedächtnis zurück. Sie lautete wie folgend:

«Affad in seiner fleckigen braunen *abba*, so fragil und gewichtslos wirkend, saß im Sand und fuhr fort: ‹Vom kosmischen Standpunkt aus gesehen ist, Meinungen oder Prioritäten zu haben, eo ipso ein Zeichen dafür, daß man krank ist, denn allein ihr Vorhandensein blockiert die Flut der unerbittlichen Kraft, die wie ein Fluß zu dem Ozean aller unbekannten Dinge hinströmt. Die Wirklichkeit ist eine laufende Schlinge, man wird mit einem Ruck hochgerissen durch den Tod. Es wäre weiser gewesen, mit dem Unvermeidlichen zusammenzuarbeiten und zu lernen, von diesem unglückseligen Zustand zu profitieren, indem man den Tod als Wirklichkeit hinnimmt und ihm sich anpaßt! Aber dies tun wir nicht; wir gestatten dem Ich, daß es sein eigenes Nest beschmutzt. Und von daher stammen unsere Unsicherheit und Überforderung und die Mitternachtsfrucht der Schlaflosigkeit, diese ganze Kultur, die sich in den Schlaf weint. Wie kann man diesen augenblicklichen Zustand verbessern, außer durch die Kunst, durch die Gaben, die uns mit einer von Emotionen befreiten Sprache versehen: Poesie, in den Dienst der direkten Einsicht gezwungen?»

«Kunst?» schrie sie ärgerlich. «Was für ein Unsinn, Aubrey!»

«Kunst», antwortete er energisch.

«Nein!» Constance war bis aufs äußerste verärgert und empört über diese willkürlichen, verlogenen Argumente, sie streckte ihre Hände nach vorn mit den Daumen nach unten und starrte seufzend auf den stillen See. Plötzlich brach es aus ihm heraus, als wollte er ihre Gedanken widerlegen: «Verstehen Sie nicht? Er macht keine Scherze, diese Bruderschaft ist fest entschlossen, dem Tod durch freiwilligen Selbstmord zuvorzukommen. Man kann es freiwillig nennen, obwohl tatsächlich der Schlag unsichtbar erfolgt, ausgeführt von jemandem oder irgend etwas, von einem Werkzeug ihres kollektiven Schicksals, wenn Sie so wollen. O Gott, verstehen Sie es noch immer nicht?» Er bemerkte den ärgerlichen verachtungsvollen Ausdruck auf ihrem Gesicht.

«Nun, man kann sich auch auf diese Art auf Wiedersehen sagen», erwiderte sie kühl. Wirklich, Affad hätte ihr all das, was zwischen ihnen üppig wie ein tropischer Dschungel aufgeblüht war, ersparen können, da er von Anfang an gewußt hatte, daß die ganze Sache im Nichts endete, daß sie sich beide früher oder später an der kahlen Mauer seines freiwilligen Verschwindens stießen – ein Tod, gegeben von einer unbekannten Hand, die von einem unsichtbaren Komitee im Konklave ausgewählt war, fern von hier in den Wüsten Ägyptens. Ihre ganze Erziehung, ihre Wissenschaft, ihre Arbeit waren darauf angelegt, gegen dieses feige Prinzip des Selbstmords, des Sichaufgebens anzukämpfen. Und sie sprachen über Kunst, als sei sie eine Art Vitamin! «Kunst!» sagte sie laut und angeekelt. Sie war sprachlos über die Kleinmütigkeit der Männer! Die Psychologin in ihr erinnerte sich an alles, was sie über abwegige Zustände wie Autismus und Katatonie wußte, mit den dazugehörigen starken Unterströmungen von einem von der Realität übermannten Narzißmus. Sie dachte an die scheuen und beunruhigten Blicke aus den seegrünen Augen ihres Liebsten mit einer Mischung aus Mitleid und Haß. So, im Grunde genommen war er ein Schwächling und kein Kerl. Und das Herumspielen mit diesen abstrusen, gnostischen Ideen war sicherlich gefährlich für ihn und für sein seelisches Gleichgewicht? Sie sagte zu sich selbst: Wenn der Geist die Verbindung mit den eigenen Zärtlichkeiten verliert – mit dem eigenen Katzenlecken über das Körper-Image seiner selbst –, dann verliert er die Kraft, sich selbst zu schätzen und sich wiederaufzubauen durch Selbstachtung. Die Hülle seines Fleisches verdorrt; der Mensch wird zu einer Gliederpuppe, das heißt: zu einer Maschine.

Kunst! Wen interessiert das schon? Innerlich lachte sie sardonisch, äußerlich sah sie kühl, bleich, stumpf und völlig verunsichert aus. «Ich glaube, ich werde das Rote Kreuz verlassen und zu meinem früheren Job zurückkehren, wenn das noch möglich ist», sagte sie. Er sah sie verblüfft an. «Ich weiß», sagte sie und starrte ihn an, «es ist eine Art von Flucht, und grundsätzlich bin ich dagegen. Aber ich brauche Zeit zum Nachdenken.» Aber eine Flucht nach Avignon, das wußte sie bereits, war nicht mehr möglich. Und ihre übertriebenen Gefühle waren überhaupt fehl am Platz, denn sie alle waren zum Tode verurteilt, sie alle und die gesamte Welt. Ganz Europa war ein Selbstmörder-Verein, oder etwa nicht?

Diese Überlegungen verstärkten noch ihren Ärger. Warum häuften sich in ihr die Vorwürfe gegen ihn, nur weil er sozusagen ein eingetragenes Mitglied dieser absurden Selbstmord-Bruderschaft war, mit ihrer feigen Weigerung, die Welt so zu sehen, wie sie ist? Der Grund (dachte sie) ist wohl, daß Eros eine falsche Sicherheit verlangt, ein Versprechen der Unsterblichkeit, um zu gedeihen, und ‹gedeihen› hieß in diesem Zusammenhang: ein Kind gebären. Das war's. In der Tiefe ihrer Seele hatte sie geplant, ihre Liebe auszudehnen bis in die ferne Zukunft, ein Kind von ihm zu bekommen. Aber diese abrupte Warnung, daß sein Verschwinden immer im Bereich der Möglichkeiten lag, hatte sie verstört. Das Gefühl, daß dies die Kontinuität ihrer Liebe – sowieso eine reine Illusion – bedrohte, ließ sie zurückschrecken. Und nun war sie nicht nur auf ihn wütend, sondern auch auf sich selbst. Sie hatte sozusagen beim Kartenspiel gemogelt. Der schläfrige Blanford beobachtete das Hin und Her ihrer Gedanken und Gefühle auf ihrem verärgerten Gesicht.

Sie schwiegen eine lange Weile, dann nahm er das Manuskript wieder auf und sagte: «Es ist nur ein Roman, das Skelett eines Exposés für eine Geschichte, die auf ernsthaften Nachforschungen basiert. Ich wurde dazu durch die sporadische und zufällige Lektüre vieler Bücher angeregt, aber vor allem durch die unerklärliche kriecherische Kapitulation der Tempelritter und ihrer offensichtlichen Schuld. Es war Affad, der mir erzählte, daß sie Gnostiker gewesen sind, sich verpflichtet hatten, die Schwerter mit Monsieur zu kreuzen, statt sich seiner Herrschaft zu unterwerfen. Dann nahm ich die Fäden am Ursprungsort in Alexandria auf. Ich kann Ihnen nur sagen, sie nehmen die Sache bitterernst. Der Kult des menschlichen Kopfes existiert noch heute. Im Roman war der Todesplan Piers' ein Versuch, sich seine Überlebenschancen auszurechnen. Er hatte die Namen seiner Freunde unter den Namen der Tempelritter dort eingetragen. Plötzlich erkannte er, daß er an der Reihe war, aber wer würde ihm den Todesstoß versetzen? Ich habe das Buch noch nicht ganz ausgelesen, aber in der endgültigen Fassung könnte es Sabine gewesen sein.» Er hielt inne, bevor er langsamer fortfuhr: «Der Selbstmord ist ihnen verboten, daher *mußte* es ein vorgeplanter Ritualmord sein. Natürlich legt nur der innere Kreis dieser Bruderschaft dieses Gelübde ab, aber sobald ein Mitglied ausfällt, wird ein anderes gewählt. Affad hat Jahre darauf warten müssen, hat er mir erzählt. Und natürlich weiß auch er nicht, wann er die Botschaft erhält – ein kurzer Strohhalm, der auf einen Reispapierzettel geklebt ist, auf dem sein Name steht. Der Brief mit der ägyptischen Briefmarke.»

Es entstand eine Pause. «Schuljungen!» rief sie voller Verzweiflung aus.

«Affad verläßt die Stadt übermorgen. Er rief mich an, um zu fragen, wo Sie sind. Er fürchtet, daß Sie böse auf ihn sind und ihm das vorwerfen, was Sie einmal sein ‹vorsündhaftes Geschwätz› genannt haben.» Sie lächelte ein wenig wehmütig. «Kann sein, daß ich es tue, das nächste Mal, wenn wir uns wiedersehen.»

Sie schickte den Wagen fort und ging zu Fuß ums Seeufer, und an ihrem üblichen Treffpunkt, gegenüber der Landzunge nahe der Zufahrtsstraße zur Stadt, erblickte sie Affads Wagen mit offener Kühlerhaube; er war offensichtlich in Schwierigkeiten. Er versuchte ungeschickt, irgend etwas zu reparieren oder einen Fehler zu korrigieren, aber auf eine so linkische und verzweifelte Art, daß sie fast lachen mußte. Von Motoren verstand er nichts, wie er selbst zugab, und die Motoren wußten es. Er sah sie näher kommen, und einen Moment lang wußte er nicht recht, wie er sich verhalten sollte, es war ihm so peinlich, mit diesem teuren Wagen hilflos auf der Straße zu stehen. Und so tat er nichts, er stand einfach bewegungslos da und lächelte sie demütig und zerzaust, voller Verzweiflung, an. Als sie noch einige Meter von ihm entfernt war, rief er ihr zu:

«Hast du es schon gehört, ich bin endlich zurückbeordert worden.» Sie antwortete nicht, sondern ging schweigend auf ihn zu und blickte ihn mit so einer gierigen Intensität an, daß man hätte meinen können, sie wolle die Erinnerung an die Augenblicke mit ihm in sich aufspeichern, um sich gegen seine Abfahrt zu wappnen. «Du bist gekommen, um mir Vorwürfe zu machen», sagte er, aber sie schüttelte den Kopf. Sie sah ihn plötzlich, wie er wirklich war, sie hatte sein Eidos gesehen mit all seiner freundlichen Passivität und seiner femininen Wärme. Hier stand er, ölbedeckt mit zu Berge stehenden Haaren, zutiefst verletzt und gedemütigt von einem streikenden Motor. Eine Welle des Mitleids überkam sie, ihr Herz schlug ihm entgegen, und mit Augen voller Tränen des Glücks schlang sie die Arme um ihn, als wolle sie ihn über seine Niederlage hinwegtrösten. Ein unbekannter Schmerz ergriff sie, aber gleichzeitig fühlte sie auch eine neue und völlig unerwartete Großmut. «Ja, ich wollte dir Vorwürfe machen, verdammt noch mal.» Aber dieser kleine Fluch war nicht als solcher gemeint, er war eher eine Liebkosung. Er blickte sie an aus seinen traurigen seegrauen Augen. Sie sagte: «Ich bin hauptsächlich gekommen, um dir zu danken, daß du mir den Schlüssel für mein Selbst gegeben, mir beigebracht hast, zu leben und Eigenes zu schaffen, ohne einen Mann. Dafür stehe ich lebenslang in deiner Schuld.» Sie umarmten sich stürmisch. Sie fügte hinzu: «Ich weiß, du würdest mich mitnehmen, aber ich bleibe hier, wo ich hingehöre, vielleicht wirst du zurückkommen, vielleicht nicht. Es wird sich zeigen.» Sein verliebter, tief dankbarer Blick sprach Bände. «Mit soviel Tod auf der Welt steht uns doch gewiß ein wenig Liebe zu?» sagte sie. «Wir wollen sie uns nicht verderben oder schmälern durch Kleinlichkeit oder Unaufrichtigkeit.»

Sie stieg in den Wagen und drückte auf den Anlasser, wie durch ein Wunder sprang der Wagen an, und sie fuhren am See entlang. Noch niemals zuvor in ihrem Leben hatten sich Freundschaft und Liebe auf so vollkommene Weise vereint. Sie hatte das Gefühl, daß sie von nun an alles verstehen könnte, nie mehr zurückzublicken brauchte. Es war die richtige Art, sich zu trennen, selbst wenn es nicht für immer war.

«Was wirst du tun?» fragte er und legte den Arm um ihre Schultern, denn sie saß am Steuerrad. «Vor uns mögen noch Jahre liegen.»

«Ich werde hartnäckig meinen theologischen Kurs verfolgen – den Taj Mahal auf einer Eisscholle bauen, wie du es nennst.»

«Um herauszufinden, wie viele Psychoanalytiker auf einem Stecknadelkopf tanzen können?»

«Juden? Eine unbegrenzte Zahl, davon bin ich überzeugt.»

Sie beobachteten lange und schweigend den blauen See, der sich neben ihnen ausbreitete, dann sagte er: «Es war bei einem Gespräch mit dem Prinzen, als mir plötzlich und sehr deutlich bewußt wurde, daß ich mich dir gegenüber unritterlich verhalte. Er sprach zum erstenmal in einem scharfen Tonfall zu mir und sagte, daß ich in Anbetracht meiner Verpflichtungen, über die du ja wohl inzwischen voll informiert bist, nicht *frei* wäre, dich zu lieben. Und zwar im buchstäblichen Sinn des Wortes. Ich dürfe meine Verpflichtungen dem Komitee gegenüber nicht vernachlässigen, ich würde sonst die Glaubenskette, die uns zusammenhält, sprengen. Ähnlich wie jemand, der einen Kettenbrief platzen läßt. Deutlicher gesagt, ich hätte dich bewußt irregeführt, und das werde er, der Prinz, keinesfalls länger dulden!» Er konnte ein freundliches Grinsen nicht unterdrücken, als er den Tonfall des Prinzen nachahmte. Constance lächelte auch. «Nett von ihm», sagte sie, «zumindest gibt es einen, der mich liebt.»

Affad sagte: «Ich bin verpflichtet, zu der Bruderschaft zu gehen, um mich mit ihnen zu beraten und zu fragen, ob es eine Möglichkeit gibt, mich von ihnen zu lösen. Sollte dies möglich sein, dann wäre ich frei, zu dir zurückzukehren. Und dann sähe alles anders aus. Wir könnten auf Grund dieser Erfahrung eine andere Art von Leben ins Auge fassen. Würdest du diese Idee gutheißen?»

«Du würdest es nicht über dich bringen», sagte sie nach einer langen Pause. «Du verlörest deinen Lebensinhalt. Es wäre falsch für dich, es zu versuchen. Ich bin sicher, wenn du darüber nachdenkst, wenn der Zeitpunkt kommt, daß du dich mehr an sie, an die Organisation, als an mich gebunden fühlst. Äußerlich bin ich natürlich noch immer die gleiche, und niemand kann uns verbieten, uns weiterhin zu treffen, aber die innere Landschaft hat sich verändert, und vermutlich für immer.»

«Für die Liebe ist es eine Feuerprobe», gab er zu. «Aber ich weigere mich, meine Zukunft zu verpfänden. In meiner jetzigen Stimmung bin ich sicher, daß ich mich freimachen und zu dir kommen kann, bevor es zu spät ist. Constance, schau mich an.» Sie wandte ihm eine Sekunde lang ihre strahlenden Augen zu, dann blickte sie wieder auf die Straße. «Kann ich dir ein Unterpfand hinterlassen – ein sehr seltsames Unterpfand? Ich wollte dich schon lange fragen, ob du dich mit der Krankheit meines Sohns beschäftigen und dein Urteil abgeben könntest. Aber ich habe immer wieder gezögert. Doch nun habe ich das Gefühl, es ist richtig, dich zu fragen, ob du ihn sehen könntest während meiner Abwesenheit. Wirst du es tun?»

Sie sagte nichts, aber ihre Augen füllten sich langsam mit Tränen, die sie jedoch nicht vergoß. Ein schrecklicher Gedanke war ihr plötzlich gekommen, dessen Niederträchtigkeit sie zutiefst schockierte, nämlich: Er will, daß ich seinen Sohn heile, um die Liebe seiner Frau wiederzugewinnen. Wie konnte sie nur so etwas Gemeines und Unwahres denken? Um diesen fürchterlichen Verdacht sofort auszumerzen, beugte sie sich zu ihm und küßte ihn schnell auf den Mund. «Natürlich werde ich das tun, mein Liebling», sagte sie, «natürlich.» Er dankte ihr und fügte hinzu: «Lili hat es schon vor längerer Zeit vorgeschlagen. Sie wird froh sein. Und der Gedanke wird uns verbinden, während ich fort bin.»

Sie fuhren vor dem Rot-Kreuz-Büro vor und ließen den Wagen auf dem Hof stehen. Es war ein angemessener Ort, Abschied zu nehmen, selbst wenn es nur ein vorläufiger war. Sie küßte ihn und ging auf die Billiard-Bar zu. Er blickte ihr mit seinen sanften, zögernden Augen nach, die jedoch auch irgend etwas Endgültiges widerspiegelten. Im Vorbeigehen vermeinte sie Sutcliffes Stimme zu hören, die sagte: «Es gibt keine großen Liebenden mehr, mein Junge, das heutige Liebesspiel heißt: Mensch ärgere dich nicht.»

Bald würden nur noch Erinnerungen übrigbleiben, ein Zurückgehen in die Vergangenheit, so wie man einen alten Pullover aufribbelt, bis zur letzten gefallenen Masche: die Ur-Sünde. Die meisten Liebesaffären gleiten von der Sattheit in die Gleichgültigkeit, aber er hatte ihr eine Version des alten Textes gegeben, die man weiter ausspinnen konnte wie einen lebhaften Dialog, der sich sogar in seiner Abwesenheit fortsetzte. Die Bewußtmachung des Orgasmus als eine graduelle, gemeinsame Erfahrung, es war wie etwas Neues in der Wissenschaft! Später würde der Gedanke an ihn sie vielleicht schmerzen wie ein vergifteter Pfeil, aber im Moment spürte sie nur ein inneres Frohlokken, ein großes Zusammengehörigkeitsgefühl.

Diese Liebe gehörte zu einer anderen Kultur. Die Welt – wie ein riesiger Schnellzug – wechselt die Weichen, ohne jemanden um Erlaubnis zu fragen, geht von Tabakrauch auf Wein über, von Dampf auf Segel, von Satyr auf Faun, von einem Kalkül zum anderen: und wir leben unter der Knute ihres Symbolismus. Ein kleiner Fehler, ein zu spät angedrehter Schalter, und schon springt der Gigant heulend und prasselnd aus den Schienen und in die Nacht, in den Himmel, in die Sterne. Es war schwierig, die Dinge klar zu sehen. Zwischen *vérismo* und *trompe l'œil* waren sie dazu verdammt, zu versuchen zu leben und zu lieben.

Als sie in dieser Nacht beobachtete, wie die Dämmerung sich auf den teilnahmslosen See senkte, der die herzlose Stadt widerspiegelte, schien sie Leben und Tod wie einen einzigen in der Mitte zusammengefügten Zentaur zu sehen, der durch das eisblaue Wasser auf sie zukam.

DREIZEHN

KONTRAPUNKT

Sutcliffe war, trotz seiner Tendenz zur Schalkhaftigkeit und Frivolität, nichtsdestoweniger ein sehr ergebener Sklave. Besessene sind dies häufig. Er erschien und setzte sich auf den Stuhl neben dem Bett, kurz bevor Blanford aus einem durch Betäubungsmittel bewirkten und daher unerholsamen Schlaf erwachte. «Nun», sagte er burschikos, «endlich treffen wir uns, Dr. Dyingstone, wie ich vermute.» Sutcliffe nickte ernsthaft und sagte: «Zu Ihren Diensten.»

Sie brachen beide in Gelächter aus, während sie sich beäugten. «Ich habe Sie mir viel fetter vorgestellt», sagte der eine, und der andere erwiderte: «Und ich viel dünner.» Nun, sie mußten sich mit der Wirklichkeit abfinden, nur auf ihr konnten sie etwas aufbauen; es war natürlich lästig, daß es sozusagen mehrere verschiedene Versionen einer Wesenheit gab, oder nicht? Sutcliffe hatte sich sogar die Haare gekämmt und sich einen anständigen Anzug angezogen – seine Aufmachung hätte man als *tenue de ville* beschreiben können. Er hatte einen verbeulten roten Aktenkoffer mit dem Monogramm der Royal Arms auf dem Deckel bei sich, in dem sich sein Roman befand – der ‹andere›. «Wie nennen Sie ihn?» fragte Aubrey neugierig, und nickte, als er den Titel hörte, um seine Zustimmung zu zeigen: MONSIEUR. Seine eigene Version war noch nicht ganz fertig, aber er hoffte, angeregt von Sutcliffe, sie während seiner Genesungszeit zu beenden. Sein Besucher hielt den roten Koffer in die Höhe und sagte: «Alles ist hier drin!» – «Das ganze *quinx* der Sache, Ihr *quinx?*» – «Nein, eher Ihr *quinx*. Mein *cunx*.»

Aubrey blickte seinen Freund bewundernd an und kicherte, als er sagte: «Bei allen fünf Gattinnen des Gampopa, Sie halten Ihren tiefgründigen Stil prima durch. Quinx gegen Cunx, eh?»

«Ein Dialog zwischen Gog und Magog.»

«Zwischen Mr. Quiquenparle und Mr. Quiquengrogne.»

«Ban, ban, Ca – Caliban!»

«So ist's recht!»

Es war großartig, sich so einig zu sein. Sutcliffe hatte bereits die Whiskykaraffe in der Ecke mit einem Tablett voll von Gläsern und Sodasiphons bemerkt. «Gestatten Sie?» fragte er höflich und wies mit einer Drehung der Kehle und zitternden Hängebacken in die Richtung. Ohne auf eine Antwort zu warten, durchquerte er das Zimmer und füllte das Glas, dann bewunderte er den Seeblick, während Aubrey ihn wohlwollend, wenn auch mit einer Art entkörpertem Ausdruck betrachtete. «Mein Sehvermögen ist wie das Ihre noch nicht absolut panoramisch, es ist selektiv, daher gibt es immer wieder den blinden Fleck.» Sutcliffe nickte, runzelte die Stirn und sagte: «Das ist der Fleck, wo Monsieur sich ins kosmische Schema eindrängt. Der gefälschte Dämon, der in den Seiten Zosimos – oder ins Moderne übertragen –, der Dämon, der in den elektromagnetischen Induktionen Faradays auftaucht.»

«Ich war entzückt zu hören, daß er wiedergeboren ist, als ‹der Kobold› im RAF-Kommando und noch immer unter uns weilt. Seine Onkel – der Joker im Kartenblatt und der Erhängte Mann im alten Tarock – sind sehr stolz auf ihn.»

«Kein Wunder, er lebt ein sehr ausgefülltes Leben.»

«Und nun, nachdem der Krieg bald zu Ende sein wird, Robin, was geschieht mit uns beiden? Mit unserer traurigen Bifokal-Sicht und dem beängstigenden sechsten Sinn für das *déjà vu*?»

«Wir werden langsam aus der Mode kommen, wie das wirkliche Leben.»

«Daran zweifle ich, es bleibt noch viel zu tun übrig.»

«Wo?»

«In der Stadt! Wir werden dorthin zurückkehren.»

«Wir alle? In die tote Stadt?»

«Alle, die übrigbleiben. Die Überlebenden der Liebe.»

Sie grübelten über diese Möglichkeit voller Zweifel, ja fast mit Ekel nach. Aubrey sagte: «In einer der Tempelritter-Legenden heißt es, daß das Abendmahl in Avignon stattfand. *Wenn fünf sich zum Abendessen hinsetzen, wer von ihnen war Judas?* So lautet ein Rätsel ohne Lösung.»

«Wird Constance kommen?»

«Natürlich! Constance ist eine Schlüsselfigur.»

Die Zukunft sah plötzlich nicht mehr ganz so trostlos aus. Obwohl sie von Aubrey aus gesehen noch in weiter Ferne zu liegen schien, jenseits seiner Genesung. Er mußte noch Monate lang hier liegen, von Drogen benebelt, während sich die Wirklichkeit auflöste wie eine Tablette in Speichel.

«In meiner Version», sagte er, «kehre ich mit den *ogres* – nach einem Krieg diesem nicht unähnlich – in die Provence zurück und lebe von der Welt abgeschieden in einem *château* namens Verfeuille. Es ist nicht zufriedenstellend. Irgendwas an ihrer aller unseliger Liebe war falsch – ich hoffe, Sie werden mir dabei helfen. Unser wirkliches Leben war spannender als der Roman, was unentschuldbar war. Jetzt gehen wir unter anderen Aspekten zurück, mit einer anderen Mannschaft sozusagen.»

«Kann ich nicht aussteigen? Fortgehen, gleich und sofort?» rief Sutcliffe verzweifelt aus. «Sagen wir nach Indien oder China?»

«Sie wollen ins Leben zurückkehren, aber das können Sie nicht», sagte Blanford mit einem bitteren Lächeln. «So wenig wie ich – nein, es ist ein Zurück aufs Reißbrett, ein Zurück zum Entwurfsstadium. Zurück nach Avignon! Nur zwei Wege führen hinaus aus Avignon, der Weg nach oben und der Weg nach unten – und beide sind dieselben. Die beiden Rosen gehören derselben Familie an und wachsen am selben Stengel – Sade und Laura, der Punkt, wo die Extreme sich treffen. Leidenschaft durch Schmerz ernüchtert, eine *amor fati* durch das Fleisch eingefroren. Das alte Liebesdreieck, auf dem Plato seine Hochzeitszahl basierte, die er von Pythagoras und seinem Dreieck mit einem Hypothenusenwert von 5 herleitete.

«Quatsch!» sagte Sutcliffe respektlos.

«Sie sollen mich nicht von meiner Suche nach der vollkommenen Weiblichkeit ablenken, von der Herrin der sexuellen Tangente, *les éléments limitrophes*. Ich verlange die Liebe-in-Faulheit als mein Recht, eine Laura, die sich ihres Schicksals nicht bewußt ist, *femme fatale, féotale, féodale*.»

«Statt dessen werden Sie nur den ‹fünfsträhnigen› tibetanischen Atem finden, das ‹Roß› oder das ‹Pferd› des weißen Lichts und ein titanisches Schweigen ohne Geographie. Einen großen Baum mit Saft, der in seinen Adern stockt.»

«Aber wo?»

«In Avignon, Rose der gesamten Welt.»

VIERZEHN

AM SEE

Der Tag dämmerte über dem See, und es war so ungewöhnlich warm, daß Blanford keine Lust mehr hatte, still dazuliegen und über den grünen Rasen auf das stille blaue Wasser zu starren. Wie wär's mit einer Ausfahrt? Seine erste Operation würde in zwei Tagen stattfinden. «Cade», sagte er, «heute ist mein Geburtstag. Ich möchte ein wenig frische Luft schnappen. Ich möchte um den See geschoben werden, ich möchte die Geburt des Todes meiner Mutter feiern. Holen Sie den Rollstuhl und eine Decke und nehmen Sie Ihre Bibel mit. Sie sollen mir aus ihr vorlesen, so wie Sie es für sie taten.» Zu seinem Erstaunen sah sein Diener fast entzückt aus, als er dem Vorschlag nickend zustimmte. «Sehr gut, Sir.» Eingewickelt in Decken und in seiner Gummi-Wiege ausgestreckt liegend, spürte Blanford kaum die Gummiräder auf der asphaltierten Corniche. Aber er war noch immer durch die Drogen leicht benebelt und gleichzeitig etwas wirr, so daß ihn seine Gedanken sprunghaft ohne Folgerichtigkeit befielen.

«Cade, wir werden nie ein griechisches Drama auf die gleiche Art sehen, wie die Griechen es sahen.»

«Nein, Sir.»

«Für sie war es ein Sühneopfer.»

«Ja, Sir. Soll ich Ihnen vorlesen? Und aus welchem Teil? Wollen Sie: ‹Am Anfang schuf Gott den Himmel und die Erde›?»

«Nein, lieber ‹Der Herr ist mein Hirte›.»

«Wie Sie wünschen, Sir.»

Die Worte drangen tief in sein Innerstes, und er fühlte sich bis in die Eingeweide angerührt, an seinen Gedärmen gezerrt durch die absorbierende Pracht einer Sprache, die halb verschollen war. Doch paradoxerweise dachte er, während er zuhörte, an andere Dinge, an Nietzsches fehlenden Essay über Empedokles, an Wahnsinn, an Evolution, an das Herauskommen des Mannes aus dem Bauch der zeitgebundenen Frau und mit ihm die ganze Natur. Schleim und Wärme und Wasser einlullende Pflanzen und Infusorien und Larven. Der Schöpfer hat seine Hand bis zum Arm in einen Handschuh gesteckt wie in eine Wursthaut und dann wieder herausgezogen, während eine Sammlung feuchter Organe sich emsig zum Menschen entwickelten. Eine seltsame Ansammlung von Armen, Beinen, Augen und Zähnen, die sich allmählich zu einer Ganzheit organisierten. Ein gleiches an geistigen Attributen flossen aus wie spielende Elektrizität – Wahrnehmungen, Ideenbildung, Empfindungsvermögen, Erkennungsvermögen. Und das alles wurde durch die zentrifugalen Kräfte der herumwirbelnden Welt-Drehscheibe zusammengehalten. Uff! Dann wuchs ein jedes in seiner Kategorie heran: Pflanze zu Baum zu Fisch zu Mensch, dessen Verstand ihn zu unheilvollen Dingen verleiten würde: wie Malerei, Worte, Musik, aber vor allem zu Gebäuden, um seinem Körper eine äußere Form zu geben, ihn zu zelebrieren, ja sogar, um ihn zu beschützen – im Leben als Tempel, im Tod als Grab. Die Hybris kam bald danach und mit ihr das Grauen. Das Geweih Gottes sproß ihm auf den Schläfen, er wurde wahnsinnig und wagte zu *sehen*!

Er entdeckte Feuer, Wein, Waffen und Werkzeuge, aber auch die Steinstützen zum Bauen, die rätselhafte Formel des Pythagoras, den goldenen Arm. (Jeder Mensch hat seine ihm eigene Pyramide.) Er konnte sich nicht genug vom mütterlichen Schatten lösen, um den Tod zu verstehen und sich mit ihm abzufinden oder zumindest ihn sich nutzbar zu machen, wie er sich Flüsse nutzbar gemacht hatte. («Die Druiden hatten vielleicht eine Lösung?»)

Die Stimme von Cade knirschte wie Kies im Strom der Sprache. Seine harte Diktion gab den Worten eine eigene robuste Melodie. Die Vokale blähten sich wie Segel. Blanfords Verstand spielte währenddessen Hopse zwischen seinen verschiedenen Lieblingsideen, welche eines Tages seine Prosa beseelen könnten. «Die Krise kam, als der primitive Mensch seine sexuelle Periodizität verlor, denn dadurch riskierte er, seine Begierde zu verlieren. Die Rasse geriet durch seine Gleichgültigkeit in Gefahr. Und so erfand die besorgte Gottheit Natur die trügerisch schöne Krücke der Schönheit, um ihn anzuspornen. Was konnte unnatürlicher, entzückend perverser sein? Indem die Liebenden sich gegenseitig durch die Augen sahen, erblickten sie mehr ihre Erinnerungen aneinander, sie sahen ‹es› und waren sogleich gefügig und bestrickt.»

«Der Körper kniete, um das Mutter-Image wie eine Kathedrale zu betreten und zu sterben, so daß die fruchtbare Käferlarve ihren Schmetterling ausbrüten konnte, die nächstgeborene Seele, ein Kind.»

«In der Mitte des Lebens sind wir im Tod», sagte Cade.

Aber Blanford folgte hartnäckig seinen Gedankengängen. Das griechische Ideal der Schönheit war eine wunderbare Erfindung, denn ihr Wert konnte auf andere Dinge übertragen, projiziert werden wie ein Lichtstrahl aus dem kostbaren Körper des Menschen. Der Kunsthandwerker und sein Kunstwerk entwickelten sich zur reinen Kunst. Schönheit kann wie Moschusgeruch sich sogar an Maschinen heften: Ersatzkörper mit schönen Proportionen und Rundungen. (Frauen mit schönen Hintern und Hüften voller *galbe.*) An den mentalen Orgasmus kann man so theoretisch herangehen wie an Papiergeld oder an Musik oder Regen. Der Dichter läßt den Kopf hängen, leidet und ruft nach seiner Muse – eine Ein-Mann-Intensivstation für den romantischen Invaliden! Man kann nicht ungestraft

Evas Zukunft betrachten, denn sie trägt die Samen der Idee des Todes in sich!

Dennoch, innerhalb von Stunden nach dem Tod fangen die Körper an auseinanderzufallen wie alte Pullover, sich wieder aufzulösen in ein zufälliges Chaos: Matsch, Mist, Merde. Grußgierige Gespenster! Schatten des lutheranischen Wurmbrots der Weltsicht, herausgezogen aus den großen Innereien mit ihrem schleimigen Kodex. Die großen Dämme des Bewußtseins gestatten nur ein Durchtröpfeln der Wirklichkeit – der Durst herrscht vor, die Wasser des Lebens sind unerschöpflich. Auf der großen Tretmühle des Bewußtseins, was für eine Zukunftsaussicht kann er haben, der arme Neuro-Christ, der aus seiner Ur-Unschuld herausgedreht wurde? Cade schwieg jetzt, er schritt voran mit gesenktem Kopf und starrte auf den Boden unter seinen Füßen. «An was denken Sie, Cade? Sie sagen es nie.» Aber der Bediente schüttelte nur energisch den Kopf und entblößte nervös lächelnd seine gelben Zähne.

Lieblich wie die Geometrie für ein verstörtes Herz wurde das methodische Denken erdacht, und des Zauberers Zollstab. Geistige Fähigkeiten in Kategorien aufgeteilt. Ah, Verrückte, so rosig und glotzäugig! Ah, Melancholiker, so dunkel und zottelig und bleich auf Grund eines Übermaßes an schwarzer Galle! Liebe wurde zum Wahnsinn. «Dann sah ich sie dort, meine kleine Königin.» Die Hebephrenie setzte ein wie die Flut, das hilflose Lachen der schizoiden Nigger. Verratzt meine Herren, verratzt. *Morfondu!* Aus dem Spielfeld. Cade sagte: «Manchmal war sie nicht ganz sie selbst, Sir. Sie hat zu mir gesagt: ‹Cade, ich bin jenseits der Liebe, jetzt hasse ich jeden, sogar meinen eigenen Sohn.› Ich habe mir über ihren Gemütszustand Sorgen gemacht.»

Blanford hört zu, den Kopf auf die Seite geneigt, und hört, wie sein Herz ruhig unter der Decke schlägt. Es waren diese kleinen unerwarteten Eröffnungen, die ihm so wichtig waren. Man glaubt immer, man wisse alles besser, und dann trifft einen die Wahrheit wie ein Blitzschlag. Er sagte zu sich selbst, daß die Liebe durch ihre Machtlosigkeit die Magie besiegt. Merlin sowohl wie Prospero gaben sich geschlagen, lieferten schließlich ihre Waffen ab, die Fülle war alles.

Des Sinnlosen Sinn ist der Schlüssel zum Gral,
Merlin schon erriet es, er schließt allzumal.

Nachdem er sich dieses Wissen angeeignet hatte, konnte er sich nach Esplumior, seiner Heimatinsel, zurückziehen, um dort bis in alle Ewigkeit am besänftigenden Meer mit seinem Freund Prospero Karten zu spielen. Das alte Glücksspiel, gespielt mit Tarockkarten ohne den Gehängten Mann! Esplumior!

Er hörte die rügende Stimme Sutcliffes: «Mehr Arbeit für das Institut der Halluzination und des Koitus! Sie wollen Vernunftsschlüsse mit einem pelagianischen Fick kombinieren, aber das funktioniert nicht. Sogar Trash weiß das. Sie hat gestern zu mir gesagt: ‹Sperma läßt sich abwaschen, Schatz, aber Liebe läßt sich nicht auswaschen. Sie bleibt bei dir bis zum Ende, du mußt sie verschleißen wie einen alten Schuh.›» Jedesmal wenn sie sich jetzt trafen, begrüßten sie sich gleichzeitig mit den Worten: *«Salut! Bon Viveur et Mort Future! Salut!»*

Er hatte die Katze der Klinik mitgenommen, die unter seiner Decke wie ein kleiner Motor schnurrte. Was für eine seltsame Art von Konzentration es wohl sein mag, die einem zu dem künstlerischen Produkt verhilft, dachte er. Man scheidet eine Art von Einbalsamierungs-Flüssigkeit aus, eine qualvolle ektoplasmische Exsudation: Erinnerung. So wie eine Katze eine Maus mit Speichel bedeckt, bevor sie sie verschlingt, sie mit Schleim einreibt, damit sie leichter durch den Schlund rutscht. War dies die richtige Art, die scheue Psyche heraufzubeschwören, das Kind der Liebe, das auf dem Hochzeitskuchen seiner Mutter schlief oder auf seines Vaters Sarg?

In den Basars des Schweigens wo sie weilt,
Ihr Kindheitsauge brunnenwärts enteilt.

Das Ende des Todes ist der Beginn der Sexualität und umgekehrt. Kinder sind abstrakte Spielzeuge, Verkörperungen der Liebe, Modelle der Zeit, Versicherungen gegen die Leere.

Angenommen, man schriebe ein Buch, in dem alle Charaktere allgegenwärtig wären, Gott wären? Was dann? Man müßte es in einer Todesstimmung schreiben, als würde man in der Früh vor ein Exekutionskommando gestellt. Aber genau das tut der Künstler! Versteht die arme Constance eigentlich, was Affad ihr sagt? Daß er nämlich, indem er versucht, den Orgasmus bewußt zu machen, gleichzeitg versucht, das menschliche Verständnis um etwas zu erweitern, das bislang für unfreiwillig und unbeabsichtigt galt? Das ist die wahre Liebe.

Es lag schon tot das Paar
Eh unsre Hochzeit war,
Still unter dem Immergrün.

Aber vielleicht denkt sie einfach, daß er sich desinteressiert für die menschliche Tugend interessiert, nur daß er, im Gegensatz zu vielen anderen, unfähig ist, sie als Garantie gegen Das Ding zu betrachten – gegen das grausame Schicksal, das dem theologischen Unterschieden gleichgültig gegenübersteht. Dummheit und Heuchelei, die unentbehrlichen Voraussetzungen für Krankheit und infolgedessen für Religion! Oh, stehle mir ein wenig Glück, Constance, ich bin es müde, mit diesem müden Droschkengaul über Hindernisse zu setzen! Meine Seele weilt in den Ruinen Indiens, während mein Geist Delphineneier einsammelt! *Le double jeu de Rimbaud!* Das Doppelspiel!

Die Stärke der Frau kommt von einer einstudierten Selbsterniedrigung, von einem archimedischen Stützbalken; und junge Mädchen, die noch warm, von unter den

Flügeln ihrer Mutter fortgenommen, aus einem warmen Nest gestohlen werden, müssen noch eine Weile bemuttert werden. Während dieses angenehmen morgendlichen Dahindämmerns sah er sie auf sich zukommen die hüftenschwingenden, schönärschigen Bajaderen, *sécheresses, vengeresses, castratrices de choix*, und er wußte, daß die Guillotine von einer homosexuellen Französin erfunden worden war. «Cade», sagte er scharf, «machen Sie Ihre Hosentür zu, es zieht!» Sie war sehr schön mit ihrer dunklen rosaschwarzen Haut und ihrem Aprikosenmund klebrig wie ein frischer Hymen – das zähflüssige Kriechen der Seidenraupe über ein Maulbeerblatt. Küsse, die haften- und hängenbleiben. Was war noch der Name ihres Vaters, des alten Bankiers, der es mit seinem Hund trieb und in Portugal überwinterte – Caninophiler vom Alter verdorrt, vom Winde verweht? In Sutcliffes Erinnerung trug sie ihr weißes Nachthemd wie ein Karnevalskostüm, kokett und geziert. Ein Schlachterkittel mit frischen Blutflecken vom Schlachthof hätte besser zu ihr gepaßt! Dort sitzen sie, während wir allein liegen und leiden, sie schieben sich reife Pflaumen in ihre Ärsche, fröhlich wie ein Sack voller Ratten! Die Erinnerung ist, als hätte man einen Hund auf dem Rücken sitzen, der an den Augäpfeln nagt. Venerische Fieber schütteln am dunklen Baum des Herzens. Die wenigen Glücklichen – *ceux qui ont le foutre loyal*!

Indem ihm klarwurde, daß alle Wahrheiten gleich falsch waren, wurde er zu einer postumen Person, sein Schatten schmolz dahin. Alle schattenlosen Menschen vervollkommnen sich in ihren *Geistern*! Das Kino im Kopf verfiel in Schweigen.

In der Wissenschaft ist das Exakte auf Grund einer Vereinbarung das Schöne und macht den Eindruck des Neuen, Unverfälschten. Bei der Sprache liegt die Schönheit in der Deutlichkeit, in der Nacktheit des Gedankens gehüllt in einen Laut. Er sah Constance durch den Garten winkend auf sie zukommen. Ihr seltsamer, geschmeidiger Gang zeugte von einem liebenswerten Eifer, von einer unverdorben frischen Einstellung, als harrte ihrer eine neue Erfahrung, kaum daß sie einen erreicht hatte. Es war, als ginge sie über einen Regenbogen. Sie ergriff sanft seine Hände, und er sagte: «Sie sind die einzige, die begreift, wie sehr ich mich fürchte. Ich danke Ihnen.» Sie liebte, sie strahlte vor Freude – Liebe ist ein Erlebnis, das man nicht verbergen kann. Irgendwie war alles merkwürdig, allein schon, daß sie beide hier waren, lebendig und heil, während meilenweit um sie herum die Toten, eine endlose Zahl von Toten lagen. Dennoch, dachte er, sind Constance und ich gleich weit entfernt von der Dunkelheit auf dem Kreis der Möglichkeiten. Morgen sind wir vielleicht nicht mehr vorhanden, ein Loch in der Dunkelheit, das schnell verheilt und sich schließt. «Ich weiß, daß Sie sich fürchten», sagte sie, «und in gewisser Weise ist es eine gute Reaktion.» Die Spazierfahrt mit allen seinen fiebrigen Gedanken hatte ihn ermüdet, und ihm kamen die Tränen. Er betupfte mit einem Kleenex seine Augen, während Cade ihm mit plötzlicher und überraschender Zärtlichkeit auf die Schulter klopfte. «Ich sage ständig zu mir selbst: ‹Warum sterben? Warum aufgeben? Es ist so nett hier!›» Es gab keine kurze Formel, um ihn aus dieser düsteren Stimmung herauszubekommen, daher sagte sie nichts, sondern half seinem Diener, ihn auf seinen Kissenberg hochzuziehen. Plötzlich fühlte er sich besser; er war an solche quecksilbrigen Stimmungsschwünge gewöhnt. «Das zerrissene Notizbuch, das Sie mitgebracht haben», sagte er. «Haben Sie hineingesehen?» Sie sagte, nein, das hätte sie nicht. «Es enthält einige von Sams Notizen, darunter Verse wie dieser:

Weil er von Anstand war ein Mann,
Hing er 'ner Fee den Tripper an,
Schuld nahm auf sich Frau Gilchrist dann,
Weil er von Anstand war ein Mann.»

Es gab auch noch andere kleine Lappalien, die sie eine Weile lang amüsierten, aber dann mußte sie fortgehen, um eine Verabredung einzuhalten, und er nahm seine Schlafmittel und stellte sich innerlich darauf ein zu schlafen, während er den grünen Tee schlürfte, den Cade aufgebrüht und sie ihm hingestellt hatte. Er fing wieder in Slogans und Bilddiagrammen zu träumen an, indem er versuchte, die Worte sich so vorzustellen, wie er sie dachte. «Private Praktiken – Liebende durch Sklaverei aufgeputscht. Ein Puppenkomitee, das alles regiert. *Terrain giboyeux à vendre pour roman à clef.* Er, der dem Roman heraldische Zweifel einimpft, muß stochern, um das Sägemehl herausrieseln zu lassen!»

Bei diesem Gedanken überfiel ihn der Schlaf, und er erwachte erst beim silbernen Klingeln seines Reiseweckers. Er war überrascht, Constance neben seinem Bett sitzen zu sehen, über seinen Schlaf wachend und tief in Gedanken versunken. Es war in gewisser Weise beruhigend, mit ihrer Hilfe das Leben aufs neue anzupacken, denn als Folge seiner Schmerzen, der Drogen und der Müdigkeit lebte er in einer Art Dämmerzustand, zwischen den Realitäten sozusagen. Aber Constance war die Wirklichkeit, sie klang wie eine klare Musiknote, aber tieftraurig. «Er ist fort», sagte sie halb flüsternd. «Oh, Aubrey, was für ein Dilemma!»

Es klopfte an der Tür, und Cade betrat das Zimmer mit einem Silbertablett, auf dem ein Brief lag. Er lächelte auf seine hämische, mitwisserische Art, als er sagte: «Hier ist ein Brief für Mr. Affad, Sir.» Sie blickten sich beide unschlüssig an. «Aber er ist abgefahren», sagte sie schließlich, und Blanford streckte die Hand aus, um das Kuvert in Empfang zu nehmen und eingehend zu mustern: Der ägyptische Stempel, die ägyptische Briefmarke … «Danke, Cade», sagte er scharf, «Sie können gehen. Ich kümmere mich darum.» Als die Tür sich hinter seinem Diener schloß, sagte er zu ihr: «Ich gebe diesen Brief in Ihre Obhut, verfügen Sie über ihn nach Gutdünken. Warten Sie, bis Sie ihm den Brief persönlich überreichen können. Lassen Sie zunächst die gegenwärtigen Probleme sich von selbst auflösen. Überstürzen Sie nichts. Versuchen Sie das Schicksal nicht! Warten Sie ab!»

«Oder ich öffne den Brief selbst, um zu sehen, was er enthält, um sicher zu sein ... was für eine Versuchung!»

«Das bleibt natürlich Ihnen überlassen. Die Versuchung Evas in einer neuen Form. Liebling, tun Sie, was Sie für richtig halten.»

Die junge Frau erhob sich und nahm den Brief. «Oder ich zerreiße ihn einfach und werfe ihn ins Feuer. Warum eigentlich nicht?»

«Warum nicht?» wiederholte er. Sie stand eine Zeitlang da und starrte auf den Brief in ihrer Hand, dann sagte sie: «Ich muß mir die Sache überlegen; ich muß ernsthaft darüber nachdenken, Aubrey.»

Er beobachtete, wie sie langsam und verstört den grünen Rasen zum Parkplatz, wo ihr Wagen stand, überquerte. Was würde sie wohl tun? Es war eine schwerwiegende Entscheidung, die sie treffen mußte, und um nichts auf der Welt hätte er voraussagen können, wie sie ausfiel.

FÜNFZEHN

DER FALL VON AVIGNON

Für den Geschichtsforscher wird alles zur Geschichte, es gibt keine Überraschungen, denn sie wiederholt sich endlos, dessen ist er sich sicher. In den Geschichtsbüchern wird es immer ein Freitag der Dreizehnte sein. Was nicht weiter verwunderlich ist, denn die menschliche Torheit wiederholt sich ständig, und die Streitfälle sind immer die gleichen. Da kann der Moralist sagen, was er will. Die Geschichte schildert triumphierend den Sieg der göttlichen Entropie über die Bestrebungen der Majorität: die Hoffnung auf ein ruhiges Leben diesseits des Grabes. Für Avignon wie für Rom würde es nicht das erste Mal sein. Bevor die Stadt der Päpste existierte, hatten ihre Bewohner die dunkelhäutigen Truppen Hannibals mit ihren dreißig Elefanten gesehen, Tiere, deren Gestank und erschreckendes Trompeten die römischen Legionäre ebenso wie die Kavallerie in panische Angst versetzt hatten. Heute war es die zusammengeschmolzene elfte Panzerdivision, aber das war auch der einzige Unterschied. Viele Panzer waren abgezogen worden für den bevorstehenden kriegerischen Zusammenstoß im Norden. Aber die Probleme waren die gleichen geblieben, nämlich die quer durchs Land laufenden reißenden gefährlichen Flüsse mit ihren exponierten Brücken.

Der Druck hatte sich verstärkt, und der gespannte Tonfall der Nachrichtensendungen hatte sich verschärft. Plötzlich füllte der Himmel sich mit riesigen Bombenflugzeugen, die regelmäßig in der Morgen- und Abenddämmerung über die Eisenbahnlinien flogen und die unterirdischen Abzugskanäle und Schienen mit Bomben belegten, oder eine ganze Nacht lang den Rangierbahnhof von Nîmes angriffen, von dem rote Flammen hochloderten, in deren Schein man sehen konnte, wie ganze Waggons wie Spielzeuge in die Höhe flogen und wie menschliche Wesen wie Ameisen aus ihnen herausgeschüttelt wurden. Natürlich irrten einige Bomben ab, und so traf man zuweilen in irgendeiner Handelsgärtnerei oder auf einem Landweg, gesäumt von blühenden Judasbäumen, auf Häuser, die sehr müde aussahen, nachdem man sie gezwungen hatte niederzuknien, zuweilen sogar umzufallen. Eine mittelalterliche *bergerie* war von innen nach außen gestülpt worden mitsamt der Tiere, und die Kleider des Bauern waren auf einen nahestehenden Baum geweht. Das lastende Schweigen, nachdem ein Bombenangriff vorbei war – das war unerträglich, denn dann fügten sich die versprengten Fragmente der Wirklichkeit allmählich wieder zusammen, und man konnte den Schaden abschätzen. Sagen wir, eine der Bomben war direkt auf ein Sonntagsschulpicknick unter Olivenbäumen gefallen. Dann hörte man nur die Schreie. Die Kinder lagen zwischen den Tellern und Tassen, manche ohne Köpfe, eines lehnte sich seitlich an einen Baum, ein Strohhut baumelte an seinem Nacken. Der alte schwarze Priester hielt seinen Magen fest, als sei dieser ein durchgehendes Pferd. Er war außergewöhnlich bleich und lehnte sich an eine Mauer, die sich ihrerseits an die Leere lehnte, nur von der Schwerkraft aufrechtgehalten. Es war nutzlos, nach Bahren oder Ärzten zu rufen, denn ein nächstes Donnern näherte sich ihnen, weitere Flugzeuge hoben sich vor der untergehenden Sonne ab, diesmal zielten sie auf die Brücken, aber sie flogen so niedrig, daß man die ausdruckslosen Augen der hinteren Bordschützen sehen konnte, während sie die Umgegend mit Blei besprühten. Die Flugabwehr der Festung schoß zurück, aber mit ihrem kleinen Kaliber klang sie wie ein kläffender Kettenhund, während die Flugzeuge bellten und Laut gaben wie eine Hundemeute.

Fernab über den grünen Wiesen von Montfavet hörte man sie nur noch ganz leise brummen, aber der Flugweg führte direkt über das Dorf, und die Bomber flogen so tief, daß die Baumspitzen von den knatternden Maschinengewehren geköpft wurden und grüne Platanenblätter-Schauer niedergingen wie eine Segnung von oben. Die Irren im Haupthof hoben so viele Zweige wie sie konnten auf und winkten den Flugzeugen dankbar zu. Sie bemerkten nicht, wenn hier und da mal einer von ihnen völlig unbeweglich auf einer Parkbank saß oder dösend in einem Blumenbeet lag. Sie waren an abweichende Verhaltensweisen gewöhnt. In Quatrefages' Fall traf weder das eine noch das andere zu, denn es war ihm gelungen, eine Art überhöhtes Bewußtsein zu erlangen, welches ihm ermöglichte, alles als eine reine Manifestation der Geschichte zu sehen.

Er schlief in einer mönchischen Zelle im ältesten Teil des Gebäudes, und die Lichter der vorbeifahrenden Wagen erleuchteten hin und wieder die weißgetünchte Mauer und bescherten ihm Bilder aus der Vergangenheit, Projektionen beunruhigender Erinnerungen: einstmals voll von Rittern in Rüstung, die in Reih und Glied mit prächtigen, federgeschmückten Helmen über Ungläubige hinwegritten – wie große Vögel auf Pferderücken, jetzt dagegen war die gleiche Stelle mit den schwarzgekleideten Nazi-Rittern der neuen Inquisition bevölkert, gierig auf Beute, aber nicht auf Wissen. Er lachte laut auf, denn mit all diesen vorbeifahrenden Autos und Panzern war wie im Kino die Mauer mal fort, mal da, und jedesmal zeigte sie ein neues Bild. Eine gewisse Kontinuität war nur durch die Tatsache gegeben, daß die alte Kreuzigung von Clément – *Pays de Cocagne* – sich als einziges wiederholte. Sie war nicht wie so vieles andere in der Stadt fortgeschleppt worden, was erstaunlich war, denn das Bild war recht berühmt. So berühmt, daß es Smirgel sogar gelungen war, eine farbige Reproduktion in halber Größe des Originals zu ergattern. Er hatte sie an die Wand seiner Zelle geheftet, die in nächster Nähe der geschlossenen Abteilung lag, wo Smirgel seine Berichte verfaßte. Quatrefages konnte das Klopfen der kleinen Chiffriermaschine hören, beharrlich wie ein Specht. Smirgel trug jetzt Zivilkleidung aus einem dunklen, zinnfarbenen Stoff, worin er wie ein arbeitsloser Kirchenmann aussah. Er stolzierte jetzt nicht mehr, sondern ging wie ein normaler Mensch. Die ernste Lage schien ihn, im Gegensatz zu dem Rest der Deutschen, zu bedrücken, während sich die Angst seiner Landsleute in scharfen, quieksenden Befehlen widerspiegelte und in einem ruhelosen Hin- und Hergerenne mit einer Geschwindigkeit, die an die Bewegungen in einem zu schnell gekurbelten alten Schmalfilm erinnerten. Die Panzer waren abgezogen worden, und sie fühlten sich verlassen und ungeschützt. In den Heeresberichten wurden Landungen an der Côte d'Azur in der Nähe von Nizza erwähnt. Die drei Geschwader Aufklärungsflugzeuge, auf die sie sich als ständige Nachrichtenüberbringer verlassen hatten, waren von Bomben in Schutt und Schweigen gelegt worden. Auch fanden sie für ihre mißliche Lage kein rechtes Verständnis beim Oberkommando, denn alle Augen waren auf die Normandie gerichtet, wo die Schlachten nicht nur für ihr eigenes Schicksal entscheidend waren, sondern auch für die südlicher stationierten Truppen – von den Italienern ganz zu schweigen!

Was Quatrefages jedoch persönlich am meisten bedauerte, war, daß der Motorenlärm den Liebesgesang der Frösche im Wasserrosenteich hatte verstummen lassen, denn er liebte ihr tiefes, tremolierendes Fagott, liebte es, ihnen beim Liebesakt zuzusehen, wenn ihre Kehlen mit Lyrik anschwollen wie die der menschlichen Tenöre bei den Musikfestspielen in Marseille. Ihm war beigebracht worden, daß man ihr Liebesgequake nach Aristophanes folgenderweise aufschreiben könnte: *«Brek ek kek kek Koax-Koax.»*

Keine üble Transkription. Aber nach einigen Tagen fand er, der Laut klinge jetzt wie: «*Bouc Bouc Bouc-Émissaire.*» Ja, das war's! Und wieviel passender es war. Er pflegte stundenlang mit dem Gesicht nach unten, das Kinn auf einer Seite, an diesem Teich zu liegen und ihre Liebeskämpfe zu beobachten. Manchmal waren sie einfach aus Nachahmungstrieb wie eine Kette aneinandergeheftet: Sagen wir, drei Frösche mit einer toten Fröschin am Ende, deren männlicher Partner noch immer in ihr steckte und sich weder loszulösen vermochte noch sich von den Jüngeren, die auf seinen Rücken gestiegen waren, freimachen konnte. Quatrefages war im Grunde genommen ein gutmütiger junger Mann, und er verbrachte viel Zeit damit, mit einem langen Metallöffel, den er aus der Küche gestohlen hatte, die toten Frösche von den lebendigen zu trennen. Die kleinen Tiere waren so hitzig, daß sie gar keine Unterschiede mehr machen konnten. Die Jungen und Unerfahrenen von der köstlichen Kopula ihrer Lust bis zum Wahnsinn getrieben, bestiegen alles, was sich ihnen bot, egal ob tot oder lebendig, männlich oder weiblich. Diese völlige Hingabe an eine rücksichtslose Leidenschaft war überaus bewundernswert. Um sich einzuschläfern, imitierte er gelegentlich dösend ihre Klagelaute, und dann lachte er und umarmte sich selbst voll von mutwilligem Entzücken. Seitdem er im herkömmlichen Sinn den Verstand verloren hatte, war er von einem wundervollen Gefühl totaler Freiheit erfüllt. Und nun lagen große Veränderungen in der Luft. Die verhaßte Miliz hatte sich aufgelöst und ihre Uniformen fortgeworfen, obwohl einige ihre Pistolen behalten hatten, bevor sie sich in die Hügel flüchteten, wo Hinterhalte, organisiert von den Widerständlern, ihrer harrten.

Er hörte wie Dr. Jourdain diese hochinteressante Information Smirgel zurief, während er eine der Türen in der Station entweder zu- oder aufschloß. Die Information war von einem zufälligen Besucher auf einem Fahrrad überbracht worden. Wie leer die Stadt jetzt wirken mußte! Er überlegte sich, ob er nicht für eine Weile nach dort zurückkehren sollte, um eine geistige Bestandsaufnahme zu machen von alldem, was sich verändert hatte. Er hatte nie eine Belagerung miterlebt, aber über viele gelesen und konnte die gegenwärtige Situation in manchem voraussagen, zum Beispiel die Meuten ausgemergelter Hunde, die halb wahnsinnig vor Hunger und von dem Lärm durch die Straßen streunten und gierig in den Abfällen und überquellenden Mülltonnen wühlten. Oder die zusammengewürfelten Banden führerloser Männer, nicht sehr zahlreich, aber desperat – Polen? Russen? Es war schwer zu sagen –, die mit Stöcken bewaffnet herumzogen. Sie bemannten die Fähren, die hin- und herfuhren, aber ohne Passagiere.

Aber noch war das Ende nicht abzusehen, oder zumindest schien es einem so, wenn man Ritter und seine Offiziere beobachtete, die bleich, aber resolut ihren Pflichten in der Festung nachgingen und die Straßen und Brücken gegen mögliche Überfälle durch häufige Patrouillen absicherten. Die Patrouillen wurden zuweilen von einem schweren Panzer unterstützt, der einige Salven über den Fluß oder in die umliegenden Hügel feuerte, von wo von Zeit zu Zeit das sporadische Knattern von Gewehrschüssen zu hören war, die vermutlich von Partisanen, Widerständlern oder sogar von den abtrünnigen Mitgliedern der Hilfstruppen, die sich im Wald versteckt hielten, abgegeben wurden. Nur die zahllosen Zigaretten – oder vielmehr deren Stummel – neben Smirgel verrieten, daß auch er unter einem starken Druck stand, denn sein spechtartiges Ticken war unverändert regelmäßig und ruhig. Er benutzte stenografierte Notizen, die er sich auf der Rückseite von Dienstanweisungen oder grauen Umschlägen gemacht hatte, um seine Berichte an Affad abzufassen, der sie am Genfer See abhörte und höchtwahrscheinlich an Toby in seinem Keller weiterreichte. Er gab ein knappes, aber richtiges Bild von der Tätigkeit des neuen Kommandierenden und beschrieb die gute Moral der Truppe unter diesem entschlossenen Parteigeneral, der ständig Zahnschmerzen hatte, was den Eindruck hervorrief, daß er immer grinste. Eine schmerzliche Verzerrung ersetzte bei ihm den normalen Gesichtsausdruck. Er war klein, mit etwas hängenden Schultern und affengleich langen Armen, die für bombastische Gesten vor der Landkarte äußerst geeignet waren. Er hatte die altmodische Rhetorik seines Vorgängers von Esslin übernommen, aber bereicherte sie um eine neue Variante. Er ließ zeitgemäße Flüche und grobe Scherze einfließen, bei denen er sich scheinbar amüsiert auf die Schenkel schlug, aber das schmerzliche Grinsen blieb unverändert. Von ihm stammte ein folgenschwerer Einfall. Das Hauptziel der Bomber war immer die Eisenbahnbrücke über die Rhône gewesen und würde es auch weiterhin bleiben. Da man ihm gesagt hatte, wenn es soweit war, müsse er den Rückzug über Toulouse antreten, war ihm die Idee gekommen, einen Munitionszug auf der Brücke zu stationieren. Denn falls die Alliierten ihn trafen, würde er in die Luft fliegen und dieser Stadt, die er so haßte, eine wunderbare, unvorstellbar schöne Wunde schlagen. Aber wenn die Alliierten über den Zug Bescheid wußten, würden sie vielleicht die Brücke intakt lassen. Mit diesem Plan im Sinn hatte er befohlen, daß ein leerer Zug rückwärts auf ein Rangiergleis in Remoulins gefahren und in aller Stille mit den stärksten und wirkungsvollsten Sprengstoffen, die in dem großen unterirdischen Munitionslager in der Nähe von Vers gestapelt lagen, beladen werden sollte. Das sollte sein Abschiedsgeschenk für Avignon sein! Der Zug kam an in der Finsternis einer mondlosen Nacht, und sie fuhren ihn auf die Brücke, und dort verließen sie ihn unter Mitnahme der Lokomotive. Aber soweit man es beurteilen konnte, verließen sie auch die Stadt, denn von dem neuen Stützpunkt in Villeneuve auf der anderen Flußseite aus konnten sie die Stadt sehr wirkungsvoll unter Feuer nehmen, während die dicken Mauern der Festung den Deutschen vor der Explosion genügend Schutz boten. Es war nur eine Frage von Tagen, daß sie abziehen mußten, und sie wußten es auch, aber es war notwendig, ihre Macht zu demonstrieren, denn dadurch würde ihr Rückzug quer durchs ganze Land gefahrloser werden. Auch hatten sie den ‹Trick-Zug› dem Feind ‹zugespielt›, woraufhin prompt andere Ziele und Brücken bombardiert wurden, um eine Katastrophe für die Stadt zu vermeiden. Aber es war erst an dem Tag, an dem der Rückzug zu einer Tatsache wurde, daß Ritter seine Idee perfektionierte. Er beschloß, daß es doch eigentlich recht vergnüglich sei, wenn die Explosion auf jeden Fall erfolgte. Warum sollte der Zug eigentlich nicht in die Luft fliegen kurz nach ihrem Abmarsch? Er wollte den Befehl geben, überall am Zug Zeitzünder anzubringen, und die könnte man, wenn sie abzögen, zünden. Er stellte sich vor, wie er einige Kilometer entfernt in den Hügeln von Nîmes plötzlich das dumpfe, erderschütternde Dröhnen der Explosion hörte und sah, wie der Himmel hinter ihm sich weiß färbte, als sei ihm alles Blut entzogen, und kurz darauf rot, tiefrot! Gott, wie er diese Stadt haßte, und jetzt sogar noch mehr, nachdem alles verschlossen und verrammelt und nicht mal mehr eine Katze auf der Straße zu sehen war. Die Hälfte der Bevölkerung lebte in Kellern oder unter der Kathedrale, vor Bomben sicher, aber ohne sanitäre Anlagen. Überdies schienen sie unfähig, sich auch nur irgendwie zu organisieren. Was für ein Schmutz! Was für ein Elend!

Aber für die Zeitzünder brauchte er Fachleute, doch die einzigen Pioniere, die er noch hatte, gehörten einer kleinen österreichischen Einheit an, die damit beauftragt war, die Fähren zu versenken und die östlichen Zufahrtsstraßen zu sprengen. Er ließ sie zu sich kommen und befahl ihnen, den Zug mit Zündern zu versehen. Aber als sie zur Brücke gefahren wurden und begriffen, was von ihnen verlangt wurde, rebellierten sie und weigerten sich strikt, eine Tat auszuführen, die ungeahntes Unglück über die Stadt bringen würde. Dies war ein harter Schlag für Ritter und bewies ihm, wie schlecht es um die Moral der Truppe stand, und darauf gab es seinem militärischen Kodex zufolge nur eine Antwort: Die Pioniere wurden gefesselt und im Innenhof der Festung gegen eine Mauer gestellt, deren verschiedene Kugeleinschläge verrieten, daß sie schon öfters als Richtstätte gedient hatte. Und so hinterließ die lange Truppenkolonne, die langsam in der Nacht verschwand, fünfzehn weitere Tote und einen schweigenden Eisenbahnzug. Die dankbare Bevölkerung begrub sie später in geweihter Erde und schmückte die Gräber mit Rosen.

In der Stadt rührte sich nichts, die meisten Bewohner lebten in Kellern oder hatten sich davongemacht mit was immer für Nahrungsmitteln sie hatten ergattern können. Alle Türen und Tore der Festung standen offen. Die abziehenden Truppen hatten sich auf die für diesen Krieg typische Art verabschiedet: sie hatten auf Tischen, Stühlen, Türschwellen und Treppenabsätzen ihre Exkremente hinterlassen. Und natürlich waren überall Warnungen vor Sprengfallen angebracht – eine andere Spezialität der Deutschen. Smirgel hatte seine letzten Tage in Uniform so unauffällig wie möglich verbracht, obwohl es klar erkenntlich war, daß auch er wie alle anderen Agenten sich bereitmachte, der Truppe zu folgen. Er hatte seinen Chiffriergehilfen angewiesen, sein bescheidenes Bürozubehör einzupacken, alle Instruktionen und Anweisungen zu verbrennen und den Rest in den Armeelastwagen zu verstauen, der ihm zur Verfügung stand. Er gab vor, er käme später in seinem kleinen Kübelwagen nach. Statt dessen jedoch fuhr er nach Montfavet, versteckte den Wagen im hintersten Winkel einer Scheune, zog sich unauffällige Zivilkleidung an und setzte seine Berichterstattung fort mit dem Phlegma eines Provinz-Archivars, der über seine Heimatstadt berichtet. Und tatsächlich war Avignon nach all seinen Abenteuern fast eine Heimatstadt für ihn geworden. Er war vor der Abfahrt noch in der Offiziersmesse gewesen und hatte sein bescheidenes persönliches Gepäck abgeholt und vor allem seinen kostbaren ‹Faust›, der immer neben seinem Bett lag. «Ein oder zwei Seiten vorm Zubettgehen garantieren einen ruhigen Schlaf», wie er gern kichernd zu bemerken pflegte. Alle waren bereits fort gewesen außer einem Offiziersburschen, der das Gepäck überprüfte. Es war ein rundschädliger schwäbischer Gefreiter mit Sinn für Humor. Er salutierte und sagte: «Soll ich Ihnen etwas Komisches zeigen?» Und als Smirgel nickte, führte er ihn in den Garten und öffnete die Tür zur Latrine. Seltsamerweise saß jemand auf der Brille, es war Landsdorf. Zuerst sah man nicht, daß er aufrecht sitzen geblieben war, weil er sich gegen die Wand lehnte. Sein Kinn war hochgereckt wie bei einem trinkenden Huhn. Er war tot. Er hatte sich mit seinem Dienstrevolver in den Gaumen geschossen. Der Gefreite brach in Lachen aus, und Smirgel stimmte zuerst nervös ein, aber sein Lachen endete in einem Krächzen und einem Seufzer. Er hatte den alten Landsdorf gemocht.

Doch der Deutsche war nicht der einzige. Oben in Tu Duc war es verhältnismäßig ruhig zugegangen, außer des Nachts, wenn hier und dort kleine Flüchtlingsgruppen auftauchten. Die Truppenbewegungen hatten sich auf den Hauptstraßen konzentriert und die Bombenangriffe hauptsächlich auf die Flüsse. Blaise konnte, wenn ihm danach zumute war, alles unbemerkt beobachten, indem er einen kleinen Hügel im Wald erklomm, auf dessen Kuppe sich eine Lichtung befand, von der aus er die ganze Stadt überblicken konnte. Nachts verkroch er sich wie ein Fuchs, er schloß alles sorgfältig ab und löschte sämtliche Lichter. Wie war es daher möglich, daß er nicht die Salve gehört hatte, die Ludos, des Honigmanns, Leben ein frühes Ende setzte? Der Hinterhalt, in den er mit seinem Pferd und Wohnwagen geraten war, lag keine dreihundert

Meter vom Waldweg entfernt. Aber Blaise hatte nichts gehört und hätte auch nichts erfahren, wäre nicht ein ihm bekannter Holzfäller heimlich aus dem Wald zu ihm gekommen, um sich für seinen Zigarettenstummel Feuer zu erbitten, wobei er ihm erzählte, daß er eben etwas weiter oben auf der Straße einen gemeinsamen Freund entdeckt habe, den augenscheinlich die Widerständler umgebracht hätten. Eine Vermutung, die nahelag, denn der im Graben liegende umgeworfene Wohnwagen war von oben bis unten mit roten Buchstaben bekliert, die das Opfer anklagten, ein Denunziant gewesen zu sein. Der Holzfäller erzählte seine Geschichte traurig und voller Zorn. Solch ein Irrtum schien einfach unfaßbar. Das scheint einem immer so. Aber so ist es eben, im Krieg wie im Frieden wird man von den eigenen Leuten am ehesten umgebracht.

Gute Provençaux, die sie beide waren, beschlossen sie, ihren Freund zu begraben. Blaise rief bedrückt seine Frau herbei und holte drei Spaten. «Nehmen Sie ein paar Säcke mit», riet der Holzfäller, «denn er ist ganz zerstückelt.» Sie gingen düster und schweigend die Straße entlang, bis sie zu der unheilvollen Stelle kamen. Der Wohnwagen lag schräg im Graben, daneben das tote Pferd, der ausgeflossene Honig hatte sich mit dem Blut vermischt. Der Mann lag etwas weiter vorn mit ausgestreckten Armen, als hätte er sein Pferd beschützen, etwas erklären, erbitten wollen. Sein Körper schien zu rauchen, aber es war nur die dicke Schicht schläfriger Bienen, die sich auf der blutbefleckten Leiche in ihrem zerrissenen Hemd und Halstuch niedergelassen hatten und die sich gelegentlich rührten, was der bewegungslosen Gestalt ein Scheinleben verlieh. Das Maschinengewehrfeuer hatte das Wageninnere aufgerissen, die Bienenstöcke durchlöchert und die menschliche Zielscheibe in Stücke gerissen. Der Holzfäller hatte recht gehabt, die alten Olivenerntesäcke erwiesen sich als sehr nützlich. Sie steckten die einzelnen Körperteile ihres

Freundes und den Pferdekopf in die Säcke und trugen sie ein wenig waldeinwärts, bis sie zu einem Platz kamen, der zum Graben geeignet war. Den Wohnwagen und den Pferdekadaver zogen sie von der Straße und verbargen beides im Unterholz. Die Bienen stachen sie nicht, sie dösten wie benommen in dem blutigen Honig. Auch fehlte jede Spur des kleinen Jungen, Ludovics Sohn, auf den er so ungemein stolz gewesen war. Glücklicherweise? Ja, vielleicht war ihm die Flucht gelungen. Bei solchen Vorkommnissen gibt es stets ein unauffindbares Kind. Auf diese Art setzt sich die Geschichte immerwährend fort.

Sie würden lange graben müssen, die Erde auf der Lichtung war ziemlich hart. Aber die Frau von Blaise hatte vorausschauend Brot und Käse, zwei Zigaretten und eine kleine Flasche starken *marc* mitgenommen. Sie rollten ihre Hemdsärmel hoch und markierten die Umrisse von Ludos Grab. Doch bevor sie zu graben anfingen, schlang die Frau von Blaise den Arm um ihren Mann und küßte ihn mit großer Entschiedenheit auf den Mund. Etwas, das sie noch niemals getan hatte.

Langsam und methodisch arbeiteten sie bis spät in die Nacht, während links von ihnen die Erde ständig von fernen Explosionen bebte und weiße Lichtkegel auftauchten und verschwanden, wenn die Bombereinheiten wie große fliegende Fächer ihre tödliche Ladung abwarfen.

Die Krisis platzte wie ein bösartiges Geschwür. Im Irrenhaus erwachte Dr. Jourdain eines Morgens und stellte fest, daß das Küchenpersonal samt allen Vorräten verschwunden war, so daß die Irren nichts mehr zu essen hatten. Es war katastrophal, irgend etwas mußte geschehen, aber was? Das Telefon funktionierte nicht mehr, und es gab niemanden, an den er sich wenden konnte. Um sich zu beruhigen, setzte er sich mit gekreuzten Beinen vor den langen Spiegel in seiner Wohnung und machte einige Jogaübungen mit den dazugehörigen Atemübungen. Dann, um das letzte warme Wasser auszunutzen, stellte er sich lange und genüßlich unter die Dusche und wusch sein Haar. Anschließend zog er sich ein dunkles, konventionelles Hemd an und seinen englischen College-Blazer mit der dazugehörigen Krawatte. Neben seinem Bett lag sein neuestes Buch über Schizophrenie, das er liebevoll betrachtete. Er hatte Jahre gebraucht, um die verschiedenen Symptome, die er bei seinen Patienten beobachtet hatte, in einer Theorie zusammenzufassen. Er las sich im Flüsterton einen Absatz vor und runzelte kritisch, doch voller Vergnügen die Stirn: «Ich stelle daher die Behauptung auf, daß die Schizophrenie keine mentale Abirrung ist, sondern ein Zustand, in dem eine andere Art von Ordnung regiert. Wenn Sie einer Fliege sagen: Fort mit dir! Nehmen Sie dann an, daß sie Sie versteht? Und wenn sie tatsächlich fortfliegt, können Sie dann annehmen, daß sie Sie verstanden hat? Die Schizophrenen …»

Er setzte sich aufs Bett und grübelte verbittert über seine mißliche Lage nach: Hier saß er mit hundertfünfzig Geisteskranken, die gewaschen und ernährt werden mußten, und dieses Wunder sollte er vollbringen ohne Personal und ohne einen Bissen Brot in der Küche. *«Merde!»* rief er nach einem Moment laut aus und tröstete sich mit einem Echo des Verzweiflungsschreis des alten Cambronne. *«Triple merde!»* Aber ihm war klar, daß dies ihm nicht weiterhalf. Dann hörte er Schritte auf dem Korridor und das spechtartige Ticken der Maschine des Spions. Der Hauptgenerator würde noch einige Stunden durchhalten, aber wie lange? Irgendwann war der Brennstoff verbraucht – vermutlich in drei Stunden, hoch gerechnet! Und dann würde sogar der kleine Apparat des Spions schweigen. Er lauschte grimmig einen Moment lang; dann holte er die letzte Whiskyflasche aus ihrem Versteck, nahm zwei Gläser aus dem Badezimmer und machte sich auf den Weg zu Smirgel.

In diesem Augenblick fiel eine Bombenladung auf das

Haus und in den Garten mit einem den Verstand raubenden Getöse, das jegliches Bewußtsein auslöschte. Eine riesige Staubwolke stieg auf, und er sah sich selbst, wie er mit der Flasche dastand, seine Kleider schienen zu rauchen, als hätte er Feuer gefangen. Eine unsichtbare Hand drückte ihn volle zehn Sekunden lang an die Wand, dann ließ sie ihn los, und er fiel wie eine zerbrochene Gliederpuppe zuerst auf die Knie, dann flach auf den Boden mit einem Schrei, den er nicht als den eigenen wiedererkannt hätte. Es dauerte ewig, bis der Staub sich gelegt und er sich davon überzeugt hatte, daß er unverletzt und die kostbare Flasche heil geblieben war. Dann hörte er das Geschrei und Getrommel, das Wehklagen und Gelächter seiner Pfleglinge, aber er war an solche plötzlichen Gefühlsausbrüche gewöhnt, die oft durch nichts Greifbares hervorgerufen wurden. Heute zumindest hatten sie gute Gründe dafür, denn die eine Hälfte des Gebäudes war mit Löchern übersät, Löcher, die wie magische Türen wirkten, durch die man nach ‹außen› gelangen konnte – ein Symbol der primären Wirklichkeit für jeden Gefangenen, egal welcher Kategorie. Er ging zu Smirgel, und gemeinsam tranken sie einen Schluck des lebenspendenden Alkohols, während sie beklommen dem Krachen der fallenden Balken und des zusammenstürzenden Mauerwerks lauschten. Die Bombardierung der Stadt ließ allmählich nach, sie selbst waren jetzt das Hauptziel, aber abgesehen von dem einen zufälligen Treffer, fiel keine weitere Bombe auf die Irrenanstalt. Aber das war auch nicht nötig, denn diese eine Ladung veränderte ihr ganzes Leben, ihr ganzes Verhaltensmuster. Sie hatte Löcher in jede Zellenwand gesprengt und alle Türen aus den Angeln gehoben. Wie weit offen die Welt Quatrefages plötzlich erschien, der ebenfalls an die Mauer gedrückt worden war und sich den Schädel an dem eisernen Bettgestell aufgeschlagen hatte. Aber vom Fenster aus sah er, wie sie jetzt alle zum Vorschein kamen, sie gingen ganz behutsam auf Zehenspitzen und blickten voller Erstaunen auf das ‹Draußen› von ihrem ‹Drinnen›, als seien sie neu geboren. Der Platz füllte sich langsam mit ihnen, ein jeder mit seinem eigenen Wortschatz. Der Triumph des Schicksals über die Vernunft! Die Kreuzritter der neuen Wirklichkeit.

Das Haupttor stand noch, gerade noch, denn die Angeln waren herausgesprengt worden. Wie langsam die Insassen auf dem stillen Platz unter den Bäumen, von denen einige umgefallen waren, sich versammelten. Die Stille war funkelnagelneu nach dem Donnerschlag. Die beiden Männer, Smirgel und Jourdain, sahen vom oberen Fenster aus zu, jeder ein Glas in der Hand, aber sie vergaßen zu trinken, so sehr faszinierte sie der Anblick. Die ganze Treppe, die zur geschlossenen Abteilung führte, war verschwunden, nur ein Torbogen, der wie eine Theaterdekoration aussah, war stehengeblieben, und durch diesen traten die hungrigen Insassen jetzt unerwartet auf die Bühne des Lebens, das sie geschmäht und abgelehnt hatten. Smirgel überlief eine Gänsehaut, er fürchtete sich vor Verrückten wie alle ränkevollen Menschen; und die Kriminellen unter ihnen mit ihrem frömmlerischen und irreführenden Ausdruck kamen ihm wie giftige Schlangen vor, die man plötzlich in einem Badezimmer freigelassen hatte. «Mein Gott», sagte er, «Ihre gesamte geschlossene Abteilung!» Aber das berufliche Interesse des Arztes war geweckt, er lehnte sich neugierig vor und sah ihnen zu, so wie man der Fußballmannschaft seines Heimatortes zusieht. Das heißt voller Sympathie. «Es wird hochinteressant sein zu sehen, wie sie sich jetzt verhalten werden», sagte er, und der Deutsche starrte ihn an, als sei er verrückt. Aber plötzlich regelte sich alles von selbst, die Wirklichkeit übernahm die Regie dank der Bombardierung und fand eine Lösung.

Die Irrenanstalt lag in einem grünen Parkland, an das zwei Bauernhöfe angrenzten, und die Insassen wurden oft dazu ermuntert, den Bauern bei ihrer Feldarbeit zu helfen. Eine Anzahl von großen Kellergewölben und Ställen waren an die Bauern vermietet. Die Türen dieser Kellergewölbe waren eingedrückt worden, und man konnte die vier Tiere sehen: zwei Pferde und zwei Kühe, die den Bauern die Arbeit erleichterten. Sie wichen scheu zurück und schnüffelten im Dämmerlicht, dumpf ahnend, daß irgend etwas Unübliches vor sich ging, denn für ihre tägliche Arbeit war es zu spät, und die eindringenden Menschen schienen erstaunlich zahlreich. Eine vage Unentschlossenheit schwebte über der Menge, ihr Ziel, das Licht zu suchen, war noch nicht offenbar. Erst Quatrefages komprimierte alles auf das Wesentliche, er stattete sie mit einem Ziel und einem Gefühl der Zusammengehörigkeit aus. Er hob seine Arme und gab einige beschwörende Schreie von sich und forderte sie auf, ihm in die Ställe zu folgen, aus denen sie die vier langen Karren zogen, altmodische Heuwagen, auf denen sie so oft voller Hilfsbereitschaft die Ernte eingebracht hatten. *«Allons, mes enfants!»* rief er mit solchem Feuereifer, daß jeder mitgerissen wurde und ihm vor Glück quietschend und stöhnend nacheilte. Sie fühlten die Schönheit der Tätigkeit, die Schönheit, Teil eines Plans zu sein. Der Arzt am Fenster beobachtete sie eingehend und eifersüchtig, die Gefährlichen und die Harmlosen alle zusammen – aber was machte das schon? Die Gefährlichen waren jedoch seine besondere Leidenschaft, sie standen seinem Herzen am nächsten. «Baudoin!» rief er plötzlich. Es war Baudoin de St.-Just, der berüchtigte Mörder, der so stillfromm aussah – all diese Jahre ging er zur Beichte und hatte niemals sein Verbrechen erwähnt! Der Mann blickte hoch und winkte fröhlich wie ein Schuljunge. «Das Geschirr hängt innen an der Wand!» rief der Arzt, und der Mann kehrte gehorsam in die Dunkelheit zurück, um es zu finden. Dann kamen die Tiere heraus, vor Aufregung schaumbedeckt. Sie beruhigten und beklopften sie, einige von ihnen rieben sie mit Blättern ab, dann spannten sie sie unter der Anleitung von Quatrefages mit gleichmütigen Rufen vor die Heuwagen. Danach begann beim Aufsteigen eine Balgerei, aber keine Schlägerei wie so oft unter Normalen, nur einige vergossen ein paar Tränen, und einer hatte Magenschmerzen. «Sind alle da?» fragte Jourdain voller Interesse. «Ich sehe weder Tortville, den Schlachter, noch Jean Taillefer. Doch, ja! Dort ist er. Wo hat er wohl das Messer her? Was für eine Bande! Er wird heute nacht Ärger machen.» Smirgel: «Hoffentlich nicht uns.» Raynier de Larchant hielt eine Predigt – er war niemals gefährlich, wenn man ihm erlaubte, Klavier zu spielen. Überdies wußte man, wer er war. Seine Mutter hatte es vertraulich mitgeteilt, bevor er ... Molay und Pairaud sahen mürrisch und verwirrt aus, was nicht so gut war. Die Heuwagen waren angespannt. Ein kräftiger Stoß genügte, und das große Hoftor stürzte ein und zitterte im Staub. Ein Schrei brach aus allen Kehlen. Die Heuwagen waren zum Bersten voll. Die Menge fühlte vage, daß eine Ähnlichkeit bestand zwischen ihrer jetzigen Situation und den halbvergessenen Erntedankfesten, Jahrmärkten, Dorffesten und Tänzen auf der berühmten alten Brücke. Quatrefages bestieg ein Pferd und setzte sich an die Spitze. Er blickte vergnügt und kindlich um sich und schwang den Schaft einer Spitzhacke wie ein breites Schwert. «Wir werden Essen und Wasser in der Stadt finden», teilte er seiner Truppe mit, und sie brachen in rauhe Hurrarufe aus. Er erblickte Jourdain auf dem Balkon und machte spöttisch eine Verbeugung, während er wieder schrie: «Auf, in die Stadt!» Aber dem Doktor rief er zu: «Ich werde sie nach Rom führen!» Die Insassen der Heuwagen und jene, die hinterherliefen, hatten die Worte verstanden und sie seltsamerweise übernommen. Sie schrien, knurrten und piepsten: «Nach Rom! Vorwärts, nach Rom!»

Jourdain seufzte. «Die Wissenschaft ist wundervoll!» sagte er apropos von nichts. Sie beobachteten, wie sich die kunterbunte Schar hinter den Heuwagen zusammendrängte wie für ein Erntedankfest oder für eine Beerdigung oder für einen Jahrmarkt. «Auf diese Art beginnen Revolutionen – durch einen Zufall», fuhr er fort, denn er konnte hören, daß irgend jemand in der Menge die Marseillaise angestimmt hatte, und während sie sich weiter entfernten, hörten sie, wie alle die großartigen Verse mitsangen. «Wenn irgend etwas einen dazu bringen kann, mit leerem Magen zu marschieren, dann ist es dieses Lied», sagte Smirgel kopfschüttelnd. Dann merkten sie, daß die Bombardierung offenbar aufgehört hatte. Der Arzt streckte seine Hand aus, als wollte er prüfen, ob es regnete. Und tatsächlich nieselte es ein wenig. Aber die Stille, die einströmte, war vollkommen, und man konnte den Regen wie eine Katze schnurren hören. Smirgel fragte, ob er noch einen Schluck nehmen dürfe. «Nun, die Schweizer Armee hat die Grenzen abgeriegelt. Die Alliierten kommen von Nizza auf uns zu. Ich habe noch genug Benzin im Wagen, um irgendwohin zu fahren, wo wir vielleicht etwas Eßbares ergattern können. Norden oder Süden, ich überlasse es Ihnen.»

«Haben Sie bemerkt, daß, kaum hatten sie sich auf ein gemeinsames Ziel geeinigt, sie Musik brauchten, um das Marschtempo anzugeben?» Zwei der ‹Gefährlichen› hatten Tamburine und eine Trompete entdeckt, Überbleibsel irgendeiner Dorfkapelle, denen sie mitreißende Rhythmen entlockten, während die Trompete quakte und quietschte. Der Arzt seufzte wieder, als er dem leiser werdenden Gesang lauschte und dachte an ‹*Cock Lorel's Boate*› und an das ‹*Bateau Ivre*›. «Haben Sie je vom ‹Narrenschiff› gehört?» fragte er seinen Gefährten, aber Smirgel schüttelte den Kopf. Es würde zu lange dauern, die mittelalterliche Vorstellung von der Behandlung der Irren zu erklären, besonders einem Deutschen, daher ließ der Arzt das Thema fallen. «Der einzige, den ich nicht gesehen habe, ist unser bedeutender Bahnhofsvorsteher Imhof. Übrigens ist er ein Engländer. Ich frage mich, wo er abgeblieben ist.» Imhof hatte alles verschlafen, getröstet von seiner Miniatur-Eisenbahn, die er unter seinem Kopfkissen verbarg, er rührte sich kaum, als man seinen Puls fühlte.

Die beiden Männer begaben sich zum Kuhstall, wo der Deutsche seinen Wagen versteckt hatte; sie waren noch immer unentschlossen, welche Richtung sie einschlagen sollten. Nur über eines waren sie sich klar, es wäre sinnlos, der Verrückten-Prozession in die Stadt nachzufolgen. Dies könnte nur zu Schwierigkeiten führen, zumindest nahmen sie das an. Sie würden sich klammheimlich über die Landwege nach Fontaine de Vaucluse schmuggeln und dann nach Norden abbiegen. Wer weiß?

Nun, nachdem die Bombenflugzeuge verschwunden waren, schöpfte die kleine Prozession neuen Mut und kam gut voran auf der Straße nach Avignon; die Tamburine hielten sie bei guter Laune, wenn ihnen die Luft ausging, die Nationalhymne zu singen. Quatrefages war wie verklärt, wie ein Schauspieler, der sich in einen mittelalterlichen Ritter verwandelt hat und sein Banner in die Höhe hält. Von Zeit zu Zeit dachte er an die große Wand des Hotels mit ‹seinen› Tempelrittern und ihren Daten, die dort aufgezeichnet waren – die feierliche Prozession der vergessenen Ritter. Nein, nicht vergessen, solange ein Mensch sich noch an sie erinnerte! Die Geschichte war genau das: ein Negativ, von dem einer der Abdrucke das Positiv war. Er dachte: Menschen sind keine Einzelwesen, die sie zu sein vermeinen, sie sind Variationen von Themen außerhalb ihrer selbst. Bedenke: Galens Tochter weiterentwickelt könnte Sylvie sein, die nur erdacht war, die wiederum Sabine sein könnte, Banquos Tochter. Die Verlorenen bleiben verloren, die Erlösten bleiben erlöst. Orangen und Zitronen!

Die Trompete plärrte.

Beherzt setzten sie ihren Weg fort, überquellend in ihrem bewundernswerten Optimismus, der Verrückte, der den Blinden führt, der Blinde, der den Normalen führt. «Variationen von Themen», wiederholte er laut, «genauso wie der Diamant eine Variation des Kohlenstoffs ist oder wie eine Raupe die eines Schmetterlings.»

Sie näherten sich der Mutter-Stadt vertrauensvoll, voller Gewißheit, daß sie willkommen seien, voller Gewißheit, Nahrung und Wasser vorzufinden. Die Stadt Avignon ihrerseits erwachte ganz allmählich aus dem aufgezwungenen Schlaf. Die Stille und Leere hatten endlich eine Reaktion hervorgerufen: einige wenige, kaum hörbare, Radionachrichten waren durch das bedrückende Gefühl der Verzweiflung und Hoffnungslosigkeit durchgesikkert, unter dem alle so lange gelebt hatten, gemartert vom Feind und von ihren eigenen Faschisten, der Miliz. Sobald der unwahrscheinliche Gedanke, daß die Stadt nicht mehr besetzt war, im Gehirn des Bürgermeisters allmählich Form annahm, öffnete er vorsichtig die Tür und besichtigte die leere Straße mit einer Mischung aus Mißtrauen und wachsender, freudiger Erregung. Kein Laut außer dem Regen, dem weichen, distelwollgleichen Regen der Vaucluse. *«Ils sont partis»*, sagte jemand über ihm, jemand hinter geschlossenen Fensterläden. Es war, als wollten sie den Satz ausprobieren, den sie so lange im Geist wiederholt hatten, aber bislang hatte er noch keine wirkliche Substanz, und sie wagten daher noch nicht, die Fensterläden aufzustoßen. Der Bürgermeister gab einen kleinen Schluchzer von sich und griff nach seinem alten Fahrrad. Äußerst langsam und vorsichtig fuhr er die Mauern entlang, von Bastei zu Bastei, der Regen auf seinem Nacken war wie eine Segnung. Ja, sie waren fort, und sie waren wieder Herren ihres eigenen Schicksals, und er der Herr über seine Stadt. Er kehrte in die Mairie zurück, schloß die Türen auf und öffnete sie weit. Und nun tauchten die Menschen aus Höhlen und Winkeln, aus Kellern, Ställen und Dachböden auf, begrüßten sich mit leisen Stimmen und blickten scheu um sich. Der Bürgermeister wurde plötzlich von einer wirbelnden Ekstase ergriffen. Er lief die Treppen zu seinem Büro hinauf und trat auf den Balkon. Er würde etwas tun, was er seit Jahren nicht getan hatte, nämlich nach seinem Freund Hippolyte rufen, dem *pompier de service*, der gegenüber der Mairie wohnte. Er formte seine Hände zum Trichter und brüllte: «Hippolyte-e-e-e-e!» Nach dem drittenmal sah er seinen Freund über den Platz armeschwenkend auf ihn zutrotten. *«Ils sont partis, partis, partis, partis!»* Die Worte wurden aufgefangen und wiederholt, sie prasselten wie Erbsen auf eine Trommel. Seine erste Amtshandlung bestand darin, die Neuigkeit auf altehrwürdige Weise durch den Stadtausrufer der Bevölkerung kundzutun, und Hippolyte, bereits in Uniform, schickte sich an, seinen Pflichten nachzukommen. Er schnallte sich seine mißtönende Kesselpauke um und befestigte seine Gummiballhupe an der Fahrradlenkstange. An allen vier Ecken der Stadt würde er nunmehr nach einem warnenden Hupen und längeren Trommelwirbeln laut verkünden: *«Oyez! Oyez! Oyez! Eine offizielle Bekanntmachung der Mairie. Die Deutschen sind fort. Die Sperrstunde ist bis auf weiteres aufgehoben!»* Bei jeder Wiederholung scharten sich mehr Menschen um ihn. Mehr und mehr Menschen krochen aus den Ruinen hervor, manche mit Schwierigkeiten wegen ihres Alters oder weil sie verwundet waren. Viele weinten. Hippolyte wurde geküßt und erstickte fast unter den Umarmungen. Langsam fingen die Menschen an, sich auf die Kathedrale und auf den Hauptplatz über dem Fluß zuzubewegen, um ihrer grenzenlosen Erleichterung Ausdruck zu verleihen, um zu feiern und Gott zu danken – das war die erste instinktive Reaktion auf die Neuigkeit. Vielleicht würde Monsieur le Maire eine Ansprache halten? Aber als sie den Platz erreichten, sahen sie ihn an der Spitze einer dichten Menge, die er im Begriff war, in die Kathedrale zu führen, um einen Dankgottesdienst abzuhalten.

In dem widerhallenden Kirchenraum (nur von Kerzen beleuchtet, Elektrizität gab es nicht) herrschte eine ungewöhnlich inbrünstige Atmosphäre, von überall hörte man

Stöhnen, Seufzer, Aufschreie, viele weinten, denn jeder hatte etwas oder jemanden zu betrauern, nur wenige hatten sich so weit erholt, daß sie sich aus vollem Herzen freuen konnten. Und so viele waren hungrig.

Der Gottesdienst war lang und, obwohl er naturgemäß improvisiert war, feierlich und denkwürdig. Wer wünschte sich schon, diese Jahre noch einmal zu durchleben? Unten in der Stadt jedoch hatte sich eine neue Menge von sehr unterschiedlicher Herkunft und Farbe zusammengerottet. Es war eine heterogene Ansammlung von Männern und Frauen, die den unteren Gesellschaftsschichten angehörten: Arbeiter, Näherinnen, Nachtwächter, Tagelöhner, Mechaniker und Eisenbahner – das sehr weltliche Bild, das sie boten, stand im krassen Gegensatz zu der Bürgerlichkeit in der Kathedrale. Ein Dutzend solcher Gruppen schlenderte umher mit sich widersprechenden oder gleichen Absichten, die aber alle vage auf eine Freudenfeier hinzielten. Ihre Aktivitäten wurden nur durch eine allgemeine Feststimmung koordiniert, denn sie hatten sich noch nicht entschieden, ob sie der Veranstaltung einen politischen Anstrich geben sollten (unter ihnen befanden sich viele Kommunisten, wie immer gut organisiert) oder einfach nur einen national-patriotischen. Auch die Zigeuner hatten sich eingestellt, sie waren wie die Schlangen aus dem Nichts gekrochen, ebenso die Araber, die auf ihre indolente, stumpfe Art darauf warteten, Taschen ‹auszuräumen›; dann die amorphen Banden von ‹Sklaven›, die sich aus Tschechen, Russen und, der Himmel allein weiß, aus welchen anderen Völkerschaften zusammensetzten, die von den Fluten des Krieges nach dem Süden geschwemmt worden waren. Aber am schlimmsten, aber vielleicht auch am passendsten für die Szene, war das Auftauchen von großen Rotweinfässern, die sofort der Menge zugänglich gemacht wurden auf dem großen Platz beim *monument des morts* mit seinem Fries von entwürdigten Löwen und fliegenden Halbgöttinnen, welche vage Marianne heraufbeschworen und Mistrals bevorzugte Mireille. Alle Cafés waren offen und taten, was sie konnten, um die Festivitäten zu fördern. Einige hatten am Anfang des Krieges ihre Keller zugemauert und verteilten jetzt bereitwillig ihre Vorräte an Getränken, die in der Dunkelheit gereift waren, an diejenigen, die härtere Sachen bevorzugten, wie *marc*, Calvados oder *fine*.

Die Prozession von Montfavet gesellte sich jetzt zu der ständig wachsenden, wogenden Menge am Magnagnon-Tor, wo sie mit stürmischem Applaus begrüßt wurden, da die Umstehenden die verschwommene Vorstellung hatten, daß sie eine Gruppe von Bauern seien, die sich irgendwie mutig gegen die Deutschen gewehrt, ja vielleicht sogar nach der dramatischen Haltung Quatrefages' zu urteilen einige von ihnen getötet hatte. Er wurde seiner Rolle durchaus gerecht, indem er wieder und wieder das Wort «Bürger!» rief, als wolle er sich anschicken, eine Rede zu halten, aber zur gleichen Zeit war er innerlich todernst und sprach mit der Stimme seiner Mutter zu sich selbst, ermutigte sich und beruhigte sich selbst. Er hatte gewaltiges Lampenfieber, überdies hatte er Angst, daß jemand, vielleicht ein Angehöriger der Miliz, von einem Balkon auf ihn schoß. Doch sie setzten ihren Weg unbeirrt fort und fuhren direkt ins Zentrum der *melée* und ließen es zu, daß die Menge sie begeistert umringte. Um den Mangel an Beleuchtung wettzumachen, wurden nunmehr überall Feuer angezündet, als sei es die Johannisnacht. Fast an jeder Straßenecke warf eine hohe Lohe Funken in den Nieselregen, der jedoch bald aufhörte und dramatisch eine schmale Mondsichel enthüllte. Mit den emporschießenden Flammen und den hüpfenden Schatten, den Rufen und dem Knistern von Holz erinnerte die Szene an irgendeine wilde *kermesse*, die in dem sehr angemessenen Dekor der mittelalterlichen Mauern des zweiten Rom stattfand.

Aber während Quatrefages das Wort «Bürger!» ausstieß, lieferte sein Echo, der verrückte Prediger von Anduze, Raynier de Larchant, der Menge einen wahnwitzigeren Slogan, einen, der Seelen anzufeuern vermochte. Mit seiner weißen Haarmähne und den tiefliegenden Augen war er eine eindrucksvolle Erscheinung, eine ganze Generation protestantischer Kirchgänger hatte unter dem Bann seiner Predigten gestanden. Er warf den Kopf zurück und brüllte wie ein Löwe die Worte: «Rache!» und «Gerechtigkeit!» Dieses Gebrüll begleitete ihren Vormarsch wie das Rasseln der Kesselpaukenmusik. Obwohl er verrückt war, wußte er, wie man eine Menschenmenge mitreißt, denn jeder will seine Seele befreien, jeder sehnt sich nach Vergeltung. Und so marschierte dieser wilde, kunterbunte Zug zum Hauptplatz der Stadt. Von irgendwoher war Brot aufgetaucht, aber nur sehr wenige andere Nahrungsmittel, so daß der herbe Wein und die Spirituosen die Herzen der Marschierenden mit ungeahnter Schnelligkeit erwärmten und entflammten. Hier und dort torkelten einige. Zwischenfälle entluden sich wie Explosionen vor diesem flammenden Hintergrund – ein Mann fiel in ein Feuer und wurde von Kindern gerettet. Es gab keine Polizei, die diesen vielen Feuern Einhalt geboten hätte. Sie alle verbargen sich in Zivilkleidung, um der Rache der Miliz zu entgehen, obwohl *deren* zentrales Propagandabüro mit den Bildern von Pétain gestürmt und angezündet worden war.

Hier und dort tauchten auf eine ganz spontane und unorganisierte Weise einige Tanzpaare auf, um jeden Musikanten bildeten sich kleine Kreise wie Strudel in dieser Menschenmasse. In einer Ecke hatte sich der bekannte holzbeinige Jaco mit seinem asthmatischen Akkordeon niedergelassen. Wo war *er* gewesen? fragte sich jedermann. Während der ganzen Besatzungszeit hatte ihn niemand gesehen, und hier war er wieder und soff den *pinard* und spielte ‹*Sous les toits de Paris*› und ‹*Madelon*›, als ob die ganze Welt zu einer *guingette* und alle Leute zu Zechern geworden wären. In einer anderen Ecke versuchten die Überreste der Stadtkapelle, eine *farandole* zusammenzubringen, denn diese Art von Volksmusik erschien ihnen sehr angemessen für eine nationale und patriotische Feier. An einer Seite hatte man eine Tribüne errichtet und sie stilgerecht mit Fahnen und dekorativen Emblemen geschmückt. Man vermutete, daß der Bürgermeister von dort aus, unterstützt von der Stadtkapelle, eine lange, salbungsvolle Ansprache halten würde, um an deren Ende unter den zustimmenden Blicken der Bevölkerung die Nazifahne zu verbrennen.

Und tatsächlich fing das Ganze auf eine etwas verworrene Weise auch so an. Die Kapelle war auf drei Instrumente reduziert und entbehrte daher eines gewissen Schwungs, denn der Solist spielte die Geige. Doch sie spielten als Auftakt durchaus überzeugend die Nationalhymne, und dann hob der Bürgermeister mit umgebundener Schärpe zu reden an, obwohl er mit seiner Stimme gegen das Geschreie und Geraune der Menge nur schlecht ankam. Abgesehen davon, war die Menge unruhig, sie war auf Krawall aus, sie hegte den unformulierten Wunsch, einige Nazi-Verbrecher auf der Stelle umzubringen, um ihren aufgestauten Gefühlen und ihrer Wut Ausdruck zu verleihen, denn natürlich hatten viele in dem Gemetzel der vergangenen Jahre Freunde und Familienangehörige verloren. Die lange Liste der Grausamkeiten, der Deportationen, Folterungen und Morde haftete in ihrem Gedächtnis; ihre Erinnerungen hingen wie ein Miasma über der Musik, dem Tanz, der Erleichterung und der Freude.

Der brüllende verrückte Prediger, der Gerechtigkeit und Vergeltung forderte, hätte sich keinen geeigneteren Moment aussuchen können, denn just als sie den Platz erreichten, wo alsbald der Feuerschein über die Leiber ihrer Pferde und Kühe zuckte, tauchte aus dem alten Stadtteil Balances eine andere Prozession auf, diesmal nur aus Frauen bestehend, eine zerzauste Schar mit hängenden

Köpfen, die von einem Trupp Jugendlicher, Prostituierter und alter Weiber, einige mit brennenden Fackeln, angeführt und bewacht wurde. Zuerst dachte man, es seien Büßerinnen, die gekommen waren, um den Befreiern ihren Dank oder ein außergewöhnliches Opfer darzubringen. Aber nein, es waren jene Frauen, die mehr oder weniger mit den Besatzungstruppen zusammengearbeitet hatten. Einige waren die Konkubinen von Soldaten gewesen, andere hatten fraternisiert, nicht ahnend, daß sie von einer Gruppe übler Moralisten, die in jeder Stadt den anständigen Teil der Bevölkerung mit ihrem puritanischen Eifer plagen, aufgeschrieben worden waren. Manche von ihnen hatten sich überhaupt nichts zuschulden kommen lassen, sie waren einfach nur so hübsch gewesen, daß sie die Eifersucht alter Jungfern erregt hatten, die sie bei der Vichy-Polizei angezeigt oder sie anonym des Fraternisierens beschuldigt hatten. Und dafür mußten sie jetzt büßen. Die Menge grölte – sie wurden also doch nicht um ihre summarische Rache an irgend jemandem oder irgend etwas betrogen. «Die Scheren!» schrien sie. «Wo sind die Scheren?»

Die Menge organisierte sich und machte quer über den Platz einen Gang frei von Feuern flankiert, während die Opfer an einem Ende zu einer Gruppe zusammengetrieben wurden; sie wirkten rührend, wie eine Gruppe von Schulmädchen, die sich für einen Wettlauf rüstet. Und tatsächlich würde man sie zu einem Spießrutenlaufen zwingen, veranstaltet von einem Komitee alter Weiber, die große Scheren schwangen, wie sie die Schneider benutzen, wenn sie Stoffbahnen für ihre Kreationen zuschneiden. Zuerst wurden jeder Frau die Haare abgeschnitten, dann schlug man ihr klatschend ins Gesicht, zerriß ihre Kleider und zerrte sie ihr vom Leibe, dann wurde sie mit einem kräftigen Stoß das Spalier entlanggeschickt, wo das Publikum wartete, um mit Gürteln oder Ruten auf sie einzudreschen. Am meisten taten sich die alten Weiber hervor, die sich auf diese Weise für ihr liebesleeres Leben, ihre jammervollen Enttäuschungen oder einfach für ihre Kinderlosigkeit entschädigten. Sie schlugen drauflos, als wollten sie Fruchtbarkeit in den jungen, jungfräulichen Körpern hervorzaubern – man sagt, daß im römischen Italien die Statuen gepeitscht wurden, um Fruchtbarkeit heraufzubeschwören. Die Opfer ihrerseits, obwohl sie Tränen der Scham und des Zorns über die Rufe ‹Huren› vergossen, waren froh, daß sie wenigstens mit dem Leben davonkamen, denn es herrschte eine bösartige Stimmung, und die Menge war unter dem Einfluß von Alkohol unberechenbar und aufgeputscht. Unter den Zuschauern waren bereits Streitigkeiten ausgebrochen, und unter den bewaffneten Gaffern, durch den Rotwein aggressiv gestimmt, gab es Meinungsverschiedenheiten. Aber das Beste stand ihnen noch bevor.

Es war fast wie bei einem römischen Triumphzug, wo die besten und ergiebigsten Geiseln oder diejenigen, deren gesellschaftliche Stellung sie über das gemeine Volk erhob, erst am Ende der Prozession zur Schau gestellt wurden. Und genau das geschah jetzt, denn mit dumpfen Trommelwirbeln tauchte aus der Dunkelheit eine kleine Gruppe auf, die nur eine einzige Gefangene bewachte – *la pièce de résistance* –, das Opfer dieses Abends, wie es schien. Sie, die Gefangene, schritt totenblaß, aber gefaßt in der Mitte eines Vierecks von Wächtern einher, die vage an Kirchendiener erinnerten, obwohl sie den kurzen Dreispitz der Camargue-Cowboys als Teil ihrer Tracht trugen. Sie bewachten die Frau wie eine Kostbarkeit, obwohl sie offensichtlich keiner Bewachung bedurfte. Sie hielt den Kopf gesenkt, aber zeigte nach außen hin eine große Gelassenheit, doch ihre Blässe verriet ihre Todesangst – ihre Haut schimmerte fast wie Perlmutt im warmen Schein der *flambeaux*. Ihre Hände waren auf dem Rücken gefesselt. *«Da! Da!»* kreischten die alten Weiber, als die Gruppe sich näherte. «Da ist sie endlich!» Es war klar, daß sie von dem verkörperten Teufel sprachen. Als die Frau das Gekreische vernahm, hob sie den Kopf. Ihr prächtiges blondes Haar fiel in Wellen auf ihre Schultern, ihre blauen Augen waren weit aufgerissen und kalt. Ihre Nervosität verlieh ihr einen fast lächelnden Ausdruck. Sie sah aus, als hätte sie Lampenfieber. Sie verbarg sich sozusagen noch in den Kulissen, denn sie hatte diese Rolle noch nie gespielt. *«Hinauf! Hinauf! Rauf mit dir!»* grölte die Menge und wies auf das Podium, auf das man sie schließlich führte und wo man ihre Handgelenke an einen Holzpfosten band. Die Menge brach in ein Pandämonium der Wut aus. Die alten Frauen mit Scheren in der Hand stiegen aufs Podium, winkten mit dramatischen Gesten der Menge zu und gaben vor, ihr die Locken abzuschneiden, sie zogen sie in die Länge, so daß sie glänzten wie der Kokon der Seidenraupe. «Gerechtigkeit!» schrie der Wahnsinnige von unten, und die Menge wiederholte das Wort. «Rache! Gerechtigkeit! Hure! Verräterin!» Die Scheren begannen ihr Werk, und die blonden Locken fielen und wurden in die Menge geworfen, so wie man Fleisch einer Hundemeute zuwirft. Sie wurden in Strähnen zerfranst, während die Phalanx der Kesselpauker – sie hatten mittlerweile Verstärkung erhalten – anfeuernde Trommelwirbel schlug, wie im Zirkus beim letzten und gefährlichsten Akt eines Trapezkünstlers. Sie rissen ihr das Kleid von den Schultern, so daß sie nur noch im Unterrock dastand. Aber je mehr sie versuchten, sie zu erniedrigen, desto schöner sah sie aus. Ihre kleinen Ohren liefen spitz zu wie bei einem winzigen Reh. Und nun schütteten sie Wasser über ihren Kopf und rasierten sie mit einem Rasiermesser, bis sie kahl wie ein Ei war. «Schande über dich!» schrien sie heiser, denn sie wirkte in keiner Weise reumütig, auch weinte sie nicht. In Wirklichkeit war sie vor Angst gelähmt. Alles vor ihren Augen verschwamm. Sie fühlte, wie ihre Handgelenke an dem

Pfosten zerrten. Die Frauen hielten sie aufrecht, denn sie war einer Ohnmacht nah.

Doch dann geschah etwas, das man, obwohl völlig ungeplant, angesichts der allgemeinen Stimmung leicht hätte voraussehen können. Sie wurde mit Abfällen aus den Mülltonnen beworfen, und davon gab es reichlich. Der Kehricht häufte sich um ihre Füße. Eier dagegen waren rar. Dann stieg ein sehr betrunkener junger Mann torkelnd auf das Podium und zog einen schweren Revolver hervor. Die Menge brüllte. Er nahm verschiedene drohende Stellungen ein, fuchtelte mit der Waffe und richtete sie auf sein Opfer, als wolle er zeigen, was für eine Strafe ihrer geharrt hätte, wäre sie weniger guten Patrioten und zivilisierten Menschen, wie sie es waren, in die Hände gefallen. So zumindest legte der größte Teil der Menge seine Drohgebärden aus.

Was den jungen, sturzbetrunkenen Mann anbetraf, so platzte er fast vor patriotischem Stolz, andererseits empfand er ein tiefes Mißbehagen, denn seine eigene Rolle während des Krieges und im Widerstand war alles andere als rühmlich gewesen. Er sehnte sich danach, durch irgendeine dramatische Tat zu beweisen, daß er erwachsen und ein Verfechter hoher Prinzipien war. Er stand schwankend auf dem Podium vor seinem Opfer und nahm das Gebrüll der Menge als Zustimmung. Zuerst hatte er vor, ein paar Schreckschüsse abzugeben oder ein *feu de joie* oder ... der Teufel allein wußte, was in ihm vorging. Aber dies war schließlich die verhaßte Geliebte des Gestapochefs. Die Schreie nach Gerechtigkeit und Rache drangen langsam in seinen benebelten, unreifen Verstand ein, bis er, ohne viel nachzudenken, den kalten Lauf der Pistole auf die Brauen der angebundenen Frau direkt zwischen ihre Augen setzte und abdrückte.

Wie immer bei solchen Ereignissen gibt es Menschen, die sagen, so hätten sie es nicht gemeint, es sei alles ein Irrtum gewesen, man hätte sie falsch informiert. Und tatsächlich konnte man in der Menge ein entsetztes Aufstöhnen vernehmen, das aber sogleich in Applausrufen und Kesselpaukenmusik unterging. Nichtsdestoweniger trat eine Stille ein oder ein Abschwellen des Lärms, und die Menge weinte, denn die Zuschauer hatten das Gefühl, sie seien zu weit gegangen. Und dann drängte sich durch die Menschenmassen eine kleine Gruppe von Nonnen, die sich ruhig, aber energisch einen Weg zum Podium bahnten, um die sterblichen Überreste von Nancy Quiminal in Besitz zu nehmen.

Und dann, wie um jede Spur dieser gemeinen Tat ein für allemal wegzuwaschen und auszuradieren, brach ein Gewitter los, und es fing zu regnen an, wie es nur in der Stadt der Päpste regnen kann. Die Straßenrinnen waren bis zum Rand voll und flossen über, Blätter wurden von den Bäumen gefegt, die Feuer zischten und spritzten und gingen aus. Die Menge zerstreute sich, zuerst flüchtete sie sich unter überhängende Dächer und Torbögen, schließlich löste sie sich ganz auf. Die Sperrstunde saß ihnen noch in den Knochen. Um Mitternacht hatten sich die Regenwolken verzogen, und ein klarer Mond schien am Himmel. Weder Freund noch Feind war mehr zu sehen. Sogar die Bande von Verrückten hatte sich aufgelöst. Jeder ging seine eigenen Wege, als sei er aus den Ferien zurückgekehrt. De Larchant begab sich in die Kathedrale, wo ein verängstigter Küster, der ihn wiedererkannte, ihm die Schlüssel zum Orgelchor aushändigte. Die ernsten Klänge Bachs schwellten sich plötzlich in dem lichtlosen Raum wie dunkle Segel. Taillefer war zum Bahnhof zurückgegangen, um seine Arbeit wiederaufzunehmen. Baudoin de St.-Just saß an einem Tisch vor einem Café im Regen und legte eine Patience mit Karten, die er sich angeeignet hatte.

Gegen Morgen hörte der Nachtwächter des Leichenschauhauses das Klappern von Pferdehufen und das mißtönende Klingeln der Nachtglocke. Er hatte sich gerade hingelegt, nachdem er den ganzen Abend ohne Licht gearbeitet hatte, und war dementsprechend schlecht gelaunt. «Was nun?» brummte er laut, als er die Tür öffnete in der Erwartung, daß man ihm aus der Stadt eine Leiche ablieferte. Aber vor ihm stand nur ein bleicher großer Mann mit zwei Mädchen, seinen Töchtern. Er zeigte ihm einen Brief vom Bürgermeister, der ihn bevollmächtigte, die sterblichen Überreste seiner Frau zu sehen. Es war der Gatte von Nancy Quiminal, ein Mann, den niemand zuvor gesehen hatte, da seine Krankheit ihn ans Bett fesselte. Einstmals war er ein Musiker gewesen und hatte im Stadtorchester gespielt. Er war bleich und dünn und von Krankheit zerstört und so schwach, daß seine zwei Töchter ihn bei den Ellbogen halten mußten. Der Nachtwächter verbeugte sich tief und linkisch, um sein Mitgefühl zu bekunden. Die Nonnen hatten die Leiche hergerichtet und sie in ein weißes Leichentuch gehüllt. Sie warteten nur noch auf den *pasteur*, um die Beerdigung zu arrangieren. Aber die ärztliche Todesbescheinigung – was war damit? War es nun Mord oder Justizmord, oder was? Zum Schluß wurde es als ein unglücklicher Unfall in die Akten eingetragen. Die Familie war nicht in der Lage, diese offizielle Erklärung anzufechten.

Der Nachtwächter zog eine weiße Jalousie hoch und drehte eine Kurbel, so daß der lange kommodenartige Behälter auf sie zuschwang. Dann zog er ein Schubfach heraus, auf der die Leiche der ermordeten Frau lag. Sie sah aus wie ein wacher Zwerg mit ihrer Kappe, sie war kahlköpfig wie ein Baby, aber mit munteren Öhrchen wie Krokusse. Aber was ihnen am meisten zu Herzen ging, war der liebliche, ferne Blick dieser weit offenen Augen, dieser blauen französischen Augen mit ihrem Schimmer von ironischem Humor. Das Schießpulver hatte keine Spuren hinterlassen, nur das blaue Loch, präzise zwischen die Augen gebohrt, war sichtbar. Die Kinder waren den Tränen nahe, es war an der Zeit zu gehen. Ihr Mann streckte den Arm aus und berührte mit der Hand ihre bleiche Wange, ließ sie dort einen Augenblick lang ruhen und zog sie zurück. Er sagte, er werde am Morgen wiederkommen, um mit den Behörden das Notwendige zu besprechen. Doch das war ihm nicht mehr gegeben. Nur ihre beiden Töchter begleiteten sie zu dem Massengrab – *la fosse communale*.

Einige Tage später zogen die französischen Truppen in die Stadt ein, und endlich klangen wieder volltönend und dröhnend die Glocken von Avignon, die vor langer Zeit Rabelais fast zum Wahnsinn getrieben hatten. Für die Stadt war der Krieg zu Ende.

ANHANG

DER LETZTE WILLE UND DAS TESTAMENT PETERS DES GROSSEN

Im Namen der allerheiligsten und unteilbaren Dreieinigkeit wenden wir, Peter der Erste, uns an alle, die uns auf dem Throne und als Herrscher der russischen Nation nachfolgen!

Der allmächtige Gott, dem wir unser Leben und unsere Krone verdanken, hat uns seine Erleuchtung geschenkt, uns mit seiner Kraft unterstützt und in uns die Erkenntnis geweckt, daß das russische Volk berufen ist, in der Zukunft das gesamte Europa zu beherrschen.

Meine Überlegungen fußen auf der Beobachtung, daß sich die Mehrzahl der europäischen Nationen in einem Stadium des Alterns befinden, das an Hinfälligkeit grenzt oder diesem Zustand mit gewaltigen Schritten entgegeneilt. Daher liegt die Folgerung nahe, daß sie von einem neuen und jungen Volke erobert werden, sobald dieses den Höhepunkt seines Wachstums und seiner Ausdehnungsfähigkeit erreicht hat. So bin ich der Meinung, daß das Eindringen der Nordvölker in das Abend- und Morgenland eine periodische, von der Zeit und der Vorsehung bestimmte Mission ist – ebenso wie in dem analogen Fall in der Vergangenheit auch die Römer durch die einfallenden Barbaren regeneriert worden sind.

Die Abwanderung der Völker aus den Polargebieten gleicht den Überschwemmungen des Nils, die zu gewissen feststehenden Zeiten die verdorrten Gebiete des südlichen Ägypten mit ihrem Schlamm bereichern. Ich fand Rußland als ein kleines Rinnsal vor und hinterlasse meinen

Nachfolgern einen mächtigen Strom; sie ihrerseits werden ihn in ein großes Meer verwandeln, dazu bestimmt, das verdorrte Europa zu düngen; seine Wellen werden alles überspülen, trotz der Deiche, die geschwächte Hände graben werden, um ihnen Einhalt zu gebieten; diese Wellen werden meine Nachfolger zu steuern wissen. Mit diesem Ziel vor Augen, hinterlasse ich ihnen die nachstehenden Instruktionen, die ich ihrer ungeteilten Aufmerksamkeit und steter Beherzigung anempfehle.

1. Haltet die russische Nation in einem Zustand der ständigen Kriegsbereitschaft, der russische Soldat muß stets im Kriegszustand belassen werden, und gönnt ihm nur eine Ruhepause, wenn es darum geht, die Staatsfinanzen aufzubessern. Reformiert das Heer und wählt jeweils den günstigsten Augenblick, um zum Angriff zu schreiten. Richtet die Dinge so ein, daß der Friede Kriegszwecken dienen kann und umgekehrt der Krieg den Zwecken des Friedens – und dies alles im Interesse der Größe und des zunehmenden Wohlstands Rußlands.
2. Wendet euch an die gebildeten Menschen in Europa, versucht, sie mit allen zur Verfügung stehenden Mitteln zu erreichen – in Kriegszeiten die Offiziere, in Friedenszeiten die Gelehrten –, damit die russische Nation ohne eigene Einbußen aus den Vorteilen anderer Nationen Gewinn ziehen kann.
3. Nehmt bei jeder sich bietenden Gelegenheit an den öffentlichen Angelegenheiten und den Rechtshändeln Europas teil, vor allem an denjenigen, die Deutschland betreffen, das für uns von einem tiefstgehenden Interesse ist, da es uns geographisch näher liegt als die übrigen europäischen Staaten.
4. Spaltet Polen, indem ihr ständig internen Zwist und Neid schürt; ködert die Mächtigen – wenn nötig – mit Gold, korrumpiert und beeinflußt die Mitglieder des Landtages, so daß sie die Wahl eines Königs fördern.

Spürt Andersdenkende auf und nehmt sie unter euren Schutz; schickt russische Truppen ins Ausland und stationiert sie dort, bis sich eine Gelegenheit bietet, sie für immer dort zu belassen. Falls Nachbarstaaten Schwierigkeiten machen, beschwichtigt sie auf eine begrenzte Dauer, indem ihr das Land aufteilt bis zu dem Zeitpunkt, zu dem wir das, was wir benötigen, permanent in unsere Gewalt bringen können.

5. Provoziert die Schweden so aggressiv wie möglich, bis sie gezwungen sind, uns anzugreifen und uns somit einen Vorwand geben, sie zu erobern. Mit diesem Ziel im Auge ist es wesentlich, daß Schweden von Dänemark und Dänemark von Schweden getrennt wird, indem man sorgsam ihre Rivalitäten schürt.
6. Verheiratet stets deutsche Prinzessinnen mit russischen Prinzen, um die Anzahl der Familienbindungen zu mehren, die Interessen der beiden Länder näher zu verbinden und Deutschland für unsere Sache zu gewinnen, was unseren Einfluß dort verstärkt.
7. Was unseren Handel betrifft, orientiert euch vorzugsweise nach England, eine Macht, die ihrer Flotte wegen unser dringend bedarf und die uns beim Aufbau unserer eigenen Seemacht nützlich sein könnte, indem wir ihnen im Austausch für ihr Gold unser Holz und andere Erzeugnisse anbieten und enge Beziehungen zwischen ihren und unseren Seeleuten und Kaufleuten anknüpfen, um so den Wirkungsbereich unseres eigenen Handels und unserer Seemacht zu vergrößern.
8. Erweitert unsere Machtgebiete mit aller Kraft, nach Norden entlang der Ostseeküste und nach Süden um das Schwarze Meer herum.
9. Kommt so nahe wie möglich an Konstantinopel und Indien heran, denn wer immer diese Gebiete beherrscht, wird der wahre Herrscher der Welt sein. Folglich müssen wir ohne Unterlaß Zwietracht zwischen Türken und Persern säen. Wir müssen am

Schwarzen Meer Werften bauen und allmählich unsere Vorherrschaft über dieses Meer sowie auch über die Ostsee ausdehnen, zwei Gebiete, die für uns notwendig sind, wenn unser Plan gelingen soll. Beschleunigt die Dekadenz Persiens, dringt vor bis in den Persischen Golf, stellt, wenn möglich, die alten Handelswege durch Syrien wieder her, um nach Indien, dem Lagerplatz der ganzen Welt, vorzudringen. Einmal dort angekommen, werdet ihr das ganze englische Gold nicht mehr nötig haben.

10. Sucht die Verbindung mit Österreich und pflegt sie sorgsam, gebt den Anschein, seinem wachsenden Hegemonialbestreben in Deutschland Vorschub zu leisten, zugleich aber facht im geheimen den Neid der deutschen Fürsten gegenüber Österreich an, geht so vor, daß beide Staaten Rußland um Hilfe ersuchen, was uns dann erlaubt, eine Beschützerrolle zu übernehmen, als Vorbereitung für unsere spätere Unterwerfung beider Länder.

11. Gewinnt das österreichische Kaiserhaus für den Plan, die Türken ein für allemal aus Europa zu vertreiben, und beschwichtigt seine Mißgunst über die Eroberung Konstantinopels, indem ihr einen Krieg mit den älteren europäischen Staaten provoziert oder aber euch einen Teil der eroberten Gebiete mit ihm teilt; diese können wir dann später wieder zurücknehmen.

12. Vereint alle orthodoxen Griechen, die entweder untereinander entzweit sind oder Schismen in Ungarn und Polen unterstützen; führt sie zusammen und unterstützt sie, so daß sie eine prädominante und klerikal bedeutsame Gruppe bilden; auf diese Weise werden wir viele Freunde inmitten vieler unserer Feinde gewinnen.

12. Nachdem Schweden aufgeteilt, Persien erobert, Polen unterjocht ist; die Türken besiegt, unsere Heere wieder vereint sind und das Schwarze Meer und die Ostsee

von unseren Schiffen bewacht werden, sollten wir, getrennt und streng geheim, zuerst dem Hof in Versailles und dann dem Wiener Hof anbieten, sich mit uns in dieses Weltreich zu teilen. Falls einer von beiden dieses Angebot annimmt – und dies wird unweigerlich geschehen, wenn wir ihrer Eitelkeit auf die richtige Weise schmeicheln –, müssen wir den einen gegen den andern aufwiegeln und beide in einen Kampf verwikkeln, über dessen Ausgang es keinen Zweifel geben kann, da Rußland bereits den ganzen Orient und einen großen Teil Europas in seiner Macht haben wird.

14. Falls jedoch wider Erwarten beide das russische Angebot ausschlagen sollten – ein höchst unwahrscheinlicher Ausgang –, müssen wir Konflikte entfachen, die beide ruinieren werden; dann kann Rußland im entscheidenden Moment mit geballten Kräften gegen Deutschland zum Angriff schreiten.

15. Gleichzeitig werden zwei große Flotten in See stechen, eine vom Asowschen Meer aus, die andere von Archangelsk, mit asiatischen Truppen beladen, und sich mit den Streitkräften im Schwarzen Meer und der Ostsee verbinden. Unser Heer und unsere Kriegsmarine werden vordringen, das Mittelmeer und den Indischen Ozean durchqueren und sowohl in Frankreich als in Deutschland einfallen. Sind erst diese beiden Gebiete erobert, wird das übrige Europa leicht und ohne großen Aufwand unter unsere Kontrolle gelangen.

Auf diese Weise kann und muß Europa unterworfen werden.

Lawrence Durrell

Seine Figuren sind melancholische Diplomaten, mysteriöse Kabbalisten, nubische Huren, Spione, Schauspieler und zynische Schriftsteller.
Lawrence Durrell schildert die Welt des Vorderen Orients, die Bordelle und Paläste, die Cafés und winkligen Gassen als verwirrende Wirklichkeit voller Magie und malvenfarbener Geheimnisse.
1912 als Sohn irischer Eltern am Himalaya geboren, ging er in Canterbury zur Schule. Sein Leben verbrachte Durrell in England, Paris, Athen, auf Korfu, Cypern, Rhodos und in Ägypten. Er starb 1990.

Monsieur oder Der Fürst der Finsternis *Roman*
(rororo 12909)
«Der Roman zeigt eine Raffinesse erzählerischen Könnens, die selbst das Beste von Durrell noch übertrifft.» Times

Justine *Roman*
(rororo 710)
Ein mittelloser irischer Lehrer verfällt im exotischen Alexandria der schönen und rätselhaften Frau eines koptischen Millionärs.

Balthazar *Roman*
(rororo 724)
Der kabbalistische Arzt Balthazar verstrickt sich in den Netzen seiner Leidenschaft.

Mountolive *Roman*
(rororo 737)
Durrells dritter Alexandria-Roman erzählt vom britischen Diplomaten Mountolive, der die Frau eines reichen Orientalen liebt.

rororo Literatur

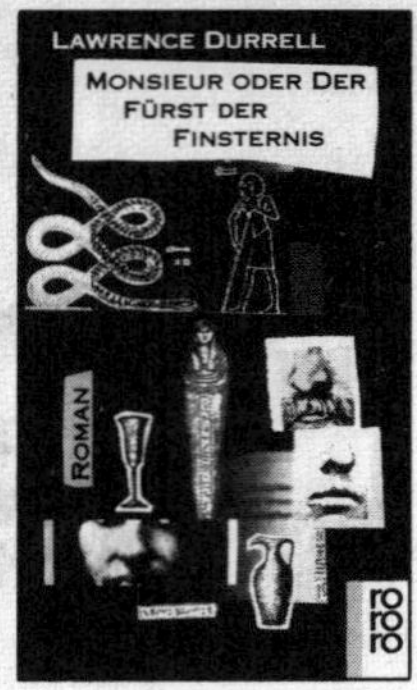

Clea *Roman*
(rororo 746)
Das krönende Werk des Alexandria-Quartetts spielt im vom Krieg heimgesuchten Ägypten.

Bittere Limonen *Erlebtes Cypern*
(rororo 993)

Blühender Mandelbaum
Sizilianisches Karussell
(rororo 5690)

Leuchtende Orangen *Rhodos – Insel des Helios*
(rororo 1045)

Schwarze Oliven *Korfu – Insel der Phäaken*
(rororo 1102)

Im Rowohlt Verlag sind außerdem erschienen:

Nuncquam *Roman*
Deutsch von Susanne Lepsius
336 Seiten. Gebunden.

Tunc *Roman*
Deutsch von Susanne Lespius
352 Seiten. Gebunden.

3215/1